Roman

ARNO FRANK

GINSTERBURG

Klett-Cotta

MIX
Papier | Fördert gute Waldnutzung
FSC® C014496

Klett-Cotta
www.klett-cotta.de
J. G. Cotta'sche Buchhandlung Nachfolger GmbH
Rotebühlstr. 77, 70178 Stuttgart
Fragen zur Produktsicherheit: produktsicherheit@klett-cotta.de

Cover: © Anzinger und Rasp Kommunikation GmbH, München unter
Verwendung einer KI-generierten Abbildung (Midjourney)
Gesetzt von C.H.Beck.Media.Solutions, Nördlingen
Gedruckt und gebunden von GGP Media GmbH, Pößneck
ISBN 978-3-608-96648-0
E-Book ISBN 978-3-608-12397-5

Und finster plötzlich wird der Himmel
Und über dem Theater hin
Sieht man in schwärzlichtem Gewimmel
Ein Kranichheer vorüberziehn.

Schiller

Inhalt

Jetzt hat es sie erwischt.
Ein zartes Zittern ist durch den Rumpf gelaufen. Mehr nicht. Hinten in seiner Kuppel hat Alfie es kaum gespürt. Dann aber sind sie über die rechte Tragfläche aus dem Verband gekippt. Und da wusste er, dass es sie erwischt hat. Aus *seinem* Luftraum jedenfalls kam das nicht, den hält er sauber. Auf dieser Mission hat Alfie bisher keinen Schuss abgeben müssen. Keine Nachtjäger, im Visier seiner beiden Zwillingsmaschinengewehre nur Dunkelheit. Seit Antwerpen hatte er einen Teil der anderen Maschinen schön im Blick gehabt. Die ganze Flotte in versetztem Flug, ihr Auf und Ab im Mondlicht, ein schwankender Schwarm disziplinierter Hornissen.
Jetzt nicht mehr.
Jetzt ist ihre Lancaster nach rechts gekippt, und Alfie sieht nur noch das Dunkelblau des Himmels. Leuchtspur spritzt durch die Nacht. Das Flugzeug zieht einen schwarzen Schweif aus fettigem Rauch hinter sich her. Aber es fängt sich, schwenkt wieder nach links. Gutes Zeichen.
Alfie presst die Kopfhörer gegen den Schädel. Verwirrtes Geschrei. Sein eigener Atem in kurzen Stößen. Über die Intercom ein Fiepen, hochfrequent wie Holz beim Verbrennen. Mehr ist von der vertrauten Stimme des Skippers nicht übrig. Eine andere Stimme, das muss Barry sein: »Heilige Scheiße!«

So außer sich hat Alfie ihren Bombenschützen noch nie gehört.
Was zum Teufel ist da vorne los?
Alfie spürt, dass der Schwenk nach links kein Ende nimmt.
Und wie sich ihm die Hoden zusammenziehen.
Sie schmieren ab. Sie schmieren tatsächlich ab.
Sind schon auf dem Weg nach unten.
So fühlt sich das also an, wenn es passiert.
Helium im Magen.
Stecknadeln im Trommelfell.

.

.

.

Raus. Jetzt.
Finger, taub von Kälte, nesteln an Verschlüssen. Füße stemmen sich gegen den Kabinenboden. Ja, so geht es. Kaum hat er sich von den Gurten befreit, schlägt sein Kopf gegen das Plexiglas der Kuppel. Die Maschine muss ins Trudeln geraten sein. Trudeln ist schlecht.
Raus?
Um an seinen Fallschirm zu kommen, muss Alfie die Luke hinter seinem Rücken öffnen. Es ist der Zugang zum Tunnel, durch den er vor wenigen Stunden in seine Stellung geklettert ist. Kurz vor ihrem Start am Morgen hatte der Skipper noch seinen üblichen Witz gemacht. Über Bordfunk, damit auch alle darüber lachen konnten.
Bist du unserer Lady auch schön tief in den Arsch gekrochen, Alfie?
Die Kuppel des Heckschützen einer Avro Lancaster ist der tödlichste Ort überhaupt in diesem Krieg. Die Kuppel des Heckschützen einer Avro Lancaster ist zu eng für einen Fallschirm. Deshalb liegt er griffbereit gleich hinter ihm im Tunnel. Alfie öffnet die Luke.
Hitze schlägt ihm entgegen, verbrennt seine Augenbrauen.

Mit beiden Händen greift er in die Flammen, ertastet ein Bündel, bekommt es zu fassen, zerrt es hervor. Das Bündel brennt. Hastig verriegelt Alfie wieder die Luke zum Ofen, in den sich das Flugzeug verwandelt hat.

Er zerrt den Fallschirm auf seinen Schoß, versucht, das Feuer zwischen Oberschenkeln und Oberkörper zu ersticken. Gibt auf und schnallt sich das Bündel um, wie es ist, schwelend. Mit verbrannten Fingern tastet er nach dem Hebel für den Schwenkmechanismus. Ein Handgriff, den er in der Ausbildung wieder und wieder und wieder trainiert hat. Um einhundertachtzig Grad muss er die Kuppel gedreht bekommen. Erst dann ist die rückwärtige Aussparung im Plexiglas groß genug, dass der Heckschütze seitlich zur Flugrichtung aussteigen kann. Vorausgesetzt, auf dem System ist noch genug Druck.

Wenn die Hydraulik etwas abbekommen hat, ist er gefangen.

Wenn die Hydraulik funktioniert, ist er frei.

Alfie atmet ein und zieht bis zum Anschlag. Öl spritzt ihm ins Gesicht. Folgsam dreht sich die Kuppel. Das Öl fängt Feuer. Er wischt es weg. Die Öffnung zur Luke ist jetzt eine Öffnung ins Nichts. Alfie atmet aus.

Und lässt sich fallen.

Wie ruhig es plötzlich ist. Zwischen den Wolken. Fünf Meilen über Deutschland. Kein Heulen mehr, kein Dröhnen, Fauchen, Fiepen oder Fluchen. In seinen Ohren nur Wind. Wieder wissen seine Hände, was zu tun ist. Greifen an die Sturmhaube. Die Brille ist weg, schon treibt ihm Wind die Tränen in die Augen. Verschwommen erkennt er den abstürzenden Bomber, brennender Güterzug auf einem vertikalen Nachbargleis, spürt seine Hitze. Die linke Tragfläche ist weg. Jetzt sieht Alfie die Maschine nicht mehr. Jetzt sieht er den Vollmond.

Jetzt wieder die Maschine auf ihrem Weg nach unten, ihre Schleppe aus Licht. Jetzt den Mond. Jetzt nicht mehr. Jetzt wieder.

Alfie überschlägt sich. Ruhig, ruhig. Er breitet Arme und Beine aus, wie er es wieder und wieder und wieder trainiert hat. Nach einer Weile steht ruhig und voll der Mond, wo er stehen soll.

Und da steht ein Dreirad.

In einem Hausflur. Vier Meilen über Deutschland. Der Hausflur riecht nach Bohnerwachs. Dort liegt ein roter Ball in einer Dachrinne. Er liegt dort schon so lange, dass seine Farbe vom Regenwasser ganz ausgebleicht ist. Dort sitzt eine Möwe auf einem Pfahl. Wind zerzaust ihr Gefieder. Ruhig schaut sie in die Ferne. Dort werden Hüte geschwenkt. Es wippt ein weißer Federbusch. Jemand hebt ihn hoch. Er winkt und ruft über die Köpfe einer Menge hinweg. *Lang lebe der König.* Dort fällt Licht durch ein Fenster. Die Haut seiner Mutter ist weiß. Ihre Haare sind hochgesteckt. Sie bewegt die Lippen. Alfie versteht nicht, was sie sagt. Sie ist jung und hat noch alle ihre Zähne. Dort streicht eine Böe über ein weites Feld. Der Weizen wechselt in schnellem Umschlag immer wieder die Farben. Seine blonden Ähren wiegen sich in weichen Wellen. Erste Tropfen auf dem Feldweg. Mineralischer Duft erfüllt die Luft. Dort sitzt ein fremder Hund und will sein Brot. Ein Auge ist blau. Das andere ist braun. Butter und Erdbeermarmelade. Alfie schüttelt stumm den Kopf. Der fremde Hund versteht und geht. Da ist ein wütendes Prasseln auf den Heuschober, in dem er Unterschlupf gefunden hat vor dem Gewitter. Das Brot schmeckt köstlich. Alfie trinkt aus der Traufe. Dort beugt sich sein Vater über ihn. Das Gesicht schwarz von Kohle. Zähne weiß wie Schnee. Er lächelt. Alfie lächelt zurück. Das feuchte Tuch auf seiner Stirn lindert das Fieber. Er will etwas sagen, bekommt aber keinen Ton heraus. Daddy ist schon viel zu lange tot, denkt er ...

... und wird sich seiner Lage wieder bewusst.

Seine Lage ist aussichtslos. Sie wird nicht lange währen. Er hat einmal gelesen und für ein Märchen gehalten, dass vor dem Tod sein Leben in Bildern vor dem inneren Auge vorbeizieht. Alfie mag Filme.

Also lässt er es laufen.

Drei Meilen über Deutschland.

1935

I

ZOLA VOVONI VERLIERT DEN VERSTAND

Am Tag, als Zola Vovoni den Verstand verlor, waren die Kraniche zurückgekehrt. Früh am Morgen zeichneten sie ihr V an das Blau des Himmels über dem Heizkraftwerk. Über den Förderkränen am Binnenhafen schwenkte der Schwarm nordwärts und folgte dem silbrigen Pfad der Gleise in die Stadt. Hinweg über die Schindeln und Schornsteine und Blumenbeete der Vorstadtvillen. Hinweg über die Wellpappe und Fähnchen und Rhabarberbeete der Schrebergartensiedlung. Hinweg über spiegelnde Gewächshäuser, die Flachdächer des Schlachthofs und die Sägezahndächer der Papierfabrik. Ihr Erscheinen beunruhigte sogar die Krähen dort auf dem Hof. Sie unterbrachen ihr Gestocher in den gepressten Ballen aus feuchter Pappe, flogen schimpfend auf und empört davon. Hinter den Querriegeln der Mietskasernen, wo die Gleise in enger Kurve der gläsernen Doppelkuppel des Bahnhofs entgegenstrebten, orientierte der Schwarm sich schon am Fluss. Wer die Vögel entdeckte, hielt inne und freute sich an der zielstrebigen Heiterkeit ihrer unverhofften Erscheinung. Hände in die Hüften, Mütze in den Nacken. Sieh an, die Kraniche.

Auf der Kaiserstraße kam die elektrische Straßenbahn mitten auf der Kreuzung zum Stehen, weil der Fahrer einen Blick auf den Schwarm werfen wollte. Am Stadttor mit seinem Zwillingsturm liefen die Kinder ein paar Meter hinterher und versuchten, die Vögel mit Steinen zu treffen. Auf der alten Brücke über die Ginster hielt eine Dame sich erschrocken den Hut, so tief flogen die Tiere kurz vor ihrem Ziel, den verschlungenen Auen am Fuß des Wolfsbergs. Sie werden ihre Gründe gehabt haben. Immer haben die Gefiederten Gründe für alles, vom winzigsten Reflex bis zu Route und Zeit ihrer Wanderschaft. Trotzdem waren die Kraniche auffällig spät in diesem Jahr. Es war überhaupt nicht ihre Zeit.

•

Wo das Gelände des Sportfelds zum Fluss hin verwilderte, beendete Zola Vovoni gerade ihre Morgentoilette. Mit gerafften Röcken stand sie bis zu den Knöcheln im Wasser. War eben zum Pinkeln in die Hocke gegangen, als sie das Flügelflattern hörte. Ein Geräusch, als würden tausend Leinentücher ausgeschüttelt. Versonnen hob sie ihre mit Henna eingefärbte Linke und hielt sie gegen das Sonnenlicht. Der Schwarm war schon auf ihrer Höhe, da hob Zola einen Arm und schwenkte ihn in der Luft wie ein Schilfrohr im Wind, langsam und ruhig. Ein geheimer Gruß für Entfernungen, die sich nicht mehr in Metern messen lassen, geeignet, die Kluft zwischen zwei Gattungen zu überbrücken.

»Da seid ihr ja endlich«, flüsterte sie. »Habt ihr uns also wieder einmal eingeholt. Ich warte schon seit Tagen!«

Ein ermatteter Nachzügler flog so tief, dass seine herabhängenden Beine schon zarte Zeichen auf das Wasser malten. Zola blickte dem verspäteten Vogel hinterher, bis seine Kalligrafie flussabwärts verwischte und er selbst im Röhricht der Auen mit ihren verborgenen Teichen verschwand. Dann watete sie ans Ufer, setzte sich auf einen Stein, spreizte die Zehen und sah ihnen beim Trocknen zu. Manchmal fühlte Zola sich noch älter, als ihre geschundenen Füße aussahen. So alt, wie sie sich schon in jüngeren Jahren geschminkt hatte, um im flackernden Zwielicht der Öllampen in ihrem Zelt darzustellen, was sie heute war. Madame Vovoni, die Wahrsagerin.

Es hatte erst der Tanz auf dem Seil für Nándor Eötvös in Budapest und später die Wanderung durch Europa ihre Füße ermüden lassen – sie wusch sie täglich in kaltem Wasser. Es hatte das Lesen der Karten und Handflächen im Halbdunkel ihr Augenlicht getrübt – sie verlegte ständig ihre Lesebrille. Es hatte der Mistral in den Cevennen ihr Haar in Stroh verwandelt – sie färbte es mit einem Sud aus Kastanienblättern und Zwiebelschalen. Es hatten die Sonnen über Südfrankreich ihr die Haut verbrannt – sie bestrich die Leberflecken mit Süßholzextrakt. Es war die Kälte der Extremadura ihr in die Knochen gefahren – sie linderte das Rheuma mit einer Salbe aus Weihrauch und Brennnesseln. Es hatte schließlich der Landregen von Lothringen ihr ins Gemüt geregnet – und dagegen gab es kein Mittel.

•

Mit einem leisen »Pah!« entzündete sich das Gas. Schneller, als Merle ihre Hand zurückziehen konnte vor der blau aufblühenden Flammenkugel. Sei's drum. Dann ging diese Runde eben an den Herd. Merle schüttelte das Streichholz aus und schnupperte an ihren Fingerknöcheln, bis sich der eigentümlich würzige Geruch versengter Härchen auf der Haut verflüchtigt hatte. Mit der anderen Hand stellte sie den Milchtopf auf das siegreiche Feuer und drehte es auf die niedrigste Stufe.

»Lolo? Raus aus den Federn! Lo! Lo!«

So rief sie ihren Lothar seit jeher, aber seit einer Weile machte es sie seltsam melancholisch. Lolo, wie kindisch das klingen konnte. Kein Wunder, dass er nicht mehr so genannt werden wollte. Sie musste es sich wohl abgewöhnen.

Durch das Fenster über dem Spülstein konnte sie unten auf dem Rasen den alten Smolka sehen. Wie er die aufgehängte Wäsche abschritt, entlang der Leine wie ein Offizier die vorderste Linie seiner Soldaten. Neuerdings bewegte der Nachbar bei seinen rätselhaften Beschäftigungen die Lippen. Lange dauert's nicht mehr, dachte Merle, und er redet laut mit sich selbst. Oder seinen frisch gewaschenen Gespenstern. Und hoffentlich redet er dabei nichts Falsches. Sie hatte ihn gern, den Kauz. Mit der Kelle hob sie das Ei, von beiden Seiten angebraten, und ließ es auf den Teller gleiten. Vom Brotlaib schnitt sie eine Scheibe, genau wie Lolo es mochte. Nicht zu dick, nicht zu dünn.

»Lothar! Stunde schlägt!«

Aus dem Korb nahm sie einen Apfel und legte ihn gleich wieder zurück, zu schrumpelig. Griff nach seinem Nachbarapfel, prüfte auch den und zerteilte ihn auf der Anrichte. Schnitt das Gehäuse heraus und nahm mit dem Messer die Schale ab. Fürs Mittagessen würde sie bei Frau Schiller noch Gemüse besorgen müssen. Unter der Hitze im Töpfchen auf dem Gasherd stöhnte schon die Milch.

»Hallo? Braucht's eine Vorladung für den Herrn?«

Mit streifenden Bewegungen trocknete Merle ihre Hände an der Schürze, Vorderseite, Rückseite. Warf einen strengen Blick auf die Uhr über der Tür, schwarze Zeiger, weiße Emaille. Im Rahmen darunter kam er dann endlich zum Vorschein, zum Frühstück.

»Keine Minute zu früh!«, sagte Merle.

»Morgen, Mama!«, sagte Lothar und schob sich auf einen der Küchenstühle, die Robert damals viel zu hoch gezimmert hatte. Erst seit ein paar Wochen, mit dreizehn Jahren und nach einem ersten Schuss in die Höhe, kam der Junge überhaupt mit den Füßen auf den Boden. Immerhin hatte er schon seine Schuhe angezogen.

»Die Milch läuft über, Mama!«

Mit einem »Huch!« nahm sie den Topf vom Herd und schenkte ihm ein.

»Honig?«

Er schüttelte den Kopf, sie fuhr ihm durchs schwarze Haar. Ihm hatte die Natur einen Scheitel gezogen, ganz gegen ihre Art, ungewöhnlich akkurat. Seine Muskeln an den Schläfen beim Kauen.

Immer dieses Schlingen und das Schnaufen beim Runterschlucken. Dazu ein nachdenkliches Gesicht.

»Eben wollte ich dir noch etwas Wichtiges sagen, Mama. Aber jetzt habe ich es vergessen …«

»Dann kann es so wichtig nicht gewesen sein!«

»Es war ganz ungeheuer wichtig!«, protestierte er.

»Du wolltest die Reifen am Fahrrad noch aufpumpen, oder? Du kennst doch Frau Kruse, wie ungemütlich die werden kann«, sagte Merle mit sanftem Tadel. »Wehe, wenn jemand sich verspätet, dann …«, und Lothar vollendete den Satz mit gespitzten Lippen: »Dann können wür keinen Kriech führen, wönn die Truppe nicht vollständig angetröten ist!«

Merle kicherte, weil die Frau des Pfarrers tatsächlich genau so redete. Lothar kicherte mit, weil er stolz auf seine gelungene Parodie war. Er aß schnell, wippte mit den Beinen. Wischte mit dem Brot das restliche Eigelb vom Teller und trank sein Glas aus. Über der Oberlippe ein milchweißer Bogen.

»Hast du mir den Apfel geschnitten?«

»Schon eingepackt. Jetzt aber los, oder?«

Lothar schob den Teller von sich fort, blieb aber sitzen: »Isst du nichts?«

»Hab' schon«, sagte Merle und wollte ihm mit dem Daumen die Milch abwischen. Er sah es kommen, drehte den Kopf weg und wischte sich selbst mit dem Handrücken über den Mund.

»Weg?«

»Weg«, bestätigte Merle und reichte ihm den kleinen Rucksack mit der Teekanne und dem Apfel in der Blechdose. Lothar rutschte vom Stuhl, schulterte den Tornister und schlug sich plötzlich vor die Stirn.

»Jetzt fällt mir wieder ein, was ich dir erzählen wollte! Der Zirkus ist in der Stadt, Mama! Gehen wir hin?«

Merle winkte ab: »Es ist gar kein richtiger Zirkus. Nur ein Jahrmarkt.«

»Aber sie haben einen Tiger! Und ein Motorrad!«

»Ein Motorrad haben die Gebrüder Lejeune auch«, sagte Merle müde.

Lothars Wangen waren jetzt rot vor Begeisterung: »Aber die Gebrüder Lejeune können damit nicht die Wand entlangfahren!«

»Die Wand entlang?«

»Die Wand entlang!«

»Sagt wer?«

»Gesine! Und eine Wahrsagerin gibt es auch!«

Merle gähnte. »Ich kann auch wahrsagen!«

»Kannst du nicht!«, schimpfte Lothar, und fast hätte er dazu mit den Beinen aufgestampft.

»Und ob!«, sagte Merle und setzte einen entrückten Blick auf. »Ich sehe … ich sehe … ich sehe … jetzt zum Beispiel voraus, dass die Frau Kruse fuchsteufelswild wird, wenn du wieder zu spät kommst!«

Lothar verdrehte die Augen und ächzte. Auf den Arm genommen zu werden, das bereitete ihm neuerdings auch körperliche Schmerzen.

»Natürlich gehen wir zum Zirkus, Dummerchen«, sagte Merle.

»Wirklich?«

»Ein Tiger auf dem Motorrad? Das will ich nicht verpassen!«

Lothar machte »pfff«, aber Merle sah ihm die Erleichterung an. Sie küsste ihn auf die Stirn.

In der Wohnungstür lauschte sie noch dem Trommeln seiner Schuhe auf den Stufen im Treppenhaus. Dann kehrte sie in die Küche zurück, beugte sich über die Anrichte und öffnete das Fenster. Unten klemmte Lothar sich ihr altes Damenrad zwischen die Beine und schwang sich auf die Pedale. Schlingernd umfuhr er den alten Smolka, der scherzhaft mit dem Stock drohte. Das Fahrrad, dachte Merle, jetzt hat er's doch vergessen! Sie lehnte sich noch ein Stückchen weiter aus dem Fenster.

»Die Reifen, Lolo! Sind die Reifen aufgepumpt? Lothar?«

Aber er hob nur die Hand zu einer Geste, die alles Mögliche bedeuten konnte, und radelte, ohne sich noch einmal umzudrehen, den Buchenweg hinunter. Kopfschüttelnd sah Merle ihm nach, bis er in die Kaiserstraße einbog. Dort bimmelte gerade die Elektrische stadteinwärts. Lächelnd schloss Merle das Fenster.

•

Als sie ihn gerade wieder anziehen wollte, entglitt Zola Vovoni einer ihrer Pantoffel, landete im Wasser und ließ sich sofort von der Strömung mitnehmen. Als hätte er nur auf diese Gelegenheit gewartet, sich endlich von diesem Fuß zu lösen und in eine winzige Barke zu verwandeln, papageienbunt und mit echten Perlen bestickt. Zola schickte dem Verräter einen vernichtenden Fluch hinterher, beschimpfte sich selbst für ihre Tollpatschigkeit. Wo hatte sie diesen Pantoffel gekauft? In Sevilla? In Toulouse? Es wollte und wollte ihr nicht einfallen, und so setzte sie sich zum Nachdenken wieder hin.

Jahr für Jahr zickzackte der Zirkus über den Kontinent, winters im Süden, sommers im Norden. Wo er einmal seine Zelte aufgeschlagen hatte, dahin kehrte er selten zurück. Dennoch war es Zola manchmal, als stünde in Wahrheit der Zirkus still. Als hätte sich jedes Mal, wenn sie den Vorhang ihres Wagens beiseite schob, eine neue Stadt vor ihrem Fensterchen eingefunden. So war es auch diesmal. Da konnte Jean sagen, was er wollte. Regelrecht verrannt hatte er sich in die Behauptung, dass der Zirkus schon einmal ein Gastspiel hier gegeben habe. Wann genau, daran konnte er sich nicht erinnern. Aber den Namen des Städtchens, da war er sich ganz sicher: *Ginsterbourg? Mais oui, bien sûr!*

Was Zola vom Ufer aus sehen konnte, machte den Eindruck verschlafener Freundlichkeit. Verschachtelte Altstadt am Berg, der sie mit seiner bewaldeten Gipfelkuppe überragte. Oben keine Burg, wo eine Burg sein müsste. Dächer über Dächer, gedeckt mit schwarzem Schiefer und noch feucht vom Tau des Morgens. Ein sehr hoher Kirchturm, um den die Krähen kreisten, aufgeschreckt vom Klang der Glocken. Eng gestaffelte Giebel und Türmchen und Fassaden. Unten Reste einer Stadtmauer, Quader und Efeu. Hier Nistplatz für Schwalben, dort Fundament für Fachwerkhäuser, die sich verträumt im Wasser spiegelten. Trutzig und idyllisch zugleich, wirkte sogar das steinerne Viadukt hinüber zur Neustadt wie eine Zugbrücke. Nichts davon kam Zola bekannt vor, nicht einmal der stolze Zwillingsturm über dem Stadttor. *Ginsterbourg?* Einer von uns beiden, dachte Zola, verliert allmählich den Überblick. Vielleicht lag es daran, dass die ganze Stadt mit Blumen geschmückt war. Wie überhaupt alle Städte und Dörfer, die sie bisher auf ihrem Weg durch das Reich gesehen hatten. Als hätte das Land auf einmal Rouge aufgetragen und Parfüm. Zur Feier von was?

Sie kniff die Augen zusammen. Tatsächlich, das war Jean dort auf der Brücke! Und er hatte die Schubkarre dabei. Sie erkannte ihn an seinem Dreispitz. Natürlich. Wer sonst würde mit einer so albernen Antiquität auf dem Kopf durch die Gegend spazieren, als wäre er Bonaparte persönlich? Noch dazu mit der leeren Schubkarre?

Zola schüttelte den Kopf und murmelte: »Cela va faire mal ...«

Sie mochte sich gar nicht ausmalen, welche Wirkung diese bizarre Erscheinung am frühen Morgen auf einen braven Bürger haben musste. Oder auf weniger brave Bürger. In einem jener Landstriche von Europa, wo eine weit weniger wohlwollende Erinnerung an den Kaiser gepflegt wurde, als Jean sie mit seinem Mummenschanz so unbeirrt zu Markte trug. Er hielt seinen Napoleon in Ehren, als wäre stündlich mit seiner Rückkehr von St. Helena zu rechnen.

Wie oft hatte Zola ihm geraten, es nicht zu weit zu treiben mit dieser Folklore! Jean zuckte dann nur mit den breiten Schultern und sagte, was er immer sagte: »Cela va faire mal«, weil diese Formel seine Einstellung zum Leben auf den Punkt brachte. Es wird wehtun. Vielleicht nicht jetzt, vielleicht nicht morgen. Aber eines Tages ganz bestimmt.

Was Zola sich am Allerwenigsten ausmalen wollte. Dazu mochte sie den Alten viel zu sehr. Wenn er nicht getrunken hatte, war er so etwas wie die gute Seele ihrer kleinen Truppe. Wenn er getrunken hatte, war er noch immer so etwas wie ihr Urgestein. In einem früheren Leben, vor dem Großen Krieg, soll er Landarzt oder Tierarzt gewesen sein in der Picardie. Das war es jedenfalls, was ihnen die Leute in der Picardie erzählt hatten. Als Landarzt oder Tierarzt sei er in den Krieg gezogen – und nie mehr heimgekehrt. In der Picardie gingen seinerzeit Gerüchte, er sei mal in Bordeaux, mal in Paris gesichtet worden. Als Clochard, der sich mit Kunststückchen über Wasser hielt. Vermutlich war er damals schon, als was Zola ihn später kennengelernt hatte – ein Houdini der Seifenblasen.

Als Meister seines Fachs und Mönch seiner Religion machte Jean um die Rezeptur seiner Laugen ein großes Geheimnis, aus dem Anrühren der Zutaten ein heiliges Gewese. Die Würde dieser Rituale war zu respektieren. Und nahm nicht auch Zola ihr eigenes Handwerk ernster, als es im Dienst der Illusion nötig gewesen wäre? Es gab mal eine Zeit, da hatte sie viel über solche Dinge nachgedacht. Aber bis zum heutigen Tag wollte ihr nichts einfallen, das flüchtiger und zweckloser und schöner wäre als eine Seifenblase. Der gute Jean, dachte sie zärtlich, während er dort oben die Schubkarre über die Brücke schob. Schickt unermüdlich Schillerndes in eine feindliche Welt, wo es platzen muss, wie nur Seifenblasen platzen. Oder Träume.

»Cela va faire mal« werden seine letzten Worte sein, bevor er am 20. Juni 1944 an einer Ziegelsteinmauer in Coussay-les-Bois mit verbundenen Augen als Partisan erschossen wird, der er nie war.

•

Reifen aufpumpen? So ein lästiger Quatsch! Deutscher Erfindergeist, dachte Lothar und trat fester in die Pedale, deutscher Erfindergeist würde bald Schläuche entwickeln, die überhaupt nicht mehr aufgepumpt werden müssten. Besser noch fliegende Fahrräder, jawohl, mit schlagenden Flügeln rechts und links, rechts und links, rechts und links, rechts überholte ihn die gelbe Straßenbahn. An einem solchen Morgen gehörte der Gehweg neben der Kaiserstraße ihm ganz alleine. Lothar lehnte sich tief über die Lenkstange. Umklammerte die Griffe, dass seine Knöchel weiß hervortraten, Daumen an der Klingel. Vorbei am Gemüseladen von Frau Schiller und an der Frisierstube von Herrn Benedini, klingeling, vorbei an der Einfahrt zum Getränkelager der Gebrüder Lejeune. Beim Lichtspielhaus, dem Tivoli, hatte er die Trambahn wieder eingeholt. Nur noch ein paar Haltestellen bis hinunter zum Fluss, klingeling. Omnibusfahrräder, das wär's! Im Rhythmus seiner Tritte murmelte er die Verse vor sich hin, das machte er immer so.

Es führt über den Main.

Eine Brücke von Stein.

Linker Hand flogen jetzt die Schaufenster nur so vorbei. Seinen Vorsprung würde die Elektrische bis zur Brücke nicht mehr einholen! Schuhladen, Wäscherei, Kurzwaren. Die Konditorei Hirschbiegel mit ihren mehrstöckigen Torten in der Kühlung, als wären es ebenso kostbare Exponate wie die Nähmaschinen von Pfaff und Singer im Geschäft nebenan.

Rechts und links, rechts und links, so konnte er sich die Zeilen gut merken.

Wer darüber will geh'n.

Muss im Tanze sich dreh'n.

Fußpflege, Instrumente, Spielwaren. Zylberstayn mit seinen Juwelen hinter extradickem Glas, Zylberstayn, warum nicht einfach Silberstein? Gleich daneben die M. Sieber'sche Buchhandlung, das kleine Geschäft seiner Mutter, Schreibwaren und Bücher. Bei der Werkstatt bremste er ab, um einen Blick auf die zerlegten Fords und aufgebockten Opel im Hof werfen zu können, und vor dem Eiscafé standen bereits Tische und Stühle auf dem Gehweg.

Beim GINSTERBURGER ANZEIGER wurde gerade eine neue Ausgabe verladen. Das war jetzt Pech, das bremste seine Fahrt. Geschäftiges Gewusel, durch das sich Lothar nur zu Fuß einen Weg bahnen konnte. Zwischen den Männern auf der Rampe und den Boten mit ihren Droschken und Lastkraftwagen flogen die Scherze, Flüche und verschnürten Zeitungspakete nur so hin und her. Fehlte nur noch, dass er hier jetzt dem Vater von Gesine über den Weg lief. Erst beim Eingang zum Redaktionsgebäude, über dem ein marmorner Muskelprotz eine grünstichige Weltkugel in die Höhe stemmte, konnte Lothar das Rennen gegen die Straßenbahn wieder aufnehmen – und am Ende knapp für sich entscheiden.

Fallalala la, falla la, la

Wie ging's weiter? Er überquerte die steinerne Brücke und radelte durch das Stadttor, dann über das alte Kokokopfsteinpflaster der Kronengasse. Dort blieb Lothar stehen und spähte unschlüssig in die Winkelgasse. Es war seine Gewohnheit, einen Abstecher in das verwunschene Gewirr aus Fachwerkhäusern zu machen, zu einem kleinen Platz mit Springbrunnen, ins Herz der wirklich alten Altstadt. Uraltstadt mit Gassen so eng, dass ihre märchenhafte Verschlafenheit auch tagsüber kaum von Sonnenlicht erhellt wurde. Hier hatten vor langer Zeit die Menschen gewohnt, die über Jahrhunderte am Münster bauten. Das hatte ihm seine Mutter im Frühjahr bei einem Spaziergang erzählt: »Und bald wird das alles plattgemacht«, dann käme dort »etwas Neues« hin. Und der Gedanke, diese ganze Welt könnte bald verschwunden sein, hatte Lothar so erschreckt, dass er sich seitdem auf dem Weg zum Chor gerne Zeit für einen Abstecher nahm. Schweren Herzens entschied er sich heute dagegen. Er war zu spät dran.

Kommt ein Fuhrmann daher,
hat geladen gar schwer.

Alle Fenster der Kreisleitung waren wie zum Frühjahrsputz geöffnet, das sah freundlich aus. Die Hakenkreuzfahnen hingen fast bis auf die Straße herunter. Wo die Kronengasse sich zum Marktplatz öffnete, hatte die Metzgerei Schlesinger schon geöffnet. Wenn er seine Mutter dort zum Einkauf begleitete, steckte ihm die Frau Schlesinger mit ihren fleckig roten Wangen gerne ein Scheibchen Fleischwurst zu, »damit er groß und stark wird, unser kleiner Kamerad«, aber Lothar warf die Wurst immer weg, aus Angst, davon eines Tages ebenso rote Wangen zu bekommen wie Frau Schlesinger. Jetzt stand sie mit blutiger Schürze vor dem Geschäft, zwinkerte ihm zu und spritzte mit einem Schlauch das Blut vom Pflaster. Im Uhrzeigersinn radelte Lothar um den Neptunbrunnen herum.

Seiner Rösser sind drei
und sie tanzen vorbei.

Vorbei am Hotel Krone mit seiner goldenen Drehtür und dem Wimpel mit dem Wappen der Stadt, Mühlrad mit Lanze auf grünem Grund. Vorbei am Roten Storch mit seinem hölzernen Storch über dem Eingang, vor dem die rothaarige Roswitha gerade erste Stühle in die Sonne stellte. Vorbei am Theater, wo Lothar auch diesmal einen Blick auf die Fotografien im Schaukasten riskierte. Männer in Rüstungen, Männer mit Speeren. Frauen in weiten Gewändern, Frauen in kurzen Röcken.

Fallalala la, falla la, la

»Pass auf, Kleiner, dass dir nicht die Augen aus dem Kopf fallen!«, rief Roswitha mit breitem Grinsen, beide Arme in die breiten Hüften gestemmt. Mit glühenden Ohren wandte er sich ab und schwang sich wieder aufs Rad. Jetzt galt es, Anlauf zu nehmen die steile Glockengasse hinauf, wo er es an der Synagoge vorbei bis zum Museum schaffen könnte, bevor er absteigen und das Fahrrad den restlichen Anstieg zum Gemeindehaus an der Erlöserkirche würde schieben müssen. Aber auf den Stufen vor dem Münster stand ein seltsamer Mann, der erregte seine Aufmerksamkeit. Er trug einen sehr kuriosen Hut.

•

Zola hatte gewartet, bis Jean mit seiner Schubkarre und dem albernen Dreispitz durch das Stadttor mit seinem Zwillingsturm verschwunden war. Ihre Füße waren inzwischen auch getrocknet. Pfeifend stand sie auf, drehte sich um – und hielt vor Schreck die Luft an.

Auf der Böschung ein sprungbereiter Höllenhund. Mit erhobener Pfote mitten in der Bewegung erstarrt, als er Zola entdeckt hatte. Bluthund, der das Wild fixiert. Kein Knurren, aber das mochte nichts bedeuten.

Ins Wasser, dachte sie. Geht er auf mich los, dann springe ich ins Wasser.

Er rührte sich nicht, sie rührte sich nicht.

Bald hätte Zola nicht mehr sagen können, wie lange sie schon stand und starrte, Auge in Auge mit diesem Monstrum.

Plötzlich ein scharfer Zuruf: »Boelcke! Sitz, verdammt nochmal!« Folgsam setzte sich der Zerberus, ohne Zola aus den Augen zu lassen.

Auf dem Pfad tauchten zwei Männer auf. Ein dicker Mann mit dicker Brille und breiten Hosenträgern, der dem Hund den Kopf tätschelte und »Brav, Boelcke, brav« sagte. Und ein dicker Mann mit Vollbart und Soutane, katholischer Priester also und über ihre Begegnung ähnlich überrascht wie Zola Vovoni, die mit klimpernden Armreifen ein hektisches Kreuz schlug. Worauf der Pastor eine segnende Geste andeutete und einen kurzen Blick mit seinem Begleiter wechselte.

Dunkle Haut, weite Kleider, offenes Haar, ein einzelner Pantoffel in der Hand. Zola wusste, dass sie einen ungewohnten Anblick bot, und ahnte, dass diese Leute sich die üblichen Gedanken machten. Gleich würden sie die üblichen Fragen stellen. Also nahm Zola all ihren Hochmut zusammen, stieg langsam die Böschung hinauf, jetzt bloß nicht ausrutschen, und schritt erhobenen Hauptes an den beiden Männern vorbei. Ihre Blicke konnte sie noch im Rücken spüren, weil sie solche Blicke ebenso gewohnt war wie ihre Unverhohlenheit, die sich zuverlässig entlud in eine wüste Beschimpfung, einen unflätigen Spruch, einen schlüpfrigen Scherz.

»... Splitter!«, hörte sie es leise hinter sich.

Zola blieb stehen.

»Glas!«

Zola drehte sich um. Der Hund widmete sich der Pflege seines Geschlechts. Sein Herrchen hob abwehrend die Hände: »Ich will Ihnen ja nicht zu nahe treten, ich meine ja nur ...«

»Es empfiehlt sich nicht«, sprang der Priester ein, »am Fluss auf festes Schuhwerk zu verzichten. Hier unten wird oft gefeiert, die Jugend, und deshalb hat's überall Glasscherben!«

Später, schon auf dem Trampelpfad zwischen den blühenden Weißdornhecken, konnte Zola wieder freier atmen. Sie war nicht gebissen, beschimpft oder verspottet worden. Sie war auf eine drohende Gefahr hingewiesen worden und hatte sich mit einem Lächeln bedankt. Gewöhnlich waren die Leute, wie sie es seit jeher waren, wenn fahrendes Volk ihre gefügten Gewohnheiten in Unordnung bringt – überrascht am ersten Tag, fröhlich am zweiten, ausgelassen am dritten. Am vierten oder fünften Tag war ihnen der Anblick der Buden und Wagen vertraut geworden. Am sechsten oder siebten Tag hatte sich ihre Gastfreundschaft gesättigt. Spätestens am achten oder neunten Tag legte ihnen ein örtlicher Ordnungshüter den Abgang nahe. Vertraulich, leutselig, noch. Auf eine weitere Woche ließen sie es nur selten ankommen. Möglich, dass sie hier ihre Zelte noch früher abbrechen mussten. In Ginsterburg war ihnen das Sportfeld abseits der Stadt als Standort zugewiesen worden. Das war nicht sehr gastfreundlich, dachte Zola. Besser als nichts, aber nicht gut fürs Geschäft.

Ohnehin lief es seit einer ganzen Weile nicht gut für ihre kleine Truppe. Ganz egal, wo und unter welchem Namen sie auftraten. Ob als »Extravagancia del Profesor Magirus Hipódromo y Circo« in Spanien, ob als »Professore Magirus Ippodromo & Circo Stravaganza« in Italien, ob als »Professeur Magirus Hippodrome & Spectacle de Cirque« in Frankreich. Auch in Deutschland waren sie als »Professor Magirus' Pferdeschau & extravaganter Zirkus« nicht viel mehr als ein fahrender Tingeltangel mit genau zwei Attraktiönchen.

Raj, der indische Tiger.

Und Gino mit dem Todeskessel.

•

Lothar hätte schwer erklären können, warum ihm das Münster so unheimlich war. Lag es an den dämonischen Wasserspeiern, die ihm mit ihren steinernen Augen zu folgen schienen? Oder an der zerklüfteten Fassade, die wie eine düstere Klippe über dem Marktplatz aufragte? An seinem wolkenhohen Turm, dessen Zwilling nie vollendet worden war? Oder an den schwarzen Rabenvögeln, die ihn unablässig umkreisten? Auf Lothar jedenfalls wirkte das Gebäude so bedrohlich wie eine Gewitterwolke.

Umso neugieriger machte ihn, was dieser Mann dort auf den Stufen zum Portal im Schilde führte. Abseits stand, von einem Tuch bedeckt, eine Schubkarre. Der Mann hatte die Kirche im Rücken und einen lustigen Hut auf dem Kopf. Mit ausladenden Bewegungen, die zum Zuschauen einladen sollten, rührte er in einer Zinkwanne. Lothar fasste sich ein Herz und trat näher heran. In der Wanne schwappte seifige Flüssigkeit. Gerührt wurde sie mit einer Reuse aus Draht. Das eigenartige Werkzeug glich einem Schmetterlingsfänger, nur ohne Netz. Gebannt folgte Lothar jeder einzelnen Bewegung, gewiss, gleich Zeuge eines erstaunlichen Kunststücks zu werden ...

»Was wird denn das, wenn's fertig ist?«

»Saubere Unterhosen, ist doch klar!«

Lothar spürte, wie sein Herz ins Stolpern geriet. Die Zwillinge. Ihr Gelächter, ganz nah. Irgendwie hörte er ihren Stimmen an, dass sie die neuen Uniformen trugen. Er *wusste* es einfach, ohne sich umzudrehen. Lothar kannte Knut und Bruno vom Sehen, aus der Oberschule für Knaben, da waren ihm die Söhne vom Gürckel zwei Jahrgänge voraus. Er kannte sie gut genug, um zu wissen, dass ihnen besser aus dem Weg zu gehen war.

Erwachsenen bereitete die Ähnlichkeit der Zwillinge manchmal Schwierigkeiten. Kein Muttermal, keine Narbe und auch sonst kein Merkmal, das eine Unterscheidung erleichtert hätte. Schon immer hatten sie die gleichen Kleider getragen. Neuerdings zeigten sie sich nur noch in erdnussbraunem Drillich, die Sommermütze schief auf dem Kopf, das schwarze Halstuch locker gebunden. Armbinde mit Hakenkreuz. Besonders »fesch« fanden das die Erwachsenen. Und sprachen munter Knut als Bruno und Bruno als Knut an, als sei es einerlei. Lothar konnte die Verwirrung nicht verstehen. Er wusste immer, instinktiv und zweifelsfrei, mit wem er es zu tun hatte. Prügelfreudig waren alle beide, aber Knut war der mit der kürzeren Lunte, den gehässigeren Sprüchen, den härteren Ohrfeigen.

Und so spürte er auch jetzt den Reflex, sofort die Flucht zu ergreifen. Wieso hatte er die Gefahr nicht kommen sehen?

»So'n Quatsch«, hörte er auf einmal Roswitha sagen: »Sieht doch ein Blinder mit Krückstock, dass der Reklame für den Jahrmarkt macht ...«, und das erleichterte Lothar ein wenig. Solange die Wirtin vom Roten Storch in der Nähe war, würden ihn die Zwillinge in Frieden lassen.

»Wenn das so ist, wüssten wir schon gerne«, beharrte Bruno, »was es ist, das hier so bestialisch stinkt?«, vollendete Knut.

»Ich würde es eher verdächtig finden, wenn man unsere Schlachtabfälle nicht riechen könnte«, warf Frau Schlesinger ein, Lothar erkannte auch sie an ihrer »Noch ein Stückchen Fleischwurst für unseren kleinen Kameraden?«-Stimme. Die Schubkarre dort sei randvoll mit Knochen und Pansen und Gedärmen und Gekröse für den Tiger. Lothar guckte ehrfürchtig rüber und sah Schmeißfliegen auf dem Tuch. Und aus dem kleinen Pulk, der sich inzwischen versammelt hatte, rief jemand zur allgemeinen Erheiterung: »Vorlautes Jungvolk wäre dem Tiger bestimmt lieber!«

Der Mann mit dem Dreispitz hatte in der Zwischenzeit in aller Seelenruhe weiter in der Wanne gerührt. Jetzt erst blickte er auf, vergewisserte sich seines Publikums – und malte mit einer schnellen Bewegung einen Bogen in die Luft, einen Schwarm mikroskopischen Geglitzers. Freundlicher Applaus, dezente Verbeugung.

Lothar vom Donner gerührt.

Zauberei, dachte er, das ist Zauberei.

Erneut zog der Zauberer seine Reuse durch die Lauge. Diesmal zeichnete er auf Brusthöhe ein zitterndes Muster, aus dem sechs Blasen wie Billardkugeln hervortanzten, die er von Hand zu Hand wandern ließ – erst mit erstauntem, bald mit gelangweiltem Gesicht. Zuletzt tat er, als müsste er ein Gähnen unterdrücken, zog eine Stricknadel aus dem Jackett und brachte die Blasen nacheinander zum Platzen. Verblüffter Applaus, elegante Verbeugung.

Lothar mit offenem Mund.

Beiläufig steckte sich der Zauberer eine Zigarette an und tauchte erneut seinen Blasenstab in den Bottich. Aus schillernden Farben ein zitternder Schlauch, den er an seine Lippen führte und mit Rauch aus seinen Lungen füllte. Eine knappe Bewegung aus dem Handgelenk verschloss das Gebilde zu einem Globus von beachtlicher Größe. Und über den Stufen zur Kathedrale war ein milchiger Mond aufgegangen. Stürmischer Applaus, »Bravo!« und »Allerhand!«, tiefe Verbeugung zum Ende der Vorstellung.

Plaudernd zerstreute sich das kleine Publikum. Nur Lothar blieb stehen und beobachtete, wie der Zauberer die Lauge in den Gulli kippte, Zinkwanne und Schmetterlingsfänger auf die Schubkarre lud. Unterdessen hatte ein Hauch von irgendwoher die Rauchseifenblase erfasst. Gemächlich segelte sie über den Marktplatz bis über den Neptunbrunnen, hielt inne, kehrte um, dem Münster entgegen. Mit glasigen Augen folgte Lothar ihrem Flug im Aufwind die düstere Fassade hinauf. Ein winziges Gestirn aus Flüchtigkeit und Oberflächenspannung, das einfach nicht platzen wollte.

•

Über der Tür tickte die Uhr. Der Wasserhahn tropfte. Merle drehte ihn fester zu. Er tropfte weiter. Unablässig rauschte durch die Rohre das Abwasser. Spielte wohl wieder der Fritz Grasberger von oben mit der Klospülung. Hatte große Freude daran, der Kleine, anders als seine Mutter. Wie sich die Nachbarin ihrer späten Schwangerschaft geschämt hatte. »Mit bald vierzig Jahren«, hatte die Frau Grasberger bei wirklich jeder Begegnung im Treppenhaus geklagt, sei sie als Mutter eigentlich viel zu alt. Merle war es unangenehm, von dieser sauertöpfischen Person ins Vertrauen gezogen zu werden. Zugleich fühlte sie sich aber zu aufmunternden Floskeln verpflichtet, von Frau zu Frau. Kopf hoch, Frau Grasberger! Das wird schon! Als der Bub dann zur Welt kam, körperlich kerngesund, war von einem seltenen Syndrom mit kompliziertem Namen die Rede. Geistig würde der Fritz immer Kleinkind bleiben. Inzwischen hatte der Knabe die Pubertät erreicht und seine Leidenschaft für Schalter, Hebel und Knöpfe entdeckt. Er griff einfach nach allem, womit er möglicherweise etwas in Gang setzen konnte.

Über dem Mülleimer eine Wolke aus Fruchtfliegen. Merle schlug die skelettierten Apfelgehäuse, welken Salatblätter und verschimmelten Zitronen in eine Ausgabe des GINSTERBURGER ANZEIGERS ein. Dann legte sie das feuchte Papierbündel neben die Wohnungstür, damit sie später das Runtertragen nicht vergessen würde.

Sie ging in Lothars Zimmer und zog die Vorhänge auf. An den Wänden ein blassbuntes Mosaik aus Banknoten. Scheine über Zehntausend, Millionen, Milliarden oder Billionen von Reichsmark. Bunter Papiermüll, mit dem Robert nach der Großen Inflation das künftige Kinderzimmer tapeziert hatte. Da war ihr Sohn schon unterwegs und ihre Ehe schon gescheitert gewesen.

Als Merle die Bettwäsche ausschüttelte, polterte etwas auf den Boden. Sie ging auf die Knie, tastete unter dem Bett. Natürlich die Dynamotaschenlampe. Hatte ihm der Smolka geschenkt. Über diese Leserei bis in die Puppen würde sie mit Lolo mal ein ernstes Wörtchen reden müssen. Sie klopfte das Kissen aus, strich die Tagesdecke glatt und setzte sich gedankenverloren aufs Bett. Die Ära kämpfender Strichmännchen und Buntstiftpiraten am Kopfende war wohl wirklich vorbei. Inzwischen hing dort ein Luftschiff an der Spitze des höchsten Wolkenkratzers von Neuyork und eine nachkolorierte Montgolfière über dem Schlachtfeld von Solferino. Darunter weitere Fotos, die Lothar aus Illustrierten geschnitten hatte. Luftritter wie Manfred von Richthofen, Max Immelmann oder Ernst Udet. Rennfahrer wie Bernd Rosemeyer, Hermann Lang oder Ewald Kluge. Junge Männer mit Heldenblick in die Ferne.

Ach, dachte sie dann, mein Lolo macht sich. Aber so still ist er noch. So folgsam, so verträumt. Keine Freundschaften, wie Dreizehnjährige in seinem Alter sie längst schon geschlossen haben müssten. Keine für einen Sommer, keine fürs Leben. Nicht in seiner Schule, nicht in der Nachbarschaft, nicht beim Schlagballspielen unten auf dem Sportfeld vom TuS Ginsterburg. Für die Paddlergilde war er noch zu jung. Die Hitlerjugend kam sowieso nicht in Frage. Schon aus Rücksicht auf Robert. Beiden wäre ihnen nicht im Traum eingefallen, ihr gemeinsames Kind den Faschisten zu überlassen.

Kennengelernt hatte sie Robert, als er bei ihr im Laden ein Buch über die russische Revolution bestellte. Wie der junge Trotzki sah er damals noch aus, Vorarbeiter und Gewerkschaftler bei der Jungheinrich GmbH & Co. KG. Die Beziehung war kurz und stürmisch. Sie lasen sich gegenseitig Bakunin vor und träumten von einer Reise nach Moskau. Er verhöhnte sie als Sozialdemokratin, sie verspottete ihn als Stalinisten.

Harmlose Neckereien waren das, wie Merle dachte – bis zu dem Tag, an dem sie bei ihrem Lieblingsschriftsteller über eine lustige Geschichte gestolpert war. Bei einer Reise in die Sowjetunion war Panait Istrati zum Zeugen des Elends und der Schauprozesse geworden. Auf seine Frage wurde ihm erklärt, man könne eben kein Omelett zubereiten, ohne ein paar Eier zu zerschlagen. Worauf Istrati geantwortet hatte: »Ich sehe die zerschlagenen Eier, aber wo ist das Omelett?«

Vielleicht hatte sie zu laut gelacht, als sie Robert diese Anekdote erzählte. Vielleicht hatte er auch einfach nur einen sehr schlechten Tag gehabt. Jedenfalls war ihm da zum ersten Mal die Hand ausgerutscht – und Merle hatte noch am selben Tag den Entschluss gefasst, ihn zu verlassen. Sein Krebs aber war schneller. Er kam ihr in die Quere. Und so blieb Merle die drei Jahre, die ihm noch bleiben sollten, an seiner Seite. Mit Kopf und Herz auf Abstand zwar, aber an seiner Seite. Diese »schlechten Zeiten«, dachte sie manchmal, waren nicht die schlechtesten gewesen. Es waren geschenkte und gestundete. Und manchmal hatten sie sogar so etwas wie eine Familie gehabt.

Auf dem Nachttisch stapelten sich die Abenteuer zu einem schiefen Büchertürmchen.

Ein Sturz in den Mahlstrom (dünne Staubschicht)
Ein Kampf um Rom
Reise zum Mittelpunkt der Erde (zerfleddert)
Fünf Wochen im Ballon
Sagen des Altertums (klassisch)
Der Schatz im Silbersee (unberührt)

Jeden Monat brachte sie Lolo ein neues Abenteuer mit nach Hause. Jeden Monat nahm sie ein zugeschlagenes oder ausgeschlagenes Abenteuer wieder mit zurück in ihren Buchladen. Merle pustete die dünne Staubschicht von Edgar Allan Poe und warf einen kurzen Blick auf Lothars aktuelle Favoriten. »Luftherrschaft« von einem gewissen Giulio Douhet. Sie blätterte auf und las einen beliebigen Satz: »In diesem Kampf müssen wir den Luftkrieg zu seinem logischen Ende führen.« Mit einem Frösteln schlug sie das Büchlein wieder zu und griff nach dem »Reiseführer durchs Reich der Insekten«, der sich zwischen Gurkengläsern mit Essigäther und Stecknadeln, Klebstoff und Pinzetten einen Ehrenplatz auf dem Schreibtisch erobert hatte. Das sah Lolo viel ähnlicher. Aufgeschlagen war das entomologische Lexikon bei L wie »Lucanus Cervus«. Aha, der Hirschkäfer. Ein ganz erstaunliches Tier. Glücklicherweise konzentrierte Lolo sich auf kleinere Insekten. Katalogisierte gepresste Falter, wie andere Leute Briefmarken sammelten. Fügte eigene Zeichnungen hinzu.

Merle freute sich über sein Steckenpferd. Auch wenn sie der Gedanke traurig machte, dass Lothar alle diese Geschöpfe eigenhändig und einzeln töten musste. Zwar ließ sie sich gerne zeigen, wie umsichtig er dabei vorging. Äther auf die Watte, *danach* erst die Nadel durchs Herz. Es blieb aber bei ihrem Wunsch, sein einsames und eisiges Steckenpferd durch Gesellschaft und Wärme auszugleichen. Ob er nicht im Chor von Frau Kruse? All die anderen Jungs? Limonade und Kuchen!

Auf ihren Vorschlag hatte Lothar zunächst nur mit seinem typischen Schulterzucken geantwortet. Und trotzdem radelte er nun schon seit einem halben Jahr jeden Freitag ins Gemeindehaus der Erlöserkirche. Worte der Begeisterung hatte Merle in der ganzen Zeit noch nicht gehört. Klagen aber auch nicht. Ganz gleich, wohin man ihren Sohn auch stellte – er tat gewissenhaft, was von ihm verlangt wurde. Manches sogar, wenn man Frau Kruse glauben durfte, mit einigem Talent.

Wie alles schon immer eingefaltet ist in unseren Kindern, dachte sie und nahm die Brille ab. Wie es sich Jahr um Jahr entblättert, wie mehr und mehr zum Vorschein kommt, was eingefaltet war von Anfang an. Persönlichkeit. Sie rieb sich die Nasenwurzel. Doch, er macht sich. Er kommt nicht nach seinem Vater. Er kommt nach mir. Bei dieser Erkenntnis empfand sie weder Schmerz noch Stolz. Nur eine zärtliche Form von Ratlosigkeit.

Sie setzte die Brille wieder auf und schlenderte zurück in die Küche. Räumte das Geschirr beiseite, hielt es mechanisch unter den Wasserhahn, trocknete es ab, hängte das Tuch vor den Herd. Dann nahm sie den schrumpeligen Apfel aus dem Korb, betrachtete ihn eine Weile und biss hinein.

•

Zola Vovoni kreuzte die Aschenbahn und überquerte das Fußballfeld, sein Gras kitzelte zwischen ihren Zehen. Die Weitsprunggrube war eine kleine Sandwüste. Gleich dahinter erhob sich, wie der Tempel einer obskuren Religion, am Rande ihrer kleinen Wagenburg der Todeskessel. Im Prinzip war die Steilwandtonne nur ein gigantisches Weinfass, gefügt aus hölzernen Halbschalen. Neben einem würfelförmigen Käfig, verhängt mit blauen Tüchern, schraubte Gino an seinem Motorrad. Am Oberkörper klebte ihm das Unterhemd, im Mundwinkel die Zigarette. Kaum bemerkte er Zola, warf er den Schraubenschlüssel beiseite und sprang auf.

»Die Bestie hat Hunger, Zola! Wo bleibt das Fleisch?«

Zola lächelte: »Du solltest wirklich mehr auf eine ausgewogene Ernährung achten, junger Freund. Gerade am Morgen!«

Verständnislos starrte er sie an, sofort lenkte Zola ein: »Jean ist schon in der Stadt. Er kommt bestimmt bald zurück.«

Mit zwei Fingern nahm Gino die Kippe aus dem Mund, betrachtete sie kurz und schnippte sie weg. »Hoffentlich lässt er sich nicht zu viel Zeit, *maledetto*«, sagte er und blickte hinüber zum Käfig. »Niemand weiß, wozu ein hungriger Menschenfresser fähig ist!«

»Wir sollten es besser nicht darauf ankommen lassen!«, sagte Zola mit gespieltem Schaudern.

Und so lachten beide, worüber sie ebenso gut hätten weinen können. Es war ein jämmerliches Schauspiel, zu dem ihre ehemals glanzvollste Nummer verkümmert war: »Die Enthüllung des indischen Menschenfressers«, wenn das Publikum schon den ganzen Tag ehrfurchtsvoll um die verhängten Gitter herumgeschlichen war und den Tiger *gerochen* hatte. Denn stinken, bei allen Göttern, das konnte die Katze noch. Früher hätte der Tiger zum Zeitpunkt der Enthüllung – in der kinderfreundlichen Frühvorstellung um acht, in der bengalisch beleuchteten Spätvorstellung um elf Uhr am Abend – bereits gebrüllt und getobt wie der Leibhaftige. Heute konnte, wer gerade abkömmlich war, ein Jongleur oder eine Seiltänzerin, zu Trommelwirbel und Tusch das blaue Tuch vom Käfig ziehen. Mit ein wenig Glück erwachte Raj dann aus seinem ewigen Nickerchen und schaute sich verwirrt um. An sehr guten Tagen wuchtete er sich sogar blinzelnd auf die Beine und fauchte heiser in die Stäbe. Der schwierigste Teil der Nummer war, das Tuch rechtzeitig wieder über dem Käfig zu drapieren. Der Greis neigte dazu, sich binnen kürzester Frist erneut aufs Ohr zu legen.

Wirkung erzielte der Tiger nur noch auf Plakatwänden und an Litfaßsäulen. In Wahrheit gab es ihn längst nicht mehr, ebenso wenig wie einen »Professor Magirus«. Oder auch nur ein Hippodrom, seit ihnen vor drei Jahren der letzte Klepper an Altersschwäche verendet war. Für Ersatz war einfach kein Geld da. Schon der Appetit der alten Katze brachte sie regelmäßig an den Rand des Ruins. Als Glanzlicht blieb nur Gino, der sein Motorrad allerdings nach jeder Steilwandfahrt von Grund auf überholen musste.

»Was ist denn mit der Maschine?«, erkundigte sich Zola. »Können wir uns heute Abend auf sie verlassen?«

Gino spuckte aus: »*Fanculo tutto!*«

Zola lächelte. Wie eifrig der Junge sich bemühte, seine Zugehörigkeit zu ihrem fahrenden Volk zu verleugnen, wie unbedingt er stattdessen Italiener sein wollte. Er war kein Rom, Römer wollte er sein. *Fanculo tutto?* So ein Unfug.

»Ist es schlimm?«, fragte sie.

»Ich flicke sie schon seit Monaten«, sagte er und hob den Schraubenschlüssel wieder auf. »Ich flicke und flicke, bis ich endlich das Ersatzteil finde. Und wenn ich das Ersatzteil finde, dann kann ich es mir nicht leisten. Also flicke ich weiter.«

Zola gefiel es nicht, Gino so zerknirscht zu sehen. Der Zirkus brauchte einen unzerknirschten Gino. Seinen Wagemut, wenn er an der senkrechten Wand des Todeskessels förmlich zu kleben schien. Seine Schönheit, wenn er mit ausgebreiteten Armen in den Fußrasten stand wie ein horizontaler Jesus. Mit weißem Seidenschal um den Hals, lederner Fliegermütze auf dem Kopf und dem Lächeln eines jungen Rudolph Valentino im Gesicht, wenn er auf den ratternden Planken seine Kreise zog in einer Wolke aus Lärm und Benzin, dem Parfüm der Moderne. Zola stellte sich vor, wie Gino beim flüchtigen Blick aus seinem Kessel hinauf ins Rund der Ränge keine einzelnen Gesichter mehr erkennen konnte. Nur ein wirbelndes Band der Verzückung. Geöffnete Münder, gerötete Wangen, geballte Fäuste. Sie mussten ihm erscheinen wie ein Mund, eine Wange, eine Faust. Eine Verzückung.

Er wird am 27. September 1942 auf seiner dienstlichen Gilera sterben, wenn ihm in Ägypten an der einzigen Kreuzung von Sidi Barrani ein italienischer Schützenwagen die Vorfahrt nimmt.

•

Lothar schob die letzten Meter, lehnte das Fahrrad gegen die Hauswand und stemmte sich gegen die Eichenholztür zum Gemeindesaal der Erlöserkirche. Drinnen empfing ihn das leere Foyer und sein schlechtes Gewissen. Fast eine Viertelstunde in Verzug, so spät wie noch nie. Da konnte er sich auf etwas gefasst machen. Ein Donnerwetter, das sich gewaschen hatte. Vielleicht auch ein paar Schläge mit dem Taktstock. Er eilte den Gang hinunter bis zur Tür zum Proberaum.

Und ein Bursch ohne Schuh
und in Lumpen dazu.
Als die Brücke er sah,
ei, wie tanzte er da!

Er nahm sich ein Herz und trat ein. Frau Kruse streifte Lothar nur mit eisigem Blick, ohne den Tanz ihres Taktstocks zu unterbrechen. Unschlüssig blieb er neben der Tür stehen, den schadenfrohen Blicken der anderen Jungen ausgesetzt. Mit Namen kannte er nur wenige, befreundet war er mit keinem. Chorknaben kamen gemeinhin auch nicht aus der Vorstadt mit ihren Mietskasernen, wo Lothar wohnte. Sie kamen aus Herzogental mit seinen Herrenhäusern in weitläufigen Parkanlagen, aus Elternhäusern mit Ölgemälden an den Wänden und Flügel im Salon. Mit lächelnden Müttern, die andere lächelnde Mütter mit Tee bewirteten, und Vätern, deren Geschäfte sie nach London oder Frankfurt oder Danzig führten. Und wenn diese Väter mal zu Hause waren, lauschten sie den Geschichten ihrer Söhne, sagten »Hört, hört!« und blickten mit Wohlgefallen auf ihre Sprösslinge. So stellte Lothar sich das zumindest vor.

Fallalala la, falla la, la. Lothar starrte weiter auf den Boden, summte leise mit. Die Fülle, der Wohlklang. Wie beim Ausatmen alles in Melodie zerfloss. Die reine Schönheit eines getroffenen Tons ... Wo blieb denn das Donnerwetter? Frau Kruse schien ihn nicht weiter beachten zu wollen. Unwirsch dirigierte sie jetzt gegen einen Missklang an, der sich auf einmal in den Gesang gemogelt hatte. Lothar sah grinsende Gesichter, verstohlene Rempeleien mit den Ellbogen. Fiebrige Seitenblicke, verhaltenes Prusten. Und endlich diese eine Stelle … *Kommt ein Mädchen allein auf die Brücke von Stein. Fasst ihr Röckchen geschwind, und sie tanzt wie der Wind* … an der sich alle Disziplin in Gekicher auflöste. Frau Kruse, verärgert, prügelte mit dem Taktaktaktstock gegen die Tischkante.

»Höher! Ist das denn so schwör? *Röckchen!*«, sang sie und kam hinter ihrem Pult hervor: *»Röck! Chen!«*, worauf die allgemeine Unruhe in gackernden Tumult umschlug.

Gelangweilt blickte Lothar aus dem Fenster. Am Himmel keine rauchgefüllte Seifenblase. Die blühende Kastanie im Hof ganz still, wie gemalt. Kein Wind.

Und jetzt erst entdeckte er den Schmetterling, staubbraun auf dem staubbraunen Fensterrahmen. Ist das denn die Möglichkeit? So früh im Jahr, noch vor den Zitronenfaltern? Könnte das vielleicht sogar ein Nierenfleck sein? Und so nah, dass Lothar nur noch hätte zugreifen müssen! Er konnte sogar die Fühler zittern sehen. Aber wohin damit?

Er dachte nach. In der Hosentasche, das kannte er schon, würde ihm das Insekt zu einem unpräparierbaren Klümpchen zerfallen. Jetzt bräuchte er sein Sammelkästchen, aber das lag zu Hause auf dem Schreibtisch. Nichts zu machen. So ein Ärger! Künftig, nahm er sich vor, würde er seine Ausrüstung immer mit sich tragen. Sammelkästchen, Käscher, Äther. Allzeit bereit!

Fallalala la, falla la, la.

»Bis nöchsten Sonntag!«, rief die Frau Kruse jetzt. »Lernt mir den Text, Hörrschaften! Und lernt, eure Albernheiten ein wönig zu zügeln!«

Vom allgemeinen Aufbruch aufgescheucht, flog der Zipfelfalter gegen die Fensterscheibe, floh auf Hüfthöhe die Wand entlang. Lothar griff mechanisch nach seiner Ledertasche, ohne das Tier aus den Augen zu lassen.

»Lothar Sieber! Bleibst du noch einen Momänt?«

Er nickte, blieb mit gesenktem Kopf stehen. Das Donnerwetter, ganz vergessen. Die Kruse wartete, bis der Raum sich geleert hatte. Legte ihren Taktstock beiseite. Der Zipfelfalter hatte sich aus dem Staub gemacht.

»Das ist schon ein wülder Haufen, oder?«

»Ja, Frau Pfarrer.«

»Aber du fühlst dich wohl hier?«

»Ja, Frau Pfarrer.«

»Und bei der Mörle, stöht da auch alles zum Bösten?«

»Ja, Frau Pfarrer.«

»Ich frage nur, weil wir sie so lange nicht mehr im Gottesdienst gesehen haben. Mein Mann macht sich schon Sorgen.«

Lothar schwieg. Seitlich geisterte der Falter wieder in sein Blickfeld.

»Richte deiner Mutter doch aus, dass wir sie würklich gerne wieder in der Kürche begrüßen würden. Und dich natürlich auch! Magst du das tun?«

Der Falter hatte sich beruhigt und auf dem Pult niedergelassen. Es war wirklich ein Nierenfleck. Lothar nickte.

»Gut, dann geh jetzt heim.«

•

Irgendwann waren alle Feuerschluckerinnen bestaunt, alle Seiltänzer beklatscht und alle Süßigkeiten gekostet. Dann setzte Gewöhnung ein. An einem fünften Tag lockte nur noch Gino neues Publikum in seinen Todeskessel. Was dieser Italiener für ein Teufelskerl war, das sprach sich bis auf die Höfe und Dörfer im Umland herum – die enttäuschende Harmlosigkeit des »Menschenfressers« leider auch. So glich sich das wieder aus.

Und Zola? Konnte sich weder gratulieren noch beschweren, was die Bilanz des Abends betraf. Wieder waren alle dabei. Die Leutseligen und die Gläubigen, die Spieler und die Spielverderber, die

Verrückten und die Gefährlichen. Wobei man es den wenigen Gefährlichen am wenigsten ansah, dass sie gefährlich waren. Was sie erst recht gefährlich machte.

Beispielsweise die dralle Rothaarige am frühen Nachmittag. Hatte sehr konkrete Fragen zu einem amourösen Abenteuer mit einem Getränkehändler namens Lejeune und sich zuvor schon ordentlich weichgetrunken. Alkohol spielte Zola in die Karten, und das Tarot verfehlte nur selten seine Wirkung. Menschenkenntnis, mehr brauchte sie nicht. Der Rest war, was sie daraus machte. Eine Geschichte. Die Kundin war in Plauderlaune, was Zola ebenfalls in die Karten spielte. Aus denen Zola ihr dann las, dass es mit dem Getränkehändler nichts würde, vielleicht aber mit seinem Bruder. Hatte er denn einen Bruder? Er hatte, und der schien ebenfalls attraktiv zu sein. Die Kundin war zufrieden. Sie stellte sich als Wirtin vor, betreibe ein Gasthaus am Marktplatz und habe dort schon am Morgen »diesen Seifenblasenkünstler«. Perlenbestickte Geldbörse: »Was schulde ich?«, dazu üppiges Trinkgeld.

Beispielsweise der katholische Priester, dem sie am Morgen in den Büschen über den Weg gelaufen war. Gestatten, Pater Waibel. Ob er der »werten Kollegin« einfach mal einen Besuch abstatten dürfe? Ohne ihre Dienste in Anspruch zu nehmen? Er durfte, und Zola durfte ihn im Gegenzug »Bruder Julius« nennen. Schnell lenkte der Bruder ihr Gespräch auf Unterschiede und Parallelen ihrer beider Professionen, Kreuz und Pentagramm, Séance und Epiphanie, und Zolas Unbehagen wuchs mit jedem seiner Worte. Sie spielte trotzdem mit, bis er laut über eine mögliche »Ökumene mit dem Okkulten« nachzudenken begann und die in Wahrheit doch gewiss »gottgefällige Reinheit« einer Liebe zwischen Männern. Da dämmerte Zola, wie besoffen ihr Besucher schon die ganze Zeit gewesen sein musste. Sanft setzte sie Bruder Julius vor die Tür.

Beispielsweise die drei Schwestern. Gekleidet in dunkle Tracht und diese verhärmte Alterslosigkeit, wie sie mit dem Landleben kommt. Trauten sich kaum, überhaupt das Zelt zu betreten. Denen war das nicht geheuer. Am Anfang hielten sie sich an den Händen, bekreuzigten sich verstohlen, hatten »eigentlich gar keine Fragen«. Am Ende lauschten sie gebannt, was Zola der Glaskugel über die Fruchtbarkeit ihrer Äcker, ihrer Schöße sowie der Lenden ihrer Ehemänner entlocken konnte. Sie lebten noch in einem dunklen Aberglauben, wie er selten geworden war auf einem mit Glühbirnen ausgeleuchteten Kontinent. Damit konnte Zola arbeiten. Lederbeutel, die Münzen einzeln abgezählt.

Beispielsweise die Frau mit schwarzem Bubikopf und schwarzer Brille, an der Hand einen vielleicht dreizehnjährigen Jungen: »Darf man eintreten?« Der geweitete Blick des Sohnes, versteinert in Ehrfurcht. Dazu das spöttische Lächeln der Mutter, nur ein feiner Zug um den Mund. Zola wusste sofort, dass das nichts werden würde. Der moderne Mensch betrat ihr Zelt, wie er einen Blick auf das Horoskop in der Zeitung warf, versuchsweise, *als ob* – höchstens insgeheim hoffend, es könnte vielleicht doch etwas dran sein. Und manchmal nicht einmal das. Manchmal sollte eine Wahrsagerin nur zum Gespött gemacht werden.

Als Zola aus den Karten las, spähte ihr die Frau über die Schulter und rief: »Schau mal, Lolo, ein neuer Mann wird in unser Leben treten!« Als Zola tief in die Glaskugel blickte, reichte die Mutter ihr ein Taschentuch: »Vielleicht wollen wir sie zuerst polieren? Damit wir klarer sehen?« Als Zola zuletzt den tropfenförmigen Amethyst kreisen lassen wollte, schloss auch die Dame ihre Augen und raunte: »Ich sehe ... ich sehe ... ich sehe, dass uns dieser Hokuspokus gleich eine ganze Reichsmark kosten wird!«

Zola legte das Pendel beiseite. Die Mutter funkelte sie fröhlich an. Der Junge tat ihr leid. Seine Ehrfurcht war nackter Angst gewichen. Sie kannte diesen Blick. Das Kind fürchtete, die Mutter könnte den Zorn einer echten Hexe auf sich gezogen haben. Zeit, die Vorstellung zu beenden.

Zola schenkte dem Jungen ein Lächeln und erhob sich. »Es wäre nicht recht«, sagte sie milde und streckte die Hand aus, »wenn ich für diese Sitzung etwas berechnen würde …« Die Hand galt der Mutter. Es war der Sohn, der sie ergriff.

Und da geschah es.

Ein Gefühl, als streifte der Flügel eines Vogels ihre Stirn.

Plötzliche Gewissheit, heftig wie ein Schlangenbiss.

Instinktiv zuckte Zola zurück, noch bevor sie wirklich etwas hatte sehen können. Für die Dauer der Berührung aber hatte sie etwas *hören* müssen. Betäubendes Brüllen, nicht länger als ein Wimpernschlag. Dann war es wieder vorbei und Zola wie vom Donner gerührt.

War es wirklich wieder geschehen?

»Geht's Ihnen gut?«, hörte sie jetzt die Mutter fragen.

Ja, es war wirklich wieder geschehen.

»Ein Glas Wasser vielleicht?«

Sie blickte auf. Die Frau wirkte wirklich besorgt. Einen Arm hatte sie um die Schulter ihres Sohnes gelegt, den anderen spürte Zola auf ihrer Schulter.

»Es ist nichts«, sagte Zola.

»Hören Sie, das tut mir wirklich leid, wenn …«

»Sehr freundlich, aber es geht schon«, unterbrach Zola und hob abwehrend die Hand. Sie meinte es auch so. Es war nichts. Es ging schon wieder.

»Wirklich?«

Ihre Hand zitterte. Zola klemmte die Hände unter die Achseln. Langsam sank sie auf den Hocker zurück. Spürte, wie ihr Herzschlag sich wieder beruhigte.

»Wirklich«, murmelte sie und sah zu Boden. »Ganz gewiss. Sehr freundlich. Ich habe mich nur erschrocken. Machen Sie sich wegen mir keine Sorgen. Ich brauche nur einen Moment der Ruhe.«

Und wirklich, was war schon geschehen? Es ist wieder passiert, dachte sie. Dabei hast du gedacht, es wäre vorbei. Vielleicht war es knapp. Ganz bestimmt aber nicht so schlimm wie damals. Und jetzt wird es nicht wieder passieren. Das wäre vollkommen verrückt. Ganz ruhig. Wo sind die Streichhölzer? Ich brauche jetzt eine Nelkenzigarette. Sofort.

Als sie wieder aufblickte, war sie endlich allein. Auf dem Tisch eine Münze. Zwei Reichsmark.

»Zu freundlich«, sagte Zola.

•

Ursel sah es nicht gerne, dass er neuerdings so oft Spätschichten übernahm.

»Mein Mann ist doch kein Malocher in der Papierfabrik!«, sagte sie dann, oder: »Deine Tochter weiß gar nicht mehr, wie du aussiehst!«

Eugen aber seufzte sich regelmäßig aus der Affäre, sprach von Verantwortung und dem Vertrauen, das der Chef in ihn setzte. Bei den vielen Kündigungen in den letzten Monaten, da konnte er den Landauer doch unmöglich im Stich lassen. Gelogen war das nicht. Vor wenigen Jahren hatte er sich noch Hoffnungen gemacht, bald in der FACKEL veröffentlichen oder seinen Namen in der WELTBÜHNE lesen zu können. Inzwischen hockten die Redakteure, mit denen er damals in Kontakt stand, allesamt im Exil oder im Knast. Weshalb Eugen es vorzog, seine Perlen beim GINSTERBURGER ANZEIGER vor die Säue zu werfen. Und weil er als Edelfeder für Leichtes und Lokales keine Karriere machen konnte, machte er sich eben nützlich.

Solche Erwägungen taktischer Natur konnte Ursel gut nachvollziehen. Sie waren aber nicht die ganze Wahrheit. Eugen hatte schlicht angefangen, die besondere Atmosphäre der Spätschichten zu genießen, wenn alle Schreibtische verwaist und die Schlachten des Tages geschlagen waren. Dunkelheit, wo tagsüber alles ausgeleuchtet war. Stille, wo sonst unablässig geredet wurde. Weite, wo sonst eiliges Gedränge herrschte. Letzte Korrekturen des Setzers, bevor die Zeitung endgültig in Druck gehen konnte. Das heroische Gefühl, als letzter Mann an Deck das Schiff in den Hafen steuern zu dürfen. Die seltenen Audienzen bei Landauer, der als Verleger und Chefredakteur jede fertige Ausgabe mit einem nächtlichen Cognac zu begießen pflegte. Was am Schreiben nicht Kunst, sondern Handwerk war – daran hatte er mittlerweile auch Gefallen gefunden.

Und so studierte er, die Hände auf den Umbruchtisch gestützt, kurz vor Mitternacht ein letztes Mal die Überschriften des kommenden Tages. *Jüdischer Brandstifter in Frankfurt begeht Selbstmord.* Räuberpistole, das lasen die Leute gerne. *Mercedes-Benz gewinnt in Monte Carlo.* Weil er schon Karten hatte für den »Großen Preis« am Nürburgring, interessierte ihn sogar diese Meldung. *Germanen und Kelten in Ginsterburg.* Ein Artikel, den er selbst hatte stark redigieren müssen, damit der Unsinn aus dem örtlichen Museum nicht auch noch seinen Weg in die Zeitung fand. *Ehrentag der Luftwaffe in Berlin.* Mehr Verlautbarung als Reportage, die allein von den Bildern lebte. *Neue Negerunruhen in einem Vorort von Neuyork.* Ein sehr lebhaft verfasster Korrespondentenbericht, der Ursel gewiss wieder einen wohligen Grusel bereiten würde. *Kindesentführung in Frankreich.* Hier verzichtete Eugen auf die Lektüre, weil ihm beim Gedanken an Gesine das kriminologische Genre die Kehle zuschnürte. Gute Mischung. Leider, und das wurmte ihn durchaus, ohne sein eigenes Stück über den Jahrmarkt in Ginsterburg. Angelegt hatte er es als kleines Feuilleton, Flaneur trifft auf Exotik. Mit versteckten Anspielungen auf Apollinaire und erlesenen Adjektiven für sein schmunzelndes Befremden über das Mischvölkchen dort auf dem Sportfeld. Vermutlich waren ihm seine Schilderungen zu gut gelungen. Sonst hätte der Landauer seinen *Spaziergang mit Menschenfresser* wohl kaum mit der befremdlichen Begründung aus dem Blatt gekegelt, dass »diese ziehenden Gauner in meiner Zeitung keinerlei Erwähnung verdienen«.

Später hatte er sich natürlich unter vier Augen bei Eugen entschuldigt. Aber da war das Kind schon in den Brunnen gefallen und die Lücke auf der Seite mit einem liebedienerischen Nachbericht zur *Geburtstagsfeier für den Führer* gefüllt worden. In letzter Zeit gehen dem Alten oft die Nerven durch, dachte Eugen und nippte an seinem Kaffee.

Hinter ihm erwachte der nagelneue Fernschreiber zu aufgeregter Betriebsamkeit. Um diese Uhrzeit? Eugen beugte sich über das Gerät und sah den flirrenden Fingerchen bei der Arbeit zu. So geschwind und geschmeidig, dass es beinahe wie ein Rascheln klang. Es war ein amerikanisches Modell, wie Landauer gerne betonte, überdies eine »Investition in die Zukunft«, überhaupt »das Neueste vom Neuen«, ständig kaputt und erst vor ein paar Stunden vom Techniker wieder repariert worden.

Flüchtig überflog Eugen das Fernschreiben, las Worte wie »Gesellschafter« und »Mitglieder des Aufsichtsrates«, und war beruhigt. Keine wichtige Meldung in letzter Minute. Keine zusätzlichen Überstunden. Offenbar eine neue Verordnung, wonach »Eigentümer« verpflichtet seien, einen Nachweis ihrer »arischen Abstammung bis zum Jahre 1800« vorzuweisen. Das Übliche. Trotzdem seltsam. Seit wann verschickte die Reichspressekammer ihre Verordnungen per Depesche? Offiziell sah das jedenfalls nicht aus. Sehr rätselhaft.

Besser sofort dem Landauer vorlegen, dachte er, dann habe ich's vom Tisch – und zugleich beiläufigen Anlass zur behutsamen Anregung, den *Spaziergang mit Menschenfresser* dann eben morgen mit ins Blatt zu nehmen. Wer weiß, vielleicht ist der Alte heute Abend mal wieder in Stimmung für ein gemeinsames Schlückchen von diesem köstlichen Courvoisier. Eugen schnalzte mit der Zunge und faltete das Fernschreiben.

Im Treppenhaus erfreute er sich am Echo seines Pfeifens, tolle Akustik. Oben angekommen, schlenderte er an den Redaktionsstuben für Inneres und Auswärtiges vorbei. Am Ende des dunklen Flurs leuchtete schon das Milchglasfenster in der Tür zum Eckbüro, wo vor Landauer schon dessen Vater als Chefredakteur residiert hatte. Erst vergangene Woche hatte er das altehrwürdige Messingschild an der Tür durch *»Schriftleiter«* ersetzen lassen. Der Chef geht mit der Zeit, dachte Eugen, das muss man ihm lassen. Und außerdem ist »Schriftleiter« wirklich das schönere Wort. Er klopfte an.

Einmal, zweimal ... keine Antwort.

Vermutlich eingedöst. Das passierte dem Alten neuerdings sogar während der Morgenkonferenzen. Eugen räusperte sich.

»Herr Doktor Landauer? Wären Sie kurz zu sprechen?«

Er klopfte erneut. Die Tür war angelehnt, denn diesmal schwang sie ein wenig auf. Ein Balken aus Licht fiel in den Flur.

»Ich habe hier ein Fernschreiben, Chef, auf das Sie vielleicht mal einen Blick werfen wollen?«

Keine Reaktion.

»Herr Landauer?«

Zaghaft steckte er den Kopf ins Büro. Links an der Wand die Galerie ausgewählter Titelseiten in goldenem Rahmen. Rechts an der Wand das Stehpult mit Tintenfass und Federkiel unter einem Porträt des alten Reichspräsidenten. In der Ecke der Schrank mit den Spirituosen. Auf dem leeren Schreibtisch eine leere Flasche, das Glas halb ausgetrunken. Im Raum der Geruch kalten Rauchs, im Aschenbecher eine erloschene Zigarre. Sperrangelweit zur Nacht geöffnet die beiden Fensterflügel.

»Herr Landauer?«

•

Gerade wollte Zola das Streichholz ausschütteln, als ein Windzug die Flamme löschte. Sie nahm einen tiefen Zug von der Nelkenzigarette. Im Gegenlicht am Eingang eine stattliche Silhouette.

»'n Abend, die Dame! Darf man eintreten?«

Ganz ruhig.

Es wird nicht wieder passieren.

Das wäre vollkommen verrückt.

Kaum hatte sie mit einladender Geste auf den Hocker gewiesen, hatte der Mann schon Platz genommen. Zuerst fiel Zola seine polierte Glatze auf. Dann bemerkte sie, dass er weder Bartstoppeln noch Augenbrauen hatte. Auch seine Hände, mit denen er die Krempe seines Hutes knetete, waren haarlos. Am Revers funkelte wie eine kleine Lichtquelle ein Anstecker mit der Swastika. Eines Tages, dachte sie belustigt, würde jemand diesen Deutschen beibringen müssen, dass sie das alte Sonnensymbol verkehrt herum benutzten.

Mit gerecktem Kinn sah er sich um, rümpfte die Nase. »Mit Verlaub, hier stinkt's wie im Puff!«

Je später der Abend, desto argwöhnischer die Leute. Sie legte ihre Zigarette auf den Rand des kristallenen Aschenbechers.

Der Mann folgte ihr mit den Augen. »So!«, sagte er dann und klatschte fröhlich mit der flachen Hand auf den Tisch. »Da bin ich wieder.«

»Richtig ...«, sagte Zola und bemühte sich, es wie eine Feststellung klingen zu lassen. »Willkommen.«

Wer war der Kerl?

Er beugte sich so weit über den Tisch, dass sie die Hefe in seinem Atem riechen konnte.

»Es ist einfach alles eingetroffen!«, flüsterte er und fuhr waagrecht mit seiner Hand durch die Luft. »Alles!«

»Nun, ich bin eben ...«

»Alles!«, unterbrach er sie und reckte den Daumen: »*Gewinn*, ja? Und dann«, Zeigefinger, »*Freundschaft!* Ich habe die richtigen Leute kennengelernt, würde ich sagen. Das war es doch, was du mir vorhergesagt hast! Oder? Und dann ...«, er blickte sie aufmunternd an.

Zola blickte aufmunternd zurück. Jean hatte also recht gehabt. Sie waren doch schon einmal hier gewesen. Aber wann sollte das gewesen sein? Vor zehn, fünfzehn Jahren?

Der Mann hatte sie scharf beobachtet. Jetzt kniff er die Augen zusammen: »Das gibt's doch nicht!«, sagte er und lehnte sich zurück. »Das Weib hat keine Erinnerung! Ist das denn die Möglichkeit?«

Zola hätte nicht gedacht, dass dieser Abend noch unangenehmer werden könnte. Vorsichtshalber verschanzte sie sich hinter ihrem unergründlichsten Lächeln.

Auf ihren Besucher machte das keinerlei Eindruck. Er hob einen weiteren Finger: »*Der leere Stuhl?* Na, klingelt's? Damit kann nur meine Frau gemeint gewesen sein. Weil, kurz darauf war sie auf und davon«, sagte er und fügte leise hinzu, als spräche er mit sich selbst: »Über alle Berge. Das Luder.«

Zola nutzte die Gelegenheit, ihre allzu offensichtliche Verlegenheit in Koketterie zu kleiden: »Auf meinen Reisen treffe ich viele Menschen, wissen Sie ...«, aber der Mann schüttelte nur vehement den Kahlkopf und fuchtelte mit seiner Pranke: »Hier drin! Keine Ahnung, wie du das gemacht hast! Aber hier drin hast du das alles gelesen! Sogar ...«, er senkte die Stimme, »die *Kornblume* hast du gesehen!«

Zola hatte wirklich keinen Schimmer, wovon der Mann redete. Sie konnte sich auch nicht erinnern, jemals eine Kornblume vorhergesagt zu haben. Das war kein Symbol, auf das sie gemeinhin zurückgriff.

»Es freut mich«, sagte Zola, »dass Sie mit meinen Diensten zufrieden waren.« Sie stellte zwei Gläser auf den Tisch und goss Pastis ein, den Guten aus der Provence. Der Dicke zögerte, bevor er doch nach dem Glas griff und es wortlos kippte.

»Die Kornblume«, fuhr er fort, »ist das Symbol unserer österreichischen Kameraden! Gewinn! Freundschaft! Was soll ich sagen? Pass auf. Los ging es mit einem Lastwagen von Leiden nach Salzburg. Gute *Freunde* dort in Leiden, verstehst du? Tulpen, Narzissen, Hyazinthen. Und im Jahr darauf musste ich schon einen Güterwaggon mieten. Das war mein Einstieg in den Großhandel. Heute bin ich der Großhändler nicht nur für unseren ganzen Gau«, sagte er mit plötzlichem Eifer, »ich liefere nach ganz Europa. Ganz egal, ob sie in Wien oder Paris eine Rose kaufen. Das wird immer eine Rose von Gürckel sein.«

»Sie sind ein reicher Mann«, stellte Zola fest und schenkte ihm von dem Pastis nach. Da hatte sie also einen dicken Fisch an der Angel. Mit Blick auf seinen Anstecker fügte sie hinzu: »Und jetzt sind Sie auch noch in die Politik gegangen!«

Treffer. Beim Wort »Politik« straffte sich auf einmal der ganze Mann: »So ist es, Madame. Wir leben in großen Zeiten! Vor dir steht der Kreisleiter, ernannt vom Gauleiter persönlich!«

»Vom Gauleiter!«, wiederholte Zola anerkennend. Gauleiter? Sie würde Gino fragen, was das nun wieder war.

»So ist es!«, rief der Großhändler in großen Zeiten. »*Gürckel,* hat er gesagt, *in dieser historischen Stunde brauche ich einen verlässlichen Parteigenossen im Rathaus! Einen, der anpacken und aufräumen kann!*«

»Muss hier denn aufgeräumt werden?«, fragte Zola arglos.

Er warf ihr einen leeren Blick zu: »In der Tat, Madame«, sagte er und griff nach seinem Hut, das zweite Glas hatte er gar nicht angerührt. »In der Tat. Also dann, bedankt.«

Aber so schnell mochte Zola ihn nicht gehen lassen. »Wollen Sie denn gar nicht wissen, was die Zukunft für Sie bereithält?«, fragte sie und zog das Seidentuch von der Glaskugel.

Der Großhändler setzte den Hut auf die Glatze.

»Unsere Zukunft nehmen wir jetzt selbst in die Hand«, sagte er. »Und mit solchen spiritistischen Sperenzchen werden wir auch noch aufräumen ...«

»Lassen Sie uns doch wenigstens die Karten befragen!«

Er kicherte, schon im Gehen: »Letztes Mal hast du mir aus der Hand gelesen, Weib ...«

»Sehen Sie!«, rief Zola. »Da ging es um ihre großhändlerische Zukunft! Und nun können wir sehen, was Sie für Ihre Stadt bewirken können!«

»Na schön«, brummte er. »Die Hand?«

»Die Hand des Bürgermeisters«, improvisierte Zola.

Und jetzt wird es nicht wieder passieren.

Der Mann zögerte kurz, klopfte auf seinen Anstecker. Dann setzte er sich wieder hin, ohne den Hut abzunehmen, und legte seine Rechte auf den Tisch: »Aber nur für die Stadt! Geht das?«

»Sie werden sehen!«, sagte Zola und atmete tief ein.

Mit zwei Fingern berührte sie seine Handfläche. Kein Schlangenbiss, kein Stromstoß, nichts. Mit einem beruhigten Lächeln fuhr sie seine Lebenslinie entlang, wie immer. Und als sie die Augen schloss, wie immer, hörte sie plötzlich Worte in einer fremden Sprache. Nicht von draußen, nicht in ihrem Kopf. Als würde ihr mit dunkler Stimme direkt ins Ohr geflüstert.

Überrascht sah sie auf.

»Was?«, fragte der Großhändler.

Da berührten die Flügel des unsichtbaren Vogels sie im Gesicht.

Und sie sah. Sie sah *Alles*.

Alles warf ihr den Kopf nach hinten.

Drehte ihr die Augen nach innen.

Zwang ihren Mund zu einem lautlosen O.

Der Großhändler prallte zurück: »Was zum Teufel ...«

Zola hob ihre Arme, presste die Hände auf die Ohren. Finger wie Krallen verhakt in den silbernen Kreolen.

Der Mann sprang auf: »Die bekommt mir hier 'n Hirnschlag!«

Sie zog an den silbernen Kreolen, das Fleisch gab nach. Rot tropfte es ihr auf die Schulterblätter.

»Heilige Scheiße!«

Ihr Kunde stolperte beinahe über den Hocker, stürzte rückwärts aus dem Zelt. Mit blanken Augen blickte ihm Zola Vovoni hinterher.

Erst war da ein Hecheln, dann ein Glucksen. Und dann *lachte* sie. Sie lachte und lachte und hörte nicht mehr auf.

Kassel, im Juni 1935

Liebste Erika,

hier nun die Zeilen, die Du Dir gewünscht hast. Ab Dortmund ging es auf der Fernschnellbahn dahin wie mit der Eisenbahn. Prächtig war das Wetter. Und im Weserbergland sogar schon richtig sommerlich! Der Opel war eine sinnvolle Anschaffung, das laß Dir gesagt sein. Schnurrt wie ein Kätzchen. Auf dem Rastplatz habe ich die Wegzehrung entdeckt, die Du für mich im Kofferraum versteckt hast. Der köstliche Käsekuchen von Tante Hedwig! Und das Mölmsch! Danke! Als ich die Flaschen entdeckt habe, war das Bier zwar schon ganz warm. Schmecken lassen habe ich es mir aber dennoch. Lustig ist es, mit Schwipps zu fahren! Jedenfalls bin ich in der passenden Stimmung angekommen. Auch wenn ich anderntags einen schlimmen Schädel hatte. Du weißt ja, wie das bei mir ist … Bitte sei mir nicht gram, wenn ich fernmündlich gar so schlecht zu erreichen bin dieser Tage. Wir arbeiten wie die Teufel! Eine Konferenz jagt die nächste, seit unsere Regierung die Katze endlich aus dem Sack gelassen hat. Mir selbst schien es, als ich meine Stelle hier angetreten habe, als ginge es lediglich um artistische Kunststückchen. Schneller, höher, leichter! Wendiger, stabiler, agiler! Als wäre das alles nur ein Steckenpferd des Chefs. Aber der Alte hat das Große und Ganze immer im Blick gehabt. Und

nun hat Deutschland wieder eine Luftwaffe. Ist das nicht herrlich? Es war hohe Zeit, das Versteckspiel zu beenden. Und nur gerecht, daß wir auch einmal wieder ein Wörtchen mitzureden haben in der Luft. Wer hätte das gedacht? Ich vermute, der Fieseler hat sogar persönlich darauf hingewirkt die ganze Zeit. Zutrauen würde ich es dem alten Schlawiner. Zuletzt war der Alte öfter in Ostpreußen mit dem Minister auf der Jagd als hier in den Werken.
»Jetzt sind ganz andere Summen im Spiel, Bachem!«, hat er mir heute Morgen auf der Konferenz gesagt. Und sogar der Banzhof ist ganz aufgeregt. »Sieht aus, als dürften wir wieder träumen!«, hat er gesagt. Und Du weißt ja, daß der Alte sich unter normalen Umständen nicht fürs Geld und der Banzhof nur für seine Zahlen und Tabellen interessiert …
Da kann man mal sehen, wie die Neuigkeit schon alles auf den Kopf gestellt hat. Die Zentrale gleicht einem Bienenschwarm, alles voller neuer Leute! Gestern beispielsweise hat uns ein Ingenieur von der Heeresversuchsanstalt einen Vortrag gehalten. Damit wir mal sehen, was die dort machen. Schneidiger Kerl war das. Du würdest ihn nicht mögen. Werner, aber mit einem affigen H im Namen, wie ausgedacht! Und dann sagt der doch tatsächlich vor versammelter Mannschaft: »Bachem? In Kummersdorf haben wir alle Ihr Buch gelesen!«
In der Versuchsanstalt entwickeln sie Projektile für den Flug zum Mond und neuartige Aggregate, die sie »Rauchspurgeräte« nennen. Und wir? Schlagen uns mit Plänen für ein leichtes Verbindungsflugzeug herum, nicht mehr als ein Grashüpfer.
Tut mir leid, Herz, daß die Gitarre nicht ganz fertig

geworden ist. Habe schon besseren Leim bestellt. Gib gut acht auf das Holz, dass es nicht feucht wird!
Beim nächsten Mal bringe ich die Arbeit zu einem Ende, dann werden wir darauf schon Wanderlieder spielen. Wir könnten mit dem Opel auf den Hohen Meißner fahren, das ist dort noch schöner als im Harz. Hoffentlich geht es bis dahin auch Tante Hedwig wieder besser mit ihrem schlimmen Bein.
Ich melde mich ganz bald wieder, versprochen!

Es küßt Dich
Dein Erich

P. S. In der Kiste auf dem Dachboden sollten noch ein paar Exemplare von »Das Problem des Schnellstfluges« herumliegen. Magst Du mir die schicken? Seit dem Vortrag über Kummersdorf ist der Alte ganz neugierig geworden, und sogar Banzhof interessiert sich plötzlich für mein altes Büchlein …

P. P. S. Anbei die Serviette, auf die mir Wern(h!)er beim Abendessen einen raketengetriebenen Abfangjäger skizziert hat. Ich denke, unserem Roland könnte das gefallen …

II

WENN DU DEN ANGRIFF BEGINNST

»Nun erzähl schon, wie war's beim Zirkus? Hast du den Tiger gesehen? Und das Motorrad, das an der Wand fährt?«

Lothar warf einen raschen Blick zur Seite. Gesine hatte ihre Arme um die Beine geschlungen, das Kinn auf die nackten Knie gelegt. Dunkelblauer Rock, weiße Bluse, schwarzes Halstuch. Ein Zopf fiel ihr über die Schulter, der andere über das Schlüsselbein. Lothar hegte den leichten Argwohn, dass sie ihm gar nicht beim Angeln zuschauen wollte, dass sie ihm seinetwegen Gesellschaft leistete. Und sich selbst hatte er im Verdacht, dass ihm ihre zerstreute Anwesenheit hier unten am Fluss gar nichts ausmachte, dass sie ihm sogar schmeichelte.

Früher hatte er an dieser Stelle gebadet, wo das Wasser in der Bucht nur hüfthoch war. Manchmal machte er hier Jagd auf Libellen. Was nicht leicht war, weil Libellen selbst Jägerinnen waren. Die schnappten sich dann den kleinen Perlmuttfalter, grünlicher Rumpf, silbrige Augen auf der Unterseite und ganz verrückt nach den Wiesenveilchen hier. Inzwischen waren seine Arme kräftig genug, um mit ein wenig Geschick ein Steinchen bis ans andere Ufer flitschen zu lassen. Gesine würde das bestimmt gefallen. Wofür er aber nicht in Kauf nehmen mochte, die Fische aufzuschrecken. Und von denen wimmelte es nur so an diesem versteckten Platz, gleich unterhalb des Bahnhofs. Im Winter hatte er in einer Zeitschrift eine genaue Anleitung zum Angeln gelesen. Wie man eigene

Maden züchtet und Haken aus angespitzten Büroklammern bastelt. Hatte sich vorbereitet, wie er sich auf alles vorbereitete. Systematisch, akribisch. Gewissenhaft. Sah sich schon, beide Fersen in den Sand gestemmt, im Kräftemessen mit den Kreaturen der Tiefe. Bisher allerdings hatte noch kein Fisch angebissen. Geduld, stand in der Zeitschrift, »das lernt der deutsche Junge mit der Rute in der Hand«. Gesine schien die Ereignislosigkeit nicht zu kümmern, im Gegenteil. Und deshalb machte es ihm auch nichts aus.

»Es ist eigentlich gar kein Zirkus«, erklärte er, »nur ein Jahrmarkt. Der Tiger hat geschlafen, aber die Wahrsagerin war unheimlich ...«

»Die Zigeunerin?«

»Mama hat sich über sie lustig gemacht, das war peinlich. Warst du denn wirklich noch gar nicht dort?«

Gesine nahm das Kinn von den Knien, um den Kopf zu schütteln: »Meine Mutter ist dagegen, sie traut diesen Zirkusleuten nicht über den Weg. Und Papa kommt immer erst nach Mitternacht aus der Redaktion.«

Lothar konnte sich das gut vorstellen. Seine Mutter war mit Gesines Mutter befreundet. Im gesteiften Hemd, das an den Nähten immer so kratzte, hatte er schon oft in ihrer großen Wohnung in Herzogental gesessen.

Die Szene war vielleicht seine früheste Erinnerung überhaupt. Das Kratzen und das Herumsitzen bei Milchkaffee und Bienenstich und Klavierspiel, langweiliges Geplauder der Erwachsenen und »Kinder, spielt doch mal miteinander!«. Öde. Was sollte er denn mit einem Mädchen spielen, bitte schön? Verstecken? Puppen? Interessiert hatte ihn, auf welche Weise der riesige Flügel »von Bechstein aus Berlin«, wie Gesines Mutter mehrfach betont hatte, wie dieses Monstrum von Instrument in die Wohnung im dritten Stock gekommen war. Aus Angst vor dem Spott der Erwachsenen, zusätzlich die großen Augen dieses Mädchens auf sich spürend, hatte er sich die Frage danach verkniffen. Also noch ein

Bienenstich. Noch mehr Geplauder. Bis Gesine ihm irgendwann, als hätte sie seine Gedanken gelesen, unvermittelt ins Ohr flüsterte: »Mit einem Kran!«

Lothar fragte sich bis heute, woher Gesine wusste, dass er das wissen wollte. Und bis heute erinnerte er sich gerne an den süßen Schreck, als sie ihm unvermittelt so nah gekommen war. Seitdem jedenfalls begleitete er seine Mutter wesentlich weniger widerwillig auf ihren Besuchen bei Ursel von Wieland. Mit einem Kran. Natürlich, wie auch sonst.

»Ich habe eine Seifenblase gesehen«, begann er zögernd, weil Gesine doch eigentlich nach dem Tiger und dem Motorrad gefragt hatte, aber sie schien aufmerksam zu lauschen, also redete er weiter: »Am Morgen auf dem Marktplatz. Kugelrund war die, fast wie ein Mond. Und diese Kugel schwebte und schwebte, immer höher und höher ...«

Gesine klatschte in die Hände: »Bis sie geplatzt ist, stimmt's?«

»Nein«, sagte Lothar ernst. »Das ist es ja gerade. Ich habe nicht gesehen, wie sie platzt. Und das war ... aber das ist vielleicht auch egal.«

»Nein! Entschuldige bitte. Sag doch!«

»Na ja. Ich habe es eben nicht gesehen. Und seitdem stelle ich mir vor, dass diese Blase nicht platzt. Niemals, verstehst du? Es ist *die eine Seifenblase*, die nicht tut, was Seifenblasen tun. Ich sehe sie vor mir, wie sie über die Dünen der Sahara schwebt und über die Wälder von Sibirien, über den Pazifik und bis zum Nordpol. Dort bekommt sie dann so Eisblumen ...«

»Und wenn's regnet?«, erkundigte sich Gesine.

»Bei Regen schwebt sie vielleicht unter eine Brücke. Sie fliegt und fliegt und fliegt, unversehrt um die ganze Welt, bis ich sie eines Tages wiedersehe. Weil es *meine* Seifenblase ist. So stelle ich mir das vor ...«, sagte er und wollte Gesine gerade fragen, ob sie das seltsam finde, da durchschnitt ein Pfiff die Luft, gefolgt von schwerfälligem Stampfen.

Das war der einzige Nachteil an diesem Platz, wo der Fluss eine Kurve machte, kurz hinter der Brücke, und eine sandige Bucht bildete gleich unterhalb des Bahndamms: das Einfahren, Ausfahren und Durchfahren all der Züge, die scheppernde Stimme der Lautsprecher oben auf den Bahnsteigen. Davon abgesehen – und mit der meterhohen Mauer im Rücken – war es ein kleines Paradies hier unten. Sand und bleiches Schwemmholz vom letzten Hochwasser im Gitter des Abwasserrohres. Die Gesellschaft der nervösen Bachstelzen. Der Fluss und sein Treiben. Die alte Stadtmauer am anderen Ufer. Die zügig zum Berg ansteigende Stadt mit ihren Dächern und Kirchturmspitzen.

Das Stampfen beschleunigte sich, türmte sich auf. Dampf rollte über den Bahndamm. Füllte die kleine Bucht mit weißem Nebel, der sich rasch in der Sonne auflöste.

»Das ist der Fernzug!«, rief Gesine, die Hände vor dem Mund zu einem Trichter geformt. »Nur einmal umsteigen, und am Abend ist man schon in Berlin! Glaubt man das? Da lebt meine Tante. In Charlottenburg! Warst du mal in Berlin?«

Lothar wartete, bis sich der Lärm gelegt hatte: »Meine Mama sagt, dort ist es uns zu voll und zu laut.«

Gesine lachte: »Das sagt Tante Uta auch. Immer beschwert sie sich! Aber ich glaube, irgendwie gefällt es ihr auch. Ich will da später mal arbeiten, in Berlin! Aber leben will ich nur hier. Und du?«

Darüber hatte Lothar noch nie nachgedacht. Er wollte Pilze sammeln im Herbst. Er wollte Ausschau nach seiner Seifenblase halten. Er wollte Falter sammeln, eines Tages vielleicht sogar den Totenkopf. »Ich will eigentlich nur hier sitzen«, hörte er sich sagen. »Hier sitzen und die Angel ins Wasser halten. Es muss nicht einmal was anbeißen.«

Gesine kicherte und holte erst ein dickes Buch, dann ein Butterbrot aus dem Beutel: »Willst du?«

»Was ist da drauf?«

»Schinken!«

Lothar schüttelte den Kopf. Er war zu oft bei der Metzgerei gewesen in den letzten Wochen, hatte zu tief in die Bottiche mit den Innereien geschaut. Wie es darin glitschte und glänzte. Hatte diese Innereien in einer tropfenden Tüte mit nach Hause genommen, um sie in einer Kiste mit Sägemehl zu lagern. Das Fleisch lockte die Schmeißfliegen an, die dann ihre Eier hineinlegten. Und die Maden konnte er nach einigen Tagen ernten als Köder für seinen Angelhaken. Darüber war ihm der Appetit auf Schinken gründlich vergangen.

Er deutete auf das Buch: »Was liest du da?«

»Ich lese nicht«, sagte Gesine mit vollem Mund. »Ich sammele. Willst du mal sehen? Schau!«

Es war, als öffnete sie die Pforten zu einem Garten. Primeln und Vergissmeinnicht, Margariten und Kleeblätter, Gänseblümchen und Butterblumen. Gepresst, getrocknet und in Sütterlin beschriftet. Das war so etwas wie seine Insektensammlung. Nur ohne Insekten. Überrascht sah Lothar ihr ins Gesicht und gleich wieder weg, in ihr erstaunliches Album.

»Die blaue Blume hier ist noch ganz frisch«, sagte sie und fuhr mit der Hand behutsam über die Seite: »Ich weiß gar nicht, was das ist …«

Gerade wollte Lothar »Hyazinthe« sagen, da zuckte plötzlich die Angelrute.

»Hat was angebissen?«, fragte Gesine, legte das Buch beiseite.

»Und ob!«, keuchte er.

Hoffentlich kein Neunauge, die waren unheimlich. Hoffentlich ein Karpfen. Ein weiteres Zucken. Er stemmte die Fersen in den Sand, packte die Rute mit beiden Händen. Hin und her wischte die Schnur. Jetzt lag ein deutlicher Zug auf der Angel. Lothar sprang auf die Beine, Gesine sah zu ihm auf.

»Du hast ihn!«

Jetzt würde sich weisen, ob seine Haken etwas taugten. Jetzt durfte ihm die Beute nicht mehr abgehen. Aus dem Wasser schnellte eine Forelle, wand sich, platschte zurück. Mit einem Ruck hob Lothar die Angel, und nun schlängelte sich ihr silbriger Leib in der Luft. Eine Forelle nur, aber ihm erschien sie wie ein Schwertfisch. Der Haken taugte.

»Hab ich dich!«, jubelte er und schwenkte die Rute landwärts. Im Sand ein zappelndes Etwas, das Auge eine bleiche Linse. Der ganze Leib ein einziger Muskel. Und der ganze Muskel ein einziger Protest. Lothar wusste, was jetzt zu tun war. Mit einem beherzten Griff beendete er das Umherhüpfen seiner Beute. Ein betäubender Schlag mit dem Griff seines Taschenmessers auf den Schädel, und ihr Wille war gebrochen. Für den Herzstich setzte Lothar die Klinge zwischen die beiden Brustflossen. Der Bauch der Forelle war weiß und weich.

»Mach schon!«, rief Gesine. »Sonst ist das grausam!«

»Ich weiß!«, gab Lothar zurück, drückte die Forelle fester in den Sand. Auf und zu, auf und zu schnappte das Maul. Hin und her, hin und her wischte die bleiche Linse ihres Auges. Schon kehrte der Wille in den Muskel zurück.

Und da ließ Lothar los.

»Lothar! Was machst du?«

Auf und zu, hin und her. Immer heftiger schlug die Forelle mit dem Schwanz, tanzte über den Sand.

Lothar ließ das Messer fallen.

»Ich kann's nicht«, sagte er verblüfft.

Das hier war kein Schmetterling, kein Falter. Das hier war ein Wesen, das auf dem Trockenen um sein Leben kämpfte. Schon hatte er den hüpfenden Fisch gepackt und zurück ins Wasser geworfen.

»Was kannst du nicht?«

»Grausam sein. Töten. Ich kann es nicht.«

Gesine lächelte aufmunternd: »Das lernst du schon noch!«

•

Als Merle endlich in die Fasanerie kam, war Ursel schon bei ihrem zweiten Kuchen und dritten Apfelwein. Das strahlende Wetter an diesem Morgen hatte die Terrasse gut gefüllt. Seit der Frühschoppen als »Matinée« beworben wurde, fand man an Tagen wie diesen in der Fasanerie ohne Reservierung keinen Platz mehr. Die Gäste saßen unter weißen Chabeso-Sonnenschirmen, tranken aber mit Blick auf die Apfelbaumwiese natürlich Apfelwein statt Kräuterlimonade. Bis hinunter zum Ufer reihten sich die Bäume. Ein Idyll wie gemalt.

Ursel hätte wirklich nicht winken müssen. Merle hatte sie sofort an ihrem fliederfarbenen Hut erkannt. So etwas Auffälliges trug sonst niemand in Ginsterburg, das war wirklich apart. Im Vorbeigehen bestellte sie bei der Kellnerin einen Kaffee.

»Tut mir leid, dass ich dich habe warten lassen!«, sagte sie und rückte ruckelnd an den Tisch.

»Pünktlichkeit ist die Höflichkeit der Könige«, sagte Ursel und zog in gespielter Säuerlichkeit die Mundwinkel nach unten.

Sofort sah Merle ihre gemeinsame Hauswirtschaftslehrerin vor sich, Floskel wie Grimasse eine perfekte Parodie der alten Hexe. Was hatten sie gelitten unter dieser Schreckschraube auf der Höheren Mädchenschule. Aber auch das gemeinsam. Allerhöchste Mädchenschule, wie sie die Anstalt später nannten, als sie der Fuchtel der Nonnen entronnen waren. Seitdem waren Merle und Ursel zwei Münzen verschiedener Währung, aber gleicher Prägung. Freundinnen. Ursel nahm den Glockenhut ab und legte ihn auf ihren Schoß.

»Ist eine Kolonialware«, sagte sie, als sie Merles Blick bemerkte. »Hat mir mein Göttergatte aus Hamburg mitgebracht. Keck, oder?«

»Flamboyant.«

»Flamboyant ... ist das gut oder schlecht?«

»Dir steht es, Ursel«, sagte Merle und lächelte in sich hinein.

Mein Göttergatte, so nannte Ursel ihren Mann immer. Mein Göttergatte hat heute Spätschicht. Mein Göttergatte sitzt wieder an seinem Buch. Mein Göttergatte hat mir aus Hamburg diesen fliederfarbenen Hut mitgebracht. Mein Göttergatte liebt Götterspeise. Früher, als sie noch nicht mit ihm verheiratet war, hatte Ursel ihn Merle gegenüber als »guten Fang« angepriesen, als »ganzen Kerl« mit beachtlichem Backenbart und breiten Schultern, gebildet obendrein, aus wohlhabender Familie aus preußischem Adel, mit Aktienpaketen »im Hintergrund« und besten Beziehungen zum kaiserlichen Hof, als das noch etwas wert war. Als Sohn eines Kriegshelden »von Achtzehnsechsundsechzig und Achtzehneinundsiebzig« sei ihr Göttergatte sogar von erblichem Adel. Eugen *von* Wieland. Merle war Eugen erstmals bei der Verlobungsfeier begegnet, da fand sie ihn überraschend nett. Mit seiner andauernden Pfeifenstopferei, der leisen Stimme und ausgesuchten Höflichkeit vielleicht ein wenig gestelzt. Aber nett. Damals hatte er sich ihr steif, aber schlicht mit »Wieland« vorgestellt. Ohne *von*, das war Merle damals gleich aufgefallen. Wie leichthin er diesen goldenen Rahmen um Namen und Existenz unterschlagen hatte.

Und als sie später den Buchladen eröffnete, gehörte Eugen zu den ersten und besten Kunden. Am Anfang hatte sie sein Interesse für Freundlichkeit gehalten. Aber es hörte gar nicht mehr auf. Ihr eigener Mann hatte bis zu seinem Tod nicht einmal im »Kapital« von Karl Marx geblättert, nur manchmal in der ROTEN FAHNE. Eugen aber las wie ein Verhungernder, trug die Klassiker kiloweise nach Hause. Historisches, Philosophisches, Literarisches. Mommsen, Bergson, Nietzsche. Hamsun, Twain, Schnitzler. Nicht selten kam er zurück und berichtete ihr von seinen Eindrücken. Was dieser Swedenborg doch für ein Dummkopf, was Schopenhauer doch für ein begnadeter Stilist sei! Schon beschlich Merle der leise Verdacht, dass er sie mit seiner Belesenheit beeindrucken wollte. Irgendwann aber, Eugen hatte zuletzt Edward Gibbons sechsbändigen »Verfall und Untergang des Römischen Imperiums« gekauft, blieb er ihrem Laden plötzlich fern. Und Merle merkte, dass sie seine Besuche vermisste.

In den Monaten danach sahen sie sich zwar gelegentlich, aber nur in Gegenwart von Ursel und den Kindern. Er behandelte sie mit seiner üblichen Höflichkeit, aber nicht mehr wie die Lieferantin seiner Lektüren. Merle war wieder nur eine gute Freundin seiner Frau und die Mutter von Lothar, dem Spielgefährten seiner Tochter. Nach ein wenig pflichtschuldiger Plauderei verabschiedete er sich stets ins Nebenzimmer, »damit die Damen unter sich sind«. Was Merle mehr bedauerte, als sie sich eingestehen mochte. Allein mit Ursel jedenfalls schnurrten alle möglichen Gesprächsthemen zusammen auf Kinder, Kinder, Haushalt, Haushalt, die angebliche Enge der fürstlichen Mietwohnung, Stuck bis unter die Traufe im dritten Stock und Atlanten, die mit finsterem Blick so taten, als hätten sie eine tragende Funktion, dreifach gefärbte Fenster zum Treppenhaus hin, Haushalt, Kinder – und neuerdings sogar Politik. Seit im vergangenen Jahr der Reichspräsident verstorben war: Hitler hier, Hitler da. Unser Führer und Reichskanzler! Eine solche Aura habe der Mann, einen Charme, ein Charisma! Die Erhabenheit der neuen Zeit! Wenn noch einmal gewählt werden sollte, meinte Ursel, dann würde sie diesmal auch die Partei wählen. »Welche?«, hatte Merle gefragt und sich einen tadelnden Blick eingehandelt.

Nach etwa einem Jahr konsequenter Abwesenheit stand Eugen unversehens doch wieder im Laden. Sein Backenbart war noch beachtlicher geworden, hatte Merle gedacht, den könnte er getrost ein wenig stutzen. Wobei ihm das tatsächlich etwas Jupiterhaftes verlieh, wie dem Göttergatten aus der Operette von Lehár. Schwärmte drauflos, dieser Gibbon sei ein Gebirge gewesen, in dem er sich bisweilen fast verirrt habe. Seufzte tief und theatralisch, angeblich sei »das Christentum« für Verfall und Untergang des Imperiums verantwortlich gewesen, natürlich ein Unsinn. Freute sich, einen »kostbaren Satz« gefunden zu haben: *»Man traue keinem erhabenen Motiv, wenn sich nicht auch ein niedriger Beweggrund finden lässt.«*

Beide hatten sie darüber lächeln müssen, jeder auf seine Weise, aber zusammen, und das war ein schöner Moment gewesen.

»Und, was macht der Göttergatte so?«, fragte sie jetzt beiläufig.

Ursel beugte sich vor: »Ach, du weißt es noch gar nicht?«

»Was denn?«

Ursel wisperte: »Der Doktor Landauer hat sich umgebracht!«

»Was?« Merle schlug die Hand vor den Mund. »Aber das ist ja schrecklich! Weiß man schon ...«

»Wird gerade untersucht«, raunte Ursel. »Würde mich aber wundern, wenn er einfach so aus dem Fenster gefallen wäre. Er war schon manchmal schwermütig, sagt Eugen.«

Merle versuchte, sich den Landauer in Erinnerung zu rufen – und hatte nur sein Porträt aus der Zeitung vor Augen, den spitzen Kinnbart und die hohe Stirn. Persönlich war sie ihm nie begegnet. Der Verleger hatte, ungewöhnlich für seine Position, ein eher zurückgezogenes Leben geführt und das gesellschaftliche Parkett gemieden. Robert hatte ihn trotzdem als »bourgeoisen Pfeffersack« beschimpft. Besonders damals, nach dem Streik in der Druckerei. Gift und Galle hatte ihr Mann verspritzt, den Verleger in Flugblättern »an die Laterne« gewünscht und es förmlich darauf angelegt, in Grund und Boden geklagt zu werden. Am Landauer aber schienen auch diese Anwürfe abgeperlt zu sein. Später, als der Tumor ihren Robert mitgenommen hatte, erschien im GINSTERBURGER ANZEIGER eine viertelseitige Todesanzeige für *Robert Sieber, 1900 bis 1932*. Sonst nichts. Später erst hörte Merle von Eugen, dass der Verleger die Annonce aus eigener Tasche bezahlt hatte. Ein feiner, mindestens aber fairer Mensch musste das gewesen sein.

Die Kellnerin brachte den Kaffee. Merle nippte und stellte die Tasse sofort wieder zurück. Lauwarm.

»Was trinkst du?«, fragte sie Ursel.

»Apfelwein. Für dich auch?«

»Danke, nein. Muss später noch in den Laden, ich habe heute eine Lesung.«

Den Fluss herauf ging ein Wind. Kurz ließ er die Dolden der Bäume erschauern und die Sonnenschirme schaukeln. Merle zog die Strickjacke enger: »Hoffentlich holen sich unsere Kinder keine Erkältung.«

»Glucken die schon wieder zusammen?«, fragte Ursel.

»Scheint langsam zur Gewohnheit zu werden«, bestätigte Merle. »Soweit ich weiß, sind sie am Fluss, zum Angeln ...«

»Angeln? Meine Tochter?«

»Lolo meinte, dass Gesine ihn neuerdings begleitet. Ich finde das rührend. Wie sagt man? Die Jugend soll erwerben, was das Alter verzehrt!«

»Und das wäre?«

»Erinnerungen, schätze ich. Oder einfach Zeit?«

Ursel lachte: »Genau das, was unsereins davonhoppelt! Du hast übrigens auch eine neue Falte bekommen. Über der Nasenwurzel. Kommt vom Grübeln. Lass das mal lieber sein!«

•

Oben an der Kaiserstraße war Tumult. Auf der Fahrbahn stockte der Verkehr. Das Hupen der Automobile klang wie das Geschrei von Eseln und machte die Pferde der wenigen Fuhrwerke verrückt. Kutscher waren von ihren Böcken gestiegen, reckten die Köpfe. Lothar schob sein Fahrrad hinter dem Spalier der Schaulustigen entlang. Vor dem Tivoli war dann auch auf dem Gehweg kein Weiterkommen mehr. Um dem Gedränge auf dem Trottoir auszuweichen, wuchtete er das Rad die Stufen zum Lichtspieltheater hinauf. Dort wäre er beinahe über einen dicken Hund gestolpert, der mit hängender Zunge ins Leere starrte.

Herr Kattwinkel, wie immer eine erloschene Zigarre zwischen den Zähnen, kraulte dem Hund die zerfurchte Stirn: »Keine Angst, mein Boelcke ist ein ganz Braver, ja? Hm? Du bist ein gaaanz Braver, oder?«

Lothar wusste, dass der Bluthund ein ganz Braver war. Und der Kattwinkel auch. Sonst wäre seine Mutter mit dem »steilen Walter«, wie er in der Stadt genannt wurde, gewiss nicht befreundet. Den Grund für seinen seltsamen Spitznamen kannte Lothar nicht. »Ahab« wäre jedenfalls passender gewesen, weil der steile Walter nämlich ein Holzbein hatte. Die Ursache dafür verschleierte er selbst, indem er fortwährend neue Geschichten in Umlauf brachte. Mal habe ihm ein Bär in den Karpaten das Bein abgerissen, mal ein Wolf in den Pyrenäen. Mal sei er in Berlin unter die Straßenbahn gekommen, mal unter das Fallbeil des Sultans von Sansibar. Jahrelang erschien Lothar die Variante plausibel, dass ihm sein eigener Hund das Bein abgebissen habe. Da wusste er aber noch nicht, dass Boelcke ein ganz Braver war – benannt, und das wusste Lothar mit Sicherheit, nach einem Jagdflieger aus dem Großen Krieg. Über Oswald Boelcke hatte er nämlich alles gelesen. Vierzig anerkannte Abschüsse. Boelckes Regeln für den Luftkampf hatte Lothar auswendig gelernt: *Greife immer aus der Sonne an*, oder: *Wenn du den Angriff begonnen hast, bringe ihn auch zu Ende*. Sein Absturz im Oktober 1916 mit abgerissener Tragfläche.

Trotzdem. So nah wie jetzt war Lothar dem Tier noch nie gekommen. Und jetzt kippte es auch noch leicht zur Seite, lehnte sich im Sitzen gegen seine Beine. Lothar bemühte sich um einen gleichmütigen Blick: »Ich habe keine Angst!«

Lächelnd sagte Kattwinkel: »Vierzehn Jahre ist er schon alt, der tut überhaupt niemandem mehr etwas. Außerdem ist er fast blind. Kannst ihn ruhig hinter den Ohren kraulen, genau da, das mag er!«

Dem Hund entfuhr ein wohliges Brummen. Nein, eine Bestie war das nicht. Lothar kraulte und spähte auf die Kreuzung. Dort stand der Opel aus der Heilanstalt mit dem roten Kreuz an der Seite. Er blockierte vier Jahrmarktswagen, eingepackt und reisefertig verrammelt, dazu vier motorisierte Lastwagen. Nach einem Unfall sah das nicht aus. Weiter hinten bimmelte und bimmelte ein Tramführer, bis es einem der Schutzmänner zu bunt wurde. Er stiefelte hinüber und klopfte mit dem Stock gegen die Scheibe: »Jetzt hör'nse aber mal auf, was soll denn das? Sie sehen doch, dass es da nicht weitergeht.«

Lothar erkannte ein paar Schutzmänner und den Professor Gustav Hansemann mit seinem weißen Kittel, daneben Knut und Bruno in ihren Uniformen. Was machten die denn da? Anscheinend gestikulierten sie alle auf einen Mann im weißen Unterhemd ein, das war der Motorradfahrer vom Zirkus. Abwehrend hob der die Hände und schüttelte vehement den Kopf.

»Direktemang besser als bei mir im Kino, was?«, sagte Kattwinkel und klemmte vergnügt die Daumen unter seine Hosenträger.

Lothar zuckte mit den Schultern. Gerade wollte er wieder von den Stufen steigen, als Knut – oder Bruno, wahrscheinlich aber Knut, das sah ihm ähnlicher – den Motorradfahrer beiseiteschubste und die Tür zu einem dieser Wohnwagen öffnete.

Darf der das? Lothar stellte sich auf die Zehenspitzen.

Einen Moment später zerrte Knut aus dem Inneren ein Gespenst hervor. Zumindest war das Lothars erster Gedanke. Es sah aus wie ein Gespenst, bleich und weich. Erst auf den zweiten Blick erkannte er die Wahrsagerin. Sie wirkte ein wenig verwirrt, aber eher amüsiert als verängstigt. Knut zog sie das Treppchen des Wagens herab. Erhobenen Hauptes sah sie sich um und lachte. Sie lachte die ganze Zeit, als wäre Knut ein Clown. Und dann machte der Motorradfahrer eine Bewegung, schnell und präzise.

Eine Ohrfeige wie ein Peitschenknall.

»Potztausend!«, entfuhr es dem Kattwinkel, schnalzende Hosenträger. Lothar spürte am Oberschenkel, wie der Hund zusammenzuckte.

Knut taumelte, fing sich wieder, wollte auf seinen Angreifer losgehen, aber zwei Schutzmänner hielten ihn fest. Seelenruhig hatte der Motorradfahrer unterdessen seinen Arm um die Zigeunerin gelegt und führte sie Stufe für Stufe wieder in ihren Wagen.

Niemand wagte mehr, einzugreifen. Professor Hansemann kehrte fluchend zum Krankenwagen zurück. Mit einem Ruck machte Knut sich frei, blieb aber stehen und hielt sich die Wange. Als Bruno ihm die Hand auf die Schulter legte, schubste er ihn weg.

»Was ist denn passiert?«, fragte Lothar.

»Ich glaube«, sagte der steile Walter und nahm die Zigarre aus dem Mund, »unser Herr Professor wollte sich die Zigeunerin mal angucken.«

»Warum?«

»Weil die doch gestern der Schlag getroffen hat. Arme Frau. Hast ja gesehen, wie komisch die sich jetzt benimmt. Aber ihre Leute wollen sie wohl nicht rausrücken«, sagte er und schüttelte den Kopf. »So ein Unverstand! Na ja, ohne amtliche Handhabe kannste da nix machen. Aber dem Gürckel seine Jungs wollten's wohl zwingen. Endlich auch mal Staatsmacht spielen! Das kommt von der Uniform, wenn du mich fragst. Steigt den Knalltüten in die Birne. Wieso gehörst du eigentlich noch nicht zu diesem Verein, Lothar? Könnteste nicht schon Pimpf sein oder sowas?«

Lothar wich seinem belustigten Blick aus und stellte das Rad wieder auf den Gehweg.

»Ich will dann mal weiter, Herr Kattwinkel!«, sagte er.

»Na dann«, sagte der steile Walter zerstreut und rief Lothar hinterher: »Ab Freitag zeige ich übrigens den neuen Streifen mit Heinz Rühmann! Großer Spaß für Jung und Alt! Komm doch mit deiner Mutter! Wird sicher wieder köstlich!«

•

Eugen hatte kaum geschlafen und nicht gefrühstückt. In der Nacht hatte er noch vergeblich versucht, die Frau Landauer über das Unglück zu informieren, und war zu der Villa unten am Ufer gefahren. Es brannte Licht, aber auf sein Klingeln hatte ihm niemand geöffnet. Kurz war er versucht gewesen, um das Haus herum und durch den Garten auf die Terrasse … aber das schien ihm doch ein wenig zudringlich. Unverrichteter Dinge war er nach Hause geeilt, wo er, um Ursel nicht zu wecken, den Rest der Nacht schlaflos auf dem Diwan im Salon zubrachte.

Im Büro des Schriftleiters hing er jetzt im Ledersessel, unrasiert, und blinzelte in die Morgensonne. Er konnte sich nicht erinnern, wann Müdigkeit ihm zuletzt so zugesetzt hatte. Das Zittern wollte wieder über ihn kommen, er spürte es genau. Zur Ablenkung ließ er den Blick über die Wand mit den gerahmten Titelseiten schweifen. JETZT SCHWEIGEN DIE WAFFEN von 1918 hing schief. Auf dem leeren Schreibtisch stand noch die leere Flasche, das halbleere Glas daneben. Im Aschenbecher die erloschene Zigarre. Noch immer sperrangelweit geöffnet die Fensterflügel.

Eugen schloss die Augen. Sah den verrenkten Körper vom Landauer unten auf dem Trottoir. Schlug die Augen wieder auf.

Er sah den Kommissar, der sich aus dem Fenster beugte und den Kopf schüttelte über irgendeinen Trubel unten auf der Straße. Nach einer Weile drehte er sich um, nahm Platz auf dem Sessel des Verlegers, öffnete und schloss die Schreibtischschublade, beugte sich weit über die mit Ziegenleder bespannte Platte.

»Also nochmal von vorn. Wann wollen Sie das Büro betreten haben?«

Eugen kannte den Beamten vom Sehen, nicht vom Schreiben. Er konnte sich nicht erinnern, wann es zuletzt Mord und Totschlag gegeben hatte in Ginsterburg. Oder auch nur einen Fall für die Sitte. Deshalb konnte er sich auch nicht an den Namen des Kommissars erinnern. Hatte der sich überhaupt vorgestellt?

»Ich *habe* es betreten«, sagte er missmutig. »So gegen Mitternacht.«

»Und als Sie das Zimmer leer vorfanden, wie Sie behaupten …«

»Das Zimmer *war* leer!«

»Und der Umschlag?«

»Herrgott, welcher Umschlag denn?«

»Weiter. Was taten Sie dann?«

»Ging ans Fenster, sah auf die Straße, und dort lag der Herr Doktor Landauer«, leierte Eugen, er hatte das nun schon zum dritten Mal erzählt. »Hören Sie …«, hob er an, aber erneut unterbrach ihn der Beamte.

»Warum traten Sie ans Fenster?«

Eugen konnte ein Gähnen nicht mehr unterdrücken. »Weil es offen war.«

Der Kommissar bildete mit beiden Händen vor der Brust ein Zelt, blickte zur Decke: »Herr von Wieland, mir bereitet das hier auch kein Vergnügen. Wir wissen noch nicht, ob es sich um Unfall oder Selbstmord handelt. Bis dahin, das werden Sie verstehen, müssen wir in alle Richtungen ermitteln.«

»Also in meine Richtung?«

Der Kommissar seufzte. Eugen kam der Nachruf in den Sinn, der auf den Verleger geschrieben werden musste. »Halde Pietät« nannten sie den Ordner mit den bereits verfassten Nekrologen auf Menschen, die noch am Leben waren, deren Ableben aber nach menschlichem Ermessen nicht mehr allzu lange auf sich warten lassen würde – wie das seines eigenen Vaters, der bereits ein allzu gesegnetes Alter erreicht hatte. Mit Unbehagen dachte Eugen an den Nachruf auf Leberecht von Wieland, der bereits seit zehn Jahren fertig in der Schublade lag. *Zeuge der Geschichte, größter Sohn der Stadt, Pour le Mérite*, und dann eine endlose Auflistung seiner historischen Heldentaten und ruhmreichen Zugegenheiten am richtigen Ort zur richtigen Zeit, angefangen 1866, als *der große Leberecht von Wieland*, noch als halbes Kind, *getrieben von der Lust am Abenteuer sein Elternhaus floh und unter Moltke bei Königgrätz gegen Österreich* anstürmte, und dann immer weiter, *1870 in der Champagne gegen den zweiten Napoleon, 1893 in Windhuk gegen die Hottentotten und später am Waterberg, 1914 an der Seite von Ludendorff bei Tannenberg, 1918 bei der Abfahrt des Kaisers ins Exil nach Doorn*. Eugen lag das Genre nicht. Es fühlte sich an, als streute er Erde auf Lebende. In seine Grabrede über John D. Rockefeller hatte er auf Betreiben von Landauer nachträglich noch einen Absatz über plutokratische Umtriebe in den USA einfügen müssen. *O tempora, o mores …*

Eine Unruhe ließ ihn aus seinen Gedanken aufschrecken. Hinein rauschte Otto Gürckel. Der Kommissar blitzte ihn verärgert an: »Ich muss doch sehr bitten, Herr Kreisleiter! Ich führe hier gerade ein Verhör … oh!«

Hinter Otto betraten zwei Männer in Ledermänteln den Raum. Der Kommissar sprang auf, Heil Hitler, ein Dicker und ein Dünner. Grußlos und wortlos schauten sie sich um. Der Dicke inspizierte die historischen Schlagzeilen an der Wand, der Dünne stand mit schiefgelegtem Kopf vor der Bücherwand. Die Ledermäntel erkannte man – außer an ihren Ledermänteln – daran, dass die Gesetze der Höflichkeit für sie augenscheinlich keine Geltung hatten. Und natürlich an ihren Ledermänteln. Erst neulich hatte Eugen sich an einem kleinen Feuilleton über dieses bemerkenswerte Kleidungsstück versucht, insbesondere über sein *Knarzen.* Im Großen Krieg hatten das die Offiziere getragen, und nun tauchte es immer häufiger im Alltag auf, in Straßen und Cafés. Neuerdings auch in Ginsterburg. *Eine ideale Uniform für Zivilisten,* hatte Eugen geschrieben, *halb Kostüm, halb Rüstung.* Natürlich nie veröffentlicht. Nicht mal vorgeschlagen hatte Eugen es. Jetzt erst bemerkte er, dass das gar keine Ledermäntel waren. Sondern klassische Klepper aus baumwollbeschichtetem Gummi.

Ohne den Kommissar eines Blickes zu würdigen, ging der Dünne hinüber zum Fenster: »Wir übernehmen hier, Kollege. Sie können nach Hause gehen. Oder bleiben. Ganz, wie's beliebt.«

Der Kommissar erhob sich erneut, um auf Augenhöhe zu kommen: »Ich verstehe nicht ganz. Wenn Sie vielleicht so freundlich wären, mir …«

»Fall gelöst«, sagte der Dünne, der sich aus dem Fenster gebeugt hatte, Pfiff durch die Zähne. »Sichere Nummer von hier oben …«

Eugen bemerkte, wie der Kommissar den Blick des Kreisleiters suchte. Der hob ganz leicht die Schultern.

»Wenn das so ist«, der Beamte klopfte zum Abschied auf die Tischplatte, »dann empfehle ich mich.« Er griff sich seine Aktentasche und wartete. Nickte in die Runde und wartete. Räusperte sich und räumte das Feld. Nur Otto schenkte ihm ein mildes Lächeln.

»Und ich?«, fragte Eugen den Dünnen am Fenster.

»Sie werden auch nicht mehr gebraucht«, sagte der Dicke und ging an den Schreibtisch. »Machen Sie sich einen schönen Tag. Genießen Sie das Wetter. Oder besuchen Sie mal wieder Ihren Vater. Deutscher Held von altem Schrot und Korn. Sitzt doch ganz alleine da im Stift ...« Mit geübten Bewegungen zog er die Schublade heraus und ließ ihren Inhalt auf die Tischplatte poltern. Stifte, Schnupftabakdose, Korrespondenz, Lupe, ein Etui aus Leder.

Derweil spähte der Dünne noch immer auf die Straße hinunter. Da gab es etwas, das seine Aufmerksamkeit erregte: »Recht so, recht so. Immer feste druff! Aber schlagt ihn nicht tot!«

Otto gab Eugen unauffällig einen Wink. *Rückzug.*

Auf dem dunklen Gang, vorbei an den verschlossenen Redaktionsstuben für Inneres und Äußeres, ließ Eugen seiner Verwirrung freien Lauf: »Was war *das* denn für ein Auftritt? Was sollte das mit meinem Vater?«

»Das waren die Politischen«, sagte Otto, nachdem er die Tür zum Treppenhaus aufgeschoben hatte. »Die stecken ihre Nasen eben überall rein. Sie waren übrigens auch schon bei seiner Frau.«

»Und? Wie hat sie's aufgenommen?«

Otto blieb kurz stehen: »Die Frau Landauer scheint ausgeflogen zu sein«, sagte er und flatterte unnötigerweise zur Illustration mit den Armen. »Ein Abschiedsbrief wurde nicht gefunden. Aber ein Umschlag mit Geld für die Beerdigung, der lag auf dem Schreibtisch. Hast du den wirklich nicht gesehen?«

Eugen schüttelte den Kopf.

»Und ich frage mich«, fuhr Otto fort, »wieso niemals irgendwer geahnt hat, dass der Landauer ein Jud' war.«

•

In der Einfahrt zur Druckerei standen Knut und Bruno. Lothar sah sie schon von Weitem. Und die sahen ihn, ganz bestimmt. Zwecklos, jetzt wieder umzukehren, die Straßenseite zu wechseln oder aufs Rad zu steigen. Sie hätten ihm das als Schwäche ausgelegt. Und Schwäche war das Schlimmste. Also blickte er angestrengt zu Boden. Die Zwillinge schienen mit sich selbst beschäftigt.

»Vor allen Leuten, Bruno!«, hörte er Knut. »Diese Kanaille!«

»Ruhig Blut«, antwortete sein Bruder. »Die kriegen schon noch ihr Fett weg!«

Und dann bellte Knut: »Sieber! Wohin des Weges?«

Verdammt.

»Sieberchen!«, lockte Knut, beinahe liebevoll, und stellte sich ihm in den Weg. »Man redet mit dir!«

Lothar sah auf und erkannte auf Knuts Wange, wie aufgeschminkt, den rosafarbenen Abdruck der Ohrfeige. Wütend funkelte Knut ihn an. Sein Backsteinkiefer angespannt. Ein kantiges Kinn stand für Willensstärke, hatte Lothar neulich in einem Artikel darüber gelesen, was Gesichter über Menschen verraten. Sein Versuch, vor dem Spiegel die eigene Willensstärke zu ermessen, war ohne eindeutiges Ergebnis geblieben.

»Wie grüßt der Pimpf den Rottenführer?«, fragte jetzt Bruno, eine Hand vor der Brust seines Bruders.

»Bin kein Pimpf«, sagte Lothar kleinlaut und hielt sich an der Lenkstange seines Fahrrads fest.

Knut zog den Rotz hoch. »Egal, Sieberchen. Der Jüngere grüßt zuerst. Und?«

»Heil Hitler«, sagte Lothar sofort und bemerkte, dass Knut jetzt das Vorderrad zwischen seinen Knien eingeklemmt hatte.

Er saß in der Falle.

»Wohin des Weges?«

»Nach Hause«, sagte Lothar.

Knut trat einen Schritt näher, mit mahlendem Kiefer. An den Flecken auf seinen Wagenknochen erkannte Lothar, dass er geweint hatte. Knut und geweint!

»Heim zur Sozialistenschlampe?«

»Was?«, fragte Lothar verwirrt. »Nein, zur Mama!«

»Zu seiner Mama!«, heulte Knut. »Haste gehört, Bruno? Das Sieberchen will heim zu seiner Mama!«

»Hab ich gehört«, bestätigte Bruno. »Und wir sollten auch langsam ...« Er griff nach dem Arm seines Bruders, aber der machte sich mit einem Ruck frei.

»Was glotzt er denn so, der kleine Bolschewist? Siehste das auch? Das will ich jetzt doch gerne mal wissen, was der so glotzt!«

Unwillkürlich zog Lothar den Kopf ein, und das rettete ihn vor der ersten Maulschelle. Um Haaresbreite, als hätte er die Gefahr kommen sehen. Dafür traf ihn der Boxschlag von Knut unvorbereitet in den Magen. Lothar klappte nach vorne. Knut öffnete die Knie, klappernd ging das Rad zu Boden. Knut stieg darüber hinweg. Dann ein zweiter Hieb gegen die Schulter, Lothar taumelte zurück. Ihm schossen die Tränen in die Augen. Er hob den Kopf und wollte gerade die Arme vor dem Oberkörper anwinkeln, als ihn auch schon der dritte Schlag erwischte. Diesmal ins Gesicht.

Er stolperte rückwärts, stürzte, schürfte sich die Handflächen auf. Blickte benommen hoch, Knut direkt über ihm. Geballte Fäuste groß wie Abrissbirnen. Nackte Knie, festes Lederschuhwerk. Er glaubte, von weit weg eine Stimme zu hören, *Schlagt ihn nicht tot!*, aber vielleicht bildete er sich das auch nur ein. Aus dem Augenwinkel sah er Bruno, aber der schubste jetzt seinen Bruder.

»Knut! Echt jetzt, es reicht. Mann am Boden, Fall erledigt.«

Lothar hörte, wie neben seinem Gesicht etwas auf den Asphalt klatschte. Drehte den Kopf zur Seite, sah den Rotz. Blut tropfte ihm aus der Nase. Bloß nicht ohnmächtig werden. Er rollte sich zusammen, die Hände über dem Nacken. Schloss die Augen. Alles, nur nicht ohnmächtig werden. Einatmen, ausatmen. Kein Tritt, kein Schlag mehr. Einatmen, ausatmen. Etwas Feuchtes schlabberte ihm durchs Gesicht. Lothar nahm die Hände aus dem Nacken. Neben ihm hockte Boelcke und leckte ihm das Blut vom Kinn. Die Zwillinge waren verschwunden.

Mühsam rappelte er sich in den Schneidersitz, und da kam auch schon der Kattwinkel so schnell angehumpelt, wie es seine Beinprothese erlaubte: »Boelcke! Ist gut! Lass die Sauerei!«

Lothar schob den Hund zur Seite, richtete sich auf, klopfte Staub von der Hose.

Schnaufend reichte ihm der steile Walter ein Taschentuch: »Hab's kommen sehen, war zu spät!«, legte ihm schwer die Hände auf die Schulter, suchte seinen Blick. »Bist du in Ordnung?«

Lothar nickte.

»Soll ich dich nach Hause bringen?«

Lothar schüttelte den Kopf.

»Hm«, machte der steile Walter und spähte nachdenklich die Straße hinauf. »Um diese Uhrzeit müsste deine Mutter schon im Laden sein, oder? Wollen wir da direktemang hin?«

»Nicht nötig, Herr Kattwinkel, wirklich«, sagte Lothar und stellte das Fahrrad auf. Die Speichen waren verbogen. Es hatte einen Achter und war nicht einmal mehr zu schieben.

Der steile Walter klemmte es sich kurzerhand unter den Arm und marschierte los: »Doch, doch, besser ist das. Komm!«

•

Eugen war aufgehalten worden von seinem sehr ausgeschlafenen und aufgeregten Ressortleiter, der ihn nach den Vorgängen der Nacht befragte und besprechen wollte, wer den Nachruf auf Landauer schreiben solle. Eugen erzählte, was er schon dem Kommissar erzählt hatte, und stellte befremdet fest, wie das Erlebte sozusagen satzförmig wurde. Für immer würde es nun eingeschlossen und zu besichtigen sein im Bernstein banaler Sätze: *Das Büro war schon leer, als ich es betrat. Das Fenster stand weit offen. Nein, zu diesem Zeitpunkt habe ich noch nichts geahnt.*

Er trat auf die Straße, wo Otto auf ihn wartete und zwei Männer von der Stadtreinigung bei der Arbeit beobachtete. Einer schüttete gerade Wasser aus Eimern über den Sand auf dem Gehweg, der andere schrubbte mit grobem Besen den rosafarbenen Schlamm in den Rinnstein. Als Eugen begriff, wendete er sich ab. Mit Getöse ratterte die Elektrische vorbei. Er fühlte sich, als würde ein Schraubstock auf seinen Schläfen langsam zugeschraubt. Otto bot an, ihn nach Hause zu bringen, sein Fahrer warte mit dem Wagen gleich um die Ecke.

»Seit wann hast du einen Fahrer, Otto?«

»Seit ich Kreisleiter bin, Eugen.«

Für eine Weile saßen sie stumm im Fond, jeder seinen eigenen Gedanken nachhängend. Otto kurbelte das Fenster ein wenig herunter, um den Rauch seiner Zigarette nach draußen zu entlassen.

»Es will mir einfach nicht in den Kopf«, sagte er, »es will mir nicht in den Kopf.«

»Poena fuit vita«, murmelte Eugen, *»requies mihi morte parate es …«*

Otto stöhnte: »Das musst du dir langsam mal abgewöhnen, Kamerad. Du weißt doch, dass ich kein Latein kann!«

»Die Strafe war das Leben, der Tod hat mir die Erlösung gebracht«, übersetzte Eugen. »Wahlspruch von Karl dem Fünften. Und vielleicht auch von Landauer. Vielleicht ist es manchmal der einzige Ausweg, Hand an sich selbst zu legen.«

»Weil er den Ariernachweis nicht erbringen konnte?«

»Du weißt besser als ich, Otto, was das für einen Mann in seiner Position bedeutet haben muss.«

»Das meine ich nicht«, brummte Otto finster. »Wenn jetzt rauskommt, dass unsere Zeitung in jüdischer Hand war …«

»Und wenn schon! Gemerkt hat man's nicht.« Eugen dachte an die völkischen, stramm deutschnationalen Leitartikel, für die der Landauer in der Redaktion berüchtigt war.

»Das ist es ja gerade! Wieso hat das niemand geahnt? Wieso wusste das keiner? Und auf wen fällt das wohl zurück?« Otto schnippte Asche durch den Fensterspalt. »Unglaublich, wie gut der Mensch sich verstellen konnte!«

Eugen zuckte mit den Schultern. »Er war nicht religiös, schätze ich. Nie hat man ihn in der Synagoge gesehen. Man muss seinen Glauben ja nicht an die große Glocke hängen.«

»Darum geht es doch gar nicht, Eugen. Ja, sag einmal! Lebst du hinterm Mond? Es geht um Rasse. Und wir haben heute Mittel und Wege, das herauszufinden. Der Landauer war nicht blöd. Er ahnte wohl, was ihm blühte.«

»Was blühte ihm denn?«, fragte Eugen und erinnerte sich im gleichen Moment an das Fernschreiben von der Reichspressekammer, das in der Nacht angekommen war. Da müssen dem armen Teufel schon seine eigenen Leute auf der Spur gewesen sein.

»Jetzt haben wir dieses Ungeziefer bei den Eiern«, sagte plötzlich der Fahrer und zwinkerte vergnügt in den Rückspiegel.

»Achten Sie gefälligst auf den Verkehr!«, blaffte Otto und wendete sich an Eugen, beinahe im Flüsterton: »Du bist schlimmer als Jungheinrich mit seiner Papierfabrik. Der interessiert sich auch nicht für Politik, immerhin aber fürs Geschäft. Ich habe es dir schon vor fünf Jahren gesagt. Eugen, habe ich gesagt, komm in die Partei! Wir werden dieses Land umkrempeln, habe ich gesagt. Aber nein, der Herr ist sich zu fein! Und jetzt? Schau, die Karten werden neu gemischt.«

»Ursel geht mir damit auch dauernd auf die Nerven.«

»Kluge Frau! Weiß der Himmel ...«, sagte Otto und biss sich auf die Unterlippe. Mit diesem Satz veralberten sie einander seit Jahren: *Kluge Frau! Weiß der Himmel, warum sie einen solchen Trottel wie dich geehelicht hat!* Aber seit Henriette Gürckel ihre Koffer gepackt und die Familie für irgendein hohes Tier aus Berlin verlassen hatte, war der alten Frotzelei die Unschuld abhandengekommen.

Um seinen Freund aus der peinlichen Klemme zu erlösen, stieß Eugen einen Seufzer aus: »Weiß der Himmel, wann ich Zeit für Politik hätte! Die Arbeit in der Redaktion ... und dann mein Buch! Ich weiß nicht, wie du das schaffst als Bürgermeister und Kreisleiter mit dem Blumenladen ...«

»Ich delegiere«, sagte Otto würdevoll. »Das bedeutet ...«

»Ich weiß, was Delegieren ist. Das geht vielleicht mit deinen Tulpen und Narzissen. Meine Texte kann ich aber schlecht von anderen Leuten schreiben lassen, während ich im Stadtrat oder der Partei große Reden schwinge.«

»*Reden* kannst du doch aber! Der Herr könnte sogar mit lateinischen Zitaten um sich werfen, sowas beeindruckt die Kameraden dort. Und was deine Schreiberei betrifft ...«, sagte Otto und strich sich mit der flachen Hand über die Glatze, wie immer, wenn ihm gerade ein Gedanke zugeflogen war. »Schreib doch für uns. In der Zeitung, aber für uns. Die Bewegung!«

»Ich schreibe doch nur über Kulturelles, Otto«, sagte Eugen. »Keine Leitartikel. Nur Föhlitongs, wie du immer so gerne sagst.«

»Ja, Eugen, aber muss das so bleiben? Habe ich Blumenhändler bleiben müssen?«

Der Wagen kam vor Eugens Haus zum Stehen.

»Dann leg dich doch heute Nachmittag erstmal aufs Ohr«, schlug Otto vor. » Nicht, dass du uns morgen auf dem Nürburgring einschläfst!«

»*Poena fuit vita*«, hob Eugen an, »*somnum mihi morte parate es* ...«

»Genau, kannst mich auch mal am Arsch lecken«, sagte Otto und beugte sich über Eugen, um ihm die Tür zu öffnen.

•

Noch nie in ihrem Leben hatte Merle einen Ohrwurm gehabt, jedenfalls keine Melodie, zumindest konnte sie sich nicht entsinnen, nicht einmal als Kind, da hatte sie sich vor Ohrwürmern regelrecht gefürchtet und sie sich vorgestellt wie diese Insekten mit den Zangen am Hinterteil, die ihr nachts in den Gehörgang krabbeln und das Trommelfell zerschneiden könnten. Was sie hingegen hatte, schon als Kind, waren bestimmte Worte, die ihr, einmal gehört, nicht mehr aus dem Sinn gehen wollten. Früher, als alle Worte noch neu und unverbraucht waren, konnte es ein unscheinbares Adjektiv wie »mulmig« oder ein Verb wie »hamstern« sein, das sie fortwährend vor sich hinmurmeln musste, bis es durch häufigen Gebrauch gewissermaßen glattgeschliffen war – und sie es wieder in ihr imaginäres Wortschatzkästchen legen konnte. Inzwischen kam es nur noch alle paar Jahre vor, dass ihr ein bisher unbekanntes Wort begegnete. So wie neulich, als Beifang ihrer Balzac-Lektüre, ein altes Lehnwort für Belangloses, Nebensächliches, glitzernd und glucksend: »Quisquilien, Quisquilien, Quisquilien«, sagte Merle und drehte das Schild in der Tür um: *Wir haben geöffnet.*

Insgeheim liebte sie es am meisten, wenn sie in ihrem Laden allein war. Der Geruch von Leder und Leim. Bücher über Bücher an allen vier Wänden und bis unter die Decke, geordnet von A bis Z. Eine Nische für Antiquarisches. Eine Grabbelkiste für Schund, ein kleiner Altar für Bibliophiles. Wäre das Geschäft ihr Wohnzimmer, sie würde Tolstoi zu Dostojewksi stellen und Jünger zu Remarque. Liselotte von der Pfalz dürfte mit Alice Berend plaudern, Oswald Spengler mit Egon Friedell streiten. Weil es aber nicht ihr Wohnzimmer war, fehlten im Geschäft Friedell, Berend und Remarque. Standen vermutlich, statt im Regal, auf der neuen Liste für *schädliches und unerwünschtes Schrifttum.* So genau konnte Merle das nicht wissen, die Liste der Reichsschrifttumskammer war »nur für den internen Gebrauch« und ansonsten geheim. Wer es genau wissen wollte, konnte sich zwar an eine zuständige *Bera-*

tungsstelle wenden. Sinn des Versteckspiels war, vermutete Merle, dass man sich mal schön selbst den Kopf darüber zerbrechen sollte, welches Schrifttum als zersetzend galt. Schließlich, *Heil Hitler*, gab es immer wieder *Stichproben*. Neulich erst waren zwei Gestalten in Ledermänteln im Geschäft aufgetaucht, ein Dicker und ein Dünner, und hatten wortlos ihr Sortiment in Augenschein genommen. Der Dicke, immerhin, hatte bei dieser Gelegenheit eine erwünschte Volksausgabe der unschädlichen »Edda« gekauft.

Im Büro stellte Merle den Wasserkessel auf den Herd, schüttete grünen Tee in das Sieb und hängte ihn in die Tasse. Lavendel, Pfefferminze, Hibiskus oder Rosenblüten kamen nicht in Frage. In ihrer Abneigung hatte sie das Kräuterzeug mal »Katzenpisse« genannt, worauf Ursel beleidigt und ihr Göttergatte belustigt reagiert hatte – und dann bezweifelt, dass Merle mit dem Geschmack von »felinem Urin« vertraut sei. *Feliner Urin*. So drückte der sich aus. Was Merle nicht wunderte. Auch als Kunde der Buchhandlung hielt Eugen sie mit eigensinnigen Bestellungen auf Trab. Spezialitäten, Vergriffenes, Historisches. Nie konnte sie schnell genug liefern, was er – wofür auch immer – so dringend brauchte. Neulich hatte sie sich den spekulativen Spaß gemacht, eigens für Eugen neben bunte Belletristik wie »Der liebe Augustin«, »Das Wunschkind« oder »Barb – Roman einer deutschen Frau« eine eher abseitige Neuerscheinung ins Schaufenster zu stellen: »Im alten Reich« von Ricarda Huch, die darin »Lebensbilder alter Städte« skizzierte. Eugen war in den Laden gestürmt, aufgeregt wie ein Kind: »*Genau* das suchte ich!«, und um ein Haar hätte er sie vor Begeisterung sogar umarmt. Die Erinnerung an diesen Vorfall ließ Merle lächeln.

Sie goss das heiße Wasser in die Tasse und öffnete die Post. Werbung, Werbung, Rechnung, Rechnung, zuletzt ein Brief vom Bund Reichsdeutscher Buchhändler. Was wollten die denn? Sie öffnete den Umschlag, es ging um Remissionen und Bestellungen aus dem Ausland, da gab es neue Beschränkungen. Bürokratisches, wie immer. Das nahmen sie wirklich ernst, und das nahm langsam überhand. Erleichtert legte Merle den Brief beiseite. Hatte schon befürchtet, dass es wieder um ihre Zulassung gehen würde. Was war das für ein Theater gewesen, ihre Gesinnung beweisen und nachweisen zu müssen, weder »jüdisch versippt« noch Sozialistin, aber auch nicht »rein kaufmännisch« ausgerichtet zu sein, sondern ihr Gewerbe »im Geiste der nationalsozialistischen Weltanschauung« zu führen! Ein Glück, dass man nicht auch »bolschewistisch versippt« sein konnte – sonst hätte man ihr noch einen Strick daraus gedreht, die Witwe eines Kommunisten zu sein.

Das Läuten der Glocke weckte sie aus ihren Gedanken. Wohlan, Kundschaft. Hastig stellte sie die Tasse zurück, strich den Rock glatt und eilte hinüber. Im Laden stand Walter Kattwinkel, und der wollte eindeutig nichts kaufen. Seine schwere Hand lag auf der Schulter ihres Sohnes, der sich ein Taschentuch unter die Nase hielt. Lothar hatte geweint.

Erschrocken ging Merle vor ihm in die Hocke: »Um Himmels willen, Lolo! Lass mal sehen! Was ist denn mit dir passiert?«

Und bevor Walter auf ihren fragenden Blick antworten konnte, sagte Lothar mit fester Stimme: »Ich bin mit dem Fahrrad hingefallen!«

DER AUFBAU UNSERER LUFTWAFFE

General Göring betont den deutschen Friedenswillen

Berlin, 30. Juli 1935

Reichsluftfahrtminister General der Flieger Hermann G ö r i n g sprach am Donnerstag auf einem vom Verein der ausländischen Presse zu Berlin im Hotel Adlon veranstalteten Essen über die neue deutsche Reichsluftwaffe. Er erklärte, die Art und Weise, wie die deutsche Luftwaffe geschaffen wurde, sei so originell und einzigartig, daß man es ohne Kenntnis der Unterlagen kaum glauben könne.

Man sei dabei vollständig neue Wege gegangen. Er habe es abgelehnt, den Weg der allmählichen Aufrüstung zu beschreiten, weil dann die Gefahr bestanden hätte, daß bei Eintreten kritischer Momente die Luftwaffe nicht bereit gewesen wäre. Er habe daher die technischen und industriellen Möglichkeiten bis zum Äußersten ausgebaut, die es dann gestatteten, schlagartig die Luftwaffe zu schaffen. Die Flugzeuge seien vorher nicht unter der Erde oder in dichten Wäldern versteckt gewesen: Sie waren einfach nicht da gewesen!

Richtlinie beim Aufbau der Luftstreitkräfte, so fuhr General Göring fort, wird immer und allein die Sicherheit der deutschen Nation bleiben. Es hänge ausschließlich von anderen Mächten ab, die Stärke der deutschen Luftwaffe zu bestimmen: »Ich sage Ihnen nichts Überraschendes, wenn ich betone, daß die deutsche Luftwaffe so stark ist, daß derjenige, der Deutschland angreift, einen sehr schweren Stand haben wird! Die deutsche Luftwaffe verfügt über kein einziges altes Flugzeug! Sie verfügt über keinen einzigen alten Motor! Was die deutsche Luftwaffe heute an Maschinen und Motoren besitzt, ist das Modernste, was überhaupt existiert.«

Deutschland werde sich nicht scheuen, so Hermann Göring weiter, gemäß übernommener Verpflichtungen seine Luftstreitkräfte im Rahmen der gegebenen Möglichkeiten nicht nur zur Sicherung und Verteidigung Deutschlands, sondern auch zur Sicherung und Verteidigung des europäischen und Weltfriedens einzusetzen. Schon aus der Einheit der beiden Waffengattungen Luftflotte und Fliegerabwehr sei ersichtlich, daß die deutsche Luftwaffe nur zum Zwecke der Verteidigung und Sicherheit aufgebaut sei.

Im weiteren Verlauf legte der Ministerpräsident vor der Weltpresse ein eindrucksvolles Bekenntnis für den Frieden ab. Nichts sei für den Frieden bedrohlicher gewesen als ein Deutschland in Ohnmacht inmitten hochgerüsteter Völker. Deutschland werde der Welt beweisen, daß das ganze Volk hinter den Worten des Führers steht: »Deutschland wünscht und braucht den Frieden und arbeitet bereitwillig an seiner Erhaltung mit.« Und sollten die Völker ihrerseits übereinkommen, die Luftstreitkräfte abzuschaffen, so werde Deutschland sich davon nicht ausschließen.

Die ausländischen Pressevertreter waren beeindruckt von den freimütigen und offenen Worten ihres Gastes, denen sie mit gespannter Aufmerksamkeit gefolgt waren. Mit herzlichem Beifall schlossen sie sich seinem Trinkspruch auf gute Zusammenarbeit an.

III

STELL DIR VOR, DIE SILBERPFEILE

Auch wenn der Regen nachgelassen hatte, würde sich der Regenmeister die Führung nicht mehr nehmen lassen. Gerade orgelte er wieder mit ohrenbetäubendem Getöse an der Tribüne vorbei, gefolgt von einer ganzen Reihe von Fehlzündungen vor den Schikanen am Bränkekopf, von einer Schleppe sprühender Gischt, von einem Pulk weiterer Silberpfeile im Duell um den zweiten Platz, und dann von überhaupt niemandem mehr. Rudolf Caracciola, Regenmeister, Maß aller Dinge.

Otto war aufgesprungen. Hut geschwenkt. Heiser gebrüllt. Eugen rammte ihm vor Begeisterung den Ellbogen in die Rippen, bewegte die Lippen. Otto verstand kein Wort. Jetzt ein Nachzügler auf der Geraden, knallroter Rennwagen. Geheul. Fehlzündungen. Vermutlich der Italiener. Armer Kerl.

»Was?«, brüllte er.

»Ich meine«, rief Eugen durch Trichterhände, »dass der Karratsch sich das nicht mehr nehmen lassen wird!«

Otto nickte. Daumen hoch: »Müsste schon mit dem Teufel zugehen!«

»Mit dem Teufel? Aber der sitzt doch hinterm Steuer!«

Otto gackerte auf, gut hatte der das gesagt, konnte einfach mit Worten, der Eugen. Vergnügt sah er sich um. Wo blieb denn der Jungheinrich mit den Getränken? Volltreffer diesmal, der traditionelle Ausflug der alten Kameraden. Da musste er sich selbst mal beglückwünschen. Kein Vergleich mit früheren Ausflügen. Wo waren sie nicht schon überall gewesen? Bei den Dinosauriern im Senckenberg in Frankfurt, am gewaltigen Schiffshebewerk bei Niederfinow, unter dem Herkules in Kassel, in den Gassen von Rüdesheim am Rhein. Sogar in der Pinakothek in München, da hatte er anschließend bei den Parteigenossen einiges zu erzählen über die Schmierereien, die dort als »Kunst« galten.

Auf diese Ausflüge hatten sie sich eingeschworen, damals, als die britische Feuerwalze auf den Morast von Montdidier zurollte: *Wenn Gott seine schützende Hand über uns halten sollte, dann werden wir das begehen.* Seine schützende Hand hatte der Allmächtige über zwölf von ursprünglich zweihundert Kameraden gehalten – oder das, was nach dem Stillstand der Frühjahrsoffensive 1918 noch davon übrig war. Jährlich, immer reihum, begingen sie seitdem das eigene Überleben mit Ausflügen.

Mit der Zeit hatten Krankheit, Familie, Tod, persönliche Zerwürfnisse und weltanschauliche Differenzen die Bruderschaft von Montdidier auf ein eisernes Trio reduziert: Eugen von Wieland, mit siebenundvierzig Jahren das Nesthäkchen, studierter Historiker und Redakteur beim GINSTERBURGER ANZEIGER. Clemens Jungheinrich, mit achtundsechzig Jahren der Methusalem, Unternehmer und Philanthrop. Und er selbst, Otto Gürckel, dreiundfünfzig, Blumenhändler in zweiter Generation, dazu Bürgermeister von Ginsterburg und NSDAP-Kreisleiter. Er hatte sich für dieses Jahr einen Ausflug zum Großen Preis von Deutschland gewünscht, drei Zimmer im »Blauen Eck« gebucht, Fachwerk, Blick auf den Marktplatz. Gute Küche. Diese geräucherte Eifelwurst war ein Gedicht, von dem er sich bereits ein paar Strophen hatte einpacken lassen, um sie zu Hause zu verzehren.

Kostete alles ein Heidengeld, klar. Aber die Parteikasse zahlt, so hatte Otto das eingefädelt. War schließlich eine halbstaatliche Veranstaltung, dieses Rennen. Ein Ereignis, wie es das nicht alle Tage gab. In früheren Tagen schon gar nicht. Seit 1933 aber sprach alle Welt ganz offen und mit Bewunderung davon, was der deutsche Maschinenbau im zivilen Sektor zu leisten in der Lage war. Wo ihm der militärische Sektor doch verboten war, seit Versailles. Aber abwarten. Gingen die Entwicklungsmillionen aus dem Reich eben nach Zwickau und Stuttgart. Einstweilen. Teuer waren auch die Sitzplätze auf der Tribüne. Obere Ränge, reserviert für Parteigenossen. Unter dem Dach. Gute Wahl war das. Es hatte immer wieder geregnet an diesem Vormittag. Wermutstropfen. Das Duell zwischen Auto Union und Mercedes-Benz hätte Otto gerne bei Sonnenschein verfolgt. Kaiserwetter, wie sie früher gesagt hätten. Führerwetter. Und nun? Pustekuchen. Ein Pisswetter war das. Na ja, Caracciolawetter. Er grunzte auf. Da war ihm ja selbst mal ein guter Scherz in den Sinn gekommen. Gegen den Regenmeister konnten jedenfalls Hans Stuck und Bernd Rosemeyer keinen Stich machen. Waren schon ausgefallen. Nach knapp vier Stunden würden es die Silberpfeile nun unter sich ausmachen. Das übrige Feld war ohnehin nur Staffage. Bugatti, Maserati. Alfa Romeo? Lachhaft.

»Wo bleibt denn der Clemens?«

Seine Worte wurden vom Gebrüll verschluckt, denn jetzt fegte Manfred von Brauchitsch über die Gerade. Vierhundertfünfzig Pferde. Wie einen Mann riss es die Menge aus den Sitzen. Als der Silberpfeil außer Sichtweite war, stand Clemens Jungheinrich wieder am Platz, drei Gläser vor der Brust. Zwei Bier und eine Kräuterlimonade für Otto, wie üblich. Und ohne das Gefrotzel, das er sich wegen seiner Abstinenz von den Parteigenossen ständig anhören musste.

Aus den Lautsprechern blecherte eine Stimme. *Caracciola, Brauchitsch und Nuvolari gleichzeitig in der Box.*

»Der Italiener fährt noch mit?«, wunderte sich Jungheinrich.

»Für den hat der Duce beim Führer ein gutes Wort eingelegt!«, mutmaßte Otto und tätschelte den freien Platz neben sich: »Setz dich wieder her, Clemens!«

Jungheinrich war ein feiner Kerl. Zu fein vielleicht für diese eher volkstümliche Veranstaltung hier, dachte Otto. Tagein, tagaus zerbrach er sich im Kontor seiner Fabrik den Kopf. Über finnische Fichten und polyfluorierte Alkylsubstanzen. Über die Anschaffung neuer Maschinen und das Verlegen neuer Gleise zu seinen Werkshallen. Über die Pensionen seiner Mitarbeiter und den Absatz seiner Produkte. Über den ganzen Kladderadatsch, den Otto seinem Geschäftsführer überlassen hatte, seit er in die Politik gegangen war. Aber für die Jungheinrich GmbH & Co. KG kam ein solches Arrangement nicht in Frage. Das Unternehmen war seit zwei Generationen in Familienbesitz. Clemens *war* die Firma. Guter Kerl, der mit Eugen die Liebe zur Literatur teilte. Damals schon, im Schützengraben. »Ohne mein Papier kein Eichendorff«, sagte der Clemens gerne. Vergangenes Jahr war er es gewesen, der die Bruderschaft nach Berlin gelotst hatte. In den »Sommernachtstraum« von Mendelssohn, Furtwängler am Pult, den er gerne noch hören wollte, »bevor ich völlig taub werde«. Otto waren bei dem Gebratsche und Gefiedel immer wieder die Augen zugefallen. Wieso wurde im neuen Deutschland noch immer jüdische Musik gespielt? Leuchtete ihm nicht ein.

Wütend heulten die Motoren wieder auf. Wie Projektile schossen die Silberpfeile aus der Box, der Reihe nach. Nur der Alfa Romeo ließ auf sich warten. Typisch. Die Anzeigetafel verkündete, dass Nuvolari mehr als zwei Minuten verloren hatte und auf den sechsten Platz zurückgefallen war.

»Organisation! Das können die Italiener einfach nicht!«, verkündete Otto. »Aber Opern schreiben«, bemerkte Jungheinrich, »das können sie.« Und Eugen mit einem mitleidigen Blick: »Wagner. Mehr sage ich nicht.« Jungheinrich nippte an seinem Bier: »Mehr fiele dir auch nicht ein, du Banause! Ohne den Reichtum gerade der ernsten italienischen Oper ...«

Otto ließ den Blick über die Menge schweifen: »Hört auf zu zanken, Kameraden!«

Sport interessierte ihn eigentlich ebenso wenig wie Musik. Aber die Zeitungen waren voll mit all den Namen und Hymnen auf »die Männer in Leder« in ihren »gefürchteten Nationalrennwagen«, erdacht von »genialen deutschen Technikern und Ingenieuren«. Aerodynamik. Neue Wissenschaft. Gelesen hatte Otto davon mit Skepsis. Was halt so in der Zeitung steht. Wenn er sich aber umschaute, konnte er nicht umhin, sich von der fiebrigen Atmosphäre anstecken zu lassen. Ihm leuchtete ein, dass Leibesübungen jeder Art durchaus der Ertüchtigung dienten. Vermutlich galt das auch für den Lärm, die Abgase, das Benzin und die Bratwürste hier. Und all die Köpfe. Da musste er irgendwie rein, der Wille zum Sieg. Und war es nicht ein beeindruckendes Menschenmeer? Wartende Mechaniker unten in den Boxen. Graue Piste der Rennstrecke mit dunklen Flecken dort, wo die Pfützen noch nicht getrocknet waren. Feuchte Fahnen aller Nationen *schlappschlapp* im Wind. Bewaldete Hügel ringsum. Irgendwo die Burg mit ihren Zinnen aus Basalt. Hübsch haben wir's hier, dachte er. Das alte und das neue Deutschland, aufs Idyllischste verschränkt. Wenn sich das mal jemand genau so gedacht haben sollte, dachte Otto, dann hat der sich so seine Gedanken gemacht. Auszuhalten war das allerdings nur mit Wachspfropfen, die Clemens freundlicherweise mitgebracht hatte.

Eine Durchsage und darauf ein vielstimmiges Seufzen durch die Menge.

»Was hat der gesagt?«, fragte Otto.

»Was?«, erkundigte sich Clemens.

»Irgendwas mit Rosemeyer«, sagte Eugen.

Otto kniff die Augen zusammen und spähte zur Anzeigentafel: »Nuvolari ... ist an Karratsch vorbeigezogen? Wie bitte? Das kann doch gar nicht sein! Der lag doch eben noch ganz hinten!«

Rosemeyer, so ging das Gerücht, war mit klemmendem Gaspedal in die Boxen zurückgekehrt. Und der Regenmeister, wie auch immer, hatte sich von Nuvolari überholen lassen. Der Italiener lag nun auf dem zweiten Platz. Kurz vor Schluss, aber immerhin abgeschlagen hinter Manfred von Brauchitsch.

»Wird's eng?«, wollte Eugen wissen.

»Ein Scheißdreck wird's!«, platzte Otto. Er war aufgesprungen, um dem roten Alfa Romeo mit der Faust zu drohen: »Wir haben vierhundertfünfzig Pferdestärken! Vierhundertfünfzig! Der Alfa ist vier Jahre alt. Und hat nur ein Viertel der Kraft. Unser Material ist überlegen! Unsere Konstrukteure sind überlegen! *Wir* sind überlegen!«

»Aber ist es auch unser Fahrer?«, fragte Eugen und kam sich dabei vermutlich besonders listig vor.

Mit finsterer Miene fixierte Otto die Anzeigentafel. Runde für Runde verringerte der Italiener seinen Abstand auf den Führenden. Auf seiner Armbanduhr stoppte Otto eigenhändig die Differenz zwischen dem Silberpfeil, *wruuum*, fünfundvierzig Sekunden, und dem Alfa Romeo, *wruuum*.

»Das schafft der nicht mehr«, sagte Otto erleichtert, »nicht so kurz vor Schluss!«

Clemens hatte sich vorgebeugt, um besser sehen zu können, nahm das Fernglas runter und sagte tonlos: »Ich glaube, der Brauchitsch fährt schon auf der Karkasse ...«

»Was ist das?«, fragte Eugen.

»Die Felge«, erklärte Otto. »Der verliert die Reifen.«

»Ist das schlimm?«

»Eugen, bitte!«

Otto mochte es, wenn die Dinge wie am Schnürchen liefen. Und wenn sie nicht wie am Schnürchen liefen, musste man an ein paar Schräubchen drehen. Otto konnte das. Sonst wäre aus dem bescheidenen Blumenladen seiner Eltern nicht längst ein blühender Großhandel geworden. Er war es, der ein zuverlässiges Netz an Züchtern im Umland geschaffen hatte. Gerade streckte sein Verwalter erste Fühler in die Niederlande aus. Wenn die Gewächshäuser von Aalsmeer erst von Erdbeeren auf Zierpflanzen umgestellt wären, könnte er Tulpen, Hyazinthen und Narzissen zu einem Bruchteil des eigentlichen Preises importieren – und zum eigentlichen Preis verkaufen. Otto war es, der Wind von der Nachfrage nach Margeriten in den Salons von Paris bekommen hatte. Er kaufte sie billig an der Blumenriviera bei San Remo ein und lieferte sie lastwagenweise nach Frankreich. Politisch lief es auch. Sonst wäre er jetzt nicht Kreisleiter. Schräubchen in Berlin. Wo die Leute an den wirklich langen Hebeln hockten. Wie eine Maschine musste man sich auch den Staat vorstellen, dachte Otto, wie einen Zwölfzylinder von Mercedes-Benz. Jetzt waren endlich die Experten am Werk, nicht mehr die Amateure. Vier Stunden hatte er sich hier den Arsch plattgesessen. Um dabei zu sein, wenn Deutschland diese Motorenschlacht gewann. Und jetzt endlich die finale Runde.

Nach der letzten Durchsage war es still geworden im Rund. Angestrengt lauschte Otto auf das Gebrüll des gemarterten Materials irgendwo hinter den Hügeln. Jetzt mussten sie an der Steilstrecke sein, an der Hohen Acht. Hedwigshöhe vielleicht. Wippermann, Brünnchen. Eiskurve, Sprunghügel.

Plötzlich ein Räuspern aus rostigem Metall. Lag da ein Zittern in der Stimme des Kommentators? Manfred von Brauchitsch, verkündete er, hatte einen Hinterreifen verloren. Im Karussell. Ein Keuchen aus abertausenden Kehlen. Niemanden hielt es mehr auf seinem Sitz. Nicht zu fassen! Wer liefert eigentlich die Reifen? Continental? Da werden Köpfe rollen müssen! Der Italiener! Dieser verdammte Italiener! Schon hörte man wieder das Geheul anschwellen. Immer näher und näher. Galgenkopf. Döttlinger Höhe.

Mit offenem Mund sah Otto den roten Alfa Romeo ganz alleine und in der Mitte der Strecke die Gerade herunterkommen. Tazio Nuvolari, den Arm schon gehoben in der Gewissheit des Sieges. Kalbslederhandschuh im Wind. Es wirbelte die Zielfahne. Und das Rennen war vorbei.

Niemand sagte ein Wort. Ratlos guckten die Leute in die Ferne oder in ihre Biergläser. In der Ferne röhrten noch die Silberpfeile. Wie lächerlich diese Anstrengung plötzlich klang, wie peinlich in ihrer Vergeblichkeit. Auf der Ehrentribüne die örtlichen Parteibonzen wie Wachsfiguren. Unten stieg aus seinem Wagen, von allen Seiten bestürmt und noch wackelig auf den Beinen, die Schutzbrille auf die helle Lederkappe geschoben, mit einem weißen Lächeln in rußgeschwärztem Gesicht, dunkler Typ sowieso, südländisch, Tazio Nuvolari.

»Alle Achtung!«, sagte Eugen.

»Was für eine verdammte Blamage!«, sagte Otto.

»Endlich!«, seufzte Clemens.

Schon zeigte die Menge erste Auflösungserscheinungen, strebten erste Besucher ernüchtert den Ausgängen entgegen. Otto musste dringend pissen, riss sich aber zusammen. Nach endlosen Minuten stieg endlich der Gewinner auf das Treppchen, hob den Arm zum faschistischen Gruß. Für die Weltpresse. Jemand legte ihm den goldenen Kranz um den Hals, mit Hakenkreuz und roter Schleife.

GROSSER PREIS VON DEUTSCHLAND

SIEGER

Otto fielen die vielen Lorbeerblätter auf, die aus dem Kranz gerieselt waren und nun zu Füßen des Siegers lagen. Schlechte Arbeit, stellte er missmutig fest, zu warm gelagert und nicht gescheit versiegelt, wahrscheinlich auch zu früh vergoldet.

Nicht zu fassen.

•

»Schweinerei, dass der Alte uns nicht mitgenommen hat«, sagte Bruno, nachdem er die hölzernen Fensterläden entsichert und aufgestoßen hatte.

Hell lag die Lichtung, dunkel der Wald. Vögel betrieben ihre frühen Geschäfte. Bruno sah zwei Spechte mit roten Köpfen und eine dieser Tauben, die viel schlanker und eleganter waren als ihre watschelnden Artgenossinnen in der Stadt. Auf dem Dach des Hochsitzes knabberte ein Eichhörnchen, woran Eichhörnchen eben knabbern, und beobachtete dabei argwöhnisch die Jagdhütte.

»Nächstes Jahr will ich auch zum Nürburgring!«, fügte Bruno hinzu. »Stell dir vor, die Silberpfeile ...«

Knut, die Zunge zwischen den Lippen, konzentrierte sich auf das Streichholz. Wartete, bis das Feuer genug Nahrung gefunden hatte. Pustete zwischen die trockenen Zweige, dass ihm die alte Asche ins Gesicht stob. Legte ein größeres Holzscheit nach und schloss die Kaminklappe.

»Andererseits«, sagte er dann und richtete sich auf, »haben wir jetzt sturmfreie Bude. Und darum geht's doch, oder? Jetzt können wir's mal richtig knallen lassen gegen den Feind!«

»Stimmt auch wieder«, sagte Bruno und sah sich im einzigen Raum der Hütte um.

Als sie noch Kinder waren, war das hier ein verzauberter Ort gewesen. Insel im verwunschenen Hain, fernab der Stadt. Axt auf Holz. Harz in der Sonne, der Duft modriger Erde bei Regen, das Prasseln auf dem Dach. Abends ein Jucken in den Kniekehlen, das waren dann die Stechmücken. Oder die Zecken. Später dann hatte sich die Jagdhütte in ein Refugium des Vaters verwandelt. Dort feierte er wilde Feste bis tief in die Nacht, mit und ohne Jagd. Früher mit Freunden wie Jungheinrich von der Papierfabrik oder dem Redakteur Eugen von Wieland, neuerdings mit Parteigenossen. Nur mit dem steilen Walter nicht mehr, mit dem hatte sich ihr Vater – warum auch immer – zerstritten. Leider, denn jetzt hatte der Kattwinkel auch aufgehört, den Zwillingen Eintrittskarten für sein Lichtspielhaus zu schenken. Von dem Film »F. P. 1 antwortet nicht« schwärmten Knut und Bruno noch immer. Plattform mitten im Atlantik zur Zwischenlandung von Fliegern auf der Transatlantikroute. Feindlicher Agent versucht, dieses Meisterwerk einer deutschen Werft zu sabotieren. Die Schlüsselszenen des Films hatten die Zwillinge wochenlang nachgespielt, und beide waren sie dabei abwechselnd Hans Albers.

Nun waren sie aber keine Kinder mehr und hätten für das Tivoli den vollen Eintritt bezahlen müssen, während das aufregende Holzhaus im Wald sich in eine selten gelüftete Bruchbude verwandelt hatte. Hier ein Esstisch mit einem Stapel alter Zeitschriften, vermutlich zum Anzünden, da zwei Feldbetten, dort leere Wandschränke mit leeren Flaschen. Eine Vase mit mumifizierten Feldblumen, die vertrockneten Blätter auf dem Tisch verstreut. Ein erblindender Spiegel, Staub in der Luft und ein Geweih über der Tür. An der Wand ein alter Kupferstich, der den Wald auf dem Wolfsberg aus der Vogelperspektive zeigen sollte. Daneben ein gerahmtes Foto der Zwillinge, schon als Knaben kantige Gesichter, blond, grinsend, beieinander untergehakt am Ufer eines Tümpels. Daneben ihr Vater, den rechten Fuß auf einem erlegten Reh, das Gewehr lässig über dem Knie. Da hatte der Papa noch ein paar Haare.

»Mama hätte ...«, begann Bruno.

»Mama ist weg!«, unterbrach ihn Knut.

Bruno zuckte mit den Schultern: »Ich finde jedenfalls, wir sollten mal Ordnung reinbringen.«

Knut grinste: »Nur zu! Wenn Papa mitkriegt, dass wir hier gewesen sind, setzt's aber was. Daran schon gedacht?«

Bruno brummte und setzte einen der beiden Stahlhelme auf, die sie für ihr Spiel mitgebracht hatten. Der Helm rutschte ihm über die Augen, also setzte er ihn wieder ab.

»Hast du die Schlüssel?«

»Nur für den Wandschrank«, sagte Knut, »nicht für die Truhe ...«

»Wandschrank reicht, da sind schließlich die Waffen drin!«

Keine Luftgewehre, keine Spielzeuge waren das. Echte Flinten, schwer. Ehrfürchtig wogen sie die Gewehre in ihren Händen. Mit Zielfernrohren. Abwechselnd legten sie damit auf ihr Spiegelbild an.

»Wenn wir damit schießen«, sagte Bruno, »dann wird das ganz schön laut.«

»Das kannste wohl sagen! Und einen mordsmäßigen Rückstoß tut's«, sagte Knut wissend.

Seinem Bruder hatte er voraus, dass er bei einer wehrsportlichen Übung schon einmal eine echte Waffe abfeuern durfte. Er kniff ein Auge zusammen, um besser zielen zu können. Sich selbst direkt zwischen die Augenbrauen.

»Mit diesem Ding hier hätte ich dem Zigeuner einfach den Kopf von den Schultern ballern können«, sagte er und krümmte den Zeigefinger. *»Peng!«*

Klick.

»Holste mal die Patronen aus dem Schrank? Müsste so 'n roter Pappkarton sein.«

Bruno kramte.

»Sicher? Hier sind die nicht.«

»Was?«

»Ich sehe nichts. Guck doch mal selbst!«

Tatsächlich, im leeren Schrank nur eine leere Zigarettenschachtel. Keine Patronen. Irgendwo mussten die aber doch sein! Fieberhaft machten sie sich auf die Suche. In allen Schubladen, unter dem Feldbett, zwischen Matratze und Lattenrost. Tasteten hinter den Dachbalken. Durchstöberten, nachdem sie die Hütte auf den Kopf gestellt hatten, den Geräteschuppen und sogar das Scheißhaus mit seinem eingefrästen Herz in der Tür. Keine Munition.

»Können wir nicht auch ohne?«, fragte Bruno.

»Gegen die Franzosen? Du machst wohl Witze!«, sagte Knut.

»Stimmt«, räumte Bruno kleinlaut ein.

Der Tag war gelaufen, die feindliche Offensive ohne Munition nicht zurückzuschlagen, an einen Gegenstoß nicht zu denken. Sturmtrupp hatten sie sein wollen, über die Lichtung und ins Dickicht, auf den Ellbogen vorwärts bis zum Bach, und dann durch die Fichten. Wie sie es bei der Hitlerjugend gelernt hatten. Nur mit richtigen Gewehren. Und den leeren Flaschen als Handgranaten. Mit echten Patronen, so hatten sie es sich vorgestellt, wäre es auch ein *echtes* Abenteuer gewesen. Ohne war es nur eine Geländeübung, wie üblich, Hauptgefolgschaftsführer und Obergefolgschaftsführer.

Kinderkram.

Sie setzten sich auf die Bank vor der Hütte und bliesen Trübsal. Ein Rabe landete auf der Lichtung. Sah sich um. Hüpfte im Kreis. Eine Wolke schob sich vor die Sonne, und die Welt wurde fahl. Knut formte mit der Hand eine Pistole und richtete sie auf den Raben.

»*Peng!*«

Der Vogel flog auf und davon.

»Wir könnten heimgehen«, schlug Bruno vor, »die Zwillen holen und in den Auen die Dummvögel jagen ...«

»Bis wir da sind, ist der Tag vorbei«, knurrte Knut.

»Wenn wir wenigstens ein Radio hätten«, sagte Bruno. »Ich habe gehört, da sitzen vier Reporter an der Strecke und berichten über das Rennen!«

»Hütte hat kein' Strom«, sagte Knut.

»Ach ja, richtig. Das hat die Mutter auch immer gestört, wenn es abends so düster wurde hier draußen. Die Dunkelheit und die Stechmücken. Und Papas *geheime Vorräte!*«

»Was hast du denn immer mit dieser Frau?«

»Mensch, Knut, das ist doch die Mama!«

»Sie hat den Papa verlassen«, stellte Knut fest. »Dabei braucht der Vater sie jetzt. An seiner Seite. Als Kreisleiter. Und eine deutsche Frau ...«

»... lässt ihren Mann nicht im Stich, ich weiß«, sagte Bruno missmutig.

»Und ihre Kinder auch nicht!«, fügte Knut grimmig hinzu. »Wie lange ist es her, dass sie uns mal geschrieben hat?«

Bruno dachte nach. Knut hatte recht. Seit die Mama vor vier Jahren mit diesem Goldfasan durchgebrannt war, hatte sie nur ein einziges Paket geschickt. Im vergangenen Winter war das gewesen. Mit gefütterten Handschuhen, wie man sie kleinen Kindern schenkt. In all der Zeit ansonsten gerade mal vier Briefe. Nicht einmal richtige Briefe. Nur Postkarten in Briefumschlägen. Aus München, Berlin, Mailand und Venedig. *Es musste sein, eines Tages werdet ihr mich verstehen, kommt mich besuchen, ich vermisse meine beiden Helden.* Die Liebe, dachte Bruno, musste etwas Gewaltiges, Gewalttätiges sein, wenn es die festen Taue einer Familie wie eine Klinge einfach so durchtrennen konnte. Aber wie hatte der Führer beim großen Treffen in Nürnberg gesagt? *Ihr müsst lernen, hart zu sein, Entbehrungen auf euch zu nehmen, ohne jemals zusammenzubrechen!* Das hatte der Führer gesagt, wortwörtlich. Und Bruno und Knut, wie sie da unter fünfzigtausend anderen Kameraden stramm im Stadion standen, hatten sich persönlich angesprochen gefühlt. Vergangenes Neujahr, fünf Minuten nach Mitternacht, hatten sie im Garten die Briefe der Mutter verbrannt. Und Knuts Handschuhe. Bruno hatte geweint. Und seine Handschuhe behalten.

»Hat wirklich keinen Zweck, hier noch länger rumzusitzen«, sagte Knut nach einer Weile, stockte – und zog mit einem breiten Grinsen die Hand aus der Hosentasche. Der Schlüssel zu Vaters *geheimen Vorräten.*

»Das gibt's doch nicht!«

»Gibt's!«

»Famos!«

»Grandios!«

Sofort stürmten sie in die Hütte zurück. Öffneten kichernd die Truhe. Otto Gürckels »eiserne Reserve« fürs gesellige Beisammensein mit den Kumpanen, nachdem das Wild erlegt und aufgebrochen war. Schnaps und Tabak in einer Holzschachtel der Wolffschen Zigarrenfabrik. Eine bauchige Flasche mit Schlehenlikör. Eine schlanke Flasche mit Obstbrand. Eine angebrochene Flasche mit Himbeergeist.

»Sag mal«, murmelte Bruno und hielt sie gegen das Licht, »seit wann trinkt denn eigentlich der Alte nicht mehr?«

»Ob das Zeug noch gut ist? Werden wir gleich rausfinden«, sagte Knut und bekam beim Wühlen eine Pappschachtel zu fassen. Sie lag schwer in der Hand und war in roten Buchstaben beschriftet: *Randfeuer-Patronen, Kal. 22 lang für Büchsen.*

Bruno pfiff durch die Zähne: »Der Tag ist gerettet, würde ich sagen!«

•

»Ihr also, hört, was das Gleichnis vom Sämann bedeutet. Zu jedem Menschen, der das Wort vom Reich hört und es nicht versteht, kommt der Böse und nimmt weg, was diesem Menschen ins Herz gesät wurde. Bei diesem ist der Samen auf den Weg gefallen.«

Eugen musste sich konzentrieren, um das Wort vom Reich zu hören. Seit seiner Rückkehr vom Nürburgring plagte ihn eine Überreizung der Ohren. Wie stecknadelkleine Orgelpfeifchen, deren Fiepen ihm die Arbeit an seinem Manuskript erschwerte.

Kurzer Seitenblick auf Ursel und Gesine. Ganz ergebene Andacht, gebannt und bewegungslos lauschten beide dem Pfarrer Kruse oben auf der Kanzel. Der hatte die Hände auf sein Pult gestützt und las näselnd aus der Heiligen Schrift: *»Auf felsigen Boden ist der Samen bei dem gefallen, der das Wort hört und sofort freudig aufnimmt. Er hat aber keine Wurzeln, sondern ist unbeständig. Sobald er um des Wortes willen bedrängt oder verfolgt wird, kommt er sofort zu Fall.«*

Eugen verlagerte sein Gewicht. Das Holz der Bank knarzte. Langeweile war die Geißel seiner Kindheit gewesen. Die immergleichen Erzählungen seines Vaters. Verdorbene Zeit wie geronnene Milch. Lähmendes Leiden am Nichtverstreichenwollen trüber Stumpfsinnigkeit. Eine Qual, die sich mit dem Alter beinahe vollständig verflüchtigt hatte. Wenn sie ihn doch einmal einholte, dann ausnahmslos angesichts des allzu Salbungsvollen. Er spürte, wie seine Gedanken auf Wanderschaft gingen, und folgte ihnen bereitwillig. War er nicht neulich mit Merle auf das Thema der öden Predigt zu sprechen gekommen? Sie hatte die sakrale Langeweile als »letztes Folterinstrument« der Spanischen Inquisition bezeichnet, ihre genaue Formulierung war ihm entfallen. Ging »natürlich« nicht in die Kirche, die Merle.

»In die Dornen ist der Samen bei dem gefallen, der das Wort hört, und die Sorgen dieser Welt und der trügerische Reichtum ersticken es und es bleibt ohne Frucht.«

Bei Merle wunderte es ihn nicht, natürlich, aber fest gerechnet hatte Eugen heute mit Otto. Als Kreisleiter ließ der doch sonst keine Gelegenheit aus, sich in Uniform zu zeigen und leutselige Grüße zu verteilen. Im Grunde hatte ihn das Amt kaum verändert. War immer schon ein Zusammenhalter gewesen, der Otto. Im Schützengraben vor Ypern hatte er ein Beet aus Klatschmohn angelegt und die roten Blüten wie Orden verteilt. Und vor fünf Jahren noch hatte er mit grüner Schürze im Laden gestanden und »Schönheit unter die Leute gebracht«, wie er das nannte. Heute liefen seine Geschäfte wie geschmiert. Kein Wunder. Seit zwei Jahren war es, als hätte sich das Land auf seine Idyllen besonnen. Als stünde jedes Heim, jeder Garten, jeder Weiler in einem Wettbewerb mit dem Nachbarn, wer die üppigste Blütentracht zur Schau stellte. Dazu in jeder Stadt eine Gartenschau. Bis nach Hamburg hatte Gürckel neulich Stauden und Gladiolen geliefert, für »Planten un Blomen«, den niederdeutschen Park dort. Beinahe wäre die Versorgung von Ginsterburg mit Gebinden und Gestecken zusammengebrochen, so groß war damals der Bedarf im Norden. Hinzu kamen die Kränze, mit denen neuerdings jedes Denkmal und jedes Mahnmal offenbar in Permanenz geschmückt sein musste.

Der Erlöserkirche mit ihrer modernen Nüchternheit, ihren schmalen Fensterchen und gegenstandslosen Malereien würde ein florales Element ebenfalls nicht schaden. Es müssten ja keine Schnittblumen auf dem Altar sein. Wie immer, wenn Eugen als

Katholik, seiner Frau zuliebe, sich mal zu den Evangelischen verirrte, machte ihn die strenge Schmucklosigkeit beklommen. Als könnte jeden Moment ein Mitglied der Gemeinde sich erheben und mit dem Finger auf ihn deuten: »Da, seht den Katholen! Hinaus mit ihm aus dem Haus des wahren Glaubens!«

Wie freudlos diese Protestanten doch waren, wie frugal. Und wie passend sich das fügte in die neue Zeit. Theodor Mohelsky hatte das vor ein paar Jahren mal schön erklärt, in einem Essay für die VOSSISCHE ZEITUNG. Mit den Hohenzollern sei den Reformierten nach der Niederlage im Großen Krieg die bergende Hand des Staates verloren gegangen. In Weimar seien die Evangelischen gewissermaßen obdachlos gewesen – und fühlten sich deshalb unter der neuen Ordnung pudelwohl. Für die Katholiken dagegen sei das schutzherrliche Angebot des Führers nicht attraktiv, die hätten schließlich seit bald zwei Jahrtausenden einen eigenen Führer in Rom.

»Da gingen die Knechte zu dem Gutsherrn und sagten: Herr, hast du nicht guten Samen auf deinen Acker gesät? Woher kommt dann das Unkraut?«

Wie anders die Bildsprache unten im Dom, wo jedes Relief, jede Seitenkapelle, jede Säule, jeder Ton aus der Orgel vom Siegeszug des Glaubens erzählte! Auch war der Pastor Waibel ein Gottesmann ganz anderer Art als Pfarrer Kruse hier oben. Messweinrot war dem Julius Waibel seine Lebenslust ins Gesicht gepinselt. Kegelkugelrundes Bäuchlein. Doppelkinn. Immer ein Lachen im Hals, auch bei der Messe. Was Ursel selbstredend ebenso missbilligte wie jede sakrale Prachtentfaltung. Seine Frau erwartete von der Kirche nichts als Ernst, Weihe und einen Sauertopf wie Kruse.

Weshalb Eugen schon neugierig geworden war, als sie ihn in den letzten Wochen immer wieder ermuntert hatte, doch mal wieder einem Gottesdienst bei den Reformierten beizuwohnen. Er würde den Pfarrer Kruse nicht wiedererkennen, hatte Ursel behauptet. »Richtig witzig« sei der geworden!

»Er antwortete: Das hat ein Feind getan. Da sagten die Knechte zu ihm: Sollen wir gehen und es ausreißen?«

Eugen versuchte, sich wieder zu konzentrieren, aber jetzt lenkte ihn der Christus mit seinen eingefallenen Wangen ab, seinen Xylophonrippen. Kruse redete, als wäre er der Rechtsanwalt dieser Jammergestalt dort oben. Angetreten, Rechenschaft zu fordern von der Gemeinde für die Qualen seines Mandanten. Auge um Auge, Zahn um Zahn. Eugen hielt die hohle Hand vor den Mund und gähnte hinein.

Als er wieder aufblickte, hatte Pfarrer Kruse sich von der Schrift gelöst. Sah nach rechts, sah nach links, über die Köpfe der Gemeinde hinweg. Wie ein drolliger Raubvogel, dachte Eugen. Ein Raubvogel mit Stirnglatze und Backenbart bis zum Kinn. Jetzt breitete er auch noch die Arme aus.

»Sollen wir gehen und es ausreißen?«, wiederholte Kruse und ging in den Endspurt: »Das ist eine Frage, die sich viele Volksgenossen heute auch stellen. Wir spüren es alle. Neues Fragen, neues Wollen ist lebendig geworden. Auch hier, an diesem Ort. Die gottgewollte Bewegung unseres Volkes ist auch in die Kirche eingezogen. Schon Martin Luther hatte gehofft, dass aus den Verstockten und Artfremden rechte Christen würden mit der Zeit.« Wieder dieser ruckelnde Raubvogelblick: »Also wollen auch wir ihnen Zeit lassen. Und uns an Jesu Worte erinnern, mit denen er den Knechten antwortet: *Lasst beides wachsen bis zur Ernte, und zur Zeit der Ernte werde ich den Schnittern sagen: Sammelt zuerst das Unkraut und bindet es in Bündel, um es zu verbrennen. Den Weizen aber bringt in meine Scheune!*«

Und mit diesen Worten kam der Kruse hinter seiner Kanzel hervor: »Wenn also die Zeit gekommen sein wird für uns alle, wenn die Schnitter ausgesendet werden, dann wird die Frage sein an jeden einzelnen Volksgenossen, an jeden guten Deutschen, an jeden Christenmenschen: Weizen oder Unkraut?«

Eugen verschränkte die Arme. Weizen oder Unkraut? Jetzt hatte der Sermon am Ende doch noch eine unerwartete Wendung genommen. War das witzig? Er zuckte zusammen. Ursel hatte ihn am Ellbogen berührt. Ihren Kopf in seine Richtung gelehnt, ohne den Pfarrer aus dem Blick zu lassen.

»Und?«

»Sehr schön«, flüsterte Eugen zurück, erleichtert über das gnädige Aufjubeln der Orgel. Räuspernd und raschelnd erhob sich die Gemeinde zum Vaterunser, *das Reich und die Kraft und die Herrlichkeit in Ewigkeit.*

»Amen«, murmelte Eugen, froh, es hinter sich zu haben.

Draußen noch geselliges Beisammenstehen der gesegneten Gemeinde. Clemens Jungheinrich segelte auf Eugen zu, tippte sich ans Ohr. Dieses Pfeifen! Schlimm! Souvenir vom Nürburgring. »Ich habe kaum ein Wort verstanden. Sag mal, war das eben etwa ein Kanzelwort gegen die Juden?«

Eugen winkte ab: »Es ging um Landwirtschaft, glaube ich ...«

In diesem Moment kam neben ihnen mit quietschenden Reifen ein DKW zum Stehen. Auf sprang die Tür, heraus sprang Otto Gürckel, eilte ihnen im Laufschritt entgegen, offener Mantel, atemlos: »Knut und Bruno! Waren die im Gottesdienst?«

•

Für ein paar Minuten stand, wer sich nicht augenblicklich dem Suchtrupp angeschlossen hatte, noch unschlüssig auf dem Platz vor der Erlöserkirche herum. Während ihre Mutter mit der Frau Grasberger redete, schaute Gesine verstohlen hinüber zu Fritz. Der Sohn der Frau Grasberger war etwa in ihrem Alter, so genau konnte Gesine das nicht sagen, und er war ein Idiot. Gerade spielte er mit beiden Händen an der schweren Kirchentürklinke herum. Seine Mutter ließ ihn gewähren. Runterdrücken, loslassen, runterdrücken, loslassen. Als sei die Welt ein großes Rätsel, dem durch Runterdrücken und Loslassen an der richtigen Stelle auf die Schliche zu kommen sei. Es schien dem Fritz rein gar nichts auszumachen, dass alle guckten. Er bekam das gar nicht mit. Gesine fand das abstoßend und faszinierend zugleich. Ihr war es *überhaupt* nicht egal, was die Leute dachten und ob die Leute guckten. Sie wusste, dass es ihrer Mutter ähnlich ging, wahrscheinlich auch der Frau Grasberger, aber die konnte nichts dagegen tun und musste ihren Sohn ja aushalten. Runterdrücken, loslassen. Dann grinste der Fritz in die Runde, als wollte er sagen: »Seht her! Die Klinke!«

Als ihre Blicke sich trafen, senkte Gesine schnell den Kopf.

»So, dann wollen wir mal den alten Herrn besuchen«, sagte ihre Mutter zu Frau Grasberger, die jetzt ihren Fritz am Oberarm packte, ihn von seiner geliebten Klinke wegzog und das »sehr anständig« fand von Ursel, denn das wussten die Leute inzwischen, dass Ursel und Gesine nach dem Kirchgang regelmäßig dem Schwiegervater und Großvater unten im Kloster ihre Aufwartung machten. Herumgesprochen hatte sich ebenfalls, dass Eugen von Wieland sich bei seinem Vater eher selten blicken ließ. Umso mehr, das spürte Gesine, genoss ihre Mutter die Anerkennung der Leute, wie der Respekt vor Leberecht von Wieland auf die sorgende Schwiegertochter abstrahlte. Schließlich war er ein deutscher Kriegsheld. Wobei Gesine sich darunter einen Recken vorstellte, kein buckliges und nach Haarwasser riechendes Männlein wie Opa.

Beinahe beschwingt gingen Mutter und Tochter die Glockengasse hinunter, Hand in Hand, vorbei an der Synagoge und Lövingers Lampenladen, dann quer über den Marktplatz. Wenn man zum Kloster unten am Ufer wollte, hätte man hier auch in die engen Gassen der Altstadt einbiegen können. Das wäre der kürzere Weg gewesen, aber auf der Kronengasse war mehr los. Immer wieder blieb ihre Mutter stehen und plauderte mit Bekannten, den Gebrüdern Lejeune vom Getränkehandel, der Frau Schiller am Gemüsestand, der Roswitha vom Roten Storch, und immer wieder seufzte Ursel bald, sie müssten »nun aber wirklich den alten Herrn« besuchen. Gerne hätte ihre Mutter den Opa zu Hause gepflegt, das wusste Gesine, aber der Papa war strikt dagegen. »Der Alte kommt mir nicht ins Haus!«, sagte er immer, was Gesine ein bisschen unhöflich fand. Zumal ihre Mietwohnung sowieso zu eng gewesen wäre dafür, das hätte als Begründung doch genügt. Schließlich war Größe ein Punkt, über den Gesine die Eltern oft streiten hörte. Die Größe der Wohnung, die Größe des Reichs und die Größe des Großvaters. Dabei hatte Leberecht von Wieland selbst nie Anstalten gemacht, der Familie seines Sohnes zur Last fallen zu wollen. Dafür war er viel zu stolz und eigen. Irgendwann hatte ihr Vater Gesine auch erklärt, dass der Opa keineswegs »ins Kloster abgeschoben« worden sei. Er hatte sich selbst mit einer »großzügigen Schenkung« bei den Zisterzienserinnen eingekauft, um dort, auf eigene Rechnung und in zunehmender Umnachtung, standesgemäß seinen »geordneten Rückzug vom Leben« anzutreten, wie Papa gerne spöttelte.

Gemeinhin besuchte Gesine den Großvater in seiner Gruft ganz gerne. Heute aber, angesteckt von der allgemeinen Aufregung, hätte sie sich lieber der Suche nach den Zwillingen angeschlossen. Als sie diesen Wunsch endlich erwähnte, vorsichtig in einen Vorschlag verpackt, blieb ihre Mutter stehen und lachte. Mädchen hätten bei solchen Unternehmungen nichts zu suchen. Überhaupt halte sie das ganze Gewese für überflüssig: »Als ob Knut und Bruno nicht auf sich aufpassen können! Echte Kerle sind das, aus härterem Holz geschnitzt als ...«, sagte sie und musste den Satz nicht vollenden. Gesine wusste auch so, auf wen ihre Mutter anspielte. Tatsächlich, dachte sie trotzig, ist der Lothar überhaupt nicht hölzern. Er war vielmehr aus feinerem Stoff als all die anderen Jungs. Und genau das war es, was Gesine an ihm mochte. Vielleicht war er kein harter, aber ganz sicher ein *anständiger* Kerl. Lothar jedenfalls hatte sie noch nie aufgefordert, ihm beim Pinkeln zuzusehen. Knut schon.

•

Nach seiner späten Rückkehr aus der Eifel sei er erschöpft ins Bett gefallen. Am Morgen habe ihn dieses verdammte Pfeifen in den Ohren geweckt. Erst am Frühstückstisch habe ihm seine Haushälterin eröffnet, dass die Burschen nicht auf ihren Zimmern seien. Da war es schon Zeit für die Kirche. Erst habe er sich noch »die Lunge aus dem Hals« gebrüllt im Haus, dann die Räume durchsucht. Freunde durchtelefoniert. Nichts.

»Wenn ich die erwische, dann ...«, sagte Otto und ballte die Faust zum Zeichen, dass es dann gehörig etwas setzen würde.

Am Anfang marschierten sie noch geschlossen durch die Stadt. Eugen und Otto vorneweg, gefolgt von sechs Schutzmännern, zwei davon zu Pferde, dazu ein Dutzend verwegener Gestalten von der SA mit tatendurstigen Schlägervisagen, die offensichtlich froh waren, sich mal wieder nützlich machen zu können für den Herrn Kreisleiter. Die aufgeregte Nachhut bildete ein kleines Fähnlein aus Hitlerjungen, manche in Uniform. Unterwegs hämmerten sie gegen die Türen von ein paar alten Kameraden, die von der Suche bisher noch nichts mitbekommen hatten. Verstärkung hüpfte hektisch in Hose und Hemd. So wuchs der Suchtrupp an. Jungheinrich hatte sich angeboten, aber schon nach wenigen Metern schlappgemacht. Die Hüfte! Der Rücken! Ehrenhaft entlassen. Aber die Augen offen halten, ja? Vielleicht treiben sie sich auf dem Gelände der Papierfabrik herum. Am Lichtspielhaus wartete schon der steile Walter, mit seinem Bluthund an der Leine.

»Brauchst nicht«, sagte Otto.

»Du sagst mir nicht, was ich brauche«, sagte Kattwinkel, steckte die erloschene Zigarre wieder in den Mund und zog Boelcke hinter sich her. Seine Beinprothese hielt ihn nicht von längeren Märschen ab, sie zwang ihn nur zu einem schwankenden Gang.

Zunächst klapperten sie den Blumenladen ab, das Stammhaus und die beiden Filialen, dazu die Gewächshäuser draußen im Industriegebiet. Dann den Dom, weil er auf dem Weg lag, dort spähten sie in alle Seitenkapellen, rüttelten am Gitter zur Krypta und an der Tür zum Turm. Sie klingelten sogar bei den Leuten, Heil Hitler, die jetzt im alten Appartement der Gürckels wohnten, in der Altstadt oberhalb der Kathedrale, wo das Ehepaar lange noch mit den Jungs gelebt hatte, als Knut und Bruno klein waren. Nachmieter mit dem Rücken zur Wand und Angstschweiß auf der Stirn. Nein, die Zwillinge hatten sie nicht gesehen.

In seiner Ratlosigkeit kehrte der Trupp am Ende nach Herzogental zurück. Vor zwei Jahren hatte Otto gemeinsam mit seinen Söhnen dort ein herrschaftliches Haus bezogen. Mit weitläufigem Garten, Teich mit roten Karpfen. Daneben ein Schuppen, groß genug für zwei Automobile. Erneute Durchsuchung der Villa, diesmal gründlich. Amtlich, sozusagen. Die Schutzmänner wussten, wie das geht. Gürckel trottete ratlos hinterher, wie Eugen bemerkte. Halb um den Eindruck bemüht, die ganze Aktion irgendwie zu kommandieren. Halb darum, nicht im Weg herumzustehen.

Eugen fühlte sich ähnlich nutzlos. Ziellos spazierte er durchs Haus. Von seinen gelegentlichen Besuchen kannte er nur das Wohnzimmer mit dem Diwan und dem batteriebetriebenen Volksempfänger, neuestes Modell. Leer waren rätselhafterweise die beiden Haken rechts und links davon. Da hingen normalerweise zwei Stahlhelme, Souvenirs aus Montdidier. Eugen nutzte die Gelegenheit, mal einen Blick in die Räume im zweiten Stock zu werfen. Über sich, auf dem Dachboden, hörte er schwere Stiefelschritte. Es wurde wirklich alles auf den Kopf gestellt. In einem der Kinderzimmer hielt Kattwinkel seinem Bluthund gerade ein Paar gefütterte Handschuhe unter die Nase: »Such!«, aber Boelcke zeigte keinerlei Interesse.

Eugen ging weiter und fand die übrigen Räume weitgehend verwaist. Hinter jeder Tür sah er Möbel unter weißen Laken, verrammelte Fensterläden, leere Umzugskisten, ungenutzte Möglichkeiten. Allein dieses Stockwerk, dachte er anerkennend, war größer als die Wohnung seiner eigenen Familie an der Kaiserstraße. Ursel würde hier erst einmal lüften und Licht hereinlassen. Sie wünschte sich schon lange ein repräsentativeres Domizil.

Auf der Treppe nach unten kamen ihm SA-Männer entgegen. Im Flur wartete die Haushälterin, betete stumm einen Rosenkranz. Schlesisches Mädchen mit hartem Gesicht, diese Julka. Eugen nickte ihr zu. Sie schaute weg. Es stimmte schon, was die Leute sich zuflüsterten über das Weibsbild. Die wusch dem Kreisleiter wohl nicht nur die Socken. Julka wirkte wie eine schwindsüchtige Variante auf Henriette, Ottos durchgebrannte Gattin. Das war vielleicht eine Erscheinung gewesen! Aristokratische Haltung, österreichischer Dialekt. Hatte jeden Raum mit ihrem Duft erfüllt, als wäre sie die prachtvollste Züchtung vom »Geraniengürckel«. Gönnen schon, aber zutrauen konnte selbst Eugen seinem alten Kameraden diese Frau erst dann, als sie ihm die Zwillinge geschenkt hatte. Zu vornehm für die Mutterrolle, zu apart für Ginsterburg aber war sie wohl geblieben. Hätte sie sich sonst so bereitwillig von diesem Parteibonzen pflücken und ans Revers heften lassen? In Berlin, so hörte man, verkehrten Henriette und ihr wichtiger Stenz nun in höchsten Kreisen. Carinhall, Reichskanzlei, sogar auf dem Berghof des Führers bei Garmisch soll das Paar zu Gast gewesen sein. Da konnte einem der Otto schon leidtun, seine Söhne sowieso. Wo auch immer die sich gerade herumtrieben. Sorgen machte er sich keine um die Jungs, wie er gerade merkte. Die würden schon wieder auftauchen. Er wollte sich gerade seine Pfeife stopfen und im Garten warten, als ein Hitlerjunge hereinstürmte. Meldete aufgeregt, aber gehorsamst. Schuppen durchsucht! Fahrräder fehlen!

Alle Augen richteten sich auf den Kreisleiter. Hängende Schultern, offener Mund. Die Fahrräder! Ganz vergessen, mal in den Schuppen zu schauen. Wäre sachdienlich gewesen. Nach wenigen Augenblicken straffte Otto sich, hob beide Hände und übernahm wieder das Kommando: »Hätten wir uns ja denken können, was? Das erweitert jetzt den Suchbereich, würde ich sagen!«

Wenig später stapfte der Trupp beide Ufer des Flusses ab, vom Gewerbegebiet unter der alten Steinbrücke hindurch bis in die Bucht unter dem Bahndamm. Nach Reifenspuren suchend, Namen rufend. Eugen sah auf dem verwaisten Sportfeld nach. Kein Zirkus, kein Zeugwart, überall verrammelte Türen. Also schwärmten sie aus in die Feuchtwiesen am Fuß des Mönchbergs, fanden im Schilf aber nur einen verlorenen Pantoffel. Papageienbunt, mit Perlen bestickt. Otto hob ihn mit spitzen Fingern hoch und ließ ihn wieder ins Wasser fallen. Das Platschen empörte einen Kranich, der ein paar Meter auf Abstand ging und aus sichererer Entfernung die Expedition aufmerksam im Auge behielt. Kattwinkel nahm Boelcke vorsichtshalber an die kurze Leine. Dabei stand dem Hund das Wasser bis zum Hals und der Sinn nicht nach Jagd. Was den steilen Walter offenbar auf einen Gedanken brachte.

»Otto, mal direktemang gefragt«, rief er und klemmte die Daumen unter seine Hosenträger. »Was ist eigentlich mit der Hütte oben im Wald? Gibt's die noch?«

•

»Lass dich ansehen, Kindchen«, sagte Ursel, nachdem sie die Glocke betätigt hatte. Gesine wirkte vorzeigbar. Besonders hübsch waren die beiden Schnecken, zu denen sie ihr am Morgen die blonden Zöpfe gerollt hatte. Ein wenig neckisch, aber nicht zu sehr. Eher altmodisch, also genau richtig. »Und guck diesmal nicht so mürrisch aus der Wäsche, ich bitte dich!«

In der Pforte öffnete sich eine Luke, darin das bleiche Gesicht von Ordensschwester … Hermengadis? Annunziata? Beizeiten würde sie sich mal den Namen merken müssen, dachte Ursel.

»Frau von Wieland? Kommen Sie herein!«

Es rumpelte der Riegel, das Tor schwang auf.

»Oh, das junge Fräulein ist heute auch dabei! Da wird er sich aber freuen. Und Herr von Wieland ist wieder verhindert? Wie schade!«

Ursel und Gesine folgten der Nonne ins Innere des Klosters, vorbei an der verwaisten Pilgerherberge und dem Refektorium. Ursel bemerkte, dass die Mühle der Zisterzienserinnen gerade renoviert wurde. Durch den Kreuzgang ging es hinüber zum alten Gärtnerhaus, das Leberecht von Wieland sich für seine Zwecke hatte umbauen lassen. Genau genommen steckte sein ganzes Vermögen in dieser Ruine. Wie ein mittelalterlicher Stifter hatte er sich eingerichtet, in seinem eigenen Mausoleum. Hier schrieb er seit fünf Jahren an seinen Memoiren, abgeschirmt vom Getriebe der Welt. Mit dem Knöchel klopfte die Nonne gegen die Tür, lauschte. »Er hat nicht gut geschlafen«, flüsterte sie. »Und sein Frühstück kaum angerührt. Schreibt wieder zu viel. Vielleicht schläft er auch ...«

Drinnen erklang ein Krächzen. Die Schwester nickte erleichtert und verabschiedete sich wortlos.

Ursel nahm Gesine bei der Hand und trat ein. Jemand hatte die Möbel umgeräumt, seit sie das letzte Mal hier gewesen waren. Das Bett stand an der rechten Wand, darüber ein Kruzifix, links daneben der Schrank. Der Schreibtisch war leer. Im Ohrensessel am Fenster saß ihr Schwiegervater und schien weiter geschrumpft, wie er sich da an seinen Gehstock klammerte, sein Bart schon wieder gewachsen. Sie würde mal ein Auge darauf haben müssen, dass der Gute hier nicht völlig verwilderte. Das Buch auf den Knien legte er auf den Ausklapptisch neben sich und rückte sich die dicke Brille zurecht.

»Ursel? Ach, und Gesinchen! Komm her, mein Mädchen.«

Gesine machte den Knicks, den Ursel mit ihr geübt hatte, und trat zu ihrem Großvater. Der tätschelte ihr liebevoll die Hand. »Lass dich ansehen, Kind. Schon wieder gewachsen?«

»Eugen lässt schön grüßen!«, sagte Ursel.

Leberecht winkte ab: »Tut er nicht, tut er nicht ...«

Lächelnd setzte Ursel sich auf den Stuhl am leeren Schreibtisch und warf Gesine einen prüfenden Blick zu. Das Mädchen hielt sich aufrecht, gut so, und zollte dem Großvater den Respekt, der ihm gebührte. Dieser Mann, dachte Ursel, war eine lebende Bibliothek nationaler Größe. Gefüllt mit Geschichten, die sein Sohn aus purer Renitenz nicht mehr hören wollte, die seiner Enkelin aber neuerdings wieder in der Schule beigebracht wurden. Geschichten, wie Leberecht sie nun in seinen Memoiren zu Papier brachte. Was hier zu erwarten war, dagegen würde Eugens schwülstiges Geschreibsel aber blass aussehen!

»Wie weit bist du denn schon, Opa?«

»Womit?«, fragte Leberecht verdutzt.

»Na, mit deinem Buch natürlich!«, sagte Ursel und lachte ein wenig zu laut. »Wir alle sind schon so gespannt auf deine Erinnerungen, weißt du? Und die Schwestern sagen, dass du wieder schreibst ...«

»Über die Schlacht am Waterberg!«, rief Gesine, weil sie sich das gemerkt und immer versucht hatte, sich einen Berg aus Wasser vorzustellen. Ursel seufzte, aber Leberecht nickte: »Deutschland. Ich schreibe über Deutschland«, blinzelte, räusperte sich und deklamierte dann mit feierlicher Stimme: *»Ein vielgestaltiges Reiseland von unerschöpflicher Mannigfaltigkeit. Seine Schlösser, Kirchen und Fürstensitze sind ein steinernes Geschichtsbuch der Vergangenheit!«*

Ursel lächelte, leicht verunsichert. Leberecht von Wieland deutete mit dem Daumen auf das Buch, das er eben beiseitegelegt hatte: »Karl Baedeker. Lerne ihn auswendig.«

•

Nun waren sie schon mehr als eine Stunde marschiert. Aus den Feuchtwiesen über das Sportfeld und die alte Steinbrücke durch die Innenstadt, wo sich erste Kameraden, Ausflüchte murmelnd, von der Truppe absetzten. Nochmal den Berg hinauf bis zur Erlöserkirche, quer über den Bergfriedhof und durch das rostige Tor, hinter dem der Pfad zum Bismarckturm begann. Erst oberhalb des Kanzlers aus Granit, der, auf ein Schwert gestützt, so grimmig Stadt und Tal überblickte, als wollte er beides von der preußischen Artillerie niederkartätschen lassen, erhob sich der eigentliche Wolfsberg. Frühere Generationen hatten auf der Suche nach Eisenerz ihre Stollen tief in seine Flanken getrieben. Eugen hatte sie alle erkundet, mit der Taschenlampe und in Bibliotheken. In seinem Manuskript über die Geschichte der Stadt war dem Bergbau ein eigenes Kapitel gewidmet, von römischer Zeit bis zur letzten Jahrhundertwende. Überwuchert waren die rostigen Schienen für die Loren, mit eisernen Gittern verrammelt die Eingänge zu den seit Jahrzehnten verlassenen Schächten, unberührt die schweren Vorhängeschlösser. Also setzte der Trupp seinen Weg ins Unwegsame fort, zur Hütte, die jenseits des Wolfsbergs in der Wildnis lag. Sie nahmen nicht den direkten Weg durch den Wald, der war zu steil, sie wanderten die Serpentinen des Kreuzwegs hinauf. Jede Station ein überdachter Schrein mit Schnitzereien aus dem Barock, von denen längst die Farbe abgeblättert war.

Wo Jesus das Kreuz auf seine Schultern nimmt, wünschte Eugen erstmals, er hätte seinem Leben ebenfalls einen Drall ins Unbekannte gegeben, statt der vorgegebenen Flugbahn zu folgen. So wie Uta, Ursels jüngere Schwester, die abgehauen war bis in die Hauptstadt und damit alles richtig gemacht hatte. Berlin! Der Abstand zu Ginsterburg hätte nicht größer sein können, wäre sie auf die Venus oder den Mars emigriert. Uta konnte er gut leiden. Wahrscheinlich war sie eine fähige Architektin. Sehr modern, damit kannte sich Eugen nicht so gut aus. Dafür hatte er einen guten Draht zu Theodor Mohelsky, Utas Mann. Ebenfalls Journalist, *freier* Journalist sogar, was auch nur in einer Stadt wie Berlin möglich sein konnte. Getroffen hatten sie sich nur selten, ein paar Jahre lang aber ausgiebig korrespondiert, sich gegenseitig ihre Artikel geschickt – bis zu dieser Sache mit Carl von Ossietzky und der WELTBÜHNE. Nicht nur, dass Eugen sich von diesem linksliberalen Leuchtturm hatte blenden lassen. Naiverweise hatte er sich sogar Chancen ausgerechnet, im Club der Größten publizieren zu können. Ossietzky, dieses Arschloch. Trotzdem hätte er jetzt gerne mit Theodor ein Pfeifchen geraucht, statt auf den Berg zu stapfen auf der Suche nach Ottos verlorenen Söhnen. Tatsächlich war er zuletzt mit Theodor hier oben gewesen, bei seinem letzten Besuch mit Uta. Über alles Mögliche hatten sie da geredet. Ernst Jünger beispielsweise, da hatte der Theodor recht ungnädige, aber interessante Ansichten.

Wo Jesus den weinenden Frauen begegnet, kam ihnen Julius Waibel auf seinem Sonntagsausflug entgegen. Otto erwiderte den freundlichen Gruß des Pastors nicht, sondern stapfte einfach stieren Blicks an ihm vorbei und weiter. Auch die übrigen Männer würdigten ihn kaum eines Blickes. Nur der steile Walter nahm sich eine Minute, vermutlich, um den verwunderten Waibel über Sinn und Zweck dieses Auftriebs zu informieren. Eugen sah, wie der Pastor sofort Anstalten machte, sich dem Trupp anzuschließen, und wie der Kattwinkel den Kopf schüttelte, ihm einen beinahe neckischen Schub in die Gegenrichtung gab. Waibel verstand und setzte seinen Abstieg fort.

»Woher«, knurrte Otto nach einer Weile, »hat unser Gottesmann eigentlich diese Wampe, wenn er jeden Sonntag bis zur Auferstehung wandert?«

Wo Jesus seiner Kleider beraubt wird, hatte Eugen sich zu Kattwinkel in die Nachhut zurückfallen lassen. Sein Hund war einfach nicht mehr so gut zu Fuß, ganz wie sein Herrchen mit dem Holzbein.

»Schön, dass Sie sich uns angeschlossen haben«, sagte Eugen, der bisher nicht hatte in Erfahrung bringen können, warum Otto und der steile Walter einander seit einer Weile so spinnefeind waren. Was immer vorgefallen war, es musste etwas Ungeheuerliches sein.

»Ehrensache«, sagte Kattwinkel halblaut, und nach einer Weile stummen Marschierens: »Das macht die Uniform, wenn Sie mich fragen. Die steigt den Burschen zu Kopf, und ruckzuck sind sie in irgendeinen Krieg gezogen … was ist denn, Boelcke?« Der Hund war in einen Sitzstreik getreten und ließ sich durch kein Zerren an der Leine mehr bewegen. Mit einem Seufzen hob Kattwinkel ihn hoch, damit das Tier die Pfoten auf seine Schulter legen konnte, und trug es ein Stück des Weges.

Wo Jesus vom Kreuz abgenommen und in den Schoß seiner Mutter gelegt wird, blieb Otto stehen und schnaufte: »Wenn die wirklich da oben sind, dann schlag' ich sie zu Brei!«

»Ach was, Otto, du wirst sie in die Arme schließen!«, sagte Eugen und klopfte ihm sachte auf die Schulter.

Otto wischte sich mit einem Taschentuch die Glatze: »Zu Brei schlag ich die!«, beharrte er. »Die Hütte ist ihnen streng verboten. Sie dürfen da nicht alleine hin. Ende der Durchsage.«

Wo der heilige Leichnam Jesu ins Grab gelegt wird, zweigte der Fernwanderweg ab. Sie folgten ihm unter den Tannen hindurch bis zum alten Steinbruch, dann dem plappernden Mönchsbach entlang durch die Klamm. Hinein in die wahre Wildnis.

Nach einer weiteren Stunde, es war inzwischen später Nachmittag, erreichte der auf zwölf Mann geschrumpfte Suchtrupp endlich die Jagdhütte. Dunkles Holz, die Astlöcher umschwirrt von Mauerbienen. Fensterläden, von denen die rote Farbe abblätterte. Ringsum wilder Wein und Brennnesseln.

Auf der Wiese lagen achtlos umgekippt die Fahrräder, die Tür stand offen. Otto blieb einen Moment stehen und stützte die Hände auf die Oberschenkel.

»Diese Saukerle!«

Schnell war die Hütte inspiziert. Auf dem Feldbett ein einzelner Stahlhelm. Eugen erkannte ihn sofort wieder. Souvenir aus Montdidier. Fehlte nur sein Pendant, so wie im Wandschrank die beiden Flinten und in der Truhe die Flaschen.

Nicht gut, dachte Eugen.

»Nicht gut«, sagte Otto.

Kattwinkel nahm den Helm vom Bett, ging in die Hocke und hielt ihn Boelcke unter die Nase. Sofort legte der Hund den Kopf in den Nacken, hielt die Nase in den Wind. Und wuchtete sich tatsächlich auf alle vier Beine.

»Meine Herren«, freute sich der steile Walter, »wir haben eine Spur!«

•

Seine Mutter saß am Tisch und starrte ins Leere. Wie um zu verhindern, dass es sich von selbst umblätterte, hatte sie vor sich auf dem Küchentisch zwei Finger in ein aufgeschlagenes Buch gelegt. Lothar liebte es, sie so zu sehen. Wenn sie in Gedanken ganz woanders war, wo auch immer, und er sie einfach betrachten konnte, ohne selbst betrachtet zu werden. Ihr schwarzes Haar, wie es offen auf die Schultern fiel. Ihr ernstes Profil mit der spitzen Nase. Ihre mechanischen Züge an der Zigarette, hin und wieder. Ihr abwesender Blick, der Lothar jetzt aber zu langweilig wurde.

Entschlossen schubste er die Tür auf: »Du liest ja gar nicht!«

Seine Mutter, ertappt: »Ich lese sehr wohl, junger Mann!«

»Du rauchst!«

»Gut beobachtet. Und wann rauche ich?«

»Nur, wenn du liest, ich weiß. Aber gerade liest du doch gar nicht!«

»Ich denke nach«, sagte sie und drückte die Zigarette auf einem Unterteller aus. »Es ist ein sehr anstrengendes Buch.«

»Warum liest du es dann?«, fragte Lothar und kam zögernd näher.

»Das habe ich mich auch gerade gefragt«, sagte seine Mutter und drehte mit dem Fuß den zweiten Stuhl nach außen.

Lothar setzte sich und legte das Kinn auf die Lehne: »Mir ist langweilig, Mama ...«

Er wusste genau, dass sie jeden Sonntagnachmittag mindestens drei Stunden dieser Leserei widmete. In der Regel nahm sie sich drei Bücher gleichzeitig vor, manche flüchtig, andere gründlich. Und in der Regel wollte sie bei diesem sonntäglichen Ritual nicht gestört werden. Wo sie ihn nun aber schon eingeladen hatte an ihren Tisch, konnte er ebenso gut sein Glück versuchen: »Willst du es mir nicht vorlesen?«

»Das wirst du nicht verstehen, kleiner Mann!«

»Probier's doch aus!«, protestierte er.

»Dann pass mal gut auf!«, sagte sie und zog das Buch wieder zu sich heran. »Ich mache da weiter, wo ich aufgehört habe, ja?«

Er nickte.

»Also: *Fassen wir all dies zusammen, den Aspekt der Sternenräume, zu dem sich das Weltbild des Kopernikus erweitert hat, die Beherrschung der Erdoberfläche durch den abendländischen Menschen im Gefolge der Entdeckung des Kolumbus, die Perspektive der Ölmalerei und der tragischen Szene und das durchgeistigte Heimatgefühl*«, las sie mit weicher Stimme, »*fügen wir die zivilisierte Leidenschaft des schnellen Verkehrs, die Beherrschung der Luft, die Nordpolfahrten und die Ersteigung kaum zugänglicher Berggipfel hinzu, so taucht aus allem das Ursymbol der faustischen Seele auf, der grenzenlose Raum, als dessen Ableitungen wir die besonderen, in dieser Form rein westeuropäischen Gebilde des Seelenmythos: den Willen, die Kraft, die Tat aufzufassen haben*«, sie blickte lächelnd auf: »Na?«

»Verstehe ich wirklich nicht«, gestand Lothar.

»Ich auch nicht.« Seine Mutter lachte und nahm eine weitere Salem aus der Schachtel. »Ich glaube«, sagte sie und steckte die Zigarette in den Mund, »ich glaube, das ist alles ein gespreizter Quatsch.«

Lothar sah zu, wie ihre Wangen kurz hohl wurden, als sie die Zigarette anzündete.

»Warum liest du es dann?«

»Weil ich wissen muss, was meine Kunden gerne lesen und worüber die Leute, die viel lesen, gerade so reden«, sagte sie und atmete den Rauch aus. »Und weil ich entscheiden muss, was ich ins Schaufenster stellen will. Das gehört zu meinem Beruf. Der Mann hier«, sie schlug das Buch zu und tippte auf den Einband, »hat über den Untergang des Abendlandes geschrieben. Darüber reden die Leute. Und das hier«, sie zog ein anderes Buch zu sich heran, »das kaufen sie gerade wie verrückt. Gut, das sind unterschiedliche Leute.«

Lothar beugte sich vor. Das Buch kannte er schon aus dem Schaufenster. Nur mit Mühe konnte er die verschnörkelte Schrift entziffern: »Barb«, stand da, »Roman einer deutschen Frau«.

»Kostprobe gefällig?«, fragte seine Mutter.

Lothar nickte.

Sie seufzte tief und las: »*Und das Beste, was der Mensch hat – ist sein Vaterland! Auch du wirst es aus dir lernen, Barb, denn magst du's anerkennen oder wegstreiten, du bist eine Deutsche! Und du wirst eine Deutsche bleiben, solange du lebst! Wie ein blonder Mensch blond bleibt, ein dunkler dunkel, auch wenn er die Haare färbt oder bleicht! – Deutsch! – Das kommt ja nicht durch uns. – Das sind wir! Wir sind ein Teil dieser Erde, aus der wir wurden und wuchsen und darum, wenn es gilt, sie zu verteidigen, werden wir alle kämpfen – auch sterben, Barb! Um – – – Deutschland!*«

Seine Mutter klappte den Roman zu. »Wie findest du das?«

Er zuckte mit den Schultern: »Normal? Du hast es nur mit so komischen Pausen gelesen ...«

»Die stehen so drin. Das will sie so, diese Frau«, sie spähte auf das Cover, »Kuni Tremel-Eggert. Jedenfalls hat's diese Barb ganz schön schwer. Am Ende näht sie eine Hakenkreuzfahne, weil dann alles gut wird. Das ist schon eine halbe Million Mal verkauft worden!«

»Aber wie findest du es denn?«

Seine Mutter zog an ihrer Zigarette: »Papierverschwendung.«

Lothar schwieg betreten. Es erschreckte ihn, wenn seine Mutter so hart urteilte. Und wenn sie ihn so komisch ins Auge fasste, wie jetzt gerade, mit brennender Zigarette am abgewinkelten Arm.

Um den Bann zu brechen, deutete er auf das dritte Buch: »Und das da? Ist das auch Quatsch oder Papierverschwendung?«

Sofort hellte ihre Miene sich auf: »Nein, das ist ein Kinderbuch. Ganz reizend.«

»Lies vor!«, freute er sich.

»Auf keinen Fall, das ist nichts für dich.«

»Was? Warum nicht?«

»Nun ja. Es kommen keine Nordpolarfahrten darin vor, keine Tiefseemonster und keine Raumschiffe. Aber vor allem, *Lothar*«, sagte sie und stupste ihn mit dem Fuß an, »bist du doch kein Kind mehr.«

Er grinste. »Lies vor. Wir erzählen es keinem.«

»Na gut«, sagte seine Mutter. »Pass auf. Es geht um eine Biene ...«

»Sehr gut!«, rief Lothar, der Insektenforscher.

»Sie heißt Maja«, fuhr Merle fort, »ist gerade erstmals ausgeflogen und hat einen freundlichen Käfer kennengelernt, und den hat sich eben eine Libelle geschnappt. Jetzt wird es wohl spannend. Wo war ich? Ach ja ... *die Libelle ließ den Brummer aus ihren Fängen, hielt ihn aber sorgfältig mit den Armen fest und drehte den Kopf nach Maja um. Maja erschrak sehr über die großen ernsten Augen der Libelle und über die bösen Beißzangen, die sie hatte, aber das Glitzern ihrer Flügel und ihres Leibes entzückte sie. Es blitzte wie Wasser, Glas und Edelsteine. Nur die ungeheure Größe der Libelle entsetzte sie, sie begriff ihren Mut nicht mehr und begann auf das heftigste zu zittern. Aber die Libelle sagte ganz freundlich: ›Kind, was ist denn mit Ihnen?‹*«

Lothar lachte, weil seine Mutter die Stimme von Frau Kruse imitierte, das Buch gefiel ihm, schon jetzt.

»›Lassen Sie ihn los‹, rief Maja, und in ihre Augen kamen Tränen, ›er heißt Christoph.‹ Die Libelle lächelte. ›Weshalb denn, Kleine?‹, fragte sie und machte ein interessiertes Gesicht, das aber einen Ausdruck von großer Herablassung hatte. Maja stotterte hilflos: ›Ach, er ist doch ein so netter,

sauberer Herr und hat Ihnen, soweit ich weiß, nichts zuleide getan.‹ Die Libelle sah Hans Christoph nachdenklich an: ›Ja, er ist ein lieber kleiner Kerl‹ …«, las seine Mutter, bewegte noch kurz die Lippen und brach dann plötzlich ab: »Das ist vielleicht doch … ein bisschen grausam, Lolo.«

»Was? Mitten im Satz? Ach, bitte, lies doch zu Ende!«

»*›Ja, er ist ein lieber kleiner Kerl‹, antwortete sie zärtlich und biss ihm den Kopf ab.* Zufrieden?«

Lothar musste lachen, weil Merle sich mit Insekten so gar nicht auskannte und vermutlich nicht einmal wusste, dass die Libelle, unverändert seit Jahrmillionen, eines der ältesten Geschöpfe auf diesem Planeten war, weil sie perfekt war seit Jahrmillionen. »Das ist doch nicht grausam, Mama. Das ist die Natur!«

•

Der erste Schuss war eine Explosion in der Stille.

Vom Dach der Jagdhütte flogen die Waldtauben auf. Aus dem Weißdorn stob ein Schwarm verschreckter Amseln. Jeder blieb stehen, wo er gerade stand. Eugen duckte sich.

»Was zum …« Otto sah sich um.

Dann ein zweiter Schuss.

Die Kugel prallte vom Blechdach ab, schlug sirrend ins Grün.

»Runter!«, brüllte Eugen und stellte fest, dass alle anderen schon lagen. Er hechtete hinter einen Stoß mit Brennholz. Dort hatte auch Otto schon Deckung gesucht. Eugen schlug das Herz bis zum Hals.

»Woher kommt das?«, keuchte er.

»Ich glaube, sie hocken da drüben im Hochsitz!«

»Wer?«

»Knut? Bruno?«, brüllte Otto aus vollen Lungen. »Hört auf mit der Scheiße!«

Eugen bemerkte, dass die Schutzpolizisten hinter der Hütte ihre

Pistolen gezogen hatten. Otto sah es ebenfalls und gestikulierte wild. *Seid ihr wahnsinnig? Waffen weg!* In diesem Moment schnüffelte der Hund an ihnen vorbei, die Nase dicht über der Erde. Seine Leine zog er hinter sich her.

»Boelcke, verdammt!«, rief Kattwinkel mit sich überschlagender Stimme. »Hiergeblieben! Bei Fuß!«

Aber Boelcke war taub. Er hörte auch den dritten Schuss nicht, der ging ins Irgendwo. Beim vierten Schuss blieb der Hund plötzlich stehen, als hörte er nun doch auf ein Kommando. Setzte sich hin. Kippte zur Seite. Er war bis zur Mitte der Lichtung gekommen. Der steile Walter stieß einen Schmerzensschrei aus, Jubel auf dem Hochsitz.

Jetzt konnte Eugen sie erkennen. Schwankende Gestalten. Bruno mit blonden Haaren baren Hauptes. Knut mit dem zweiten Stahlhelm auf dem Kopf. Oder umgekehrt. Auf diese Entfernung konnte er die Zwillinge nicht unterscheiden. Jetzt stimmten sie dort oben ein Lied an, zweistimmig:

Als wir nach Frankreich zogen
Wir waren unser drei
Ei-hein Schütze und ein Jä-häger
Und ich der Fahnenträ-häger
Der schweren Reiterei

Betrunken, dachte Eugen. Die Burschen sind besoffen. Sternhagelblau. Er warf einen kurzen Seitenblick auf Otto, der brütend ins Nichts stierte. Drüben stand Kattwinkel auf, mit geballten Fäusten. Und hinter dem Haus hatten zwei der Polizisten nun doch ihre Pistolen angelegt. Da hatte Eugen eine Eingebung und schmetterte aus voller Brust:

Drei Brüder und drei Herzen
Der Fahne folgten sie
Zu Lüttich auf dem Pla-hane
Da flüsterte die Fa-hahne
Herr Jesus und Marie!

Otto sah ihn an, als hätte er den Verstand verloren.

Getuschel auf dem Hochsitz, dann nahmen Knut und Bruno das Lied wieder auf.

Und als wir weiterzogen

Wir waren unser zwei

Mit dem Rücken zum Holzstoß stand Eugen auf, hob die Hände, spürte, wie Otto nach seinem Hosenbein griff, schüttelte ihn ab, lief langsam los und fiel mit ein, und nun sangen sie dreistimmig.

Ein Bückeburger Jä-häger

Und ich, der Fahnenträ-häger

Der schweren Reiterei

Aus den Augenwinkeln sah Eugen den Hund in seinem Blut. Er zuckte noch mit den Pfoten. Oben zwei Hände an der Brüstung. Der Junge ohne Helm. Beugte sich über die Brüstung und lächelte ihn an. Bruno. Das war Bruno. Wo war die verdammte Flinte?

Zwei Brüder und zwei Herzen

Begrüßten Tau und Tag

Am Abend purpurfa-harben

Bei Longwy in den Ga-harben …

Bruno winkte, Eugen winkte zurück. Der Junge beugte sich nach unten.

»Knut, dassis gar kein Franzos! Dassis einer von uns. Komm hoch, wir ha'm sie zurückgeschlagen!«

Jetzt Knut mit Helm: »Ha'm wir … ha'm wir sie erledicht?«

Eugen, der jetzt direkt unterhalb des Hochsitzes stand, nahm die Hände herunter und rief: »Jawohl, Kameraden. Und jetzt ist Waffenstillstand!«

Knut rülpste. Der Stahlhelm rutschte ihm über die Augen. Er stellte das Gewehr auf den Boden und schob den Helm mit der Mündung wieder nach oben.

Da löste sich der fünfte Schuss.

GESETZ ZUM SCHUTZE DES DEUTSCHEN BLUTES UND DER DEUTSCHEN EHRE

Durchdrungen von der Erkenntnis, daß die Reinheit des deutschen Blutes die Voraussetzung für den Fortbestand des deutschen Volkes ist, und beseelt von dem unbeugsamen Willen, die deutsche Nation für alle Zukunft zu sichern, hat der Reichstag einstimmig das folgende Gesetz beschlossen, das hiermit verkündet wird.

§ 1

(1) Eheschließungen zwischen Juden und Staatsangehörigen deutschen oder artverwandten Blutes sind verboten. Trotzdem geschlossene Ehen sind nichtig, auch wenn sie zur Umgehung dieses Gesetzes im Auslande geschlossen sind.

(2) Die Nichtigkeitsklage kann nur der Staatsanwalt erheben.

§ 2

Außerehelicher Verkehr zwischen Juden und Staatsangehörigen deutschen oder artverwandten Blutes ist verboten.

§ 3

Juden dürfen weibliche Staatsangehörige deutschen oder artverwandten Blutes unter 45 Jahren nicht in ihrem Haushalt beschäftigen.

§ 4

(1) Juden ist das Hissen der Reichs- und Nationalflagge und das Zeigen der Reichsfarben verboten.
(2) Dagegen ist ihnen das Zeigen der jüdischen Farben gestattet. Die Ausübung dieser Befugnis steht unter staatlichem Schutz.

§ 5

(1) Wer dem Verbot des § 1 zuwiderhandelt, wird mit Zuchthaus bestraft.
(2) Der Mann, der dem Verbot des § 2 zuwiderhandelt, wird mit Gefängnis oder mit Zuchthaus bestraft.
(3) Wer den Bestimmungen der § 3 oder § 4 zuwiderhandelt, wird mit Gefängnis bis zu einem Jahr und mit Geldstrafe oder mit einer dieser Strafen bestraft.

§ 6

Der Reichsminister des Innern erläßt im Einvernehmen mit dem Stellvertreter des Führers und dem Reichsminister der Justiz die zur Durchführung und Ergänzung des Gesetzes erforderlichen Rechts- und Verwaltungsvorschriften.

§ 7

Das Gesetz tritt am Tage nach der Verkündung, § 3 jedoch erst am 1. Januar 1936 in Kraft.

Nürnberg, den 15. September 1935,
am Reichsparteitag der Freiheit.

Der Führer und Reichskanzler
Adolf Hitler

Der Reichsminister des Inneren
Frick

Der Reichsminister der Justiz
Dr. Gürtner

Der Stellvertreter des Führers
R. Heß, Reichsminister ohne Geschäftsbereich

IV

JUGEND MUSS WAGEN

Bruno konnte nicht hingucken. Sah sich lieber im Zimmer um. Sein Blick glitt am Regal mit den Büchern ab, identische Rücken und goldene Prägung, fand keinen Halt am Foto eines bärtigen Mannes an der Wand, RUDOLF VIRCHOW, huschte über die Reihe mit Einmachgläsern und blieb schließlich an einem Embryo hängen, der in einer milchigen Flüssigkeit schwebte.

»Fötus, dritter Monat«, sagte Professor Hansemann. »Faszinierend, das Leben, findest du nicht auch?«

»Jawohl, Herr Professor Stabsarzt!«

»Mein erster induzierter Abort. Manchmal kommt die Mutter vorbei, um ihr Töchterchen hier zu besuchen. Schwachsinn kann auch ein Segen sein, nicht wahr? Im Glas rechts daneben haben wir übrigens einen Magentumor. Und links daneben, siehst du das? Wie sich das bewegt? Das sind meine neuen Blutegel. So, dann wollen wir mal ...« Mit der Zungenspitze zwischen den Lippen und der Lesebrille auf der Nasenspitze löste er den Verband.

Knut zuckte zusammen.

»Indianerherzkenntkeinschmerz!«, tadelte Hansemann.

Er lehnte sich auf seinem Stuhl zurück und betrachtete die verkrustete Schneise, die von Knuts Oberlippe über Wange und Stirn bis zum Ansatz der blonden Haare verlief.

»Und?«, fragte der Vater, dem die professorale Kontemplation wohl ein wenig zu lange dauerte.

»Es will heilen«, erklärte Hansemann. »Meine Leinsamensalbe verrichtet ihr Werk. Dauert eben eine Weile. Altes Rezept, übrigens. Es wird Hildegard von Bingen zugeschrieben. Auf einem Kongress der Heilpraktiker neulich in Heidelberg äußerte ein Kollege sogar die Vermutung, dass schon Thusnelda«, er reichte Knut einen Handspiegel, »nach der Schlacht im Teutoburger Wald ihren Hermann damit verarztet hat. Gefällt es dir?«

Bruno konnte sehen, dass Knut vor Wut kochte. Wut auf den Arzt, Wut auf sich selbst. Wut auf den Vater, der die Wunde mit einem Schmiss verglichen und gesagt hatte, er solle sich nicht so haben. Wut auf sein Gesicht, das er im Spiegelbild studierte. Die Kugel hatte ihm einen Teil der Oberlippe weggerissen, bis aufs Zahnfleisch. Sogar von hier drüben konnte Bruno die Hasenscharte sehen. Seit dem Unfall vor vier Wochen weinte sein Bruder nachts ins Kissen. Und wenn er nicht weinen konnte, brüllte er hinein. Er kam nicht zur Ruhe, es machte Bruno beizeiten sogar Angst. Knut biss die Zähne zusammen, nickte und gab dem Arzt wortlos den Spiegel zurück.

»Wir können dem lieben Herrgott danken«, sagte Hansemann milde, »dass der Junge auf diesem Auge nicht erblindet ist. Oder Schlimmeres.«

Der Vater räusperte sich: »Ja. Aber die Stelle am Mund, Herr Professor ... bleibt das so?«

Hansemann griff Knut ans Kinn und bewegte sein Gesicht behutsam hin und her.

»Kann man nichts machen«, sagte der Doktor nach einer Weile und sah seinem Patienten in die Augen. »Das bleibt so. Bedauere.«

»Aber die moderne Technik! Wir kennen doch heute Mittel und Wege ...«, beharrte der Vater, und Bruno dachte an die Beinprothese vom Kattwinkel und den schwulen Ernst Röhm mit seiner Nase aus Kautschuk.

»Für diese Stelle, Herr Kreisleiter«, sagte Hansemann, »hat auch die moderne Technik noch keine epithetische Lösung. Gleiches gilt für die Transplantationsmedizin. Wir machen da, wie auf allen Feldern, enorme Fortschritte. Aber ich fürchte, ihr Sohn wird damit leben müssen. Er ist ein zäher Bursche. Diese Narbe wird ihn noch zäher machen. Nicht wahr, Sportsfreund?«

Knut erhob sich: »Jawohl, Herr Stabsarzt!«

»Professor genügt. Ich würde aber jederzeit in die Reihen der Wehrmacht treten, wenn die Pflicht ruft. Wie wir alle, nicht wahr?« Hansemann wusch sich am Ausguss die Hände: »Oder wie schätzen wir die politische Großwetterlage ein, Herr Kreisleiter?«

•

Politische Großwetterlage, das hatte Otto gern. Seit einer Weile war er nur noch von Strategen umgeben. Und jetzt auch noch der Hansemann, der ihn noch vor wenigen Jahren hinter seinem Rücken als »Geraniengürckel« verspottet hatte, der Hansemann mit seinem Kittel und seinem Titel und seiner Charité und seinen Tobsüchtigen, um die er sich aus purer Anhänglichkeit an sein früheres Fachgebiet noch immer kümmerte, wovon er nicht müde wurde zu erzählen, Hansemann, der sich fortwährend weiterbilden mochte in Virologie, Gynäkologie, Onkologie und offenbar auch Politologie. Eine echte Universalkorydings. Politische Großwetterlage! Otto nickte meistens nur gewichtig, wenn es um die großen Fragen ging, und stimmte ansonsten stets der letzten geäußerten Meinung zu. Damit war er bisher gut gefahren.

»Ich sehe nicht«, sagte er jetzt, »wo es in absehbarer Zeit zu militärischen Auseinandersetzungen kommen sollte. Der Führer bekräftigt in jeder Rede seinen Friedenswillen. Das wird im Ausland gehört. Und vergessen Sie nicht, dass er sogar die Saar heimgeholt hat. Friedlich!«

Gründlich trocknete Hansemann sich die Hände ab und holte einen Tiegel aus dem Schrank.

»Waren Sie mal an der Saar?«, fragte er über die Schulter. »Ich sage Ihnen, die wahre Waffenkammer des Reiches ist die Ruhr. Immer gewesen. Und das ist entmilitarisierte Zone seit der Schande von«, er machte eine kurze Pause, in der er konzentriert die Leinsamensalbe auf Knuts Wunde strich, bevor er den Satz beendete: »Versailles.« Aus seinem Mund klang der Name wie eine französische Geschlechtskrankheit.

Otto sah zu, wie der Arzt ein frisches Pflaster anlegte und verklebte. Zungenspitze zwischen den Lippen.

»So, das war's schon. Kannst jetzt dein Hemd wieder anziehen.«

Otto klatschte in die Hände: »Jungs, ihr habt den Herrn Professor gehört. Das war's schon. Wir wollen ihn nun nicht noch länger von Wichtigerem abhalten, was?«

»Ach, Knut!«, sagte Hansemann und machte mit gesenktem Zeigefinger eine kreisende Bewegung. »Dreh dich doch nochmal um, sei so gut. Ich will mir noch kurz deinen Rücken angucken. Die Hämatome sahen wirklich schlimm aus letztes Mal. Wir wollen doch nicht, dass die sich zu Abszessen entwickeln!«

»Die sehen schon viel besser aus!«, sagte Otto und legte seinem Sohn das Hemd um die Schultern. »Zieh dich an!«

»Ich könnte doch wenigstens ...«, protestierte Hansemann.

»Nicht nötig«, sagte Otto bestimmt. Nach dem Debakel im Wald hatte er den Gürtel rausgeholt und seinen Söhnen eine Lektion erteilt, Knut ein wenig mehr als Bruno, und da mussten die beiden jetzt durch, ohne Salbe oder ärztliche Fragen.

Hansemann zuckte mit den Schultern und deutete auf das Regal: »Es gibt da eine neue Behandlung. Blutegel. Das ist ähnlich wie Schröpfen. Altes Wissen! Na ja, wenn's schon viel besser aussieht ...«

Er gab ihnen dann noch eine Dose mit den segensreichen Salzen von Friedrich Wilhelm Schüssler mit, pulverförmig. Dreimal täglich eine Messerspitze in Wasser auflösen. Jeden Schluck einen Moment im Mund behalten, damit die Mineralstoffmoleküle von der Mundschleimhaut aufgenommen werden können. Die Wassertemperatur, sagte er zum Abschied, könne ganz nach Belieben gewählt werden.

•

Nebenan spielte Gesine am Flügel, machte *pling, pling, plingeling* und ihn mit ihrem Geklimper langsam verrückt. Nicht die Töne setzten ihm zu. Ihre verspielte Harmlosigkeit war es, die Eugen wie ein Hohn vorkam.

Nachdem er ihn zum zweiten Mal gelesen hatte, legte er den Brief von Theodor beiseite. *Sei nicht töricht, Du hast nichts zu befürchten*, hatte der ihm geschrieben. *Es ist viel zu lange her, Carl erinnert sich vermutlich nicht einmal mehr an Deinen Namen.* Und dann hatte Theodor seine eigenen Befürchtungen geschildert, Probleme, denen er als jüdischer Journalist in Berlin ausgesetzt war. Keine Aufträge mehr. Probleme mit der Wohnung. Vorladungen. *Inzwischen ist es Uta*, sie lasse übrigens herzlich grüßen, *die uns beide ganz alleine über Wasser hält. Aber wie lange noch?* Das las sich beinahe wie ein Hilferuf, und Eugen kam sich nun wirklich töricht vor. Nichts versetzte ihn in peinlichere Scham als die Probleme anderer Menschen, zumal solcher, die er sich immer gewandter und gewappneter vorgestellt hatte, als er selbst es war.

Mit Bauchschmerzen erinnerte er sich, dass Theodor ihn damals an die WELTBÜHNE vermitteln wollte: »Ein Mann mit Deinen Talenten, Eugen, ein solcher Stilist darf doch nicht in einem Kaff wie Ginsterburg versauern! Wenn Carl das liest, der stellt dich sofort ein!«

Worauf Eugen Theodor tatsächlich drei Glossen schickte, an deren Veröffentlichung im GINSTERBURGER ANZEIGER nicht zu denken war. Erstens eine launige Abrechnung mit dem »vitalistischen Alpenkitsch« von Luis Trenker. Zweitens eine vergiftete Hymne auf die Tatterigkeit des Paul von Hindenburg, der als Reichspräsident, »fiele man ihm nicht in den Arm, täglich einen neuen Reichskanzler ernennen würde«. Drittens ein Pamphlet gegen »das Humpelstilzchen«, wie er den hinkenden Gauleiter von Berlin nannte, und dessen literarisches Frühwerk, einen Romanversuch namens »Michael«, der »allein schon aus Respekt vor unserer Sprache eine sofortige Inhaftierung des Joseph Goebbels rechtfertigt«.

Und Theodor hatte die Artikel tatsächlich an Carl von Ossietzky weitergeleitet, den Herausgeber der WELTBÜHNE. Und Ossietzky hatte Eugen wirklich in dieses Café unweit der Redaktion bestellt, nach Charlottenburg. Und Eugen war allen Ernstes nach Berlin gereist, aufgeregt wie ein Schüler vor dem ersten Rendezvous.

Ossietzky, dieses Arschloch, hatte dann zu seiner Abfertigung keine fünf Minuten gebraucht. »Theo zuliebe« habe er die Texte gelesen, müsse nun aber leider Tacheles reden. Luis Trenker? Interessierte niemanden. Hindenburg als senilen Trottel bezeichnen? Das könne sogar Goebbels besser, der stünde wegen Beleidigung des Reichspräsidenten demnächst sogar vor Gericht, und überhaupt: »*Humpelstilzchen?* Also wirklich.« Kichern, Kopfschütteln, tiefer Seufzer: »Aber lassen Sie den Kopf nicht hängen, junger Freund! Mit Ihren plauderlustigen Petitessen«, und diese *plauderlustigen Petitessen* hatten sich Eugen eingebrannt, »werden Sie es in der bürgerlichen Presse der Provinz sicher weit bringen.«

Pling, plingeling.

Keine drei Tage später dann war in Berlin die Bombe hochgegangen. In der WELTBÜHNE wieder einer dieser bissigen Artikel, diesmal über die geheime Wiederbewaffnung der deutschen Luftfahrt. Der Titel war ein echter Ossietzky, das musste man ihm lassen: »Windiges aus der deutschen Luftfahrt«. Es war der Anfang vom Ende des Herausgebers. Daumenschrauben. Schikanen, Prozess. Urteil wegen des Verrats militärischer Geheimnisse. Kein Wunder, dass Ossietzky gleich 1933 von der neuen Regierung einkassiert worden war. Auf Betreiben von »Humpelstilzchen« vermutlich. Seitdem sorgte sich Eugen, dass er in den Sog dieser großen Abrechnung geraten könnte. Gewiss war Ossietzkys Büro auf den Kopf gestellt worden. Was man da alles finden konnte! Mit wem der Querulant so alles in Kontakt gestanden hatte! Adressbücher, Korrespondenzen. Unverlangt eingesendete Glossen. Schlaflose Nächte hatte ihm diese Vorstellung bereitet. Nicht einmal dem Landauer war diese Affäre entgangen: »Da werden wir hier doch hoffentlich keine Scherereien bekommen«, hatte der Verleger damals gesagt, bei einem Cognac unter vier Augen, »wegen Ihrer Bekanntschaften in Berlin?« Die Scherereien waren ausgeblieben. Und allmählich, so hatte Eugen gehofft, sollte Gras über diese Sache gewachsen sein. Und jetzt Theodor mit seinen Problemen, ausgerechnet.

Er fuhr sich mit den Händen über das Gesicht. Mit einem Ruck stand er auf und ging hinüber ins Wohnzimmer. *Pling, pling*, machte Gesine am Flügel. Sie warf ihm ein Lächeln zu, das er zerstreut erwiderte. Ursel, mit angezogenen Beinen auf dem Sofa, war mit einer Stickerei beschäftigt.

»Hat sich Uta mal wieder gemeldet?«, fragte Eugen beiläufig.

»Schon länger nicht mehr«, sagte Ursel, ohne aufzusehen. »Warum?«

»Theodor hat mir geschrieben.«

»Ach? Wollte er etwas?«

»Nein, eigentlich hatte *ich* ihm zuerst geschrieben in einer anderen Angelegenheit ... egal. Ich glaube, den beiden geht es nicht gut. Möglich, dass sie unsere Hilfe brauchen.«

Ursel hob die Nadel, betrachtete ihre Stickerei: »Es ist *ihr* Leben!«

»Es ist *deine* Schwester! *Unsere* Familie!«

»Du wirst laut«, bemerkte Ursel leise.

»Streitet ihr?«, fragte Gesine prompt.

»Aber nein, Goldkind«, sagte Ursel. »Spiel weiter!«

Pling.

»Wir sollten vorbereitet sein«, sagte Eugen leise. »Wenn alle Stricke reißen, sollten wir sie aufnehmen.«

Ursel legte ihre Stickerei beiseite: »Was ist denn in dich gefahren? Schau, meine Schwester hat immer ihren Kopf durchgesetzt. Ginsterburg hinter sich lassen, in Dessau studieren, in Berlin leben … einen Juden heiraten!«

»Onkel Theodor ist *Jude*?«

Eugen stöhnte. »Es ist doch schon spät, junge Dame!«, sagte er und warf Ursel einen vorwurfsvollen Blick zu.

»Aber … ist Tante Uta dann nicht ein artvergessenes Frauenzimmer?«

»Dein Vater hat recht«, sagte Ursel scharf. »Ab ins Bett mit dir!«

Sofort klappte Gesine den Klavierdeckel zu. »Jawohl, Papa.«

Umarmung für die Mutter, Wangenküsse für den Vater. Eugen sah ihr hinterher, wie sie im Flur verschwand. Wippende Zöpfe, Tänzelschritt auf nackten Sohlen.

»*Artvergessen* …«, wiederholte er matt.

Ursel zuckte mit den Schultern: »Ich kann's auch nicht ändern, so nennt man das heute. Persönlich habe ich nichts gegen Theodor. Aber hier bei uns einen Juden beherbergen? Eugen, das ist reiner Wahnsinn! Was sollen denn die Leute denken? Und deine Kollegen bei der Zeitung?«

Eugen nickte. Ursel hatte recht. Vorerst würde es helfen, wenn er Uta und Theodor ein wenig Geld schickte. Sie mussten über die Runden kommen, das war alles, das reichte vielleicht schon. Eine Durststrecke, mehr nicht. Er rieb sich die Schläfen und setzte sich schwer zu seiner Frau auf den Diwan.

»Was ist mein Göttergatte denn so angespannt?«, fragte sie, und die plötzliche Wärme in ihrer Stimme überraschte ihn.

»Ich habe nur nachgedacht, das ist alles.«

»Über Uta und Theodor?«

»Und über den neuen Friedensnobelpreisträger …«

»Wer ist das denn?«

»Wirst du nicht glauben, ein Bekannter von Theodor: Carl von Ossietzky.«

»Sagt mir was.« Ursel kniff – wie immer, wenn sie sich angestrengt an etwas zu erinnern versuchte – die Augen zusammen. »Hattest du mit dem nicht auch mal zu tun?«

Eugen winkte ab: »Kurz, ja, nicht der Rede wert …«

Sie nahm ihre Stickerei wieder auf: »Ich dachte, den Jud' haben sie weggesperrt?«

»Haben sie auch«, bestätigte Eugen. »Er sitzt im KZ.«

»Und? Wird dieser Nobelpreis dem GINSTERBURGER ANZEIGER eine Meldung wert sein?«

»Sei nicht albern!«, sagte Eugen und lachte nervös. »Natürlich nicht.«

•

Unter dem bewölkten Himmel war das Flugzeug wegen seines grauen Anstrichs auf der Unterseite vom Boden aus kaum zu erkennen. Es kippte in eine suchende Spirale, bog auf Höhe der Bäume nach rechts, unterflog knapp die Wäscheleine und wäre wohl in den Hagebutten hinter den Mülltonnen gelandet, wenn Merle, die gerade von der Arbeit kam, es nicht aus der Luft gepflückt hätte.

Den Papierflieger noch zwischen zwei Fingern, schaute sie nach oben zum offenen Kinderzimmerfenster. Aber Lothar war schon nicht mehr zu sehen.

»Das Fräulein Sieber!«, stellte der Smolka fest, der auf der Bank neben dem Hauseingang saß. »War es denn ein langer Tag in der Fabrik? Was macht die Revolution?«

Seit ihr Mann verstorben war, nannte der Smolka sie so beharrlich wieder »Fräulein«, wie er sie seit jeher duzte. Es hatte mal eine Zeit gegeben, da hatten sie sich gegenseitig Genosse und Genossin genannt. Aber diese Zeit war vorbei. Worüber Frau Grasberger auch sehr genau wachte. Die Grasberger war als Floristin im Gürckel'schen Blumenladen beschäftigt, das machte ihre Position als

Blockwartin umso gewichtiger. Sie schwärzte nicht an, sie *stellte zur Rede*. Und das war fast noch schlimmer. Der Smolka hatte als Kraftfahrer jahrzehntelang Holzstämme für die Jungheinrich GmbH & Co. KG herangekarrt, unter dem ganz alten Jungheinrich sogar noch mit dem Pferdefuhrwerk. Frühe Rente, weil er so schlecht bei Atem war, aber gut gehalten hatte er sich trotz seiner Lungengeschichten. So jemanden, fand Merle, stellte man nicht zur Rede.

»Die Reaktion«, sagte sie nach einem flüchtigen Blick auf die Fenster im vierten Stock, »hat die Revolution im Keim erstickt.« Auch wenn sie es dem Smolka schon tausendmal gesagt hatte und er es auch diesmal nach wenigen Minuten wieder vergessen würde, fügte sie hinzu: »Ich arbeite nicht in der Fabrik, Herr Smolka, ich verkaufe Bücher, ganz bürgerlich!«

»Bücher!«, schnaubte er. »Gewehre hätten wir gebraucht ...«

»Kommen auch wieder andere Zeiten«, sagte Merle leise und ließ sich im Vorbeigehen ein paar zerknüllte und zerfledderte Papierfetzen in die Hand drücken. Das sei, sagte der Smolka, was von der »Luftflotte vom Sohnemann« übrig geblieben sei: »Am Boden zerstört! Habe ich alles aufgesammelt. Und das mit meinem Rücken! Nur damit's nicht wieder Knatsch gibt mit der Grasbergerin, die hat den Knirps doch sowieso auf dem Kieker. Weil er gesund ist im Kopp, anders als ihr Fritz ...«

»Danke, Herr Smolka, und schönen Abend noch.«

Im Treppenhaus das Stakkato seiner Schritte, schon sprang Lothar ihr von der drittletzten Stufe entgegen. Merle hatte Mühe, seinen Anprall abzufedern, so schwer war er geworden und eigentlich zu groß für ihr gemeinsames Begrüßungsritual. Wie wenig es brauchte, einen Dreizehnjährigen in einen Achtjährigen zu verwandeln, ein bisschen Sehnsucht oder ein aufgeschürftes Knie ...

Mit einem Gefühl der Dankbarkeit und einem Kuss auf die Stirn setzte sie ihn wieder ab, zerstrubbelte die allzu ordentlich gescheitelten Haare.

»Endlich wieder ein Mann im Haus!«, sagte sie auf dem Weg nach oben. »Nochmal lasse ich dich nicht für ganze zwei Wochen weg, das sage ich dir! War's denn schlimm ohne mich?«

»Langweilig war's, Mama. Und anstrengend. Aber ich habe einen Totenkopf gefangen!«

»Was hast du?«

»Einen Totenkopf. König der Nachtfalter, der ist total selten! Das war bei einer Nachtwanderung oder Geländewanderung oder wie die das nennen. Das war auch langweilig und anstrengend und ...«

Merle lauschte seinem fröhlichen Geplapper mit vorsichtiger Erleichterung. Nun war er also erstmals für zwei Wochen im Zeltlager gewesen, oben im Weserbergland. Und das hatte ihr mehr als nur Sorgen gemacht, es hatte ihr physische Bauchschmerzen bereitet. Was, wenn sie ihm dort sein Gehirn waschen? Mit Runen und Kreuzen und Liedern und, wer weiß, Totenköpfen? Zuzutrauen wäre es ihnen. Lolo bei den Pimpfen, geheuer war ihr das noch immer nicht. Was hatten ihr die Leute zugeredet, alle miteinander! Regelrecht *ins Gewissen* geredet hatten sie ihr. Ursel mit ihrem Hitlerfimmel sowieso in einer Tour, bei seinem jüngsten Besuch im Buchladen und auf seine verdruckste Weise sogar Eugen. Er wolle sich wirklich nicht einmischen und ungefragt »herumvatern«, hatte er beteuert, habe aber von Lothars Schwierigkeiten gehört und sich gedacht, es gäbe dem Jungen vielleicht mehr Selbstvertrauen, wenn er »diesem Verein« beitrete. Merle hatte »herumvatern« insgeheim in ihr Wortschatzkästlein gelegt, sich für den Rat bedankt – und dankend abgelehnt. Am Ende war es Lothar selbst gewesen, dem sie den Wunsch nach »Geländespielen« mit Gleichaltrigen nicht abschlagen wollte. Was war denn schon dabei?

Im Flur stellte sie ihre Tasche ab: »Wonach riecht's hier denn?«

Bratkartoffeln hatte er gemacht, ganz alleine. Auf dem Tisch standen zwei Teller bereit. Die Kartoffeln noch in der Pfanne mit brutzelnder Butter. Er hatte Schnittlauch geschnippelt, nichts anbrennen lassen. Die Zwiebeln waren glasiert, die Kartoffeln nicht mehr bissfest, aber auch nicht zu weich. Röstaroma. Etwas aber war anders. Neu, aber gut. Wonach schmeckte das nur? Sie blickte fragend in sein erwartungsvolles Gesicht.

»Schafskäse!«, sagte er mit vollem Mund.

»Und *das* haben sie euch dort beigebracht?«

Lothar nickte eifrig: »Beim Küchendienst! Wir mussten sogar selbst Reisig suchen und damit Feuer machen! Das hat richtig Spaß gemacht.«

»Ach, und *das* war nicht anstrengend und langweilig? Dann teile ich dich hier auch mal zum Küchendienst ein, was hältst du davon?«

Er schüttelte ernst den Kopf: »Kinder, Küche und Kirche sind Sache der Frau. Kinder hast du nur mich, das ist wenig. In die Kirche gehen wir nicht, warum eigentlich? Bleibt nur die Küche!«

Merle legte die Gabel weg und schluckte.

»War nur Spaß, Mama!«, prustete Lothar und griff, erschrocken über die Wirkung seiner Worte, nach ihrer Hand. »Ich übernehme gerne mal das Kochen. Und das Spülen sowieso.«

Merle versuchte, ihre Erleichterung wie Dankbarkeit aussehen zu lassen: »Das ist lieb, mein Großer. Es genügt, wenn du mir hin und wieder über die Schulter guckst. Schafskäse, sagst du?«

»Schafskäse.«

Sie spülten gemeinsam ab. Als Lothar zum Zähneputzen ins Bad ging, öffnete Merle sich ein Bier. Mit einem nackten Fuß stocherte sie in den schmutzigen Kleidern, die er aus dem Seesack auf den Fußboden geschüttelt hatte. Sie rochen nach Holzfeuer und Schweiß. Dann folgte sie ihm ins Bad.

»Du musst da nicht wieder hin«, sagte sie weich.

»Hmboch, willichabber!«, sagte er zu ihrem Spiegelbild, der Oberkörper schon nackt, der Mund voller Schaum, den er jetzt ausspuckte. »Kein Zeltlager mehr, das war langweilig.«

»Und anstrengend!«, fügte Merle hinzu und hielt sich die kühle Bierflasche an die Wange.

»Genau!«, rief Lothar. »Anstrengend! Aber fliegen, das will ich schon!«

»Und das bringen sie dir dort bei?«

Er drehte sich um, strahlte: »Von der Pike auf! Angefangen haben wir damit, Papierflieger zu falten. Hast du gesehen, wie gut meine schon fliegen? Demnächst machen wir einen Ausflug auf die Wasserkuppe. Da sind die Segelflieger, weißt du? Dort lernen wir, wie man Flugzeuge baut. Richtige Flugzeuge! Und wenn wir das gelernt haben, dann dürfen wir damit fliegen. In der Luft! Mama, ich will Pilot werden.«

Versonnen betrachtete sie sein Gesicht. Erwartungsfreude darin, Begeisterung. Eine Entscheidung. Er hatte eine Entscheidung gefällt.

»Wir werden sehen«, sagte sie und strich ihm zärtlich wieder einen Seitenscheitel. »Jetzt landet mein kleiner Pilot aber erst einmal im Bett.«

»Ich bin sooo müde …«

»Aber wolltest du mir nicht noch einen toten Falter zeigen?«

»Mama! Das ist ein Totenkopf! Das *glaubst* du nicht, wenn du den siehst!«, rief Lothar und schoss ins Kinderzimmer.

Merle schlenderte hinterher, löschte unterwegs alle Lichter und stellte das halbvolle Bier auf die Kommode im Flur. Dann setzte sie sich zu ihm aufs Bett, und er zeigte ihr mit zitternden Fingern seinen neuesten Fang.

»Das *glaube* ich jetzt nicht«, sagte sie, ehrlich beeindruckt.

Im Lichtkegel der Leselampe ein wahres Ungeheuer. Es füllte Lothars ganzen Handteller aus. Als säße auf einem staubgrauen Riesentier ein weiterer Falter, etwas kleiner und gelblich. Mit ein wenig Phantasie konnte man auf seinem Rücken wirklich die Zeichnung eines Totenkopfs erkennen.

Merle erfuhr Erstaunliches. Der Totenkopf verirrt sich nur selten in den Norden. Als Raupe frisst er Kartoffeln, wie ein Mensch. Als Falter saugt er Honig, wie eine Biene. Er riecht sogar, wie Bienen riechen. Er dringt in ihren Stock ein. Weil dort der Honig ist. Aber die Bienen stechen doch! Schon, aber ihre Stiche, ja? Die machen dem Totenkopf nichts aus, er verteidigt sich mit seiner Körpergröße. Hat außerdem einen Abwehrgeruch wie vermodernde Pilze. Bienen hassen vermodernde Pilze. Sein lateinischer Name, gerade will er nicht einfallen, Lothars Stimme wurde schwächer, sein lateinischer Name jedenfalls, sehr kompliziert, geht auf den Fluss zum Totenreich zurück und die griechische Göttin, die den Lebensfaden durchtrennt, es ist also eher ein griechischer Name, genau genommen, und im Flug macht er Geräusche, erstaunliche Geräusche.

Beim Versuch, das Pfeifen und Kratzen des ausgewachsenen Totenkopffalters nachzuahmen, schlief Lothar endlich ein.

Merle küsste ihn auf die Stirn und legte die Decke über seine Füße. Auf dem Weg in die Küche nahm sie die Bierflasche wieder mit, setzte sich an den Tisch. Nahm einen tiefen Schluck und seufzte. Ihr Blick fiel auf das Papier, das Genosse Smolka ihr in die Hand gedrückt hatte. All die Flieger, die ihr kleiner Pilot den ganzen Nachmittag lang gebastelt hatte. Um sie aus dem Fenster zu werfen und ihrem zufälligen Gleitflug mit wachen Augen zu folgen. Lolo hatte die Flugzeuge nicht nur konstruiert. Mit Wachsmalstiften hatte er ihnen einen Anstrich verpasst. Beiläufig brachte Merle eine Ordnung in den kleinen Haufen. Griff sich wahllos ein Blatt heraus, entknitterte es. Strich es mit der flachen Hand glatt.

Drehte es um.

Auf die Flügel waren Hakenkreuze gemalt.

•

Ursel beobachtete Eugen, wie er zwei Gläser von der Anrichte nahm und Portwein einschenkte. Die graue Weste, sein breiter

Rücken, das lichter werdende Haar auf dem Hinterkopf. Was ging darin nur vor? Was quälte er sich denn immer so? Wo war sein Schwung hin? Seine Entflammbarkeit? Außerdem könnte er wirklich seine Koteletten mal wieder stutzen, dieses Gewucher.

»Für mich nur ein kleines Glaserl!«, sagte sie und hoffte, dass er die Müdigkeit in ihrer Stimme nicht überhörte. Zweidrittelvoll vom guten Portwein aus Hamburg. Mit einem Lächeln nahm sie ihr Glas entgegen. Ihr schwante Übles. Eugen setzte sich an den Bechstein und fuhr mit dem Finger über die Tasten, ohne sie anzuschlagen. Stellte sein Glas auf die lackierte Oberfläche, warf Ursel einen tiefen Blick zu. Bitte nicht, dachte sie. Bitte nicht schon wieder.

»Das wird schon«, sagte er mit einem Seufzen.

»Was denn?«, fragte sie, überrascht und erleichtert.

»Alles«, sagte er vage. »Das mit Uta, dem Nobelpreis. Und Gesine ...«

»Was ist mit Gesine?« Ursel setzte sich auf.

»Ich erkenne sie nicht wieder«, sagte Eugen zögernd.

»Sie wird erwachsen«, sagte Ursel. »Sie wird eine Frau.«

»Eine *deutsche* Frau.«

»Was ist daran auszusetzen?«, fragte sie spitz.

»Nichts ist daran auszusetzen«, sagte Eugen. »Es ist nur ... Kinder sind doch auch früher gut groß geworden, ohne dass ihnen die Partei dabei helfen musste.«

Ursel hob eine Augenbraue und schwieg. So war es klüger. Selbstverständlich wies die Partei den jungen Menschen eine Richtung und ein Ziel. Selbstverständlich ging es darum, eine *deutsche* Jugend heranzuziehen. Und selbstverständlich war daran nichts falsch. Im Gegenteil. An Gesine war zu beobachten, wie reich die Ernte völkischer Unterweisung einmal sein würde. Sie wünschte, sie selbst hätte die Chancen gehabt, die sich Gesine im BDM eröffneten. Man musste das Gute an der neuen Zeit halt nur sehen wollen. Eugen wollte offenbar nicht.

Er starrte einen Augenblick vor sich hin, dann klatschte er sich auf die Schenkel: »Vermutlich hast du recht«, sagte er entschlossen, nahm sein Glas und ging durch die offene Flügeltür hinüber in sein Arbeitszimmer. »Ich sollte mir keine Sorgen machen. Lass uns anstoßen!«

»Worauf?«

»Ich glaube, ich bin fertig!«, rief er, kam wieder rüber und schwenkte eine blassblaue Kladde.

Gute Güte, dachte Ursel, nun will er also doch vorlesen.

Sie wusste nicht, wie viele dieser Mappen er in den vergangenen Jahren bereits vollgekritzelt hatte. Mal früh am Morgen, mal spät am Abend, manchmal sogar sonntags in der Fasanerie, bei Julius Waibel im kirchlichen Archiv, auf dem Amt, vermutlich auch in der Redaktion, ganz sicher sogar, von wegen »Überstunden«. Kein Wunder, dass er bei dieser verschrobenen Lebensweise das Wesentliche nicht mitbekommen, sich dem Wesentlichen nicht widmen konnte. Stattdessen leistete er sich diese akademische Grille. Dünkel und Versponnenheit. Albernheit und Eitelkeit. Anders konnte Ursel sich sein Verhalten nicht erklären. Nicht einmal der Partei war er bisher beigetreten. Der Zug war längst angefahren und alle Welt aufgesprungen, allen voran Otto Gürckel, der sich vom »Geraniengürckel« zum mächtigsten Mann der Stadt gemausert hatte. Sogar für Nachzügler war noch Platz, für Bierhändler und Zuckerbäcker wie die Gebrüder Lejeune vom Getränkemarkt oder den Hirschbiegel mit seinen Torten. Nur ihr Göttergatte, der feinsinnige Herr Redakteur, der ging lieber weiter zu Fuß. Andere Männer machten Karriere. Eugen machte sich Notizen.

Sie rückte ein wenig beiseite, damit er sich neben sie auf das Sofa setzen konnte. Eugen setzte sich zu ihr, zu nah, die Kladde auf den Knien. Fast zärtlich fuhr er mit der Hand über den Einband. Nestelte seine Lesebrille aus der Westentasche.

»Natürlich werde ich den Text noch ein wenig glätten müssen«, sagte er, »bevor ich mir einen Verlag suche. Aber im Wesentlichen ist es vollbracht!«

Ursel unterdrückte ein Gähnen. Nahm ihr Glas vom Beistelltischchen. Beim Anstoßen wieder dieser tiefe Blick, Prost, der ihr manchmal so unbehaglich war wie die Zudringlichkeit eines Fremden. Schwer und süß der Portwein. Er brannte in der Kehle, rötete ihre Wangen.

Eugen schlug die Kladde auf. Seine winzige, aber leserliche Schrift. Tintenflecken, Korrekturen am Rand. Sorgsam überklebte Stellen. Seite um Seite diese zwergenhaften Buchstaben. Ursel war sogar der Geruch des Papiers zuwider.

Gerne, sagte er jetzt, würde er ihr wenigstens aus dem Kapitel über Martin Luther vorlesen, *das* werde sie bestimmt interessieren, weil, und hier machte er eine kleine Kunstpause, der Mönch auf dem Heimweg von Worms sich in der Stadt aufgehalten habe, wovon die Fachwelt bisher keinerlei ...

»Luther?«

»Eben!«, freute er sich. »Erinnerst du dich nicht?«, und zwar an diesen Fund, den er ohne den Pfarrer Waibel wohl nie gemacht hätte, weil erst der Waibel ihn auf die Chronik der Zisterzienserinnen aufmerksam gemacht hatte, die sehr genau Buch darüber führten, wer so alles bei den Herzögen ...

Ursel sah das Leuchten in seinen Augen, spürte seine Ungeduld, konnte sich aber beim besten Willen nicht auf seine Worte konzentrieren. Das war doch alles schon so lange her, dass es gar nicht mehr wahr war. Feuchte Unterlippe, Lesebrille auf der Nasenspitze. Seine Angewohnheit, sich mit dem Daumen den altmodischen Backenbart zu kraulen. Sie schlug die Beine übereinander. Leerte ihren Portwein in einem einzigen Zug. Warf einen verstohlenen Blick auf die Uhr, der Eugen offenbar nicht entging. Er hielt inne.

»Nun lies doch!«, sagte sie schnell.

»Wirklich? Es ist schon spät und ...«

»Doch, doch!«, sagte Ursel und lehnte sich zurück.

»Gut. Vielleicht lese ich dir einfach den Anfang vor?«

Er stellte den Portwein beiseite und blätterte zurück. Warf einen letzten Blick auf Ursel. Keinen tiefen diesmal, einen wachsamen.

Ursel lächelte, nickte ermunternd.

»*In einem namenlosen Ozean aus Wald*«, las Eugen mit einer Stimme, deren Klang sich Ursel sofort hingeben konnte, schon immer und viel eher als den Worten selbst und ihren Bedeutungen, las ruhig und sonor von einem namenlosen Ozean aus Wald, in dem der Wolfsberg die höchste Erhebung weit und breit gewesen sein musste, und wie Jahre, Jahreszeiten, Jahrhunderte und Jahrtausende darüber hinwegflirrten, ohne dass irgendetwas geschah, denn der Berg *war* einfach, an seinem Fuß der Fluss ...

Ursel legte die Hand vor den Mund und gähnte nun doch. Absichtlich machte sie dabei ein singendes Geräusch in absteigender Kadenz, von der sie wusste, dass Eugen sie ganz reizend fand. Weil sie dabei die Augen geschlossen hatte, entging ihr der Blick, mit dem Eugen sie bedachte – und verpasste so den Moment, in dem ihm der verwegene Gedanke kam, Merle Sieber sein Manuskript zum Lesen zu geben.

•

Lothar stand auf der Wasserkuppe und fixierte den Punkt am wolkenlosen Himmel. Der Punkt war rot und näherte sich aus Südwesten, wo im fernen Dunst der Taunus zu erahnen war.

»Die Flamingo«, flüsterte sein Nebenmann. Flamingo, Flamingo, Flamingo. Das Wort tuschelte sich durch die Reihen der Jungen, die Aufstellung genommen hatten für die Landung von Ernst Udet. Vermutlich war er in Frankfurt gestartet. Wenn er es überhaupt war. Was Lothar nicht zu hoffen wagte, bevor er ihn nicht leibhaftig vor sich sah.

Der Besuch des Fliegerhelden war seit Tagen in Aussicht gestellt. Vielleicht schafft er's, vielleicht schafft er's nicht. Auch ohne Krieg war der Held viel beschäftigt. Damit, die neue Luftwaffe aufzubauen im Ministerium. Damit, den Gesetzen der Kinetik zu trotzen. Damit, einer Dame die Hand zu küssen. Damit, seine Memoiren zu Papier zu bringen. Damit, dröhnend zu lachen. Damit, einen Immelmann zu fliegen. Damit, ein Held zu sein. Zur Verhöhnung der Gegner hatte Udet im Großen Krieg auf sein Höhenruder einen Satz pinseln lassen: *Du doch nicht!* So ein Typ war das. Kein Mensch aus Fleisch und Blut. Ein Phileas Fogg. Ein Kara Ben Nemsi. Ein Ikarus ohne Absturz, aber mit zweiundsechzig Abschüssen feindlicher Flieger. Eine Ikone am Kopfende von Lothars Bett, die über seine Träume wachte. Ein Gott, dessen persönliches Erscheinen der Höhepunkt ihrer Tage hier oben auf dem Gipfel der Rhön sein sollte.

Und was für Tage das gewesen waren!

Am Anfang hatte es geregnet. Bindfäden, Katzen und Hunde. So stark, dass sie nur einmal ihre Stuben verlassen hatten für die obligatorische Wanderung. Im Gänsemarsch hinüber zum Denkmal am Westhang. Ein Adler aus Bronze auf einem Hügel aus Basalt mit einer Inschrift, die Lothar wohlige Schauer bereitete. Sie machte ihm Angst, und sie machte ihn stolz.

WIR
TOTEN FLIEGER BLEIBEN
SIEGER
DURCH UNS ALLEIN
VOLK
FLIEG DU WIEDER
UND DU WIRST
SIEGER
DURCH DICH
ALLEIN

Auf dem Rückweg hatte der Regen noch zugenommen, und danach mussten sie ganze drei Tage in der Herberge ausharren.

Gleich am ersten Abend gab es etwas, das Lothar dort oben auf dem Berg in den Wolken nicht erwartet hatte. Großes Drama auf großer Leinwand: »Wunder des Fliegens« im Casino der Herberge. Er schaute und staunte und saß danach noch mit offenem Mund. Es war, als hätte er soeben nicht nur seine Träume erstmals klar vor sich gesehen. Sondern Träume, deren Existenz er bis dahin nicht einmal etwas geahnt hatte. Umrisse seines künftigen Lebens. Gewissheit, dass das Leben überhaupt einen Sinn haben würde. Eingestempelt in Hirn und Herz blieb ihm dieser letzte Satz ganz am Ende, während am Himmel die Luftflotte unterm Hakenkreuz dahinflog: »Jugend muss wagen!«

Um überhaupt einschlafen zu können, hatte Lothar noch am selben Abend auf der Stube an seine Mutter geschrieben: »*Liebe Mama, heute haben wir einen tollen Film gesehen. Ein Junge lässt einen Drachen steigen. Der Drachen verfängt sich im Flugzeug von einem Flugkünstler. Du wirst es nicht glauben, aber das ist Ernst Udet! Er muss notlanden und will mit dem Jungen schimpfen. Aber dann merkt er, dass der Papa von dem Jungen sein Freund war. Im Krieg, wo er für Deutschland den Heldentod gestorben ist. Der Bub heißt Heinz und ist ungefähr so alt wie ich. Udet nimmt Heinz auf einem Rundflug in seiner Flamingo mit. Das ist der Doppeldecker, mit dem er seine Akrobatik macht. Später läuft der Junge von zu Hause weg. Ich weiß, was du denkst. Das ist nicht klug von dem Heinz. Er reist heimlich nach Berlin, um dort eine Flugschau zu besuchen. Das ist aufregend, mit vielen Flugzeugen (auch amerikanische!). Aber die Mutter macht sich große Sorgen. Weil Heinz doch ihr einziger Sohn ist. Es passieren noch mehr Abenteuer, aber die erzähle ich dir lieber nicht. Du würdest sie bestimmt zu aufregend finden! Trotzdem müssen wir uns den Film nochmal zusammen ansehen, wenn er beim Kattwinkel im Lichtspielhaus kommt! Machen wir das? Bitte! Ich vermisse dich sehr. Aber ich bleibe tapfer, weil ich es versprochen habe. Mit Fliegergruß (so sagt man das hier) und Kuss, Dein Lothar*«.

Am zweiten Tag dann überwältigten ihn die Sprüche und das Gelächter der anderen Jungs, die Größe der Gruppe, die Strenge des Drills. Lothar litt. Aber nur bis zum ersten Heimatabend mit Liedern, die er schon aus dem neuen Repertoire von Frau Kruse kannte. Beim Singen schloss er die Augen, und das lockerte die Knoten in seiner Brust.

Am dritten Abend löste das »Englandspiel« diese Knoten endgültig. Eigentlich eine Idee von Hauptbannführer Schulze, also dem Michael. Der wollte später mal Geografie studieren und erwähnte nebenbei, als er über das »zionistische Krämervolk« auf der Insel schimpfte, dass Canterbury einst einen deutschen Namen gehabt habe: Kanzerburg. Oxford sei früher Ochsenfurt genannt worden und Cambridge Kammbrücken. Die Jungs waren Feuer und Flamme. Auch Lothar spürte, wie ihn der Eifer packte. Hier ging es nicht um Werfen und Rennen. Hier ging es um den Geist.

Aus der Fliegerschule nebenan besorgten sie sich eine Karte des Vereinigten Königreichs. Hängten sie im Vereinsheim an die Wand. Und ersetzten an diesem Abend die Namen *aller* Städte der Insel durch sorgfältig germanisierte Varianten. Schnitten Pappstreifen aus, um sie über die Originale zu kleben. Rätselten und studierten. Konsultierten das Wörterbuch aus der Bibliothek. Warfen sich Vorschläge hin und her wie Bälle. Das Bessere war Feind des Guten. Schulze setzte sogar die Bettruhe aus. Und kurz vor Mitternacht standen die Jungen endlich vor dem Ergebnis ihres gemeinsamen Werkes. Mit roten Augen und roten Wangen. Andächtig, glücklich.

Portsmouth zu Pforzmund, Birmingham zu Bermingheim, Swansea zu Schweinsau, Sheffield zu Schaufeld, Gloucester zu Glühkaster, Bristol zu Brückenstau. Es würde alles in der teutonischen Sprachfamilie bleiben, wenn die Inseln erst erobert waren. Also früher oder später. Coventry zu Kobentreu, Nottingham zu Nossingheim, Glasgow zu Gulsenhau, Leeds zu Leuten, Newcastle upon Tyne zu Neuenkastell an der Fließ, Edinburgh zu Odinburg. Nur Liverpool hieß zuletzt noch Liverpool, weil sie sich nicht hatten einigen können zwischen Lebensbecken und Lieberbuhl. »Leberpfuhl«, hatte Lothar sich sagen hören. Und sich geduckt, weil auf einmal alle Augen auf ihm ruhten. »Perfekt, Sieber«, hatte da der Schulze gesagt und in die Hände geklatscht: »Du bist ja eine richtige Leuchte!«

In der Werkhalle alle Werkzeuge, die man sich nur denken konnte. Lothar erkannte nur Hobel, Säge und Zwinge. Lernte aber bald Sinn und Zweck der anderen Geräte kennen. Und auch, sie zu bedienen. Er bekam ein Messer. Nicht geschenkt, *geliehen*. Es war mit einem kleinen Hakenkreuz verziert, und auf der Klinge stand: »Gebr. Heller Marienthal bei Schweina / Thr«. Es war kein normales Messer. Es war ein Fliegermesser.

Lothar erwärmte sich.

Mürrische Vorarbeiter unterwiesen die Buben in der Kunst des Flugzeugbaus. Sie sprachen einen Dialekt, den Lothar noch nie gehört hatte. Er lernte, dass leichtes Weidenholz sich besonders eignet. Wann es splittert. Wie es verleimt und verzahnt werden muss. Wo genau die Spanndrähte befestigt werden müssen, damit sie nicht reißen. Nach drei Tagen schon flog sein Modell mehrere Meter und landete ganz weich, als wäre es bemannt. Die Arbeiter waren gar nicht so mürrisch, wenn man sie erst einmal richtig kennenlernte und sich nicht allzu dumm anstellte. Nach einer Woche durfte er bereits Hand an einen echten Rhönbussard legen. Tragflächen, Rumpf, Rippen, Ruder. Geliefert worden war das ganze Flugzeug von einer Fabrik in Leipzig – als Bausatz.

Freie Zeit gab es kaum. Er verbrachte sie auf einem Hügel, von dem aus er den Start der Segelflieger beobachten konnte. Ihr majestätisches Kreisen in der Thermik. Ihre sachten Landungen auf dem Gras.

Lothar glühte.

Ansonsten Arbeit, Stunde um Stunde in der Werkhalle, bis er in kleinen Häufchen aus Sägemehl stand. Jede Stunde brachte ihn der A-Prüfung näher. Mit vierzehn Jahren war er gerade alt genug für die A-Prüfung. Die A-Prüfung berechtigte zu einem niedrigen Gleitflug. Und die A-Prüfung würde er gewiss bestehen, da war er sich sicher. Er beherrschte die Theorie. Kreide auf der Tafel. Beherrschte die Technik. Leim an den Fingern. Beherrschte die Physik. Spiralen, Korridore. Jede Nacht lag er wach, auf dem Rücken, zog und schob mit den Händen vor dem Bauch einen imaginären Steuerknüppel. Mit den Füßen unter der Bettdecke bediente er die Pedale für die Seitenruder und Höhenruder und flog im Geiste, bis der Schlaf ihn holte. Und wenn er morgens aufwachte, rollte er sich wieder auf den Rücken und flog weiter.

Lothar brannte.

Vor dem ersten Flug verspürte er keine Furcht, nur eine angenehme Mulmigkeit. Begleitetes Gleiten, als Prüfling im offenen Zweisitzer. Seilwinde los, Gehoppel auf der Wiese. Und dann das Wunder, Wunder, Wunder in den Armen des Westwindes. Sanfter Zug am Knüppel, nur nicht zu steil, alles sanft, sanft, sanft. Rauschen in den Ohren, Höhengewinn. Unten Weiden und Wiesen, das Kuppeldach der Werkhalle, abschüssiges Gelände. Gelbe Landstraße, weißer Kirchturm von Poppenburg. Leichter Scherwind, zu starker Ausgleich. Behutsames Gegensteuern über die Pedale. Schon leitete er, wie geübt, die hochgezogene Fahrtkurve ein, den Übergang aus dem schnellen Gleitflug in ein langsames Kreisen. Senken des Knüppels. Sachte, sachte. Wie winzig da vorne das schmale Handtuch der Landepiste. Elegantes Eingleiten, und die Erde hatte ihn wieder. Der Fluglehrer klopfte ihm von hinten auf die Schulter: »Hier haben wir ja ein Naturtalent!«

Lothar hatte Tränen in den Augen und lachte über die Offenbarung, die ihm soeben zuteilgeworden war. Das Leben. Sein Sinn.

Und jetzt kam der rote Punkt dort aus Südwesten immer näher, immer tiefer. Wurde Doppeldecker und brummte wie ein Käfer. Lothar kannte Leistung, Abmessungen und Werte des Flugzeugs auswendig, das taten sie alle. Eine Legende, die Flamingo. Gehorchte Ernst Udet wie ein Pinsel der Hand des Meisters. Aber keine

Kunststücke heute! Schade. Oder doch? Im Anflug verstummte plötzlich der Sternmotor. Ein Schreck ging durch die Menge der wartenden Jungen von der Hitlerjugend. Gab es da etwa ein Problem? Lothar suchte den Blick seines Fluglehrers. Der zog an seiner Zigarette und lächelte wissend. Also lächelte Lothar auch. In Wellenbewegungen glitt die Flamingo herab, immer auf und ab mit den Höhenrudern wie ein Wal mit seiner Schwanzflosse. Jetzt konnte Lothar das weiße *UDET* auf dem Rumpf lesen. Geräuschlos wie ein Segler berührte das Flugzeug mit stillstehendem Propeller den Boden, hüpfte einen Meter hoch, setzte erneut auf und rollte unter dem aufbrandenden Jubel des Publikums aus. Am liebsten wäre Lothar dem Bodenpersonal gefolgt und im Laufschritt hinüber zur Maschine gestürmt. Aber den Jungen war eingeschärft worden, stramm in Reih und Glied zu bleiben.

Tastende Hände, Abschnallen der Lederkappe. Und dann stand er schon auf der unteren Tragfläche. Winkte seinem Empfangskomitee. Setzte sich umständlich auf den Hosenboden und rutschte zögernd von der unteren Tragfläche auf den Rasen, als wäre die Erde nicht sein Element. Was sie schließlich auch nicht war. Ernst Udet. Der Meisterflieger.

Und nun gab es kein Halten mehr. Erst vereinzelt, dann in Gruppen, endlich stürmte die ganze Kompanie auf das Flugfeld. Lothar sprang auf und ab, um den Piloten besser sehen zu können. Den Mann dort drüben konnte er nur schwer in Deckung bringen mit dem Bild, das er von seinem Helden gehabt hatte. Mit der Fotografie des jugendlichen Ritters über seinem Bett. Das irritierte ihn kurz, bis er sich wieder an den Ernst Udet aus »Wunder des Fliegens« erinnerte. Klein, füllig, mit Stirnglatze und Haarkranz. Wichtiger Mann mit wichtigen Ämtern. Inspekteur der Sturz- und Kampfbomber der Luftwaffe. In der Uniform eines Obersten. An der Brust das Eiserne Kreuz aus dem Großen Krieg.

Später würde Udet mit seiner zugewandten Herzlichkeit und seinen Anekdoten als Kampf- und Kunstflieger den Kameradschaftsabend unvergesslich machen. Zunächst aber nahm er sich Zeit für die Jungen. Er war sich nicht zu fein. Klatschte Hände ab. Zwinkerte. Stemmte beim Lachen die Hände in die Hüften, bog den Oberkörper zurück. Tätschelte. Beugte sich herab. Zeichnete mit erklärender Hand seinen berühmten Flossenflug in die Luft. Tupfte sich mit einem weißen Taschentuch den Schweiß von der Stirn. Sie himmelten ihn an. Als Lothar endlich vor ihm stand, von Angesicht zu Angesicht, war seine Kehle wie versiegelt. Tausend Fragen hatte er gehabt oder zumindest gedacht, dass er sie haben würde. Keine einzige fiel ihm jetzt ein. Der Adjutant flüsterte dem Helden etwas ins Ohr, Udet schmunzelte.

»Sieber, richtig?«

Lothar nickte, starr vor Schreck.

»Guter Flieger, höre ich. Der Talentierteste des Jahrgangs!«, sagte Udet und zwinkerte, die Augen schon weiter, den Nächsten suchend, aber noch war er mit Sieber nicht fertig. Lothar nahm das Geschubse und Gedränge ringsum nicht mehr wahr. Spürte nur die Anwesenheit des Helden, spürte seinen schweren Arm auf der Schulter, hörte seine tiefe Stimme in seinem Ohr: »Jugend muss wagen!«

•

Traurig tropfte der Regen von den Fahnen. Unten glänzte das Kopfsteinpflaster der Kronengasse im Licht der Laternen. Otto stand am Fenster. Er hatte die Hände hinter dem Rücken gefaltet und das Kinn vorgeschoben. Wippte mit den Füßen, dass die ledernen Stiefel knarzten. Wendete den kahlen Schädel nach links und rechts, ohne seine Silhouette in der Scheibe aus den Augen zu lassen. Die Ähnlichkeit war nicht frappierend, aber vorhanden. Nicht von der Statur her. Der Italiener war wesentlich kleiner. Im Gesicht aber glich er dem Duce durchaus. Das Kinn, das Profil, der entschlossene Blick. Doch, durchaus.

Heute war es Frau Grasberger gewesen, die in der Sprechstunde darauf hingewiesen hatte. Ob er sich denn seiner Ähnlichkeit mit Mussolini bewusst sei, hatte sie wissen wollen und es natürlich als Kompliment gemeint. Otto war sich nicht sicher, ob er es auch als solches empfinden sollte. Seufzend kehrte er zu seinem Schreibtisch zurück und ließ sich in den Sessel sinken. Warf einen letzten Blick auf den VÖLKISCHEN BEOBACHTER. Italien in Abessinien, Flieger über Addis Abeba. Als Reaktion auf die Eroberung verbietet der Völkerbund den Handel mit Kamelen und Eseln. Kamele und Esel! Lächerlich. Dazu ein Foto des Duce mit Stahlhelm. Er schob die Zeitung beiseite und schlug sein dienstliches Tagebuch auf, überflog seine Einträge für den heutigen Tag. Sein Feierabendritual.

8:00 Uhr Post erledigt (Beschwerdebrief der Bauernschaft, Getreidepreise; Rücksprache mit der Landwirtschaftskammer halten!). 8:15 Uhr bis 9:15 Uhr Sprechstunde (Antrag Grasberger, ihren Sohn (Friedrich, gen. Fritz) in staatliche Obhut zu geben, Empfehlung von Hansemann vorhanden); Past. Kruse in Sorge weg. Waibel: »charakterlos«; Bedenken weg. kath. Kirche im Allgem.). 9:30 Uhr bis 11:30 Uhr Besucher: Dr. Täubner weg. Schriftleiterpos.; Fabrikant Stilgenbauer: will Arbeitsdienst in Anspruch nehmen, Abfuhr erteilt; Stadtbaumeister Kreuther weg. Instandhaltung der Zechen/Stollen am Wolfsberg. 11:45 Uhr DKW in Werkstatt. 12:00 Uhr Mittagessen (Roter Storch), alleine. 13:00 Uhr Frauenschaftsleiterin weg. Lichtfest; HJ-Führung weg. Sportfeld. Reichert vom Reichsnährstand in Sorge weg. Autobahn und Grundbesitz, alte Schule, stolzer Bauer. Vertröstet. 14:00 Uhr bis 15:00 Uhr: Ziemer von der Ordnungspolizei, immer solide. Informiert über Verbleib von Frau Dr. Landauer. Hat wohl wirklich das Land verlassen. Danach Unterredung zur Museumsfrage. Ziemer wünscht zügige Lösung zur Umwidmung. Soll er haben. 15:15 Uhr: Kurtz von der Ersatzkasse, Schwätzer (Querulant?). 15:30 Uhr Telefon mit Gauleiter, Schriftleiterfrage erörtert. Grünes Licht für Eugen v. Wieland. Viel gelacht. 16:00 Uhr: Empfang Wehrmacht Marktplatz, Begrüßungsworte gesprochen; Oberstleutnant Neuhofer guter Eindruck; Gesellschaft steif, Handküsse. Junge Offiziere hochnäsig; Regen. 17:30 Uhr: DKW aus

Werkstatt. 18:30 Uhr bis 20:00 Uhr: Termin weg. Herzogl. Jagdschloss und Park. Tacheles mit Dr. Nägele und Prof. Prinz (Denkmalpflege). Sorge um Erhalt und Bestand nach Übergang der Immobilie v. Reich auf Stadt. Katasterfragen, Kosten, Zuständigkeiten. Haben mir das Schloss förmlich aufgedrängt, Bedingung: Renovierung. Nägele & Prinz erleichtert. Trottel.

Otto lehnte sich zurück. Wie hatte der Gauleiter gesagt? *Große Zeiten, große Zeiten!* Wohl wahr. Heute also war das Jagdschloss in seinen Besitz übergegangen. Mit einem Federstrich. Besser hätte es nicht laufen können. Schwer einzuschätzen allerdings, wie groß der Haken an der Sache war. Eine halbe Ruine und eine halbe Wildnis. Hoffentlich hatte er sich da nicht zu viel ans Bein gebunden. Es wäre nicht das erste Mal, dass er das Klein-Klein unterschätzte, auf dem das Große ruhte. Das Kleine ging Otto manchmal an die Nieren. Einerseits konnte er im Kreis nach Belieben schalten und walten. Andererseits zog und zerrte ganz Ginsterburg an ihm herum. Führte er nicht auch im Privaten das Amtliche im Schilde, würde das Pensum ihn unter sich begraben. Heute beispielsweise galt es, gleich mehrere Fliegen mit einer Klappe zu schlagen.

Mit Blick auf die Wanduhr schlüpfte er in seine Uniformjacke, die wurde auch immer enger. Er ließ die Knöpfe offen und legte sich den Regenmantel um die Schultern. Spät dran, wie immer. Es regnete nach Kräften. Kragen hoch, Kopf runter, durch die Kronengasse und quer über den Marktplatz zum Roten Storch mit seinen Butzenscheiben. Drüben, vor dem Eingang zum Hotel Krone, stand unter seinem Baldachin der Page. Schlug, als er den Kreisleiter sah, die Hacken zusammen und machte den Hitlergruß. Otto winkte unwirsch ab. Der war auch nicht mehr ganz dicht.

Otto hängte den Regenmantel an den Haken und, nach kurzem Zögern, die Uniformjacke gleich daneben. Der Schankraum war spärlich besucht und gut geheizt. Am Stammtisch warteten schon Clemens und Eugen beim Bier.

»Ist hier noch frei?«, fragte Otto, wie immer, und setzte sich dazu.

Von der Theke herüber zeigte ihm Roswitha, wie immer, zwei ausgestreckte Finger. Otto, wie immer, schüttelte den Kopf. Das Huhn wusste genau, dass er keinen Alkohol mehr trank.

»Da, schau her, der Herr Kreisleiter. Womit ha'm wir denn den hohen Besuch verdient?«, fragte Jungheinrich mit schwerer Zunge und legte ihm den Arm um die Schulter. »Wie laufen die Regierungsgeschäfte, na?«

»Besser als die Geschäfte der Papierfabrik, wie man hört«, sagte Otto und rückte ein wenig zur Seite.

Eugen warf ihm einen amüsierten Blick zu, nippte abwartend an seinem Bier.

Jungheinrich zog den Arm zurück und starrte trübsinnig ins Leere. »Ach, das wird schon wieder! Wenn ich Blumen verkaufen würde, ging's mir besser. Ich sehe eigentlich überall nur noch Kränze ...«

Gleichmütig nahm Otto seine Chabeso in Empfang. »Die Wehrmacht braucht eben Sprit, Stahl, Gummi, Kugellager – und Kränze, wie's aussieht. Es gibt viele Helden zu ehren ...«

»Ihr Weg sei mit Blütenblättern bestreut!«, warf Eugen ein, da wollte er wohl mal wieder witzig sein, aber Otto ließ sich davon nicht beirren: »Mit Papier sind eben keine Geschäfte zu machen, Clemens.«

»Regierungsgeschäfte schon«, sagte Jungheinrich und zählte an den Fingern ab: »Gesetze. Bescheinigungen. Verordnungen. Bescheide. Mitteilungen. Aushänge. Akten. Karteikarten. Haftbefehle«, zögernd betrachtete er seine Finger und streckte auch den letzten aus: »Todesurteile.«

»Jetzt werd mal nicht geschmacklos. Papier brauchst du auch, um dir den Arsch abzuwischen.«

»Frieden, Kameraden!«, rief Eugen, aber da hatte Jungheinrich sich schon erhoben: »Ich wollte jetzt sowieso alle Kampfhandlungen einstellen. Tut nichts, was ich nicht auch tun würde!«

Er warf einen Schein auf den Tisch, salutierte ungelenk und

schwankte zur Theke, wo er noch ein paar Worte mit Roswitha wechselte. Otto behielt ihn im Blick, bis er zur Tür hinaus war. Der feine Herr. *Ohne mein Papier kein Eichendorff.*

Eugen hob das Glas: »Steht es wirklich so schlecht um die Papierfabrik?«

Otto stieß an: »Ach was, der Clemens ist fein raus. Er will es nur noch nicht wahrhaben …«

»Wie das?«

»Handgranaten bestehen aus einem Topf und einem Stiel. Stahlblech und Metallzylinder. Die Brennzünder werden in Pappkästen geliefert. Die Regenkappe ist mit einem Pappring gesichert. Im dicken Teil, oben, steckt das Sprengkapselröhrchen in hundertfünfundsechzig Gramm Füllpulver. Das Pulver steckt in einer paraffinierten Papiertüte. Das ist anders als früher. Im Grunde besteht das ganze Ding heute aus Papier!«

Eugen pfiff durch die Zähne.

Otto wischte sich mit dem Handrücken über den Mund. Vor zwei Monaten war die Anfrage vom Heeresamt über seinen Schreibtisch gegangen. Die machten da oben gerade einen Druck bei der Beschaffung, das konnte man sich gar nicht vorstellen. Ob die Jungheinrich GmbH & Co. KG diese Bauteile liefern könne?

»Natürlich kann sie«, sagte Otto. »Aber der Clemens sperrt sich. Will mit Waffen nichts zu tun haben.«

»Ist das nicht ehrenwert?«, fragte Eugen allen Ernstes.

»Töricht ist das!«, blaffte Otto.

Ehrenwert! Grenzte schon an Defätismus, wie der Jungheinrich sich zierte. Mit seiner Sturheit hintertrieb er regelrecht das Erstarken der Wehrmacht. Ganz egal, ob aus Naivität oder bösem Willen. Aber diese Flausen würde Otto ihm noch austreiben. Schon von Amts wegen, zum Teufel. Zu fein waren sich manche Herren, zu fein! In einigen Köpfen wollte partout nicht ankommen, was für *große Zeiten* angebrochen waren. Zeiten des Umschwungs, Zeiten der Tat. Umschauen würden sie sich alle noch, die verblasenen

Akademiker. Gehirnverweichlichte Luftschlossbewohner. Intellektuelle. Leute wie Eugen, leider, doch, der auch. Wie er jetzt wieder die Fingerspitzen aneinanderlegte, den Blick zur Decke gerichtet, die Lippen bereit zu seinem humanistischen Geflöte. Merkte er denn nicht, wie sogar seine Stimme etwas Weiches und beinahe Feuchtes bekam, sobald er über das »Wahre, Schöne und Gute« schwafelte? Wahr für wen? Schön für wen? Gut für wen?

Eine Weile ließ Otto den alten Freund schwadronieren. Von den Erfahrungen des Großen Krieges, der »Stimme des Gewissens« und der »unbedingten Notwendigkeit«, sich keinesfalls »gemeinzumachen« mit den »Massen«. Vom Hölzchen aufs Stöckchen kam er, vom *kategorischen Imperativ* auf *universelle Werte*. Jetzt schlug's aber dreizehn! So weit war er bei Otto mit seinen freihändigen Ausführungen noch nie gekommen. Und wer weiß, wohin ihn sein freies Denken noch tragen würde, wenn er die Zügel schleifen ließ? Bevor er noch dem *Pazifismus* das Wort reden konnte, ging Otto in geschäftsmäßigem Ton dazwischen: »Auf ein Wort, Kamerad?«

»Gewiss, gewiss«, sagte Eugen.

Otto wägte seine Worte sorgfältig, schließlich war das folgende Manöver genau geplant.

Niedrig anfliegen: »Neulich hast du etwas geschrieben, das mich wirklich unglücklich gemacht hat.«

»Ich kann nichts dafür«, rief Eugen belustigt und hob die Hände, »wenn ein Engländer den Nobelpreis für Physik bekommt!«

»Das meine ich nicht. Ich meine den Text über unser Museum.«

»Unser Keltisches Museum? Oder unser *Germanisches* Museum?«

»Genau das meine ich, Eugen. Brauchst gar nicht so spötteln. Die Umbenennung ist nicht auf meinem Mist gewachsen ...«

»Umbenennung? Es findet eine Umwidmung statt!«, ereiferte sich Eugen. »Das ist unredlich. Und unhistorisch! Unser Wolfsberg, Otto«, er deutete vage an die Decke der Gaststätte, »ist einer der bedeutendsten Fundorte der Hallstattkultur! Die Kelten und die Germanen, das sind völlig unterschiedliche Kulturen!«

»Wir Deutschen *sind* die Germanen«, sagte Otto. »Und die Kelten sind heute die Franzosen. Brauchen wir ein französisches Museum in Ginsterburg? Ich denke, nicht!«

»Ich hingegen denke, dass man die Geschichte nicht nach Belieben umschreiben kann«, beharrte Eugen.

Otto lehnte sich zurück: »Das hast du in deinem Artikel auch zum Ausdruck gebracht. *Das neue Etikett einer so wichtigen Sammlung führt nicht nur den Besucher in die Irre. Es zeugt auch von mangelndem Selbstbewusstsein derer, die dieses neue Etikett für nötig befunden haben!*«

»Du hast das auswendig gelernt?«, fragte Eugen und verschränkte die Arme vor der Brust.

»Es wurde mir oft genug vorgelesen.«

»Von wem?« Eugen lockerte seinen Kragen.

Jetzt war es Otto, der vage an die Decke deutete: »Sagen wir einfach: Du wirst gelesen, Eugen. Auch weiter oben. Und ich werde gefragt, ob ich auf diesen eloquenten Volksgenossen beim GINSTERBURGER ANZEIGER nicht ein wenig einwirken kann.«

»Was hast du gesagt?« Eugen rutschte auf dem Stuhl hin und her.

»Ich habe erklärt, dass Eugen von Wieland ein anständiger Volksgenosse ist, ein angesehener Bürger dieser Stadt. Ein Mann mit unbestechlicher Meinung. Sohn eines deutschen Helden. Und mein *Kamerad.*« Hier machte Otto eine kleine Pause, um seine Worte ihre Wirkung entfalten zu lassen. »Ich habe ferner angeregt, diese Edelfeder ins Kuratorium aufzunehmen.«

Wenn Eugen geschmeichelt wurde, zeigte er immer ein verlegenes Lächeln und griff sich ans Kinn. Manchmal wurde er auch ein bisschen rot um die Wangen.

»Ins Kuratorium des Keltischen Museums?«, fragte Eugen und lächelte verlegen.

»Ins Kuratorium des *Germanischen* Museums«, präzisierte Otto, »verbunden mit einem Sitz im Verwaltungsrat, versteht sich. Du schreibst doch sogar an einem Buch über die Stadt! Oder?«

»Ja, aber …«

»Du müsstest nicht einmal der Partei beitreten. Habe mich schon bei der Kulturkammer schlaugemacht«, sagte Otto. »Was meinst du?«

Eugen kraulte sich die Koteletten, Otto setzte nach: »Ich brauche deine Hilfe, das ist alles.«

»Ursel wird dagegen sein. Sie findet sowieso schon, dass ich zu viel arbeite. Und dann auch noch …«

»Und dann auch noch der Chefsessel beim ANZEIGER?«

»Wie bitte?«

Otto seufzte, als müsse er eine besonders schlechte Nachricht überbringen: »Ich bin außerdem gefragt worden, wer geeignet wäre, den Landauer zu ersetzen.«

»Und du hast …?«

Otto grinste: »Ich habe erklärt, dass Eugen von Wieland ein anständiger Volksgenosse ist, ein angesehener Bürger dieser Stadt. Ein Mann mit unbestechlicher Meinung. Sohn eines Helden. Und ein guter Kamerad!«

Vergnügt nahm er die Verwirrung seines Freundes zur Kenntnis, die Erregung, den Zweifel, die Eitelkeit. Überrollt, dachte er. Ich habe den Guten glatt überrollt.

»Allerdings«, sagte er und drehte sich zu Roswitha um, zwei Finger erhoben, »müsstest du über deinen Schatten springen …«

»Ich soll der Partei beitreten, um Chefredakteur zu werden?«

»Um *Schriftleiter* zu werden. Ursel wird begeistert sein!«

Eugen lachte nervös auf: »Da kennst du sie aber schlecht, mein Freund …«

Otto blieb ernst: »Im Gegenteil. Ich kenne sie gut. Wünscht sie sich nicht ein größeres Haus? Etwas Repräsentatives? Drei Stockwerke, großer Garten? Vielleicht mit guter Lage am Ufer?«

»Du meinst doch nicht …«

»Doch, genau das meine ich. Gerade wird versteigert, was die Landauer zurückgelassen hat. Hausrat, Möbel, Kunst, Kleider …

nur den Schmuck hat sie mitgenommen. Wenn das durch ist, steht die Villa selbst zum Verkauf. Und zwar zu lächerlichen Konditionen, wie ich aus sicherer Quelle weiß. Verstehst du?«

»Ja«, sagte Eugen benommen, »ich verstehe.«

»Und? Kann ich auf dich zählen?«

»Muss ich mich jetzt entscheiden?«

»*Hic et nunc*, wie ihr Lateiner sagt!« Otto wischte seine Rechte am Hosenbein ab und streckte sie aus: »Hier und jetzt.«

Eugen schlug ein. Seine Hand war feucht, sein Händedruck zögernd. Otto drückte fest zu, besiegelte den Pakt mit seiner Linken obenauf und lächelte. *Hab' ich dich.*

Roswitha brachte noch zwei Getränke und schaute zwischen den beiden Männern hin und her.

»Ihr seid mir ja zwei Honigkuchenpferde! Gibt's was zu feiern?«

•

In den Bergen musste es noch stärker geregnet haben als in der Stadt. Der Fluss war angeschwollen. Mitgenommen hatte er die Skulpturen angeschwemmter Stämme und Wurzeln, die den Sommer über auf dem Sand getrocknet und ausgebleicht waren. Der Strand war auf wenige Meter zwischen Ufer und Bahnhofsmauer geschrumpft. Gesine und Lothar saßen sich auf einem Baumstumpf gegenüber. Es brauchte gar nicht mehr das Angeln als Anlass, sich hier zu treffen. Mal trafen sie sich im Buchenweg, mal in der Kaiserstraße, mal zum Spaziergang durch die Uraltstadt. Bestenfalls aber an dieser verzauberten Stelle. Jedenfalls nicht unter den Augen seiner Mutter. Oder ihrer Eltern.

Lothar redete von Aufwinden, Abwinden und Fallwinden. Ohne Punkt und Komma. Sein erster Flug! Ob er denn gar keine Angst gehabt habe, wollte Gesine wissen. Sie kannte die Antwort und fragte nur, damit er weiterredete. Das helle Braun der Uniform schmückte ihn sehr. Lothar sah darin mindestens zwei Jahre älter aus, als wäre er sechzehn statt vierzehn Jahre alt, ohne zwei Jahre älter zu *sein*. Das war wichtig, denn Gesine konnte ältere Jungs nicht leiden. Seine Haare waren heller geworden, seine Bewegungen selbstbewusster. Sie hörte ihm gerne zu.

»Jugend muss wagen«, sagte Lothar ernst. »Die Luft ist mein Element, Gesine. Meine Bestimmung. Du müsstest das einmal erlebt haben, dann würdest du mich verstehen!«

»Lieber nicht«, lachte sie »das ist nichts für Mädchen!«

»Sag das nicht!«, protestierte Lothar. »Die besten Fliegerinnen sind Frauen! Elly Beinhorn ist nach Afrika geflogen. Und … wie war ihr Name? Da gibt es jedenfalls eine Pilotin, die ist mit ihrem Segelflugzeug in die Wolken geflogen. In die Wolken! Einfach hinein! Und dann im Blindflug hindurch! Das muss man sich mal vorstellen! Guck nicht so zweifelnd! Der Udet hat uns beim Kameradschaftsabend davon erzählt. Und sogar Fotos gezeigt, sonst hätte ich das selbst nicht geglaubt. Es stimmt aber!«

»Beim Bund Deutscher Mädel gibt es nur Rassenkunde und Volkskunde und Nähen und Kochen«, sagte Gesine. »Wie in der Schule. Da sollte mal besser diese … wie hieß die Wunderfliegerin doch gleich?«

»Elly Beinhorn«, sagte Lothar. »Und Hanna Reitsch! Jetzt ist es mir doch wieder eingefallen!«

»Genau, die könnten doch auch mal beim BDM vorbeikommen und von ihren Abenteuern berichten, oder?«

»Na ja, der BDM ist nicht die Flieger-HJ«, sagte Lothar und warf mit einer Kopfbewegung die Haare zurück.

Forsch sah das aus, fand Gesine, und stolz. Da war ein Kribbeln in ihrem Bauch. Wie ein leichtes Unwohlsein, nur dass es sich gut anfühlte.

»Aber die Gemeinschaft, Lothar. Ich habe das Gefühl, Teil von etwas …«, sie suchte nach dem richtigen Wort, »von etwas Großem zu sein, von etwas Wichtigem. Größer und wichtiger als ein Mensch alleine. Die Älteren reden immer von einer Bewegung.

Inzwischen weiß ich, was sie meinen. Ich kann diese Bewegung manchmal *spüren*. Geht es dir nicht auch so?«

»Nein, eigentlich nicht«, sagte er und pustete die Haare aus der Stirn. »Da oben bin ich ganz allein. Nur ich und der Himmel. Da gibt es keine Gemeinschaft. Fliegen, das ist ein Wagnis, weißt du? Also, im Prinzip. Aber uns wird es zugetraut. *Mir* wird es zugetraut! Mama will davon nichts wissen. Als ich ihr von meinem Prüfungsflug erzählt habe, da wurde sie fuchsteufelswild ...«

»Vielleicht macht sie sich Sorgen«, sagte Gesine und dachte an ihren Vater. Mit dem, was sie beim BDM über die Menschen lernte, das Reich und seine Geschichte, die Wichtigkeit des Blutes und seiner Reinheit, nein, damit konnte sie ihn nicht beeindrucken. Auch nicht mit ihrem Klavierspiel. Interessierte den gar nicht. Fragte höchstens mal nach der Schule, nach Goethe und Pythagoras. Wenn er nicht an seinem Buch hockte. Ihre Miene hellte sich auf: »Meine Mutter versteht, was ich meine. Mit der kann ich über alles reden. Das Große. Die Bewegung. Komisch eigentlich«, fügte sie nach einer Weile hinzu, »dass unsere Mütter sich so gut verstehen. Sie sind so verschieden. Findest du nicht?«

Lothar dachte nach: »Ich glaube, das macht nichts. Sie kennen sich schon ihr Leben lang ...«

Der Güterzug ins Ruhrgebiet ratterte vorbei. Dampf umhüllte sie, der Baumstumpf bebte. Geduldig warteten sie, bis der Nebel sich wieder verflüchtigt hatte.

Lothar rückte ein wenig näher an Gesine heran: »Soll ich dir ein Geheimnis verraten? Du darfst mich aber nicht auslachen!«

Gesine verschloss sich die Lippen mit einem unsichtbaren Schlüssel, warf ihn über die Schulter. Kribbeln.

»Früher dachte ich, dass ich eines Tages alles wissen würde.«

»Was, alles?«

»Einfach *alles*. Wie alle Insekten auf der Welt mit lateinischem Namen heißen. Warum Schiffe nicht untergehen. Wieso Wallenstein seinen Kaiser verraten hat. Warum der Himmel sich abends rot färbt. Wo genau was in der Bibel steht, also mit der genauen Stelle. Wieso die Forelle nicht weiß, dass der Haken den Tod bringt. Woher der Saturn seine Ringe hat. Alle Gedichte von Goethe, wenigstens ihre Titel. Was nach dem Tod kommt. Alles, was in den Büchern steht, die meine Mama verkauft. Und auch alles, was nicht in den Büchern steht. Einfach alles, was man überhaupt nur wissen kann.«

Gesine nickte und ermahnte sich, nicht zu lachen.

»Ich dachte«, fuhr Lothar leise fort, »dann wäre ich endlich erwachsen.«

»Und jetzt glaubst du das nicht mehr?«

Er schüttelte den Kopf: »Es geht immer weiter, glaube ich. Und dass man versuchen muss, das auszuhalten.«

Gesine legte den Kopf schief: »Du bist ein wunderlicher Flausenkopf«, sagte sie. »Ich mag dich, Lothar Sieber.«

Plötzlich drückte er den Rücken durch, starrte an ihr vorbei.

Gesine erschrak, errötete. Hatte sie etwas Kränkendes gesagt? Zögernd folgte sie seinem Blick, drehte sich um. Da stapften Bruno und Knut durch die sumpfige Stelle weiter flussabwärts.

Gebückt suchte Bruno das Brackwasser ab.

Knut rauchte eine Zigarette und winkte.

Gesine winkte zurück und rief: »Was sucht ihr denn?«

»Lass doch!«, zischte Lothar.

»Gefunden!«, rief Bruno und hob einen faustgroßen Gegenstand aus dem Wasser.

Lothar rutschte vom Baumstamm. Ihr fiel auf, wie rasch seine Brust sich hob und senkte. Gütiger Himmel, was hatte er denn bloß?

Die Brüder kamen näher, blieben stehen, ganz mit sich selbst beschäftigt. Jetzt erkannte Gesine, was Bruno da eben aufgesammelt hatte. Mit beiden Händen hob er die Kröte hoch und hielt sie seinem Bruder hin. Knut zog noch einmal an der Zigarette und steckte sie dem Tier ins Maul. Beide kicherten.

»Was machen die denn da für einen Quatsch?«, fragte Gesine.

»Ein Experiment«, flüsterte Lothar. »Schau nicht hin.«

Gesine schaute hin und sah, wie Knut das Ende der Zigarette mit beiden Fingern tief ins Maul seines Opfers drückte. Es sah aus, als würde die Kröte hektisch an der Zigarette ziehen. Ihre kräftigen Hinterbeine strampelten ins Leere.

»Das klappt nicht«, sagte Bruno.

»Das klappt«, sagte Knut.

Nach einer Weile ein gedämpfter Knall. Nicht laut, aber deutlich. Wenn Gesine mit dem Fuß auf eine dieser weißen Knallerbsen trat, klang das genauso. Wenn sie platzte.

Die Hinterbeine der Kröte hingen jetzt schlaff herab.

»Widerlich«, sagte Bruno und warf das tote Tier ins Wasser.

»Sag ich doch. Das klappt!« Knut ließ die Zigarette in den Sand fallen, trat sie aus.

Aus der Nähe sah seine Hasenscharte besonders scheußlich aus. Als würde er die Zähne blecken, dachte Gesine. Wie Zwillingsbrüder wirkten die nun wirklich nicht mehr. Sie spürte, dass Lothar sich nicht rührte. Also *gar nicht*. Das war doch auch nicht normal. Was hatte der bloß?

Wortlos bauten sich Bruno und Knut jetzt vor ihnen auf.

Gesine legte beiläufig ihre Zöpfe hinter die Schultern und setzte ein liebenswürdiges Lächeln auf.

Bruno fixierte Lothar: »Losung?«

»Blut ... Blut und Ehre?«, stotterte Lothar.

»Blut und Ehre«, bestätigte Bruno und spazierte langsam weiter.

Knut blieb stehen. Zupfte spielerisch an Lothars schwarzer Uniformkrawatte, als wollte er sie in Ordnung bringen.

»Kamerad Sieber ist jetzt bei den Fliegern, hört man?«

»Jawohl, mein Obergefolgschaftsführer!«, sagte Lothar, und seine Stimme klang etwas kratzig.

Knut grinste: »Knut genügt. Wir kennen uns doch! Ich gehe übrigens zu den Booten«, sagte er und nickte zu seinem Bruder hinüber, der sich abseits hielt. »Bruno will zu den Motorisierten.« Er zog den Knoten von Lothars Krawatte enger zu.

Gesine nahm Lothars Hand und guckte Knut direkt ins Gesicht. »Du kannst doch gar nicht schwimmen!«

Knut blitzte sie an, und Lothars Hand war schwitzig und kalt zugleich.

»Bei der Marine muss man nicht schwimmen«, sagte Knut. »Das erledigen die Schiffe für uns!«

»Unser Kamerad hier kann doch auch nicht fliegen«, rief Bruno. »Das erledigen die Flugzeuge für ihn, was?«

»Jawohl, mein Obergefolgschaftsführer!«

»Jetzt lass doch endlich den Knallkopp und komm!«, rief Bruno.

Knut warf Gesine einen kurzen Blick zu, dann wieder Lothar.

»Na dann. Heil Hitler, Kamerad!«, und damit drehte er endlich bei und folgte, ohne sich noch einmal umzusehen, seinem Bruder das Ufer hinab.

Gesine hörte, wie Lothar tief ausatmete.

»Was war denn mit denen los?«, fragte sie Lothar.

Auf der rechten Schulter seiner Uniform landete ein Schmetterling. Überrascht drehte Lothar den Kopf, sein Blick ganz verklärt. »Der Kleine Perlmuttfalter, sehr selten bei uns, liebt Wiesenveilchen!«, flüsterte er.

Und pustete ihn fort.

•

Zwischen Ladenschluss und Feierabend gab es am Tag eine Zeitspanne, deren Stille für Merle beinahe noch kostbarer war als die des frühen Morgens kurz nach dem Öffnen ihres Geschäfts. Beides waren kleine Provinzen des Tages, in denen sie weder Buchhändlerin noch Mutter war. Was sonst? Irgendwas dazwischen, über das sie sich keine Rechenschaft ablegen musste.

Routiniert zählte sie die Einnahmen, verzählte sich, zählte erneut und legte das Geld in die abschließbare Kassette. Schob die blassblauen Kladden beiseite, trug die Summe in das Kassenbuch ein. Räumte danach die Bücher, die im Laufe des Tages auf Wanderschaft geraten waren, wieder an ihren angestammten Platz. Reiseführer zu Reiseführer, Bilderbuch zu Bilderbuch. Ordnete die Regale, Buchrücken an Regalkante. Wischte über die Auslagen und klopfte im Innenhof den Läufer aus. Zuletzt füllte sie in der Kaffeeküche einen Eimer mit Wasser, nahm einen Putzlappen, trat auf die Straße hinaus. Es dunkelte bereits, die Straßenbahn bimmelte vorbei wie ein erleuchteter Guckkasten.

Seufzend nahm Merle die Sauerei in Augenschein, hastig hingeklatscht in gelber Ölfarbe, in Tropfen die Scheibe hinuntergelaufen und dabei angetrocknet. Der Davidstern war schon dort gewesen, als sie am Morgen den Laden aufgeschlossen hatte. Gemeint fühlte sie sich nicht. Ressentiment produzierte Überschuss, dachte sie beim Wischen, und dann musste es irgendwo hin. Gäbe es in Ginsterburg eine nennenswerte jüdische Gemeinde, hätte sich der *Volkszorn* auf deren Wohnungen und Geschäfte konzentriert. In Ermangelung solcher Ziele aber verteilten sich die Zeichen des Vandalismus wahllos über die ganze Stadt. Gleich am Morgen hatte sie das Geschmiere auf der Polizeiwache zur Anzeige gebracht. Dort hatte man ihr gesagt, das Problem sei bekannt und man werde jemanden vorbeischicken. Gekommen war niemand.

»Schöne Schweinerei!«

Merle zuckte zusammen, sie hatte Eugen gar nicht kommen sehen. »Halb so wild«, sagte sie und schrubbte den letzten Fleck weg. »Wie heißt nochmal dieser Film, in dem auch überall Zeichen auftauchen? Mit Peter Lorre?«

»*M*«, sagte Eugen.

»*M?*«

»*Eine Stadt sucht einen Mörder.* Das meinst du doch, oder?«

»Genau«, sagte sie. »Da war es ein rotes M, kein gelber Stern.«

Sie wrang den Putzlappen aus und warf ihn in den Eimer, richtete sich auf, strich den Rock glatt: »Es ist acht Uhr durch, der Herr. Wir haben schon geschlossen!«

»Wenn das so ist …«, sagte er und tippte sich an den Hut.

Bevor er sich zum Gehen wenden konnte, berührte sie ihn leicht am Arm: »War doch nur Spaß, Eugen. Ich habe es gelesen. Das wolltest du doch wissen, oder?«

»Wirklich? Du hast es gelesen? Alles?«

»Ich habe mich sogar regelrecht festgelesen!«

»Und wie … und hat … ich meine«, stotterte er.

»Ja?«

»Gab es etwas, das dir nicht gefallen hat?«

»Allerdings!«

»Ach?«

»Du bist doch angetreten, die komplette Geschichte der Stadt zu erzählen, oder? Und da habe ich mich ernsthaft gefragt, wie man so blind oder ignorant sein kann, etwas so Wichtiges völlig zu vergessen. Hast du das nicht gesehen? Oder wolltest du es nicht sehen?«

»Was denn?«, fragte er bestürzt.

»Na, die Rolle der Arbeiterklasse!«

Sein rundes, weiches, schlaues Gesicht. Wie jung er plötzlich wirkte. Wurde er etwa rot? Er wurde wirklich rot! War das denn zu fassen? Stand wie vom Donner gerührt. Er machte ein so verdattertes Gesicht, dass Merle ihn unmöglich länger necken konnte.

»Es ist großartig, Eugen. Ganz wunderbar. Eigentlich interessiere ich mich nicht sonderlich für Geschichte, musst du wissen. Aber was du da geschrieben hast, und wie du es geschrieben hast … magst du schnell mit reinkommen?«, fragte sie und schüttete das Wasser aus dem Eimer in den Gulli. »Ich habe es hinten. Dann gebe ich es dir gleich wieder mit.«

Er folgte ihr, den Hut in der Hand, durch den Laden ins Büro, wo zwischen Rechnungen und Paketen seine blassblauen Notizbücher auf dem Schreibtisch lagen. Er sammelte sie ein und blieb unschlüssig stehen.

»Was sagt Ursel denn dazu?«, fragte Merle beiläufig.

Eugen machte eine Handbewegung, als wollte er eine Fliege verscheuchen. Dann ließ er sich auf ihren Stuhl fallen. Merle lächelte. Sah zu, wie er geistesabwesend mit den Fingern über den Einband fuhr. Hatte sie etwas Falsches gesagt? Kurz entschlossen nahm sie ihm den ersten Band seines Manuskripts wieder aus der Hand, blätterte ein paar Seiten, las: *»Wie ein winziger Keim, eine topografische Besonderheit vielleicht, ihre Existenz begünstigen, wie eine unscheinbare Siedlung nicht nur den Stürmen der Jahrhunderte standhalten, sondern sogar wachsen und gedeihen kann.* Das ist gut.«

»Das ist gut?«

»Vielleicht ein bisschen schwülstig, wenn ich das sagen darf. Aber dem Thema angemessen, finde ich. Wie du beschreibst, dass ein ganzes Gemeinwesen an dieser Stadt baut, von Generation zu Generation, wie aber umgekehrt auch die Stadt dem Gemeinwesen einen Rahmen gibt ... sag mal, geht es dir nicht gut? Brauchst du ein Glas Wasser? Oder einen Tee?«

»Nein, nein«, sagte er zerstreut und tastete nach seiner Taschenuhr. »Wie spät ist es? Wann musst du denn zu Hause sein?«

»Es wird bald neun Uhr sein, schätze ich. Aber Lothar ist wieder in irgendeinem Lager. Ich muss also nicht unbedingt zu Hause sein«, sagte sie und versuchte ein Lächeln.

»Wenn das so ist ... dürfte ich dir daraus vorlesen?«

»Jetzt gleich?«

»Nur ein paar Stellen«, schränkte er eilig ein, »an denen mir viel liegt!«

»Nur zu!«, sagte Merle, holte einen Hocker heran und setzte sich ihm gegenüber. »Ich bin ganz Ohr!«

»Gut«, sagte er zögernd und tastete vergeblich seine Weste ab, vermutlich nach einer Lesebrille, schlug die Kladde auf, kniff die Augen zusammen, hielt sie weiter weg von seinem Gesicht, räusperte sich und warf ihr einen letzten Blick zu. Merle nickte aufmunternd.

»*In einem namenlosen Ozean aus Wald*«, las er und brach sofort ab. »Schwülstig, oder? Ich habe mich im Stil an Ricarda Huch orientiert, bekomme es aber nicht ganz hin ...« Aber Merle schwieg, und so las er weiter, schlüpfte allmählich in seine Erzählung wie in einen seidenen Handschuh, als wäre alles ein einziger langer Satz, den er, so kam's ihr vor, teilweise auswendig rezitierte, so vertraut war er mit der Geschichte von diesem namenlosen Ozean aus Wald, in dem der Wolfsberg die höchste Erhebung weit und breit gewesen sein musste, und wie Jahre, Jahreszeiten, Jahrhunderte und Jahrtausende darüber hinwegflirrten, ohne dass irgendetwas geschah, denn der Berg *war* einfach, an seinem Fuß der Fluss, während oben auf seinem Plateau die Galater, die Gallier, also die Kelten sich innerhalb ihrer Wälle und Palisaden verschanzten, um das Eisen aus den Stollen zu schmelzen, um Waffen daraus zu schmieden, zur Furt und der Mühle unten am Fluss jenen Pfad nahmen, den heute in umgekehrter Richtung fromme Prozessionen als Kreuzweg abschritten, die ganze Siedlung ein winziger Punkt nur im weitmaschigen Netz ihrer Zivilisation, die bald dem frischeren Wind anderer Völker nicht mehr standhalten konnte, bis Knochen in der Sonne bleichten, Laub die Gräben füllte, feuchte Erde die Klingen und Lanzenspitzen schluckte, letzte Mauern stürzten und endlich der Wald sich den Berg zurückholte, für immer, während unten am Fluss die Mühle sich weiter drehte, ihr Mehl schon zur Versorgung einer Garnison der Legio II Augusta diente, deren Überreste, so schob er, ohne aufzublicken, für Merle kurz ein, nach seinen Berechnungen ziemlich genau unter dem Betriebsgelände der Jungheinrich GmbH & Co. KG schlafen mussten, und so ungeheuer war die Ausdehnung dieses Waldes, von Helvetien im Westen bis nach Dakien im Osten, so undurchdringlich, dass ein Eichhörnchen, lebte es nur lange genug, von den Tannen an den Gletscherzungen der Alpen bis zu den Ölbäumen an den Ufern des Schwarzen Meeres springen konnte, von Wipfel zu Wipfel, ohne jemals die Erde zu berühren, würde es sie, gemäß seiner Natur, nicht doch immer wieder aufgesucht haben, um dort seine Eicheln zu vergraben und so den Herkynischen Wald, wie die Römer ihn nannten, weiter zu verdichten …

»Dann ist er nicht mehr namenlos«, murmelte Merle.

»Wer?«

»Na, der *namenlose* Ozean aus Wald.«

»Ist das auch schwülstig?«

»Nicht, wenn er dann doch noch einen Namen bekommt. Und vor den Römern? Ich meine, wir müssen ihn doch auch irgendwie genannt haben, oder?«

»Wir?«, fragte Eugen verwirrt.

»Na ja, wir Germanen …«

Für einen Moment verzog er das Gesicht: »*Wir* kamen viel später«, sagte er, wobei Merle die vorsichtigen Anführungszeichen nicht entgingen, in die er das »wir« gesetzt hatte. Und während er über die Kelten referierte, stand sie auf und ging zur Anrichte. Sofort wollte auch Eugen sich erheben, aber sie bedeutete ihm, sitzen zu bleiben.

»Richtiger Tee?«, fragte sie über die Schulter. »Oder feliner Urin?«

Eugen lachte und lehnte sich wieder zurück: »Auf keinen Fall Katzenpisse!«

»Also grüner Tee, gut.«

Sie warteten, bis das Wasser kochte. Eugen erzählte, dass die Wortwurzel von »herkynisch« vermutlich, hier werde das Eis der Empirie gefährlich dünn, das keltische *erchynn* sei, was »hoch« oder »erhaben« bedeute, das seien eben die Mysterien der Etymologie, dieser Archäologie der Worte, und wo er die Sache mit dem Huhn und Napoleon gefunden habe, in einer später gestrichenen Fußnote zur »Histoire du Consulat et de l'Empire« von Adolphe Thiers nämlich, eigens nach Paris sei er gereist, um in der Nationalbibliothek das Manuskript zu inspizieren. Merle lächelte über seine gestelzte Ausdrucksweise und wunderte sich, wie ein erwachsener Mann so ganz im Nebensächlichen aufgehen konnte, statt lauthals über Politik zu schwadronieren, wie ihr Robert das immer getan hatte. Eugens Reden war eher ungelenkes Schlendern als zielstrebiges Marschieren. Sie hörte gerne zu. Ihr war das ungewohnt. Und angenehm.

»Ich weiß übrigens nicht, wie Katzenpisse schmeckt«, sagte sie und reichte ihm seine Tasse, da werde das Eis der Empirie ebenfalls recht dünn. Eugen lachte ertappt und rieb sich mit zwei Fingern die Nasenwurzel. Sie könne von Glück sagen, dass er seine Lesebrille vergessen habe. Andernfalls wäre er nämlich versucht, sie noch länger mit seinem »Geschreibsel« zu quälen. Nun werde es überdies auch langsam spät, sagte er, nippte an seinem Tee, wippte mit dem Knie.

Und weil er keine Anstalten zum Aufstehen machte, griff Merle seine Koketterie auf und kurzerhand wieder nach dem Manuskript: »Gut, dann bin ich wohl an der Reihe!«

Stumm blätterte sie vor, überhörte sein »Aber das muss wirklich nicht sein!«, blätterte weiter, *der schwarze Adler auf gelbem Grund, Fahne des Reiches*, blätterte zurück, *Konrad der Dritte, schöner Mann mit schmalem Gesicht*, jetzt bauen sie das Münster oder fangen zumindest damit an, *weil nämlich eine Stadt stets in der Vertikalen anzeigt, was sie in der Horizontalen an Macht zu entfalten gedenkt*, kluger Gedanke, dachte sie, sagte es ihm aber nicht, sie suchte eine bestimmte Passage, und als er erneut zu einem Einwand ansetzte, hob sie, ohne aufzublicken, den Zeigefinger: »Hab's gleich!«

Und dann fand sie die Stelle und las endlich leise, aber mit fester Stimme, wie eines Tages ein blinder Meister aus dem Elsass mit Hammer und Meißel und dem Blut geköpfter Hühner im Schutz seiner Bauhütte die Wasserspeier in Gestalt eines Hundes mit dem Schwanz eines Drachens und den Klauen eines Affen vollendete, in Gestalt einer Ziege mit den Flügeln einer Fledermaus und dem Leib eines Lindwurms, Merle blätterte um, und eine Brücke aus

Stein so solide, dass nicht einmal die Schweden sie zerstören konnten, und wie im Schatten der wachsenden Kirche die Werkstätten zu Faktoreien und die Faktoreien zu Manufakturen wurden, sie blätterte um, wie der Rote Storch immer der Rote Storch blieb und auch der Herzog immer der Herzog in dynastischer Verlässlichkeit, Blut ist Blut, und wie der Herzog von den Erzen des Berges noch immer den Zehnten nahm, und von den Untertanen die Söhne, um sie in ferne Kriege zu verkaufen, Erlös ist Erlös, von dem er sich im Wald vor den Toren der Stadt und abseits ihres Getriebes ein barockes Jagdschloss erbauen ließ, sie blätterte um, wo ihm ein Italiener mit roter Nase und großer Geste die Geschichte der Artemis in das vollendete Gewölbe malte, wie diese, eine Geschichte in der Geschichte, mit gespanntem Bogen in den Auen den Rebhühnern und Wachteln nachstellte, den Kranichen nie, und im Wald die wilden Schweine und Rehe erlegte, die Wölfe nie, sie blätterte um, und wie sie nach der Jagd ihren perlmuttweißen Leib in die grünen Teiche ihrer Nymphen tauchte, nur dass es die Forellenteiche des Fürsten waren, und wie die Göttin an anderer Stelle mit schlankem Finger mal auf das blutige Wildbret, mal auf den unglücklichen Aktaion deutete, den dann im Mondlicht hinter den Hagebutten seine eigenen Hunde zerfleischten, sie blätterte um, und schon baute ein Engländer mit weißer Haut und weißer Halskrause sich eine Hütte im fürstlichen Garten, um ihn in einen Park zu verwandeln, grub malerische Wasserwege und spannte darüber Brücken aus dem Piemont und dem Orient, damit der Herzog auf knirschendem Kies ungehindert lustwandeln konnte zwischen eitlen Hyazinthen und duftenden Rosen, verwunschenen Pavillons und versteckten Lauben, verzauberten Rotunden und gläsernen Orangerien, sie blätterte um, und für die Fasane am Ufer des Flusses eine Fasanerie, Park ohne erkennbares Ende, als wuchere sein artifizielles Arkadien in die umliegenden Landschaften mit ihren Feldern und Hainen hinein, als gehörte dem Fürsten die ganze Welt und nicht nur sein Herzogtum, als grenzte es, winziger Winkel in einem heiligen Reich winziger Winkel, nicht an zwölf benachbarte Herzogtümer, und Merle blätterte um und las, und Eugen unterbrach sie kein einziges Mal, er hing an ihren Lippen, seine Worte auf ihren Lippen, also blätterte Merle und las tiefer und tiefer in den Abend hinein und heiser in die Nacht und hatte irgendwann nicht nur einen neuen Tag aufgeblättert, sondern, noch unbemerkt von beiden, ein neues Leben.

EINE NEUE KRIEGSFÜHRUNG

Es gibt keinen Vergleich zwischen der Wirksamkeit direkter und indirekter zerstörerischer Maßnahmen gegen den lebenswichtigen Widerstand einer Nation. In den Tagen, als sich eine Nation hinter der starken Panzerung einer Armee und Marine schützen konnte, spürte die Nation selbst die Schläge des Feindes kaum, manchmal überhaupt nicht. Die Schläge wurden von Institutionen wie der Armee oder der Marine abgefangen, die gut organisiert und diszipliniert, materiell und moralisch in der Lage waren, Widerstand zu leisten, und in der Lage zu handeln und entgegenzuwirken. Die Luftwaffe hingegen wird Einheiten angreifen, die weniger gut organisiert und diszipliniert sind, weniger in der Lage sind, Widerstand zu leisten, und hilflos zu handeln oder entgegenzuwirken. Daher ist es schicksalhaft, dass der moralische und materielle Zusammenbruch schneller und einfacher eintreten wird. Eine Truppe hält intensiven Bombenangriffen stand, selbst wenn sie die Hälfte oder zwei Drittel ihrer Männer verloren hat. Aber die Arbeiter in Werkstätten, Fabriken oder Häfen werden nach den ersten Verlusten dahinschmelzen.

Giulio Douhet, »Luftherrschaft«, 1928

Alfie fällt.
Noch immer steht der Mond.
Meilen über Deutschland, Zentimeter über Alfies Schulter.
Der Mond ist gelb und gleichgültig. Alfie schaut zu ihm auf.
Seine Schulter fühlt sich nicht gut an.
Als schnitte dort eine Drahtschlinge in sein Fleisch.
In der Schlinge ein Hase. Sein Vater hebt den Kadaver hoch.
Der Hase ist schon steif gefroren.
Alfie fröstelt. Er hat einen Handschuh verloren.
Mit Druck dringt Luft in den Ärmel und bläht die Jacke.
Die Drahtschlinge um seine Schulter ist der Gurt des Fallschirms.
Der Fallschirm flattert und brennt und reißt an seiner Schulter.
Anderthalb Meilen über Deutschland.
Unter ihm einzelne Herde aus Licht und Wärme.
Rattadadamm, rattadadamm schaukelt der Zug nach Westen.
Die Wände des Abteils sind aus dunklem Holz.
Die Hügel draußen baden schon in Dämmerung. Die Mitreisenden reden über nichts als den »Blitz«.
Alfie hält es nicht im Abteil. Spaziert wippenden Schrittes den Gang auf und ab. Pfeift vor sich hin. Neue Zeit in neuer Stadt.

Halt auf offener Strecke.
Keine Bremsung, nur das Schaukeln hat aufgehört. Stillstand kurz vor dem Ziel. Passagiere drängen sich auf dem Gang. Geraucht wird und geflucht. Sorge im Gesicht des Schaffners. Spezialschlüssel an einer silbernen Kette.
Wir können nicht einfahren, sagt er, *wir können nicht einfahren.*
Es habe einen Angriff gegeben. Die Deutschen.
Die Deutschen? Hier?
Aufschwingen der Waggontüren. Alfie springt in den Schotter.
Klettert neben dem Zug auf die Böschung. Im Westen ein sonnenloser Sonnenaufgang. Der gehört da nicht hin. Aus dem Himmel taumelt etwas, torkelt Alfie wie eine riesenhafte Schneeflocke entgegen.
Ein Fetzen angekokeltes Zeitungspapier.
Alfie bückt sich. Hebt ihn auf. Liest.
COVENTRY EVENING TELEGRAPH

.

.

.

.

Alfie fällt.
Alfie fällt durch die Prüfung zum Kampfpiloten.
Die RAF nimmt ihn als Heckschützen für die Lancaster.
Also verteidigt er die Himmel seiner Heimat über Deutschland.
Der Sergeant in seinem Büro möchte ganz offen sein und schließt die Tür.

Es gibt in diesem Krieg keinen tödlicheren Ort als die Kanzel des Heckschützen. Ich möchte, dass Sie das wissen.
Der Sergeant ist ein anständiger Kerl. Alfie muss dreißig Feindflüge überleben. Dann ist der Krieg für ihn vorbei.
Ich weiß, worauf ich mich einlasse, Sir, sagt Alfie zum Sergeant.
Er weiß es nicht.
Die Hälfte überlebt nicht einmal fünfzehn Einsätze.

.

.

»Heiratsmarkt« im Hangar von Skellingthorpe.
Am Büffet gibt es Erdnussbutter. Die hat Alfie noch nie gegessen. Er wusste gar nicht, dass es das gibt.
Nach einer halben Stunde hat sich die Crew gefunden.
John Kean, 20 Jahre, Navigator aus England.
Das Problem mit Wuppertal ist das Tal der Wupper, der Nebel dort.
Whelan Leonard, 22 Jahre, Bordmechaniker aus Australien.
Brough Superior, Alfie, ein besseres Motorrad wurde nie gebaut.
Haig Douglas, 18 Jahre, Bomberschütze aus Kanada.
Deborah macht Sachen im Bett, die sollte sie eher nicht machen …
Mighty Bustamante, 23 Jahre, Mittelturmschütze aus Jamaika.
Die Pfote? Mein Talisman. Und der Grund, warum wir noch leben.
Gerald »Gerry« McLaughlin, 24 Jahre, Pilot aus Kanada.
Bist du unserer Lady auch schön tief in den Arsch gekrochen, Alfie?
Arthur Francis, 20 Jahre, Funker aus England.
Wie wär's, wenn ihr alle mal für einen Moment die Schnauze halten würdet?
Alfred »Alfie« Wellbeck, 18 Jahre, Heckschütze aus Wales.
Ich halte meinen Luftraum sauberer als ihr eure Unterhosen!
Mit weißer Farbe schreiben sie ihr Motto auf den Bug der Maschine.
PER PURUM TONANTES. Donnernd durch die frische Luft.

1940

I

GARGOUILLE, GARGOYLE, GURGLER

Als Kind hatte Eugen sich seine Heimat überhaupt nicht vorgestellt. Wenn er sich zu erinnern versuchte an das allererste Bild, das er sich jemals von ihr gemacht hatte, scheiterte er regelmäßig. Sie war einfach *da*. Mal mehr, mal weniger. Aber immer da. Wie das Papier immer da und doch unsichtbar ist, auf dem die Worte geschrieben stehen. Heimat war das Gegebene. Gegeben waren Kinderzimmer und Zinnsoldaten, Innenhof und Zwille, Gassen und Berg, Kirche und Fluss. Die steinernen Giganten am Bahnhof stützten nicht nur die Glaskuppel, sie stützten die Heimat selbst. So stellte er sich seinen abwesenden Vater vor, als tragende Säule der Heimat, als Stütze ihres Firmaments. Die elektrische Straßenbahn als Kapillare, Fortsetzung der Schienen ins Kleine. Der Hang mit den Apfelbäumen unterhalb der Fasanerie. Der Duft dort im Sommer, Schlittenfahren im Winter. Und die Furcht, am Ende über den Weg hinauszuschießen in den Fluss. Unten auf dem Sportfeld das dritte Tor in letzter Minute gegen die Jungs aus Grundlingen, dieses Kaff. Wie unbedingt und gewaltig das Gefühl gerechten Triumphs über die anderen. Und wie jedes Anderswo wegblasste. Das Sonnenlicht, wie es vormittags die Kirchenfenster im Dom zum Glühen brachte. Der Schmelz des Käsekuchens, den es nachmittags im Roten Storch gab. Palaver auf dem Marktplatz, wo vierschrötige Abgesandte der Landschaft ringsum ihre Kartoffeln, Birnen oder Kastanien feilboten. Die roten Wangen, der Dreck unter den Fingernägeln und dieser Dialekt, bei dem alle Konsonanten verschliffen wurden. Wie er das als Kind für eine Nachlässigkeit gehalten hatte, die ihm – ihm ganz gewiss! – niemals unterlaufen sollte. Weil er *genau* sein wollte, wenn er groß war, genau und gerecht. Muskelkater und Sonnenbrand mit den Wandervögeln, ein fröhliches Ausschreiten ins Umland. Schlehenschnaps im Rachen, sein Brennen, und wie jemand sagt: »Ah, das putzt!« Ein Land mit sieben Bergen, und hinter den sieben Bergen noch einmal sieben mal sieben Berge, nach Süden geschützt durch die Alpen, nach Norden begrenzt durch die See – mit gefährlich offenen Flanken nach West und Ost. Der eiserne Kanzler auf dem Wolfsberg mit seinem Schnurrbart aus Granit, gestützt auf sein Schwert. Überall stützte sich alle Welt immer auf das Schwert. Ohne Schwert, das lernte er in der Schule und lehrte ihn sein Vater, wären diese offenen Flanken nicht zu halten gewesen, nie und nimmer.

Später, als das Reich sich eine Marine zulegte und Tirpitz dafür trommelte, landauf und landab, wandelte die Heimat allmählich ihre Gestalt. Eugen fing an, sie sich als Schiff vorzustellen, als großen Pott in tückischen Gewässern, mit dem jungen Kaiser als Kapitän und dem neuen Kanzler als Lotse. Das war ein Deutschland, das sich mit den Erzählungen seines Vaters deckte, die Summe seiner Schlachten gegen Slawen, Schweden, Habsburger, Franzosen und immer wieder Franzosen, im Grunde gegen alle Welt, die nichts von Hölderlin wusste oder von Novalis.

Noch später, nachdem er viel zu früh den »Leviathan« von Thomas Hobbes gelesen hatte, nahm die Heimat erneut eine andere Form an. Nun erschien sie Eugen erstmals als Staat, ein aus seinen einzelnen Gliedern bestehendes Gebilde. Ein allmächtiges Seeungeheuer aus unvordenklichen Zeiten, vor dessen mythologischer Macht jegliches menschliches Mühen zuschanden werden müsse – wie das Glatisant aus der Welt von König Artus. Das bellende Tier, ein freundliches Fabelwesen, das nur existiert, um gejagt zu werden, aber von keinem seiner ritterlichen Verfolger jemals erlegt oder auch nur erspäht werden kann. Das änderte sich erst, als Eugen in Tübingen studierte und bei der Palatina das Schlagen lernte und das Saufen. In den Kneipen und auf den Fechtböden verwandelte die Heimat sich schnell wieder in einen Riesen mit Pickelhaube und rasselndem Säbel, dem Eugen, als es 1914 so weit war, in den Westen folgte wie einst den Wandervögeln, wie dem unerreichbaren Vorbild des Vaters. Mit einem Lied auf den Lippen, Thukydides im Tornister und den Worten des Kaisers im Herzen: *Es muss denn das Schwert nun entscheiden. Mitten im Frieden überfällt uns der Feind. Darum auf zu den Waffen! Um Sein oder Nichtsein deutscher Macht und deutschen Wesens! Vorwärts mit Gott, der mit uns sein wird, wie er mit den Vätern war.*

Offenbar konnte Gott sich nicht recht entscheiden, mit wem er sein sollte. Wahllos ging seine zermalmende Faust, sein zerstampfender Tritt, sein schwer und blitzend aus den tiefen Regenwolken stürzender Leib auf beiden Seiten der Front nieder, sodass die feuchte Erde von Flandern aufspritzte und die Seelen auf beiden Seiten der Front erloschen wie Teelichter im Wind. Eugen erlebte Helden wie Hasenfüße gleichermaßen als Rohstoff für etwas Industrielles, eine mahlende und schmelzende Macht, die unablässig *Nichtsein* im Überfluss produzierte – und nicht den winzigsten Sinnsplitter. Wenn Gott auf diese Weise *mit den Vätern* gewesen war, dann hatte ihm sein Vater davon nie etwas erzählt.

Glück oder auch nur Erleichterung empfand Eugen keine, diesem Mahlstrom entgangen zu sein. Nur die Schuld des Opfertiers, sich der Klinge – und damit seiner Bestimmung – entzogen zu haben. Im Grunde war die »Bruderschaft von Montdidier« nichts anderes als eine kleine Herde verstreuter Verschonter, die mit dem Absingen alter Lieder ihre Scham überblökte. Auf dem Leichnam des Leviathan, zurückgelassen auf den Feldern der Schlacht, blühte still der Mohn.

Die Heimat selbst lag bei Eugens Heimkehr seltsam unberührt.

Zu Hause wurde weiter gepflügt, gebacken, geliebt und gelehrt. Auch Eugen las und blätterte weiter, kehrte seine Suche nach innen, eroberte sich Seite für Seite, Sinfonie für Sinfonie eine neue Heimat im Wahren, Schönen und Guten. Er tat das Richtige und heiratete. Beinahe lästig war es ihm, schon so bald vom Wiedererwachen des Ungeheuers zu hören. Wie es langsam wieder zu Kräften kam, winselnd seine Wunden leckte, knurrend an seinen Fesseln zerrte – das ging ihn nichts mehr an. Er tat das Wichtige und zeugte ein Kind. Wenn die Schreihälse ihre Pläne hinausposaunten, den Leviathan wieder seetüchtig machen zu wollen, war ihm das eher peinlich. Wozu? Seine Miniaturen, Vignetten, Feuilletons wurden gelesen. Er hatte Talent und konnte davon die Familie ernähren. Das Politische hatte man sich vom Leib zu halten. So sah er das. Und dann wurde es eines Tages tatsächlich wahr gemacht. Der größte aller Schreihälse hatte den Kadaver in die Werft geschleppt, das Ungeheuer mit Stahlplatten verkleidet, mit Geschützen versehen und unter frischer Flagge endlich vom Stapel gelassen. Mit all seiner Verdrängung lag es erneuert mitten in Europa. Halb fabelhafte Kreatur, irrsinnig vor Hunger nach Vergeltung. Halb waffenstarrendes Schlachtschiff, tauglich für große Fahrten, große Wagnisse und große Erzählungen.

Und wie schnell dann alles gegangen war, wie es aus allen Rohren schoss und beschossen wurde, wie es krängte und rollte auf voller Fahrt ins Offene und Freie. Über seine Gründe legte Eugen sich keine Rechenschaft ab. Als Schriftleiter war er unabkömmlich, und auch sein Jahrgang war nicht einberufen worden. Er hörte nicht auf seine Frau und dachte kaum an seinen Vater. Und doch war ihm, als hörte er ganz deutlich den Ruf der Heimat. Ihr Gebell, ihr Geheul. Er wurde gebraucht auf diesem Schiff. Also zog er die Uniform an und ging an Deck.

••

Nun saßen sie einander gegenüber und waren befangen. Hin und wieder lachten sie über ihre Befangenheit, aber die hatte den Ernst der Lage auf ihrer Seite und wollte sich nicht weglachen lassen. Großes war in Gang. Und sie würden sich für längere Zeit nicht sehen. Lothar hatte sie an der Angelstelle unten am Fluss treffen wollen. Aber das war Gesine zu sentimental. Außerdem waren sie keine Kinder mehr. Weil die Fasanerie noch geschlossen war, hatten sie sich auf den Roten Storch geeinigt. Dort konnte man draußen sitzen, auf dem Marktplatz, und das erschien Gesine angemessener, offizieller. Sie trug ihre BDM-Uniform, frisch gestärkt. Zu ihrer Enttäuschung war Lothar als Zivilist erschienen.

»Schöne Handschuhe«, sagte sie.

Er betrachtete seine Hände: »Ein Geschenk meiner Mutter. Ziegenleder, glaube ich. Schöner Lippenstift!«

»Ein Geschenk meiner Mutter«, sagte Gesine, und die Glocken des Münsters übertönten ihr Lachen.

Auf den Stufen zum Portal begrüßte Pfarrer Waibel die wenigen Kirchgänger einzeln, per Handschlag.

»Gibt es Neues von deinem Vater?«, erkundigte sich Lothar.

»Es geht ihm gut, wenn wir seinen Briefen glauben können. Er steht jetzt mit seiner Kompanie irgendwo am Westwall, so genau darf er das ja nicht schreiben ...«

»Ich verstehe nicht, warum er sich überhaupt gemeldet hat«, sagte Lothar. »Freiwillig, meine ich. Nach allem, was er im Großen Krieg durchgemacht hat.«

»Vielleicht hat er noch eine Rechnung offen mit den Franzosen?«

»Dein Vater? Im Leben nicht!«

Gesine ahnte, dass es irgendwie mit Opa zusammenhängen musste. Vielleicht, dachte sie, wollte ihr Vater dem alten Helden etwas beweisen. So ganz sicher war sie sich aber nicht, also lächelte sie nur und schwieg.

»Wann musst du los?«, fragte Lothar.

»Der Zug geht morgen.«

»Endlich Berlin, oder?«

»Endlich Berlin!« Gesine strahlte auf, senkte aber sofort wieder die Stimme: »Jetzt, wo es so weit ist, fürchte ich mich fast ein wenig. Zum Glück bin ich nicht allein. Meine ganze Mädelschaft ist abkommandiert …«

»Dein Vater bei der Wehrmacht, du in Berlin … deine Mutter wird schrecklich alleine sein in dem riesigen Haus, schätze ich.«

»Ach was, du kennst sie doch! Ihre größte Sorge ist, ob sie im Herbst den runden Geburtstag von Opa ausrichten darf oder nicht. Sie träumt von einem rauschenden Fest. Es sollte ein gesellschaftliches Ereignis sein!«

»Natürlich! Leberecht von Wieland ist der größte Sohn dieser Stadt«, deklamierte Lothar.

»Eben. Und Mama mag große Sachen. Seit Monaten bearbeitet sie meinen Vater. Und ohne seine Zustimmung …«

Roswitha war an ihren Tisch getreten. Sie stellte den Kaffee ab, die Hände in den Hüften gestemmt: »Lothar Sieber, von dir hört man ja die tollsten Sachen!«

Er winkte ab, wie üblich, aber Gesine mochte ihm diese Bescheidenheit nicht durchgehen lassen: »Wie viele Abschüsse?«, fragte sie so laut, dass sich einige Gäste nach ihnen umdrehten.

Er hob vier Finger, zupfte nervös an seinen Handschuhen.

»Menschenskinder!«, rief Roswitha und bat Lothar, gut auf sich aufzupassen, der Kaffee gehe selbstverständlich aufs Haus, das sei wohl das Mindeste.

Lothar bedankte sich und sah Roswitha hinterher: »Bruno ist übrigens bei den Panzerfahrern«, sagte er. Gesine schluckte ihren Ärger darüber herunter, dass er sein Licht so beharrlich unter den Scheffel stellte. Die meisten Burschen benahmen sich schon vor dem ersten Einsatz, als würden sie den Krieg ganz alleine gewinnen. Und hier saß einer, der wirklich etwas leistete und es immerzu kleinredete.

»Ich hab's gehört«, sagte sie. »Und Knut bei den Booten!«

Lothar beugte sich verschwörerisch nach vorne: »Dabei kann der noch nicht mal schwimmen ...«

Gesine grinste und erwiderte mit verstellter Stimme: »Bei der Marine muss man nicht schwimmen!« Dann lehnte sie sich ihm entgegen: »Nun sag schon!«

»Ich habe einen neuen Stellungsbefehl«, sagte er. »Kanalküste.«

»Das meine ich nicht! Wie ist das?«

»Was?«

»Luftkampf. Mann gegen Mann. Mensch, Lothar, nun lass dir doch nicht alles aus der Nase ziehen! Sogar Roswitha hat schon gehört, was du für ein tollkühner Pilot bist!«

»Hm«, machte Lothar und dachte nach. Dabei zog er endlich diese dummen Handschuhe aus. Finger für Finger.

Gesine ging das zu langsam. »Hast du Angst?«, flüsterte sie.

»Ich ... kann fliegen«, sagte er zögernd, beinahe schläfrig. »Ich kann das wirklich, weißt du? Ich denke nicht nach, wenn ich in der Maschine sitze. Und dann ist es, als hätte ich das schon immer gekonnt. Manchmal ist mir das richtig unheimlich, Gesine, ich ...«

»Deine Mutter muss so stolz auf dich sein!«

»Sie hat Angst um mich.«

»Ich auch!«, protestierte Gesine.

»Musst du aber nicht«, sagte er ruhig und betrachtete seine schlanken Hände. »Mir wird nichts passieren. Ich *weiß* es einfach. Meine Gegner, die wissen das manchmal nicht. Ich spüre das. Dann hören sie auf, Menschen zu sein. Dann ist da irgendwann nur noch ... Feuer vielleicht? Und so ein abrauchender Schweif ...«

Er suchte nach den richtigen Worten. Sie ließ ihn suchen. Wie nebenbei berührte sie seine Finger, und schon griff er nach ihrer ganzen Hand. Gesine erwiderte den Druck, und das plötzliche Gefühl von Stolz war so überwältigend wie eine körperliche Erschütterung.

••

Am Ende stand alles unter Druck. Der graue Himmel über der Stadt, der Kessel der Lokomotive, ihr Kopf. Uta sah sich nicht mehr um. Als sie die Treppe zum Bahnsteig erklommen hatte, war der Zug gerade eingefahren. Keuchend wuchtete sie ihren Koffer gleich in den ersten Waggon und sprang sofort hinterher, leeres Abteil, Sitzplatz am Fenster. Geschafft.

Auf dem Bahnsteig zwei Männer ohne Gepäck, das kam ihr verdächtig vor. Ihr Knie wippte. Sie legte die Hand darauf. Es wippte weiter. Sie bemühte sich um einen gleichmäßigen Atem, einen ruhigen Puls. Nach fünf Atemzügen erklang ein schriller Pfiff. Nach zehn Atemzügen schien es ihr, als setzte der Zug sich schon in Bewegung. Dabei war es nur der Zug auf dem Gleis gegenüber – eine optische Täuschung, bei der Uta schon als Kind schlecht geworden war. Gleich unter ihrem Fenster schlenderten die gepäcklosen Männer vorbei. Was, wenn sie einsteigen würden? *Personenkontrolle, Papiere bitte?* Bis auf einen kleinen Spalt zog Uta den Vorhang zu, sank tiefer in die Polster. Auf einer stählernen Querstrebe saßen zwei Tauben und nickten. Feiner Dampf umwirbelte das »Anhalter Bahnhof«-Schild. Mit einem unmerklichen Ruckeln setzte sich auf einmal die ganze Halle in Bewegung. Oder sollte es endlich der Zug sein?

Dann war's das wohl. Der Moment, in dem sie Theo im Stich ließ. Der Moment, in dem sie sich selbst in Sicherheit brachte. Sie biss sich auf die Knöchel und ließ ihrem Schluchzen freien Lauf.

Auf dem Gang das Gerumpel von Koffern.

Ruhig jetzt, Uta, ruhig.

Gleichmäßiger ging ihr Atem erst später, als Spandau mit seiner Zitadelle, den Fabriken und Mietshäusern hinter ihr lag. Uta streifte ihre Schuhe ab, legte die Füße auf den Sitz gegenüber, öffnete den Vorhang. Brandenburg von Horizont zu Horizont. Fruchtbar, flach und furchtbar friedlich das Land. Darüber ein Himmel, erleichtert um den Dunst der Stadt. Seine Vergissmeinnichtbläue schmerzte ihr beinahe in den Augen. Sie zog den Vorhang wieder zu. Verschränkte Arme, leerer Blick. *Wenn sie mich abholen,* hatte Theo gesagt, *dann fahr nach Ginsterburg, versprich mir das!* Ursel und Eugen würden sie aufnehmen. Und sie hatte sich wochenlang gesträubt, mit den Fäusten auf seine Brust eingeprügelt, eine Flucht nach London ins Kalkül gezogen, was ohne Papiere aber nicht zu machen war.

Eines Morgens dann standen die Ledermäntel in der Tür: *Theodor Mohelsky? Mitkommen!* Und jetzt war er in der Prinz-Albrecht-Straße, im Keller des Reichssicherheitshauptamtes, weil der Staat *ein paar Fragen an ihn* hatte und, darüber hatten sie sich nie Illusionen gemacht, auch *ein paar Antworten* für ihn. Früher waren Verhaftete manchmal aus der Prinz-Albrecht-Straße wieder nach Hause gekommen, mit gebrochenen Nasen, blaugeschlagenen Augen und ein paar Zähnen weniger, aber nach Hause. Jetzt nicht mehr. Nachdem Uta das dritte Mal abgewiesen worden war an der Pforte, hatte sie kapituliert – und sich eine Fahrkarte nach Ginsterburg gekauft.

Rumms.

»Heil Hitler«, rief fröhlich der Schaffner, füllte die ganze Schiebetür aus, Mütze weit in den Nacken geschoben, freundliches Rundgesicht. »Wenn ick um die Fahrscheine bitten dürfte, gnä' Frau!«

Fahrig griff die gnä' Frau in die Innentasche ihres Mantels, reichte dem Schaffner ihre Papiere. Unter gerunzelter Stirn flog sein Blick von den Fahrkarten zu Uta, von Uta zu den Fahrkarten, zum Koffer in der Ablage und zurück auf Uta, von Uta wieder auf die Fahrkarten. Mehr als ein allzu nervöses Lächeln konnte sie ihm nicht anbieten.

»Wir reisen alleine?«, erkundigte er sich.

Uta nickte und biss sich auf die Unterlippe.

»Wenn dat so ist, dann stimmt hier was nicht«, sagte der Schaffner und wedelte mit dem Billet, als fächelte er sich Luft zu. »Ick habe hier 'nen Fernschnellzugzuschlag. Brauchense nicht. Wir sind ja nicht der Fliegende Hamburger. Leider!«, fügte er hinzu, lochte endlich die Fahrkarte und reichte ihr die Papiere: »Angenehme Reise, schöne Frau!«, Finger an der Krempe seiner Mütze.

Rumms.

Uta wartete noch fünf Minuten, dann folgte sie ihm auf den Gang. Zugtoilette, Wasser auf die Handgelenke. Aus dem Spiegel blickte ihr ein Gespenst entgegen. Spülung. Unter der geöffneten Klappe wischte der Schotter der Gleise vorbei. Schwankenden Schrittes auf dem engen Gang wieder zurück. Verpasste zuerst ihr Abteil, weil sie es wegen neuer Mitreisender nicht wiedererkannt hatte. Propere Familie, deren Zufriedenheit mit sich selbst und der Welt sie wie ein Parfüm umgab. Versonnen der Vater und in Uniform, aufgeregt die Mutter, zwei freche Mädchen in identischen Kleidern, die nackten Knie auf dem Sitz und die Nasen an der Fensterscheibe.

»Wir haben uns hier ausgebreitet, das stört Sie hoffentlich nicht?«

Uta störte das nicht. Sie setzte sich auf den Platz am Gang und holte die Isolierkanne mit dem Kaffee heraus. Er war noch heiß, sie hatte keinen Becher dabei, packte die Kanne wieder zurück.

»Warten Sie!«, sagte die Mutter, kramte in ihrer Tasche und hielt ihr einen Becher hin.

Uta dankte, schenkte sich ein: »Wollen Sie auch?«

Die Frau schüttelte den Kopf: »Wir sind versorgt!«, und deutete auf einen mitgebrachten Korb. »Alles dabei, was man für eine kleine Reise braucht. Stimmt's, Herbert?«

Der Mann nickte, Heimaturlaub, diesmal besuchten sie nur die Großeltern in Braunschweig: »*Große* Reise, das war einmal. Nicht wahr, Liebling?«, oh ja, über München bis nach Genua, mit einem Sonderzug und Autobus bis zum Hafen, wo sie mit der »Ozeana« in See gestochen seien, KdF-Dampfer, kolossale Sache, Italienkreuzfahrt, Florenz, Neapel, Pompeji, zuletzt Palermo, und die ganze Zeit bestes Hitlerwetter ...

Uta lauschte dem hellen Lachen der Mutter, bemerkte die betont weltläufige Art, wie der Vater seine Zigarette in abgespreizten Fingern hielt. Sah die fettigen Flecken, die die Kinderhände auf der Scheibe hinterlassen hatten, und den Schaffner mit den Mädchen scherzen. Wie konnten Menschen so unberührt bleiben vom Gang der Dinge? War es so einfach, sich im Gleichschritt zum schweren Tritt der Zeit zu bewegen? Nicht einmal aus bösem Willen, einfach aus Instinkt?

»Und wohin reisen Sie?«

Beinahe hätte Uta *nach Hause* gesagt, antwortete aber »Ginsterburg«, dass sie dort aufgewachsen sei und nun ihre Schwester besuche.

»Also nach Hause«, sagte die Frau freundlich.

»Ginsterburg …«, überlegte der Mann, da läute bei ihm doch ein Glöckchen. Ist das nicht die Stadt mit dem ältesten Englischen Garten auf deutschem Boden? Uta nickte, der Park sei aber in einem traurigen Zustand.

»Wie England, das passt ja!«, sagte der Mann, und die Frau fiel in sein Lachen ein.

Vor Braunschweig sammelte die Familie ihre Siebensachen zusammen. Die Mutter drängte Uta noch den Becher auf, »Damit Sie uns nicht verdursten!«, und daraus trank Uta nun ihren restlichen Kaffee. Dann weinte sie ein bisschen, die Stirn am kalten Fensterglas. Nach Hause? Früh hatte sie rausgewollt aus dieser Stadt, ab in die Welt. Nie konnte ihr der Abstand zur Heimat groß genug sein. Schon als Kind kam es ihr vor, als dauerte eine Sekunde dort eine Minute und eine Minute eine Stunde. Ginsterburg *ging nach*, wie eine dieser defekten Uhren, die ihr Vater in seinem Laden reparierte. Als wäre »Muff & Enge« ein Architekturbüro und diese Stadt sein Meisterwerk. Deshalb hatten Dessau und das Studium dort Uta so begeistert. Dessau *ging vor*. Berlin wiederum ging herrlich durcheinander, wie alle Uhren im Geschäft ihres Vaters zusammen. Aber selbst in der Hauptstadt war Uta der Abstand zur Heimat noch nicht groß genug. Sogar in Berlin lauerte mancherorts das Rückständige, das Altfränkische – und der stumpfe Stolz genau darauf. Irgendwann begann ihr Freundeskreis, sich unmerklich auszudünnen. Reisen wurden angekündigt und angetreten, und dann kamen Postkarten aus Stockholm, Paris oder Amsterdam: »Wir bleiben jetzt hier! Kommt doch auch!« London, das wär's gewesen! Aber Theo hatte sich gesperrt, weil er die Sprache nicht beherrschte und gefürchtet hatte, im Exil zu verkümmern. Statt eines Aufbruchs in die Zukunft nun also ein Sturz zurück durch die Zeit.

Zurück nach Ginsterburg.

Sie trat auf den Gang hinaus und wanderte dort hin und her, um auf andere Gedanken zu kommen. Als sie sich die Nase putzte, sah sie zwischen den Fingern das eingestickte Monogramm. T und M.

Theo Mohelsky hatte ihr Wüten über alles Provinzielle bisweilen befremdet, oft erstaunt und immer amüsiert. Woher der Eifer, gegen das Alte zu wettern, wenn sie doch studiert hatte, es zu erhalten? Ein Widerspruch, keine Frage. Ihr Theo konnte das unmöglich begreifen. *Städte wie Ginsterburg sind das Langzeitgedächtnis unserer Kultur.* Solche Sprüche. Bei ihren beiden einzigen Besuchen, zur Beerdigung ihres Vaters und der Hochzeit ihrer Schwester, fand er das Städtchen *ganz entzückend* und *allerliebst*. Ursel, nie rausgekommen oder auch nur rausgewollt aus dem Kaff, nahm solche Schmeicheleien natürlich für bare Münze. Theo hatte sogar Eugen in dessen verschnarchter Absicht bestärkt, eine Chronik dieser Ödnis zu schreiben. Einmal tat Theo so, als hätte er sich im ältesten Teil der Altstadt in eine spätmittelalterliche Ruine verguckt, mit einem kunstvoll geschnitzten blauen Fuchs im Fachwerk über der Tür. Ob denn dieser baufällige Schuppen nicht *ein zauberhaftes Projekt für uns beide* wäre, *also später mal, vielleicht auf unsere alten Tage*? Damit hatte er den Bogen überspannt. Da war ihr der Kragen geplatzt: »Das hier ist ein Provinznest voller Faschisten! Merkst du das nicht?« Uta erinnerte sich, wirklich laut geworden zu sein an diesem Tag. Und daran, wie bleich und kleinlaut Theo plötzlich gewesen war. *Aber Herz, die Faschisten sind doch überall,* hatte er gesagt. *Wir dürfen ihnen die Nester nicht überlassen.*

Auf der Zugtoilette wusch sie sich das Gesicht, klatschte sich auf die Wangen und sah sich tief in die Augen: »Reiß dich gefälligst zusammen, Herz!«

Draußen rollten jetzt grüne Hügel durchs Land. Hier eine Scheune, dort ein Feldweg. Zwei Fußgänger mit Mistgabeln an einer Bahnschranke. Auf einer Lichtung im Wald schlugen Rehe erschreckt ihre Haken. Schon waren Wald und Lichtung und Rehe verschwunden. Das erdige Rot eines Ziegelsteinbahnhofs wischte vorbei. Auf der Landstraße neben den Gleisen überholte der Zug ein Automobil. Uta sah, wie der ältere Herr am Steuer seinen Mund öffnete und schloss. Erst zu einem kleinen o, dann zu einem großen O, dann wieder zu einem kleinen. Jemand singt ein Lied, dachte sie, ganz für sich alleine. Theo hätte jetzt bestimmt das Lied erraten. Oder erfunden. Und dann mitgesungen.

»Nicht mehr lange bis Ginsterburg«, sagte sie halblaut.

Als säße er neben ihr im Abteil.

••

Einerseits war das Ding eine verdammte Prothese. Der Gedanke behagte ihm nicht. Andererseits verlieh es ihm eine gewisse Beflissenheit. Der Gedanke behagte ihm. So glich sich das also aus. Und jünger wird man nicht. Otto setzte seine neue Lesebrille auf und überflog die letzte Seite seines dienstlichen Tagebuchs.

14:00 bis 15:30 Uhr: Erste Beratung über Umsetzung des Führersofortprogramms (alle Dienststellen, v. a. Feuerwehren u. Blockwarte, Zivilschutz); Bedarfsberechnung f. Hochbunker, Standortsuche (oberhalb Erlöserkirche, Güterbhf., Sportfeld an den Auen?), Luftschutzräume Altstadt (Modellkeller Roter Storch). Viele Fragen offen.

Er lehnte sich zurück, setzte die Brille ab. Ja, viele Fragen offen.

Anfangs hatte er die Weisung noch belächelt. Heute erst war ihm klar geworden, was für ein bürokratischer Alptraum ihm da eingebrockt worden war. Eigentlich müsste er alle Referate der Stadt an einen Tisch bringen. Einen Führungsstab einrichten, der die einzelnen Stellen koordiniert. Kommunale Luftraumverteidigung als Beschäftigungsmaßnahme, so sah's doch wohl aus. Damit den Volksgenossen nicht zu wohl wird. Und wer hatte die ganze Arbeit? Richtig.

Er setzte die Lesebrille wieder auf.

15:30 Uhr: Oberstleutnant Neuhofer legt Pläne für Flakstellungen vor (Bismarck-Denkmal, alter Wasserturm am Bahnhof; vorausdenkend, gut). 16:00 Uhr: Tel. Dienststelle Gestapo Prinz-Albrecht-Straße weg. Th. Mohelsky (i. d. Sache nichts Neues, Ton schroff). 16:15 Uhr: Hansemann fernmündlich aus Krakau weg. staatl. Unterbringung v. Fritz Grasberger (positiver Bescheid, endlich!).

Er warf einen hastigen Blick auf die Uhr, fügte mit kratzendem Stift in flüchtiger Schrift einen letzten Termin hinzu.

17:00 Uhr: Besichtigung der Häuser.

Sowas von überfällig, das ging auf keine Kuhhaut. Wie ihm einst der Blumenladen seiner Eltern zu bescheiden geworden war, so rückte nun sein Großhandel in weite Ferne – wenn auch aus anderen Gründen. Beim Spatenstich für die neuen Gewächshäuser war gerade der Krieg mit Polen ausgebrochen. Pünktlich zum Richtfest ging es gegen Frankreich. Jetzt, zur Einweihung, das Führersofortprogramm. Immer war was. So sehr nahm Otto die Geschichte in Anspruch, dass ihm für seine Geschäfte keine Zeit mehr blieb. »Der Gürckel ordnet seiner Pflicht die eigenen Interessen unter!«, hatte der Gauleiter auf der Jahrestagung in Heidelberg vor versammelter Mannschaft gesagt, die Herren sollten sich daran ein Beispiel nehmen. Wobei, ganz so war's nicht. Ohne einen Mitarbeiter wie Knapp würden seine Geschäfte *wirklich* in Mitleidenschaft gezogen. Knapp war emsig und pedantisch, still und effizient. Der ideale Geschäftsführer. Hatte ihm alle Baupläne und Verträge unterschriftsreif vorgelegt und die Modernisierung praktisch alleine gewuppt.

Im Hof wartete schon sein Fahrer mit dem DKW. Über den Kopfstein der Kronengasse und die alte Steinbrücke ging es in zügiger Fahrt die Kaiserstraße hinauf. Müller fuhr immer wie der Henker, und wenn man ihn darauf aufmerksam machte, freute er sich: »Aber nicht wie der eigene!«

Nach einer Viertelstunde kam die Jungheinrich GmbH & Co. KG in den Blick. Otto zählte sechs rauchende Schornsteine, zwei mehr als letztes Mal. Wer hätte das gedacht? So ein Krieg erhitzt nicht nur die Gemüter. Er heizt auch die Wirtschaft an. Vielleicht wäre Neuhofer vorzuschlagen, auf dem Gelände der Papierfabrik eine dritte Flak in Stellung zu bringen. Zur Sicherheit.

Gleich hinter der Fabrik spiegelten sich die Glasdächer seiner neuen Gewächshäuser in der Sonne. Der Motor des DKW lief noch, da war Knapp schon aus dem flachen Verwaltungsgebäude geeilt und hatte Otto die Tür geöffnet.

»Chef!«

»Knapp!«

Drei moderne Gewächshäuser waren es, die sich in unmittelbarer Nachbarschaft zur Papierfabrik von Jungheinrich am Ufer erstreckten. Die Süße der Luft war überwältigend. Die Schwüle auch. Otto spürte den Schweiß unterm Hemd. Er knöpfte erst die oberen Knöpfe auf, dann zog er seine Uniformjacke ganz aus. Knapp zeigte ihm die Bewässerungs- und Berieselungsanlagen, die Dieselpumpen und die Temperaturfühler. Nebenbei referierte er über die Notwendigkeit, mit der Zeit zu gehen, mehr noch, der Zeit *vorauszugehen*. In der feuchtschwülen Luft wogte ein Meer von Azaleen. Normalerweise kaufte Otto diese Pflanzen aus einer Großgärtnerei in Belgien. Die Transportkosten würden sie sich nun sparen können, rechnete ihm Knapp vor. Die Investitionen hätten sich auch dann gelohnt, wenn der Zugriff auf die Gewächshäuser in Aalsmeer ... nun, in den Niederlanden hatte ja jetzt die

Wehrmacht sozusagen ihren Fuß auf dem Boden und würde, wie die Dinge standen, dort auch bleiben. Mittelfristig würden sie aus Holland keine Blumen mehr »importieren« müssen, sie würden sie schlicht »beziehen«. Fähige Leute gebe es dort, die hätten schnell verstanden, wer die neuen Herren seien. Gute Nachrichten waren das. Früher, da wäre eine solche Entwicklung ein Hauptgewinn in der Lotterie gewesen fürs Geschäft. Otto lief inzwischen der Schweiß den Rücken hinunter. Was lieblich gewesen war am Duft dieser Armee aus Azaleen, das hatte sich durch Übersättigung rasch in den Gestank von Verwesung verwandelt. Otto hatte genug gesehen. Er sehnte sich nach frischer Luft.

Am Ausgang fiel ihm ein brummender Kühlschrank auf, daneben vier Saatkästen mit Steinen statt Blumenerde. Was das denn werde, wenn's fertig ist?

Knapp legte die Fingerspitzen aneinander. »Hier züchten wir sozusagen die Überblume, Chef.«

Otto starrte ihn verständnislos an.

»Das ist Edelweiß«, verkündete Knapp bedeutungsschwer.

»Edelweiß? Wächst das hier?«

»Wenn wir die Samen im Kühlschrank vorkeimen lassen und das Gewächs einen ausreichend trockenen, mineralhaltigen Boden ...«

»Wieso Edelweiß? Was sind denn das für Kapriolen, Knapp?«

»Aber Chef!«, sagte Knapp verdattert. »Das ist doch die Lieblingsblume des Führers!«

»Ah«, machte Otto. »Aber natürlich! Sehr gut, Knapp, sehr gut.«

In der Baracke war wieder ein kleines Büffet für den Umtrunk mit den Gärtnern und Floristinnen aufgestellt. Rasch füllte sich der Raum mit Zigarrenrauch und robuster Herzlichkeit. Als Knapp über die Modernität der motorisierten Panzerverbände zu schwadronieren begann, wandte Otto sich ab und den Damen zu, deren Geschnatter sofort verstummte.

»Frau Grasberger? Hätten Sie mal eine Sekunde?«

»Ich?«

Otto legte ihr den Arm um die Schulter und zog sie sanft beiseite.

»Ich hatte heute ein sehr erfreuliches Ferngespräch mit dem Herrn Hansemann, Frau Grasberger. Sie können sich denken, worum es geht?«

»Doch nicht um den Fritz?«

»Und ob! Der Herr Professor scheint einen Narren an diesem Fall gefressen zu haben. Hat seine Verbindungen spielen lassen bei der Zentraldienststelle in Berlin!«

»Ach! Wirklich?«

»Ja, und die haben den Fritz an die Gemeinnützige Stiftung für Anstaltspflege vermittelt. Er kann schon nächste Woche abgeholt werden.«

»Heißt das, er hat einen Platz ...«

»... in der Landesheilsanstalt! Genau. Na, was sagen Sie nun?«

Unbeholfen fiel sie ihm um den Hals, löste sich sofort wieder: »Danke, Herr Gürckel. Danke! Das kann sich kein Mensch vorstellen, was für eine Last ... ein so nutzloser Mensch ... so gerne hätte ich dem Führer ... ach, ich weiß gar nicht, wie ich Ihnen danken soll!«

Otto schüttelte beschwichtigend den Kopf, selbst ganz gerührt von der Freude der guten Frau, von ihrer Erleichterung: »Danken Sie nicht mir. Danken Sie der Partei. Wir kümmern uns.«

••

Mit der Verkäuferin in der Gürckel'schen Blumenhandlung konnte Ursel immer gut plauschen, Heil Hitler, den Chef sähe man ja kaum noch, Staatsgeschäfte, wie geht's denn dem werten Gatten in Frankreich, er siegt auf ganzer Linie, und jetzt hole ich gleich meine Schwester aus Berlin vom Bahnhof ab, zur Begrüßung wäre ein Ensemble aus Hortensien, Bartnelken und Pfingstrosen angemessen, wenn's von kundiger Hand arrangiert ist, da hatten sich das Gezupfe und Gestecke und Gezwirbel und auch der Plausch schon gelohnt.

Am Bahnhof war sie dann zu früh. Na ja, besser zu früh als zu spät. Die Empfangshalle war so verwaist, dass sie sogar das Ticken der großen Uhr hören konnte. Wer das heute machte, wusste sie nicht, aber früher war ihr Vater für die jährliche Wartung zuständig gewesen. Tag um Tag hatte er in seiner nach feinem Öl duftenden Uhrmacherwerkstatt gehockt, ein Auge auf die Lupe gepresst, um im Licht einer starken Lampe mit winzigem Besteck winzige Sprungfederchen und Zahnrädchen und Schräubchen aufeinander abzustimmen. Wenn die Uhr am Münster stehengeblieben war oder die Bahnhofsuhr gewartet werden musste, dann war das für Ursels Vater immer etwas Besonderes gewesen. Meterhohe Zeiger. Schwere Ketten statt hauchdünner Riemchen. Mechanismen, in die man hineinklettern und aufrecht darin stehen konnte.

Einmal hatte er seine Töchter gefragt: »Was glaubt ihr eigentlich, Kinder, womit genau ich handele?«

Ursel war das völlig klar: »Mit Uhren natürlich! Mit Schmuckmaschinchen, mit Broschen und Medaillons! Mit kostbaren Dingen, die schön und nützlich sind!«

Ihr Vater hatte zufrieden genickt und sich der jüngeren Schwester zugewendet.

Uta hatte nur mit den Schultern gezuckt: »Zeit.«

Damals war Ursel in Gelächter ausgebrochen, und auch heute ließ die Erinnerung sie grinsen. Zeit! Fast schon wieder süß. Und so typisch für Uta, der schon damals jedes Verständnis fürs Wesentliche fehlte. Seltsam, wie unterschiedlich Geschwister sein, wie weit Menschen sich einander entfremden konnten. Selbst Schwestern, die man für Zwillinge hätte halten können. Gleiches Material, gleiche Beschaffenheit, wie diese Gleise hier. Und doch liefen sie in unterschiedliche Richtungen. Und irgendwann war wie eine Schranke etwas zwischen ihnen niedergegangen. Uta hatte immer alles ganz genau wissen wollen. Warum ist das Wasser blau? Wo sind wir, wenn wir schlafen? Warum gibt es keine Reichspräsidentin? Immer hatte sie noch das Selbstverständlichste hinterfragen wollen – und dabei sich selbst verloren. Ganz zu schweigen von jeder politischen Räson. Unbelehrbar hatte sie festgehalten an ihrer Liaison mit Theodor, und jetzt hatte sie alles verloren. Ihre Bestimmung, ihre Weiblichkeit. Ihr Glück.

Durch die Kuppel aus Glas und Stahl stürzte das Sonnenlicht in den Raum. Die tragenden Säulen aus Granit waren Kriegern nachempfunden, die sich auf ihre Schwerter stützen. Das gefiel Ursel nicht. Wie in diesem fürchterlichen Völkerschlachtdenkmal in Leipzig, zu dem Eugen sie einmal geschleppt hatte.

Für einen Groschen löste sie eine Bahnsteigkarte und nahm die Freitreppe hinauf zu den Gleisen. Es roch nach Ruß, Reinigungsmittel und dem Abrieb von Eisen. Über der Haupthalle wölbte sich die größere Kuppel wie ein Himmel aus Glas und Geflecht aus Eisenstreben. Ursel spazierte den leeren Bahnsteig entlang ins Offene. Links in der Ferne die Schornsteine der Fabriken. Rechts der grüne Kegel des Wolfsbergs, darunter die Altstadt in ihrer Spitzgiebeligkeit, überragt vom Turm des Münsters. Der Fluss, vor dessen Ufer alle Gleise gebündelt einkurven mussten, bevor sie sich in den Bahnhof auffächern konnten. Ursels Gedanken, so fühlte sich das an, hüpften und flatterten wie die Spatzen neben ihr her.

Beneidete sie Uta für ihr Leben in Berlin? Nicht die Berufstätigkeit, nicht ihr Leben mit Theodor, nicht ihr flausenhaftes Leben überhaupt. Künstlerisches war vielleicht ganz nett. Solide war es nicht. Aber Berlin selbst? Gute Güte, ja! Wenn man's recht bedachte, waren das doch gleich mehrere Städte, aufs Turbulenteste ineinandergeschoben! Wie es in ihrem Bauch geprickelt hatte, als sie beim letzten Besuch dort aus dem Zug gestiegen war. Eugen hatte sich mit Theodor getroffen und diesem anderen Juden, denen gehörte dort ja alles, auch die Zeitungen, und Ursel hatte sich alleine vergnügt. Von der modischen Eleganz der Frauen, sogar der Kellnerinnen, konnte sie sich wunderbar inspirieren lassen, diese

Weltläufigkeit, herrlich! Die Boulevards, die Linden, die Schaufenster, Theater, das Licht und die überfüllten Straßenbahnen!

»Eine Elektrische haben wir auch in Ginsterburg«, hatte Eugen gesagt, betont unbeeindruckt, wie er sich ohnehin von kaum etwas beeindrucken lassen wollte, was in diesem Land vor sich ging, die Welle der Begeisterung, die das Leben erfasst hatte, gar nicht sehen wollte. Er musste sich davon ja nicht gleich in ein Amt tragen lassen, wie's der Gürckel angestellt hatte. Obwohl ja auch beim Kreisleiter noch Luft nach oben war. Sonst hätte den die Henriette wohl kaum sitzen lassen für dieses hohe Tier aus der Partei. Henriette hatte den Spatz in der Hand gegen die Taube auf dem Dach eingetauscht. War vielleicht nicht anständig, dachte Ursel, aber musste man sich auch erstmal trauen. Wie das wohl war, so ein Leben in höchsten Regierungskreisen? Allzu gerne hätte sie danach gefragt, aber die Henriette spielte in einer anderen Liga, die würde wohl kaum Zeit für ein angereistes Landei erübrigen können. Morgens im Tiergarten? Mittags im Café Kranzler? Abends dann in der Oper. Später eine Soirée beim Minister? Vielleicht noch ein Sekt im Adlon? *So* würde sie in Berlin leben, dachte Ursel. Nicht wie ihre Schwester, von Auftrag zu Auftrag und der Hand in den Mund.

So war sie, umschwirrt von ihren Gedanken, bis ans äußerste Ende der Plattform geschlendert, als mit Stampfen und Schnaufen endlich die Bahn aus Berlin sich die eiserne Ehre gab. Nach hastigem Halt rollte der Zug schon wieder aus.

Uta reglos im Dampf, den Koffer noch in der Hand.

»Da bist du ja«, rief Ursel und eilte ihrer Schwester entgegen.

Uta ließ ihren Koffer fallen. Beachtete nicht den dargebotenen Blumenstrauß. Warf sich der Schwester wortlos um den Hals, schluchzte auf. Ursel tätschelte ihr den Rücken. Fuhr ihr mit der Hand durchs Haar. Schaute sich dabei um, ob diese Szene auch kein Aufsehen erregte.

»Na, wer wird denn gleich ...«

Uta hielt Ursel so eng umklammert, dass zwischen ihnen

das Papier knisterte. Der schöne Strauß! Hortensien, Bartnelken, Pfingstrosen. Die waren nun wohl hin.

••

Es war ein goldener Nachmittag im Juni und der Krieg vorbei.

Eugen trat aus dem Unterstand und atmete tief durch. Zwei Briefe in der Hand, Feldstecher um den Hals. Zündete sich sein Pfeifchen an und schlenderte die Stellung seiner Einheit ab. Tarnnetze ordnungsgemäß verlegt, der Stahl der Haubitzen mit Sträuchern verdeckt, kein Feind in Sicht. Irgendwo im Süden trieb in diesen Tagen die Panzergruppe Kleist vor sich her, was von der französischen Armee noch übrig war. Und Eugen fühlte sich blendend.

Abfahrbereit wartete der Quartiermeister auf seinem Motorrad mit Beiwagen und musste die Handschuhe wieder ausziehen, um die Umschläge entgegenzunehmen. Ein Brief an Ursel, ein Brief an Merle. Dies sei ja wohl, bemerkte der Quartiermeister launig, die überflüssigste Stellung, die er in diesem Feldzug je gesehen habe. Vor wenigen Tagen hätte Eugen noch erwidert, dass sie hier die östliche Flanke der Panzergruppe deckten. Nur für den Fall, dass den im Elsass eingeschlossenen Franzosen noch der Ausbruch gelingen sollte. Vor wenigen Tagen, bevor Paris gefallen war, hätte der Quartiermeister sich eine solche Bemerkung gar nicht erst gestattet. Jetzt aber war der Krieg vorbei. So gut wie.

Also lachte Eugen und sagte nur: »Besser überflüssig als tot!«

Wie die Dinge standen, war die Stellung inzwischen wirklich ohne jeden taktischen Wert. Deutsche Panzerspitzen rollten bereits durch die Provence und auf Grenoble zu. Nur Eugens Einheit hockte mit ihrer Artillerie weiter hier oben in der Walachei. Zwölf Mann, sechs leichte Feldhaubitzen, zwei Maschinengewehre. Gut getarnt über dem Tal der Loire. Seit Beginn des Westfeldzuges keinen einzigen Schuss abgegeben. Tote Pferde hatten sie gesehen, aufgeblähte Kadaver, zerschossene Wracks, hin und wieder eine

Leiche am Wegesrand, ihre Gesichter notdürftig mit Zweigen bedeckt. Das schon. Sonst aber keinerlei Feindberührung. Für ihre Einheit gab es überhaupt nichts zu tun, seit Tagen schon.

Am Morgen war endlich der Abmarschbefehl erteilt für den folgenden Tag, am Mittag dann vom Kommandeur eine ganze Kiste Rotwein an die Mannschaft verteilt worden. Zur Feier des Tages. Angeblich war der Führer bereits auf dem Weg, um die Kapitulation des Erzfeindes entgegenzunehmen. Angeblich im Wald von Compiègne, wohin eigens der alte Eisenbahnwaggon geschafft worden war, in dem die Deutschen 1918 ihre Kapitulation hatten unterzeichnen müssen. Wenn das stimmte, war es eine mächtige Geste. Das hatte Stil, das musste Eugen dem Führer lassen.

»Auch 'n Schluck, Herr Feldwebel?«, fragte einer der Jüngeren.

Eugen hob wie zur Entschuldigung den Feldstecher.

»Lass ihn, der Alte geht wieder seine Vögel gucken ...«, sagte ein anderer.

Schon besoffen. Ging ja gut los. Die Kameraden würden es heute krachen lassen, das war klar. Sollten sie. Junge Kerle. Ihr Frust war Eugen nicht entgangen. Und auch nicht, wie er sich aufgestaut hatte über Wochen. Witze. Derbere Witze. Prügeleien. Kein Wunder. Wo sie auch hinkamen, war die Arbeit schon erledigt. Bewegungskrieg. Neue Generation, dachte Eugen. Lieber tot als überflüssig.

Am Ende des Grabens stützte er sich auf den Lauf einer Panzerabwehrkanone und stemmte sich über die Brustwehr. Erst vor zwei Wochen geschaufelt. Schade drum. Vier Jahre, dachte er. Vier Jahre hatten sie in den Schlammgruben von Flandern geblutet, damals. Und nun das. Keine sechs Wochen, und der Feind lag zerschmettert am Boden.

Auf steiler Wiese ein gefällter Baumstamm, dort machte er es sich bequem. Klopfte sein Pfeifchen aus und überblickte das ganze Tal. Unten schmiegte sich ein Dorf, den Namen hatte er vergessen, an eine Biegung des Flusses. Eine Handvoll Häuser um einen spitzen Kirchturm drapiert, Pappeln und Weiden. Zwei Kinder auf einem Fahrrad auf der Landstraße. Keine französische Geisterarmee aus dem Elsass. Bloß zwei Kinder auf dem Fahrrad. Eugen hob die Hand. Die Kinder winkten zurück.

Wahnsinn, dachte er. Ich bin kilometerweit zu sehen. Ein Scharfschütze würde mich mühelos abschießen können. Aber da war kein Scharfschütze mehr. Vierzehnachtzehn hatte er noch beinahe jede Stunde in Todesangst verbracht. Heute erfüllte ihn eine tiefe Gelassenheit. Friedlich lag die Landschaft. Wie aufgefaltet mit ihren Gärten und Feldern, Kreuzungen und Wegweisern, Heuschobern und Baumgruppen. Schafe wollknäuelten weiß auf einer Weide. In der Luft der würzige Geruch von verbranntem Laub. Wie immer, wenn ihm elegisch zumute war, erinnerte sich Eugen an ein Gedicht von Rilke: »*Der Abend wechselt langsam die Gewänder*«, sprach er leise vor sich hin, »*die ihm ein Rand von alten Bäumen hält. Du schaust, und von dir scheiden sich die Länder, ein himmelfahrendes und eins, das fällt.*«

Hinter ihm, in der Stellung, Gesang. Eugen erkannte eine bestimmte Stimme im kehligen Chor, das war ihr Kommandeur. Oberst Steinbichler aus Ingolstadt. Ein wenig impulsiv. Aber ein guter Mann. Trank also mit. Eigentlich ein Dienstvergehen.

Kamerad, wir marschieren gen Westen
Mit den Bombengeschwadern vereint.
Und fallen auch viele der Besten
Wir schlagen zu Boden den Feind.

Eugen hob den Feldstecher und suchte das Ufer ab. Da lag seit Tagen ein versunkener Kahn. Strömung zu sachte, um ihn mitzunehmen. Dort die Kirschbäume des Pfarrgartens, kahl. Die Einheit hatte längst alle Früchte konfisziert. Eugen setzte das Fernglas ab. Lauschte dem Gesang. So führt man also eine Kompanie. Der Steinbichler wusste schon, was er da tat. Für die Moral.

Vorwärts! Voran, voran!
Über die Maas
Über Schelde und Rhein

Marschieren wir siegreich
Nach Frankreich hinein, hinein.

Eugen summte leise mit, während er wieder durch das Glas schaute. Der versunkene Kahn. Der morsche Steg. Die hellgelbe Sandbank, vom durchsichtigen Wasser umglitzert. Kieselgeriesel auf seinem Grund. Schilf. Röhricht. Dann der Seitenarm mit seinem Morast. Eugen kniff die Augen zusammen. Da waren sie. Kaum höher als das Schilfgras. In Grüppchen oder Paaren standen sie beieinander. Blickten, genau wie Eugen, interessiert in die Landschaft. Stocherten mit ihren Schnäbeln im Schlamm. Putzten sich gegenseitig das Gefieder. Kraniche, eindeutig Kraniche. Rätselhaft. Im Juni, das wusste Eugen, bekam man in ganz Frankreich normalerweise keinen einzigen Kranich zu Gesicht. Im Juni sollten sie ausnahmslos alle schon wieder im Norden oder Nordosten von Europa sein. Seltsam.

Sie wollten das Reich uns verderben
Doch der Westwall, der eherne, hält
Wir kommen und schlagen in Scherben
Ihre alte verrottete Welt.

Und doch war es so. Vor drei Tagen hatte der Schwarm, von Süden kommend, kurz den Himmel verdunkelt. Seitdem hockten die Tiere dort im Schutz der Pflanzen. Bevölkerten mit ihrer grauen Ernsthaftigkeit das ganze Gebiet östlich des Dorfes, gleich unterhalb der Landstraße.

Aus der Stellung hörte er jetzt Geschrei. Der übliche Überschwang. Ein wilder Haufen junger Männer eben, geplagt von Übermut und Langeweile. Vierzehnachtzehn hatte er auch noch so geklungen. Na ja, vierzehn. Achtzehn nicht mehr.

Er stellte das Fernglas noch ein wenig schärfer. Manchmal breitete einer der Kraniche die Flügel aus, als wollte er abheben. Aber dann schüttelte er sie nur und klappte sie wieder an den schlanken Leib. Generalprobe, dachte Eugen. Bald würden sie weiterziehen. Hinter sich eine Stimme, der Steinbichler war das.

»Wieland, Wieland!«

Auf dem Hosenboden kam der Oberst die Wiese heruntergerutscht. In der Hand eine bauchige Flasche. Cognac. Auch das noch. Steinbichler lehnte sich gegen den Baumstamm. Hielt mit fragendem Blick die Flasche hoch. Eugen schüttelte den Kopf. Der Oberst zuckte mit den Schultern und nahm einen kräftigen Schluck. Er war voll wie die Haubitzen, die er eigentlich kommandieren sollte.

Von oben kam Gelächter. Einzelne Kommandos.

»Das hätten wir uns nicht träumen lassen, was?«

Eugen wusste, was er meinte: »Nein, Herr Oberst. Damals ...«

»Sie sind *platt*!«, brüllte der Offizier und machte eine einebnende Bewegung, mit der er die ganze Landschaft meinte, ganz Frankreich, die ganze verrottete Welt. »Feierabend! Ende! Aus! Finis! Auf den Führer!«

Er trank einen weiteren tiefen Schluck, schleuderte die Flasche talwärts. Eugen rückte ein Stück zur Seite. Es zeigte jeder seine Freude auf andere Weise. *Ein himmelfahrendes und eins, das fällt.*

»Darf ich mal? Zur Feindbeobachtung?«

Eugen reichte dem Vorgesetzten sein Fernglas.

Der schwenkte damit über die Landschaft, machte »Hm, hm« und dann »Aha!«. Nestelte an seinem Halfter und zog die Pistole heraus, ohne den Feldstecher abzusetzen. »So«, sagte er schließlich ganz nüchtern, »dann wollen wir den Laden mal aufmischen.«

»Welchen Laden?«, fragte Eugen.

Der Oberst hob den Arm mit der Pistole und wandte den Kopf zur Stellung. »Bereit?«

Als Antwort ein Johlen.

Steinbichler drückte ab.

Der einzelne Schuss zerriss das flämische Gemälde des Abends. Blechern rollte sein Echo durchs Tal. Eugen war vor Schreck vom Baumstamm gerutscht. Schon sah er im Schilf die Kraniche abheben, unter empörtem Geschrei. Erst ein einzelner Vogel, dann ein kleines Grüppchen. Vielleicht sechs oder sieben Tiere. Wirres Geflatter schlagender Flügel. Sie steckten einander an mit ihrer Panik. Pulk für Pulk.

Und plötzlich das Husten der Haubitzen. Trocken und ernst. Die ganze Batterie bellte los, im Abstand von jeweils einer Sekunde. Wie im Manöver. Großes Kaliber. Bestürzt hielt Eugen sich die Ohren zu, stemmte die Fersen in die Böschung. Unten explodierte das Wasser zu hellen Stalagmiten. Sank zurück in glucksende Krater. Husten. Methodisches Bestreichen der Auen. Tiere, die noch gezaudert hatten, stampfte es in den Schlamm. Pulk für Pulk.

Flussabwärts färbte sich das Wasser rot. Graue Federn standen wie Wolken in der Luft. Fliegende Kraniche waren ein anspruchsvolleres Ziel. Kraftvoll, ruhig strebten sie entlang des Ufers flussaufwärts. Nicht panisch. Instinktiv. Sie wussten nicht, wie ihnen geschah. Die Gefahr war nur ein weiteres Naturereignis in ihren walnussgroßen Gehirnen. Unbeholfen folgte der Beschuss ihrem fliehenden Flug. Stempelte braune Löcher in die gegenüberliegende Uferböschung. Erdfontänen. Ein Volltreffer schickte den versunkenen Kahn in die Luft. Späne schwirrten. Zweige fielen herab. Es wirkte, als schlüge der Schwarm einen Haken. Und dann übernahmen die Maschinengewehre. Metallisches Stottern aus beiden Nestern gleichzeitig. Kleineres Kaliber, feinere Streuung als die leichte Feldartillerie.

Dort stolpern mehrere Tiere in der Luft. Hier schlägt ein Vogel ohne Kopf noch einmal mit den Flügeln. Fällt als plumpes Bündel in den Fluss. Stoisch rattern die Maschinengewehre und verrichten ihr Werk. Garben gehen einfach durch ihre filigranen Opfer hindurch. Streuen die Wiesen hinauf. Schlagen den Putz aus den Wänden.

Das ist nicht gut. Vögel unter Feuer nehmen. Überschlag von gehemmter Bereitschaft in sinnlose Gewalt. Dafür wird sich der Oberst verantworten müssen. Eugen sieht, wie Steinbichler wieder auf die Beine kommt.

»Halt! Feuer einstellen! Das reicht, Jungs!«

Ohrenbetäubende Stille. Gefolgt von Jubel, als hätte die Kompanie ein Schlagballspiel gewonnen. Ein ganzer Schwarm Kraniche, ausgelöscht zum Zeitvertreib.

Eugen beißt sich auf die Zunge und merkt es nicht, so wuchtig ist ihm das Frösteln in die Glieder gefahren, das Schlottern in Arme und Beine. Er zappelt wie eine Marionette im Wind und kann nichts dagegen tun.

Schwaden von Pulverdampf rollen den Hang hinab und stehen träge über dem Tal wie feine Vorhänge. Auf der Leinwand des abendlichen Landschaftsgemäldes zwei hauchdünne Bleistiftbögen. Das ist der Leitvogel. Der einzige Überlebende. Sein Flügelschlag ist ruhig und gleichmäßig. Auf diese Weise, mit der stoischen Würde seiner Spezies, hat er schon die Straße von Gibraltar überquert, die Ödnis von Andalusien, die Sümpfe des Ebro, die Gipfel der Pyrenäen, die Täler der Cevennen. So hat er seinen Schwarm von Afrika bis in dieses Loiretal geführt, ins Verderben. Feiner und kleiner wird seine Silhouette. Er fliegt ohne Hast, ohne Eile. Als zeichnete er hinter sich noch immer ein zitterndes V in den Himmel.

••

Ursel von Wieland, wie sie morgens das Päckchen für Gesine zum Postamt bringt, die dicken Handschuhe und eine eigens gehäkelte Mütze für die harten Winter dort oben in Berlin – und an das neue Kostüm denkt, das sie unbedingt braucht, auch wenn es sie fünfundvierzig Punkte auf der Reichskleiderkarte kosten wird, mindestens, was ihre Hochstimmung aber nicht trüben kann, mit der sie sogar dem gestrengen Postbeamten ein Lächeln entlockt. Wieder draußen, läuft sie auf den Stufen beinahe Merle Sieber über den Haufen, die schwer an einem Paket zu tragen hat, vermutlich wieder Bücher. Was für eine graue Maus sie doch geworden ist, denkt Ursel, und dass man sich, seit die Kinder aus dem Haus sind, regelrecht auseinandergelebt hat. Und das ist doch kein Zustand. Also fragt sie: »Wann gehen wir zwei Hübschen denn mal wieder in die Fasanerie?«, auch wenn Merle sie zuletzt immer wieder vertröstet hatte, der Laden, das Geschäft, die Arbeit! Das arme Ding verlagert das schwere Paket auf den Hüftknochen. »Vielleicht kommt der Eugen ja ausnahmsweise auch mal mit«, sagt Ursel aufs Geratewohl, »wenn er Frankreich endlich besiegt hat«, dann könnten sie sich über Bücher unterhalten, und endlich lächelt die Merle mal, also redet Ursel in diese Richtung weiter und klagt, wie selten ihr der Göttergatte mal Feldpost schicke von der Front, immer beschäftigt, so wie vorher in der Redaktion, Spätschicht um Spätschicht für den Herrn Schriftleiter an der Nachrichtenfront. Also ganz bald mal wieder in der Fasanerie? Ganz bald, gerne. Aber wirklich! Und beschwingt geht Ursel weiter, schreitet aus in den neuen Tag, dieses Kostüm ist ein Träumchen, das besorgt sie sich jetzt, wo der Krieg so gut wie gewonnen ist.

••

Merle Sieber, wie sie das Paket mit den Remittenden die Treppe zum Postamt hinaufschleppt und beinahe mit Ursel von Wieland zusammenstößt, die gar nicht mehr aufhören will zu reden. Fröhlich war sie schon früher, aber seit Kriegsbeginn ist sie regelrecht aufgekratzt, also lässt Merle das euphorische Geplapper über sich ergehen, verlagert nur hin und wieder das Gewicht des Pakets von einem Hüftknochen auf den anderen, aber allzu bequem für einen Plausch mit Ursel möchte sie es sich auch nicht machen. Ursel fragt, wann Lothar mal wieder in Ginsterburg zu sehen sein wird, möchte sich für die Fasanerie verabreden, und Merle nutzt die gleiche Ausrede wie immer, der Buchladen, die Arbeit – auch wenn die inzwischen bald nur noch im Stopfen von Löchern in der Buchhaltung besteht und in der Rücksendung unverkaufter Ware. Als Ursel ein Treffen mit Eugen in Aussicht stellt, »wenn er Frankreich endlich besiegt hat«, kann sich Merle ein nervöses Lächeln nicht verkneifen. Und als Ursel klagt, wie selten Eugen schreibe, denkt Merle mit gemischten Gefühlen an all die Briefe, die er ihr regelmäßig von der Front in den Buchenweg schickt. Waren sie nicht einmal Freundinnen? Und wie soll das alles weitergehen? Merle sieht Ursel hinterher, wie sie die Treppe hinunterhüpft, fast wie im Film, und denkt an Lolo und Gesine. Sie werden sich wirklich verloben, denkt sie. Der Krieg wird eines Tages zu Ende sein. Und dann, spätestens dann, wird es erst so richtig kompliziert.

••

Gesine glühte. Der Kronleuchter über ihr drehte sich. Helga flüsterte ihr etwas ins Ohr, vermutlich einen Witz. Gesine kicherte und knickte seitlich weg. Glücklicherweise saß dort Ada und stützte sie ab. Ada kicherte auch. Die Kapelle spielte einen flotten Walzer. Gläser klirrten, Stimmen flogen, Köpfe schwirrten.

Vielleicht lag das am Gin, höchstwahrscheinlich, bestimmt aber auch am Karussell der glitzernden, klingenden, wirbelnden Weltstadt um sie herum. Als Kind war sie einmal so lange auf dem Karussell gefahren, dass ihr speiübel wurde, und genauso fühlte sie sich in diesen ersten Wochen in Berlin. Nicht trotz, eher wegen ihrem Dienst beim Bund deutscher Mädel. Als Schaffnerin in der Straßenbahn fuhr sie vom Alexanderplatz nach Prenzlauer Berg, vom Potsdamer Platz bis zum Hermannplatz. Trug eine schmucke Uniform, lochte Fahrkarten, erteilte Auskünfte. Immer frische Luft im Gesicht, und abends musste sie sich sorgfältig Haare und Gesicht waschen, das Wasser schwarz von Ruß. Anfangs war sie noch im Wohnheim geblieben. Hatte mit Helga und Ada gekocht, wonach ihnen gerade der Sinn stand. »Zement mit Fliegen«, also Grießbrei mit Rosinen. Oder »Negerschlamm mit Eiter«, also Schokoladenpudding mit Vanillesoße. Lustig und lecker zugleich. Bis zum Überdruss hatten sie geschlemmt und bis zur Heiserkeit gesungen, bevor sie ins Bett gefallen waren. Müde vom Dienst für Volk und Führer. Irgendwann die erste Overstolz, nach der Schicht. Übergeben müssen hatte sie sich. Inzwischen rauchte Gesine so beiläufig und routiniert, wie sie sich das bei anderen Frauen abgeschaut hatte in den Tanzdielen und Cafés, in denen sie, nach Möglichkeit, mit Helga und Ada den Feierabend ausklingen ließ.

Helga war die beste Freundin, die Gesine in der Fremde sich nur wünschen konnte. Stammte aus Augsburg, was ihren drolligen Dialekt erklärte, und nähte Fallschirme in einer Spezialfabrik. Eigentlich hätte sie darüber keine Auskunft geben dürfen. Aber sie waren unter sich, also erzählte Helga mit leuchtenden Augen von der modernsten Nähmaschine auf der ganzen Welt. Und dann aber die Vorstellung, dass das Leben eines deutschen Helden alleine an ihrer Arbeit hänge! Da werde ihr von Zeit zu Zeit »ganz anders«. Gesine nickte eifrig und erzählte von Lothar, und dann wurde beiden ganz anders zumute. So wehmütig. Helga versicherte, Gesines Held werde schon nichts passieren. Dafür gäbe es ja die Fallschirme. Naturseide.

Ada war anders, abgebrühter, vor ihr hatte Gesine ein bisschen Angst. Vom kleinen Bauernhof ihrer Eltern im Weserland war sie trotz ihrer siebzehn Jahre schnurstracks ins frisch eroberte Wartheland beordert worden, um auf dem gigantischen Bauernhof volksdeutscher Landwirte mit der ersten Ernte und dem Vieh zur Hand zu gehen. Ada rauchte Kette, trank wie ein Loch und hatte keine hohe Meinung von den Siedlern im Osten. Wer weiß, was sie dort alles erlebt hatte. Andeutungen machte sie manchmal über das Melken, bei denen Gesine sich am liebsten Augen und Ohren zugehalten hätte.

In Gesellschaft von Helga und Ada fühlte sie sich im großen Berlin nicht mehr so einsam, dafür erwachsener. Bisweilen kam ihr Uta in den Sinn und die Möglichkeit, dass ihre Tante sich ähnlich gefühlt haben musste in ihren ersten Tagen in der Hauptstadt. Mama hatte gesagt, Uta könne froh sein über den Unterschlupf bei der Familie. Gesine sah das anders. Wieder in Ginsterburg sitzen und *dort* neu anfangen zu müssen, das mochte sie sich nicht ausmalen.

Anfangs mit Stolz, dann immer seltener und bald überhaupt nicht mehr erwähnte sie ihren Großvater. Weil sein Name wider Erwarten doch nicht so geläufig war, dass die Leute – und seien es auch nur Helga und Ada – in überraschter Anerkennung aufgeblüht und »Wie bitte? Verwandt mit Leberecht von Wieland, *dem* Leberecht von Wieland?« gerufen hätten.

Von Ada ließ sie sich noch eine Zigarette anzünden und nippte an ihrem Gin. Stierte mit glasigem Blick auf die Tanzfläche, die Hand mit der Overstolz kokett abgewinkelt. Beobachtete ein Paar und glaubte kurz, vier statt nur zwei Leute zu sehen. Und übel war ihr auch wieder. Ein Terzett sang: »*Komm doch in meine Arme, komm und halt mich fest. Wenn dein Mund von Liebe spricht, bin ich so glücklich ...*«

»... sst ihn?«

»Was?«

»Vermisst ihn?«, wiederholte Helga, die schwankte auch schon auf ihrem Hocker. »Deinen Flieger?«

»Schon ...«, sagte Gesine und spürte, wie sie rot wurde. Von rechts scharwenzelte sich ein junger Mann in schwarzer Uniform an sie heran. Als Gesine sich abwendete, versuchte er es bei Ada. Die drückte mit einer hastigen Bewegung ihre Zigarette in den Aschenbecher und glitt von ihrem Hocker: »Ihr entschuldigt mich, Mädels ...«

»... griffen woarn!«

»Was?«, fragte Gesine und neigte ihr Ohr hinüber zu Helga, während sie Ada nachblickte, die schnell in der Menge verschwunden war. Mit Tanzen hält die sich gar nicht auf, dachte Gesine mit leiser Bewunderung.

»Mir san angriffen woarn, hoast des g'hört?«

»Wer, wir?«, fragte Gesine.

»Wir hier in Berlin! A Franzos' ist das gewesen. Ein einziges Flugzeug, vor ein paar Wochen war das …«

»Ein Franzose? Kann ich mir nicht vorstellen!«

»Wenn ich's dir doch sag! Hab's in der Fabrik gehört. Auch erst heute! Na ja. Vielleicht stimmt's ned.«

»Helga, hier taucht keiner auf. Erst recht kein Franzose. Sei nicht albern.«

»Warum ned? Mir tauchen dort doch auch auf!«

Gesine kicherte. Helga war manchmal so naiv. Ein richtiger Trampel. Fiel trotzdem in Berlin gar nicht weiter auf. Wer sich hier alles herumtrieb! Über ihrem Bett im Wohnheim hing eine Rassentafel, die hatte Gesine sich gleich am ersten Tag aus DAS DEUTSCHE MÄDEL ausgeschnitten. Das war praktisch, es bot Orientierung in der Metropole. Darauf waren die Unterschiede zwischen den Grundrassen in Deutschland gut zu erkennen. Nordische, fälische, ostische und ostbaltische Gesichter, das hatte sie sich eingeprägt. Weil das auch eine Frage der Hygiene war. Und gar nicht so einfach, wie man meinen sollte. Ein Kollege, Schaffner auf der Linie 4, könnte ebenso gut ein Slawe sein. War aber Ostbalte. Helga hatte ein dinarisches Gesicht, exakt wie auf der Tafel. Breite Wangenknochen, breite Stirn, ausgeprägte Nase. Aber dunkel, beinahe südeuropäisch. Als läge Bayern auf dem Balkan. Vor drei Tagen hatte Gesine sogar Juden erkannt. Da konnte man mal sehen, wie wichtig die Lehre war. Am Horst-Wessel-Platz war das gewesen, die Bahn schon proppenvoll. Trotzdem stiegen noch Leute zu. Und auf einer Viererbank war Gesine diese Familie aufgefallen. Der Mutter hätte sie es nicht angesehen, aber der Vater hatte eine richtige Hakennase, so wulstige Lippen und ganz fleischige Ohrläppchen. Goldene Brille. Und durch diese Brille hatte der die ganze Zeit schon irgendwie gehetzt geguckt, anders als normale Leute. Gesine hatte ihn genau im Blick gehabt, als am Horst-Wessel-Platz so viele Leute zusteigen wollten. Und da hatte sie in seinen Augen etwas gesehen, so ein Flackern. Das war Angst. Und da hatte Gesine sich ihrer Uniform erinnert. Der Ordnung, die sie repräsentierte. Da hatte sie sich ein Herz genommen, sich einfach getraut und laut gerufen: »Juden verlassen die Bahn!« Und sofort war der Mann aufgesprungen, auch seine Frau, zuletzt die Kinder ... und dann sind sie ausgestiegen, alle miteinander, die ganze Brut. Dabei hatte Gesine es ihnen nicht auf den Kopf zugesagt. Sie hatte an den Juden vorbeigeguckt, als würde sie nur eine allgemeine Regel öffentlich wiederholen, damit man die nicht vergisst. Und das ärgerte Gesine auch nach drei Tagen noch, dass ihr da der Mut gefehlt hatte und die Strenge.

Sie trank ihr Glas aus und stand auf. Stützte sich, weil ihr schwindelte, am Tisch ab und erklärte Helga, dass sie jetzt *sofort* frische Luft brauchte. Helga schüttelte den Kopf, wollte noch ein Weilchen bleiben, wippte mit dem Fuß zur Musik. Was die Kapelle jetzt spielte, klang fast wie Swing, fantastisch und verboten. Gesine schob sich durch die Menge. Duftwasser in der Luft und Zigarettenstummel auf dem Holzboden. Jemand griff sie bei den Händen, um sie zum Tanz zu führen. Sie ließ es geschehen, schweißfeucht, folgte traumwandlerisch für einszweidrei Tanzschritte – und war bei der Tür.

Der Weg zum Wohnheim war nicht weit und die Nacht warm. Ihre Knie fühlten sich an, als wären sie aus Butter. In ihrem Bauch nistete ein Bienenstock und in ihrer Brust ein kleiner Vogel. Ein Hund hob an einem Hydranten sein Bein. Die roten Scheinwerfer eines Flugzeugs gingen brummend durch die Dunkelheit jenseits der Laternen. Das erinnerte sie an Lothar, und sie stellte sich ein lauschiges Plätzchen im Wald vor, Sekt und Erdbeeren. Und Lampen, da musste sie grinsen. Eine melancholische Melodie von Ilse Werner kam ihr in den Sinn, und sie schwenkte ihre Handtasche zu dem trägen Rhythmus in ihrem Kopf. Sie dachte an das Glitzernde, Klingende, Wirbelnde, dachte an Ginsterburg und sang endlich, ganz leise und nur für sich: *»Die kleine Stadt will schlafen geh'n, die Lichter löschen aus, vom Himmel Sterne niedergeh'n, still ist's in* *jedem …*«, und mit schnellem Schritt zur Seite war sie bei der Hauswand, lehnte sich mit dem Unterarm dagegen und übergab sich in klarem Strahl auf ein vergittertes Kellerfenster.

••

»Ich werde saufen, saufen, saufen!«

»Und ich werde ficken, ficken, ficken!«

»Warum nicht ficken *und* saufen?«

Explosionsartiges Lachen und Gejohle im Abteil.

Lothar begleitete die Kameraden vom Gare du Nord nach Pigalle. In den steilen Gassen des Rotlichtviertels verlor er sie dann rasch aus den Augen. Ihm war's recht. Paris war nicht nur die größte Stadt, die er jemals besucht hatte. Es war die größte Stadt überhaupt. Es war *die Stadt*. Er wollte sie nüchtern erleben. Und wenn schon nicht mit Gesine, dann ganz gewiss nicht im Puff.

Am Boulevard de Clichy fragte ihn eine Gruppe von Landsern nach dem Weg zum Moulin Rouge. Er überließ ihnen seinen »Deutschen Wegleiter für Paris« und flanierte auf eigene Faust südwärts, wo er früher oder später auf die Seine stoßen müsste.

Es war ein sonniger Tag, nicht zu warm, beinahe kühl im Schatten der Platanen. Eine Brise ging, wie Lothar sie vom Ärmelkanal zu kennen glaubte, stetig und salzig. Irgendwie verlieh sie der Stadt nach oben hin eine Ferne oder Frische, als wäre hier – und nur hier – der Welt ein unsichtbares Dach abgenommen. Natürlich war der Himmel von einem wolkenlosen Blau, das er mit seiner Leica nicht ablichten konnte. Trotzdem machte er ein Foto davon. Es würde ein Rechteck aus reinem Grau sein. Französisches Grau.

Aus genau diesem Himmel hatte er noch vor drei Wochen die Karawanen auf den Straßen nach Süden beobachten können. Ein massenhafter Exodus, der ihn in der Kanzel seiner Messerschmitt auf seltsame Weise gekränkt hatte. Gewiss, da war Frankreich schon im Begriff gewesen, diesen Krieg zu verlieren – aber doch gegen eine zivilisierte, gegen eine ebenbürtige Nation. Und nicht gegen eine Horde blutrünstiger Barbaren, vor denen man hätte Reißaus nehmen müssen.

Umso mehr erfüllte ihn jetzt, als Fußgänger in der Stadt, die Hektik und Betriebsamkeit auf den Boulevards und Märkten mit dem Stolz, einer siegreichen Armee anzugehören. Ihm war, als hätte Paris auch zu Friedenszeiten nicht turbulenter sein können. Eine Stadt so alt und wuchtig und selbstbewusst, dass ihr sogar die Unterwerfung unter eine ausländische Macht nur amüsanter Zeitvertreib zu sein schien. Durchaus hatte Lothar für möglich gehalten, hier wie ein Feind behandelt zu werden. Nun fühlte er sich nicht einmal wie ein Sieger. Die Stadt erlaubte ihm, sich mit seiner Kamera wie ein Reisender zu bewegen. Die Einheimischen begegneten ihm und seinesgleichen mit verhaltener Neugier, beinahe freundlich. Grüßten mit »Bonjour, Monsieur!«, lüfteten höflich ihre Hüte. Bald grüßte und lüftete Lothar zurück, und eine prickelnde Heiterkeit ergriff von ihm Besitz. Ich bin in Paris, ich bin tatsächlich in Paris.

An einem Kiosk kaufte er sich eine Limonade und, weil ihm die Packung so gut gefiel, eine Zigarettenschachtel mit einer Tänzerin darauf. »Zigeunerin!«, sagte der spitzbärtige Inhaber auf Deutsch. Um eine Litfaßsäule hatte sich eine Menschenmenge versammelt und stritt sich lautstark in dieser Sprache, die Lothar nicht verstand. Offenbar ging es um ein Plakat, das er ebenfalls nicht lesen konnte. Lothar, abseits, Hände auf dem Rücken, lauschte der fremden Musikalität des Französischen. Gendarmerie zu Pferde trieb die Menschen auseinander. Er spazierte und staunte weiter. Theater waren geöffnet. Plakate warben für Vorstellungen von Molière und Shakespeare. Im Schaukasten las er das Wort »Abendvorstellung«. Erst nach einigen Schritten fiel ihm auf, dass es auf Deutsch geschrieben war. Danach bemühte er sich, nichts mehr zu fotografieren, was auf die Präsenz siegreicher Eroberer hinwies.

Was gar nicht so leicht war. Auf den zentralen Plätzen herrschte reger Verkehr, Automobile, Droschken, Lastkraftwagen, hin und wieder Gespanne der Wehrmacht, Offiziere zu Pferde. Schilder in deutscher Sprache wiesen den neuen Herren der Stadt den Weg zur »Sanierstelle« oder zur »Kommandantur«. Um den Obelisken zu fotografieren, den Napoleon aus Ägypten mitgebracht hatte, musste Lothar auf die andere Seite der Place de la Concorde wechseln. Andernfalls wären offene schwarze Limousinen und die Hakenkreuzfahnen im Bild gewesen, mit denen sich die Fassade des Hotel de Crillon schmückte. Als er endlich den richtigen Winkel gefunden hatte, verzichtete er doch auf ein Foto. Es wäre das letzte Bild auf der Rolle gewesen, und es war noch nicht einmal Mittag. Wer weiß, was er noch alles entdecken würde?

Im Tuileriengarten knirschte der französische Kies unter seinen Stiefeln. Lothar schlenderte von französischem Schatten zu französischem Schatten die große Allee hinunter. Französische Tauben flogen auf und ließen sich wenige Meter weiter wieder nieder. Schrill bellte ihn das französische Hündchen einer Dame an. Lothar antwortete mit einem tiefen »Wuff!«. Die Dame nahm ihren Hund auf den Arm, murmelte eine Entschuldigung und suchte das Weite. Der Wind war aufgefrischt und wehte französische Flugblätter über die Wege. Manche davon verfingen sich in den Zweigen der Hecken. Auf den eisernen Bänken saßen händchenhaltende Paare, wie Lothar noch vor wenigen Wochen mit Gesine vor dem Roten Storch auf dem Marktplatz gesessen hatte. *Wenn wir uns wiedersehen,* hatte sie geflüstert, ihre Lippen so nah an seinem Ohr, dass er ihren Atem spürte, *machen wir oben auf der Lichtung beim alten Bismarck ein Picknick, mit Sekt und Erdbeeren bis tief in die Nacht,* was so eindeutig gewesen war, dass Lothar als Antwort nur stottern konnte: »Dann werden wir aber Lampen brauchen.« Einen solchen Unfug hatte er gesagt und könnte sich jetzt noch dafür ohrfeigen. Gott, wie sehr er sich auf einmal wünschte, nach ihrer Hand greifen zu können.

Paris, tatsächlich Paris.

Im kreisrunden Bassin spiegelte sich eine Militärkapelle und spielte deutsche Märsche. Lothar machte einen weiten Bogen, bis er das triumphale Geschmetter nicht mehr hören musste. Ein einzelnes Akkordeon, das wäre ihm jetzt gerade recht. Im Innenhof des Louvre bauten Arbeiter mit Schubkarren einen Wall aus Sandsäcken ab – die hatten wohl die Fenster der Kolonnaden vor Granatsplittern schützen sollen. Lothar fand das fast rührend. Andere Arbeiter wuchteten gerade einen unförmigen Gegenstand unter einem weißen Leinentuch von der Ladefläche eines Lastwagens auf ein Rollbrett. Fluchend manövrierten sie die mysteriöse Last durch ein offenes Tor in das Museum hinein. Gerüchteweise hatte Lothar gehört, dass die Franzosen vor dem Einmarsch der Wehrmacht den Louvre evakuiert hatten – mit allem, was darin wertvoll und nicht niet- und nagelfest war. Wohin, das wusste kein Mensch. Vermutlich in versteckte Depots, Scheunen, Keller oder Bergwerke in der Provinz. Ein echtes Bubenstück, das musste man dem Feind lassen. Nun wurde offenbar Minderwertiges herangekarrt, damit es wenigstens auf den offiziellen Fotografien nicht so aussehen würde, als spazierte der Führer durch ein leeres Museum.

Unten am Quai, wo die Hausboote ankerten, hatten Buchhändler ihre grünen Tische und Schausteller ihre bunten Zelte aufgebaut. Lothar hatte sich gerade unter die Menge gemischt und über eine Auswahl alter Postkarten gebeugt, Ansichten von Bahnhöfen und Lokomotiven aus dem letzten Jahrhundert, als ihm ein Mann in weißem Unterhemd ins Auge fiel. Er trug eine Schüssel, abgedeckt mit einem Tuch, und eine Karaffe mit Wasser. Lothars Blick blieb an ihm hängen, weil seine Kleidung an diesem Ort auffällig nachlässig wirkte. Es packte ihn das Gefühl, den Mann schon einmal gesehen zu haben. Aber wo? Und wann? Lothar beobachtete, wie er in einem der Zelte verschwand. Offenbar ein Gaukler. Über dem Eingang ein Schild, auf das die Worte MANNEQUIN DE CIRE VIVANT gepinselt waren. Das VIVANT war unterstrichen. Was sollte das sein? Lothars Neugier war geweckt. Und als der

Mann nach einer Weile wieder auftauchte, nahm er sich ein Herz und sprach ihn an.

»Verzeihung, kennen wir uns?«

»Pardon?«

Lothar deutete auf das Zelt, rieb den Mittelfinger am Daumen.

»Ah, ça fait cinc Francs«, sagte der Mann und hielt fünf Finger in die Höhe. »Je prends Reichsmark aussi!«

Lothar reichte ihm die Münzen und trat ein.

Seine Augen mussten sich erst an die Dunkelheit gewöhnen. Beleuchtet war ein Stuhl, also nahm er darauf Platz. Ein Grammophon spielte leiernde Musik, und mit einem Schlag beleuchtete ein Scheinwerfer eine winzige Bühne. Auf einem selbstgezimmerten Thron saß eine lebende Wachsfigur. Die Hände auf den Knien, die Haut in speckigem Glanz. Nur an den Augen konnte Lothar erkennen, dass er einen lebendigen Menschen vor sich hatte. Er hielt die Luft an, wartete zwei, vier, acht Minuten. Die Frau verharrte regungslos. Ihre lockige Perücke aus schwarzem Kunsthaar war ein wenig verrutscht. Wenn auch nur ein Muskel in ihrem weiß gepuderten Gesicht gezuckt hätte, wäre ihm das im grellen Licht aufgefallen. Es war, als würde sie knapp über ihn hinwegsehen. Die Musik verebbte. Jetzt war nur noch das Kratzen der Nadel zu hören. Und noch etwas anderes. In Schüben ging ein Stöhnen von dieser Frau aus, im Rhythmus ihrer Atemzüge.

»Was tut sie?«, fragte Lothar flüsternd in die Dunkelheit.

»Sie lacht«, antwortete der Mann.

Eine Fliege landete auf ihrer Stirn, wanderte bis zur rechten Schläfe, hob ab und landete erneut, diesmal auf der Oberlippe. Lothar beugte sich vor. Die Fliege rieb sich die Vorderbeine. Nichts. Keine Bewegung. Diese Person war absolut katatonisch.

Sie sollte nicht ausgestellt werden. Sie brauchte Hilfe.

»Wer ist das?«, fragte Lothar in die Dunkelheit.

»Ihr Name. Nom. Name. Wie ist ihr Name?«

»Zola Vovoni«, sagte der Mann.

Berlin, den 8. August 1940

Liebste Erika,

ich schreibe Dir aus der Firmenwohnung im Hochparterre, es fährt die U-Bahn gewissermaßen direkt durchs Zimmer, und dazu klappert das Geschirr im Regal. Es hat sich nichts geändert. Sogar die Blumen, die Du bei Deinem letzten Besuch gekauft hast, stehen noch in ihrer Vase auf der Fensterbank. Ich fürchte, ich habe sie verdursten lassen. Ganz so, wie Du es vorausgesagt hast. Es scheint die gestaltende Hand einer Frau eben nicht ersetzbar.

Bis auf die Empfänge am Abend sind die Sitzungen im Luftfahrtministerium von einer großen Ödnis. Du solltest den Dicken sehen, wie er in seiner neuen Uniform als Reichsmarschall umherstolziert. Er trägt sogar einen weißen Stab mit goldenem Knauf, den er neben sich auf den Tisch legt. Gravitätisch und gockelhaft. Die große Rede schwingt derweil Udet, ganz besoffen von seiner neuen Rolle. Als Leiter des Technischen Amtes regiert er uns Ingenieuren direkt in die Parade. Gibt dabei den Veteranen und Haudegen und Strategen. Wernher nannte ihn unter vier Augen »eine männliche Hanna Reitsch«, da wäre ich vor Lachen fast vom Stuhl gefallen. Wenn's nicht so traurig wäre.

Udet schwärmt vom Sturzkampf, seit er in den USA diese Curtiss geflogen ist. Er will, daß wir weiter in Vergleichbares investieren. Interesse an den Ent-

wicklungen unseres Werkes zeigt er leider kaum. Seine Begeisterung gilt alleine Junkers, weil die ihm seinen Quatsch bauen – also keine schweren Bomber, keine leichten Jäger. Irgendwas dazwischen, aber mit einer schönen Trompete dran.
Niemand hier hat eine Idee, was wir gegen die schweren Viermotorigen zu tun gedenken, die der Feind entwickelt (die Zahlen liegen alle vor). Ich habe nachgefragt, Du kennst mich ja. Da hat der Udet mich »Herr Inscheniör« genannt und vor versammelter Mannschaft ausgelacht. Womit wir denn Frankreich in die Knie gezwungen hätten? Wo denn da die feindlichen Bomber geblieben seien? Die Kollegen von Messerschmitt haben dann ihre Pläne für leichte Jäger vorgestellt, da wurden sie als Defätisten verunglimpft, und der Udet wurde richtig laut: »Wir brauchen keine Spielzeuge! Wir brauchen den Dampfhammer!« Der Führer wünsche die Vergeltungswaffe. Der Führer wünsche den Antipodenbomber. Der Führer wünsche den Amerikabomber. Der Führer wünsche dies und das.
In der Pause machten also diese Zahlen die Runde, unter der Hand. Wenn es stimmt, was die Aufklärung da ermittelt hat, pumpt England unvorstellbare Summen in seine Luftwaffe. Wofür sollten sie es denn auch sonst ausgeben? Ohne eine Chance oder auch nur Front, irgendwo gegen uns anzutreten.
Es werden ganze Flotten von der Insel kommen, da sind wir uns alle einig. Und was werden wir dagegen tun? Ein Kollege von Rheinmetall-Borsig hat Pläne für eine schwere Bordwaffe gezeigt. Hat den Udet alles nicht interessiert. Und was den Udet nicht interessiert, interessiert auch den Göring nicht. Der Kollege von Rheinmetall-Borsig war mit den Nerven am

Ende. Wenn der Führer sich nicht bald zur Invasion entschließt, könnte es wirklich brenzlig werden am Himmel.
Am Nachmittag durfte ich dann mein Referat über das Problem des Schnellstfluges halten; mit halbem Herzen, wie Du Dir vorstellen kannst. Alle offensiven Projekte erscheinen mir derzeit so sinnlos. Sinnvoller wäre es, sich zu wappnen »gegen eine See von Plagen«, um Shakespeare zu zitieren. Einen Schwarm von Plagen vielmehr, gegen den uns gegenwärtig noch jede Handhabe fehlt.
Den Abend haben wir dann mit der ganzen Gesellschaft am Wannsee verbracht. Es gab Musik und Ehrengäste. Hanna Reitsch war da. Gute Testpilotin, ich kenne sie ja aus Kassel. Eine ganz zähe Person, ledrig und mit kurzen Ärmchen. Dabei doch fast ein Kerl in Frauenkleidern, polternd und raumgreifend wie Onkel Leopold (auch wenn sie nicht so fett ist wie er; aber Du weißt, was ich meine). Sie ist das »Goldene Mädchen« des Reichsmarschalls. Na ja, sie fliegt aber auch wirklich wie der Teufel.
Und dann Leni Riefenstahl. Mittelpunkt der Gesellschaft. Umschwirrt von Goldfasanen und Schnepfen. Fand aber trotzdem Zeit für ein kurzes Gespräch mit einem Spatzen wie mir. Hatte tatsächlich mein Buch gelesen (oder sich darüber informieren lassen) und hat ein paar kluge Fragen zum Problem des Schnellstfluges gestellt. Leider habe ich versäumt, sie nach einem Autogramm für Tante Hedwig zu fragen. Es hätte auch in dieser Situation nicht gepasst, wie Du Dir denken kannst …
Dr. Goebbels war auch da, das scheint mir ein echter Stenz zu sein. Für Technik interessiert er sich nur,

wenn Radiowellen im Spiel sind. Mich hat er gefragt: »Herr Bachem, woran glauben Sie?« Ich habe nicht lange nachgedacht und geantwortet: »Ich glaube an Holz, Herr Reichsminister!« Da hat er vielleicht geguckt! Zufällig stand der Udet daneben und hat dem Doktor erklärt: »Der Bachem kann alles mit Holz, Flugzeuge oder Gitarren, ganz egal!«
Unten am Ufer war alles auf einmal so friedlich. Der Mond stand, der See plätscherte, die Villen auf der anderen Seite des Wannsees waren hell erleuchtet. Da dachte ich an unseren Urlaub am Bodensee. Ich weiß, ich weiß, es war eigentlich ein »Arbeitsurlaub«, weil der Aero-Sport noch nicht ausgereift ist. Aber Freude hat es doch gemacht, oder? Eines Tages, das verspreche ich Dir, werde ich diesen Wohnwagen bauen. In Serie werde ich ihn bauen, und in die Ferien werden wir alle unser eigenes rollendes Haus mitnehmen. Das ist es, was ich wirklich möchte.
Bis dahin, und das ist mir ein wenig heikel, sollten Tante Hedwig und Onkel Leopold uns wirklich häufiger und auch mal für längere Zeit in Kassel besuchen kommen. Du könntest ihnen vielleicht das große Zimmer im ersten Stock herrichten? Wir sollten ihnen keine Angst machen. Wenn wirklich feindliche Flotten zu erwarten sind, werden sie es aber auf die Ruhr abgesehen haben. In Mülheim wäre mir unwohl, meine ich. Viel weiter werden Bomber, wie die Dinge stehen, nicht in unseren Luftraum eindringen können. Aber man weiß ja nie. In Kassel könnten wir alle unbesorgt sein. Göring meinte, ich hab's mitgeschrieben, daß »nur eine von unbeugsamem Lebenswillen beseelte Nation diesen Gefahren widerstehen kann«. Es kann trotzdem nicht schaden, wenn wir unseren Keller mit

ein paar zusätzlichen Balken abstützen. Ich werde mich darum kümmern, sobald ich zu Hause bin.
Wieder rattert die Hochbahn vorbei. Die Wagen sind hell erleuchtet, und für einen Augenblick kann ich die Menschen darin ganz deutlich erkennen. Sie mich auch hier an meinem Schreibtisch? Ach, mir ist bisweilen so schwermütig. Ich vermisse Dich, meine Liebste. Erinnerst Du Dich daran, daß ich immer meine Passion zur Profession machen wollte? In Wochen wie diesen denke ich, daß mir das tatsächlich gelungen ist. Und ich fürchte, es könnte ein Fehler gewesen sein. Meine Passion frisst mich auf.
Eines Tages, denke ich manchmal, werden sich alle Deutschen einen Volkswagen leisten können. Und dann werden sie mit einem Reisewagen oder Wohnwagen die schönsten Stellen in ganz Europa aufsuchen. Vielleicht sollten wir den Aero-Sport einfach »Höllenhund« nennen, was meinst Du? Oder »Eriba«, für Erich Bachem? Kleiner Scherz. Du siehst aber, daß ich nachdenke. Darüber, wie und wovon wir einmal leben werden, nachdem dieser Krieg erst einmal gewonnen ist.

Ich umarme Dich
Dein Erich

PS: Wenn Roland und Ottmar mal wieder zum Abendessen kommen, dann könnten die uns Brennbares vom Dachboden in den Keller verfrachten. Sind doch starke Kerle, oder? Und Du weißt ja, was ich immer sage: »Vorsicht ist die Mutter, die Großmutter und die Urgroßmutter der Porzellankiste.«

II

DER ABEND WECHSELT LANGSAM DIE GEWÄNDER

Ich könnte meinen Kopf gegen die Wand schlagen, bis er blutet. Ich könnte mit meinen Fingernägeln all die gelassenen, gleichmütigen, gediegenen Gesichter dieser Stadt zerkratzen. Ich könnte noch eine Zigarette rauchen. Ich könnte mir in der Badewanne die Pulsadern aufschneiden, mit den Rasierklingen von Eugen. Ich könnte einen weiteren Brief an die Polizei in Berlin schreiben, der ein weiteres Mal nicht beantwortet wird. Ich könnte Freunden schreiben, die »unbekannt verzogen« sind oder mich in dürren Worten mahnen, nicht zurückzukehren, »noch nicht« oder »nie mehr«. Ich könnte trotzdem den nächsten Zug nehmen und mir Zugang zu unserer Wohnung verschaffen, falls da nicht längst die Schlösser ausgetauscht sind und die Mieter. Ich könnte schlafen. Ich könnte mit den Fäusten gegen die Tür in der Prinz-Albrecht-Straße hämmern, bis die Gestapo mich endlich reinlässt und dann ebenfalls dabehält. Ich könnte noch eine Zigarette rauchen. Ich könnte beten, dass Theo sein Leben nicht genommen wird. Ich könnte mir die Haare ausreißen. Ich könnte mich auf unabsehbare Zeit in dieser Stadt verkriechen, in diesem viel zu großen Haus, in diesem viel zu großen Zimmer. Ich könnte alle fünf Minuten zu Ursel gehen und mich für ihre Hilfe bedanken, um den Moment nicht zu verpassen, wenn ihre geschwisterliche Selbstverständlichkeit sich in prinzipielle Bereitwilligkeit in verhaltene

Überforderung in offene Ablehnung verwandelt. Ich könnte rechtzeitig versuchen, aus diesem Provisorium den Faden eines neuen Lebens zu spinnen, mir eine Arbeit suchen. Ich könnte Theos Wunsch erfüllen, wenigstens mich in Sicherheit zu bringen »in der Provinz« und »bis dieser Alptraum ein Ende haben wird«. Ich könnte schlafen. Ich könnte über die Grenze gehen, egal welche, egal wie, bei Nacht und Nebel mit klitschnassen Kleidern und die Arme zerkratzt von Dornen, am helllichten Tag in einem gut gefederten Abteil erster Klasse mit einem Gläschen Sekt in der Hand, Sekt, lauwarm. Ich könnte kotzen, wieder und wieder. Ich könnte noch eine Zigarette rauchen. Ich könnte mit meinen Fingernägeln all die gelassenen, gleichmütigen, gediegenen Gesichter dieser Stadt zerkratzen. Ich könnte meinen Kopf gegen die Wand schlagen, bis er blutet.

Mit den Handrücken wischte Uta sich die Tränen aus dem Gesicht. Dann putzte sie sich mit dem Taschentuch die Nase. T und M. *Reiß dich gefälligst am Riemen.* Vor dem Fenster rauschte der Wind in den Wipfeln. Groß war der Garten, bis zum Ufer hinunter stand ein ganzer Wald von Fichten. Groß war auch die Villa und leer genug, dass sich die Schwestern darin aus dem Weg gehen konnten. Es war genau wie früher, als sie noch Kinder waren. Uta und Ursel verstanden sich auch ohne Worte nicht.

Mit Eugen konnte man immerhin reden. Aber Eugen hatte wieder den Stahlhelm aufgesetzt, so wie Gesine in Berlin dem Volkskörper irgendwelche Nützlichkeiten angedeihen ließ. Als Straßenbahnkontrolleurin, wie man hörte, weil so viele Männer zu den Waffen drängten. Dinge waren ins Rollen gekommen, und diese Familie rollte mit. Über Eugen hatte sich Uta gewundert. Über Gesine nicht.

Mechanisch zündete sie sich eine weitere Zigarette an. Wieder und wieder schritt sie im Geiste ihre Möglichkeiten ab, wie ein Tier die Abmessungen seines Käfigs. Sie musste raus aus diesem Irrenhaus. Das stand fest. Wieder und wieder sah sie diesen Typen von der Partei vor sich, wie er unten im Salon auf sie gewartet hatte. Bullig und weiblich zugleich, ohne ein einziges Haar am Körper. Ohne seine Uniform hätte Uta ihn für eine dieser Lesbierinnen halten können, wie sie damals im Toppkeller in Schöneberg verkehrt hatten. Ursel, beflissen und befangen, stellte ihn ihr als Kreisleiter und Bürgermeister von Ginsterburg vor. Der Mann, der hier das Sagen hatte. Otto Gürckel, ein alter Kamerad von Eugen. Uta hatte zunächst überhaupt nicht verstanden, was er eigentlich wollte. Redete wie ein Reiseführer über das baufällige Jagdschloss und das Fresko von Tiepolo im Treppenhaus dort, über den verwilderten Englischen Garten mit seinen ebenfalls verrottenden Bauwerken darin. Beides stünde unter seiner »Obhut«. Beides, dämmerte Uta bald, hatte sich dieser Nazi unter den Nagel gerissen. Eugen von Wieland habe ihn über ihre Qualifikationen informiert, weshalb er ihr ein »unorthodoxes« Angebot unterbreiten wolle. Fachgerechte Restaurierung des Tiepolo. Vollständige Wiederherstellung des Gartens. Gewissermaßen ein staatlicher Auftrag. Großzügigste Bereitstellung von Mitteln, Material und Arbeitskräften. Volles Vertrauen. Freie Hand. Na?

Uta drückte die Zigarette im Aschenbecher aus und legte sich wieder aufs Bett, zog die Beine an. Mit einer Verhaftung hätte sie gerechnet. Mit einem Auftrag sicher nicht. Sie schmiegte sich ans Kissen und spürte sofort wieder Theos Abwesenheit. Er hätte gewusst, was zu tun ist. Sie dachte an das Sternbild aus Muttermalen auf seinem Rücken. Wie er immer so schnell blaue Flecken bekam, schon nach dem spielerischsten Knuff. Wie oft sie ihm solche Knüffe versetzt hatte. Und wie sehr die Erinnerung sie schmerzte. Etwas verbrannte sie von innen, als niste dort *wirklich* etwas Böses. Physisch, nicht nur psychisch. Etwas, das ein geschickter Chirurg vielleicht herausschneiden könnte. Ein kreiselndes Knäuel, unentwirrbar. Das war die Sehnsucht. Nach seinem Rat, seinem Spott, seinem Scharfsinn, seinem Witz, seiner Zuversicht, seinen Händen, seinem Geruch. Und die Sorge, die neben der Sehnsucht immer mächtiger wurde. Wie würden sie ihn in der Prinz-Albrecht-Straße behandeln? Was durfte er hoffen, was musste er fürchten? Sie hatte von Bekannten gehört, denen in der Zelle die Knochen gebrochen worden waren. Ob er das auch erleiden musste? Plötzlich fiel ihr ein, was Theo mal zu ihr gesagt hatte: *Um den Geist zu brechen, braucht man Geist. Und die Einzige, die mir in dieser Hinsicht jemals gefährlich werden könnte*, und dabei hatte er ihr an die Schläfe getippt, *bist du*. Erstmals seit ihrer Ankunft in Ginsterburg musste sie lächeln, und lächelnd sagte sie in die Dunkelheit hinein, wie um dem Satz eine Chance zu geben: »Ich könnte das Angebot annehmen.«

••

Post von Lothar, Post von Eugen. Rücken an Rücken auf Papier im Blechgehäuse ihres Briefkastens. Vor Aufregung entglitt Merle das Schlüsselchen, fiel mit hellem Klingeln zu Boden. Als sie sich danach bückte, erlosch das Licht im Treppenhaus. Da sah sie einen schwachen Lichtschein aus dem Keller schimmern. Heraufgeschnauft kam der Smolka im blauen Arbeitskittel. Mühsam, auf jeder Stufe innehaltend, in jeder Hand einen schweren Eimer. Merle griff sich die Post aus dem Briefkasten, steckte die beiden Briefe in die Rocktasche und ging ihm ein paar Stufen entgegen.

»Kann ich helfen, Herr Nachbar?«

»Lass mal, Fräulein! Meine Kohle. Schleppe ich noch selbst. Das war's auch schon. Bis hierher. Jetzt muss alles. Nach oben.«

»Ach so?«

Der Smolka stellte die beiden Eimer ab, ein Brikett polterte auf den Boden. Er bückte sich ächzend und legte es zurück in den Eimer: »Kommt alles auf die Bude. Sicher ist sicher!«

»Geht's dir gut, Genosse?«, fragte Merle leise.

»Geht so«, sagte er und schüttelte probehalber die Arme. »Jünger wird man nicht, was? Aber was muss, das muss!«

»Aber warum muss das denn überhaupt?«, erkundigte sich Merle. Der Alte wurde auch immer wunderlicher. Mitten im Sommer Kohle aus dem Keller in die Wohnung schleppen, also sowas. Kurzerhand griff Merle nach den Eimern und begann, sie die Treppe hinaufzutragen. Sonderlich schwer waren sie nicht. Der Smolka kam auch ohne Gepäck kaum nach. Pfeifender Atem, das Asthma.

»Krieg«, keuchte er.

»Was?«

»Das muss, weil Krieg ist. Alles wird knapp. Ich kenne das doch. War beim letzten Mal genauso!«

»Diesmal nicht!«, sagte Merle laut, nur für den nicht unwahrscheinlichen Fall, dass Frau Grasberger wieder hinter ihrer Tür stand und lauschte. »Der Krieg ist doch schon gewonnen!«

»Nicht mal richtig angefangen hat der!«, murrte der Smolka. »Ein Krieg der Ruhrbarone! Ein Krieg der Bonzen in Berlin! Was geht mich das an? Ich habe niemandem den Krieg erklärt! Du etwa, Fräulein? Ja, wenn's endlich gegen die Bourgeoisie gehen würde, da wäre ich wieder ganz vorne mit dabei ...«

Merle stellte die Eimer geräuschvoll vor Smolkas Tür im zweiten Stock ab.

»So, da wären wir!«, rief sie nach oben ins Treppenhaus, packte ihren Nachbarn bei den schmalen Schultern und zischte: »Obacht, Genosse!«, und das brachte ihn endlich zur Vernunft.

»Ich weiß doch«, flüsterte er kleinlaut. »Wir haben verloren, oder?«

Sie strich ihm sanft über die Arme. Wollte er nicht eines Tages von der Grasberger angezeigt und von den Ledermänteln abgeholt werden, dann musste er sich endlich zurückhalten. Den Wink jedenfalls schien er diesmal verstanden zu haben.

»Danke fürs Hochtragen, Fräulein Sieber!«, krähte er und sah sie fragend an. So?

Genau so, dachte Merle erleichtert und nickte aufmunternd. Er zwinkerte ihr zu und rief: »Auch im Namen der Volksgemeinschaft!«

Merle machte eine beschwichtigende Geste. Übertreiben sollte er es auch nicht.

»Heil Hitler?«, fragte er in normaler Lautstärke.

»Heil Hitler, Genosse«, hauchte Merle und zupfte ihm seinen Kittel zurecht.

Sie wartete noch, bis er mit seinen Eimern in der Wohnung verschwunden war, dann stieg sie zu ihrer Wohnung hinauf. Kinderlachen, der Geruch von Erbsensuppe. Bei Schneiders unten im ersten Stock stand das Abendessen auf dem Tisch.

»Frau Sieber? Frau Sieber!«

Das war klar, dachte Merle.

»Frau Grasberger«, sagte sie, eher Feststellung als Gruß. Natürlich hatte die Grasberger die ganze Zeit gelauscht, und nun kam sie eiligen Schrittes die Treppe herunter. Die Füße in puscheligen Hausschuhen, das blond gefärbte Haar in Lockenwicklern. Um den Leib trug sie eine Schürze, in den Händen einen rundlichen Gegenstand, abgedeckt mit einem blauen Küchentuch.

»Gratulieren wollte ich«, sagte Frau Grasberger aufgeregt.

»Wozu?«

»Nicht so bescheiden! Das muss für eine deutsche Mutter doch ein ganz besonderer Freudentag sein!« Frau Grasberger lüftete mit zwei Fingern kurz das Küchentuch: »Gugelhupf? Frisch aus dem Ofen!«

»Ist der etwa für mich?«, fragte Merle irritiert.

»Ja, hat man denn Worte! Sie weiß es noch gar nicht! Das Ritterkreuz, Frau Sieber, das *Ritterkreuz*! Hab's eben in der Abendausgabe gelesen! Sogar mit einem Foto von unserem Lothar! Zwanzig Abschüsse über England! Und da dachte ich mir …«

»Da dachten Sie sich, backe ich doch einen Gugelhupf?«

»Genau!«, strahlte Frau Grasberger und wartete geduldig, während Merle die Tür aufsperrte.

Was nun? Immer höflich bleiben: »Wollen Sie kurz reinkommen?«, und sofort drängte sich Frau Grasberger an ihr vorbei in die Wohnung: »Aber wirklich nur auf einen kurzen Sprung!«

In der Küche stellte sie den Gugelhupf auf den Tisch, schaute sich um: »So leer ohne den Lothar, oder?«

Tatsächlich fiel Merle jetzt erst auf, mit der Nachbarin in der Küche, wie groß die Wohnung bisher gewesen war. Ob sie ihr etwas anbieten dürfe? Tee? Einen Kaffee vielleicht? Frau Grasberger deutete auf die Weißweinflasche im Regal, ein Schlückchen würde sie schon nehmen, da wäre sie nicht abgeneigt, nur zur Feier des Tages. Merle holte zwei Teller, Besteck und Gläser, schenkte ein.

Frau Grasberger schnitt den Kuchen an: »Ich hoffe, er schmeckt«, sagte sie, schob sich ein Stückchen in den Mund, fing mit der hohlen Hand unter dem Mund die Krümel auf, nickte zum Fenster hin, gegen den der Regen prasselte, »schlechtes Fliegerwetter« sei das, und wäre doch nur der Himmel über den britischen Inseln für ein paar Tage klar, dann läge England schnell »am Boden«, dann sei »die Luftschlacht« bald entschieden, dieses »gewaltige Ringen«, in dem der Lothar unter Einsatz seines Lebens sich bewähre, der habe ja schon immer, bereits als kleiner Junge, immer diese Fliegerei, und ob Merle sich noch an die Sache mit den Papierfliegern erinnere, wie sie darüber gemeinsam gelacht hätten?

Merle konnte sich nicht erinnern, jemals mit Frau Grasberger gelacht zu haben. Schweigend begleitete sie das Gerede der Nachbarin, nickte, schüttelte den Kopf, zuckte mit den Schultern – je nachdem, welches Mienenspiel gerade angebracht war. Mit den Fingerspitzen berührte sie hin und wieder die Feldpostbriefe in der Rocktasche und übte sich in Geduld.

Gerade erkundigte sich Frau Grasberger, ob Merle nicht endlich der Frauenschaft beitreten wolle, eine große Ehre wäre es den Damen, die Mutter eines Kriegshelden in ihrer Mitte zu wissen, da unterbrach sie sich selbst und fragte: »Was ist denn das für ein Geräusch die ganze Zeit?«

Merle lauschte und lächelte, als sie das übliche Dröhnen in der Leitung hörte: »Das ist Ihre Toilettenspülung, Frau Nachbarin!«

»So laut?« Frau Grasberger schlug die Hand vor den Mund. »Wenn ich das gewusst hätte!«

»Halb so wild. Ich nehme das gar nicht mehr wahr.«

»Das ist mir jetzt aber peinlich, Frau Sieber«, beharrte die Grasberger, sichtlich bestürzt. »Der Fritz ist eine solche Last. Überall muss er draufdrücken. Da helfen auch keine Schläge. In die Küche kann ich den gar nicht lassen, wegen dem Ofen, da lebt man ja in ständiger Angst. Wenn ich mal meinen Frieden will, muss ich den Ochsen in sein Zimmer einschließen. Dann rüttelt er zwar an der Klinke, kann aber immerhin nichts anrichten. Professor Hansemann sagt, für solche Ballastexistenzen wie den Fritz ...«

»Für solche ... was?«

»Ja, es ist eine Bürde! Ich bin so erleichtert. Der Herr Professor hat sich persönlich um eine geeignete Unterbringung gekümmert!« Sie streckte die Hand mit dem leeren Glas aus.

Merle schenkte nach, wie betäubt. Der Fritz war ihr immer zu Herzen gegangen mit seinem flachen Schädel und den flinken Augen und der geduckten Haltung, wie ein Äffchen. Früher hatte sie manchmal auf ihn aufgepasst, wenn Frau Grasberger dringend arbeiten musste und den Fritz nirgendwo sonst unterbekam. Hätten sie eine gemeinsame Welt bewohnt, hätten Fritz und Lothar beste Freunde werden können. Fritz aber war eingesperrt in den Kerker einer Krankheit, zu dem normale Menschen keinen Schlüssel hatten.

Ihre Gedanken schweiften zurück auf diese Alm bei Berchtesgaden, schon im Österreichischen drüben, wo sie einmal mit Robert gewesen war. Mitten in der Nacht waren sie auf der Hütte von einem unheimlichen Geräusch geweckt worden, das klang wie nichts sonst auf der Welt, jedenfalls wie nichts Gutes, ein tiefes Seufzen wie aus einem löchrigen Blasebalg, tief und schlammig und vorwurfsvoll, mürrisch und drohend zugleich. Böse. Dazu das

Bimmeln einer einzigen Kuhglocke. Am Morgen hatte der Senner erklärt, dass die schwächste Kuh der Herde, tagsüber gemieden und getreten von den übrigen Tieren, im Schutz und in der Einsamkeit der Nacht umso bedrohlicher gegen die Welt und die Dunkelheit ringsum klagte.

Vielleicht, dachte Merle, ist das Unglück die Lücke, durch die das Tückische in die Welt kommt. Es bemächtigt sich der Geschwächten und Geplagten, schenkt ihnen eine tiefe Stimme, einen bedrohlichen Ton, eine neue Sprache mit neuen Vokabeln, denen nichts Menschliches mehr anhaftet. *Ballastexistenz.*

••

Seite um Seite hatte er in seiner winzigen Sütterlinschrift mit landschaftlichen Impressionen gefüllt, wie üblich. Als wäre er auf einem Ausflug, nicht an der Front. Und als würde er genau diese Tatenlosigkeit auch noch genießen. Beschreibungen von Flüssen und Feldern, Dörfern und Kähnen. Das sah Eugen ähnlich. Dann hatte er sich erkundigt, wie die Dinge »an der Heimatfront« stünden, ob Gesine schon in Berlin sei, wie es der »Dame des Hauses« gehe und ob Uta sich schon eingelebt hätte in Ginsterburg, in der Villa sei jedenfalls genug Platz, oder? Die eigentliche Nachricht stand ganz am Ende der Feldpost, die Eugen ihr diesmal aus Frankreich geschickt hatte, vermutlich nachträglich noch hinzugefügt.

Als es Ursel endlich gelungen war, die mikroskopischen Buchstaben zu entziffern, zerknüllte sie vor Aufregung den Brief, hielt ihn ganz fest in der Faust und wanderte wie schlafwandelnd damit durch das Haus, das auf wundersame Weise verwandelt ist, gar nicht mehr leer, es spielt Gesine am Flügel in einem fließenden Kostüm aus flämischer Seide, das sie am Kurfürstendamm gekauft hat, *pling, plingeling,* in einem kleinen Kreis lauschender Gäste, vielleicht auch in einem großen, Perlwein in der Hand und Andacht im Gesicht, während im Hintergrund ernste Herren in Uniform einander die Zigarren anzünden, im Flur vor lauter Menschen kein Durchkommen, in der Küche bewundern ihre Freundinnen von der Frauenschaft die moderne Einrichtung, die moderne Architektur, und Uta zaubert ihre Fachbegriffe dazu aus dem Hut wie Kaninchen, die durch das geöffnete Fenster sofort hinaus in den Garten hüpfen, ah, der Garten, ein sanft geschwungenes Lichterzelt aus Lampions bis hinunter zum Fluss, wo Pfarrer Waibel in vollem Ornat und der durchgeistigte Pastor Kruse in einen theologischen Disput vertieft sind und Kinder in weißen Kleidern flache Steinchen springen lassen, gleich am Ufer, wo Otto Gürckel gerade ihren Eugen beiseite nimmt, auf ein Wort, endlich, das Eiserne Kreuz glänzt an seinem Revers, und ihr Gespräch ist so wichtig, dass sie den livrierten Kellner aus dem Hotel Krone gar nicht bemerken, der mit seinem Tablett weitertänzelt über den frisch gemähten Rasen und zwischen den Stehtischen hindurch, an denen Merle mit Kattwinkel plaudert und das Geplauderte für den schwerhörigen Jungheinrich wiederholt, dort an der meterlangen Tafel mit dem Büfett, das sich biegt unter der Last der Schnittchen und Häppchen und Pasteten und Kuchen, löffelt Professor Hansemann mit einem winzigen Löffel den Kaviar und lauscht, wie Lothar in Fliegerkluft von der Luftschlacht um England erzählt, mit den Händen im Takt zu einem schwungvollen Marsch die Flugmanöver in den Nachthimmel malt, das Orchester unter einem Baldachin bei den Fichten übertönt beinahe den knirschenden Kies in der Einfahrt, wo jetzt ein weiteres schweres Automobil vorfährt und bald nach der Dame des Hauses gefragt wird und auch nach dem »Geburtstagskind«, das nun, ohne ihm zu nahe treten zu wollen, wahrlich kein Kind mehr sei, und Ursel sagt schlagfertig: »Auch keines von Traurigkeit«, worüber der Gauleiter herzlich lacht, dessen Frau nach Nelken duftet und das allgemeine Gelächter nutzt, um Ursel zu ihrem Kleid zu beglückwünschen, also rückt sie kokett ihren Hut zurecht, nun ja, man tut was man kann, aber nein, beharrt die Gattin des Gauleiters, es gäbe in der ganzen Provinz doch sonst schlechterdings keine Dame mehr mit Stil, und deshalb steht im Salon plötzlich Henriette am Flügel, eigens angereist aus Berlin in ihrem männlichen Anzug, aber ganz in Weiß wie eine Braut, sogar mit Krawatte, wie die Dietrich sie getragen hat in diesem einen Film da, und als würde alleine ihre Erscheinung nicht alle Aufmerksamkeit auf sich ziehen, legt sie jetzt auch noch ihre Zigarette mit der elfenbeinernen Spitze behutsam auf dem Rand des Flügels ab, nickt Gesine zu, Gesine versteht, und dann singt Henriette einen frivolen Schlager, »Ich hab' eine Schwäche für blonde Frau'n«, während ihr Blick in der Menge nach Gürckel sucht, ihn förmlich festnagelt, wie er dort zwischen Knut und Bruno steht, wie groß die geworden sind, und der Kreisleiter hat Tränen in den Augen, Tränen der Dankbarkeit.

Als Ursel sich ein wenig beruhigt hatte, tänzelte sie summend in die Küche, öffnete die schmerzende Faust und ließ das zerknüllte Papier auf den Tisch fallen, zog es glatt und las noch einmal, was ihr Göttergatte so aufreizend beiläufig am Ende seiner Feldpost aus Frankreich geschrieben hatte: »*Wie wir wissen, macht mein Vater im Herbst die 90 voll. Ich hatte Zeit, darüber nachzudenken und meine Bedenken beiseitezulegen. Ob wir wohl in der Lage wären, das Fest bei uns auszurichten? In der Villa haben wir mehr Platz, als wir brauchen. Großer Bahnhof für die ganze Gesellschaft. Trauen wir uns das zu?*«

••

Als sie endlich ging, spät am Abend, musste Frau Grasberger sich im Flur an der Wand abstützen, Heil Hitler, so betrunken war sie. Merle schob die Tür ins Schloss, atmete auf, und zog endlich die Briefe aus der Rocktasche.

Aus dem Umschlag von Lothar fiel ein Foto. Merle hob es auf. Ihr Sohn trug seine Uniformkappe, keck zur Seite geschoben. Gesund sah er aus. Seine dunkle Tolle, widerspenstig wie immer. Er lächelte in die Kamera und hielt die Hände ganz seltsam, als sei zu früh oder zu spät auf den Auslöser gedrückt worden. Im Hintergrund der Eiffelturm. Sie fuhr mit dem Daumen über sein Gesicht und presste sich das Foto kurz an die Brust. Dann lehnte sie es gegen die Blumenvase und entfaltete den Brief. Er schrieb von seinem einundzwanzigsten Abschuss, ein Flugboot über dem Kanal, und dass ihn danach Vertreter einer Propagandakompanie aufgesucht hätten. Womöglich stünde eine besondere Auszeichnung an. Mama solle das nicht erst aus der Zeitung erfahren. Und sich um Gottes willen keine Sorgen machen! Seinen Sonderurlaub habe er in Paris verbracht, wie sie dem Foto entnehmen könne. Eine ganz außerordentliche Stadt in ganz außerordentlicher Stimmung. Übrigens sei er dort einer alten Bekannten begegnet. Ob sie sich noch an die Zigeunerin vom Jahrmarkt erinnere? Wäre wohl besser gewesen, wenn sich damals der Hansemann um sie gekümmert hätte. Unten ein Postscriptum: *»Du weißt, ich habe meine Braut gefunden. Wir wollen Euch bei nächster Gelegenheit unsere Verlobung gemeinsam verkünden. Bis dahin hüte es als Geheimnis!«*

In dem Umschlag von Eugen dünnes Papier, wie immer zu einem daumendicken Paketchen gefaltet. Merle lächelte. Er beschrieb die pastorale Schönheit der Loire, wenn der Abend langsam die Gewänder wechselte, die staubgrünen Wälder des Morvan und den »blassgrünen Blumenkohl« ihrer Wipfel. Unwahrscheinlich, dass seine Einheit noch ins Kampfgeschehen eingreifen werde. Wahrscheinlicher, dass er demnächst wieder in die Garnison einrücken werde, zurück nach Lyon. Sie solle nicht besorgt sein, der Feldzug sei vorbei und er wohlauf. Er küsse ihre Handgelenke, alle beide.

Merle zwang sich, gleichmäßig zu atmen, bis ihr Herz sich wieder beruhigte. Versuchte, sich sein Gesicht zu vergegenwärtigen. Aber es wollte und wollte ihr nicht gelingen. Das war schon immer so gewesen in den vergangenen fünf Jahren. Wenn Eugen bei ihr war, war sein Gesicht *da*. Sobald sie sich trennten, war es beinahe, als hätte sie ihn noch nie gesehen, als würde sie ihn nur aus schriftlichen Schilderungen kennen. Kein Bild vor dem inneren Auge. Vielleicht, weil ihre Beziehung sich auf gelegentliche Treffen beschränkte. Zärtliche Inseln der Besonderheit. Vielleicht, weil sie sich zuerst in seine Sprache verliebt hatte. In seine leise Stimme. In den ernsten Skrupel, mit dem er stets nach den richtigen Worten suchte, auch jetzt wieder. *Der Abend wechselt langsam die Gewänder.* Sie wusste, dass das Rilke war. Er wusste, dass sie das wusste. Und trotzdem hatte er die Zeile nicht als Zitat markiert. Das hätte sie ärgern können. Es rührte sie. Und so saß Merle für eine Weile still, lauschte ihrem Herzschlag und rieb sich die Handgelenke, alle beide. Oben ging wieder die Spülung.

••

Der Smolka, wie er in seiner Küche über dem GINSTERBURGER ANZEIGER sitzt und Kaffee trinkt. Jäger im Weltmeer. Bomber über England. Josef Stalin, in der Hand eine Zigarette, im Gespräch mit dem deutschen Außenminister. Da soll mal einer den Überblick behalten, denkt der Smolka finster. Die Sache mit dem Nichtangriffspakt will nicht in seinen Kopf. Was die Faschisten davon haben, leuchtet ihm sofort ein. Aber warum die Kommunisten mit dem Hitler gemeinsame Sache machen? Er wird das Fräulein Merle fragen müssen. Sonst kennt er niemanden mehr, mit dem er über diese Dinge reden könnte. Wohin, fragt er sich, sind all die Genossen? Und warum bin ich noch da? Er blättert weiter und ist in Norwegen. Ein deutscher Frachter wird im Hafen von Narvik mit Eisenerz beladen. Über Rotterdam den Rhein hinunter, und dann rein in die Schmelzöfen an der Ruhr damit. Das hört nie auf. Er nippt an seinem Kaffee, der kein Kaffee ist. Kaffee gibt es noch, und vielleicht wird der auch gar nicht knapp. Trotzdem trinkt er lieber Muckefuck aus Eicheln und Gerste. Immerhin keine Steckrüben. Der Smolka wirft einen Blick hinüber auf die Kohle, im Flur bis unter die Decke gestapelt. Wäre vielleicht doch nicht nötig gewesen. Er weiß nicht mehr, wie er den Überblick behalten soll. Also hält er an seinen Überzeugungen fest, so gut er kann.

••

Frau Grasberger, wie sie mit der Schere einen Artikel aus dem GINSTERBURGER ANZEIGER schneidet. Ein Artikel über Narvik in Norwegen, wie schön es dort ist. Ihre Finger zittern. *Unsereins,* denkt sie, *hat sich viel zu wenig für die weite Welt interessiert.* Das Foto zeigt einen deutschen Frachter, der gerade mit »Eisenerz« beladen wird. Eisenerz. Wie muss man sich das eigentlich vorstellen? Sind das Späne, ist das körnig? Oder fein wie Sand? Behutsam klebt sie den Artikel in ihr Heft und räumt es wieder in die Schublade zu den anderen Heften, in die sie die ausgeschnittene Welt eingeklebt hat. Damit man sich die Bilder nochmal anschauen und die Artikel nachlesen kann. Eines Tages, ganz in Ruhe. Wenn es endlich vorbei ist mit den jiddischen Lügen. Das klare Wasser der Wahrheit. Dann macht sie sich fertig für das Treffen der Frauenschaft. Sie werden üben, wie man Kuchen backt. Mit Mohrrüben und Kartoffeln.

••

Otto zügelte sich. Nur mit den Lippen berührte er das Weißweinglas, stellte es unauffällig zurück. So machte er das auch bei offiziellen Anlässen. Nur nippen, nie kippen. Alkohol hatte auf ihn keine segensreiche Wirkung. Freunde und Parteigenossen wurden im Rausch laut und leutselig, manchmal sogar handgreiflich. Ihm aber wurde nur warm ums Herz und ganz sentimental zumute. Deshalb bemühte er sich redlich und nicht ohne Erfolg, den Alkohol zu meiden. Verstohlen griff er unter den Rock seiner Uniform und lockerte den Gürtel.

»Das habe ich gesehen, mein Freund!«, rief Clemens Jungheinrich, der sich mit einem behaglichen Ächzen den Kragen seines Hemdes aufknöpfte. »Köstlich war das, ganz köstlich! Selten so gut gegessen!«

Der Clemens zügelt sich nicht, dachte Otto. Der ließ, im Gegenteil, nach dem Tod seiner Gattin die Zügel sogar schleifen, schaute gerade im Roten Storch gerne besonders tief ins Glas und rasierte sich nicht einmal mehr. Dem wuchsen inzwischen ja schon die Haare aus den Ohren! Eine Weile war das in Ordnung. Konnte jeder verstehen. Allmählich aber sollte auch ein Witwer mal wieder zur Besinnung kommen.

»Ich stimme zu«, sagte Professor Hansemann, schlank wie ein Säbel, und blickte durch seinen Wein hindurch träumerisch ins Kaminfeuer. »Ihre kleine Magd ist wirklich eine bemerkenswerte Köchin.«

»Julka? Ein Goldstück ist das!«, sagte Otto ein wenig zu laut, um jeden Gedanken an Henriette zu vertreiben. Zutrauen würde er es dem Hansemann, jetzt eine spitze Bemerkung zu machen. Wunde Punkte anderer Leute finden, das konnte der Herr Doktor sehr gut. Hätte er nicht den weißen Arztkittel gegen die schwarze Uniform der SS eingetauscht, hätte Otto ihn sicher nicht eingeladen zur Wildschweinjagd mit anschließendem Essen mit Umtrunk im Jagdschloss. Leider machte die Uniform den Hansemann wichtig. Und so viele wichtige Männer gab es nicht in Ginsterburg. Es war klug, sie um sich zu versammeln. Aber Hansemanns Vertraulichkeiten, die süffigen Bemerkungen, all das behagte Otto nicht, weshalb er den Doktor lieber auf Abstand halten wollte.

Der große Speisesaal des Jagdschlosses war spärlich beleuchtet. Ein paar Kerzenständer, von denen schon gelb das Wachs tropfte. Obwohl es bald August und ein milder Abend war, hatte Otto darauf bestanden, das Feuer im Kamin zu entzünden. Erstens verbreitete es eine heimelige Stimmung. Zweitens war es in den so lange unbewohnten Räumen empfindlich klamm, sogar im Sommer. Durch die offenen Fenster wehte milde Abendluft herein und brachte Stechmücken mit. Sachte senkte sich die Sonne zwischen den Eichen in der Ferne, dort, wo der Park einfach kein Ende nehmen wollte. Jungheinrich redete schon wieder von dem Wildschwein und dem *einzigen Schuss*, den es gebraucht hatte, und dass er, das stelle man sich doch bitte mal vor, diesen Schuss kaum gehört hatte, so rapide ging's bergab mit seinen Ohren. Schlimm seien diese Schwankungen. Sein Gehör würde kommen und gehen, wie es ihm gerade gefiel. Dabei streifte er die lehmverkrusteten Stiefel ab, streckte die Beine aus und wärmte seine Füße am Feuer. Hätte er früher auch nicht gemacht, sich so auszubreiten in Gesellschaft. Schwärmte vom Wild im Wald und davon, dass man doch den Reichsjägermeister einmal einladen müsse in die Stadt, dem würde es hier gefallen.

Es war Hansemann, der jetzt trocken auflachte: »Unser Herr Reichsjägermeister, mein lieber Jungheinrich, ist als Reichsmarschall mit einer Luftschlacht beschäftigt. Im Osten sind wir schnell fertig geworden. Aber unterschätzen sie mir den Westen nicht, meine Herren!«

»Meine Jungs arbeiten daran«, bemerkte Otto. Das hatte er in den vergangenen Wochen oft gesagt, im immer gleichen Ton, mit Stolz und Demut, *meine Jungs*, als würden seine Jungs diesen Krieg ganz alleine bewerkstelligen, »Bruno im Panzer und Knut im Rudel der grauen Wölfe«.

Hansemann schüttelte lachend den Kopf: »Immer ist es der Wolf, oder? Ein überschätztes Tier, wenn Sie mich fragen. Ich würde die Hyäne als Leitbild wählen ...«

»Eine Aasfresserin?«, wunderte sich Otto.

»Es ist die Hyäne, die den Menschen zum Jäger gemacht hat.«

»Wie das?«, fragte Otto, um Hansemann die Gelegenheit zu einer weiteren intellektuellen Spreizung zu geben, und siehe da: »Die Hyäne selbst macht keine Beute. Sie macht sich darüber her, was das Raubtier übrig lässt. Wir sitzen noch in den Büschen und neiden ihnen das verwesende Fleisch, den Knorpel und die Knochen. Bevor wir Jäger werden können, müssen wir uns an die Stelle der Hyäne setzen. Wir müssen, weil uns die Kraft ihrer Kiefer fehlt, *Werkzeuge* entwickeln, um Knochen zum Splittern bringen und bis zum Mark vordringen zu können. Die Hyäne, meine Herren, und nicht der Wolf steht an der Wiege der Menschheit.«

»Trotzdem frage ich mich manchmal«, sagte Jungheinrich, dem die hyänischen Ausführungen von Hansemann entgangen waren, »welche Kräfte wir mit diesem Krieg entfesselt haben …«

»Kräfte? *Wir* sind die Kraft«, sagte Hansemann scharf.

Jungheinrich nickte eifrig. »Wir tun, was wir können! Die Wehrmacht bestellt inzwischen so viel Papier für ihre Handgranaten, dass ich die Produktion komplett umstellen musste.«

»Und?«, fragte Otto und musste die Frage zweimal wiederholen, bis Clemens sie endlich verstand. »Ist es zum Schaden der Jungheinrich GmbH & Co. KG?«

»Das nicht«, räumte Clemens ein. »Als Kaufmann muss ich aber an die Zeit danach denken. Wir werden nicht immer Handgranaten brauchen …«

»Sehr richtig«, unterbrach Hansemann. »Glaubt ja keiner, mit wie viel Papierkram wir uns im Generalgouvernement herumschlagen müssen. Dokumente und Ausweise und Ausweisungen und Passierscheine und Haftbefehle und Nachweise. Papier, Papier, Papier. Es nimmt kein Ende. Es sind aber auch gewaltige Gebiete, die wir da gerade nach unseren Vorstellungen neu arrondieren. Und unsere Vorstellungen, wenn ich das sagen darf, reichen weit.«

Otto nickte, obwohl er keine Ahnung hatte, was Hansemann als Arzt in Polen eigentlich machte. Im Lazarett arbeitete der ja wohl nicht. Aber der Professor beantwortete jede Frage, welche Aufgaben genau er da im Osten wahrnahm, nur mit maliziösem Lächeln und vielsagendem Schweigen. Über den Osten wusste Otto überhaupt nur, was die Zeitung und die Wochenschau berichteten. Und natürlich, was Bruno ihm vom schnellen Feldzug in

Polen erzählt hatte. Bewegungskrieg mit Unterstützung der Luftwaffe, technische Überlegenheit auf allen Feldern.

Hansemann war aufgestanden und ans Fenster getreten. Er spähte die komplette Blickachse entlang, über die Wiese mit dem Brunnen hinweg, vorbei am florentinischen Palais *en miniature* und über die von Statuetten gekrönten Hügelchen hinweg bis zum griechischen Tempelchen, an dem sich ein Trupp uniformierter Arbeiter zu schaffen machte: »Sieht so aus, lieber Gürckel, als würden wir endlich diesen Garten in Angriff nehmen ...«

Otto trat neben Hansemann, die Hände auf dem Rücken: »Oh, der Arbeitsdienst ist schon bei der Arbeit. Nötig war's. Sie glauben gar nicht, wie schnell mir die ganze Anlage unter den Fingern verwildert. Selbst hier im Gemäuer steckt die Feuchtigkeit in allen Wänden. Dabei sind das ja Werte!«

»Das Erbe der Ahnen«, sagte Hansemann versonnen und kniff die Augen zusammen. »Ist das dort eine Frau?«

»Wo?«

»Neben der kleinen Akropolis da hinten, abseits der Gruppe. Wer ist das?«

»Das ist die kleine Mohelsky«, sagte Otto unbehaglich.

»Ach. Dieses traurige Judenflittchen?«

Otto hatte nichts gegen den scharfen Ton. Eine unzulässige Verbindung war eine unzulässige Verbindung, fertig. Aber aus dem Munde von Hansemann richtete sich die Schärfe auch gegen ihn selbst, und das war nicht zu dulden.

»Sie ist erst einmal die Schwägerin von Eugen von Wieland«, erklärte er. »Und der hat ein sehr gutes Wort für sie eingelegt. Hat Architektur studiert und Kunstgeschichte. Hier im Park habe ich beides, Architektur und Kunstgeschichte. Hier kann sie sich bewähren, und das macht sie seit einigen Wochen sehr gut. Ich hoffe, der Herr Hauptsturmführer hat dagegen keine Einwände.«

»Oh, sie winkt!«, sagte Hansemann abwesend und winkte zurück.

»Sie ist eine ... wie sagt man?«, überlegte Otto.

»Hyäne?«, schlug Jungheinrich glucksend vor. Otto wunderte sich, dass Clemens dem Gespräch plötzlich so gut folgen konnte. Man hört wohl, was man hören will.

»Koryphäe!«, fiel es Otto wieder ein. »Also habe ich ihr das Regiment überlassen. Freie Hand im Garten und im Jagdschloss. Woher soll ich sonst die guten Leute nehmen, Herr Hauptsturmführer? Die sind doch alle im Feld!«

Bei seiner Soldatenehre, das wusste Otto, da war der Professor zu packen. Hansemann nickte ernst. »Trotzdem ungewöhnlich. Gerade für einen Mann in Ihrer Position. Wusste gar nicht, dass unser Kreisleiter ein Samariter ist. Hoffe, wir haben ein wachsames Auge auf dieses Element. Ah, unser Dessert!«

Julka hatte lautlos den Raum betreten und wortlos das silberne Tablett auf den Tisch gestellt. Jungheinrich klatschte in die Hände.

Hansemann wandte sich vom Fenster ab und war mit wenigen Schritten über den Schüsseln. »Was haben wir denn da? Sieht aus wie Erbrochenes!«

Julka schwieg. Otto bedeutete ihr mit einem Blick, sich schleunigst aus dem Staub zu machen. Hansemann aber hatte das Mädchen schon am Handgelenk gepackt: »Ist das Erbrochenes, meine Gute?«

Jetzt war Otto am Tisch: »Kennen Sie das nicht aus Krakau? Speist man denn keine schlesischen Mohnklöße im Generalgouvernement?«

»Ich kenne das!«, rief Jungheinrich. »Herrlich! Her damit!«

Hansemann trat noch näher an Julka heran: »War das Wildschwein auch schlesisch?«

Er überragte sie um zwei Köpfe. Seine Brillengläser spiegelten. Julka nickte. Otto bekam feuchte Hände. Ihm gefiel es gar nicht, Julka so im Mittelpunkt zu sehen, erst recht nicht im Mittelpunkt des Interesses von Hansemann. Sie hatte Schatten zu sein und zu bleiben, fertig.

Jetzt hatte Hansemann sich so weit vorgebeugt, als wollte er an ihrem Scheitel riechen: »Wollen Sie uns nicht das Rezept verraten?«

Julka blickte zu Otto, Otto nickte.

»Nehme ich Nacken von Wildschwein«, sagte sie leise, hastig, »und würze mit Salz und Pfeffer, dann Knoblauch, Thymian und Majoran in Buttermilch. Karotten … dann Marinade, muss ich wässern in Topf aus Ton, dann scharf anbraten mit Butterschmalz … ablöschen mit Rotwein und …«

Endlich ließ Hansemann ihr Handgelenk los. Otto nickte ihr zu, mit einem angedeuteten Knicks verließ Julka den Raum.

Hansemann sah dem Mädchen hinterher, nahm einen Löffel, klopfte damit gegen die Schüssel mit den Mohnklößen, schnalzte mit der Zunge.

»Ich wusste nicht«, sagte Otto erleichtert, »dass der Herr Hauptsturmführer sich so sehr für Kulinarik interessiert!«

Hansemann lachte herzlich. »Kulinarik?«, sagte er und betrachtete eine Stechmücke, die auf seinem Handrücken saß und saugte. »Nein, ich interessiere mich für Menschen.« Er zerquetschte das Insekt zwischen zwei Fingern: »Ist Ihnen schon aufgefallen, Gürckel, dass diese Julka Ihrer verflossenen Henriette … also wirklich, oder?«.

»Ein Goldstück ist das«, sagte Otto kraftlos.

»Es ist Zeit!«, rief Hansemann mit einem Blick auf die Uhr und nickte hinüber zum Volksempfänger.

Ottos Finger zitterten ein wenig, als er das Gerät einschaltete. Noch lief der Badenweiler-Marsch mit seinem schwungvollen Rummtata. Hinter den Eichen war die Sonne jetzt ganz untergegangen, der Himmel glühte in tiefem Orange. Ich werde diesen Park arrondieren müssen, dachte Otto, und meine Vorstellungen reichen weit. Endlich schlug die Standuhr zur halben Stunde, der Marsch verstummte.

»Lauter!«, krähte Jungheinrich.

Es erklang eine männliche Stimme, männlicher noch als sonst

und bebend vor Erregung, heillos übersteuert: »*Das Oberkommando der Wehrmacht gibt bekannt: Seit den frühen Morgenstunden liegen Ziele auf den britischen Inseln wieder unter heftigem Beschuss deutscher Jagdstaffeln und Bomberverbände. Bei mehr als eintausendfünfhundert Einsätzen innerhalb von zehn Stunden wurden Flugplätze, Verteidigungsanlagen und Radarstationen des Feindes erheblich beeinträchtigt. Es war der bisher größte Angriff auf England seit Beginn des Krieges und hat die Führung in London völlig überraschend getroffen. Die Royal Air Force erlitt am Boden und in der Luft empfindliche Verluste. In den kommenden Tagen und Wochen werden die Einsätze mit unverminderter Kraft fortgesetzt.*«

••

»Fertig«, sagte der Gerüstbauer und schnippte seine Zigarette weg. »Und jetzt?«

Uta legte prüfend den Kopf in den Nacken: »Jetzt kümmern wir uns um das Tympanon.«

»Das was?«

»Das Tympanon. Das Giebeldreieck da oben. Was sehen Sie da?«

Der Arbeiter betrachtete ratlos die Schemen, die Wind und Regen eines vollen Jahrhunderts von den Reliefs der Figuren übrig gelassen hatten. Er blies die Backen auf: »Nichts, um ehrlich zu sein …«

»Eben! Dädalus und Ikarus sind kaum mehr zu erkennen. Die müssen wir wieder rausarbeiten, nicht wahr?«, sagte Uta und wunderte sich selbst über ihre Fröhlichkeit. Für einen Moment war es, als fiele ein Lichtstrahl in ihre Brust. Als leuchte sie von innen. Sie hielt kurz die Luft an, und schon krochen ihr wieder die altbekannten Schatten den Rücken empor. Sie schüttelte sich.

Das Gerüst war nicht hoch und in einer halben Stunde aufgebaut. Weil das »hellenistische Tempelchen« in diesem Park nur eine Miniatur dessen darstellen sollte, was Goethe mal auf Sizilien gesehen hatte. Seine sechs ionischen Säulen waren gerade hoch genug, um darunter hindurchgehen zu können. So war es gedacht und erfüllte seinen Zweck. Beim Blick aus dem Jagdschloss sollte der Garten noch größer wirken, als er war. Um das Schloss, speziell das Deckengemälde in der Empfangshalle, würde sie sich im Winter kümmern. Wie sie sich um überhaupt *alles* kümmern würde. Ihr war die Aufgabe übertragen, das kulturelle Erbe der Stadt zu inventarisieren und, wo nötig, wieder in alter Pracht herzustellen. Sie wusste, dass sie das konnte.

Sie wusste, was das Fresko im herzoglichen Jagdschloss vor der völligen Erblindung schützen und den verwahrlosten Park vor der endgültigen Verwilderung bewahren konnte. Sie hatte die Freiheit, nach Unterfranken zu reisen und zu studieren, was Giovanni Battista Tiepolo im Treppenhaus der Residenz von Würzburg hinterlassen hatte, bevor der Italiener mit der roten Nase auf der Heimreise dem Angebot des Herzogs nicht widerstehen konnte, für ein kleines Vermögen und beträchtliche Mengen an Wein sein Meisterwerk im Kleinen zu wiederholen.

Sie hatte die Muße.

In Museen und Depots studierte sie die Landschaftsmalereien, vor allem von Nicolas Poussin, dessen Gemälde Lancelot Brown als Vorbild für seine revolutionären Gärten gedient hatten, bevor sein so gelehriger wie spielsüchtiger Schüler Archibald Thompson sozusagen Hals in weißer Halskrause über Kopf vor seinen Gläubigern auf den Kontinent hatte fliehen müssen und in die Dienste eines dankbaren Herzogs getreten war.

Sie hatte die Macht.

Die Muskelkraft der Männer vom Reichsarbeitsdienst vertiefte mit fliegenden Schaufeln den verschlammten Teich, schichtete Dämme auf und fällte den Wildwuchs im Park, um den ursprünglichen Garten wenigstens wieder ahnbar zu machen.

Sie hatte das Budget.

Womit auch immer Tiepolo gearbeitet hatte, Leim, Öl und Harz – sie ließ es sich nach alter Sitte mischen und liefern, notfalls aus Italien. Was immer Thompson ursprünglich an Blumen gepflanzt haben mochte, Tulpen, Rosen oder Narzissen – sie wurden geliefert, wenn auch nicht, wie es sich gehörte, aus britischem Boden. Gürckel hatte sich nicht nehmen lassen, Knollen aus eigenem Anbau beizusteuern.

Der große Saal des Schlosses war erleuchtet. Am Fenster konnte Uta die Silhouette eines Menschen erkennen. Unwillkürlich hob sie die Hand und winkte.

Der Mensch winkte zurück.

»So, Männer, Feierabend für heute!«, rief Uta. Nicht glücklich. Aber fröhlich.

Alles Nötige flog ihr zu. Wie im Traum, den sie zuletzt wohl wirklich als Studentin in Dessau geträumt hatte und niemals wirklich ausleben konnte – erst recht nicht in Berlin, wo sie wegen ihrer Ausbildung am Bauhaus froh sein konnte, für die Bauverwaltung arbeiten und Anträge bewilligen oder ablehnen zu dürfen. Hier und jetzt war ihrer tätigen Existenz keine Grenze gesetzt. Seit sie für das architektonische Mobiliar dieser Stadt verantwortlich war, waren ihre Tage wieder ausgefüllt mit Sinn.

Ihre Nächte gehörten weiterhin Theo. Den Briefen, die allesamt ohne Antwort blieben. Sendungen ins Nichts. Petitionen ins Ungewisse. Trotzdem schrieb sie weiter. Keine einzelnen Briefe, nurmehr *einen* Brief. Was sie trieb, tat, dachte. Keine Hoffnungen mehr. Kleine Erlebnisse, Gedanken, Geschichten. Gedichte. Gehauchtes und Geflüstertes. Besonders gerne malte sie an ihrem gemeinsamen Traum weiter, neue Städte zu bauen. Neue Städte bauen, aber im allerältesten Haus am Ort wohnen. Und in ihrer Vorstellung neckte er sie wieder wegen des Widerspruchs, die Zukunft zu wollen und in der Vergangenheit zu leben. Als wäre Theo mit ihr im Raum und nicht in einer Zelle der Gestapo oben in Berlin. Sie schrieb mit Tinte und Blei und Tusche, was gerade zur Hand war. Sie schrieb auf Pappe und Zeitungen und Quittungen und Briefumschläge und Büttenpapier. Sie schrieb, bis ihr eine gnädige Müdigkeit den Füllfederhalter aus der Hand nahm. Die Briefe verstaute sie in einer abschließbaren Schatulle mit Beschlägen aus Messing. Nie schickte sie etwas ab. Was geschrieben war, sammelte sie in ihrer Schatulle. Sie schrieb Nacht für Nacht für Nacht.

Es sei denn, die Nacht war sehr gut. Oder sehr schlecht.

In guten Nächten durchstreifte sie den verwilderten Park im fahlen Mondlicht, vom piemontesischen Palazzo zur mittelalterlichen Burg, vom chinesischen Teehaus bis zum osmanischen Pavillon, den Kopf voller Pläne, wie sie ihm wieder seine alte Pracht verleihen würde. In guten Nächten entzündete sie im Treppenhaus des zerfallenden Jagdschlosses die Laterne. Mit perlmuttweißem Leib tauchte sie dann in die grünen Teiche ihrer Nymphen. Mit schlankem Finger deutete sie mal auf das blutige Wildbret, mal auf den unglücklichen Aktaion, den hinter den Hagebutten seine eigenen Hunde zerfleischten.

In schlechten Nächten verwandelte sich ihr schlechtes Gewissen in die Gestalt eines Hundes mit dem Schwanz eines Drachens und den Klauen eines Affen und ihr Kummer in eine Ziege mit den Flügeln einer Fledermaus und dem Schnabel eines Geiers.

••

Eugen hatte großes Glück gehabt. Nach dem Abzug von der Loire war er an einen kuriosen Stabsarzt geraten. Kurz nach seiner Ankunft in Lyon hatte der Mann ihn angesprochen. Altmodischer Kneifer auf der Nase. Ernster Blick, kleiner Mann, reichte Eugen kaum bis zur Brust. Die Finger seiner linken Hand hatten keine Spitzen mehr. Ob er Eugen wohl für eine kurze Untersuchung »verhaften« dürfe. Vielleicht Routine, eine Stichprobe. Jedenfalls war es nicht so, dass Eugen sich durch irgendwelche Symptome als Problemfall zu erkennen gegeben hätte. Das Frösteln hatte sich gelegt. In Schüben aber kam das Schlottern und übernahm die Macht über Arme und Beine. Gerade ging's. Auf der Stube machte er sich frei. Abklopfen, ausleuchten, abhorchen.

»K-k-körperliche Ursache können wir ausschließen«, stellte der Arzt fest, während Eugen sich das Hemd wieder zuknöpfte.

»Ursache wofür? Wonach suchen wir denn?«

»Flattermann.«

Eugen hielt inne. »Flattermann?«

»Wir suchen nach dem Flattermann«, bestätigte der Arzt. »Er kann viele Formen annehmen. Bettnässen. Stimmverlust. Hörsturz. Alles Dinge, die leicht zu simulieren sind. Das macht es so schwer, seiner habhaft zu werden. Oft zeigt er sich in Spasmen. Dann zuckt die Hand, das Bein, der ganze Körper. Meine Kollegen rücken dieser Sache gerne mit Überrumpelung auf den Leib. Elektroschock. Eiserne Disziplin. Ich halte das für einen Fehler. Weil der F-F-Flattermann körperliche Ursachen hat. Aber das ist nur meine fachliche Meinung.«

»Bei mir zuckt nichts«, behauptete Eugen.

»Bei Ihnen zuckt *jetzt* nichts, weil es in Schüben kommt. Wir sind angehalten, diese Fälle sehr genau zu überprüfen. Hätten Sie mir hier ein Beispiel Ihrer traumatischen Hysterie geliefert, ich hätte sie als Simulanten verhaften lassen. Das d-dürfen Sie mir glauben. Sie aber haben mir nichts vorgespielt. Sie haben den Flattermann, Herr Feldwebel.«

»Das ist doch absurd!«, protestierte Eugen. »Sie stellen eine Diagnose aufgrund der *Abwesenheit* von Symptomen?«

»Verrückt, oder?«, pflichtete ihm der Arzt bei und ging um seinen Schreibtisch herum, wo er hinter den gestapelten Akten beinahe verschwand. »Und Ihr Leugnen bestärkt mich noch darin, Ihnen eine psychiatrische Erschütterung zu attestieren, verursacht durch große Gefahr – oder die Erinnerung daran. Trifft das zu, Herr Feldwebel?«, fragte er, flüchtig aufblickend, bevor er sich wieder dem Chaos auf seinem Tisch widmete. »Mensch, wo habe ich denn … ah, hier ist sie ja. Ich habe hier eine sehr p-p-plastische Meldung über unsoldatisches Verhalten in Stellung. Soll ich sie Ihnen vorlesen?«

Eugen sah zwischen seinen Knien hindurch auf den Boden.

»Wäre mir auch unangenehm«, fuhr der Arzt fort. »Die Meldung hat Oberst Steinbichler gemacht, wie es seine Pflicht ist. Guter Mann übrigens. Der weiß, wie man die Truppe motiviert. Soldat von altem Schrot und Korn. Solche Leute sind allergisch gegen den alten Flattermann, was? Ich nehme an, Sie haben auch im Großen Krieg gedient. Ostfront? Isonzo?«

»Flandern«, sagte Eugen. »Sie haben recht. Es scheint, als wäre meine alte Kriegsverletzung wieder aufgebrochen.«

»Höre ich da Ironie heraus?«, erkundigte sich der Arzt.

Eugen schwieg. Ein Granatsplitter im Schädel. Ein abgerissener Arm. Ein verlorenes Auge. *Das* waren Verletzungen. Er hingegen war von einem lästigen Wehwehchen eingeholt worden.

Jetzt nahm der Arzt seinen Kneifer ab, ließ ihn in der Brusttasche seines Kittels verschwinden. Dann setzte er sich auf die Kante des Schreibtischs. Seine Beine waren so kurz, sie berührten nicht einmal den Boden.

»Bei mir war es die Schlacht am Skagerrak. Unser Torpedoboot hat einen Volltreffer abbekommen. In die Munitionskammer, verstehen Sie? Eben war das Schiff noch da«, sagte er und schnalzte mit der Zunge, »und dann war es plötzlich weg. Im Wasser trieb ein Schrank, der mich sozusagen über Wasser hielt. Sie machen sich keine Vorstellung davon, wie kalt die Nordsee im Frühsommer noch sein kann. Ich habe darin einen ganzen Tag verbracht. Das war schlimm. Sehr schlimm. Aufgefischt hat mich ein norwegischer Kutter. Als ich wieder halbwegs bei Sinnen war, wollte ich mich bei meinen Rettern bedanken. Ging nicht. D-d-dauerte Wochen, bis ich wieder ein Wort hervorbringen konnte. Seitdem stottere ich ein wenig. Ist Ihnen vielleicht aufgefallen.«

Eugen lächelte zaghaft.

Der Arzt baumelte mit den Beinen, hob die linke Hand und wackelte mit seinen verstümmelten Fingern. »Damit habe ich im Eiswasser herumgerudert. Waren schon ganz schwarz. Habe sie mir noch auf dem Fischerboot selbst amputiert«, sagte der Arzt und kehrte mit einem Hüpfer von der Schreibtischkante in die Gegenwart zurück: »Ich stehe da in fachlichem Dissenz zur aktuellen Lehrmeinung, die in jeder seelischen Verwundung eine Schwäche oder gar Defätismus wittert. Meine Aufgabe ist es, die Stoßkraft des deutschen Landsers zu erhalten. Eine Stirn, die von einer Kugel durchschlagen wird, wird auch nicht als schwach betrachtet. Das Seelische kann ebenso verwundet werden wie der Körper. Wir sollten es nicht gering schätzen, nur weil ein Jude aus Wien ebenfalls dazu geforscht hat. In Mesopotamien dachten die Leute noch, böse Geister seien in die Krieger gefahren …«

»Homer beschreibt die Symptome in der Ilias«, warf Eugen ein. »Achilles beispielsweise …«

»Ach, auch noch gelehrt? Ich habe ebenfalls ein humanistisches Gymnasium besucht. Hat mir nicht geschadet.« Der Arzt setzte seinen Kneifer wieder auf, kritzelte ein paar Worte auf einen amtlichen Vordruck und schüttelte ihn, bis die Tinte getrocknet war. »Ich werde Sie nach Hause schicken, Herr Feldwebel. Wir können ja sowieso bald alle nach Hause fahren. Wo kommen Sie her?«

»Ginsterburg«, sagte Eugen.

»Ginsterburg? Die Welt ist klein. Kennen Sie den Hansi?«

»Bedaure.«

»Hansemann? Nicht?«

»Das sagt mir etwas. Der Professor leitet unsere Klinik.«

»Wir haben zusammen an der Charité studiert. Brillanter Arzt, streitbarer Kollege. Der Hansi interessierte sich immer für alles, und er hatte einen Hang zu … sagen wir, abwegigen Experimenten.« Er reichte Eugen das Dienstunfähigkeitsattest. »Sie wissen, wohin Sie sich damit wenden müssen?«

»Jawohl, Herr Stabsarzt.«

»Oberfeldarzt. Und darf ich Ihnen einen Rat mit auf den Weg geben? Ruhe, Ruhe, Ruhe. Suchen Sie die Natur. Natur und Ruhe.«

FÜHRER-SOFORTPROGRAMM

I. Zur sofortigen Durchführung auf dem Gebiete des Luftschutzbauwesens ordne ich an:
Für Wohngebiete (städtische Gebiete, Siedlungen, Laubenkolonien), in denen keine oder unzureichende Luftschutzräume vorhanden sind, sind behelfsmäßige Schutzmaßnahmen zu treffen.
Vorhandene oder neu zu bauende Verkehrsstraßen oder Verkehrsanlagen (z. B. Untergrundbahnen und Tunnelbauten) sind für den Bau unterirdischer, bombensicherer Luftschutzräume auszunutzen.
Die in Luftschutzräumen vorhandenen Öffnungen in den Außenwänden des Gebäudes sind zu beseitigen unter gleichzeitiger beschleunigter Durchführung der gesetzlich angeordneten Brandmauerdurchbrüche.
Neu zu errichtende öffentliche Luftschutzräume sind bombensicher zu bauen, die vorhandenen öffentlichen Luftschutzräume sind - so weit möglich - auf Bombensicherheit zu verstärken.
Bei allen Neubauten, insbesondere bei den Bauten der Rüstungsindustrie, sind von vornherein bombensichere Luftschutzräume auszuführen. Sie sind in die gleiche Dringlichkeitsstufe wie die Bauvorhaben selbst aufzunehmen.
In Berlin sowie in anderen vom Reichsminister der Luftfahrt und Oberbefehlshaber der Luftwaffe zu bestimmenden Städten sind die Baulücken für die

Errichtung bombensicherer Luftschutzräume als Untergeschoss der später zu errichtenden Neubauten auszunutzen.
Die Keller aller öffentlichen und privaten Gebäude sind sofort auf ihre Eignung als Luftschutzräume zu überprüfen und bei Geeignetheit für die Bevölkerung in Anspruch zu nehmen, es sei denn, dass sie für die Aufrechterhaltung des Betriebes lebenswichtig sind.
Die Weisung für die Durchführung der zu treffenden Maßnahmen erlässt der Reichsminister für Luftfahrt und Oberbefehlshaber der Luftwaffe. Bei der Durchführung haben die Dienststellen des Reichsministers Dr. Ing. Todt und des Generalinspekteurs für die Reichshauptstadt mit den Dienststellen der Luftwaffe eng zusammenzuarbeiten.
Mit der Durchführung der Maßnahmen in Berlin habe ich den Generalinspektor für die Reichshauptstadt beauftragt.
Zur Durchführung dieser kriegswichtigen Aufgaben sind die notwendigen Bauarbeiter, Baustoffe und Transportmittel bereitzustellen.
Auf alle mit der Durchführung von Luftschutzmaßnahmen betrauten Dienststellen ist aufklärend einzuwirken, dass von den Luftschutzbestimmungen nicht abgewichen wird.

Berlin, 10. Oktober 1940
gez. Adolf Hitler

III

KLEINE STADT WILL SCHLAFEN GEH'N

Im Spätsommer 1940 stand das Reich auf dem Gipfel seiner tausendjährigen Geschichte. Aus schwindelnder Höhe konnte es den kompletten Kontinent überblicken. Es sah auf der mondänen Promenade von Biarritz seine Landser bunte Ansichtskarten kaufen. Es sah im Eismeer vor dem Nordkap seine Matrosen sich die kalten Hände behauchen. Es sah südlich von Sizilien seine Piloten beidrehen vor dem Dunst der afrikanischen Küste. Es sah am morastigen Ufer des Bug seine wachsamen Panzerfahrer ihre Feldstecher auf asiatische Steppen richten. Es sah, dass es *gut* war und noch lange nicht genug.

Im Spätsommer 1940 gab es keine Fronten mehr. Kein Gegner mehr auf europäischem Boden. Keine roten Linien in ihrem blutigen Hin und Her auf der Landkarte. Keine Panzerketten, die sich durch fremde Äcker furchten. Keine aufspritzende Erde. Kein Graben, der ausgehoben, und kein Hügel, der genommen werden musste. Kein endloser Alptraum wie noch im Weltkrieg, den Spitzfindige den »Ersten« zu nennen begannen. Es gab nurmehr vereinzelte Rückzugsgefechte eines Feindes, der die Überlegenheit deutscher Waffen auch zu Wasser und in der Luft noch früh genug zu spüren bekommen würde.

Im Spätsommer 1940 wartete Ginsterburg im hügeligen Herzen des Reiches geduldig auf das Ende eines Krieges, der anderswo wütete, an den fernen Peripherien des Kontinents. Flirrende Luft über den Kaminen des Heizkraftwerks. Tanz der Lastkräne draußen am Binnenhafen. Sechs rauchende Schornsteine der Papierfabrik und volle Auftragsbücher. Auf den Feldern ringsum wurde täglich die »Erzeugerschlacht« geschlagen und gewonnen. Neuerdings fuhr die Elektrische über Herzogental hinaus bis in die Auen. Fahrplanmäßig rollten Züge ein und aus. Auf dem Sportfeld spielte der TuS Ginsterburg in dieser Saison um den Aufstieg.

Im Spätsommer 1940 hörte die Geheime Staatspolizei mit, was in der Fasanerie gesprochen wurde, im Roten Storch, im Tivoli oder auf dem Marktplatz. Wo die Depeschen des Dicken und des Dünnen gelesen wurden, gab deren Inhalt größtenteils keinen Grund zur Sorge. Im Gegenteil. Die Heimatfront hielt stand. Einzelne Querulanten mit aktenkundiger Reserve gegen das Regime waren dem Sog des Sieges erlegen und verstummt. Um eingefleischte Defätisten kümmerten sich die zuständigen Stellen so gründlich, wie sie sich zuvor bereits um Artfremde und Asoziale gekümmert hatten. Keine leichte Arbeit, bisweilen heikel. Wo gehobelt wurde, fand die sachdienliche Unterstützung hilfreicher Volksgenossen lobende Erwähnung.

Im Spätsommer 1940 traf die Stadt erste Vorbereitungen zu ihrer Verteidigung. Sie tat es mit halbem Herzen. Wenn's denn sein muss. Also war das kleine Plateau neben dem Bismarck-Denkmal oben auf dem Wolfsberg schnell gerodet. Danach ruhten die Arbeiten, weil der Kreisleiter zuerst eine Flakstellung bei seinen Gewächshäusern im Industriegebiet wünschte. Oberstleutnant Neuhofer nahm diese Wünsche ernst. Unter der Altstadt wurden derweil die Brandmauern zwischen den Kellern durchbrochen. Oberhalb der Erlöserkirche bereitete ein Bautrupp das Fundament für einen Hochbunker. Wie eine Rakete würde der aussehen, wenn er fertig war. Eine Rakete aus Beton.

••

Papa ist ein schweigsamer Mann. Was nicht heißt, dass er wortkarg ist. Er hat Worte und redet gerne. Aber nur, wenn er bei der Arbeit ist. Notfalls mit sich selber. Jetzt aber sitzt Uta auf seinem Knie, beide Arme auf seine Werkbank gestützt. Und Papa redet wieder auf diese Weise, als würde er im Grunde immer reden, als könnte man das nur normalerweise nicht hören. Sondern nur, wenn er in der Werkstatt ist, in Gesellschaft all der flüsternden und surrenden und winzigen Mechanismen, die im Grunde immer laufen, man kann sie nur normalerweise nicht hören. Mama kann dieses Reden nicht ertragen. Sie sagt, Papa fasele in der Werkstatt zusammenhangsloses Zeug vor sich hin. Uta findet, was er sagt, genauso rätselhaft und schön wie seine Arbeit. Und deshalb sitzt sie jetzt wieder auf seinem Knie und hört zu, wie Papa auf diese Weise redet.

»Deine Schwester haben wir nach einer Heiligen benannt, weil die Mama sich das so gewünscht hat«, sagt er und stemmt vorsichtig den Gehäuseboden einer goldenen Taschenuhr auf. »Das ist eine Halbsavonette von Lépine, ganz selten, Lépine hatte normalerweise keinen Deckel. Siehst du?«, sagt er und dreht die gehäusebodenlose Uhr um. »Sie hat da dieses kleine Fenster im Deckel, durch das wir die Zeiger auch dann sehen können, wenn sie geschlossen ist. Dieses Exemplar ist aus dem Jahr, als sie Marie-Antoinette aufs Schafott geführt haben. Das war die Königin von Frankreich. Ursula wurde von den Hunnen ermordet, heißt es, aber ich glaube das nicht. Und Heilige gibt es gar nicht, Uta, aber verrate das nicht der Mama, sonst gibt es wieder Ärger.« Er klemmt sich eine okulare Lupe vor das rechte Auge und legt die Uhr mit dem offenen Gehäuse nach oben auf ein gespanntes Seidentuch: »Ursel, das bedeutet Bärchen. Ich finde, das passt. Die Schnecke hat Lépine durch eine Feder ersetzt, dadurch wurden seine Uhren so wunderbar flach. Hier ist die Zeit stehen geblieben, weil sie die Feder abgenutzt hat. Verstehst du? Abstrakte Zeit nutzt ein konkretes Bauteil ab, das ihrer Messung dient. Fast könnte man meinen, es gäbe sie wirklich.«

Er setzt den Kronenwinder an einer Stelle an, die nur er alleine sehen kann, durch seine Lupe, eine ganze Galaxie auf engstem Raum ineinander verschraubter Sprungfederchen und Zahnrädchen und Schräubchen und

Wellen, eingefroren in Bewegungslosigkeit: »Ist das nicht wunderschön kompliziert? In diesem Mechanismus sind mehrere Zeiten verborgen und verschränkt. Da ist die Zeit, die er messen soll. Da ist die Zeit, die dem Besitzer der Uhr bemessen ist. Da ist die Zeit, die Lépine auf die Konstruktion verwendet hat. Und da ist die Zeit, die ich damit verbringe, sie wieder in Gang zu setzen.«

Er tupft, zupft, greift mit der Pinzette ein neues Federchen, setzt es ein, dreht mit Daumen und Zeigefinger an der Aufzugskrone, und das mikroskopische Universum aus reiner Rätselhaftigkeit setzt sich wieder in Bewegung, es schwingt und pocht und pulst, so stellt Uta sich das Herz einer Libelle vor.

»Das ist Schönheit«, sagt Papa nach einer Weile und nimmt die Lupe wieder ab. »Schönheit ist nicht ewig, wie wir gerade gesehen haben. Aber Schönheit steht jenseits der Zeit. Es würde sowieso darum gehen, sich auf die andere Seite der Zeit zu stellen. Dafür muss man hinter die Uhren kommen. Wenn man aber einmal hinter die Uhren gekommen ist, kommt man nur sehr schwer wieder zurück. Uta von Naumburg ist das passiert. Das war keine Heilige, aber sie wohnt in einer Kirche. Wenn du mal nach Naumburg kommst, solltest du sie besuchen. Seit einem Jahrtausend legt sie die Hand ans Kinn, so«, er legt die Hand ans Kinn, »als würde sie sich über etwas wundern, das uns auch heute noch verwundert. Sie ist die schönste Frau aller Zeiten. Bis auf Mama natürlich, die mir heute noch Vorwürfe macht, dass du nicht auch eine Heilige geworden bist wie deine Schwester. Dafür gibt es dich wirklich, merk dir das. Es gibt dich wirklich. Und höre nie auf, dich darüber zu wundern!«

Uta beobachtete einen Weberling an der Decke und ließ den Traum nachschwingen. Immer hörte sie ihrem Vater bei der Arbeit zu, immer war es eine goldene Taschenuhr, immer faselte er in seiner Werkstatt zusammenhangsloses Zeug vor sich hin. Hinter die Uhren kommen – was immer das wieder bedeuten sollte.

Es bedeutet, Herz, dass du schon wieder den ganzen Vormittag verschlafen hast, sagte Theo in ihrem Kopf.

Eine Frechheit, gegen die Uta sofort protestierte: »Dafür habe ich gestern sehr hart gearbeitet!«, aber eigentlich war es der Arbeitstrupp gewesen, der mit seinen Schaufeln den Verbindungsgraben zwischen dem Märchensee und dem Bachlauf wiederhergestellt hatte. Uta war nur dabei gewesen, den Blick immer in den Plänen von Archibald Thompson.

Immerhin hast du am Ende die Schleusen geöffnet, sagte Theo.

»Das will ich meinen! Und war es nicht ein großer Augenblick, als dann das Wasser aus dem Bach wieder in den Garten strömte? Nach so langer Zeit?« Theo sagte nichts, das aber vorwurfsvoll. Es stimmte schon, sie hatte wieder mal den ganzen Vormittag verpennt. Aber was ist schon ein Vormittag?

Sie stand auf und stellte fest, dass sie in ihren Kleidern geschlafen hatte. Es war feucht und zugig und dunkel. Trotzdem wäre ihr nicht in den Sinn gekommen, sich eine »richtige Wohnung« zu suchen, wie Ursel das nannte. Ihr Auszug aus der Villa war ein Abtauchen ins Halbnomadische geworden. Ein Ausscheren aus dem geschlossenen Verband der Verhältnisse. Ausgeschlagen hatte sie deshalb auch das Angebot des Kreisleiters, für die Dauer ihrer Beschäftigung ein Zimmer im Dienstbotenflügel des Jagdschlosses zu beziehen.

Ich weiß noch, wie wir beide das Gartenreich in Wörlitz besucht haben, sagte Theo. *Dort gab es auch solche Spielzeughäuser aus aller Welt …*

»Sag nicht Spielzeug dazu!«

Ein gotisches Haus, einen klassizistischen Palazzo, eine Synagoge. Da wolltest du auch überall einziehen. Erinnerst du dich?

Gebäude bewohnen wollen, die nur vorgaben, Gebäude zu sein. Simulationen, die eigentlich nur Auge und Herz eines Herzogs erfreuen sollten, beim Wort nehmen. So wie die »mittelalterliche Wasserburg«, die sie seit Wochen beim Wort nahm, indem sie darin wohnte. Das einzige Möbelstück im Raum war ein grob gezimmerter Schreibtisch. Das einzige Fenster im Raum war eine offene Schießscharte. Im Winter würde das ein Problem werden. Bis dahin würde Uta das improvisierte Zimmer verlassen haben und umgezogen sein. Vielleicht in den piemontesischen Palazzo, wahrscheinlicher in das chinesische Teehaus. Dort gab es einen Holzofen.

Uta zog die Schuhe an, nahm das Klemmbrett vom Tisch. Ging die Böschung hinab und den Bach entlang, am osmanischen Pavillon vorbei und bis zum griechischen Tempel, dessen Tympanon in frischem Weiß strahlte. Sie nahm die Abkürzung über die Lichtung und folgte der großen Allee, bog am Weinberg ab und stieg zwischen den Rosenbeeten den Hügel hinauf, wo sich am Ende aller Blickachsen das Jagdschloss erhob.

Am Dienstboteneingang klopfte Uta den verabredeten Rhythmus und wartete. Der Wind trieb erste Blätter über die Auffahrt. Die Luft roch nach Regen. Julka öffnete einen Spaltbreit.

Uta schob die Tür in den Flur, fragte im Vorübergehen: »Ist er da?«

Julka nickte. Sie hatte die Haare offen und trug ein lindgrünes Negligé, das Uta noch nie an ihr gesehen hatte.

»Ich mache schnell, bin gleich wieder weg!«, sagte Uta. Das Badezimmer lag am Ende des Gangs. Sie machte schnell, spülte, schaufelte sich kaltes Wasser ins Gesicht. Die Frau im Spiegel war blass. Ihre Haare standen in alle Richtungen ab. Halbherzig fuhr sie mit den Händen hindurch und war gleich wieder weg.

Ihr Fahrrad lehnte an der Mauer. Sie krempelte sich ein Hosenbein hoch und klemmte das Brett auf den Gepäckträger. Rückenwind auf der Landstraße, am Heizkraftwerk hinunter zum Binnenhafen, hinter der Papierfabrik und Gürckels Gewächshäusern den alten Treidelpfad am Ufer entlang, da konnte sie es einfach rollen lassen.

Heute wieder Inventur?, erkundigte sich Theo.

»Inventarisierung heißt das«, korrigierte Uta und lächelte in den Fahrtwind, weil er das noch nie hatte unterscheiden können. »Aber vorher bin ich zum Mittagessen verabredet!«

Aha, und wer ist der Glückliche?

»Ursel hat mich einbestellt!«, rief sie und wich ein paar Äpfeln aus, die bei der Fasanerie von ihren Bäumen gefallen und den Abhang hinabgerollt waren. Aus den Schrebergärten hinter den hohen Hecken wehte Gelächter zu ihr herüber, der Geruch von gegrilltem Fleisch, bei den Mietshäusern der Duft von frischer Wäsche. Kurz vor dem Bahnhof überholte sie einen schleichenden Güterzug. Sie trug das Fahrrad die Treppe hoch und schob es über die alte Steinbrücke. Meterlange Stoffbahnen mit wagenradgroßen Hakenkreuzen hingen von den Zwillingstürmen des Stadttores herab. Auf dem Sportfeld war niemand zu sehen.

Bieg ab, flüsterte Theo, als sie durch das Tor kam.

Kurzerhand bog sie nach links in die Winkelgasse ein – und fand sich unversehens in einer anderen Welt wieder.

Uta spürte den Übergang beinahe körperlich. Verdutzt blieb sie stehen und lauschte in sich hinein. Vielleicht lag es an der warmen Luft. Vielleicht am Licht, das wesentlich gedämpfter war als eben noch. Dann verstand sie. Hier gab es keinen Stein. Das war es. Kein Granit, kein Sandstein, kein Backstein. Gar kein Stein. Warum hatte sie das noch nie bemerkt? Wann war sie überhaupt das letzte Mal in der Altstadt gewesen? In der richtigen Altstadt? Uraltstadt? Langsam schob sie ihr Fahrrad weiter, zwischen bewohnten Skeletten aus Eichenholz, Mauern aus Lehm und Stroh. Organische Wände. Je höher die Häuser wurden, umso mehr neigten sie sich über die Gasse hinweg einander zu. Es war, als würde hier die Stadt mit jedem Schritt älter, als steige sie Schritt für Schritt hinab in den Brunnen der Zeit. Schulter an Schulter standen die Fachwerkhäuser. Alle paar Meter blieb Uta stehen und entzifferte, was in die Querbalken geschnitzt war. ZIMMERMEISTER IST GEWESEN HEINRICH SCHOLLER ZU GINSTERBURG. DURCH GOTTES HÜLF UND MACHT HABEN WIR DIESEN BAU ZUSTAND GEBRACHT. WIR BAUEN ALLE VEST UND SIND DOCH FREMDE GEST.

Die Gasse öffnete sich zu einem kleinen Platz, einem umbauten Rund. Wie eine stille Bucht, in der greisenhafte Häuser vor Anker lagen wie Segelschiffe. Im Zentrum ein flüsternder Brunnen. Hier wohnte augenscheinlich gar niemand mehr. Staubige Fenster, hinter denen nirgendwo ein Licht brannte. Manche Fassaden trugen bunte Ornamente wie Schmuck, von anderen war der Putz abgebröckelt, und das nackte Stroh in den Gefachen lag frei.

Die gebrechlichste aller Hütten stand ohne Nachbarinnen, die sie hätten stützen und schützen können vor den Zumutungen der Zeit. Ganz verwitternde Hinfälligkeit, versunken in sich selbst und so schief, als könnte sie der zarteste Windhauch zum Einsturz bringen. Tür und Fenster im Erdgeschoss waren mit Brettern vernagelt. Als hätte das Haus die Hoffnung auf Bewohner endgültig aufgegeben. Als träumte es sich bereits seinem Zusammenbruch entgegen, seiner seufzenden Auflösung in eine Wolke aus Splittern und Staub. Uta trat näher. In den Blumenkästen unter dem Fenster nur trockene Erde. Kein Sinnspruch im wurmstichigen Türstock, nur ANNO DOMINI MDXCVII, wann immer das gewesen sein mag. Gleich darüber ein blauer Fuchs im Halbrelief. Das Tierchen hatte den Kopf gesenkt und eine Pfote gehoben. Als nähme es gerade Witterung auf. Eine erstaunlich lebendige Schnitzerei. In stiller Bewunderung berührte Uta das Holz. Unter ihren Fingerkuppen wirkte es ganz warm, als wäre es durchblutet.

Ich mag es, wenn du romantisch wirst, sagte Theo.

»Ich hasse es, wenn ich romantisch werde«, sagte Uta.

Warst du nicht verabredet?

Wo er recht hatte, hatte er recht.

Auf dem Marktplatz waren die Tische vor dem Roten Storch alle besetzt. Uta entdeckte ihre Schwester mit ihrem grasgrünen Glockenhut trotzdem sofort. Ursel zeigte keine Reaktion, als sie sich zu ihr setzte. Ihr Glas war leer, auf dem Teller lagen Gabel und Messer akkurat nebeneinander.

»Du bist zu spät.«

»Stell dir vor«, sagte Uta, »ich habe mich doch tatsächlich verlaufen! Wann warst du das letzte Mal drüben in der Altstadt?«

Ursel griff nach der Serviette, faltete sie, tupfte sich die Lippen ab: »Was soll ich denn da?«

»Ich habe einen blauen Fuchs gesehen!«

Ursel rollte mit den Augen und legte die Serviette zurück: »Wir möchten nicht, dass du zum Fest kommst.«

»Wir?«, fragte Uta zerstreut.

»Eugen und ich.«

»Welches Fest?«

»Das Fest zum Neunzigsten meines Schwiegervaters. Nimm es mir nicht übel, aber …«

»Hm«, machte Uta und wippte mit den Beinen.

»Uta!«, zischte Ursel. »Wie eine Landstreicherin hockst du in einer Ruine im Park. Du verhältst dich wunderlich. Du *riechst* sogar. Was ist denn in dich gefahren? Kannst du dich nicht mal ein bisschen zusammenreißen?«

Uta betrachtete den hölzernen Storch über dem Eingang. Er stand auf einem Bein, das andere war angewinkelt. Den Schnabel hatte er zu einem stummen Klappern in die Luft gereckt. Seine Knopfaugen und sein hölzernes Gefieder waren rot. Er musste ebenfalls sehr alt sein. Ob er wohl schon auf ihrer Liste stand? Gleich mal überprüfen. Sie griff nach ihrem Klemmbrett und blätterte die Zettel durch. Ah, hier: *Wirtshaus, Wappenfigur Storch, geschnitzt, 1798.* Sehr gut.

»Uta? Hallo?« Ursel klopfte mit dem Knöchel auf den Tisch. »Hörst du mir überhaupt zu?«

Inventur?, fragte Theo in ihrem Kopf.

Uta lächelte: »Immer, immer.«

••

Ursel beschloss, ihre Besorgungen fortzusetzen. Überdies beschloss sie, sich die Laune nicht von ihrer geistesgestörten Schwester verderben zu lassen. Sie beglich die Rechnung, gab mehr Trinkgeld als sonst, scherzte mit Roswitha – und war vollends wieder in ihrer ursprünglichen Hochstimmung, als sie sich im Böhm'schen Modehaus vor dem Spiegel in der Ankleide drehte. Sie war sehr zufrieden mit ihrem Anblick. Dunkelgrüner Gürtel um die Taille, aber nicht zu eng, der passte gut zum Glockenhut. Sommerliches Kleid in weichem Fluss. Ausgeschnittener Rücken, aber nicht *zu* weit. Puffärmel bis zum Ellbogen. Sowas war in Berlin gerade der letzte Schrei, nicht gerade billig. Dazu würde Ursel dezente Akzente setzen, klarer Lack auf den Nägeln, kein Lippenstift. Weiblich, aber nicht *zu* weiblich. Modern, aber nicht mondän. Ganz Dame. Weil doch das Fest für Leberecht von Wieland auch *ihr* Fest sein würde. Ein gesellschaftliches Ereignis! Und da durfte die Schwiegertochter eines alten deutschen Kriegshelden, wie er älter und deutscher und heldenhafter kaum sein konnte, durchaus mal einen femininen Akzent setzen. Sie würde sich die Sachen nach Hause liefern lassen. Es machte keinen guten Eindruck, mit Einkaufstüten durch die Stadt zu stolzieren. Bescheidenheit!

Ursel überquerte den Marktplatz so beschwingt, wie es die Absätze ihrer Schuhe erlaubten. Bei den Gebrüdern Lejeune hatte sie Branntwein, Schaumwein und Apfelwein, keinen Cidre, aber Liköre und Rum, Enzian und Aquavit, Magenbitter und Obstgeist, auch Limonaden und Säfte für die Kinder bestellt, vor allem aber Rot- und Weißwein, von der Mosel und vom Rhein, keinen vom Feind, nur beim Cognac hatte sie eine Ausnahme gemacht. Was fehlte noch zum großen Fest, nachdem sie die Getränke, Speisen, die Einladungen, Musik und die Bedienung organisiert hatte? Lampions fehlten, für den Garten. Und eine Torte für das Geburtstagskind.

Auf dem Kopfsteinpflaster in der Glockengasse nötigte ihr das Gestöckel höchste Konzentration ab. Und dann hatte Lövingers Lampenladen auch noch geschlossen. Richtig verrammelt war das Geschäft, augenscheinlich schon länger. Sie brauche sich keine Hoffnungen machen, bestätigte mürrisch Benedini, der Friseur von nebenan, »die ganze Bagage« sei fort und komme nicht mehr wieder.

Also wieder zurück über den Marktplatz und durch die Kronengasse, durch das Stadttor und über die Brücke. Weil ihre Knöchel allmählich wirklich schmerzten, nahm sie an der Kreuzung die Straßenbahn, die hielt in der Kaiserstraße direkt vor der Konditorei. Dort empfing sie der Hirschbiegel, Heil Hitler, Frau von Wieland, ein paar dünne schwarze Haare sorgsam mit Pomade an den ansonsten kahlen Schädel geklebt und die Hände in inniger Reibung ineinander verschränkt, was kann ich heute für Sie tun. Schmieriger Mann, wunderbarer Zuckerbäcker. Lauschte aufmerksam, als Ursel den bewegten und bewegenden Werdegang ihres Schwiegervaters schilderte, vom jugendlichen Haudrauf zum Adeligen. Wegmarken, die in Ginsterburg allgemein bekannt waren. Dennoch machte Hirschbiegel sich eifrig Notizen, als wären bestimmte Ereignisse und Jahreszahlen für die Jubiläumstorte so unverzichtbare Zutaten wie Zimt und Zucker.

Oh, er verstand vollkommen, worum es ging, und lud Ursel in sein »bescheidenes Atelier«, wie er die rückwärtige Backstube nannte. Eine vielstöckige Summe dieses bewegten Lebens werde er liefern, Memoiren aus Sahne und Butter und Biskuit. Auf der Anrichte lagen mehrere Hakenkreuze aus schwarzer Schokolade. Ob es in diese Richtung gehen solle? Ursel überlegte. In gewisser Weise war es ein nationaler Geburtstag. Ein nationalsozialistischer Feiertag aber war es nicht. Also entschied sie sich für eine blattgoldene 90. Hirschbiegel rieb sich die Hände und bemerkte, dass Ursel sich für einen voluminösen Karton auf der Anrichte interessierte. Er machte Gewese. Auftragsarbeit, großes Geheimnis. Ursel zog eine Schnute, und das fand Hirschbiegel so niedlich, dass er »ausnahmsweise« einen Blick gewährte. Er hob die Abdeckung, und zum Vorschein kam das maßstabsgetreue Abbild eines Panzers. Ehrfürchtig beugte sich Ursel über das Kunstwerk.

»Herr Hirschbiegel! Da haben Sie sich aber selbst übertroffen!«

»Ich arbeite daran schon seit zwei Wochen. Schauen Sie nur, die Prellplatten habe ich aus Marzipan nachgebildet. Das Geschützrohr ist eine Zimtstange. Innen ist alles mit einer Masse aus Pistazien und einer Mousse gefüllt, die ich mit ein wenig Cognac angerührt habe. Fehlt nur noch der Geschützturm, sehen Sie? Ich überlege noch, ob ich ihn drehbar machen soll!«

Ungläubig schüttelte Ursel den Kopf: »Sachen gibt's! Wer bestellt denn sowas?«

»Der Herr Kreisleiter«, sagte Hirschbiegel und drückte den Rücken durch. »Sein Bub kehrt bald von der Front zurück, und der dient doch bei den Motorisierten. Da wird er sich freuen, was?«

••

In der Woche nach seiner Untersuchung trat Eugen die Heimreise an. Nicht in einem Waggon mit Bandagierten und Amputierten, sondern in einem mit Urlaubern und Abkommandierten. Die Gespräche im Abteil drehten sich größtenteils um amouröse Abenteuer in Paris. Eugen beteiligte sich nicht. Die ganze Fahrt über sah er aus dem Fenster und träumte vor sich hin. Einmal überkam ihn unversehens wieder das Schlottern. Aber mit Willenskraft gelang es ihm, den Anfall so unter Kontrolle zu halten, dass seine Mitreisenden es gar nicht bemerkten. Er dachte an Merle, und dann hörte es sogar ganz auf.

Natürlich war es Ursel gewesen, die ihn bei seiner Abfahrt zum Zug begleitet und am Bahnhof eine Szene gemacht hatte, mit Tränen und weißem Taschentuch. Von Merle aber war der kleine Zettel, den er erst in Frankreich in der Innentasche seiner Uniform gefunden und als Talisman aufbewahrt hatte: *»Sei so gut und lass Dich nicht erschießen!«*

Diese Frau war ein Geschenk und zu kostbar für die Affäre, die er seit fünf Jahren mit ihr führte. Mit Ursel bewohnte er eine Kulisse, gefüllt mit dem Gerümpel gemeinsamer Vergangenheit. Mit

Merle stand er im Freien. Sie hielt ihn für den Mann, der er gerne wäre. Und vielleicht eines Tages werden könnte, wenn er endlich den Mut fand ...

An der Pforte von Burgund kam mit den Hügeln der Regen. *Maginot, Maginot, Maginot,* dachte Eugen zum Rhythmus der Gleise. Es regnete von Straßburg bis Mannheim, und beim Umsteigen in Frankfurt am Main schüttete es wie aus Eimern. Im Gewusel auf dem Bahnsteig sah er ihre silbernen Plaketten blitzen, noch bevor er den Feldjägern in die Arme lief. Gründlich studierten sie seinen Wehrpass, noch gründlicher das ärztliche Attest und den Stempel darauf. Das Dokument wies ihn als Bürger eines Zwischenreichs aus – nicht länger militärischem Drill unterworfen, noch nicht wieder eingeflochten in das Gewebe ziviler Verpflichtungen. Es bewahrte ihn davor, festgenommen zu werden als der Fahnenflüchtige, als der er sich fühlte.

Wegen dieser Kontrolle hätte er um ein Haar seinen Anschluss verpasst. Kaum war er hineingesprungen, rollte der Zug auch schon los. Dämmernd schlich die Dunkelheit heran und hatte im nächsten Augenblick schon die Landschaft verschluckt. Das Mittelgebirge konnte er nur noch erahnen. *Taunus, Taunus, Taunus.* Sein Gesicht in der Scheibe und die waagrechten Regentropfen dahinter. Das rhythmische Rattern des Zuges ermüdete ihn, aber Schlaf fand er keinen. Als er dann doch beinahe eingenickt war, kurz nach Mitternacht, kam der Zug endlich in Ginsterburg an.

Auf dem Bahnsteig blieb er noch einen Moment stehen, dem Regen zum Trotz, weil er die Stadt noch nie im Zustand der Verdunkelung gesehen hatte. Vermutlich eine Übung, dachte er, und dass es wider die Natur einer Stadt war, sich zu verstecken. Erkennen konnte er die Silhouette der bleichen Mauern des Klosters unten am Ufer. Was sein Vater wohl zum Sieg über den Erbfeind sagte? Hinter dem Kloster staffelten sich die Dächer, aber schon der Turm des Münsters war von der Nacht verschluckt. Erloschen die Heimeligkeit abendlicher Erleuchtung, die sich normalerweise den

Wolfsberg hinauf erstreckte, die hell schimmernden Riegel der Straßen, die dunkel glimmenden Täfelchen der einzelnen Fenster.

In der großen Halle hörte er außer dem Schritt seiner eigenen Stiefel auf dem Marmorboden nur das Ticken des meterhohen Sekundenzeigers der großen Uhr mit dem vergoldeten Zifferblatt. War ihm bisher noch nie aufgefallen, dass die so tickte. Er blieb stehen und legte den Kopf in den Nacken, zwischen sich und dem Regen nur die Doppelkuppel aus Glas und Stahl. War ihm bisher auch noch nie in den Sinn gekommen, wie zerbrechlich die war. Aus einer Laune heraus hatte er den Zeitpunkt seiner Heimkehr für sich behalten und weder Ursel noch Merle benachrichtigt, weder telefonisch noch telegrafisch. Trotzdem hatte er befürchtet, dass Ursel ihn erwarten, und gehofft, dass Merle ihn überraschen würde.

Er ging ein paar Schritte weiter. Am Kiosk erkannte er die beiden Männer mit den Ledermänteln, die eigentlich Kleppermäntel waren. Das fehlte mir gerade noch, dachte er, von der Gestapo sollte wirklich niemand begrüßt werden. Der Dicke blätterte in der Spätausgabe des GINSTERBURGER ANZEIGERS. Der Dünne rauchte eine Zigarette. Als er Eugen sah, machte er eine vage Handbewegung zwischen Winken und Weiterscheuchen. Eugen schritt ohne Eile auf den Ausgang zu, als dessen schwere Schwingtür von außen geöffnet wurde. Herein trat aus dem prasselnden Regen eine Frau, ohne Koffer oder Tasche, vor der Brust ein Klemmbrett, und hastete an ihm vorbei. Dabei warf Eugen ihr einen flüchtigen Blick zu, und erst an ihrem Profil erkannte er seine Schwägerin.

»Uta?«

»Eugen! Da bist du ja!«, rief sie, als wäre er für fünf Minuten im Keller gewesen und nicht fünf Monate im Krieg. Jedenfalls schien sie nicht gekommen zu sein, um ihm einen Empfang zu bereiten.

»Uta! Was führt dich denn ...«

»Inventarisierung.« Sie hob das Klemmbrett. »Ich verzeichne, was rettenswert ist in Ginsterburg. Ich katalogisiere die Fracht der Stadt.«

»Um diese Uhrzeit?« Er sah hinauf zur großen Uhr, da legte Uta, pssst, den Finger auf die Lippen, und schweigend lauschten sie dem Ticken des meterhohen Sekundenzeigers.

»Ihr Uhrwerk wurde vor einem halben Jahrhundert aus Zürich geliefert«, sagte sie nach einer Weile, ließ Eugen stehen und ging auf die beiden steinernen Wächter zu, die den Aufgang zu den Gleisen flankierten. Eugen freute sich, dass Otto seiner Bitte entsprochen und Uta unter seine Fittiche genommen, ihr eine Aufgabe gegeben hatte. Und jetzt verstand er auch, was Ursel gemeint haben konnte, als sie ihm geschrieben hatte, ihre Schwester sei »nicht ganz bei sich«. Sie wohne nicht einmal mehr in der Villa, sondern habe Quartier bezogen »irgendwo im Park«. Was Eugen als Metapher verstanden hatte, bisher. Nachdenklich folgte er Utas feuchten Fußspuren zu den monumentalen Steinkriegern. Wie zierlich sie wirkte vor den trutzigen Figuren, wie zerbrechlich ihr weißer Nacken. Wie allein sie sein musste ohne Theodor. Er trat neben sie und legte ihr sachte eine Hand auf die Schulter. Sie war ganz nass vom Regen.

»Schau!«, flüsterte Uta und deutete auf die Skulpturen, die sich im Halbrelief auf ihre Schwerter stützten. Germanen, denen kein Sterblicher genügen konnte. Eugen erinnerte sich, ihnen schon im November 1918 unter die Augen getreten zu sein. Damals, dachte er, lag mein ganzes Leben noch vor mir. Diesmal kehre ich in ein gelebtes Leben zurück. Damals habe ich mein Leben retten können. Diesmal wurde es mir geschenkt.

»Ich bringe dich jetzt heim. Du holst dir hier sonst noch den Tod.«

Sie neigte ihm den Kopf zu, lächelnd, ohne die Pfeilerfiguren aus den Augen zu lassen.

»Er hat geblinzelt«, flüsterte sie. »Hast du das gesehen?«

»Was? Wer?«

»Der rechte Wächter. Er hat mir zugezwinkert.«

••

Es nieselt aus einem wie mit Bleistift schraffierten Himmel, als U-51 an diesem Tag im Herbst auf seine dritte Feindfahrt geht. Das Boot ist mit fröhlichen Wimpeln geschmückt. Streng knattert die Hakenkreuzfahne in der steifen Brise. An einer Seite des Turms ist mit blauer Farbe ein Oktopus lackiert. Auf dem schlanken Leib des Bootes stehen alle dreiundvierzig Mann in Reih und Glied, wie Schuljungen für ein Foto. Einfach, weil sich das so gehört. Fotografieren ist auf dem Stützpunkt streng verboten. Hinter den Zäunen winken Zivilisten in kleinen Gruppen mit Taschentüchern und Hüten. Die Seeleute erwidern den Gruß mit ihren Mützen. Kinder mit Fahrrädern begleiten das Boot beim Auslaufen auf der Mole bis zur engen Seeschleuse. Dort lässt der Kapitänleutnant, den Kragen hochgestellt, das Tempo weiter drosseln. An der Schleuse spielt eine Blaskapelle »Die Stunde hat geschlagen«, das offizielle Lied der U-Boot-Fahrer, aber der Wind trägt die Klänge sofort davon. Manche Matrosen bewegen dennoch dazu die Lippen, sie kennen schließlich den Text: »*... jagen England, England in den Tod*«. Jenseits der Schleuse ist das Wasser kabbeliger und der Regen stärker. Die Besatzung verschwindet im Boot, auf dem Turm verbleiben nur der Kapitän und seine Offiziere. Zwei Beiboote begleiten U-51 noch eine Weile in den Jadebusen hinaus, fallen bald ab. Das Boot schwenkt nach Norden, vorbei am Sengwarder Oberfeuer, dann am Unterfeuer, zwei Kegeldachlaternen auf offener See. Backbord streicht unbemerkt die Insel Mellum vorbei. Das Boot folgt der dänischen Küste in die offene Nordsee. Die Offiziere der Brückenwache suchen systematisch den Horizont nach Zerstörern und den Himmel nach Aufklärungsfliegern ab. Beim ersten Tauchgang nimmt das Wasser die fröhlichen Wimpel einfach mit. Wochen später werden Kinder sie ausgebleicht am Strand finden und damit ihr Baumhaus hinter den Dünen schmücken. Da hat das Boot schon die Färöer passiert und westlich davon einen britischen Tanker versenkt. Der Tanker ist auf dem Weg von Curaçao nach Glasgow. Er hat in schwerer See den Anschluss an seinen

Geleitzug verloren. Eine traurige Tontaube, bis zum Rand gefüllt mit karibischem Heizöl. Hei, wie das brennt! Jemand singt: »*Wes Geist beherrscht das Meer? Wes Wille gilt daher? Es herrschet auf der See: Deutschland in Luv und Lee!*« Auf blechernen Tellern das letzte frische Gemüse. Halbverdauter Eintopf aus Karotten, Rettich, Lauch und Kartoffeln verteilt sich in dieser Nacht im Maschinenraum, am Tiefenruderstand, in der Schleuse zum Kugelschott und in den Kojen, da ganz besonders. Jemand schaut sich im Licht der Taschenlampe nackte Frauen an. Es riecht nach Magensäure und Diesel, Schweiß und Kölnischwasser. Jemand liest im Licht der Taschenlampe »Moby Dick«. Am folgenden Tag sollten sie theoretisch Land sehen können. Aber die Wachoffiziere, trotz Ölzeug nass bis auf die Knochen, berichten atemlos von Windstärke 12: »See vollkommen weiß, Luft mit Schaum und Gischt gefüllt, keine Sicht.« Also bleibt die isländische Südküste eine theoretische Linie auf dem Kartentisch des Kommandanten. Der Orkan zwingt das Boot, seine Suche nach feindlichen Geleitzügen weiter nach Süden zu verlegen. Aber das Wetter bessert sich nicht. Das Essen auch nicht. Räucherwurstzeit, Pökelfleischzeit, Dosenöffnerzeit. Jemand meint, er käme aus der Kotzerei gar nicht mehr heraus. Ein anderer gibt sich tapfer und tönt, der Gott des Meeres selbst halte England im Würgegriff. Jemand blickt von seinem Buch auf und sagt, dieser Gott habe einen Namen: Poseidon. In der Woche darauf kreuzt U-51 die Route eines britischen Geleitzugs von Liverpool nach Neuyork. Mit drei anderen deutschen Booten im Planquadrat ist es ein heiteres Schiffeversenken. Im matten Licht des Abends umkreist das Rudel die wehrlosen Dampfer, die ihre allzu trägen Ausweichmanöver in die rollende See stemmen. Hei, wie da die Torpedos laufen! Wie sie sich in die Fläche auffächern und nach vorgeschriebener Laufzeit kehrtmachen, in neuer Richtung ihre Opfer suchen. Und sie finden zwei-, vier-, acht-, zehn-, zwölftausend Bruttoregistertonnen. Wie plötzlich der Kapitänleutnant das Periskop einklappt, Zerstörer, tauchen. Jemand öffnet die Flutventile, und das Boot sackt wie ein Stein in die Tiefe. Achterlastig von den schweren Dieselmotoren nach unten gezogen. Jemand legt eilig die Schalter der Hydrophone um, aber die Wasserbomben sind mit bloßem Ohr zu hören. Jemand behält die zitternde Nadel des Manometers im Auge und pfeift erleichtert durch die Zähne, als das Boot über die Bugtrimmzellen wieder stabilisiert ist. Da liegt es dann, still wie ein Hecht, sechzig Meter unter den Wellen. Es geht der Befehl, sich »mucksmäuschenstill« zu verhalten. Der Tommy hat Horchgeräte, mit denen er Fische furzen hören kann. Jemand wird von der Wucht der Explosionen aus seiner Koje geschleudert und bricht sich die Nase. Jemand betet lautlos und stellt sich dabei die Zigarre vor, von der er mal in einem Magazin der Hitlerjugend gelesen hatte: »Stell dir eine Zigarre vor, innen hohl und außen aus Stahl, dann ist das U-Boot schon fast fertig.« Jetzt wird diese Zigarre von einer groben Faust gepackt und geschüttelt. Drei englische Zerstörer fahren ihre tödlichen Muster über dem Boot und werfen Bombe um Bombe. Die Explosionen entfernen sich, nähern sich, entfernen sich wieder. Sachte sinkt das Boot tiefer. Siebzig Meter, neunzig Meter, hundertzwanzig Meter. Die Zigarre knackt und knirscht und krümelt. Öl und Luftblasen steigen auf. Die Explosionen werden leiser. Die Luft wird dünner. Erste Matrosen atmen durch die Kalipatronen ihrer Tauchretter. Jemand wischt sich mit dem Ärmel den Schweiß von der Stirn. Jemand sagt tonlos, das Boot könne nicht die ganze Nacht auf Tauchstation bleiben. In einer dunklen Ecke singt Lale Andersen mit erstickender Männerstimme zur Melodie ihres Gassenhauers die letzte Strophe des inoffiziellen Liedes der U-Boot-Fahrer: »*Ja, wir sind Artisten, wir machen uns nichts draus, und aus jeder Tiefe steig'n wir gemütlich aus, bei tausend Metern wird's erst schön, wenn wir zu Fuß nach Hause geh'n, wie bei dir, Lili Marleen.*« Jemand weint. Gegen Mitternacht setzt der Kapitänleutnant seine leere Kalipatrone ab und keucht, es gäbe keine andere Wahl. Die gesamte Mannschaft legt jetzt ihre Tauchretter um. Die Besatzung der

Geschütze macht sich fertig, unmittelbar nach dem Auftauchen die Flak gefechtsbereit zu haben. Neunzig Meter, siebzig Meter, vierzig Meter, zehn Meter. Kurz nach Mitternacht kommt in einer Schleppe aus Gischt der Oktopus mit kreiselnder Kanone schaukelnd an die Oberfläche. Die Biskaya ist leer von Horizont zu Horizont, der Himmel sternenklar. Die Schlagseite nach steuerbord ist bedenklich, die Druckkammer beschädigt. Die ganze Zigarre zerrupft und durchfurcht, als hätte eine Katze sie in der Mangel gehabt. Aber das Boot liegt stabil. Der Weg in den Hafen von Saint-Nazaire ist nicht weit. Und so stampft U-51 der Küste entgegen. Mit allem, was die Aggregate hergeben. Unten wechseln sich die Männer an den Lenzpumpen ab, spielen Karten, schreiben Briefe für die Briefkästen an Land, dösen. Auf der Kommandobrücke sucht die Wache mit Feldstechern routiniert Horizont und Himmel ab. Am späten Nachmittag endlich kommt die Küste in Sicht. Vielleicht sind sie abgelenkt von der Aussicht auf Sicherheit, vielleicht kommt die hell lackierte Sunderland aber auch aus dem Schutz der tief stehenden Sonne. Schon seit einer Weile hat der fliegende Koloss, eigentlich auf Mission zum Minenlegen, das deutsche Boot auf dem Radar. Jetzt geht er zum Angriff über. In letzter Sekunde entdeckt jemand auf dem Turm die Gefahr. Schon pflanzen die Bordkanonen des Engländers ihre Garben ins Wasser. Das Boot wehrt sich. Seine Flak schwenkt herum, das Flugzeug im Fadenkreuz. Aber die Druckwellen der Wasserbomben müssen den Querkeilverschluss verbogen haben. Die Ladung hemmt. Schon kann man das Brummen des Flugbootes hören. Aus seinem Rumpf lösen sich ein, zwei, drei, vier Punkte. Jemand will »Tauchen!« rufen, aber ihm stockt der Atem. Jemand spürt, wie sich sein Darm entleert. Jemand sagt: »Scheiße.« Ein einziger Volltreffer zerschmettert das Boot noch an der Oberfläche und tötet die Hälfte der Besatzung sofort. Es ist ein wie mit dicken Wachsmalstiften ausgemalter Himmel, als U-51 in drei Teilen mit der übrigen Besatzung seine letzte Fahrt zum Meeresboden antritt. Und das große

Leichentuch des Meeres rollt weiter, wie es schon vor fünftausend Jahren gerollt ist.

••

Frau Kruse, wie sie vor dem Knabenchor am Flügel sitzt. Neue Knaben, neue Lieder. Neuer Flügel. Der stand früher bei den Lövingers in der Wohnung über dem Lampenladen. Stand dort wohl nur als Staubfänger herum, nicht zum Spielen. Frau Kruse spürt, ob Instrumente benutzt werden oder nicht. Wären die Lövingers nicht so Hals über Kopf geflohen, hätten sie den Flügel mitnehmen können ins Ausland. Tja. War ganz verstimmt, das arme Instrument. Das Lied heißt »Lasset im Winde die Fahne wehen«, und Frau Kruse schlägt umso heftiger in die Tasten. *Alle müssen zur Fahne steh'n, wenn wir zu Felde traben.* Ihr graues Haar trägt sie offen. Wie es Pastor Kruse gefällt, der in seiner Stube die nächste Predigt vorbereitet.

••

Pastor Kruse, wie er an seiner Predigt für den kommenden Samstag sitzt und auf die Knabenstimmen von nebenan lauscht: »*Vorwärts den Schritt und vorwärts den Blick, für uns gibt's nimmermehr ein Zurück*«, schallt es herüber. Aufgeschlagen die Heilige Schrift. Er liest bei Matthäus: »*Geh nur weiter in deine Tage und Nächte hinein, vielleicht verschmachten dir Leib und Seele, vielleicht darfst du noch Großes leisten und erleben, geh nur mit Gott, denn er ist bei uns alle Tage bis an der Welt Ende.*« Damit kann man arbeiten. Trotzdem verschlechtern diese Zeilen seine Laune. Die Fenster stehen offen. Das Mahlen eines Betonmischers von früh bis spät, weil doch angeblich unbedingt am Hochbunker gebaut werden muss. Für den Fall der Fälle. Vorgestern wurde sein Gesuch abgelehnt, als Militärgeistlicher in Dienst genommen zu werden. Ohne Angabe von Gründen.

Den feisten Waibel aber haben sie genommen, denkt Kruse, dabei wollte der gar nicht in den Krieg. Er spürt, wie ihm wieder die Galle hochkommt. Legt den Stift beiseite. Atmet tief durch.

••

»Wärst du ein Esel«, sagte Merle zu ihrem alten Fahrrad, »dann müsste ich dich erschießen.«

Ein Drittel des Weges war sie auf der nackten Felge gefahren, ein Drittel hatte sie geschoben, das letzte Drittel im Laufschritt. Erst jetzt merkte sie, dass sie das Rad unterwegs hätte stehen lassen können. Mit dem Handrücken wischte sie sich über die Stirn. Auf der Wiese neben der Fasanerie erkannte sie den DKW von Eugen. Sie bückte sich zum Außenspiegel und hob die Arme. Keine Schweißflecken auf der Bluse, Gott sei Dank. Wenn Lothar seine Verlobung verkündete, wollte sie keinen verlotterten Eindruck machen. Es genügt, dachte sie, wenn die Verhältnisse es sind.

Ganz hinten auf der Terrasse sah sie schon Eugen und Ursel sitzen, da geriet ihr ein Steinchen in den Schuh. Sie ging in die Hocke, streifte den Schuh ab, schüttelte ihn aus und humpelte unter den belustigten Blicken anderer Gäste an den Tisch.

»Du bist zu spät!«, rief Ursel fröhlich.

»Nicht doch«, schränkte Eugen ein. »Wir sind alle zu früh.«

»Das Fahrrad«, keuchte Merle und fingerte unter dem Stuhl ihre Ferse wieder in den Schuh. »Die Reifen sind völlig hinüber, ich musste laufen.«

»Du hast ganz schön geschwitzt«, stellte Ursel fest.

»Und neue Schläuche wirst du nirgendwo mehr finden«, sagte Eugen. »Alles, was es an Gummi gibt, geht derzeit an die Wehrmacht.«

Ursel machte ein betroffenes Gesicht: »Wir hätten dich doch mit dem Wagen abholen können. Oder, Eugen?«

Er nickte nur und rückte ein wenig näher zu seiner Frau, um

unter dem Schatten des Chabeso-Schirms zu bleiben. Merle fragte sich, wie lange die beiden schon hier warteten. Ursel jedenfalls hatte offenbar schon ordentlich »einen gezwitschert«, wie sie gerne zu sagen pflegte. Ihr gewohnt flamboyanter Hut saß schief auf ihrem Kopf.

»Hach«, machte sie jetzt. »Ist es nicht schön, dass die Liebe uns alle drei mal wieder zusammenführt?«

Merle schob die Sonnenbrille wieder auf die Nase und lächelte.

Eugen räusperte sich: »Sollten wir nicht so tun, als wüssten wir von nichts?«

Ursel winkte ab. »So ein Unfug! Wir wissen doch schon länger als sie selbst, dass unsere Kinder füreinander bestimmt sind!«, sagte sie und sah sich suchend um. »Wo bleiben die denn? Es ist doch höchste Zeit!« Sie schnippte nach der Bedienung und deutete auf ihr leeres Glas, beugte sich dann über den Tisch und raunte Merle zu: »Wir haben schon eine Flasche von dem *guten* Sekt kaltstellen lassen.«

Still lächelte Merle in sich hinein und sah Eugen an seinem Hemdkragen herumnesteln. Wie oft hatten sie sich schon darüber lustig gemacht, dass Ursel nie einfach nur ein Buch lesen, ein Kotelett verspeisen oder einen Sekt trinken konnte, nein, es musste ein *gutes* Buch sein, ein *gutes* Kotelett, ein *guter* Sekt, als bedürfte es schon besonderer Güte, um dem normalen Lesen, Essen oder Trinken den Makel sündigen Müßiggangs zu nehmen.

Sie wolle noch schnell für kleine Mädchen, sagte Ursel jetzt, bevor die Turteltäubchen eintrudelten. Merle sah ihr hinterher, bis sie zwischen den Schirmen verschwunden war.

»*Für kleine Mädchen*«, wiederholte sie. »Wie hältst du das aus?«

»Sei nicht ungerecht. Sie hat's auch nicht leicht«, sagte Eugen und berührte unter dem Tisch mit seinem Knie ihr Knie.

»Sie hat alles, was sie will«, sagte Merle und erwiderte den Druck. »Familie, Haus, ein wohlgeratenes Töchterchen, bald einen Helden zum Schwiegersohn ...«

»Und einen Ehemann, der sie betrügt«, warf Eugen leise ein.

»Einen Ehemann, den sie an langer Leine hält. Sie spürt nicht einmal, wenn er daran zieht. Tut er das denn überhaupt?«

Eugen schwieg.

Merle kannte dieses Schweigen und hatte ihre Mittel, es zu brechen: »Lolo findet es übrigens *ein bisschen inzestuös*.«

»Was?«

»Uns.«

Das sollte ihn verwirren und das tat es auch.

»Du hast ihm doch nicht etwa ...«

Merle nickte knapp und winkte den Gebrüdern Lejeune, die gerade gekommen waren.

»Gestern am Abend. Gleich bei seiner Ankunft habe ich es ihm erzählt. Alles. Vor allem, dass ich so glücklich bin, wie ich es unter diesen Umständen sein kann. Ich hab's nämlich auch nicht leicht.«

»Ich weiß, Merle, ich weiß. Wie hat er reagiert?«

»Er freut sich für mich. Vielleicht sogar für uns. Kann aber sein, dass er heute Abend ein wenig befangen ist.«

Sie konnte sehen, wie es in ihm arbeitete. Kurz überlegte sie, ihm zuliebe die Sonnenbrille abzusetzen, ließ es aber sein.

»Er wird es Gesine erzählen!«, sagte er gepresst. »Und Gesine ...«

»Möglich. Aber unwahrscheinlich. Oder meinst du, deine Tochter wird sich mit ihrem Stiefbruder verloben wollen?«

»Wir sind doch gar nicht verheiratet!«

»*Du* bist noch gar nicht geschieden«, sagte Merle und schenkte ihm ein Lächeln. Nie hatte sie darauf gedrängt. Und trotzdem. In fünf Jahren hatte es der Göttergatte nicht geschafft, seiner Frau reinen Wein einzuschenken, nicht einmal das kleine Gläschen einer Affäre hier, eines Schäferstündchens da. Im ersten Überschwang hatte er Ursel sofort von ihm und Merle erzählen wollen, *stante pede*. Da hatte Merle ihn noch zurückgehalten, war alles noch frisch und überraschend gewesen. Je mehr aber reifte, was zwischen ihnen war, desto mehr zögerte er es hinaus. Und desto mehr schmerzte sie seine Saumseligkeit. An Weihnachten, ganz bestimmt. Sicher an Ostern. Wenn Gesine aus dem Haus. Wenn ich aus Frankreich. Nach dem Krieg. Und was für ein belämmertes Gesicht er nun schon wieder machte. Gerne hätte sie ihn geküsst, jetzt sofort, vor allen Leuten, auf den Mund.

Stattdessen lehnte sie sich ihm leicht entgegen: »Ich kann warten bis nach dem Krieg, wenn du es kannst. Aber wenigstens Lothar hat die Wahrheit verdient. Sieh an, da kommt ja schon unser Traumpaar!«

Gesine trug ein Kleid in blassem Rosa und passende Schuhe, flach, die Haare zu mädchenhaften Zöpfen gebunden, darin ein weißes Band. Lothar hatte zur Feier des Tages seine Ausgehuniform angelegt, in der Merle ihn noch nie gesehen hatte, dunkelblau mit roten Kragenspiegeln und Ritterkreuz. Wie ein kleiner Junge sah er wieder aus, wie *ihr* kleiner Lolo mit seinen Zügen so jung unter der Schirmmütze, die er jetzt absetzte und vor der Brust hielt, während ihn die Gebrüder Lejeune zu seinen Erfolgen beglückwünschten. Gesine stand dabei und strahlte und winkte Eugen und Merle mit einem schnellen Wedeln der Hand, *da muss er durch, mein Held, wir kommen gleich.*

Eugen und Merle winkten zurück.

»Wir wissen von nichts?«, erkundigte Eugen sich erneut.

»Wir wissen alles«, sagte Merle. »Nur Ursel und Gesine wissen von nichts.«

Eugen stöhnte: »Ich meine die Verlobung!«

Merle berührte unter dem Tisch noch einmal sein Knie. »Weiß ich doch! Will dich nur ein bisschen ärgern. Alle wissen alles. Und jeder tut so, als wüsste er von nichts. So gehört es sich doch, stimmt's?«

Eugen lachte leise: »Stimmt.«

Hinter ihnen ein freudiger Aufschrei. Ursel war von der Toilette zurück. Knieschließen am Tisch. Eugen stieß sich beim Wegziehen das Bein, dass der ganze Tisch wackelte. Das muss sie gesehen haben!

Aber Ursel rauschte leichtfüßig vorbei, Gesine und Lothar entgegen. Mit resolutem Plappern hakte sie sich bei den beiden unter und führte sie herbei wie zwei Trophäen: »Schaut mal, wen ich uns mitgebracht habe!«

Ihrem Vater, der sich halb erhoben hatte, schenkte Gesine zwei Wangenküsse, der Mutter ihres Verlobten eine feste Umarmung. Merle spürte ihr Zittern, das arme Ding. Lothar hatte seine Befangenheit uniformiert und mit Konventionen verbarrikadiert. Um ein Haar hätte er Eugen salutiert, statt ihm die Hand zu reichen. Stand steif, bis Merle ihm bedeutete, sich doch in Herrgotts Namen bitte endlich hinzusetzen.

»Wir wollten …«, sagte Lothar.

»Wir haben …«, sagte Gesine.

»Und das *freut* uns!«, rief Ursel und zog damit alle neugierigen Blicke von den umliegenden Tischen auf sich. Merle fiel auf, dass ihr Lippenstift an einer Stelle verwischt war. Es sah aus, als würde Ursel schief lächeln. Gesine blickte mit rotem Kopf zu Boden. Lothar bemühte sich um Haltung. Linkisch stand er wieder auf, um sich förmlich von Ursel umarmen und von Eugen auf den Rücken klopfen zu lassen. Merle umrundete den Tisch und flüsterte Gesine von hinten etwas ins Ohr.

»Wer flüstert, der lügt!«, protestierte Ursel. »Wir sind doch jetzt eine Familie, und da gibt es keine Geheimnisse!«

Mit den Händen auf Gesines Schultern sagte Merle: »Ich habe sie nur gebeten, auf meinen Jungen aufzupassen, nicht wahr?«

Gesine nickte artig, hochroter Kopf.

Jetzt stellte die Kellnerin einen Sektkühler auf den Tisch.

Sofort zog Ursel die tropfende Flasche heraus und ließ, die Zungenspitze zwischen den Lippen, routiniert den Korken knallen. »So! Auf euch, Kinder!«

Dann schenkte sie reihum ein, großzügig. Herrgott, sie schwenkte die Flasche so ziellos herum, dass die Hälfte auf die gewachste Tischdecke spritzte und die Gläser überschäumten. Überrascht schaute Merle auf. Ursel starrte sie unverwandt an: »Prost, Merle. Auf die Liebe, nicht wahr?«

••

Uta Mohelsky, wie sie mit der Taschenlampe in den Stollen leuchtet. Der Stollen ist niedrig. Die Luft riecht nach Schlamm. Sie geht gebückt, um nicht an die Decke zu stoßen. Der Lichtkegel huscht über morsche Balken, teilweise geborsten. Nacktes Gestein. Das Geräusch von plätscherndem Wasser. »Wirklich?«, fragt sie über die Schulter. »Alles gesichert«, antwortet Stadtbaumeister Kreuther. »Wir können unbesorgt sein!« Uta ist unbesorgt, was die Statik betrifft. Sorge bereitet ihr der Platz. Keltische Exponate aus dem Museum, die Gemälde und Radierungen aus der Renaissance, Folianten aus den Bibliotheken. Sie weiß inzwischen genau, wie viel Platz sie bräuchte, um zumindest die wesentlichen Kunstwerke und Artefakte von Ginsterburg bombensicher unterzubringen. Das hier ist nicht genug. »Gehen Sie nur!«, sagt der Stadtbaumeister. »Weiter hinten kommt der große Raum!« Die Ungeduld in seiner Stimme verrät Uta, wie viel lieber er in seinem Büro säße, statt immer tiefer in den Wolfsberg vorzudringen. Wie unnötig er diese Expedition findet. Sie denkt an den Hochaltar aus dem Münster. Wie soll der hier bloß reinpassen? Sie wird ihn wohl komplett zerlegen lassen müssen. »Nun gehen Sie schon!«, drängt der Stadtbaumeister. Uta geht und duckt sich unter einem Schwarm aufgescheuchter Fledermäuse. »Verdammte Scheiße!«, flucht der Stadtbaumeister und fuchtelt mit den Händen durch die Luft. Uta geht weiter.

••

Clemens Jungheinrich, wie er mit knappen Worten erklärt, was es mit dem Kasten auf seinem Schreibtisch auf sich hat. Damit der Redlich vom Stadttheater sich nicht wundert über dieses Wunder der Technik. Der Kasten ist ein Vakuumröhrenhörgerät der Marke »Vactuphone«, das hat Jungheinrich sich geleistet. Es verstärkt die Schallwellen des Sprechers, die Jungheinrich über eine Hörmuschel an seinem Ohr verstehen kann. Knarzend natürlich, aber überdeutlich. Und laut. Redlich, vornübergebeugt, erzählt nun also dem Apparat seine Sorgen. Wichtige Mitglieder des Ensembles eingezogen oder emigriert. Ab Ende der Spielzeit nur noch Rumpfprogramm. Nicht zum ersten Mal verflucht Jungheinrich den Tag, als ihn seine Frau beschwatzte, den Vorstand des Förderkreises zu übernehmen. Nun muss er sich dieses knarzende, überdeutliche Gezeter anhören. Als ob die Jungheinrich GmbH & Co. KG keine anderen Sorgen hätte! Hier brennt bald die Hütte, wenn der Antrag auf Zuteilung von Fremdarbeitern nicht endlich bewilligt wird. *Nein! Jetzt hören Sie MIR mal zu,* sollte er diesem Hanswurst jetzt ins Wort fallen. *Wir sind im Krieg! Und ich leite einen KRIEGSWICHTIGEN Betrieb! Wir haben keine Kapazitäten für Kasperletheater! Reißen Sie sich am Riemen, Mann!* Das tat gut, das genügte. »Schlimm«, sagt er und klemmt den Hörer zwischen Kinn und Schultern, macht sich eine Notiz. »Ich werde sehen, was sich machen lässt!«

••

Der Jäger war gejagt worden. Das konnte man der Messerschmitt ansehen, die am Nachmittag mit spuckendem Triebwerk auf dem Fliegerhorst bei Ostende ausrollte und mit dem winkte, was von den Landeklappen noch übrig war. Einschusslöcher liefen den Rumpf entlang. Hier und da konnte man durch die ganze Maschine hindurchsehen. Ihr Leitwerk nur noch ein Gerippe, das Hakenkreuz nicht mehr zu erkennen. Mit jeder Fehlzündung spuckte der Motor nachtschwarze Rauchwolken. Links war die Abdeckung abgerissen und gab den Blick auf die Zylinder frei. Was von der zersplitterten Pilotenkanzel übrig war, wurde von innen heftig aufgestoßen. Noch bevor der Propeller zum Stillstand gekommen war, hatte Lothar schon einen Fuß auf der Tragfläche. Warf Sturmhaube, Brille und Handschuhe auf den Boden. Sprang hinterher. Stapfte, noch wackelig auf den Beinen, den Technikern entgegen, wortlos an ihnen vorbei und auf die Baracken zu.

Am späten Nachmittag hatte er sich wieder beruhigt. Wenn auch nicht genug, um Gesine nach Berlin zu schreiben. Mehrfach setzte er neu an, aber die Begriffe zerbröselten ihm zwischen den Fingern. Was er zu Papier brachte, las sich entweder zu harmlos oder zu hart. Irgendwann gab er es auf, die Erlebnisse dieses Tages in Worte fassen zu wollen. Noch bis in den späten Abend waren weitere Begleitjäger zum Fliegerhorst zurückgekehrt. Die Bomber würden landen, wo sie abgehoben hatten, weiter landeinwärts in Nordfrankreich. Die, die es nach Hause schaffen sollten. Viele würden es nicht sein. So schlimm wie heute war es noch nie. Von wegen »Adlertag«.

»Manchmal ist eben der Wurm drin, Sieber«, sagte Rohloff und stopfte sich seine Pfeife.

Sie saßen auf Klappstühlen an der hölzernen Rückwand des Offizierskasinos und betrachteten das letzte Nachglühen des Sonnenuntergangs. Es glühte lange. Die Nacht war kurz und Belgien flach wie ein Brett.

Rohloff war Bomberpilot. Alter Hase. An der Uniform der blecherne Adler mit Propeller, das Abzeichen für Flugzeugführer der Legion Condor. Lothar konnte ihn gut leiden, mehr war nicht zu sagen. Das hatte er inzwischen gelernt. Am Anfang hatte er noch Kameradschaft mit Freundschaft verwechselt. Und Leute ins Herz geschlossen, die jetzt bei den Fischen schliefen oder auf einem Feld in Kent oder Sussex. Hatte Männer seine Freunde genannt, die beim Urlaub in Paris nur saufen und ficken wollten.

»Nimm's nicht so schwer«, sagte Rohloff mit dem entzündeten Streichholz in der Hand.

»Ich nehme es aber schwer«, sagte Lothar und sah Rohloff zu, wie er seinen Tabak entzündete.

Der paffte einmal, zweimal: »Schlimm heute?«

Lothar schwieg. Erinnerte sich an den Verband, dem seine Staffel den Begleitschutz hatte geben sollen, Anflug in großer Höhe über den schwereren Bombern. Eine Heinkel He 111 neben der anderen, schwarz hingesprenkelt über grünen Feldern mit Kurs auf London. Immer die Themse entlang. Kinderspiel. Dann tauchten von unten die Engländer auf, wie üblich, und Lothar und sein Geschwader tauchten ab, wie üblich. Zwei Spitfire hatte er erledigen können. Abrauchender Schweif, Flammen. Fallschirme. Aber dann wurden es immer mehr. Wie die Wespen. Es waren so viele, so unwahrscheinlich *viele*, dass Lothar es mit der Angst zu tun bekam. Nicht um sich selbst. Um den Verband. Auf fünf Engländer, die sie in Luftkämpfe verwickeln konnten, kamen fünfzehn, die sich in aller Ruhe die Heinkels vorknöpfen konnten.

»Ja, schlimm«, sagte er und starrte in die Landschaft.

Knapp über dem Horizont im Westen lag ein zartes Rosa. Als würde England brennen dort drüben. Er hörte die Pfeife knistern.

»Ich will dir jetzt mal erzählen, was ich weiß«, sagte Rohloff und atmete den Rauch aus. »Die haben keine Chance. Uns gehört der Kontinent. Die sind alleine auf ihrer Insel. Im Schwitzkasten unserer Boote. Die sind erledigt. Und die wissen das auch. Wie lange werden sie das noch durchhalten? Einen Monat? Ein Jahr? Alles, was wir jetzt noch tun müssen, ist, ihre Städte anzuzünden. Gründlich, planvoll, eine nach der anderen. Kennst du Hans Goldschmidt?«

»Wen?«

»Deutscher Chemiker. Hat das Thermit entdeckt. Aluminium und Eisenoxid. Wenn das reagiert, geht es hoch bis auf dreitausend Grad. Und es reagiert, das kannst du mir glauben. Ich habe es gesehen. Hast du dich mal gefragt, wie Eisenbahnschienen miteinander verschweißt werden?«

»Nein. Aber lass mich raten ...«

»Thermit, richtig. Bei Rheinmetall in Düsseldorf haben sie uns das vorgeführt. Sie füllen es in Stäbe, die sind keinen Meter lang. Zusammen mit Naphtalin, das ist auch so ein Teufelszeug. Dreitausend Grad, bis der Stab leergebrannt ist. Während da die Flammen rausschießen, oben und unten, kannst du das Ding theoretisch sogar in die Hand nehmen und wegtragen. Eine billigere Bombe, Sieber, kannst du dir gar nicht vorstellen. Und damit zünden wir sie an.«

»Mit einer Bombe, die man einfach wegtragen kann?«

Rohloff lachte: »Ihr Kampfpiloten habt wirklich keine Ahnung, oder? Ich kann dir sagen, wie wir's anstellen. Wir gehen auf die Altstädte. Dabei haben wir es gar nicht auf die Altstädte abgesehen. Aber die Altstädte sind der Anzünder.«

»Wofür?«

»Für die ganze Stadt. Für alles. Das muss man aber vorbereiten. Zuerst brauchen wir Druckwellen. Wir brauchen Sprengbomben, mit denen wir die Fenster wegpusten und die Dächer abdecken. Die bereiten das Feld. Dann kommen die Stabbrandbomben. Eine Bombe allein kann wirklich ein mutiges Kind wegtragen. Ist auch schon passiert. Um das zu verhindern, haben die Ingenieure bei Rheinmetall in die neue B 2 EZ einen zusätzlichen Sprengkörper eingebaut. Und der geht – Überraschung! – erst nach fünf Minuten hoch. So. Und davon lassen wir dann Tausende fallen!«

»Ich verstehe«, sagte Lothar beklommen.

»Nein! Tust du nicht! Du machst dir keine Vorstellung, wie sorgfältig wir das geplant haben. Das ist eine Wissenschaft! Über den Geheimdienst haben wir uns englische Versicherungspolicen besorgt, nur mal so als Beispiel. Um zu gucken, was die da drüben auf der Insel so alles auf ihren Dachböden lagern. Und dann haben wir uns bei der Feuerwehr erkundigt, wie wir das bestenfalls in

Brand setzen könnten«, sagte Rohloff und paffte zufrieden in der Dunkelheit. Der Rauch duftete nach teurem Holz.

»Du kannst vielleicht ein Haus anzünden«, sagte Lothar nach einer Weile. »Oder ein ganzes Viertel, was weiß ich. Aber eine ganze Stadt? Unmöglich!«

Rohloff schnaubte: »Schon mal vom Feuersturm gehört?«

»Feuersturm?« Lothar grinste. »Klingt gut. So sollten wir unsere nächste Operation nennen: *Feuersturm*!«

Aber Rohloff war plötzlich ganz ernst: »Kein Witz. Pass auf. Ein Professor aus Göttingen hat uns das erklärt. Wenn mehrere kleine Brandherde sich verbinden, entsteht *ein* großer Herd. Der braucht kühlere Luft, und die holt er sich aus der Umgebung, saugt alles an. Je größer der Herd, umso mehr Luft. Theoretisch strömt sie so heftig zu, dass ein Orkan entsteht. Wie in einem unsichtbaren Kamin. Da hält es einen Menschen nicht mehr auf den Beinen, der wird einfach eingesaugt.«

»Das ist ja fürchterlich«, sagte Lothar.

»Das ist der Feuersturm«, sagte Rohloff und lehnte sich zurück. »So etwas ist bisher nur in der Natur beobachtet worden. In Guernica waren wir nah dran, haben es aber noch nicht geschafft. Aber wir wissen, dass es sich künstlich herbeiführen lässt. Wir *werden* es künstlich herbeiführen. Und du weißt ja«, fügte er lächelnd hinzu: *»Der Bomber kommt immer durch!«*

Lothar schwieg. Den Satz hatte er schon oft gehört. Und natürlich hatte er auch »Luftherrschaft« gelesen, von Giulio Douhet. Der italienische General hatte in den Zwanzigerjahren die Theorie des Luftkriegs begründet. Und für gewaltige Flotten an Luftfahrzeugen plädiert, die einen Feind gleich zu Beginn des Kriegs so einschüchtern sollten, dass es niemals, niemals, niemals wieder zu einem so blutigen Patt kommen könnte, wie die Menschheit es zwischen 1914 und 1918 kennengelernt hatte. Der Bomber, hatte Douhet geschrieben, werde Leben retten. Weil seine schiere Existenz den möglichen Blutzoll in Höhen treiben würde, für die niemand, niemand, niemand mehr die Verantwortung übernehmen könne. Einfach, weil er eine so fürchterliche Waffe war. Lothar versuchte vergeblich, sich einen Feuersturm vorzustellen.

Aus der Dunkelheit kam in torkelndem Flug ein Falter angeschwirrt und landete weich auf seinem Knie. Dunkelbraun mit schwarzen Punkten. Ein Sichelflügler. Hockte dieses Tierchen auf der Rinde eines Baumes, es bliebe vor diesem Hintergrund absolut unsichtbar.

Rohloffs Pfeife war erloschen. Er klopfte sie an seinem Stiefel leer und zeigte mit dem Mundstück in Lothars Richtung: »Hör auf meine Worte. Die sind erledigt. Passt ihr Jäger auf uns auf, dann schaffen wir das. Wir müssen nur in Ruhe unsere Arbeit tun können. Das Problem ist die Abwehr. Für einen echten Feuersturm brauchen wir nicht viel. Nur einen völlig wehrlosen Feind.«

••

Wegen solcher Kinkerlitzchen rufen die an?

Eugen hielt mit einer Hand den Hörer am Ohr: »Nein, nein, bleiben Sie durchaus am Apparat, das haben wir gleich!«, blätterte mit der anderen Hand fieberhaft in alten Ausgaben, bis er endlich die Abhandlung über die Volkszählung im vergangenen Jahr gefunden hatte. Mit dem Zeigefinger fuhr er die Sätze hinunter, entdeckte im dritten Absatz die Stelle zur letzten Erhebung von 1933, und dort tatsächlich diese verdammte Zahl. *Fünfhunderttausend.*

»Ja, richtig, fünfhundertzweitausendsiebenhundertneunundneunzig Juden lebten damals im Deutschen Reich«, präzisierte der Mann von der Reichspressekammer. »Gewisse Zahlen, auch wenn sie korrekt sind, führen doch in die Irre, Herr von Wieland.« Es sei ja Kernaufgabe des Presswesens, dem Deutschen die Gefahr vor Augen zu führen, die von der zersetzenden Durchdringung des Volkskörpers durch das Judentum ausgehe. »Fünfhunderttausend auf ein Volk von siebzig Millionen – das mag nach erstaunlich wenig klingen. Eine so geringe Zahl in Umlauf zu bringen, das verharmlost doch die Gefahr. Finden Sie nicht?«

Mit belegter Stimme bedankte sich Eugen für die Sorgfalt, mit der in Berlin augenscheinlich auch kleine Zeitungen aus der Provinz studiert wurden.

Am anderen Ende der Leitung ein gönnerhaftes Lachen: »Sie glauben gar nicht, was bei uns alles auf dem Schreibtisch landet. Wir lesen *alles*. Neulich beispielsweise bin ich auf eine alte Glosse über unseren Doktor Goebbels gestoßen, das war noch vor unserer nationalen Revolution. Darin wurde der Chef *Humpelstilzchen* genannt. Wie finden Sie das, Herr von Wieland?«

Bis eben hatte Eugen gestanden, jetzt setzt er sich hin. Sein Blick flackert durch den Raum und bleibt an einer Titelseite in goldenem Rahmen hängen. Er hat sie im September 1939 als Schriftleiter selbst verantwortet: JETZT SPRECHEN DIE WAFFEN. Sie hängt gleich neben JETZT SCHWEIGEN DIE WAFFEN von 1918. Eugen fixiert beide Seiten, schließt abwechselnd ein Auge. Schweigen, sprechen, schweigen, sprechen. Wie aus weiter Ferne erreicht ihn die Stimme aus dem Hörer. Sicher habe er, Eugen von Wieland, bereits DAS REICH in Händen gehalten, die neue Zeitung, von Goebbels speziell »für die Ansprache einer gewissen Intelligenz im In- und Ausland gegründet. Daran fehlte es uns bisher, nicht wahr? Jedenfalls, und darum rufe ich eigentlich an, würde der Minister es begrüßen, wenn Sie ihm ein paar Glossen nach Berlin schicken. Sie wissen schon, Ihr übliches Zeug. Ein Stilist wie Sie sollte doch nicht in einem Kaff wie Ginsterburg versauern!«

••

»Ich bekomme keine Luft«, klagte der Smolka in seiner Ecke neben dem Stützbalken.

»Die Maske bleibt auf«, sagte Frau Grasberger.

Merle versuchte, einen Blick auf ihre Armbanduhr zu werfen. Allzu spärlich war das Licht der Karbidlampe, beschlagen das Glas ihrer eigenen Maske. Wenn sie einatmete, gab es ein pfeifendes Geräusch. Die Luft schmeckte nach Gummi.

Die Stimmung im Keller war aufgekratzt, wie immer bei den Luftschutzübungen, die Unterhaltung lebhaft. Hinter ihren Volksgasmasken waren die versammelten Nachbarn kaum zu erkennen. Man wusste nicht einmal, wer genau gerade sprach. Das enthemmte. Es war wie ein Spiel, ein absurdes Theaterstück vielleicht.

»Hat jemand Karten dabei?«

»Hermann, hol mal das Kind von der Kellertreppe zurück!«

»Unser Familienbuch! Wo ist denn unser Familienbuch?«

»So ganz allein in seinem Käfig, unser Coco, mir ist dabei nicht wohl ...«

»Sag, hast du oben auch wirklich das Wasser abgestellt?«

»Komm, Goldstück. Hoppe, hoppe, Reiter!«

Mit Einflügen feindlicher Bomber war zu rechnen. So hatte Merle es im Ginsterburger Anzeiger gelesen, davor warnten auch die öffentlichen Aushänge. Die Bevölkerung hatte, organisiert von der Partei und orchestriert vom zivilen Luftschutz, auf den hypothetischen Ernstfall vorbereitet zu werden. Es galt, im Rahmen der Übung wichtige Erkenntnisse für die zuständigen Stellen zu sammeln. Militärische Koordination war von äußerster Wichtigkeit. Daher die überraschenden Exerzitien, unter Bedingungen des Ernstfalls. Einübungen ins Katastrophische. Merle wünschte, sie hätte wenigstens ein Buch mit in den Keller genommen.

»Wir sollten das Schaukelpferd holen, für die Kinder ...«

»Welches Schaukelpferd?«

»Das habe ich bei der Speicherentrümpelung entdeckt. Sie glauben gar nicht, was wir da oben alles gefunden haben ...«

»Kraut und Rüben, ich sage nur Kraut und Rüben!«

»Jetzt liegt da oben überall Sand, habe ich gesehen!«

»Wegen der Brandbomben. Damit die keine Nahrung finden.«

»Ja, gut! Aber wo soll ich jetzt die Wäsche aufhängen? Ich wohne oben im Fünften, da trage ich doch nicht den nassen Korb bis runter in den Hof!«

»Also, wir waschen unsere Sachen in diesen Eimern. Sind die Ihnen schon aufgefallen? Stehen doch neuerdings auf jedem Stockwerk!«

Gelächter. Was die Frau Grasberger zum Anlass nahm, noch einmal die Funktionsweise einer Stabbrandbombe zu erläutern und zu erklären, wie ein Entstehungsbrand zu bekämpfen sei. Mit Feuerpatsche, Einreißhaken und Einstellspritze nämlich. Und einem vollen Wassereimer auf jedem Stockwerk, jawohl. Nicht nur ihre Armbinde wies sie als Luftschutzwart aus. Ihre ganze Persönlichkeit schien für diese verantwortungsvolle Aufgabe wie prädestiniert. Nun saß sie da, den Rücken durchgedrückt und die Hände auf den Knien. Sehr wachsam. Ein wichtiger Teil einer wichtigen Angelegenheit.

Ganz Ginsterburg hatte seine Dachböden entrümpelt, um den Stabbrandbomben keine Nahrung zu bieten. Genau so, wie der Reichsluftschutzbund es angeordnet hatte. Ganz Ginsterburg hatte seine hölzernen Dachböden gekalkt, um das Feuer abzuweisen. Ganz Ginsterburg hatte seine Keller mit Feuerpatschen und Mauerhaken ausgestattet, um im Fall des unwahrscheinlichen Falles erste Brandherde selbst bekämpfen und die vorbereiteten Durchgänge in benachbarte Kellerräume öffnen zu können. Seit Monaten schon machte Ginsterburg sich unsichtbar in der Nacht, dichtete Fenster ab und hatte das Neon in den Schaufenstern gegen Blaulichtglühbirnen ausgetauscht. Patrouillen mit Lautsprechern wachten darüber, dass alle Volksgenossen die Verdunkelung beherzigten. Ganz Ginsterburg war zur Übungsfront in Wartestellung geworden, mit seinen Kellern als Unterstand. Schläuche schlürften Wasser aus dem Fluss. Pumpten es in den Löschteich auf der Brache neben der Kommandantur. Motorisierte Sanitätszüge orgelten durch die Stadt. Der Werkschutz der Papierfabrik war vollständig angetreten und auf der Hut, die Flakstellung auf dem Wolfsberg besetzt.

»Ich höre keine Sirenen mehr. Sie?«

»Schon seit einer Weile nicht, nein.«

»Sind vermutlich weitergefahren.«

»Mein Fuß ...«, sagte eine andere Stimme.

»Oh, Verzeihung. Man weiß bald nicht mehr, wohin mit den Gliedmaßen!«

»Ob es im Hochbunker genauso eng ist?«

»Ich habe gehört, dass die Baustelle ruht.«

»Warum das denn?«

»Ich ...«

»Die Maske bleibt auf, Herr Smolka!«

»Angeblich gibt es keine Sonderzuteilung für den Beton.«

»Ach!«

»Meine Nichte schreibt, in Duisburg wird eifrig gebaut!«

»Die sind da oben ja auch näher an ...«

»Näher woran?«

»Na ja, ich meine ja nur ...«

»Mit den Engländern möchte ich jedenfalls nicht tauschen!«

»In London sitzen sie rund um die Uhr in der U-Bahn!«

»...ch!«

»Verdammt nochmal, die Maske bleibt ...«

»Hermann, nun hol doch das Kind mal da weg!«

»Hat wirklich niemand an Karten gedacht?«

»Was war das?«

Alle verstummten. Lauschten und hörten, wie es von draußen gegen die Tür bollerte. Sofort war Frau Grasberger auf den Beinen, entriegelte die Kellertür.

Ein Balken aus Tageslicht fiel hinein, auf den obersten Stufen die Stiefel eines Feuerwehrmanns: »Ihr sitzt wohl auf den Ohren, was? Habt ihr die Entwarnung nicht gehört?«

Frau Grasberger klatschte in die Hände und löste die Versammlung auf. Erleichtertes Geplapper und Aufbruch. Eingeschlafene Beine wurden geschüttelt, Gasmasken abgezogen, Lampen gelöscht. Erleichterung in geröteten Gesichtern. Gegenseitiges Schulterklopfen. Gedränge am Ausgang. Und dumpfes Gepolter im rückwärtigen Bereich, da rückte Frau Grasberger noch die verschobenen Bänke wieder zurecht. Merle ging durch den mit Funzeln erleuchteten Gang zwischen den einzelnen Abteilen des Kellers nach hinten, öffnete die schwere Eisentür zum Heizungskeller. Dort stand die Nachbarin, die Gasmaske noch vor der Brust und die Binde am Arm, und öffnete die Hähne und Hebel für Wasser und Gas. Draufdrücken, loslassen, dran rumdrehen.

»Kann ich helfen?«, fragte Merle.

Die Grasberger fuhr herum, ein Glitzern in den Augen und Empörung in der Stimme: »Frau Sieber! Was erschrecken Sie mich denn so?«

Merle deutete auf die Hebel: »Ihrem Fritzchen würde das Freude machen, nicht wahr?«

Frau Grasberger steckte die Hände in die Taschen ihrer Schürze, als würde sie dort nach etwas suchen.

»Der Fritz ist tot.«

Merle schlug die Hand vor den Mund: »Der Fritz ist … um Gottes willen! Frau Grasberger! Das ist ja furchtbar! Was ist denn passiert?«

»Letzte Woche. Lungenentzündung. Vielleicht besser so«, sagte Frau Grasberger und strebte entschlossen dem Ausgang zu, klagte dabei über die Kosten für die Beerdigung, die Krankenkasse, und dass sie sich für eine mögliche Erstattung nicht an die Anstalt, sondern an eine Zentraldienststelle in Berlin … Fritz war zwar krank im Kopf, dachte Merle, aber immer von bärenhafter Gesundheit gewesen. *Ballastexistenz.*

»Alle raus?«, rief Frau Grasberger in die Dunkelheit, schon auf der Treppe, die Hand am Lichtschalter.

»Ich habe den Smolka gar nicht mehr gesehen«, sagte Merle und kehrte noch einmal um.

Als die Glühbirnen aufblinzelten, sah sie schon seine Stiefel. Der Smolka war hinter dem Stützbalken vornüber von der Bank gekippt. Ein Wunder, dass niemand über ihn gestolpert war.

Sie beugte sich über den alten Mann: »Aufwachen, Genosse!«, drehte ihn auf den Rücken, schnallte die Maske ab, barg seinen Kopf in der Armbeuge und sah es sofort. Seine Augen waren noch offen. Er war ganz leicht, wie ein Kind.

••

Walter Kattwinkel, wie er Julius Waibel bei der Orgelprobe zuhört. Der Dom ist abgeschlossen, die Kirchenbank hart. Bach schläfert ihn ein, tut ihm schrecklich leid. Am Ende macht Waibel sich einen Jux und spielt Lieder, die nicht vom Höchsten handeln. Sondern vom Fuchs, der die Gans gestohlen hat. Von Vögeln, die Hochzeit halten. Vom Horchen, wer von draußen kommt. *Lass sie reden, schweig fein still, hollahi, hollaho.* Wie sie danach gemeinsam schweigen, die beiden schweren Männer, jeder für sich allein. Waibel ganz vorne links, Kattwinkel ganz hinten rechts. Kreuzgratgewölbe und Seitenschiffe in völliger Dunkelheit. Die Scheinwerfer eines Automobils huschen über die Orgelpfeifen, Doremifasol. Kattwinkel steht auf, geht nach vorne, bekreuzigt sich. Nimmt neben dem Pfarrer Platz. Die Kerzen flackern. »Ich halte das nicht mehr aus, Julius«, flüstert Kattwinkel. »Es ist schwer«, stimmt ihm der Priester zu. Schiebt sich aus der Bank, verschwindet in der Sakristei. Der steile Walter schaut zum vergoldeten Hochaltar hinauf. Wie der Heilige Georg seine Lanze in den Hals des Drachen stößt. Fast behutsam, als wäre die Klinge nur ein gut gemeinter Vorschlag. Das gütige und vergeistigte Gesicht, das er dabei macht. Er bekreuzigt sich ein weiteres Mal. Dann folgt er seinem Freund in die Sakristei. *Kann ja lieben, wen ich will, hollahi aho.*

••

Die Gebrüder Lejeune, wie sie mit Frau Schiller vom Gemüsegeschäft im Roten Storch sitzen. Benedini erzählt einmal mehr, wie sich die Lövingers bei Nacht und Nebel aus dem Staub gemacht haben. Die ganze Bagage, vom Kleinkind bis zum Greis, abgefahren in drei Automobilen. Hat er, Benedini, von seiner Wohnung über der Frisierstube aus gut beobachten können. Der alte Lövinger habe ihm sogar noch gewunken. So eine Frechheit! Am Nachmittag habe die Polizei dann das Lager aufgebrochen. Die Lövingers hätten nämlich das ganze Lager voller Glühbirnen gehabt. Genug, um damit ganz Ginsterburg zu erleuchten. Was denn damit jetzt sei, habe er die Beamten gefragt. Regelrecht verbellt worden sei er da, er solle sich um seinen eigenen Kram kümmern! Da sei nun auch wieder was dran, weil, was gehe ihn das an? Vorgestern erst habe er seinen Gestellungsbefehl erhalten: »Jetzt, wo alles vorbei ist!« Die Gebrüder Lejeune hören aufmerksam zu. Es ist spät. Roswitha hat die Tische abgewischt und stellt eine Flasche auf den Tisch, setzt sich dazu, sagt: »Geht aufs Haus!«, den Wein habe ihr Bruder aus Frankreich geschickt. »Ganz feines Tröpfchen! Anders hält man das Gehämmer ja nicht aus!«, und tatsächlich bollert es im Keller ohne Unterlass. »Handwerker im Haus?«, will Frau Schiller wissen. »So ungefähr«, sagt Roswitha und entkorkt die Flasche: »Der Göring kümmert sich persönlich um meine Luftverteidigung!«, und zwar mit Durchbrüchen von Keller zu Keller, bis tief unter die Altstadt, wie ein Maulwurf, nur für den Fall der Fälle, der ohnehin nicht eintreten werde, man solle mal nichts beschwören. Die Gebrüder Lejeune schauen sich stumm an. Dann sagen sie, dass sie jetzt nach Hause müssen.

••

Otto stand am Fenster des Kaminzimmers und blickte in den Park hinaus. Gerade fuhr die Uta Mohelsky mit ihrem Fahrrad die große Chaussee entlang, hielt an, winkte. Otto musste kurz überlegen, in welcher Hand er die Flasche hielt, und winkte mit der anderen Hand zurück. Die Verrückte fuhr weiter. Otto genehmigte sich noch einen Schluck. Er trug seine braune Uniformjacke, sonst nichts. Andere Saiten, dachte er. Andere Saiten mussten aufgezogen werden.

Er drehte sich um und kehrte schwankend zum Tisch zurück. Stellte die Schnapsflasche auf den Rapport des Stabsleiters, aus dem hervorging, dass Ginsterburg seinen Luftangriff »mit Bravour« bewältigt habe. So hatte das der Knapp geschrieben, »mit Bravour«. Ein Kradmelder war auf den Straßenbahnschienen gestürzt und hatte sich den Arm gebrochen. Ein Volksgenosse war im Keller »einem langjährigen Leiden erlegen«. Was nichts mit der Übung zu tun gehabt hatte. Mehr musste Otto nicht wissen. Die Bilanz konnte er genau so an die Luftgauleitung weitergeben. Die wollte alles ganz genau wissen, die Luftgauleitung.

Was hatte Knapp sonst noch geschrieben? Er überflog die akkurat getippten Zeilen. Überlegungen zur Aufrechterhaltung der Gas-, Wasser- und Stromversorgung. Spezielle Bautrupps für Amtsgebäude. Einsatztrupps zur Schadensaufnahme. Druck zusätzlicher Lebensmittelkarten. Ausweichquartiere für Ausgebombte. Alles nur, versteht sich, sollte der Ernstfall eintreten. Alles Scheißdreck, dachte Otto.

Wieder spürte er diese Wut aufsteigen. Er drängte sie mit einem weiteren Schluck aus der Flasche zurück. Opfer würden gebracht werden müssen. Hatte das der Führer nicht immer wieder gesagt? Opfer für die Zukunft von Reich und Volk. Jawohl. Und jetzt ging es um Lebensmittelkarten? Ausweichquartiere? Dünnflüssiger Scheißdreck.

Wenn er könnte, wenn er nur *könnte* und nicht gebraucht würde hier in der Stadt, bei Gott, noch ein Schluck, ein paar Tropfen gingen auf die Uniform, *bei Gott* würde er sich melden für die vorderste Front.

»Jetzt ist Schluss«, murmelte er.

Ende der Fahnenstange.

Feierabend.

Jetzt wurde aufgeräumt. Jetzt war endgültig Zapfenstreich für den freundlichen Gürckel. Vorbei mit seiner schützenden Hand über Subjekten, die allzu lange auf seine Gutmütigkeit spekuliert hatten. Schluss mit den Lebensmittelkarten für die Fremdarbeiter. Schluss mit den versteckten Bolschewisten, die doch nur darauf warteten, dass ihre Stunde kam. Die würden sich umschauen! Umschauen würden die sich! Schluss mit Kattwinkel und seinen perversen Umtrieben, diesen warmen Brüdern! Schluss mit Waibel, diesem Pfaffen, und seiner Speichelleckerei vor der Schwuchtel im Vatikan! Jetzt würde der Kreisleiter aufräumen in Ginsterburg.

»Julka?«, rief er, kratzte sich zwischen den Beinen: »JULKA!«

Ernstfall? Ich gebe ihnen jetzt mal den Ernstfall. Keine Anrufe mehr in der Prinz-Albrecht-Straße, um sich nach irgendeinem Itzig zu erkundigen. Genügte es nicht, dass er dieser jüdisch versippten Irren etwas Nützliches zu tun gegeben hatte? Genügte es nicht, Eugen seine Jagdhütte zur Erholung überlassen zu haben?

Doch, das genügte. Und damit war jetzt Schluss.

»Sie haben gerufen?«

Julka mit den weichen Händen. Julka mit den roten Sommersprossen und den blauen Augen. Julka im lindgrünen Negligé glitt ihm auf bloßen Füßen lautlos entgegen. Nahm ihm die Flasche aus der Hand. Ging vor ihm auf die Knie mit ihren schmalen Lippen.

Er blickte auf ihren Scheitel hinab.

Scheißdreck, dachte er matt.

Ernstfall.

Jetzt würde er ihr schreiben. Jetzt würde er seiner Frau schreiben. Jetzt würde er Henriette vom Opfer schreiben, das sie beide gebracht hatten. Jetzt würde er Henriette nach Berlin schreiben, dass Knut sein Leben für Führer, Volk und Vaterland. Und so weiter. Trost in dieser schweren Stunde. Ernstfall.

Gottverdammich. Jetzt ließ ihn auch noch die Wollust im Stich. Jetzt war ihm die Sehnsucht dazwischengekommen.

Er packte Julka bei den Haaren, bog ihren Kopf zurück. »Bring mir Briefpapier«, sagte er. »Und dann zieh dieses Nachthemd aus und hau ab.«

••

Mit einer Handbewegung hatte Walter sie zu sich heraufgewunken. Und Merle war verdutzt die eiserne Leiter zur Vorführkabine des Tivoli hinaufgestiegen. Hatte oben den Kopf eingezogen, wie Walter es ihr geraten hatte. Winzig war das Kabuff, mit Platz nur für einen Hocker neben dem Ungetüm von Projektor. Merle fragte sich, wie es der ausladende Walter mit seinem gewaltigen Bauch hier länger als fünf Minuten aushalten konnte. Sah aber sogleich, dass er ihr eigens noch einen Stuhl hineingestellt, dass er etwas auf dem Herzen hatte.

Im Saal hatte die Wochenschau begonnen. Körperschulung beim BDM. Große Deutsche Kunstausstellung in München. Herstellung deutscher Panzer in Magdeburg. Angriff ziviler Ziele durch englische Luftpiraten. Lügen in der englischen Presse. Einladung ausländischer Vertreter, sich selbst ein Bild zu machen. Abriss zerstörter Gebäude durch den Arbeitsdienst. Erntehilfe durch französische Gefangene. Ankunft erbeuteter Kupferbarren und Messingstangen aus Frankreich. Britische Besatzung von Jersey und Guernsey geflohen. Rückkehr deutscher U-Boote. Feldflugplatz in Ruhestellung. Ritterkreuz für einen Unteroffizier.

Walter stand auf und griff nach einer Filmrolle. Er wartete noch den jüngsten Feindflug gegen England ab und spannte dann die Rolle in den Projektor. Gleich nach dem Ende der Wochenschau legte er den Schalter um. Hell gleißte die Kohlebogenlampe, warf den Film durchs Objektiv quer durch den dunklen Raum. Ein Orchester jubelte auf.

Walter setzte sich auf den Hocker, klemmte die Daumen unter die Hosenträger und sagte mit Blick auf den ratternden Projektor: »Da verpasst du ein Meisterwerk, Merle. Mit dem feschen Ferdl Marian, den magst du doch! Hat mit Pola Negri in ›Madame Bovary‹ gespielt, weißt du noch? Es geht um die Juden, ihre Durchtriebenheit. Wer's noch nicht verstanden hat, der versteht's nach diesem Film.« Er sah sie an. »Und hier in der Kabine hört uns keiner …«

»Was ist denn los, Walter? Nun sag doch!«

Wortlos neigte er seinen schweren Körper zur Seite und zog ein Papier aus der Gesäßtasche, entfaltete es umständlich und las einen Ausriss aus dem GINSTERBURGER ANZEIGER vor: »Neuer Runderlass, bla bla, Reichssicherheitshauptamt, hier: *Ein Mann, der mit einem anderen Mann Unzucht treibt oder sich von ihm zur Unzucht missbrauchen lässt, wird mit Gefängnis gestraft …*«

»Keiner weiß es«, sagte Merle.

»Ach, Merle. Warum nennen sie mich wohl den steilen Walter, hm? Weil ich *widernatürliche Unzucht* treibe. Letzte Woche sind zwei Clowns in Ledermänteln bei Julius aufgetaucht. Haben keine Fragen gestellt. Lungerten einfach nur in der Messe und haben geguckt.«

»Das will doch nichts heißen!«

»Sie haben den Hundertfünfundsiebziger verschärft, Merle. Sie meinen es ernst mit ihren Paragraphen. Sie werden uns erwischen. Wir sind hier nicht in Berlin. Früher oder später werden sie uns ins Lager stecken. Zu den Asozialen, den Gewohnheitsverbrechern und den Juden«, sagte er und fuhr sich über das Gesicht. »Sie nennen es Vorbeugehaft.«

»Ihr könntet aufhören, euch zu sehen?«, entfuhr es Merle. »Nur für ein Weilchen, bis …«

»Bis was?« Walter lachte auf. »Weißt du, wie lange wir uns schon verstecken? Weißt du noch, wie sie mich für einen Saujuden gehalten haben? Mich! Du hast mich mal gefragt, warum ich da nicht widersprochen habe. Weil es kein besseres Versteck gibt als ein falsches Gerücht, darum. Hinter der Wahrheit aber kann man sich nicht verstecken, so wenig sich ein Jud' verstecken kann. Wir sind geliefert.«

Merle knetete ihre Hände: »Was kann ich tun?«

»Da kannst es in Obhut nehmen, wenn es so weit ist«, sagte er.

»In Obhut nehmen? Was denn?«

Aus dem Kinosaal erklang Hufgetrappel.

»Jetzt noch nicht, keine Sorge. Er wird sich wundern ...«

»Walter, wovon redest du?«

»Von unserem Kreisleiter. Ich habe etwas, das unserem Oberbonzen mächtig auf die Füße fallen könnte. Eine Versicherung, sozusagen ...«

Merle lächelte ungläubig: »Willst du den Gürckel erpressen?«

Abwehrend hob er die Hände: »Nicht, wenn es nicht sein muss. Wirst du mir helfen?«

Aus dem Kinosaal die Stimme von Ferdinand Marian: *»Ich mach die Tür auf für euch alle. In Samt und Seide werdet ihr gehen. Kann morgen sein, kann übermorgen sein. Aber sein wird es!«*

Jemand rief »Pfui!«, und Walter nickte Merle zu: »Hörst du? Famoser Film. Leider rennen mir die Leute nicht direkt die Bude ein. Wollen die Judenbrut wohl nicht auch noch im Lichtspiel sehen. Vielleicht hätte der Harlan lieber den Rühmann die Hauptrolle spielen lassen sollen. Das Rühmännchen finden wir doch alle lustig.«

••

Otto Gürckel, wie er am Fenster steht. Sein Gesicht ist bleich, sein Atem geht schwer. Die frische Luft tut ihm gut. Unten auf der Kronengasse spazieren die Gebrüder Lejeune vorbei. Da schließt er das Fenster wieder. Unschlüssig sieht er sich um. Geistert durch den Raum, bleibt vor dem gerahmten Porträt des Führers stehen.

Beugt sich nach vorne, bis auf wenige Zentimeter. Fährt mit den Fingerspitzen über die Züge in diesem seltsamen, weihevollen, geliebten Gesicht. Dann tritt er einen Schritt zurück und nimmt Haltung an. Meldet gehorsamst. Auf dem Schreibtisch sein Brief an Henriette. Offizieller Briefkopf der Partei, schwarze Tinte, geschwungene Handschrift. Daneben der Brief vom Reichsmarineamt. Dünnes Papier, mechanische Schreibmaschine, unleserliche Unterschrift. *Leider muss ich Ihnen die traurige Nachricht übermitteln, dass Ihr lieber, hoffnungsvoller Sohn, Maschinenobergefreiter Knut Gürckel, am 23. August 1940 in soldatischer Pflichterfüllung den Heldentod gestorben ist. Nach erfolgreicher Mission wurde sein Boot in der Biskaya trotz heftiger Gegenwehr von einem englischen Flieger versenkt. Es gab keine Überlebenden. Möge Ihnen die Gewissheit, dass Ihr Sohn zusammen mit seinen Kameraden für die Größe und den Bestand von Volk, Führer und Reich sein Leben opferte, ein Trost sein in dieser schweren Stunde.* Er las die Nachricht noch ein letztes Mal. Dann faltete er beide Blätter, schob sie in einen Umschlag und adressierte ihn an Henriette Gürckel, Berlin.

WOCHENSCHAU VOM 28. NOVEMBER 1940

Die Fanfare aus den Präludien von Franz Liszt. Um Streicher erleichtert und mit verstärkten Pauken. Weihevoll und ernst. Dazu der Reichsadler in strahlendem Gegenlicht. Darüber erscheint Buchstabe für Buchstabe eine Schrift. DIE DEUTSCHE WOCHENSCHAU. Schwarzblende. Aufblende. Die Geschichte beginnt. Eine Heinkel He 111 rollt über eine Startbahn. Sonores Brummen ihrer beiden Motoren. Daimler-Benz DB 601 mit insgesamt zweitausendzweihundert Pferdestärken.

FERTIG ZUM FLUG GEGEN ENGLAND

Sprecher ist der Schauspieler Harry Giese. Deutsche Synchronstimme von Douglas Fairbanks und Robert Montgomery. Erzählstimme in »Der ewige Jude«. Es ist eine gute Stimme. Männlich. Weihevoll und ernst. Er spricht kurze Sätze. Jedes Wort ein Ausrufezeichen. Schwarzblende. Aufblende. Blick aus der Kanzel des Bordschützen zum Heck. Dort fliegen vier weitere Bomber. Schnitt. Benachbarter Bomber im Flug von der Seite. Propeller drehen sich. Abendlicht schimmert durch die Plexiglaskuppeln.

DIESMAL GEHT ES GEGEN DAS ZENTRUM
DER ENGLISCHEN RÜSTUNGSINDUSTRIE.
DAS ZIEL HEISST COVENTRY.

Schnitt ins Innere der Maschine. Die Kamera schwankt. Schemenhaft sind Mitglieder der Besatzung zu erkennen. Licht von außen. Illuminiert kurz ein Blatt

Papier in DIN A4. Das Papier wird herumgereicht. Es könnte ein Flugplan sein. Eine Checkliste. Ein Befehl an das Kampfgeschwader 1.

ES GILT, VERGELTUNG ZU ÜBEN
FÜR ANGRIFF DER ENGLISCHEN FLIEGER
AUF NICHTMILITÄRISCHE ZIELE IN MÜNCHEN

Grelles Licht. Dann Schwarzblende. Unklare Lichtquellen in der Dunkelheit. Schnitt. Kleinere Lichtpunkte lösen sich aus dem Schwarz. Sie eilen in gebogener Reihe auf die Kamera. Knapp daran vorbei.

DIE ENGLISCHE FLAK IST AUF DEM POSTEN.
EIN WAHRER FEUERHAGEL PRASSELT UNS ENTGEGEN.
ABER UNGEHINDERT GEHT ES WEITER.

Das Tremolo der Triebwerke aus der ersten Szene ist einem tiefen Grollen gewichen. Es sind noch immer die Triebwerke. Dann der Einsatz. Die Lichtpunkte explodieren zu helleren Flecken. Verzerrte Detonationen. Schnitt. Seitliche Halbtotale auf einen Mann in Fliegermontur. Da ist ein Fenster. Ein optisches Gerät. Der Flieger beugt sich nach vorne und bedient das Gerät.

ÜBER COVENTRY.
DER BOMBENSCHÜTZE LÖST DIE ERSTEN BOMBEN.

Schnitt auf die bedrohliche Dunkelheit aus der Szene zuvor. Wieder Lichtpunkte. Ruhiger diesmal. Keine Bögen aus eilenden Lichtpunkten.

UNTEN IST BEREITS DIE ERSTE WIRKUNG ZU ERKENNEN.

Klang einzelner Explosionen. Weihevoll und ernst. Mächtig und verzerrt. Schnitt auf den rechten Propeller. Zerstäubt förmlich das Licht von unten zu einer gespenstischen Aureole. Gleichmütiges Brummen dazu. Eintausendeinhundert Pferdestärken. Daimler-Benz DB 601. Schnitt. Mehr Lichter in der Dunkelheit.

DIE BRÄNDE WERDEN IMMER ZAHLREICHER.

UND DAS IST ERST DER ANFANG!

Paukenschlag. Kein Schnitt. Ganze sieben Sekunden lang ruht unser Blick auf den zahlreichen Bränden. Schnitt. Zwei blendende Lichtquellen. Spektral zerfasert. Kippen gemeinsam nach links. Schnitt. Jetzt Lichtpunkte am Boden. Harte Schläge in schneller Folge. Manche Punkte glimmen vor sich hin wie Sterne am Himmel. Andere leuchten grell auf.

IMMER NEUE EINSCHLÄGE BLITZEN AUF.

ÜBER FÜNFHUNDERTTAUSEND KILOGRAMM BOMBEN WURDEN IN EINER EINZIGEN NACHT ÜBER COVENTRY ABGEWORFEN.

Ein menschliches Gesicht. Ein männliches Gesicht. Pilot unter seiner Haube. Er ist jung. Er ist schön. Er späht seitlich aus dem Fenster. Er nickt. Schnitt. Keine einzelnen Sterne mehr am Boden. Eine kleine Galaxie. An manchen Stellen zu größeren Brandherden verschmolzen.

FÜHRENDE AMERIKANISCHE BLÄTTER SCHRIEBEN, COVENTRY SEI DEM ERDBODEN GLEICHGEMACHT WORDEN.

Schnitt zurück in die Flugzeugführerkanzel. Der schöne Mann. Er korrigiert kurz das Steuerrad. Blickt nach oben. Legt dort einen Schalter um. Die Kamera wandert weiter. Nimmt nun auch den Kopiloten in den Blick. Er ist auch sehr schön. Sehr schön und sehr jung. Seine Fliegerbrille hat er sich in die Stirn geschoben. Beide Piloten reden miteinander. Ihre Gesichter erhellt. Vielleicht vom Licht der Instrumente. Vielleicht vom Inferno unter ihnen. Ihre Mienen sind ruhig. Weihevoll. Ernst. Schnitt zurück auf die Galaxie. Der Explosionshaufen ist kleiner geworden. Das liegt an der großen Höhe.

MISTER CHURCHILL ABER

FASELT IMMER NOCH VON DER UNBEZWINGBARKEIT

SEINER ROYAL AIR FORCE.

Lauter werdende Musik. Die Fanfare aus den Präludien von Franz Liszt. Dazu schnelle Schnitte. Das Gesicht des Piloten. Brände am Boden. Das Gesicht des Piloten. Brände am Boden. Peitschende Explosionen. Schwarzblende.

IV

GLANZ UND GLORIA

»Losung?«

»Blut und Ehre«, sagte Lothar automatisch und blickte überrascht auf. Er hatte gehofft, hier unten am Fluss ganz für sich sein zu können. Und jetzt stiefelte da Bruno Gürckel auf ihn zu. Hatte er ihn jemals alleine gesehen, ohne seinen Bruder? Die Uniform stand ihm gut. Groß war er geworden. Breite Schultern, gesunde Bräune im Gesicht. Hände in den Hosentaschen. Eisernes Kreuz am Kragen. Zwei Blesshühner ergriffen die Flucht und gingen schimpfend zu Wasser.

»Störe ich die stille Einkehr?«

Wortlos rückte Lothar auf dem Baumstamm ein wenig zur Seite und blickte wieder über das Wasser. Im Schilf am anderen Ufer hatte er eben noch einen Haubentaucher beobachtet. Jetzt war er weg. Abgetaucht.

Bruno setzte sich: »Kamerad Sieber ist jetzt bei den Fliegern, hört man?«

Lothar lächelte: »Jawohl, mein Obergefolgschaftsführer!«

»Bruno genügt. Wir kennen uns doch! Ich bin bei den Motorisierten. Na ja, eigentlich sind wir die Ferngesteuerten. Frankreich haben wir über Kurzwelle erobert. Der Rundstedt wusste immer, wo wir waren. Und der Feind wusste nicht, wo ihm der Kopf stand!«

»Was machst du hier, Bruno?«

»Habe dich gesucht. War zuerst im Buchladen. Deine Mutter hat mich hier rausgeschickt. Hätte ich mir auch denken können.«

»Kommst du denn nicht zum großen Fest für Leberecht von Wieland, am Sonntag in der Villa?«

»Aber natürlich«, sagte Bruno und grub mit dem Absatz seines Stiefels eine Kuhle in den Sand. »Ich wollte dich nur vorher noch sprechen.«

»Schieß los!«

Bruno blies die Backen auf, atmete geräuschvoll aus: »Es war nicht in Ordnung. Ich will, dass du das weißt.«

»Was?«

»Wie Knut und ich … also, wie wir früher umgesprungen sind mit dir.«

»Ich erinnere mich.«

»Wollte dir sagen, dass es mir leidtut. Tat es damals schon.«

Unweit des Ufers zeigte sich wieder der Haubentaucher. Es wirkte, als schüttele er sein Gefieder. Er schwamm eine Reihe kleiner Kreise, dann war er plötzlich wieder verschwunden.

»Knut war bei den Booten«, bemerkte Bruno knapp.

»Mein Beileid«, sagte Lothar, um etwas zu sagen. »Du musst ihn schrecklich vermissen.«

»Scheiße, ja. Ich weiß nicht, wie ich das erklären soll. Ob das überhaupt jemand verstehen kann. Knut und ich, wir waren …« Er verstummte und vertiefte die Kuhle im Sand. »Dabei konnte er nicht einmal schwimmen.«

»Wie hat dein Vater es aufgenommen?«

Bruno zuckte mit den Schultern: »Er weiß, dass Opfer gebracht werden müssen. Mir hat er eine Torte backen lassen.«

»Eine Torte?«

Bruno lachte tonlos. »Aber was für eine! Die hättest du mal sehen sollen, sah aus wie ein Panzer, mit einer Zimtstange als Geschützrohr. Putzig. Und der Turm hat sich drehen lassen, da hatte der Konditor extra ein Gewinde eingesetzt! An diesem Hirschbiegel ist ein Mechaniker verloren gegangen, so einen könnten wir manchmal gut brauchen da draußen ...«

Lothar hörte zu. Und stellte erleichtert fest, dass Bruno wirklich einfach nur reden wollte über seine Erlebnisse an der Front. Manche verloren darüber nie ein Wort, andere konnten gar nicht mehr aufhören. So einer war wohl Bruno. In Polen war er gewesen mit seiner Einheit, aber nicht zum Zug gekommen, in Frankreich dann das Eiserne Kreuz. Nun sei, »noch nicht spruchreif«, von einer Verlegung nach Sizilien die Rede. Worauf das hinauslaufe, könne man sich an fünf Fingern abzählen, weil der Mussolini sich mit seiner Kampagne in Libyen ein bisschen übernommen hatte, da werde man ihm demnächst wohl unter die Arme greifen müssen, dem Itaker.

»Dem Itaker?«, fragte Lothar zerstreut.

»Italienischer Kamerad«, erklärte Bruno und fügte hinzu, dass der Itaker auch im Osten mit anpacken werde, wenn es dazu komme, und das werde es früher oder später ganz gewiss.

»Im Osten? Wir sind doch verbündet mit den Russen.«

»Doch nicht in Russland!«, lachte Bruno, und die Kuhle zu seinen Füßen wurde tiefer und tiefer. »Indien!«

»Indien? Wieso das denn?«, erkundigte sich Lothar.

Wegen Japan, sagte Bruno, und dass Lothar doch mal seinen Kopf gebrauchen sollte, groß denken, groß denken, die Japaner stünden in Mandschuko und wären »in Nullkommanix« in Burma und damit in Indien, »und dann haben wir den Tommy bei den Eiern«, denn Stalin, daher überhaupt nur der Nichtangriffspakt, würde seine deutschen Verbündeten durchmarschieren lassen auf Persien mit seinen Ölfeldern, durch einen Korridor vielleicht, möglicherweise auch zusammen mit der Roten Armee, dafür würde der Halunke im Kreml schon sorgen, dass der auch sein Stück vom Kuchen abbekomme, und von Teheran wäre es für die ferngesteuerten Motorisierten nur ein Katzensprung zum Hindukusch, ein sportlicher Katzensprung, das seien ganz andere Dimensionen, in denen man künftig werde denken müssen, und dann gehe es erst richtig los, dann werde die Kronkolonie von beiden Seiten in die Zange genommen, von Japan im Osten und Deutschland im Westen, und spätestens dann werde Churchill der Arsch auf Grundeis gehen, und zwar gründlich, dann werde die fette Sau um Frieden winseln, wenn Hitler und Hirohito sich in Delhi die Hände reichten …

»Hoffentlich kennen die dann beide die Losung«, warf Lothar belustigt ein. Bruno lachte: »Wenn wir endlich rübergehen nach England, müssen wir auch nicht nach Asien. Es sei denn, die Japaner werden frech …«, er redete immer lauter, redete sich in Rage, während ein Schnaufen und Zischen hinter ihnen den nächsten Zug ankündigte. Schon gellte der scharfe Pfiff der Lokomotive über das Wasser.

Bruno zog ein Röhrchen aus der Hosentasche und schüttelte sich zwei Tabletten in die Hand. »Willst du auch?«

»Was ist das?«

»Pervetin. Panzerschokolade?«

Lothar schüttelte den Kopf.

»Das macht vielleicht wach, mein lieber Scholli …«, sagte Bruno und warf die Tabletten ein.

Auf einmal war der Haubentaucher wieder da. Lothar beobachtete, wie er eifrig gegen die Strömung anpaddelte. Dabei sah es aus, als stünde er vollkommen still.

••

Eugen stellte fest, dass die blaue Stunde wirklich *blau* war. War ihm zuvor noch nie aufgefallen. Und ein treffenderes Wort für diese hingehauchte Vorahnung einer Dämmerung mochte ihm nicht einfallen. Ein blaues Leuchten so matt und ungefähr, als könnte die Welt ebenso gut wieder zurückfallen in die Nacht. Und weil die Welt das wusste, hielt sie ganz still und die Luft an. Da zwitscherte kein Vogel, raschelte keine Maus, ging kein Wind. Da juckten nur die Mückenstiche, die er sich in dieser Nacht eingehandelt hatte. Es lauschte der ganze Wald in sich selbst hinein und hörte – ein bläuliches Nichts. Er lag mit offenen Augen und wagte nicht einmal ein Blinzeln. Aus Angst, dass damit der ganze Zauber verfliegen würde. Überlegte, wann er das letzte Mal im Leben einen vergleichbaren Frieden empfunden hatte. Für eine Weile durchtauchte er seine Erinnerung. Aber da war nichts.

»Verfluchte Wildnis!«, rief Merle, noch an der Tür. »Da will man einfach pinkeln gehen und sieht sich Auge in Auge mit der größten Winkelspinne aller Zeiten!« Mit wenigen Schritten war sie wieder im Bett und unter der Decke. Eugen entfuhr ein so lauter Schrei, dass er über sich selbst erschrak: »Bist du denn wahnsinnig? Nimm die kalten Füße weg!«

»Diese hier?«, fragte sie und schob ihre Füße noch höher. Eugen schnappte nach Luft und packte ihre Knie.

Merle griff ihm ans Kinn: »Sei ein Held und kümmere dich um dieses Vieh draußen auf dem Örtchen, ja?«

Er drehte sich auf den Rücken: »Ich bin kein Held. Weißt du doch.« Sie beharrte: »Jemand muss sich kümmern. Dieses Ding ist so groß wie mein Handteller!« Zur Anschaulichkeit legte sie ihm ihre offene Hand auf das Gesicht: »Pass auf, so eine Spinne ist das«, und ihre Hand wanderte über seine Brust nach unten.

Und so gerieten sie wieder in eine jener Rangeleien, mit denen sie die ganze Nacht verbracht hatten.

Später meldete sich der erste Vogel. Sein Gesang klang vorsichtig. Wie ein Vorschlag, den er jederzeit zurückziehen würde, falls jemand Einwände dagegen haben sollte.

»Ist das die Lerche?«, fragte Merle schläfrig.

Eugen überhörte die Anspielung, hörte genau hin und sagte nach einer Weile: »Ich glaube, das ist ein Hausrotschwanz.«

»Kannst du das unterscheiden?«

»Nein.«

Gemeinsam lauschten sie, wie weitere Vogelstimmen sich einmischten. Eugen zog das Bein an und kratzte sich an der Wade.

»Dich auch?«, fragte Merle.

»Wir sind im Wald. Kein Wunder.«

Also kratzten sie sich beide. Ermahnten sich gegenseitig, nicht zu kratzen, weil es sich sonst entzünden würde. Kratzten weiter. Schwül war es. Angenehm schwül, wie sie einander versicherten. Arm in Arm sahen sie zu, wie das Blau des frühen Morgens sich als tiefstes Grau entpuppte, das sich nur verkleidet hatte. Eine Böe fegte über die Lichtung, streute flüsternde Tannennadeln auf das Blechdach und blätterte flüchtig ein paar Seiten des Buches um, das auf dem Tisch lag. Es war die »Chronik von Ginsterburg«, von einem geschickten Buchbinder in zwei Bänden zusammengefasst und in Kalbsleder eingeschlagen. Einen Verleger hatte Eugen dafür nie gefunden, das Manuskript in geringer Auflage setzen und auf eigene Kosten nach Feierabend beim GINSTERBURGER ANZEIGER drucken lassen. Er stand auf und drückte gegen die klappernde Tür, bis er das Schloss zuschnappen hörte. Dann legte er sich wieder hin.

»Bist eben doch ein Held«, sagte sie und vergrub ihre Nase in seiner Armbeuge.

»Dein Sohn ist ein Held«, sagte er und fuhr ihr über die Stirn.

Sie drehte sich zur Seite, stützte den Kopf auf die Hand.

»Hätte ich das nicht sagen sollen?«, fragte er. »Ist er doch!«

»Ich habe mir eingeredet, dass sie da nur Leibesübungen machen. Beim Jungvolk. Gesunde Sachen an der frischen Luft. Ich habe mir eingeredet, dass das unpolitisch ist. Und habe nicht geahnt, dass es sogar kriegerisch war.«

»Weil er Pilot geworden ist?«

»Er hat ich weiß nicht wie viele Gegner abgeschossen!«

Eugen wusste, dass es vierzig waren. Erst vor drei Tagen hatte er persönlich den entsprechenden Aufmacher im Lokalteil redigiert und um ein paar weltanschauliche Schlenker erweitert. Er hatte sogar einen Hinweis auf der Titelseite des GINSTERBURGER ANZEIGERS veranlasst.

»Du hast Angst um ihn«, stellte er fest und strich ihr die Haare aus der Stirn.

»Eugen! *Natürlich* habe ich Angst um meinen Sohn! Seit er auf der Welt ist, jede einzelne Sekunde!«

Draußen drängte eine weitere Böe heran, stärker als die erste. Die Tür hielt stand. Ein erster Regentropfen klatschte gegen das Fenster. »Ursel und du, habt ihr gesprochen?«, fragte Merle.

Eugen schwang die Beine aus dem Bett und schaute sich verloren in der Hütte um. Merle richtete sich halb auf, legte ihm ihr Kinn auf die Schulter: »Brauchst nicht darüber reden, wenn ...«

Vereinzelte Regentropfen fielen auf das Blechdach.

Er rieb sich mit der Hand über das Gesicht: »Schon in Ordnung. Es ist nur ... als hätte sich seit diesem Tag in der Fasanerie gar nichts geändert. Wir funktionieren, sagt man so? Wir laufen sehr gut nebeneinanderher, als ob nichts wäre. Manchmal frage ich mich, ob sie überhaupt von uns weiß ...«

»Sie weiß es«, sagte Merle.

Eugen stand auf und trat ans Fenster: »Nicht mehr lange, Merle, dann ist dieser Krieg wirklich vorbei. Dann können wir weiter sehen als bis zum nächsten Wehrmachtsbericht. Und wie erwachsene Menschen unsere Angelegenheiten regeln«, sagte er und drehte sich nicht um. Er wusste, dass sie hinter ihm wieder ihr spezielles Lächen lächelte, das nicht bitter, aber salzig war. Er wusste, was er Merle zumutete. Er wusste, was er Ursel verdankte. Und der Gedanke daran, was er beiden auf ihre Weise schuldete, bereitete ihm schon lange schlaflose Nächte.

Das Tropfen steigerte sich zu einem Trommeln, ein plötzlicher Wind drängte sich an die Fenster und rüttelte an den Läden.

»Ich glaube, jetzt kommt gleich richtig was runter«, sagte Eugen, und schon kam richtig was runter, prasselte und hämmerte wütend auf das Dach, hüllte die ganze Hütte in Getöse.

»Komm zurück!«, rief Merle und hob die Bettdecke. Weißer Körper, kleine Brüste, ein Streifen feiner Haare von der Scham bis zum Bauchnabel. Draußen gestikulierten die Zweige der Tannen dramatisch im Wind. Er öffnete die Tür, und sofort wirbelte der Wind hinein. Mit einer raschen Bewegung zog Merle die Decke wieder hoch bis ans Kinn: »Bist du wahnsinnig?«

»Bin gleich wieder da«, rief er. »Rühr dich nicht vom Fleck, hörst du?«, und dann stürzte er, nackt wie er war, hinaus in den tobenden Regen und hinüber zum stillen Örtchen.

Die Winkelspinne war verschwunden.

••

Hand in Hand wanderten sie den Wolfsberg hinauf. Der Wald ringsum dampfte noch vom heftigen Gewitter am Tag zuvor. Immer wieder hielten sie inne und ließen, wenn die Bäume es gestatteten, ihre Blicke über die Dächer schweifen. Ihre häufige Abwesenheit schärfte den Blick, wenn sie dann mal wieder in Ginsterburg waren. Schindeln aus Holz oder Schiefer, Biberschwänze. Geziegelte Schornsteine, silberne Abluftrohre. Eine einzelne Katze auf einem First. Zum Pflücken nah die Kreuzblume auf der Spitze des Münster. Wie mundgeblasen die Doppelkuppel des Bahnhofs. Der Anblick drängte Lothar, über die Wunder von Paris zu sprechen, und Gesine hielt mit den Wundern von Berlin dagegen.

Wo früher der Saumpfad zum steinernen Bismarck abzweigte, bot sich ihnen ein Bild der Verwüstung. Der Pfad war zur Trasse verbreitert, das Gebüsch rechts und links ausgerissen oder in die Erde gestampft. Sie folgten den Spuren eines schweren Raupenfahrzeugs, bis das Denkmal in den Blick kam. Dahinter standen keine Bäume mehr. Sie lagen gerodet und gestapelt neben der Trasse. Wo die Lichtung gewesen war, erhob sich ein flacher Betonklotz.

»Wer hat denn hier gewütet?«, fragte Gesine.

»Vermutlich der Reichsarbeitsdienst«, sagte Lothar und sah sich um. »Ideale Position für eine Flakstellung, hier oben.«

»Aber wo machen wir dann unser Picknick?«

Die Unbedarftheit dieser Frage erwischte ihn kalt. Es war dieses Pendeln, das ihn an Gesine auch nach so vielen Jahren noch überraschen und bezaubern konnte. Wie stolz, stark, schlau und streng sie sein konnte - und dann unversehens das exakte Gegenteil. Vielleicht war es die kindliche Gesine, die er vor der erwachsenen Gesine beschützen wollte. Er legte ihr zwei Finger unters Kinn und sah ihr in die Augen: »Der Wald ist groß«, sagte er. »Wir werden schon einen Platz finden!«

»Führe mich, mein Held«, antwortete sie in gespielter Verzückung, »ich folge dir überall hin!«

Sie umrundeten die Baustelle und folgten dem trägen Wolfsbach tiefer in den Forst. Bald verdunkelten Tannen ihren Weg, wurde das Gelände karstiger. An manchen Stellen mussten sie Felsblöcke überwinden. Dann kletterte Lothar mit seinem Tornister voraus, nahm Gesine den Korb ab, reichte ihr die Hand. Nach einer Viertelstunde kreuzten sie den Fernwanderweg.

Gesine blieb stehen: »Wenn wir hier rechts weiterlaufen, kommen wir irgendwann zur Jagdhütte. Da wohnt mein Vater jetzt.«

»In der alten Gürckelhütte?«

»Ja, er übernachtet dort die meisten Tage. Sagt, der Arzt hat ihm Ruhe und Natur verordnet. Die ganze Welt ist verrückt geworden. Ich komme aus Berlin zurück, meine Tante bewohnt eine Burg im Park und mein Vater haust im Wald. Das tut ihm wohl, sagt er.«

Wohl nicht nur ihm, dachte Lothar und biss sich auf die Unterlippe. »Rechts immer weiter?«

»Ja, glaube schon.«

»Dann lass uns links gehen!«

Der Wanderweg führte bald durch eine offene Heidelandschaft, bald wieder in den Wald hinein.

»Komm!«, sagte Gesine, nahm Lothar bei der Hand und zog ihn

gebückt zwischen dichten Fichten hindurch. Sie standen auf einer umschlossenen Lichtung, bewachsen mit kniehohem Gras. Über ihnen das Oval des rötlichen Abendhimmels.

»Hier?«

»Hier.«

Gegenseitig klopften sie sich die Nadeln aus den Haaren und von den Schultern, streiften die Schuhe ab. Lothar öffnete seinen Tornister und breitete die Decke aus. Sturmlampe und eine Flasche Petroleum stellte er abseits ins Gras, wie er es seinerzeit in Aussicht gestellt hatte: *Dann werden wir aber Lampen brauchen!* Gesine beugte sich über ihren Korb, Sekt und Erdbeeren, da küsste er ihren Nacken. Sie drehte sich um, legte die Hand um seinen Hals und zog ihn auf die Decke. So fielen sie ineinander und übereinander her. Seine Hand unter ihrer Bluse, ihr weicher Bauch. Ihre Hand auf seiner Brust, jede Rippe einzeln.

»Wie mager du geworden bist!«

»Und du? Wie feist!«

»Na warte«, sagte sie und schob ihm eine Erdbeere in den Mund. »Ich werde dich mästen!«

Lothar setzte sich auf und machte sich am Sekt zu schaffen.

Gesine hatte die nackten Knie unter das Kinn gezogen und sah ihm zu: »Wie lange dauert es noch?«

»Ich hab's gleich.«

»Das meine ich doch nicht! Ich meine den Krieg. Wie lange, meinst du, dauert der noch?«

Lothar schenkte ihr einen spöttischen Blick: »Willst wohl endlich vor den Altar, was?«

Der Sekt machte *plopp*, Gesine hielt beide Gläser hin. Lothar achtete darauf, dass nichts überschäumte und kein Tropfen auf die Decke ging. Sie stießen an.

»Nein, im Ernst«, sagte Gesine. »Helga meint, spätestens nächsten Sommer ist alles vorüber.«

»Die Helga aus der Fallschirmfabrik? Ich sehe das anders.«

»Wir werden früher fertig, oder?«, sagte sie und steckte sich drei Erdbeeren auf einmal in den Mund. »Habe ich ihr auch gesagt!«

Lothar wollte nicht über den Krieg reden. Er küsste ihr den roten Saft von den Lippen. Schloss die Augen. Sie wich zurück, zog ihn mit, sein Kopf in ihrer Armbeuge. Er küsste ihr Kinn, ihren Hals, die weißen Täler über ihrem Schlüsselbein. Er griff ihre Hände und drückte sie neben ihrem Kopf auf den Boden. Sanft. Hörte, wie ihr Atem schwerer ging. Spürte ihre nackten Schenkel an seinen nackten Hüften. Sie befreite ihre Hände und streichelte sein Gesicht. Stemmte sich kurz mit Fersen und Rücken in den Boden. Öffnete ihren Rock. Führte seine Hand unter ihre Bluse. Höher diesmal. Noch höher.

»Autsch!«

Sie zuckte zusammen, zurück, rollte sich auf die Seite.

»Habe ich dir wehgetan?«

»Irgendwas hat mich gestochen.«

»Wo?«

»Hier oben irgendwo, hinten ... egal. Komm her!«, sagte sie und zog ihn an den Schultern wieder zu sich herunter, nur um sich gleich wieder aufzusetzen. »Magst du mal gucken?«

Sie drehte sich auf den Bauch. Er ging auf die Knie. Auf ihrem Rücken entdeckte er zwei rote Flecken. Und eine zerquetschte Ameise. Sie zuckte nur mit den Fühlern. Er leckte Gesine über die roten Punkte, pustete seinen Speichel kühl.

»Das tut gut«, sagte sie.

»War nur eine Ameise«, sagte er und sah weitere Tiere über die Decke wuseln. Mit der flachen Hand wischte er sie weg, strich mit dem Knöchel ihre Wirbelsäule hinauf, schob dabei auch die Bluse hoch. Das Rätsel ihres Büstenhalters, sein Verschluss ...

»Teufel!«, rief sie und fuhr erneut hoch, schüttelte hektisch ihr Hemd aus. Rote Waldameisen rieselten ihr in den Schoß. Mit einem leisen Schrei sprang sie auf und klopfte sich die Schenkel frei. Schwer atmend schaute sie auf Lothar hinab, Tränen in den

Augen. »Tut mir leid«, sagte sie und versuchte ein Lächeln. »Das ekelt mich. Und es tut weh. So geht das nicht!«

Lothar biss sich auf die Unterlippe. Die Erdbeeren wurden bereits in Kompaniestärke erobert. Ein Stoßtrupp untersuchte das umgestürzte Sektglas. Und dann sah er den Ameisenhügel. Keine fünf Meter entfernt, dunkel vor dem Schatten der Fichten. Prachtvolles Exemplar. Er stand auf und ging hinüber. Eine weiche Fachwerkpyramide aus trockenen Nadeln von Fichten und Kiefern. Der Hügel ging ihm fast bis zur Hüfte.

»Lass uns gehen, ja?«, rief Gesine und knöpfte sich schon die Bluse zu, trat von einem Bein aufs andere. »Es hat keinen Zweck!«

Lothar nickte, wandte sich wieder dem Ameisenhügel zu. Sah die Wächterinnen an den Eingängen. Arbeiterinnen beim unermüdlichen Ausbessern. Die ganze Oberfläche in unablässiger Bewegung. Lothar versuchte, sich die Kammer der Königin vorzustellen. Die Gänge mit den weißen Eiern. Vorratskammern. Belüftungskorridore. Stolze Festung, geheime Beherrscherin der Lichtung. Wie gerne hätte er hineingetreten in diese mikroskopische Zivilisation. Mit stumpfer Gewalt, immer wieder, bis alles zum Einsturz gebracht wäre. Aber es hatte wirklich keinen Zweck.

»Kommst du?«

Lothar ging zur Decke zurück und an Gesine vorbei. Eine namenlose Wut pochte hinter seinen Schläfen. Seine Hände zitterten, als er sich seine Schuhe zubinden wollte. Daneben im Gras lag die Flasche mit dem Petroleum. Er hob sie auf und kehrte damit zu dem Hügel zurück. Eine Großstadt. Eine, vielleicht auch zwei Millionen Einwohner. Er nahm einen Ast in die Hand, sofort erkundeten Tiere seine Handgelenke. Auch an seinen Waden, in den Kniekehlen kribbelte und krabbelte es.

»Lothar?«

Er schraubte die Flasche auf und warf den Verschluss fort. Hob den Ast wie eine Lanze und rammte ihn tief in die Kuppel. Hier. Dort. Und da auch noch.

Sofort ging ein Zucken durch das Gewusel, durch den ganzen Staat. Kämpferinnen quollen aus den Löchern. Erregt, blind und aufgebracht. Lothar schüttete das Petroleum über dem Hügel aus. Das Öl tränkte die Oberfläche, gluckerte in die tiefen Löcher.

»Lothar! Was machst du denn da?«

Er entzündete ein Streichholz an der Reibefläche. Warf das ganze Kästchen auf den Haufen.

Und das brennende Streichholz hinterher.

Die Explosion überraschte ihn. Mit der plötzlichen Hitze hatte er nicht gerechnet. Eine Wolke blähte auf wie schwarzes Tuch. Und dann stand schon die ganze Stadt in Flammen. Knisternd und funkend sprühte es aus den Löchern. Zögernd wich Lothar zurück, den Blick gebannt auf das Züngeln und Lodern gerichtet.

Gesine packte ihn am Hemd, bestürzt über den Brand und darüber, wie sehr der Anblick Lothar fesselte: »Um Himmels willen!«, schrie sie. »Was ist denn in dich gefahren?«

»Ich trage Bedenken«, sagte er.

»Was? Wovon redest du?«

Mit versengten Augenbrauen drehte er sich zu ihr um. Sie prallte zurück vor seinem Anblick, seinem wirren Blick.

»Wir werden nicht fertig mit ihnen«, flüsterte Lothar. »Es hat alles keinen Zweck.«

••

Fest hatte Ursel sich vorgenommen, an ihrem großen Abend nicht zu viel zu trinken, aber allzu verführerisch schwebte wieder das silberne Tablett herbei, von einem weißen Handschuh durch die Menge geschaukelt, und da konnte sie nicht widerstehen, tauschte das leere Glas gegen ein volles, *aber gerne doch*, und wendete sich wieder Frau Kruse zu, die aber inzwischen verschwunden war mit ihrem offenen Haar, was Ursel eher erleichtert als beleidigt zur Kenntnis nahm, war ihr doch inzwischen entfallen, worüber sie eigentlich geredet hatten, wie überhaupt alle Zwiegespräche an diesem Abend nur unverbindliches Geplätscher waren, *was Sie nicht sagen,* bei dem beider Blicke bereits unruhig auf der Suche nach dem nächsten bekannten Gesicht durch den Salon huschten, gerade so, wie es sich für eine gelungene Feier gehörte, und hatten nicht wichtige Leute wichtige Reden vorbereitet?

Ursel glitt wie auf Wolken, nein, wie auf perlenden Bläschen schwebte sie in die Küche, *so trifft man sich,* wo sich wie ein Turm zu Babel die vielstöckige Summe eines bewegten Lebens erhob, eine Biografie aus Sahne und Zucker, da hatte der Hirschbiegel nicht zu viel versprochen und sogar eine 90 aus vergoldetem Marzipan auf die Spitze gesetzt, *hat man sowas schon gesehen,* nein, das hat man nicht, und den Damen aus der Frauenschaft fielen beinahe die Augen aus dem Gesicht, wie sie da bei der Anrichte standen und alle miteinander ein so zuckersüßes Lächeln anknipsten, als wollten sie es mit der Torte aufnehmen, als sie Ursel kommen sahen, *wo gibt es denn den Sekt,* und das ganze Haus in seiner Pracht lobten, *andermal gerne eingehender,* das sei ja wie für solche Feste geschaffen, ganz besonders aber eine so moderne Küche, nein, das habe man noch nie gesehen, wie übrigens auch den Herrn des Hauses, wo sie ihren Göttergatten denn versteckt habe? Und da war sie dann doch wieder, ihre Wut, der sie nicht ins Gesicht sehen konnte, nicht an diesem Abend, weil ihr eigenes Gesicht dann eine Grimasse wäre, und damit wollte sie den Gästen nicht unter die Augen treten, nicht an diesem Abend, dem gesellschaftlichen Höhepunkt des Jahres.

Im Flur mit der vor lauter Menschen verrutschten »Toteninsel« von Böcklin, *eine große Anstrengung, durchaus,* war kaum ein Durchkommen in den kleinen Salon, wo Gesine am Steinway saß, nicht mehr am alten Bechstein, am Steinway, dessen schwarzschimmernde Gediegenheit den Raum mit ihrem Wohlklang flutete, weshalb Ursel sich auch entschieden hatte, das Instrument zu behalten, wenn die Frau Landauer es bei ihrer Flucht schon nicht hatte mitnehmen wollen nach Paris oder London oder wohin auch immer die Brut sich verkrochen hatte, ja, *dieser* Art von Wut konnte sie lächelnd ihren Lauf lassen, auch in Gesellschaft, *gerade* in Gesellschaft, und das tat so gut wie der Anblick von Gesine, die mit versunkenem Blick und weißen Fingern hervorzauberte, wofür sie immer geübt hatte, *pling, plingeling,* für den kleinen, immer größer werdenden Kreis lauschender Gäste, der sich hier versammelt hatte mit Weingläsern in der Hand und Andacht im Gesicht, weil doch die Tochter des Hauses *ganz bezaubernd spielt,* wenn das doch nur der Jubilar hören könnte, aber der war nebenan im großen Salon zwischen den Sitzkissen des Sofas versunken, unter der eifersüchtigen Obhut seiner beiden Nonnen, Hermengadis und Annunziata, die sich zur Feier des Tages und ausnahmsweise ebenfalls jeweils eine Sektflöte in die Hand hatten drücken lassen und auch schon entsprechend rote Wangen hatten.

Abseits der Bäume, wo es keinen Schaden anrichten konnte, brannte das Lagerfeuer für die Jugend. Vereinzelte Funken stiegen höher und höher in die laue Luft des Abends, sanken tanzend wieder herab und hoffentlich nicht auf die Baldachine, wo die Komparsen in weißen Handschuhen, mit Turbanen auf dem Kopf und Schuhwichse im Gesicht, ihre Tabletts auffüllten mit Getränken und Häppchen, und von einem dieser lustigen Hottentotten nahm Ursel jetzt wieder ein volles Glas entgegen, *ein Glaserl noch,* und stieß mit Intendant Redlich an, Heil Hitler, der die laue Luft des Abends lobte, dazu noch die künstlichen Palmwedel aus der »Aida« vergangener Saison am Theater, genau so müsse sich das angefühlt haben in Südwest, damals, Afrika, Afrika, und Ursel freute sich über das Gedränge vor dem meterlangen Büfett, das sich tatsächlich *bog* unter der Last der Schnittchen und Häppchen und Pasteten, bevor sie dem sanft geschwungenen Lichterzelt aus Lampions zum Ufer folgte, wo Kinder flache Steinchen springen ließen übers Wasser, *hab's zwölf Mal geschafft,* dort im Gespräch mit dem Kreisleiter, Menschenskinder, der Kreisleiter in weißer Uniform mit dem goldenen Spiegelkragen, also dort im Gespräch mit dem ausgesprochen schmucken Gürckel endlich auch Eugen, und da widerstand sie dem Impuls, auf dem Absatz kehrtzumachen, *das fehlte noch*, stellte sich frech daneben und mit grimmiger Befriedigung fest, dass das Gespräch der Herren auf der Stelle zum Erliegen kam, Gürckel angestrengt den Boden betrachtete und Eugen verkniffen den Sternenhimmel, und so ließ Ursel die beiden Männer wieder stehen, schüttete im Abgang noch ein Kichern in ihre Schweigsamkeit und strebte zurück zum großen Salon, wo noch immer Leberecht von Wieland hockte, genau dort, wo sie ihn vor einer Stunde verlassen hatte, flankiert von den kerzengerade sich haltenden Zisterzienserinnen und mit einem Gesichtsausdruck von majestätischer Teilnahmslosigkeit, beinahe so, als würde er schlafen, der rauschende Bart die Orden verdeckend, die er nur auf Ursels Drängen überhaupt angelegt hatte, während um ihn herum ernste Herren in Uniform einander die Weltlage erklärten und die Zigarren anzündeten und sich mit ehrfürchtigen Seitenblicken der Anwesenheit des Helden versicherten, der, *man kann's kaum glauben*, überall zugegen gewesen war, ein Zeuge gewissermaßen der Geschichte selbst, und endlich ließ Ursel sich mit einem glücklichen Seufzer neben ihren Schwiegervater fallen, der den ganzen Abend noch kein verständliches Wort von sich gegeben hatte, ein mürrischer Vogel, dem das reglose Warten keinerlei Mühe machte.

••

»Mein Beileid«, sagte Hansemann unvermittelt, kurzes Nicken, Hackenknallen. »War ein Prachtkerl, der Knut. Ein Prachtkerl.«

Otto straffte sich und sagte mit einer halben Drehung in die ganze Runde, den Blick zur Decke gerichtet, was er sich für diesen Anlass zurechtgelegt und in den vergangenen Tagen wieder und wieder wortgleich wiederholt hatte: »Wir stehen in einem welthistorischen Ringen, meine Herren. Gerade an diesem Abend sollten wir uns erinnern, was Heldenmut wirklich bedeutet. Es bedeutet«, sagte er und machte die vorgesehene Pause, »Opfer zu bringen. Mein Sohn hat das größte Opfer gebracht. Für Führer, Volk und Vaterland. Er brachte es dort, wo die Vorsehung ihn hingestellt hat. Der Schlag schmerzt, gewiss. Aber der Verlust, meine Herren, erfüllt mich mit Stolz. Auf unsere Marine!«

Er hob das Weißweinglas und dachte, verdammt nochmal, es schmerzt der Verlust und erfüllt der Schlag mit Stolz, was aber, wie er dem vielstimmig gedonnerten »Auf unsere Marine!« entnehmen konnte, wohl niemandem aufgefallen war.

Jetzt referierte Hansemann wieder über den Osten, und Otto spitzte die Ohren. Interessierte ihn schon, was der Hansemann da drüben so trieb. Hansemann, stellte er schnell fest, kochte auch nur mit Wasser und legte sich seine Worte sorgsam zurecht, und trotzdem hing ihm auch die übrige Gesellschaft an den Lippen.

In Wien werde inzwischen den Juden das Gas abgestellt, im 2. Bezirk sogar flächendeckend, man bleibe sonst auf den vielen Rechnungen sitzen, weil die Juden vorzugsweise mit Gas Selbstmord begingen, Kopf in den Backofen und fertig. Immerhin sauber dort in der Ostmark, anders als im Osten, allein das Judenviertel von Litzmannstadt, der Unrat auf den Straßen dort, er habe direkt gespürt, das sei schon Asien, jawohl, *Asien* sei ihm da direkt in die Knochen gefahren, daheim im Reich mache man sich keine Vorstellung von der Plage, den Massen, das seien keine Menschen, sondern Tiere, und so sähe man sich vor keine humanitäre, sondern eine chirurgische Aufgabe gestellt, Schnitte müssten dort gesetzt werden, das sage er als Mediziner, radikale Schnitte, um diesen Misthaufen zu germanisieren.

Clemens Jungheinrich, die rechte Hand als Schalltrichter vor dem Ohr, nickte mitfühlend und murmelte nur »Augiasstall«, worauf Hansemann erfreut den Finger reckte, haargenau, wie Herkules den Stall des Augias gereinigt, indem er nämlich, um all den

Dreck wegzuspülen, einen Fluss hindurchgeleitet habe, genau so müsse nun auch im Generalgouvernement durchgegriffen werden, worauf Otto mit behaglicher Erleichterung daran dachte, dass er als Bürgermeister und Kreisleiter eben nicht erst den Fluss durch die Gassen von Ginsterburg hatte leiten müssen, um die Stadt in den Dienst der nationalen Erhebung zu stellen, nur feucht durchwischen hier und ein bisschen fegen dort, weil es für normale Leute kaum einen Unterschied machte, ob sie ihren Alltag als normale Leute, Deutsche oder Volksgenossen verbrachten – und dass deshalb, genau deshalb ein *unsichtbarer* Fluss durch ihre Mitte rauschte und in seiner strömenden Gewalt alles mit sich riss, was krumm war und weich in der Stadt. Träumerisch hing Otto diesem Bild nach und lauschte mit glasigem Blick, wie Hansemann kenntnisreich zwischen Arbeitspflicht für Polen und Arbeitszwang für Juden unterschied, denn Arbeit mache frei und den Menschen bekanntlich zum Herrn der Erde, wer habe das doch gleich gesagt? Kierkegaard? »Diefenbach«, präzisierte Pastor Kruse, hilfsbereit wie immer, und Otto kippte seinen Wein.

Hörte auf einmal Bruno neben sich, Mensch, den hatte Otto noch gar nicht bemerkt, der beteiligte sich jetzt auch und erkundigte sich bei Hansemann nach den Plänen für neue Siedlungen im Osten. Bereitwillig trat Otto einen Schritt beiseite und nahm zufrieden die Reaktion von Hansemann zur Kenntnis, gute Frage, junger Mann, gute Frage, die Siedlungen, gewiss, da setze man nun fort, was einst der Deutsche Orden begonnen hatte, reiches Land, fettes Land, das nur auf Zucht und Neuordnung und Bewirtschaftung durch ein Kulturvolk warte, eigentlich ein Verbrechen und Verschwendung, es zur Ernährung dieser Untermenschen zu verwenden, wozu, nebenbei bemerkt, nicht mehr als sechshundert Kalorien am Tag nötig seien, wie ihm, Hansemann, der Reichsführer SS persönlich erläutert habe beim Besuch in einem Modelldorf für deutsche Wehrbauern, mit deutschen Linden und deutschen Eichen und deutschen Brunnen, an denen deutsche

Lieder gesungen wurden, aus deutschen Kehlen unter deutschen Himmeln.

Aber die Sowjets, gab Bruno zu bedenken, womit er, wie sein Vater vermutete, Hansemanns schwärmerischen Schilderungen kein Ende setzen, sondern ihnen eher behutsam über den Bug helfen, sie verlängern wollte in die endlosen Räume des nun einmal von Sowjetmenschen bevölkerten Ostens. Otto fand das ein wenig vorlaut von seinem Sohn, Fronterfahrung hin oder her, und beeilte sich, in schlichtender Absicht auf das diplomatische Talent des Führers hinzuweisen und den Nichtangriffspakt mit Moskau, ein Geniestreich zur Sicherung des Friedens in Europa und so weiter, was er eben im VÖLKISCHEN BEOBACHTER gelesen hatte. Da legte der Professor aber schon eine beipflichtende Hand auf Brunos Schulter, als müsse dessen Ungestüm ein wenig eingehegt werden, das werde man dann schon sehen, junger Freund, *weitersehen* werde man dann und notfalls auch mit den Russen fertig, er erinnere nur an das sowjetische Debakel im Winterkrieg gegen Finnland sowie, kurze Kunstpause, an die Schlacht von Tannenberg, meine Herren, Glanz und Gloria ...

»Mumpitz!«

Sofort verstummte das Gespräch. Der Alte war erwacht. Es verebbte das Gemurmel im Salon. Wie am Theater, wenn die Lichter erlöschen. Köpfe wurden gereckt, Gläser abgestellt. Eine Nonne, schon schwankend, eilte herbei. Leberecht hielt sie mit gebieterischer Handbewegung auf Abstand. Hatte die ganze Feier verdämmert und war nun, als der Abend sich schon neigte, doch tatsächlich wieder zu Bewusstsein gekommen. Hockte unverändert auf dem Sofa, den Bart im Schoß, die Augen winzig hinter den dicken Brillengläsern. Seine Hände fuhren lebhaft über den kugelrunden Knauf seines Gehstocks, als wollten sie ihn polieren.

»Mumpitz!«, krähte er ein weiteres Mal und stocherte mit gichtigem Zeigefinger in Richtung Hansemann, den die unerwartete Unterbrechung sichtlich aus dem Konzept gebracht hatte.

Nachsichtig lächelte der Professor in die Runde, um sich des Rückhalts seiner Zuhörerschaft zu versichern.

Otto durchschaute das linkische Manöver sofort. Mit einem Räuspern wandte er sich dem Jubilar zu. »Es ist uns eine außerordentliche Ehre, Herr von Wieland ...«, sagte er mit erhobener Stimme, ernst und feierlich, öffnete schon die oberen Knöpfe seiner Uniform, in deren Innentasche der Zettel mit der vorbereiteten Rede auf seinen Einsatz wartete, da kam ihm der Alte mit einem Husten in die Quere: »Kavallerie!«, keuchte er und machte Anstalten, sich aus der Umarmung der Polster zu befreien.

Sofort waren Ursel und Gesine bei ihm, griffen ihm rechts und links unter die rudernden Arme, stellten den Greis auf die wackeligen Füße direkt vor Hansemann, dem er gerade bis zur Brust ging.

»Die *Finnen* sind in *Finnland* zu Hause«, sagte er und klopfte im Takt seiner Worte mit dem Gehstock auf den Boden.

Otto sah, wie der Adamsapfel des Professors auf und ab hüpfte. Jetzt steckt der feine Herr aber in der Klemme, dachte er mit stiller Genugtuung.

»Finnland ... gewiss«, lenkte Hansemann ein, ging nun sogar andeutungsweise in die Knie, um halbwegs auf Augenhöhe mit seinem Herausforderer zu kommen. »Aber in Tannenberg ...«

»Tannenberg«, schnarrte der Alte und machte sich von den beiden Frauen frei, das Licht des Kronleuchters funkelte in seinen Brillengläsern. »*Blind* sind sie in *Ost*preußen einmarschiert, die armen Teufel«, tock, tock ... tock, »dann hat der Zar am frühen Morgen«, tock, »seine Kavallerie geschickt. Pferde! So schöne Pferde waren das«, tock, »so stolze Reiter. Wir aber hatten Maschinengewehre. Wassergekühlte Maschinengewehre!«

Und während er innehielt, dem Getöse einer längst geschlagenen Schlacht lauschte und nach den richtigen Worten suchte, betastete er weiter den Knauf seines Gehstocks.

Alle Augen waren auf ihn gerichtet, wie er den Eimer seiner Erinnerung in den Schacht einer glorreichen Vergangenheit senkte.

Aus dem Garten drängten Gäste herein und rempelten den halbtauben Jungheinrich beinahe um. Roswitha machte große Augen, die Gebrüder Lejeune ermahnten die Umstehenden zur Ruhe. Sogar der Kellner hielt inne, sein schwebendes und immervolles Tablett wie eingefroren in der Luft. Otto gönnte sich einen Seitenblick auf den betretenen Hansemann, die eifrige Erwartungsfreude von Bruno. Auch Eugen entdeckte er unter den Zuhörern, in dritter Reihe, wie er seiner Buchhändlerin etwas ins Ohr flüsterte. Ursel hatte den Blick fest auf den Schwiegervater gerichtet, strahlte. Er schlug die Ungarn auf dem Lechfeld. Er war Kaiser Rotbart. Er sang den Choral von Leuthen. Er siegte mit Blücher an der Katzbach. Er war die Wacht am Rhein.

Mit einem tiefen Seufzer kam der Alte wieder zu sich.

»Ein Gemetzel«, sagte er nur.

Machte keine Anstalten, dem Wort durch die üblichen Anekdoten seine Anstößigkeit zu nehmen. Nichts über die Entschlossenheit, mit der Hindenburg bereits beim Aufmarsch. Nichts über den Wagemut von Ludendorff, der noch während des Angriffs. Nichts. Verharrte einfach schweigend, die hohe Stirn in Falten. Als wäre ihm entfallen, was er schon so oft erzählt hatte. Als wollte er, dass man ihm auf die Sprünge helfe. Als hätte er das Wort »Gemetzel« gerade selbst zum ersten Mal gehört. Und nun stand es nackt im Raum.

Die Gastgeberin war es, die mit einem hellen Lachen das betretene Schweigen brach und ihr Sektglas hob: »Was mein lieber Schwiegervater damit sagen will ...«

»Ich will damit sagen«, donnerte der, »dass wir dem Russen bei Tannenberg technisch überlegen waren, dass wir uns vorsehen sollten, dass es ein Niedermähen war und ein Hinsterben und mir nicht mehr einfallen will, welchen Sinn es gehabt haben soll, dabei weiß ich genau, dass ich es mal wusste, aber gerade ist es mir entfallen, und mehr kann ich nicht sagen, als dass es ein Gemetzel war, immer ist es ein entsetzliches Gemetzel gewesen. Glanz und

Gloria? Mumpitz. Pferdegulasch. Und das erinnere ich genau. Ich war zugegen!«

Gesine legte ihren Arm um die schmalen Schultern des Großvaters, führte ihn sanft zurück zum Sofa. Ursel senkte das Sektglas. Das Tablett des Kellners kam wieder ins Schweben. Jungheinrich betrachtete konzentriert seine Schuhspitzen. Hansemann legte noch ein wenig mehr Nachsicht in sein Lächeln. Bruno zwinkerte zwanghaft, ihm stand der Schweiß auf der Stirn. Eugen hob sein Glas wie zum Toast. Otto knöpfte langsam die weiße Jacke seiner Uniform wieder zu.

»Und Torte?«, fragte der Alte. »Gibt es denn gar keine Torte für mich?«

••

Eugen hinter den Fichten, unten am Fluss, bei der Bank am Ufer. Murmelnd das Wasser um den Steg herum. Klirrend die Sektgläser. Schmeichelnd die Kapelle. Rhabarbernd die Gäste. So geräuschelte die Welt auf ihn ein, milde und gedämpft, während er über Ursel nachdachte und ihr säuerliches Gesicht bei der seltsamen Rede seines Vaters – seit Wochen der erste Anflug von Missfallen, den sie sich erlaubte.

Gegen die Strömung kam ein schlankes Boot den Fluss herauf. Es war der Achter der Paddlergilde, spät unterwegs heute. Konzentriert legten die Ruderer sich in die Riemen. Am Bug ein zierlicher Junge mit Megaphon. Eins, zwei. Eins, zwei. Eins, zwei.

Eugen wartete, bis das Boot hinter der Biegung verschwunden war. Dann schlenderte er unter den Fichten hindurch, quer über den Rasen und die Freitreppe hinauf auf die Terrasse. Vorhin hatte er hier mit Lothar sogar eine Zigarre rauchen und ein wenig plaudern können, von Mann zu Mann, ohne verdruckste Ausweichmanöver oder giftige Andeutungen. Ebenso elegant befolgte Merle die Regeln, unter denen dieser Abend stattfinden konnte. Dezent hielt sie sich zurück und im Hintergrund, Ursel zuliebe. Und ihr Rollenspiel als Fremde machte sie nur noch begehrenswerter. Gerne hätte er sie berührt, ihr durchs Haar gestrichen, ihre Hände gehalten – alle beide. Viel mehr als Blicke aber waren an diesem Abend nicht möglich. Diese Blicke jedoch schnurrten an unsichtbaren Fäden wie Angelhaken durch die Luft, und er spürte jeden einzelnen davon.

Ursel wiederum hatte Eugen seit dem Nachmittag in der Fasanerie keines Blickes mehr gewürdigt, kein einziges persönliches Wort mit ihm gewechselt. Hier nun spielte, nein, *war* sie die perfekte Gastgeberin. Königin des Abends und als absolute Monarchin so souverän, dass sie nicht einmal seine Geliebte ausgeladen hatte. Hätte Eugen ihren Namen von der Gästeliste gestrichen, hätte Ursel vermutlich auf Merles Anwesenheit bestanden. Die Mutter von Gesines Bräutigam, ich bitte dich, natürlich muss sie dabei sein! Vermutlich hätte Ursel sogar ihre verstörte Schwester überschwänglich begrüßt, käme sie jetzt zur Tür herein.

Immerhin machte ihm der Alte keine Probleme. Kein versteckter Vorwurf, kein giftiger Boykott. Es schien ihn auf beinahe kindliche Weise zu freuen, Anlass für ein solches Fest zu sein – zumindest hatte Eugen diesen Eindruck, wenn sein Vater mal bei Besinnung und nicht eingeschlummert war. Jedenfalls konnte Eugen sich nicht erinnern, wann ihm in seiner Anwesenheit zuletzt *nicht* unbehaglich zumute gewesen war.

Leberecht von Wieland hatte inzwischen an der Stirnseite der großen Tafel seinen Platz eingenommen, offenbar entschlossen, die ganze Geburtstagstorte im Alleingang zu verputzen und die Anwesenden damit zu unterhalten. Der Tisch war voll besetzt. Halblaut rezitierte der Alte irgendwelche Artikel aus dem Baedeker, in alphabetischer Reihenfolge. Gerade war er bei W wie Würzburg, referierte Wissenswertes zur Residenz, als er sich unterbrach und auf Eugen deutete.

»Setz dich doch, Junge!«

Eugen nahm sich einen Stuhl: »Schmeckt's?«

Sein Vater hielt sich die hohle Hand ans Ohr.

»Ob's denn schmeckt?«, rief Eugen.

Sein Vater stocherte ihm mit der Gabel entgegen: »Habe ich dir von den geflügelten Husaren der polnischen Reiterei erzählt?«

Eugen nickte, allerdings, auch diesen Schwank kannte er auswendig, und trotzdem legte der Alte los und erzählte einmal mehr von den Adlerfedern an den Flügeln, deren Rauschen bei schnellem Ritt die Pferde der Feinde, die an dieses Geräusch nicht gewohnt waren, in helle Panik versetzte ... er sprach immer leiser, murmelte am Ende nur noch, schwieg und betrachtete die Gabel in seiner Hand. Sie zitterte. Behutsam legte er sie zurück und sank mit geschlossenen Augen in sich zusammen. Eugen dachte schon, sein Vater wäre wieder eingeschlafen, da kam er mit einem Ruck zu sich: »Unsere Zeppeline!«

Eugen wechselte einen raschen Blick mit Merle, die er am Durchgang zur Küche entdeckt hatte, in zweiter Reihe bei den Brüdern Lejeune. *So, genau so. Immer. Verstehst du jetzt?* Die Anekdote mit dem Spähkorb hätte er mitsprechen können, Wort für Wort. Lothar und Gesine lauschten Arm in Arm. Und Ursel, die gleich neben ihrem Schwiegervater einen Platz gefunden hatte, würde nun doch noch eine Heldengeschichte zu hören bekommen.

»Unsere Zeppeline waren zwecklos bei schlechtem Wetter«, begann Eugens Vater. »Bei dichter Wolkendecke war es den Mannschaften unmöglich, ihre Bomben über dem Ziel abzuwerfen. Damals warfen wir unsere Bomben noch mit der Hand«, er machte eine illustrierende Bewegung. »Fuhr das Luftschiff unter den Wolken, entdeckte es der Feind. Fuhr das Luftschiff über den Wolken, entdeckte es den Feind nicht. Umgekehrt aber auch! Ernst Lehmann hatte dann die entscheidende Idee. Lehmann, der später in Lakehurst verbrannt ist. Wir vom Amt haben seine Pläne geprüft. Und wer war es, der die Spähgondel bewilligt hat?«

Du warst das, Vater, dachte Eugen.

»Ich war das! Ein Fass mit Leitwerk, das durch die Wolkendecke herabgelassen wurde. Darin ein Beobachter, der das blinde Luftschiff mit dem Feldtelefon dirigieren konnte. Die Gondel war so klein, dass man sie vom Boden aus nicht sehen konnte. Und die Engländer rätselten, wie wir so akkurat sein konnten mit unseren Bomben bei so schlechtem Wetter!«

Ursel hielt den Kopf leicht schief und fixierte ihren Schwiegervater mit seligem Lächeln. Das war eine Geschichte ganz nach ihrem Geschmack. Deutscher Erfindergeist, deutscher Heldenmut.

»Ich kann die Memoiren gar nicht erwarten!«, raunte sie.

Der Alte winkte unwirsch ab: »Gibt's nicht …«

»Aber du schreibst doch daran«, korrigierte Ursel milde, und Eugen horchte auf. Was hatte er da gerade gehört? Auf einmal wirkte sein Vater wie ein kleiner Junge, der seine Hausaufgaben schuldig geblieben ist.

»Ich habe es versucht. Aber ich kann es nicht. Mir will einfach …«, der Alte dachte nach, wog seine Worte: »Mir will einfach nicht mehr einfallen, welchen Sinn alles gehabt hat. Das ist kein schönes Gefühl, Kinder, kein schönes Gefühl. Dabei bin ich sicher, es hatte alles mal einen *Sinn* – aber mir will und will und will nicht mehr einfallen, was das gewesen sein könnte. Tja.«

Niemand sagte ein Wort. Sogar die Musik im Garten war verstummt. Eugen konnte nicht glauben, was er da hörte. Ursel war so weiß wie Papier. Gesine und Lothar tuschelten. Eugen hielt die Luft an und ließ seinen Vater nicht aus den Augen. Früher warst du ein Arminius, dachte er, Cheruskerfürst und Deutschordensritter, Landsknecht und langer Kerl, das Reich und die Kraft und die Herrlichkeit in Ewigkeit, amen. Und jetzt schau dich an. Eine Ruine kurz vor dem Einsturz. Neunzig Jahre also hast du werden müssen, um keine Bedrohung mehr zu sein. Und ich empfinde nicht einmal eine Erleichterung.

Mit dem Tortenheber schaufelte Leberecht von Wieland sich ein weiteres Stück auf den Teller. In seinem Bart klebten weiße Bröckchen. Er nahm seine Brille ab, tastete nach den Bügeln, klappte sie umständlich zusammen und legte sie neben den Teller mit den letzten beiden Tortenstücken.

»Der da! Mein Sohn. *Der* kann schreiben!«

Eugen spürte, wie ihm plötzlich alle Blicke zuflogen.

»Ich nehme an«, fuhr sein Vater fort, »wir haben alle seine Chronik von Ginsterburg studiert?«

Knisterndes Schweigen.

»Nicht?«, insistierte der Alte und äugte in die Runde.

»Du hast es gelesen?«, fragte Eugen leise.

»Woher denn, natürlich nicht! Meine Augen sind viel zu schlecht. Ich habe es mir vorlesen lassen, stimmt's?«

Die Nonne auf dem Sofa hob ungestüm ihr Sektglas: »Stimmt!«

»Alles?«, fragte Eugen ungläubig.

»Alles«, bestätigte sein Vater.

Dann setzte er umständlich die Brille wieder auf, ließ den Blick über die Reste seiner Biografie aus Sahne und Butter und Biskuit schweifen: »Darf ich die letzten beiden Stücke noch haben?«

••

Gegen Mitternacht mussten sich einige Gäste verabschiedet haben. Ihr Gewimmel war noch immer wimmelig, hatte aber ein wenig nachgelassen, wie heftiger Niederschlag, wenn es sich eingeregnet hat. Ursel lehnte mit leerem Blick am Herd in der Küche. Es kam ihr vor, als hätte sie an diesem Abend ganz Ginsterburg eingeladen, ganz Ginsterburg bewirtet, mit ganz Ginsterburg geplaudert. Nur Merle hatte sie den ganzen Abend erfolgreich übersehen. Und wenn sie doch einmal in ihr Blickfeld geraten war, mit ihrem hellblauen Kleid, *viel zu eng*, dann hatte Ursel einfach durch sie hindurchgeschaut. Auf diese Weise hatte sie als Kind schon ihre Schwester schlicht zum Verschwinden bringen können. Erst für Minuten, dann für Stunden, schließlich für Tage.

Alles eine Frage der Übung. Merle würde sie für immer aus ihrem Leben verschwinden lassen, so viel war sicher. Schön wäre jetzt, dachte Ursel, wenn auch alle anderen Leute verschwinden würden. Sie wünschte, sie hätte dieses Fest nie veranstaltet. Ohne Rücksicht auf *ihre* Bedürfnisse und Hoffnung hatte der Alte mit seinem Geschwätz die wichtigen Parteigenossen vergrault und sogar den Herrn Professor Hansemann brüskiert. Nun war aller Welt vor Augen geführt, dass Leberecht von Wieland auf dem letzten Loch pfiff. Woher hatte sie den Glauben genommen, er würde an seinen Memoiren schreiben? Ich werde für meine Freundlichkeit bestraft, dachte sie finster. Ich gestatte meinem Mann, sich anderweitig zu vergnügen – und er betrügt mich mit meiner besten Freundin. Ich lasse meinem Schwiegervater alle Zeit der Welt – und er dämmert tatenlos vor sich hin. Und Gesine? Oh Gott, was sollte sie dem Kind nur sagen?

Als Clemens Jungheinrich, den Hut schon in der Hand, sich mit der Lautstärke des Halbtauben für den »entzückenden Abend« bedankte, wäre sie beinahe in Tränen ausgebrochen. Sie brauchte jetzt dringend frische Luft. Ursel trat auf die dunkle Veranda und atmete tief durch. Drüben palaverte Frau Schiller am Büfett mit den Gebrüdern Lejeune. Mit vernebeltem Blick und schaukelndem Tablett schwankte der Kellner an ihr vorbei. Die Lampions waren erloschen, über den Fichten stand der Mond und warf sein fahles Licht auf die leere Bühne. Nur unten am Ufer war undeutlich eine kleine Gruppe schemenhafter Gestalten auszumachen, darunter wohl ein Musiker aus der Kapelle. Warm wehte der Nachtwind die Klänge eines Saxophons heran.

»Kopf hoch, Ursel. Nimm's nicht so schwer!« Otto Gürckel war neben sie auf die Veranda getreten, zündete sich eine Zigarette an: »Wir werden alle nicht jünger.«

Mein Mann schon, dachte Ursel und fragte sich nicht zum ersten Mal, was Gürckel wohl wusste. Redeten Männer miteinander überhaupt über solche Dinge? Das Saxophon am Ufer verstummte.

»Wir leben in großen Zeiten«, sagte sie. »Ich bin mir nicht sicher, ob mein Schwiegervater das überhaupt noch begreifen kann …«

Gürckel lachte: »Sogar unsereins tut sich manchmal schwer damit, oder? Mein Vater, Gott hab' ihn selig, hat seine letzten Jahre auch in völliger Umnachtung verbracht. Er konnte nicht einmal mehr eine Tulpe von einer Nelke unterscheiden …«

Aus der Gruppe unten am Ufer hatte sich eine Gestalt gelöst. Nun schritt sie im Mondlicht quer über den Rasen. In einer Hand hielt sie ein paar Schuhe, in der anderen eine brennende Zigarette. Ihr Glutpünktchen umtanzte sie beim Gehen wie ein rötliches Glühwürmchen.

Gürckel machte ein eigenartiges Geräusch.

Ursel kniff die Augen zusammen. Wer war das?

»Henriette«, sagte Gürckel heiser.

Er warf seine Zigarette auf den Boden. Trat sie aus. Mit schwerem Schritt ging er die Freitreppe hinunter in den Garten.

••

Merle genoss das Gefühl, die einzig Nüchterne unter Betrunkenen zu sein. Es war, als würde die zunehmende Umnebelung der anderen ihre eigenen Sinne schärfen. So war es beispielsweise ein Leichtes gewesen und im Lauf des Abends immer leichter geworden, Ursel auszuweichen. Eugen, als Hausherr ohnehin besonders in Beschlag genommen, hatte sie sich bisher ebenfalls erfolgreich entzogen.

Auf der Terrasse packten die Musiker der Kapelle gerade ihre Instrumente ein. Kühler wurde der Abend, und Merle wollte schon wieder ins Haus, als sie ein leises und eigentümlich schlenkerndes Saxophon hörte. Sie folgte den Klängen die Freitreppe hinunter und über den Rasen bis unter die Fichten, ohne dass die Musik spürbar lauter wurde.

Der Saxophonist stand auf dem Steg, mit dem Rücken zum Ufer, als spielte er ganz für sich alleine, für die Fische oder die Bewohner der Schrebergärten am anderen Ufer. Bei der Bank stand Eugen. Er war in Begleitung einer Frau, die sich, kaum hatte sie ihre Schritte gehört, sofort Merle zuwandte: »Ist das nicht unsere kleine Buchhändlerin? Blau steht Ihnen gut, Kindchen.«

Kindchen? Sie überragte Merle um einen ganzen Kopf und trug einen Anzug wie die Dietrich in diesem einen Film, den Merle mal im Tivoli gesehen und sofort wieder vergessen hatte. Aber den Anblick einer schlanken Frau in weißem Anzug, den hatte sie nicht vergessen.

»Merle!«, rief Eugen, überrascht und erfreut.

»Sieber, richtig?«, fragte die Frau und reichte ihr die Hand auf eine huldvolle Weise, die Merle endlich auf die Sprünge half.

»Frau ... Gürckel?«, sagte sie zögernd.

»Nennen Sie mich Henriette. Oder Henri. Das machen in Berlin sowieso alle«, sagte sie und fügte, als hätte sie Merles Gedanken gelesen, heiter hinzu: »Wenn ich eingeladen werde, dann komme ich. Leider ist der Wagen kurz vor Ginsterburg liegengeblieben, sonst wäre ich pünktlich gewesen. Wenn ich eingeladen werde, bin ich gemeinhin pünktlich. Aber der Reifen! Landstraßen sind eine Katastrophe. Zum Glück gibt es jetzt diesen Automobilclub, kennen Sie den? Die helfen wirklich, wenn ... aber was ist das bloß für ein einfältiges Gedudel?« Unvermittelt drehte sie sich zu dem Saxophonisten um, der noch immer auf dem Steg seine seltsamen Girlanden spielte: »He! Sie da! Ist das etwa Niggermusik? Unterlassen Sie das!«

Eugen warf Merle ein nervöses Lächeln zu. Die Musik brach ab.

Henriette zog eine elfenbeinerne Zigarettenspitze hervor: »Hat jemand Feuer?« Eugen klopfte sich mit einem Ausdruck des Bedauerns ab, da reichte ihr der Musiker, das Saxophon über die Schulter gehängt, im Vorbeigehen eine Streichholzschachtel, Heil Hitler, die könne sie gerne behalten, er entschuldige sich vielmals bei der gnädigen Frau. Henriette nahm die Entschuldigung an und winkte ab, diese entartete Kunst sei auch in Berlin »die reinste Pest«.

Sie reichte die Streichhölzer weiter an Eugen, er gab ihr Feuer und die Schachtel wieder zurück. Henriette inhalierte tief und seufzte behaglich, sah sich suchend um und erspähte auf der Terrasse, im Gegenlicht des Salons, die Silhouetten einiger Menschen.

»Ich sollte jetzt wirklich mal nach Otto suchen. Und zu trinken brauche ich auch etwas. Das geht mir immer so, wenn das Kokain ... also, wenn die Wirkung nachlässt. Kennen Sie das? Scheußlich!«, sagte sie und bückte sich, um ihre Schuhe mit den spitzen Absätzen auszuziehen. »Auf einem solchen Boden«, sagte sie zu Merle, »sinkt man mit diesen Dingern immer ein. Wir sehen uns, Kinder.«

Barfuß lief sie über den Rasen, eine schlanke weiße Gestalt im blauen Schatten unter den Fichten. Sie ging wie eine Frau, die weiß und genießt, dass sie auch im Dunkeln alle Blicke auf sich zieht.

»Da wird sich der Gürckel aber freuen«, sagte Merle.

»Da wird sich der Gürckel warm anziehen müssen.«

»Warum?«

»Wenn ich sie richtig verstanden habe, will sie bleiben.«

»In Ginsterburg? Aber hatte sie nicht diesen großen Fisch an der Angel?«

Eugen lachte leise: »Große Fische werden manchmal von noch größeren gefressen.«

»Habt ihr darüber gesprochen, vorhin, als ich kam? Über Autos, Jazz, Kokain und die Goldfasane der Partei?«

Eugen räusperte sich. »Wir haben über meine jüngste Glosse für DAS REICH geredet.«

Merle erinnerte sich nur allzu gut. Die Franzosen, hatte Eugen geschrieben, hätten sich *tadellos verhalten* und *wacker geschlagen* und seien wohl auch deshalb schon so schnell in die Knie gegangen, weil ihre Armee mit den vielen Soldaten aus den Kolonien *heillos vernegert* gewesen sei. Eugen wusste, was Merle von einer solchen Sprache hielt.

»Und Henriette hat das gefallen?«, fragte sie.

»Dem Minister hat es gefallen. Er hat beim Lesen laut gelacht.«

»Woher weiß man das?«

»Er hat es ihr erzählt. Und sie gebeten, mir beizeiten seine wärmsten Grüße auszurichten. Mir. Der Minister!«

»Bist du sehr betrunken, Liebster?«

Er machte eine wegwerfende Handbewegung: »Im Ernst, was gibt es denn da schon wieder zu grinsen?«

»Eugen, hör zu ...«

»Nein, du hörst mir jetzt mal zu! Ich bin dieses ewige Moralisieren leid, dieses dauernde Gestichel. Du hast wirklich keine Ahnung von dem Kampf, den ich täglich führe. Du sitzt da bequem in deinem Laden und musst nur aufpassen, nicht die falschen Bücher zu verkaufen. Aber ich, ich bin *exponiert*. Ich kann mich nicht verstecken. Und ich will das auch nicht!«

»Eugen ...«

»Merle! Die Zeitung des Ministers ist eine Chance, von der ich nicht mehr dachte, dass sie sich mir jemals bietet. Ich muss der Wahrheit ins Auge sehen. Goebbels ist der wichtigste Mann im ganzen Land. Wenn das für einen Rühmann gilt, für eine Riefenstahl, einen Kästner oder Benn, dann gilt das erst recht für einen kleinen Schreiberling aus Ginsterburg, der noch etwas mehr will vom Leben. Wenn der Minister über meine Glossen lacht, dann ist das *gut*! Nicht nur für mich, sondern auch für uns und unsere gemeinsame Zukunft. Kannst du mir nicht etwas Frieden gönnen? Habe ich das nicht verdient?«

»Eugen?«

»Was!«

»Wir bekommen ein Kind.«

EIN WORT ZUM FEINDLICHEN LUFTTERROR

von Joseph Goebbels, VÖLKISCHER BEOBACHTER, 29. Mai 1944

Die anglo-amerikanischen Terrorflieger sind in den letzten Wochen dazu übergegangen, neben der wahllosen Bombardierung der Wohnviertel unserer Städte die *deutsche Zivilbevölkerung offen, direkt und ohne jede auch nur äußerliche Respektierung der internationalen Kriegsgesetze anzugreifen*, sie mit Bordwaffen zu beschießen und kaltblütig hinzumorden. Das hat nichts mehr mit Krieg zu tun, das ist *nackter Mord*. Die anglo-amerikanischen Piloten stellen sich mit einer solchen verbrecherischen Kampfesweise außerhalb aller international anerkannten Kriegsgesetze.

Niemand wird sich darüber wundern, daß sich der betroffenen Bevölkerung, die, wie in der ganzen Welt bekannt ist, für jede soldatische Art der Kriegsführung jedes Verständnis hat, angesichts dieser zynischen Verbrechen eine rasende Wut bemächtigt.
Es ist nur mit Hilfe der bewaffneten Macht möglich, bei solchen Angriffen abgeschossene Feindpiloten in ihrem Leben zu sichern, da sie sonst von der heimgesuchten Bevölkerung totgeschlagen würden.

Wer hat hier recht, die Mörder, die nach ihren feigen Untaten noch eine humane Behandlung seitens ihrer Opfer erwarten, oder die Opfer, die sich nach dem Grundsatz zur Wehr setzen wollen: Auge um Auge, Zahn um Zahn? Diese Fragen dürften nicht schwer zu beantworten sein.

Es erscheint uns kaum noch möglich und erträglich, deutsche Polizei und Wehrmacht gegen das deutsche Volk einzusetzen, wenn es Kindermörder so behandelt, wie sie es verdienen.

Alfie fällt.
Alfie fällt schon viel zu lange.
Alfie fällt schon viel zu lange donnernd durch die frische Luft.
Was schüttelt denn da? An seiner rechten Schulter, was ist das?
Das muss Haig sein. Haig hat etwas auf dem Herzen.
Vorgestern noch haben sie bis in die späte Nacht über ihre Mission geredet. Heikles Thema. Auf die Gerechtigkeit der Sache haben sie sich sofort einigen können. Auf die Verhältnismäßigkeit der Mittel nicht.
Was richten wir an? Wen richten wir?
Sie waren zu keinem Schluss gekommen. Wie auch? Und was hätte es genützt? Trotzdem, über so etwas kann man mit Haig sprechen.
Und nun ist ihm offenbar noch ein Gedanke gekommen, sonst würde er nicht so grob an seiner Schulter rütteln.
Wer es verdient hatte, dort unten zerstampft zu werden.
Und wer nicht.
Pass auf, kleines Experiment. Stell dir den größten Schuft vor, den du kennst!
Ich hatte einen Lehrer, Smith ...
Geht es nicht schlimmer?
Smith war ein Seelenzertrümmerer. Das hat ihm Spaß gemacht. Reicht das nicht?

Na gut. Dann stell dir zusätzlich vor, dass er noch kleine Mädchen verführt und Pferde abgestochen hat … was noch?

Kann ich mir bei Smith mühelos vorstellen. Und weiter?

Stell dir vor, wie dieser Smith die Lotterie gewinnt. Den ganz großen Preis, mehr Geld, als wir beide uns vorstellen können. Und dann, keine Ahnung, heiratet er eine wunderschöne Frau, ihr Vater ist stinkreich und bittet Smith, in den Vorstand seines Unternehmens …

Schon verstanden, Haig. Worauf willst du hinaus?

Hätte dieser Smith ein solches Glück verdient?

Natürlich nicht! Ist eben Zufall, was will man machen!

Wenn der Schweinehund es nicht verdient hat, dann ist das doch …

Ungerecht.

Genau! Würde dich das nicht wahnsinnig machen?

Ich würde versuchen, mir keine Gedanken darüber zu machen. Ist gesünder.

Du würdest es hinnehmen?

Schon, ja. Er hatte eben Glück.

So ist es. Er hat es nicht verdient. Er hatte Glück.

Haig, was hat das mit unseren Einsätzen zu tun?

Alles, Alfie. Wir kommen über die Deutschen und lassen sie bezahlen. Ganz egal, wer wie viel zu begleichen hat. Wir töten auch Menschen, die es nicht verdient haben.

Und die haben einfach Pech?

Die haben einfach Pech, Alfie. Denk mal darüber nach.

Ist das nicht ein bisschen … banal?

Mag sein. Aber so ist es.

.

.

.

.

Haig lässt nicht locker. Es fühlt sich an, als wollte er Alfie die Schulter auskugeln.
Eine Meile über Deutschland rauscht Mighty an ihnen vorbei, kopfüber, ohne Beine und wie ein Geschoss. Alfie erkennt ihn an seinen hellblonden Haaren, die er sich nie hat abschneiden wollen. Die brächten ihm Glück, hat er gesagt.
Mighty, der dringend pissen muss. Auf dem Rückflug von Hannover ist die Bordtoilette eingefroren. Mighty öffnet die Luke zum Bombenschacht. Er hält das für eine gute Idee und kichert noch, als sein Schwanz mit dem eiskalten Metall in Berührung kommt. Aber dann bleibt er kleben.
Mighty ruft, immer lauter. Niemand kann ihn hören, die Motoren sind zu laut. Bald brüllt er wie am Spieß. Kommt in seiner Panik erst spät auf die Idee, den Bordfunk zu benutzen.
Whelan und Haig wissen nicht, wie sie den Kameraden aus seiner grotesken Lage befreien sollen. Minus vierzig Grad und kein warmes Wasser an Bord. Mighty heult. Hinten hört Alfie in seiner Kuppel, wie sie sich beratschlagen. Hysterisches Lachen. Irgendwann kommt Arthur dazu, lässt wortlos die Hosen runter. Gemeinsam pinkeln sie Mighty auf den Schwanz.
Mighty brüllt, *bei Gott*, er werde sie alle umbringen.
Da war die Stimmung gut.
Beim Anflug auf Bielefeld wird eine vorausfliegende Maschine von der Flak getroffen. Zerlegt sich in der Luft. Jemand fällt heraus und klatscht gegen die Cockpitscheibe. Donnernd durch die frische Luft. Auf dem Plexiglas ein schmaler Schmierfilm aus Blut und Gewebe, sofort gefroren. Gerry fliegt den Einsatz zu Ende, sagt kein Wort, fliegt durch diesen Film hindurch, auf Sicht, und wird auch die folgenden Wochen nicht mehr sprechen.
Da war die Stimmung schlecht.

.

.

.

Gemeinsam überleben sie Lübeck und Rostock, Hamburg und Bremen, Pforzheim und Schweinfurt, Koblenz und Trier, Düsseldorf und Jülich, Köln und Bonn und mehrere Einsätze über dem Ruhrgebiet.
Ginsterburg ist ihr fünfundzwanzigster Feindflug.
Auf dem hat es sie nun erwischt.
Pech, das ist alles.

.

.

.

Keine Meile über Deutschland. Alfie wartet auf das Ende. Schornsteine und Mündungsfeuer. Da ist ein Knattern. Da ist eine flatternde Schlaufe.
Schlaufe.
Fallschirm.
Er bekommt den freien Arm hinein, hat auf einmal den Gurt über der linken Schulter. Plötzlich ist das Rütteln weg.
Alfie, in Rückenlage, bekommt den Ring der Reißleine zu fassen.
Es ist zu spät.
Er zieht trotzdem.

1945

I

OPFER MÜSSEN GEBRACHT WERDEN

Hoppe, hoppe, Reiter. Wenn er fällt, dann schreit er

Onkel Eugen hält mich fest. Ich bin eine Reiterin auf seinem Knie. Seine Hände sind weich und fest. Seine Stimme ist auch weich und fest. Die Küche hüpft auf und ab. Ich hüpfe mit und habe Glück im Bauch. Wenn ich falle, dann schreie ich. Aber ich muss keine Angst haben. Onkel Eugen hält mich fest. Er ist stark wie ein Pony.

Fällt er in den Graben, fressen ihn die Raben

Graben kenne ich. Eine lange Pfütze mit viel Gras am Rand. Und Blumen. Das Wasser ist klar. Das ist ein alter Graben. Ein junger Graben ist ohne Gras. Nur Matsch. Da darf ich nicht reinspringen, sagt Mama. Die Raben wohnen im Kirchturm. Sie bleiben immer zusammen. Sie sind eine große Familie. Sie haben schwarze Schnäbel und schwarze Augen. Ich glaube nicht, dass sie mich fressen würden.

Fällt er in die Hecken, fressen ihn die Schnecken

Schnecken mag ich. Frau Schiller mag Schnecken nicht. Wegen ihrem Salat. Sie macht sie deshalb tot. Ich finde das gemein. Schnecken wollen doch auch nur leben! Wenn ich sie hochhebe, verstecken sie sich in ihrem Haus. Dann kommen sie langsam wieder raus. Das sieht eklig aus. Aber auch lustig. Ganz am Ende fahren sie ihre Augen aus. Dann merken sie, dass sie in der Luft hängen. Aber das ist ihnen egal.

Fällt er in das grüne Gras, macht er sich die Hosen nass

Das Fenster über der Spüle hüpft auch auf und ab. Das Glas ist aus Zuckerguss. Habe ich gedacht. An der Spüle steht ein Stuhl. Darüber bin ich auf die Spüle geklettert. Habe am Zuckerguss geleckt. Aber dann war es nur kaltes Wasser. Mama hat mich ausgelacht. Das sind Eisblumen, hat sie gesagt. Jetzt kenne ich Butterblumen und Eisblumen. Sind Schneeglöckchen auch Eisblumen?

Fällt er in das Wasser, macht er sich noch nasser

Bald kommt der Sumpf. Sumpf habe ich auch schon gesehen. Draußen bei dem jungen Graben. Da waren die Füße ganz nass. Und Mama hat geschimpft. Dabei hat es gar nicht Plumps! gemacht.

Vor dem Plumps! habe ich Angst. Aber Onkel Eugen passt auf. Sein Bart kitzelt in meinem Nacken. Ich freue mich immer, wenn er kommt. Er kommt oft. Er ist so lustig. Wenn ich freundlich frage, dann zuckt er auch mit dem Kinn für mich. Dann bekommt Mama manchmal rote Flecken auf den Backen, vor Lachen oder so. Als wäre Onkel Eugen frische Luft.

Fällt er auf die Steine ...

Das macht der Eugen immer. Er wird langsamer, wenn der Sumpf näher kommt. Damit ich Zeit habe, noch mehr Angst zu bekommen vor dem Plumps! Ich bin aber noch nie runtergefallen.

... tun ihm weh die Beine

Lolo ist auch noch nie runtergefallen mit seinem Flugzeug. Er ist der beste Flugzeuger der Welt. Trotzdem weint Mama manchmal. Aus Angst um meinen großen Bruder. Sie weiß nicht, dass ich sie hören kann in meinem Zimmer, weil ich nach dem Gutenachtkuss einfach wach bleibe. Lolo kann gar nichts passieren. Das hat er mir versprochen. Ich sage es Mama jeden Tag. Dann zerstrubbelt sie mir die Haare und sagt, dass sie das weiß. Aber am Abend weint sie trotzdem wieder.

Fällteraufdiesteinetunihmwehdiebeine

Fällterindensumpfdannmachtderreiter ...

Jetzt. Ich halte die Luft an. Onkel Eugen zögert. Ich halte mir beide Hände vor den Mund. Sonst kommt gleich ein Schrei heraus. Oder ein Lachen. Oder beides auf einmal. Jetzt?

Dann ... macht ... der ... Rei ... ter ....

Das ist so gemein! Ich winde mich und schnappe nach Luft. Aber Onkel Eugen hält mich fest und weich. Mein Glucksen bringt Mama zum Lachen. Sie lacht an mir vorbei. Und ich weiß, dass sie Onkel Eugen anlacht. Sie mag ihn. Er mag sie. Wir sollten immer zusammen sein. Nicht nur oft. Immer. Und für immer. Wie die Raben. Und dann essen wir Pfannkuchen mit Erdbeermarmelade. Dann springen wir in den Graben. Dann bringt Lolo mir das Fliegen bei. Und niemals macht es wirklich ...

Plumps!

•••

Waren das Schüsse in der Ferne?

Durch den feuchten Beschlag auf der Fensterscheibe der Baracke hatte Lothar vorhin zwanzig Zwangsarbeiter gezählt, wie sie von ihren vier bewaffneten Bewachern ins Schneetreiben geführt wurden. Mit dem Ärmel wischte er jetzt das Guckloch wieder frei und spähte nach draußen. Weiße Dunkelheit und die wartende Junkers auf dem Flugfeld. Eigentlich sollte es ein Leichtes sein, die Piste von Neuschnee zu befreien. Aber die Fräse war entweder kaputt oder wurde andernorts dringender gebraucht. Wie überhaupt derzeit alles immer andernorts dringender gebraucht wurde. Also musste per Hand geräumt werden. Hände gab es genug. Und die wurden neuerdings ebenfalls überall gebraucht, seit sowjetische Panzer und Infanterie am 13. Januar die zugefrorene Memel überquert hatten. Rote Armee erstmals auf Reichsgebiet. Tilsit plötzlich Frontstadt. In den kommenden Wochen würde sich weisen, ob Ostpreußen zu halten war. Ohne Hoheit am Himmel eher unwahrscheinlich. Und ohne Hilfe des Herrn im Himmel unmöglich. Lothar kannte den Luftraum, und der Luftraum war verloren. Wieder wischte er das Loch frei. Draußen machten sich jetzt Helfer an der Junkers zu schaffen. Wuchteten schweres Gepäck zur Maschine.

Aus dem Schneetreiben stapften vier Bewacher und sechzehn Zwangsarbeiter. Acht Hände weniger. Es waren wohl wirklich Schüsse in der Ferne gewesen.

Vierundzwanzig Offiziere in der kleinen Wartehalle. Dazu einfache Soldaten, Zivilisten im Zobelpelz, Frauen mit schweren Taschen und Koffern, Verletzte und Helferinnen vom Roten Kreuz. Wenn die alle nach Berlin wollten, könnte es eng werden an Bord. Wobei die Tante Ju das locker schultern konnte. Lothar selbst hatte ganz am Schluss noch vierzig Verwundete aus Stalingrad ausgeflogen. Da war die Maschine jenseits der Belastungsgrenze gewesen, hatte nach dem ersten Abheben kaum an Höhe gewonnen. Auftrieb hatte es erst gegeben, als sich die Verzweifelten draußen nicht länger ans Fahrwerk klammern konnten, als ihnen die Kräfte versagten und sie in den Tod stürzten.

»Sieber? Mensch, so trifft man sich wieder!«

Lothar sah sich verwirrt um. Die Stimme kam ihm bekannt vor. Jetzt erhob sich einer der Verwundeten. Oberkörper und Kopf bis zur Unkenntlichkeit verbunden. Mund und Augen nur Schlitze in den Bandagen. Erstaunlich lebendig eilte ihm die Mumie entgegen. Ihre Arme, weit ausgebreitet, endeten knapp unter den Ellbogen in Stümpfen.

»Wo haben wir uns zuletzt gesehen? Belgien, oder?«

»Rohloff?«

»Derselbe!«

Er war es wirklich. Rohloff. Alter Hase. Guter Kamerad.

»Siehst blendend aus, Sieber!«

»Du eher nicht, wenn ich ehrlich sein darf …«

»Mir war der Iwan auf den Fersen. Brenzlige Sache. Kleines Malheur bei der Landung. Aber untenrum«, er machte eine obszöne

Geste mit den Hüften, »bin ich ganz der Alte, das darfst du mir glauben!«

Rohloff setzte sich neben Lothar auf die Fensterbank, behielt den Raum durch den Schlitz für die Augen im Blick. »Da fällt mir ein«, sagte er durch den Schlitz für den Mund, »erst vor drei Tagen habe ich einen Freund von dir getroffen. Im Lazarett. Panzerfahrer? Meinte, er wäre aus Ginsterburg. Ist die Welt nicht klein? Bruno hieß der, Bruno ... Kappel? Drückel?«

»Gürckel«, stellte Lothar fest.

»Genau! Hat's übel erwischt. War auf dem Weg der Besserung. Darf ich einen alten Kameraden um einen Gefallen bitten?« Rohloff hob seine Stümpfe.

»Wenn's keine Sauerei ist ...«

Rohloff lächelte schief. Es ging um die Pfeife. Er kriegte sie nicht aus der Tasche. Konnte sie weder stopfen noch anzünden oder zum Mund führen.

»Aber erzähl!«, sagte er, während Lothar ihm den Tabak aus der Uniformtasche holte. »Wie ist es dir ergangen?«

»Ach, ich fliege dies und das, da und dort ...«

»Sieber! Bescheidenheit ist die höchste Form der Eitelkeit«, tadelte Rohloff vergnügt. »Ich weiß doch, dass du beim Kampfgeschwader 200 bist. Konntest schon damals alles fliegen, was Flügel hat. Beutemaschinen. Sogar Drehflügler, oder?«

»Bedaure«, sagte Lothar und öffnete den Tabakbeutel.

Bis auf Hubschrauber aber war er wirklich alles geflogen, was die jeweiligen Industrien hervorbrachten. Messerschmitt und Heinkel, Hawker und Boeing, Iljuschin und Suchoi. All die Jäger, Bomber, Frachter, Aufklärer, Verbindungsflugzeuge. Er kannte Kauz und Storch, Langnase und Plattnase, sogar den polnischen Elch. Ist in sie hineingeschlüpft wie in einen Handschuh. Nicht einmal die fliegenden Särge mit der kyrillischen Beschriftung auf den Instrumenten konnten ihn schrecken. Alle ist er sie geflogen, und alle hat er sie sicher wieder gelandet. In den fetten Feldern von

Flandern wie in den verschneiten Wäldern von Karelien, über den Wassern der Großen Syrte wie in den Steppen der kaspischen Senke. Unter jedem Himmel, bei jedem Wetter.

»Warst du mal auf Langstrecke nach Japan?«, fragte Rohloff. »Und die Lastensegler bei der Befreiung von Mussolini? Sag schon!«

»Weder noch«, sagte Lothar und zupfte Tabak. »Dienstvergehen. Bin nicht einmal mehr Leutnant.«

»Was?! Sie haben ihren besten Mann degradiert?«

»Alkohol im Dienst.«

»Wie ist Dienst ohne Alkohol möglich?«

»Du sagst es.«

Lothar lachte auf und stopfte weiter die Pfeife. Kameradschaftsabend nach erneuter »Frontbegradigung« im Osten. Wodka, teuflisches Gesöff. »Bin nur knapp dem Arrest entgangen«, erklärte er Rohloff. »Für Ritterkreuzträger drücken sie ein Auge zu, meinte der Militärrichter. Jetzt haben sie mich allerdings nach Berlin beordert.«

»Warum?«

»Du wirst lachen …«

»Werde ich nicht. Tut höllisch weh. Und dann eitert es mir wieder den Verband voll. Also?«

»Darüber darf ich nicht reden«, sagte Lothar mit wichtigem Gesicht, entzündete den Tabak, paffte, wedelte hustend den Rauch weg. »Im Ernst, ich weiß es nicht. Sie wollen es mir erst in Berlin sagen. Kann auch ablehnen, wenn ich will. Scheint was Besonderes zu sein.«

Behutsam schob er Rohloff die Pfeife in den Mund.

Der nahm einen tiefen Zug, atmete genüsslich aus. »Holla, die Waldfee«, sagte er mit erstickter Stimme. »Der Sieber wird eine Wunderwaffe fliegen.«

Lothar winkte ab, merkte, dass er noch die Pfeife in der Hand hielt und ließ Rohloff erneut ziehen.

»Ich weiß nicht, ob's mit diesen Wunderwaffen gar so weit her ist«, sagte er halblaut, weil es Dinge gab, die man besser nur halblaut sagte, wenn überhaupt, bestenfalls gar nicht.

»Ach, so einer bist du? Wundert mich. Mensch, wir sind doch beide vom Fach. Hast du nicht auch die V-Waffe im Einsatz gesehen? Mit deinen eigenen Augen? Über der Nordsee?«

Eine weiße Parabel bis hinauf in die Mesosphäre und wieder zurück, hoch wie ein Stern und schnell wie eine Sternschnuppe. Nicht von dieser Welt. Lothar nickte.

»Wenn ich noch Haut an den Armen hätte, Sieber, würde ich jetzt Gänsehaut bekommen. Wozu unser Volk imstande ist! Deutscher Erfindergeist. Fanatischer Siegeswillen ... komm, lass nochmal ziehen ...«, Husten, »... oder denk an die Mosquito! Jahrelang hatten wir nichts, was nur annähernd so schnell war wie die Mosquito. Und jetzt? Der Blitzbomber!«

Lothar war einer der Testpiloten gewesen. Das Ding flog sich, »als ob ein Engel schiebt«, hatte ein Kamerad gesagt. Wenn es denn flog. Nach Verlust der rumänischen Ölfelder fehlte es an Treibstoff, um überhaupt den Tank dieser »Wunderwaffe« zu befüllen. Zu teuer, zu spät. Und was hatte er in den letzten Jahren nicht alles an Geschichten gehört! Antipodenbomber, der Neuyork erreichen kann. V2 in schwimmendem Container, von einem U-Boot vor die Ostküste der USA geschleppt und dort abgefeuert. Hochdruckpumpenkanone V3, mit der London von der Kanalküste aus beschossen werden wird. Windkanone für den Einsatz gegen feindliche Flieger. Eine neue dicke Berta. Ein fleißiges Lieschen. Ein tapferes Schneiderlein.

Er öffnete die Augen. Rohloff redete von einer neuartigen Schallkanone zur Bekämpfung gegnerischer Infanterie, da werde der Russe bald aus den Ohren bluten. Sein Verband um Mund und Augen war gelb von Eiter. Lothar blickte aus dem Fenster. Umwirbelt von Schneeflocken stiegen erste Passagiere ins Flugzeug. Es war hohe Zeit.

»Sag mal, hörst du mir überhaupt zu?«

»Ich stimme dir sogar zu«, sagte Lothar und schob Rohloff die erkaltete Pfeife wieder in die Tasche. »Wir brauchen einen Zauberstab. Wir brauchen einen geheimen Reichswunderzauberstab. Und wir brauchen ihn schnell.«

Keine halbe Stunde später holperte die Junkers über die geräumte Startbahn. Lothar genoss es immer, als Passagier mitzufliegen. Beim Beschleunigen glaubte er noch, im Schnee am Rand der Piste vier Schneeschaufeln liegen zu sehen, dann ging das Flugzeug steil in die Höhe, beschrieb eine enge Kurve – in ein weites Tal zwischen den Wolken. Im Norden flackerten Himmel und Erde, als wären dort Glühbirnen mit Wackelkontakt aufgehängt. Wie ein liegender Spiegel strahlte das Kurische Haff, daneben Königsberg in absoluter Verdunkelung. Westlich der Stadt das Frische Haff im Mondlicht. Bevor weitere Wolken die Sicht verdüsterten, konnte Lothar die beiden KdF-Dampfer sehen, die dort vor Anker lagen. Gut, dass wenigstens die Ausleitung der Zivilbevölkerung schon eingeleitet war. Die ganz Jungen, die ganz Alten, die Frauen und die Hilflosen aus den Lazaretten wurden in Sicherheit gebracht. Er beugte sich zu Rohloff, der am Gang saß. Und rief gegen das Brummen der Propeller an: »Hoffentlich schaffen sie den Bruno raus!«

»Was?«

»Ich sagte! Hoffentlich schafft es der Gürckel raus!«

»Wer?«

»Panzerfahrer! Ginsterburg? Im Lazarett?«

»Ach, der Bruno! Nein. Der hat's nicht geschafft.«

»Hast du nicht vorhin gesagt, er war über den Berg?«

»Ich sagte, er war auf dem Weg der Besserung. Hat aber dann kehrtgemacht. Wundbrand, Fieber, Exitus. Besser so, glaub mir.«

»Besser so?«

»Den hättest du mal sehen sollen! Gab nicht mehr viel zu sehen. Tapferes Kerlchen! Kannst stolz sein auf so einen Freund. Habe Männer erlebt, die am Ende nach ihrer Mama gewinselt haben.

Der nicht. Hat bis zuletzt mit sich selbst geredet, immer den gleichen Satz. Das kannst du seinen Eltern berichten, wenn du sie triffst.«

»Was hat er denn gesagt?«

»Opfer müssen gebracht werden.«

•••

Gelbe Reichseierkarten, grüne Reichsfleischkarten, blassgelbe Reichsfettkarten. Alles da. Jetzt und hier brauchte sie aber die roten Reichsbrotkarten. Und die hatten sich offenbar in Luft aufgelöst. Ursel stocherte in ihrem Portemonnaie, »Hab's gleich!«, warf einen nervösen Blick über die Theke, hinter der Frau Schiller mit einem nachsichtigen Lächeln die Hände in die Hüften stemmte.

»Nun seien Sie nicht so streng, Frau von Wieland. Die Karte können Sie mir auch später vorlegen. Wir kennen uns doch!«

»Das habe ich jetzt nicht gehört!«, gab Ursel zurück und tastete hektisch in den Taschen ihres Wintermantels. »Wenn jeder tun würde, was er will, wo kämen wir denn dann hin?«

Eintausendsiebenhundert Gramm Brot, zweihundertfünfzig Gramm Fleisch, einhundertfünfundzwanzig Gramm Fett in der Woche pro Haushalt. Damit war zu wirtschaften. Gab Leute, denen es schlechter ging. Bedeutend schlechter! Immerhin kümmerte sich die Partei, war ihre ordnende Hand überall spürbar. Ordnung, wusste Ursel, muss sein. Und gegenwärtig hatte diese Ordnung eben die Form von Lebensmittelkarten angenommen.

»Geht's um Brot? Da können wir gerne aushelfen!«

Überrascht sah sie sich um. In der Schlange hinter ihr Merle, an der Hand das Kind. Ausgerechnet. Das hatte ihr gerade noch gefehlt, dieser Frau zu begegnen. Und diesem Kind. Ursel unterdrückte den Impuls, an ihr vorbei- und hinauszustürmen.

»Warte mal, Tante Ursel!«, sagte die kleine Liselotte und zog vier rote Reichsbrotkarten à fünfzig Gramm aus dem Brustbeutel.

Ursel starrte Merle an. Merle starrte zurück. Neigte den Kopf unmerklich in Richtung des Kindes, das entlang der Perforation konzentriert zwei Karten abtrennte und Ursel reichte: »Hier! Das sind ... wie viel Gramm?« Fragend schaute sie zu ihrer Mutter hoch, die Ursel nicht aus den Augen ließ.

»Hundert«, sagte Merle, und da war Frau Schiller schon um die Theke gerauscht und vor Liselotte in die Hocke gegangen: »Das ist genau das, was uns gefehlt hat«, jubelte sie, zupfte dem Kind die Karten aus der Hand, legte etwas hinein und schloss ihm die Finger darum. »Du bist ein Goldstück, wie immer! Hier hast du etwas Süßes!«

Mit einem tadelnden Seitenblick auf Ursel kehrte sie wieder an ihren Platz zurück und schob ihr das Graubrot entgegen, eingewickelt in Papier. Zögernd nahm Ursel es entgegen. Geben war ihr eine Freude. Wann immer für das Winterhilfswerk gesammelt wurde. Oder Jungvolk mit der Blechbüchse vor der Tür stand. Nehmen war ihr ein Gräuel. Erst recht von dieser Frau, von diesem Kind.

Liselotte öffnete die Hand. Darin lag ein Stück Würfelzucker. »Danke, Frau Schiller!«

»Eigentlich sollte die Lotte nicht ...«, protestierte Merle schwach.

Das Kind zupfte an ihrem Kleid, ungeduldig und fordernd: »Darf ich, Mama? Bitte?«

»Na ja, nun lass sie doch«, murmelte Ursel und schenkte dem Kind ein flüchtiges Lächeln, es konnte doch schließlich das arme Ding auch nichts dafür. »Aber nur«, fügte sie mit verhuschtem Blick auf Merle hinzu, »wenn ich mich erkenntlich zeigen darf. Irgendwo habe ich noch Reichsfettkarten ...«

»Meine Damen!«, rief jetzt resolut Frau Schiller. »Ich muss doch sehr bitten! Wir sind doch hier unter uns! Und nicht bei armen Leuten. Der Grünkohl bei uns draußen auf dem Hof hat den Frost schon hinter sich. Wir haben Äpfel eingelagert, Kartoffeln und Rüben. Unsere Hühner legen, als hätte es der Führer persönlich befohlen. Und dann«, sagte sie und senkte die Stimme, »haben wir ja auch noch unsere Kaninchen ...!«

»Was ist denn mit den Kaninchen?«, wollte Liselotte wissen.

»Die haben auch schrecklich Hunger«, hörte sich Ursel sagen, und Frau Schiller ergänzte hastig: »Du kennst doch den Reim: Kartoffeln, Kraut und Sellerie sind nichts für Kaninchenvieh!«

»Weil wir das selbst zum Essen brauchen?«

»Schlaues Kind!«

Als Ursel aus dem Laden wieder auf die Kaiserstraße trat, kam vorne an der Haltestelle gerade die Elektrische an. Sie beschleunigte ihren Schritt, winkte, rannte am Ende sogar ein paar Meter, aber dieser Schuft von Fahrer ließ sie einfach stehen. Schnaubend setzte sie sich auf die Bank. Fünf Jahre, und noch immer war ihr Puls auf hundertachtzig, wenn sie dieser Frau über den Weg lief. Und diesem Kind. Lebhaft erinnerte Ursel sich an den Stich, den es ihr versetzt hatte, als Merle das erste Mal mit Liselotte aufgekreuzt war. Auf der Beerdigung von Leberecht von Wieland war das gewesen, ausgerechnet, das Balg noch ein Säugling, der Anblick unerträglich – vor allem der von Eugen, wie er sich verkrampft und verstellt und um Distanz zu Merle und dem Kind bemüht hatte. Otto wusste Bescheid. Lothar wusste offenbar Bescheid. Das war's, und das war schon ein kleines Wunder. Unter normalen Umständen hätte sich wohl die halbe Stadt das Maul zerrissen, wer wohl die Buchhändlerin geschwängert hatte. Jetzt aber war der GINSTERBURGER ANZEIGER voll mit Annoncen, in denen junge Witwen die Geburt halbwaiser Kinder anzeigten. Niemand fragte, und es gab nicht einmal Gerüchte. Merle hatte ganz gewiss kein Interesse daran, sich als Ehebrecherin zu erkennen zu geben. Gottlob war auch Eugen umsichtig genug, sich in der gegenwärtigen Lage nicht als Stenz und Unruhestifter zu gebärden. Und Ursel selbst wollte keinesfalls als Frau erscheinen, die ihren Mann nicht halten konnte. Es lag ihr fern, um Eugen zu kämpfen – und ebenso fern, ihn ohne Weiteres ziehen zu lassen.

Immer schön ruhig bleiben, das war ihre Devise. Sie würde den Teufel tun, ihren Platz an der Seite des Schriftleiters kampflos zu räumen. Oder in der Villa, nicht auszudenken! Sie würde die Stellung halten und sich Rückzugsgefechte liefern. Jeder nahm an Sicherheit, was er bekommen konnte. Nach dem Krieg, da würden die Karten neu gemischt. Und der Frieden würde fürchterlich werden.

•••

»Hast du zugesagt?«

»Ich habe mir Bedenkzeit erbeten.«

»Wieso das denn?«

»Weil ich vorher mit meiner Braut darüber reden wollte.«

Gesine schmunzelte: »Ich bin gespannt, was sie sagt!«

»Sehr lustig. Es ist eine ernste Angelegenheit.«

Gesine und Lothar spazierten den Landwehrkanal entlang. Es war März und das Wasser noch gefroren. Sie schauten ein paar Kindern beim Schlittschuhlaufen zu, bis die Sirenen aufheulten. Hinweisschilder wiesen ihnen den Weg zum nächsten Schutzraum. Unterwegs scherzte Gesine über die Amerikaner. Die kämen immer nur tagsüber, »weil sie sonst die Stadt nicht finden«. Die Engländer kämen immer nur in der Nacht, »wie die Einbrecher«. Aus Angst vor den konzentrischen Abwehrriegeln rings um Berlin. Und dort bekamen sie es mit Gesine zu tun. Mit Gesine und vier Flakregimentern mit mehr als hundert schweren Batterien, die den Tod schleuderten und das Tageslicht. Als Luftwaffenhelferin diente Gesine bei einer Einheit am Schlachtensee. Das war ihr »Theater des Krieges«, hier hatte sie ein festes Engagement.

»Und wenn wirklich der Russe kommt«, sagte sie, »dann kann der aber was erleben!«

Lothar hingegen wurde offenbar an allen Fronten gebraucht. Er hatte Spezialkommandos abgesetzt bei Smolensk und auf der

Wolga sowjetische Frachter bombardiert. Er hatte Meteorologen in einer Bucht von Spitzbergen aufgesammelt und im Tiefflug die Invasionstruppen vor der normannischen Küste angegriffen. Über den Tälern der Ruhr und den Höhen des Sauerlands hatte er den Flotten aufgelauert, diesen Stahlschwärmen so dicht und mächtig, dass sie sogar nachts die Sterne verdunkelten ...

Sie würden Hochzeit halten, wenn dieses Gemetzel ein Ende hatte. Das stand fest, von Anfang an. Gesine hatte darauf bestanden. Sie brauche keine soziale Absicherung durch eine Witwenrente, hatte sie gesagt. Und erst recht keine Anerkennung eines unehelichen Kindes, wie das neuerdings unter jungen Paaren üblich war. Ihre Entschlossenheit rührte ihn, ihr Glauben an ihrer beider Überleben und das, was sie inzwischen den »Endsieg« nannte. Nachdem er einmal über dem Kanal hatte notwassern müssen, hatte Lothar einen letzten Versuch unternommen, Gesine ihre romantischen Vorstellungen auszureden. Aber nichts zu machen: »Ich will keine Stahlhelmhochzeit, Lothar, und ich will keine Leichentrauung. Ich will dich. Ich will eine Kutsche mit weißen Pferden und mehr Streublumen auf dem Weg zum Altar, als der Gürckel liefern kann!«

Kaum hatten sie den U-Bahnhof Schönleinstraße erreicht, wurde auch schon wieder Entwarnung gegeben. Arm in Arm schlenderten sie den Kottbusser Damm hinunter. Lothar fielen die vielen leeren Fensterhöhlen auf. Manche der mächtigen Mietshäuser hatten Feuer gefangen, waren aber rechtzeitig gelöscht worden. Diese Stadt ist zu groß, dachte er, und sie ist aus Stein. Es wird ihnen nicht gelingen, sie anzuzünden.

Im Erdgeschoss einer Ruine ohne Dachstuhl hatte ein Krämerladen geöffnet. Lothar kaufte zwei Zigaretten, sie kosteten ein Vermögen. Sie standen und rauchten, und Gesine erzählte von ihrem Scheinwerfer. Wie laut er summte bei Betrieb, wie heiß er wurde. Und wirbelnde Schwärme von Nachtfaltern, die seine Linse umrauschten.

»Der hat hundertfünfunddreißig Candela!«

»Was ist das?«

»Das ist bei gutem Wetter ein Lichtbalken von fünf Kilometern!«

Lothar hatte mehr Städte von oben gesehen, als sie beide jemals in ihrem Leben besuchen würden. Und nicht wenige davon hatte er angegriffen. Er wusste, wie Abwehr aussah beim Versuch, Fallschirmjäger über Kreta abzusetzen. Er erinnerte sich an die beiden Lichtfinger eines britischen Zerstörers vor Malta. An die Lichtbalken vor Warschau und Rotterdam und Minsk und Moskau, ganz besonders Moskau. Eine gleißende Zitadelle. An die Störballone über der englischen Küste und an Kairo bei Nacht. Trotzdem hörte er Gesine gerne zu, denn sie sprach mit Leidenschaft und Überzeugung. Er müsse sich das wie den Lichtdom von Albert Speer vorstellen, nur dass die Säulen suchend durch die Nacht schwenkten. Entdeckten sie einen feindlichen Flieger, dann versuche der oft, noch wegzutauchen. Bald aber gesellten sich andere Scheinwerfer dazu und nagelten den Feind förmlich fest. Eine Lichtpyramide, auf deren Spitze der Ertappte tänzelte …

»Und du sollst wirklich eine Rakete fliegen? Wie die V2? Geht das überhaupt?«

»Sie nennen es Natter. Ja, ich glaube, das geht. Ungefährlich ist es aber nicht.«

»Wie landet man denn eine Rakete?«

»Gar nicht. Ich werde senkrecht starten. Ich werde vielleicht sogar die Schallmauer durchbrechen. Und dann werde ich mit dem Fallschirm …«

»Dann mache ich mir keine Sorgen«, unterbrach Gesine ihn heiter. »Helga hat immer gesagt, dass diese Fallschirme echte Wunderwerke sind. Naturseide! Und absolut zuverlässig. Sie meinte, ein Absprung mit dem Fallschirm ist manchmal sicherer als eine Landung. Stimmt das?«

»Und ob das stimmt! Hast du noch Kontakt zu Helga? Wie geht es ihr?«

Gesine schüttelte den Kopf: »Sie ist vergangenes Jahr beim Angriff auf Augsburg ums Leben gekommen.«

»Oh, das tut mir leid«, sagte Lothar und biss sich auf die Lippen. Seit dem Frühjahr hatten die feindlichen Bomberflotten die absolute Lufthoheit über dem Reich erlangt. Mehr als einzelne Nadelstiche waren ihnen nicht mehr zuzufügen. Der Angriff hatte den Messerschmitt-Werken gegolten und nebenbei ganz Augsburg vom Angesicht der Erde getilgt. Wie vorher Ulm, wie vorher Stuttgart, wie vorher Mannheim, wie vorher Darmstadt, Kassel, Hannover, Köln, wie vorher in ihrem unermüdlichen Gehämmer das ganze Ruhrgebiet. Wie Hamburg. Ganz im Osten lag an der Elbe wundersamerweise nur noch Dresden unberührt. Oder Ginsterburg unter der Tarnkappe seiner strategischen Wertlosigkeit. Ringsum fielen die Städte wie Bauern beim Schach, wenn alle Türme und Springer und Läufer zu ihrer Verteidigung vom Feld gefegt sind. Blieb nur noch die Dame. Oder die Natter. Eine Nadel.

Tief und bleiern hing der Himmel über dem Hermannplatz. Es roch nach gekochtem Kohl und verbrennender Kohle. Ihre Absicht, wie bei beinahe jeder ihrer seltenen Begegnungen in Berlin den Dachgarten des Karstadt zu besuchen, erwies sich als allzu optimistisch. Er war geschlossen, das Heeresbekleidungsamt hatte die oberen drei Stockwerke in Beschlag genommen. Lothar wollte etwas kaufen, um alter Zeiten willen, aus Gewohnheit oder Trotz. In den Schaufenstern nur kümmerliche Seltsamkeiten wie Schuhlöffel, Schnürsenkel und Lampenschirme.

»Wollmäuse gibt's gerade günstig«, sagte er, und Gesine machte ein schnalzendes Geräusch. Sie mochte es nicht, wenn er sarkastisch war. Auf dem Platz nahm er ihre Hand und zwang sie zum Stehenbleiben.

»Gesine, hör mal. Wenn ich trotz Fallschirm nicht lebend ...«

»Sag das nicht!«

»Dir würde dann eine beachtliche Rente zustehen. Das ist das Angebot, das die SS mir macht.«

Gesine schüttelte widerwillig den Kopf. »Du wirst es nicht für mich tun. Du wirst es für den Führer tun, für das Vaterland. Früher hättest du es für dich selbst getan, Lothar. Weil du der Beste bist. Ich glaube an dich. Aber was ist mit dir? Glaubst du noch an dich?«

Er trat einen Schritt zurück. Gesine hatte recht. Er war gut. Und er glaubte an sich, nach wie vor. Aber das Große und Ganze hatte Risse bekommen. Er hatte zu viele Dinge gesehen. Und noch mehr Dinge gehört. Und dann war da dieser Flug, von Tschernowitz nach Berlin, 1943 musste das gewesen sein. Als Pilot und Passagier war er genau diese Strecke schon oft geflogen. Routine. Beim Blick aus dem Fenster hinter Krakau, sie flogen nicht sonderlich hoch, hatte Lothar Gleise bemerkt, die vorher noch nicht da gewesen waren, und eine größere Fläche gerodeten Waldes. Dem Navigator musste Lothars verdutztes Gesicht aufgefallen sein. Er hatte seinen Kopfhörer abgenommen und mit einem breiten Grinsen aus dem Fenster gedeutet: »Es heißt, dort unten baut der Führer für die Juden eine Stadt!« Seitdem fühlte er sich im Dienst wie damals im Chor bei Frau Kruse, wenn er seinen Einsatz verpasst hatte und das Lied ohne ihn gesungen worden war. Er kannte den Text, er kannte die Melodie. Er liebte beides und war trotzdem kein Teil davon. Manchmal hatte er dann den Mund bewegt, als würde er singen. Zwar zweifelte er tatsächlich, dass Deutschland diesen Krieg noch gewinnen würde. Aber das allein war es nicht. Es war schlimmer als Defätismus. Er zweifelte daran, dass Deutschland den Sieg *verdient* hatte. Und dieser Zweifel war ein Abgrund, in den zu schauen er sich um keinen Preis erlauben konnte. Er würde den Mund bewegen zu einem Lied, das er nicht mehr verstand.

Lothar fuhr sich mit der Hand übers Gesicht: »Du hast recht, Gesine. Manchmal weiß ich nicht, wo mir der Kopf steht. Dann brauche ich jemanden, der ihn mir gerade rückt ...«

Sie legte ihm die Hand ans Kinn, rückte ihm spielerisch den

Kopf gerade: »Das mache ich doch gerne, mein Held! Wo musst du hin?«

»Startplatz ist im Schwäbischen irgendwo.«

»Wann reist du ab?«

»Morgen von Tempelhof nach Stuttgart, von dort weiter mit dem Zug.«

Umschlungen wanderten sie den Kottbusser Damm wieder hinauf. Vielleicht lag es an der Sonne, die sich wieder zeigte. Vielleicht auch daran, dass eine Entscheidung getroffen war. Jedenfalls fühlte Lothar sich viel besser. Wieder gingen sie an den Wunden vorbei, die der Luftkrieg der Stadt schon geschlagen hatte. Jetzt aber war ihm bewusst, dass er zurückschlagen würde. So wie Gesine längst den Kampf gegen Angloamerikaner und Bolschewisten zu ihrem persönlichen Krieg gemacht hatte, würde er in die Natter steigen und es mit den Bomberflotten aufnehmen. Das Schicksal – oder eine ferne Seifenblase über dem Münster von Ginsterburg – hatte ihn an den Himmel gestellt. Das war sein Platz. Und dort würde er seine Pflicht tun.

Oben an der Kottbusser Brücke saßen Angler an einem wärmenden Feuer, vermummt gegen die Kälte. Mit Spitzhacken hatten sie Löcher ins Eis gehauen. Gesine legte Lothar den Kopf an die Schulter.

»Ich vermisse Ginsterburg.«

»Wir werden uns dort wiedersehen.«

»Wollen wir dann wieder angeln gehen? Unten am Fluss?«

Er nahm sie in den Arm, strich ihr die Haare aus dem Gesicht. Alles Mädchenhafte war daraus gewichen. Wie am Grund eines Weihers, aus dem das Wasser abgelaufen war, zeichneten sich umso deutlicher die Züge der Frau ab, die sie einmal sein würde.

•••

»Guck mal, Mama, da ist ja noch die Tante Ursel!«, rief Liselotte und lief schon im Hüpferschritt zur Haltestelle. Merle folgte ohne Eile, aber sie folgte. Begegnungen wie diese waren nicht zu vermeiden, und Ursel waren die sicher ebenso unangenehm wie ihr. Einerseits. Andererseits würde sie jetzt mit dem Kind keine Runde um den Block drehen, nur um Ursel aus dem Weg zu gehen und auf die nächste Straßenbahn zu warten.

Liselotte zeigte Ursel das Zuckerstück, als wäre es ein seltener Edelstein auf ihrem Handteller.

»Du hast es ja noch gar nicht angerührt!«, sagte Ursel und lächelte flüchtig.

»Sie hebt Süßigkeiten gerne auf für später«, erklärte Merle, schaute in eine andere Richtung – und stutzte.

Im Gegenlicht der tief stehenden Sonne konnte sie eine Menge an Fußgängern erkennen, die wie selbstverständlich die halbe Breite der Kaiserstraße einnahmen. Ein strenger Geruch wehte ihr voraus. Merle erkannte zwei Fuhrwerke, gezogen von einem Esel und zwei Männern. Stuhlbeine und Tischplatten, Schrankwände und Matratzen, Lattenroste und Herde, Kochtöpfe und Steckenpferde, einen Volksempfänger und Weidenkörbe. Sie hörte das Quietschen der schlecht geschmierten Deichseln. Sah Männer und Frauen, die Fahrradgerippe neben sich herschoben oder vor sich her Kinderwagen, über und über behängt mit notdürftig zu Bündeln und Knäueln verschnürtem Hausrat. Merle fiel ein Mann im schwarzen Anzug auf. Er wirkte wie ein Bestatter. Auf dem Kopf ein verstaubter Zylinder. Sein Gang war schlurfend, die Füße nur mit Lumpen umwickelt. Neben ihm ein Herr im Pyjama, aber mit ledernen Wehrmachtsstiefeln. Eine ältere Frau trug mehrere Kleider und Röcke übereinander, ein Halbwüchsiger nur eine braune Wolldecke. Eine blonde Frau in einem dicken Pelzmantel zog einen ledernen Reisekoffer, der auf dem Asphalt schlurfende Geräusche machte. Obwohl niemand Anstalten machte, ihr die Last zu nehmen, sagte sie fortwährend: »Nein, mein Herr! Den trage ich schon selbst!« Ihr folgten zwei Halbwüchsige, Junge und Mädchen, die auf einem Schlitten ihr dick in Tücher gewickeltes Geschwisterchen hinter sich herzogen. Die Kufen des Schlittens schürften über den Boden.

Erst nach einer Weile merkte Merle, wie sehr dieser Treck sie beunruhigte. Dabei waren Ausgebombte seit mindestens zwei Jahren kein ungewöhnlicher Anblick mehr. Ginsterburg konnte das einstweilen abfedern. Man hatte sich daran gewöhnt. Auch daran, dass es immer mehr wurden. Mit landverschickten Kindern hatte es begonnen, aus Berlin, die im Gymnasium untergebracht und von Krankenschwestern aus dem Hospital betreut wurden. Dann waren Sonderzüge voller Evakuierter aus Hamburg oder dem Ruhrgebiet eingetroffen. Auf Anweisung der Partei auf die wenigen Gaue verteilt, die noch außerhalb der Reichweite der feindlichen Luftflotten lagen. Diese armen Menschen wollten ebenfalls einquartiert und ernährt werden.

»Irgendwann ist auch das beste Boot voll«, murmelte Ursel verdrossen. »Irgendwann hat es sich mit der Gastfreundschaft.«

Merle musste sich eingestehen, dass Ursel nicht ganz unrecht hatte. Wer es sich leisten konnte, residierte im Hotel Krone. Die Mehrheit der Fremden aber hockte in Notunterkünften zusammen und war angewiesen auf Almosen der Partei. Auf den Bauernhöfen im Umland hatte es auch schon Ärger gegeben. Stadtmenschen waren das, richtige Arbeit nicht gewohnt. Und platzte nicht das Gemeindehaus der Erlöserkirche bereits aus allen Nähten? Waren im Hospital nicht zwei Stockwerke mit Ausgebombten belegt? War das Vereinsheim des TuS Ginsterburg nicht längst zur Herberge umgewidmet?

»Warum müssen die denn zu Fuß gehen?«, fragte Liselotte ihre Mutter und griff nach ihrer Hand.

»Das sind ganz arme Leute«, erklärte Merle, »die haben ihr Zuhause verloren.« Und jetzt erst dämmerte ihr, was genau an diesem Anblick so ungewöhnlich war. Es war die Richtung, aus der sie kamen – nicht vom Bahnhof, wohin sie normalerweise von den zuständigen Stellen geleitet worden waren. Sie kamen auch nicht in Begleitung der Polizei oder von Abordnungen der Partei. Sie kamen alleine. Über die Landstraße. Diese Leute hatten sich mitten im Januar auf den Weg gemacht, auf eigene Faust, auf gut Glück. Die Gruppe bewegte sich langsam. Mit dem stieren Gleichmut von Menschen, die bereits einen weiten Weg zurückgelegt haben. Sie brachten die Krätze, bestimmt. Erbärmliche Gestalten, frierend, hinkend, erschöpft und apathisch. Aus dem Bündel auf dem Schlitten reckte sich ein weißes Händchen.

Plötzlich löste Liselotte sich von der Hand ihrer Mutter. Ignorierte Merles überraschten Zuruf. War mit drei, vier Sprüngen über die Straßenbahnschienen hinweg und schon beim Schlitten. Ging für ein paar Schritte dicht neben ihm her. Erschrocken sprang Merle hinterher und fing das Mädchen wieder ein.

»Lise! Was machst du denn für Sachen?«

»Ich habe dem armen Kind meinen Zucker geschenkt. War das falsch?«

•••

Erwacht war sie von lautem Lachen, noch lauteren Rufen und einem regelrechten Gewitter aus klirrenden Schlägen. Uta stand auf, noch in ihre Decke gehüllt, und spähte aus dem Fenster des chinesischen Teehauses. Wie ein prähistorisches Ungeheuer mit stählernem Greifarm stand der Bagger, wo ihm vor Monaten schon der Diesel ausgegangen war. Mit Spitzhacken und Schaufeln machte sich eine kleine Armee aus Arbeitern über die gefrorene Erde her. Uta hörte Russisch, Französisch, Niederländisch und gebellte Befehle auf Deutsch. Mit den Augen folgte sie der frisch aufgeworfenen Erde quer durch die Rosenbeete, über die große Allee hinweg und schräg über die von morgendlichem Raureif bepulverte Wiese. Uta schnappte nach Luft, kam zu sich und war außer sich. Sie fuhr herum und warf ihren Kittel über, der in allen Farben betupft war, die ein Mensch sich nur vorstellen kann. Neben der Tür zögerte sie kurz, gab einer Laune nach und griff mit beiden Händen in die Kohle des Ofens. Die Asche war noch warm vom Abend zuvor, aber nicht mehr heiß. Sie fuhr sich mit den Fingern durchs Gesicht. Dann nahm sie den Schürhaken von der Wand und stürmte aus dem Teehaus ins Freie.

Die Kälte traf sie wie eine Ohrfeige. Im Gehen knöpfte sie sich den Kittel zu. Der Schürhaken traf ihr Schienbein. Sie stolperte kurz, fing sich. Ignorierte den Schmerz und ging weiter. Vornübergebeugt, als liefe sie gegen einen Wind an. Brüllen wollte sie, bekam aber keinen Ton heraus. Manche der Männer im Graben sahen sie kommen. Uta sah, wie sie sich gegenseitig anstießen, in ihre Richtung deuteten, lachten und sich wieder abwendeten. Einhalt würde sie ihnen gebieten, diesen Barbaren. Noch im Gehen nahm sie den Schürhaken in beide Hände, holte weit aus und schlug gegen das Heck des Baggers.

Klonk.

Sie spürte den Rückstoß bis in die Ellbogen. Ein dumpfes metallisches Geräusch. Wieder holte sie aus, wieder schlug sie zu. Spürte diesmal einen Schmerz in den Schultern, schlug weiter zu.

Klonk, klonk ... klonk.

Über die Wiese kam ein: »Gleich setzt's aber was, verdammt!«

Uta trat an den Rand des frischen Grabens und schaute hinunter. Jetzt hatte sie ihre Aufmerksamkeit. In kindlichen Gesichtern stand Furcht, in greisenhaften Gesichtern eher Erheiterung über dieses Weib im kunterbunten Kittel mit dem Schürhaken. Alle hatten die Spitzhacken und Schaufeln erhoben wie zur Abwehr eines Angriffs. Gut. Uta erkannte den Mann, dem sie einmal hatte erklären müssen, was ein Tympanon ist. Der Gerüstbauer.

»Was macht ihr da? Was soll das? Hört auf!«, schrie sie ihn an. Sie zitterte vor Kälte und Wut.

»Gaaanz langsam«, sagte der Mann und legte betont ruhig seine

Hacke auf den Boden. Forderte mit einer Geste seine Kollegen auf, es ihm gleichzutun. »Anweisung vom Chef«, sagte er weiter, »und der hat seine Anweisungen von oben …«

Da hatte Uta schon den Schürhaken sinken lassen und sich abgewendet, eilte auf den Bach zu. Auch dort war die Erde aufgerissen und gearbeitet worden. Der Bach lag trocken, ein primitiver Stichkanal hatte ihm das Wasser abgegraben. Drüben bei der mittelalterlichen Wasserburg war ein anderer Bautrupp gerade damit beschäftigt, mit Vorschlaghämmern die Zinnen abzuschlagen. Uta konnte die weißen Atemwolken der Arbeiter sehen und ihre fliegenden Fäuste. Auf einem offenen Lastwagen wartete ein Geschütz darauf, abgeladen zu werden. Vom osmanischen Pavillon bis zum griechischen Tempel zog sich eine Reihe kegelförmiger und hüfthoher Panzersperren aus Beton. Gleich dahinter hoben noch mehr Zwangsarbeiter einen weiteren Graben aus. Uta nahm die Abkürzung über die Lichtung, wo ein Pulk zerlumpter Gestalten eine Mauer vor dem chinesischen Teehaus errichtete. Daneben stützte sich Hirschbiegel, der Konditor, als Aufpasser auf eine Flinte. Er rief ihren Namen. Sie ließ ihn stehen. Auf der Allee warf sie den Schürhaken weg. Bei den winterlichen Weinreben bog sie ab, strebte stolpernd zwischen den Rosenbeeten den Hügel hinauf. Hinter dem Jagdschloss ging gerade die Sonne auf. Es würde ein wolkenloser Tag werden.

Am Eingang für Dienstboten klopfte sie nicht den vereinbarten Rhythmus. Sie hämmerte mit den Fäusten gegen die Tür: »Aufmachen! Sofort aufmachen! Ich muss den Gürckel sprechen!«, schnappte nach Luft, spürte einen pochenden Schmerz im Schienbein. Julka öffnete im blauen Kittel, die Haare zu einem Dutt verknotet, und fasste sich bestürzt ins Gesicht.

»Wie sehen Sie denn aus?«

Uta schob sie beiseite, trat in den Flur. »Wo ist er?«

»Oben, mit gnä’ Frau«, sagte Julka. »Aber schlafen noch!«

Auf der rückwärtigen Treppe nahm Uta zwei Stufen auf einmal:

»Gürckel!«, in der großen Empfangshalle dann noch einmal, mit mehr Hall: »Gürckel!« Dumpfes Gerumpel aus dem ersten Stock: »Herrgott, ich komme ja schon!«

Uta hielt inne, um wieder zu Atem zu kommen. Ging im Kreis, redete halblaut mit sich selbst: »Es muss aufhören. Fünf Jahre bei jedem Wetter. Es muss aufhören. Alles so, wie es gedacht war. Es muss aufhören. Ein solches Schmuckstück. Es muss aufhören. Jawohl, ein Juwel. Nun nur noch das Gemälde, dann ist meine Arbeit getan …«

Sie blieb stehen und hob den Blick. Der Stuck an den Wänden war sorgsam abgeklebt, der Marmor an den empfindlichen Stellen mit Papier abgedeckt. Unter der muschelförmigen Decke war das Gerüst gespannt. Von unten war das Gemälde nicht zu sehen. Eine schlanke Leiter führte hinauf zu ihrem Arbeitsplatz in einer Höhe von fast fünf Metern, knapp unter der Decke. Dort oben hatte sie schon mehr als ein Jahr verbracht, Tag für Tag, und so manche Nacht im Licht der elektrischen Lampen. Im Liegen, nur eine knappe Armlänge entfernt vom Gemälde des Giovanni Battista Tiepolo, von dem inzwischen jede nur denkbare Farbe herabgetropft war auf ihren Kittel. Hatte auf den abfärbenden Seiten des GINSTERBURGER ANZEIGERS gelegen, auf dem dickeren Papier von DAS REICH, auf allen Schlagzeilen von 1940 bis 1944, ohne eine einzige davon zur Kenntnis genommen zu haben, zwischen all den Eimern und Eimerchen, manche noch voll, andere schon leer und vertrocknet, für Leim, Emulsion, Öl und Harz, Tücher und Terpentin, griffbereit auch ihre Pinsel, die groben wie die feinen, mit Haaren von Rindern und Ziegen, Rotmardern und Eichhörnchen. Das Gemälde, diese Geschichte in der Geschichte, hatte ihren ganzen Gesichtskreis ausgefüllt. Sie war darin zu Hause. War der Jagdgöttin gefolgt, wie sie durch das Unterholz streifte auf der Suche nach Wachteln und Rebhühnern – und hatte hauchzart ihren Bogen nachgezogen, der mit den Jahrhunderten verblasst und wirkungslos geworden war. Ein wenig weiter wäre sie in den Auen beinahe über den Kranich gestolpert, dem Artemis ein liebevolles Lächeln schenkte – und hatte das Grau seines Federkleids wiederhergestellt, das die Feuchtigkeit verwaschen hatte. Noch ein wenig weiter hatte sie mit den Nymphen im tiefen Grün eines Waldweihers gebadet, für dessen Auffrischung sie sich an der Farbe des Wassers der herzoglichen Forellenteiche orientiert hatte. Sie hatte den Schrecken der Mädchen nachgefühlt, als die hinter den Hecken plötzlich einen Sterblichen gewahrten, ihren gekrümmten Gliedern wieder Alabaster und Kontur und Grund gegeben, indem sie die verblasste Geilheit im Gesicht des Aktaion zum Vorschein gebracht hatte. Bei der Szene, in der die Göttin ihr Urteil über den Eindringling spricht und mit tadelnder Geste den Jäger in seine Beute verwandelt, einen Hirsch, der bald blutiges Wildbret sein wird – da hatte Uta den roten Tropfen die rotweinhafte Süffigkeit zurückgegeben, mit der Tiepolo sie einst gemalt hatte. Zuletzt hinter die Hagebutten im Mondschein, wo der arme Aktaion von seinen eigenen Hunden zerfleischt wird. Erst gestern am Abend noch hatte sie daran gearbeitet, Grauen und Schmerz und Schuld des Todgeweihten mit feinstem Pinsel in die Gier der Hunde zu legen, in die Blöße ihrer Lefzen, die Spannung ihrer Muskeln, in das identische Weiß ihrer Augen und sarazenendolchförmigen Fangzähne …

»Frau Mohelsky! Was haben wir denn auf dem Herzen?«

Sie fuhr herum. Breitbeinig kam Otto Gürckel die Freitreppe herab, mit jeder Stufe einen weiteren Knopf seiner braunen Uniform schließend. Gerne hätte Uta ihm gesagt, was sie auf dem Herzen hatte. Gerne hätte sie ihm das Gesicht zerkratzt. Aber ihre Zunge versagte den Dienst. Und ihre Hände ballten sich nur zu Fäusten. Auf der letzten Stufe war Gürckel beim letzten Knopf angekommen. »Ich weiß schon, ich weiß schon. Es ist ein Jammer, nicht wahr?«, sagte er und vermied ihren Blick.

Uta fiel der Lippenstift auf. Ein geröteter Streifen die Wange hinauf. Als hätte er ihn selbst getragen und hastig weggewischt.

»Es ist kein Jammer«, zischte sie. »Es ist ein Verbrechen. Es muss aufhören.«

Gürckel seufzte tief: »Verbrechen geschehen, wenn wir uns nicht auf die Ankunft der Verbrecher vorbereiten.«

»Es ist Barbarei. Es muss aufhören.«

Gürckel nickte bedächtig: »Ich habe Anweisungen. Ginsterburg muss verteidigt werden. Gegen die Barbarei unserer Feinde.«

»Fünf Jahre! Sie zerstören alles, woran ich in den letzten fünf Jahren gearbeitet habe. Es muss aufhören.«

»Das weiß ich doch, Frau Mohelsky. Und ich weiß es zu schätzen. Aber die gegenwärtige Lage ist kritisch ...«

Oben an der Freitreppe war Henriette Gürckel aufgetaucht. Lässig lehnte sie am Geländer, ein schlankes Gespenst. »Sei nicht albern, Otto!«, rief sie. »Wir schulden dieser schmutzigen Person keine Rechenschaft. Schick sie weg!«

Gnä' Frau war offenbar eben erst aufgestanden. Sie trug nur ein lindgrünes Negligé, das ihre weißen Knöchel kaum bedeckte. Wo hatte Uta dieses Nachthemd schon einmal gesehen? Und warum hatte sie den Schürhaken so schnell weggeworfen?

Gürckel war so nah an sie herangetreten, dass sie sein Rasierwasser riechen konnte. Sie wich zurück. Er folgte.

»Volk steht auf«, sagte er, »und Sturm bricht los.«

Unverwandt starrte sie ihn an: »Ihr meint es wirklich ernst, oder?«

Reglos erwiderte er ihren Blick: »Haben wir darüber jemals auch nur den Hauch eines Zweifels gelassen?«

Und da erkannte Uta das Ende ihrer Fahnenstange.

Den sumpfigen Morast, in den ihr Holzweg mündete.

Oben auf der Treppe hob Frau Gürckel eine Hand auf Hüfthöhe, machte eine verscheuchende Bewegung: »Und wasch dir mal das Gesicht, Kindchen! Es ist voller Asche.«

•••

Neben einer Laterne steht auf winterlichem Dorfplatz ein Schneemann. Leuchtende Schneeflocken fallen auf seine Brust und bilden allmählich ein Herz. Als es vollendet ist, reckt und streckt sich der Schneemann wie nach einem langen Schlaf. Er schlägt die Augen auf. Sie sind kugelrund und freundlich.

Merle warf einen Seitenblick auf Lise. Sie folgte mit offenem Mund dem Geschehen auf der Leinwand.

Dort beginnt der Schneemann einen heiteren Tanz, mit dem er einen Hund auf sich aufmerksam macht. Der Kläffer scheucht ihn über den Dorfplatz, um die Laterne herum, beißt ihm ein großes Stück aus dem Hintern. Dann wirft der Hund dem fliehenden Schneemann das Stück als Schneeball hinterher und trifft ihn genau an der verwundeten Stelle.

»Jetzt ist er wieder heil!«, freute sich Lise.

Merle nahm ihre kleine Hand, die vor lauter Aufregung ganz heiß war.

Der Schneemann kommt an einen See und beginnt einen heiteren Schlittschuhlauf. Zu Walzerklängen dreht er Pirouetten auf dem Eis. Er bricht ein. Mühsam kämpft er sich aus dem Wasser, auf einmal ganz dünn und eingeschmolzen. Er schleppt sich ans Ufer, nur noch ein tropfender Schatten seiner selbst.

Lise drückte die Hand ihrer Mutter ganz fest.

Da lässt er sich den Hügel hinunterrollen, wie Kinder das beim Schlittenfahren gerne machen, und der frische Schnee stellt ihn wieder her. Ein Rabe sieht's mit Wohlgefallen, reicht ihm Zylinder und Nasenkarotte. Eine Tanne, die den Schneemann ausgelacht hat, wird dafür vom Raben bestraft und vom Schnee befreit. Ganz kahl steht sie da. Abend ist es geworden, und der Schneemann legt sich zum Schlafen hin. Ein Kaninchen hat es auf die Mohrrübe abgesehen.

»Oh nein, gleich hat der Schneemann keine Nase mehr!«, flüsterte Merle, aber der Schneemann ist auf Zack und droht dem Kaninchen mit dem Finger. Er betritt ein Bauernhaus und erkennt sein

Ebenbild auf einem Kalenderblatt, es ist Januar. Neugierig blättert der Schneemann weiter, über seine eigene Lebenszeit hinaus, bis zum Juli mit seinen blühenden Pflanzen. Das würde er gerne erleben. Also setzt er sich in einen Gefrierschrank und schläft ein.

»Das ist gefährlich«, flüsterte Lise, und Merle stimmte zu: »Das darfst du niemals machen, versprochen?«, worauf das Kind ernst erwiderte: »Ich bin doch keine Schneefrau!«

Tage und Wochen fliegen nur so vorbei, und schon ist wieder Frühling, hüpfen die Blumen aus der Erde. Die Sonne malt mit dickem Pinsel bunte Farben in eine erwachende Welt, Wölkchen regnen gewundene Bäche in die Landschaft. Im Bauernhaus schlägt die Kuckucksuhr, und der Kuckuck fliegt rasch zum Kühlschrank, um den Schneemann zu wecken. Der muss ein wenig warten, weil er im Gefrierschrank festgefroren ist. Dann aber öffnet er die Tür und sieht durch das Fenster die Blumen, die Objekte seiner Sehnsucht. Sie lächeln und winken ihm zu.

»Er hat's geschafft!«, freute sich Lise. Merle nickte und drückte ihre Hand. Sie kannte das Original von Hans Christian Andersen. Seine Märchen gingen selten gut aus.

Oh, wie lustig der Schneemann nun durch den Sommer tanzt! Ein Marienkäfer fährt Ski auf seinem Körper, und einer Henne legt er einen Schneeball zu den Eiern. Das ist ganz kalt am Hintern, sodass das Huhn vor Schreck senkrecht in den Himmel schießt. Jetzt ärgert der Schneemann mit seiner Kälte auch noch eine Kuh. Wie ein Schwimmer lässt er sich danach auf dem Rücken durch ein Kornfeld treiben, tanzt über die Hügel und singt vor lauter Glück: »Das ist der Sommer meines Lebens, wie schön bist du im Blütenkleid«, während die Sonne ihn bereits zerschmelzen lässt, unerbittlich unter dem Gewicht seines Zylinders, der Schneemann aber singt mit schwindender Kraft: »Wer dich geseh'n, lebt nicht vergebens, mein Herz schmilzt vor lauter Seligkeit ... wie schön ... bist ... du.«

Merle hörte, wie Lise leise die Melodie mitsummte.

Über der Pfütze tauchen vier kleine Kaninchen auf und freuen sich, gefolgt von ihrer Mutter. Es ist das Kaninchen, das im Winter dem Schneemann die Nase stehlen wollte. Es nimmt die Mohrrübe aus der Pfütze und knabbert sie nachdenklich an, den Blick dankbar in den Himmel gerichtet. Ende. Abspann.

»Der Hase hat sich an den Schneemann erinnert!«, stellte Lise fest und rieb sich die Augen, weil die Lichter wieder angegangen waren.

»Stimmt«, sagte Merle. »Ganz anders als im Märchen, das wir gelesen haben.« Bei Andersen blieb am Ende vom Schneemann nicht einmal eine Erinnerung.

Für eine Nachmittagsvorstellung war der große Saal im Tivoli gut gefüllt. Merle sah sich um. Mütter mit ihren Kindern, manche davon, Mütter wie Kinder, mit rotgeweinten Augen. Kurios, dachte Merle, wie ein und dieselbe Geschichte so abweichende Reaktionen hervorrufen konnte. Sie selbst fühlte sich, als wären in ihrem Kopf die Zügel ein wenig gelockert worden. Zwar wurde sie von Szene zu Szene geführt, aber nicht eng. An der langen Leine ihrer eigenen Gedanken konnte sie abschweifen, wohin sie wollte. Hart und schön der Januar. Weich und schön der Juli. Hart die Gegenwart. Und schön eine Zukunft, die ausnahmsweise mal nicht erkämpft, sondern nur abgewartet werden wollte. Literatur, die auf sie eine vergleichbare Wirkung hatte wie dieser Zeichentrick, war längst »den Flammen überantwortet« worden. Ohnehin hatte ein Verlag nach dem anderen zuletzt seine Arbeit »vorübergehend« eingestellt. Werke über »Dareios den Ersten«, über »Die Freimaurerei« oder »Geländekunde« wurden weiter eifrig annonciert, aber nie geliefert. Jedes neue Buch in der Belletristik war im Grunde von Kuni Tremel-Eggert. Immer stramm, nie weich. Immer Absicht, nie Geheimnis. Und jeder Film ein Zwinger. Immer Programm, nie Idee. Kunst als Hieb- und Stichwaffe.

Neben dem Ausgang wartete Walter, wie immer die Daumen hinter die Hosenträger geklemmt.

»Darf ich die Damen gleich noch auf eine Limonade einladen?«

»Selbstgemacht?«, fragte Lise skeptisch.

»Was denn sonst!«, entrüstete er sich. »Selbstgemacht von Frau Schiller!«

»Dann ja!«, freute sich Lise.

Das Glas war so groß, dass sie es nur mit beiden Händen hochheben konnte. Walter bat Merle unterdessen »für ein Momentchen« in sein Büro. Lange her, dass Merle hier gewesen war. So aufgeräumt hatte sie den Raum noch überhaupt nie gesehen. Das Regal war leer, an einer Wand aufgereihte Aktenordner. Auf dem Schreibtisch nur ein Schuhkarton. Walter ließ seinen massigen Körper in den Sessel sinken und schnallte mit einem wohligen Ächzen sein Holzbein ab, zog die Prothese aus dem leeren Hosenbein und lehnte sie gegen die Wand. Dann beugte er sich vor, trommelte mit den Fingern auf den Schuhkarton und sagte: »Früher war's doch lustiger, oder?«

Merle hatte keine Ahnung, was das wieder heißen sollte, und Walter lachte trocken: »Natürlich weißt du das nicht. Warst ja nie dabei. Bist ein anständiges Mädchen. Es gab aber mal eine Zeit, da waren wir sehr ... na ja, lustig. Nicht nur an Karneval. Das war, bevor der eiserne Besen ausgepackt wurde. Oh, was haben wir da gefeiert! Meistens im Souterrain vom Hotel Krone. Manchmal auch hier im Kino. Es gab Musik, weißt du? Richtige Musik. Und Alkohol. Wir waren Erwachsene, verstehst du?« Er hob den Deckel vom Schuhkarton, griff hinein und holte ein einziges Foto heraus. Betrachtete es lange, fast versonnen: »Drunter und drüber ging's da manchmal. Sei's drum. Andere Zeiten.«

Er legte das Bild auf den Tisch.

»Will ich das sehen?«, fragte Merle.

Walter wiegte den Kopf hin und her.

Merle zog das Foto mit dem Zeigefinger heran, runzelte lächelnd die Stirn: »Was sehe ich da, Walter?«

»Oh, das ist Generalmajor Paul von Lettow-Vorbeck«, sagte Walter. »Mit einem Hottentotten, den er in Deutsch-Ostafrika unterworfen hat.«

Merle sah Henriette Gürckel mit einem Tropenhelm auf dem Kopf. Sie trug die aufgeknöpfte Uniformjacke der kaiserlichen Kolonialarmee, darunter nur einen Büstenhalter. Ihre langen Beine steckten in Strumpfhosen, und die steckten in polierten Schaftstiefeln. Einen davon hatte sie auf die Schultern eines Mannes gestellt. Der Mann kniete vor ihr auf dem Boden, als würde er etwas suchen. In einer Hand hielt Henriette eine Kette, mit der sie den Mann am Halsband führte. In der anderen Hand hatte sie eine Nilpferdpeitsche. Sie lächelte. Der Mann auf dem Boden war nackt bis auf einen Lendenschurz. Sein Gesicht war mit Schuhwichse geschwärzt, die Lippen offenbar rot geschminkt. Er schaute direkt in die Kamera. Es war Otto Gürckel.

»Waren wir nicht lustig?«, fragte Walter.

»Weiß der Gürckel ...?«

Walter machte ein vielsagendes Gesicht und nahm das Foto wieder an sich: »Er weiß, dass ich beweisen kann, dass er mal lustig war. Dafür habe ich schon vor mehr als zehn Jahren gesorgt. Seitdem ist das Tischtuch zwischen uns zerschnitten, wie man so sagt. Dieser Beweis«, er wedelte noch einmal mit dem Foto, »ist der Grund, warum der Waibel und ich ... warum wir noch nicht verhaftet sind. Vor fünf oder zehn Jahren konnte ich mir noch nicht sicher sein. Da hätte unser Herr Kreisleiter diese Sache noch unter den Teppich kehren können. Es hackt eine Krähe der anderen kein Auge aus. Aber jetzt? Wo ringsum alles in die Binsen geht? Kannst du dir vorstellen, was die mit dem Gürckel machen, wenn dieses Foto in die falschen Hände gerät? Direktemang?«

Dunkel erinnerte Merle sich jetzt an eine Andeutung, die Walter vor langer Zeit gemacht hatte. Hier im Kino musste das gewesen sein. Und sie hatte es wieder vergessen.

»Warum zeigst du mir das?«, fragte sie.

Er nahm das Foto und sah es noch eine Weile an. Dann holte er einen Briefumschlag aus der Schublade. Steckte das Foto hinein und klebte den Umschlag zu: »Ich bin zum Volkssturm einberufen. Es geht ans Ende, Merle. Wir beide wissen das. Kein Mensch weiß, was kommt. Ich möchte einfach, dass du dieses Bild an dich nimmst. Darauf aufpasst«, sagte er und schob ihr den Umschlag zu. »Kannst du das für mich tun?«

Merle nahm den Umschlag entgegen. »Und Pfarrer Waibel, ich meine ...«

Durch den Stoff der Hose kratzte Walter sich an seinem Beinstumpf und seufzte tief: »Julius und ich, wir sehen uns nicht mehr. Hochwürden möchte der Sünde entsagen. Der Mann weiß nicht, wovor er mehr Angst haben soll – Rom oder Theresienstadt?«

Jemand machte sich an der Tür zu schaffen.

Beide zuckten zusammen.

Merle fuhr herum.

In der Tür stand Lise: »Seid ihr geschmolzen?«

•••

Da war die Kammhuberlinie. Augen und Ohren des Reiches waren auf seinen westlichen Luftraum gerichtet. Was Theoretiker entwerfen, Praktiker umsetzen und Fabriken liefern konnten, das war hier ins Werk gesetzt. Ein Senden und Empfangen, Horchen und Abtasten, Ausrechnen und Antizipieren von Dänemark bis Lothringen. Tief gestaffelt bis hinein ins Ruhrgebiet standen Radargeräte neuesten Typs. Was ihre Signale reflektierten, Akkorde und Schwebungen, war ertappt und erfasst. Kaum aufgestiegen in England, war der feindliche Verband schon ein Vektor auf dem gläsernen Tisch in der Zentrale der Verteidiger. In den gefährdeten Quadranten wurde der Feind bereits erwartet. Scheinwerfer machten die Nacht zum Tag. Flugabwehrgeschütze waren schon bemannt. Abfangjäger in der Luft. Aufgespannt über dem ganzen Reich war ein komplexes System zur Überwachung und Abdichtung des Himmels. Eine virtuelle Fortifikation, wie sie die Welt noch nicht gesehen hatte. Bis der Feind auf die Idee kam, Augen und Ohren durch den Abwurf von Stanniolpapier zu verwirren, die Düppel. Und das war's dann mit der Kammhuberlinie.

»Mumpitz«, murmelte Eugen und betrachtete den schlichten Grabstein – LEBERECHT VON WIELAND, 1850-1941 –, als auch schon wieder die Sirenen aufheulten. Es war der sechste Alarm an diesem Tag. Wenn auch der Fliegeralarm mittlerweile täglich, manchmal stündlich ertönte, war Ginsterburg bisher verschont geblieben. Und Eugen zweifelte nicht daran, dass das auch so bleiben würde. Die Stadt war nicht groß genug, der Bahnhof kein Knotenpunkt, die Industrie nicht kriegswichtig – auch wenn Clemens Jungheinrich nicht müde wurde, von seiner Papierfabrik das Gegenteil zu behaupten. Im Grunde war es doch nur der Alarm, auf den es der Gegner abgesehen hatte. Dem Feind ging es darum, das deutsche Volk zu zermürben, seinen Widerstandswillen zu brechen. Diesem Zweck diente die alltägliche Warnung beinahe mehr als der Angriff. Zu diesem Schluss war er in einem Artikel gekommen, den er natürlich niemals veröffentlichen würde. Was er veröffentlichte, waren Loblieder auf einen sich kümmernden Staat, eine fürsorgliche Partei. Für sich allein aber hatte er den Entschluss gefasst, sich davon nicht mehr einschüchtern zu lassen. Zumal ihm das Geheul der Sirenen, ihr archaisches Jaulen noch immer das Gemüt eintrübte. Sofort spürte er dann wieder diese Spannung seiner Gesichtsmuskeln, den verbliebenen Rest seiner peinlichen Kriegszitterei. Er zupfte die Schleife des Kranzes auf dem Grab seines Vaters zurecht und verabschiedete sich mit einem Seufzer.

Ohne Eile ging er unter dem Geheul über den Friedhof, erwog seine Möglichkeiten. Er könnte die Glockengasse hinunter und in den Keller des Museums. Am Marktplatz stünden ihm die Luftschutzräume des Hotels Krone zur Verfügung. Oder der Rote Storch mit seinen unterirdischen Verbindungen von Keller zu Keller bis tief in die Altstadt hinein. Im Untergeschoss des Gemeindehauses der Erlöserkirche war er noch nie gewesen. Auf dem leeren Vorplatz erspähte ihn der Luftschutzwart: »Keine Bummelei! Wir schließen gleich!«

Die Treppe führte erstaunlich tief hinunter in einen überraschend großen Raum. Notfalls, staunte Eugen, könnte der Kruse hier auch seinen Gottesdienst abhalten. Kinder rannten ihm um die Füße, die Bänke entlang der Wände waren schon voll besetzt, und tatsächlich hatte Pastor Kruse dort drüben bereits ein paar Schäfchen um sich versammelt. Eugen sah sich nach einem Sitzplatz um, Frau Kruse machte eine einladende Geste auf den freien Platz neben sich und wendete sich wieder ihrem Mann zu. Eugen setzte sich und hörte zu, wie Kruse von den angloamerikanischen Luftbanditen sprach und der Feigheit, Zivilisten aus der Luft anzugreifen. Im Übrigen müsse man sich um Ginsterburg auch im schlimmsten Fall keine Sorgen machen, die Stadt sei vorbereitet, sie stehe unter dem Schutz des Herrn.

»So wie Hamburg?«, fragte jemand, halblaut aus dem Halbdunkel.

Kruse fuhr herum: »Wer war das? Wer hat das gesagt?«

Niemand meldete sich. Die Gespräche verstummten. Der Luftschutzwart ließ den Kegel seiner Taschenlampe von Gesicht zu Gesicht huschen. Eugen fühlte sich ertappt, auch wenn er gar nichts gesagt hatte. Neben ihm meldete sich plötzlich Frau Kruse: *»Denn wir haben hier keine bleibende Stadt, sondern die zukünftige suchen wir«*, und ihr Gatte nahm die Anregung sofort in seine Predigt auf: »Sehr richtig!«, rief er, die Hände auf dem Rücken, Blick zur niedrigen Decke erhoben: *»Gehorcht euren Lehrern und folgt ihnen, denn sie wachen über eure Seelen ...«*, und so zitierte und extemporierte der Pastor aus dem Psalm eine kleine Predigt darüber, dass alles Weltliche hinfällig und nur die Idee des Völkischen von ewiger Dauer sei.

Frau Kruse hatte begonnen, Eugen wie einem trostbedürftigen Kind den Arm zu tätscheln. Ich muss hier raus, dachte er. Es war natürlich ein Fehler gewesen, als Katholik diesen sehr protestantischen Keller aufzusuchen. Mit halbem Ohr folgte er den Ausführungen des Geistlichen, der sich jetzt erst warmgeredet hatte. Eifrig referierte Kruse über Bolschewisten und Plutokraten, über Churchill und das Weltjudentum. Irgendwann stolperte Eugen über die Floskel, der Krieg sei die Hölle. Da lachte er unwillkürlich auf.

»Dürfen wir erfahren«, fragte Kruse höflich, »was der Herr Schriftleiter daran so komisch findet?«

Eugen spürte, wie ihn die Taschenlampe des Luftschutzwarts traf. Er setzte sich auf.

»Verzeihung«, sagte er und blinzelte. »Mir scheint, der Krieg ist schlimmer als die Hölle.«

»Schlimmer als die Hölle?« Der Pfarrer schmunzelte in die Runde. »Wollen Sie uns das näher erläutern, Herr Schriftleiter?«

Eugen sah sich vor. Es war nicht ungefährlich, über solche Dinge zu sprechen. Dünnes Eis. Neben sich hörte er Frau Kruse flüstern. Es war ein kaum hörbarer Singsang: »*Die Gottlosen müssen zu Schanden werden und schweigen in der Hölle.*«

Eugen beschloss, es darauf ankommen zu lassen. »Was ist denn die Hölle?«, fragte er den Pfarrer.

»Theologisch ist diese Frage nicht leicht zu beantworten«, begann Kruse. »Nach landläufiger Vorstellung sind es die Gottlosen, denen ewiges Leiden im Höllenfeuer bereitet ist. Dieser Krieg aber ist einem schuldlosen Volk aufgezwungen worden, das ...«

»Sünder kommen in die Hölle, richtig?«

»Die Hölle wartet auf jene, die es verdient haben. Ganz allgemein gesprochen.«

Eugen nickte: »Sehen Sie? Der Krieg aber wartet nicht. Er macht keinen Unterschied zwischen den Schuldigen und den Unschuldigen. Er kommt zu uns allen, wie es ihm gefällt.«

Stetten am kalten Markt, den 8. Februar 1945

Liebste Erika,

dieser Brief ist ein Kassiber. Mein alter Kollege Berthold ist so freundlich, ihn für mich zu überbringen – überlasse ihm dafür doch zwei oder drei Flaschen von dem guten Rotwein, wenn wir noch welchen haben. Der Post ist dieser Tage nicht zu trauen. Es gibt auch Dinge, die nicht für fremde Augen sind. Entschuldige bitte auch meine krakelige Schrift. Hier oben auf der Alb ist es so kalt, daß ich den Stift kaum halten kann. Wir verbrennen schon alte Zeitungen, um uns ein wenig einzuheizen. Wäre die Lage nicht so ernst, man könnte hier sogar Schi fahren. Gestern gab es eine Schneeballschlacht. Man glaubt gar nicht, daß erwachsene Männer so kindisch sein können. Man tut aber, was man kann. Denn der Druck ist enorm. Der erste Testflug der Natter ist für den 1. März angesetzt. Ganz egal, wie das Wetter wird. Wenn wir die Natter schon 1940 gehabt hätten, 200, 400, 600 davon, dann würden unsere Städte noch stehen. Wenn ich an das Geld und die Ressourcen denke, die an Raketen und Düsenjäger verschwendet wurden, wird mir übel. Jetzt eben das Jägernotprogramm. Wenn es jemanden gibt, der das mit Hochdruck vorantreibt, dann die SS. Aber ich wusste ja, auf wen ich mich einlasse. Immerhin konnte ich verhindern, daß sie mir KZ-Insassen als Arbeiter zuweisen. Wurden mir förmlich aufge-

drängt, kann ich aber nicht gebrauchen. Verzweifelte Hungerhaken, die mir am Ende noch das ganze Projekt sabotieren. Dann lieber Invaliden. Und ein paar Russen aus der Wlassow-Armee. Arme Teufel, wenn Du mich fragst. Aber die haben auch nichts zu verlieren. Endlich haben wir auch unseren Piloten, wir erwarten ihn quasi stündlich und sind schon alle sehr gespannt. Jung, aber ein Ass, erfahren und mehrfach ausgezeichnet. Ist im Osten degradiert worden und ehrgeizig genug, sich mit dem Testflug zu rehabilitieren. Man hat ihm versprochen, danach zum Oberstleutnant befördert zu werden. Ich kann seinen Mut nur bewundern. Er wird der erste Pilot sein, der einen Senkrechtstart absolviert. Und der erste Mensch, der schneller ist als der Schall. Er wird Luftfahrtgeschichte schreiben. Wenn er dieses Himmelfahrtskommando überlebt. Ob wir damit das Blatt noch wenden können? Das liegt jenseits meiner Verantwortung. Ich habe als Ingenieur alles getan, was ich konnte.
Gut, daß Du mit Ottmar und Roland in Salzburg bist. Bitte bleib dort. Da ist es sicher. Niemand kann sagen, was die Zukunft bringt. Nur, daß ein Ende dieses Ringens kurz bevor steht, ich glaube, das leugnet niemand mehr. Schon verlassen erste Ratten das sinkende Schiff. In Peenemünde gibt es Leute, für die sich die Amerikaner sehr interessieren. Was uns betrifft, so bleibt es bei Buenos Aires. Die Papiere sind dort hinterlegt, wo wir es vereinbart haben. Desgleichen das Geld. Ich bleibe zuversichtlich, Erika. Sei Du es auch. Ich bitte Dich. Ein guter Tischler wie ich wird noch zu allen Zeiten und überall gebraucht. Und wenn es die Zeiten wieder erlau-

ben, dann werden es Wohnwagen sein. Wohnwagen, die durch ganz Europa rollen.

Ich vermisse Dich
Dein Erich

P. S. Wichtig ist es jetzt, die Nerven zu behalten. Gerade, weil der Obrigkeit die Nerven durchgehen. Ich habe Menschen wegen Nichtigkeiten hängen sehen. Pass bitte gut auf Dich auf, mein Herz. Und auf Onkel Leopold, der noch nie sein loses Mundwerk im Zaum halten konnte.

II

WIR HABEN HIER KEINE BLEIBENDE STADT

»Was bist du?«, flüsterte sie.

»Ein kleines Schweinchen bin ich!«, keuchte er.

Plötzlicher Schmerz flammte quer über seinen nackten Rücken.

»Jetzt nochmal. Was bist du?«

»*Dein* kleines Schweinchen bin ich! *Dein* Schweinchen!«

Diesmal streichelte sie ihn nur mit der neunschwänzigen Katze: »Brav! Mein haarloses kleines Ferkelchen bist du ...«, und ihrer Stimme, seelenruhig und liebevoll, mit diesem leichten österreichischen Zungenschlag, der ihn ebenso erregte wie ihr Kichern, mit dem sie jetzt sein Grunzen ins Lächerliche zog, dieser Stimme gab er sich geschlagen, wieder einmal, und rollte schnaufend von ihrem knochigen Körper, atmete schwer, sagte nichts.

Es war, wie es war. Seit Henriette wieder bei ihm in Ginsterburg lebte, hatte er von ihr kein einziges Wort über den Mann gehört, für den sie ihn und ihre Familie einst verlassen hatte, diesen Goldfasan mit der niedrigen NSDAP-Mitgliedsnummer. Vergessen die Fahrten im bewimpelten Benz, die glanzvollen Premieren im Ufa-Palast, die Einladungen zum Tee auf den Obersalzberg. Es war, als wäre diese Phase ihres Lebens beendet, ohne die winzigste Spur der Wehmut oder des Bedauerns hinterlassen zu haben. Weil Henriette nicht darüber redete, hatte Otto eigene Erkundigungen eingezogen. Und die erfüllten ihn mit tiefer Befriedigung. Offenbar hatte sein mächtiger Rivale sie zunächst mit einer schwedischen Filmschauspielerin betrogen und war nach dem feigen Attentat auf den Führer in jenen blutigen Strudel geraten, der in den vergangenen Monaten noch wesentlich niedrigere Mitgliedsnummern verschlungen hatte. Henriette hatte sich dem Sog der Ereignisse rechtzeitig entzogen. Es war, wie es war.

Ihre Nebenrolle am kaiserlichen Hof hatte sie sozusagen gegen eine Hauptrolle in einem Herzogtum eingetauscht – und Otto hatte nichts dagegen. Sie war eine Frau, der man etwas bieten musste. Er war inzwischen ein Mann, der etwas zu bieten hatte. Glückliche Fügung, dass er damals seine Hand auf diese Immobilie gelegt hatte. Das Jagdschloss nebst fügsamer Dienerin, Julka, hatte sie gleich nach ihrer Rückkehr zur Residenz erkoren. Und sich im Turmzimmer erst häuslich eingerichtet, bald regelrecht verbarrikadiert. Anfangs waren sie noch hin und wieder »ausgegangen«. Nicht ganz so wild wie früher, aber doch in die Fasanerie oder ins Tivoli. Im Triumph hatte Otto sie ausgeführt und wie eine wiedergewonnene Trophäe hergezeigt. Schnell aber machte sich bemerkbar, was Henriette ihren »Ennui« nannte. Und so blieb sie weitgehend im Haus, wo sie als Gastgeberin seiner Gelage die Herde der Honoratioren mit ihrer Weltläufigkeit beglückte. Hier konnte sie die Herrin spielen, wie sie früher die brave Gattin und sorgende Mutter hatte spielen müssen. Jetzt war sie Königin, der ein kleines Schweinchen nach Belieben ins Bett hüpfen durfte. Vorausgesetzt, er machte es nicht nass. Ansonsten teilten sie nicht viel. Aber ihre durchaus konträren körperlichen Bedürfnisse, die passten nach wie vor zusammen wie zwei Teile eines Puzzles. Knut und Bruno waren kein Thema. Als hätten die Söhne nie existiert. Es war nicht die einzige Seltsamkeit, die sich in einer gemeinsamen Flasche 1939 Chateau La Mission Haut-Brion ertränken ließ.

»Ich freue mich auf den Frühling«, sagte sie schläfrig.

»Freu dich nicht zu früh«, sagte Otto und hörte dem prasselnden Regen zu. »Du wirst den Park nicht mehr wiedererkennen.«

Im Winter war der Englische Garten ohnehin ein öder Ort. Nachdem aber Gräben und Schanzen und Hindernisse angelegt waren, wirkte er wie eine dieser in die Trostlosigkeit gebombten Mondlandschaften, die sich ihm 1917 in Flandern eingeprägt hatten.

»Meinetwegen hätten's ihn nicht umpflügen müssen«, sagte Henriette so leichthin, als rede sie von einem Gemüsebeet, schwärmte ohne Punkt und Komma vom wilden Garten der Sommerresidenz der deutschen Botschaft am Bosporus, von den gepflegten Wegen im Park von Schönbrunn, vom elterlichen Anwesen unten an der Donau. Unbehaglich drehte er sich auf die Seite. Reden. Das gehörte zu den wenigen Dingen, die sich an ihr geändert hatten in ihrer Abwesenheit. Sie redete, für ihre Verhältnisse, wie ein Wasserfall. Sagte einfach, was ihr in den Sinn kam. Früher hatte er an Henriette ihre vornehme Verschlossenheit geliebt. Das Herrische dahinter, dem er sich nicht entziehen wollte. Ein stilles Wasser war sie gewesen, aber bevölkert von Ungeheuern, von deren Tentakeln er sich, oh, so gerne in die Tiefe ziehen ließ. Heute erschien ihm das Wasser flacher. Als könnte er bis auf den geheimnislosen Grund sehen. Die Ungeheuer immerhin waren noch da, gierig, aber nicht mehr ganz so unersättlich wie zuvor. Und weil das so war, musste er sich jetzt dieses Geplapper über Gartenbau anhören.

»Sie haben sogar das Zedernwäldchen abgeholzt«, klagte Henriette. »Also, für mich ist das reiner Vandalismus. Soll er doch nach Schlesien, der Herr Oberstleutnant, da kann er sich dann bewähren. Wo droht denn Gefahr, bitt'schön?«

»Du kennst doch unseren Oberstleutnant«, sagte Otto und dachte an das ernste Gesicht von Neuhofer, wie er ihm über einer topografischen Karte die strategische Lage von Ginsterburg auseinandergesetzt hatte. »Wer mit schwerem Gerät auf unsere Stadt vorrücken will, muss das von Westen tun«, hatte Neuhofer ihm erklärt. »Und dort gibt es für Panzer keinen anderen Weg als durch unseren schönen Park hier, Herr Kreisleiter.«

Die Zedern hatten zwischen der Burg und dem Teich gestanden, ganz hinten, wo der Garten in die Wiesen übergeht. Die Burg war jetzt keine Burg mehr, sondern der Sockel einer Kanone. Opfer müssen gebracht werden. Otto dachte an Knut, der bei den Fischen schlief, und Bruno, der als »im Felde vermisst« gemeldet war. Daran, dass beide Söhne ihre Mutter nicht mehr gesehen hatten. Die Beete und Gewächshäuser von Aalsmeer kamen ihm in den Sinn, wie komfortabel deren reiche Erträge ihm über die ersten Kriegsjahre geholfen hatten. Auch verloren inzwischen. Die zahllosen »Frontbegradigungen« im Osten und die »heldenhaften Abwehrkämpfe« im Westen. Die Ardennen, das Elsass, Lothringen. Wenn der Feind seine gepanzerten Fühler ausstrecken sollte bis nach Ginsterburg, dann wäre sein erstes Tasten hinten beim Teich zu erwarten. Dann ging es um freie Schussbahn für die eingegrabenen Abwehrkanonen, hatte ihm der Neuhofer erklärt. Dann würde der Feind zurückgeschlagen werden auf einem Schlachtfeld, das einmal der Englische Garten von Ginsterburg war. Im Zwielicht betrachtete er Henriettes schlanke Glieder, ihre weiße Haut, ihre spitzen Hüftknochen, ihre blonden Haare und ihre schwarze Scham. Auf seinen eigenen Unterarmen konnte er ganz deutlich die Bisswunden erkennen. Zwei blutunterlaufene Halbkreise. Das konnte nur Henriette.

»Die Irre muss weg«, sagte sie unvermittelt.

»Hm?«

»Das Judenliebchen. Die Verrückte. Gespenstische Person. Sag ihr, dass sie ihre Sachen packen soll!«

Gürckel lachte nervös. Für ihn gehörte die Mohelsky längst zum Inventar. Außerdem war die Renovierung des Deckengemäldes noch gar nicht abgeschlossen. Ging es nach ihm, konnte die Mohelsky im Park von Pavillon zu Teehaus zu Burg zu Tempel ziehen, bis der Krieg vorbei war.

»Ich habe die arme Frau seit Wochen nicht gesehen«, sagte er.

»Ich schon. Heute im Garten. Hat wieder mit sich selbst geredet.

Mich hat es diesmal wirklich gejuckt, ihr die Wahrheit über ihren Mann zu sagen.«

»Über Theodor Mohelsky? Da wissen wir doch gar nichts Genaues!«

Henriette entfuhr ein spöttisches Schnauben: »Aber natürlich! Das hatte ich ganz vergessen, dass man als kleiner Kreisleiter in der Provinz lieber *nichts Genaues* wissen will über unsere Antwort auf die Judenfrage ...«

Otto überkam ein leichtes Frösteln, wie es ihn nur in Henriettes Gegenwart überkommen konnte. Wie kalt sie sein konnte, wenn sie den Dingen ins Auge sah. Seine Schneekönigin. Er rückte ein wenig näher an sie heran. Sie legte eine Hand zwischen seine Beine: »Ich will, dass sie von hier verschwindet. Ein Anruf bei der Gestapo, und der Fall ist erledigt. Wollen wir das? Sei ein Mann und pack die Sache an ...«

Henriette drückte fest zu. Otto atmete tief ein.

»Bei diesem Wetter jagt man doch keinen Hund vor die Tür!«

»Aber mein kleines Schweinchen! Das kann ich jagen, wohin ich will!«

•••

Theo hatte immer große Stücke auf seinen Schwager gehalten. Jetzt verstand Uta auch, warum. Er konnte schreiben. Stellenweise vielleicht ein wenig weitschweifig, stellenweise verzopft. Aber dem Thema durchaus angemessen. Eugen von Wieland hatte sein Thema nicht nur durchdrungen, er liebte es auch. Und das spürte Uta, als wehte es ihr beim Lesen warm entgegen. Schade, dass sie ihn so selten gesehen hatte in der Villa. Während er seit seiner Heimkehr aus Frankreich viel Zeit auf der Hütte im Wald verbrachte, war Uta mehr und mehr und schließlich endgültig auf ihre »Baustelle« gezogen, in den Park – und jetzt, als Hüterin ihrer kulturellen Güter, in den Stollen von Ginsterburg ausgewichen.

Es war viel zu feucht hier unten. Bald bemerkte sie, wie die Seiten ganz weich wurden und auch beim Umblättern nicht mehr knisterten. Also legte sie die »Chronik von Ginsterburg« beiseite und schloss die Klappe des Ölofens. In der Stille nur das verhaltene Ächzen, mit dem das blecherne Abzugsrohr die Hitze nach oben saugte. Uta lauschte eine Weile auf diesen heiseren Gesang, dann löschte sie die Karbidlampe.

Ist die Luft rein?, fragte Theo, vorsichtig wie immer.

Nur im Schutz absoluter Schwärze wagte er sich aus seinem Versteck. Es genügte nicht, dass Uta die Augen schloss. Es musste wirklich zappenduster sein. Dann trat er hervor und in Erscheinung, leistete ihr Gesellschaft. Schon hockte er dort im Schneidersitz und knackte mit den Fingern. Früher war ihr diese Marotte immer auf die Nerven gegangen. Jetzt fand sie das Geräusch sehr schön. Er war blass, natürlich, und hatte sich aus irgendeinem Grund die langen Haare abgeschnitten. Da hätte er ruhig mal vorher fragen können. Theo schaute sich skeptisch um.

Feucht ist es hier. Der Schimmelpilz wird uns alles wegfressen!

»Das weiß ich doch«, sagte Uta. »Ist nur vorübergehend.«

Ein provisorisches Refugium für das bewegliche Erbe der Stadt. Und Theo wäre auch keine bessere Lösung eingefallen. Das alte Bergwerk war, Feuchtigkeit hin oder her, der sicherste Ort von allen. Um die Heiligen und den zerlegten Hochaltar aus dem Münster machte sie sich keine Sorgen. Auch nicht um die keltischen Fibeln und Kessel und Speerspitzen in ihren mit Holzwolle gefüllten Kisten. Was Jahrhunderte in der Kirche oder Jahrtausende unter der Erde überstanden hatte, dem konnte auch das Exil im Silberstollen nichts anhaben.

Anders verhielt es sich mit den Büchern. Ganze Bibliotheken hatte sie in den vergangenen Wochen und Monaten vom Arbeitsdienst hier unterbringen lassen, gegen die Empfehlung von Stadtbaumeister Kreuther – aber mit Sondergenehmigung von Otto Gürckel. Und die war gleichbedeutend mit einem Befehl.

Das Gedächtnis von Ginsterburg, sagte Theo und deutete mit vager Geste in die Düsternis ringsum, auf Handschriften der Zisterzienser, Berichte aus dem Heiligen Land, die Abschrift der Goldenen Bulle, eine kaiserliche Schenkungsurkunde, eine frühe Übersetzung der »Gedanken zum Hohen Lied« von Teresa von Ávila, die Sammlung von Urteilen der Hexenprozesse, einen mit »Bonaparte« unterschriebenen Erlass, die mit dem Wappen von Ginsterburg besiegelten Arbeitsverträge von Thompson und Tiepolo, eine ganze Wand aus Kirchenbüchern, Taufbüchern, Trauungsbüchern, Sterbebüchern. Es war nur ein Bruchteil dessen, was Uta als bewahrenswert identifiziert und in offiziellem Auftrag der Kreisleitung hatte abtransportieren lassen. Und selbst dafür war hier unten nicht genug Platz. Wie versteckt man ein ganzes Gemeinwesen? Wo bringt man es in Sicherheit? Im Grunde hätte Uta die ganze Altstadt in eine Halle des Bergkönigs verbringen lassen müssen, um sie dort wieder aufzubauen.

»Theo, was bedeutet MDXCVII?«

Die römischen Ziffern? Hm, warte ... 1497. Warum?

»Ich glaube, ich habe unser Haus gefunden.«

Das älteste Haus der Stadt? Wolltest du nicht mal ganz neue Städte bauen? Funktional und sachlich und gerecht?

»Es wird jetzt eher darum gehen, alte Städte wieder aufzubauen. Warum lachst du?«

Die Athener haben das Schiff des Theseus so lange aufbewahrt, wie es nur möglich war. Hin und wieder entfernten sie aus der Galeere verrottende Planken und ersetzten sie durch neue, identische Bauteile. So ging das Jahrzehnt um Jahrzehnt, Jahrhundert um Jahrhundert. Und irgendwann standen die Gelehrten vor der Galeere und stritten darüber, ob das noch das Schiff des Theseus war oder nicht.

Er war aufgestanden und ging im Kreis. Wie immer, wenn ihn ein Gedanke beschäftigte. Amüsiert sah Uta ihm dabei zu. Immer machte er sich alles so kompliziert. Dabei war die Sache doch ganz einfach und klar. Ohne ihr Gedächtnis war eine Stadt nur

Hülle. Eine Signatur auf der Karte, mehr nicht. Vergangenes war vielleicht auszulagern. Zu Hause aber war es nur dort, wo es sich zugetragen hatte. Würden die Artefakte und Nachweise ihrer Vergangenheit ausgelöscht, es träfe Ginsterburg wie einen Menschen der Schlag. Es kam nicht auf das Schiff an. Sondern auf die Taten, die Theseus damit vollbracht hatte. Nicht auf die Bühne. Auf die Tragödien und Dramen und Komödien, die auf ihr gespielt wurden.

Theo flackerte, verschwand, tauchte anderswo wieder auf.

Und wenn das Alte sein Verschwinden verdient?

»Was meinst du damit?«

Was, wenn ein Stück auf der Bühne das ganze Theater in Brand setzt?

•••

Er marschierte die große Allee hinunter und dachte über *nichts Genaues* nach, das wissen konnte, wer es wissen wollte. Otto Gürckel zog es in der Tat vor, knapp an den Dingen vorbeizuschauen. Er musste zwölf oder dreizehn Jahre alt gewesen sein, als ihm beim Anblick der Schnittblumen im Laden die fürchterliche Erkenntnis gekommen war, dass diese ganze duftende Schönheit, dieses Fest der Farben und des Lebens, dass diese vom Lebenssaft abgeschnittenen Blumen nichts anderes waren als Leichen – die nur noch nicht wussten, dass sie ausbluten und verdursten würden. Und nie hatte er erlebt, dass sich jemals eine Kundin über diesen Aspekt der Floristik gewundert hätte. Seitdem betrachtete Otto es als eine *Gabe,* einer möglichen Wahrheit nicht ins Auge zu sehen. Henriette hatte die gegenteilige Gabe, den Dingen auf den Grund zu gehen. Vermutlich hatte sie wieder recht. Theodor Mohelsky war längst der Endlösung zugeführt. Und Otto durfte Uta Mohelsky nicht länger Unterschlupf gewähren.

Ein kalter Westwind trieb den Regen vor sich her, pfiff durchs kahle Geäst der Bäume, schüttelte die Hecken. Die Dämmerung hatte eingesetzt. Im gefrorenen Panzergraben, der in einer Diagonale die ganze Landschaft durchschnitt, rutschte er aus und schlug sich das Knie auf. Nun humpelte er umher wie ein Landstreicher. Er verfluchte die Scheißkälte und den Scheißkrieg. Er verfluchte sich selbst, seine Freundlichkeit, und die Ausmaße des Parks. Keine Ahnung, in welcher renovierten Attraktion genau Uta derzeit ihr Lager aufgeschlagen hatte. Sie hatte die Wahl zwischen Schwaben unter den Staufern, Schottland unter den Stuarts, dem Bosporus unter den Osmanen, China unter den Ming und dem Piemont unter wem auch immer. Schlimmstenfalls würde Otto also die Burg, den Bauernhof, das Teehaus, den Pavillon und das Wasserschloss abwandern müssen.

Im chinesischen Teehaus tropfte nur das Wasser von der Decke auf das klappbare Feldbett, das Otto ihr zu Beginn des Winters geschenkt hatte – zusammen mit einer tragbaren Ölheizung, die sie allerdings mitgenommen haben musste. Unter dem Bett fand er eine Schatulle mit Beschlägen aus Messing. Er versuchte, sie zu öffnen, scheiterte aber am Schloss. Also klemmte er sie sich unter den Arm. Der antike Tempel war nicht viel mehr als ein offener Unterstand, in dem er ein paar Tauben aufschreckte. Der osmanische Pavillon war mit Sandsäcken zum Schießstand umfunktioniert, er bot kaum mehr genug Platz zum Hinlegen. Die Ölheizung endlich fand er in der Stube des Bauernhauses, dazu zwei Schubkarren, eine Reihe alter Spaten und leere Kisten, die kürzlich noch als Sitzgelegenheiten gedient haben mussten. Der Boden war übersät mit Zigarettenkippen. Hier hatten Fremdarbeiter und die Männer vom Arbeitsdienst ihre Pausen gemacht. Von der Mohelsky keine Spur.

Und so machte er sich unverrichteter Dinge wieder auf den Rückweg. Sein Knie schmerzte noch immer, also nahm er die Abkürzung durch den rückwärtigen Dienstboteneingang.

Im Foyer begegnete er Neuhofer.

»Herr Oberstleutnant?«, wunderte sich Otto. »Waren wir verabredet?«

Neuhofer grüßte knapp und militärisch. Abseits stand Julka, verhuscht wie immer, und wich Ottos Blick aus. Sie wusste genau, dass sie in seiner Abwesenheit keine Gäste ins Haus lassen durfte. Oben auf der Freitreppe Henriette, schön und starr wie ihre eigene Statue.

Neuhofer räusperte sich.

Bruno.

Schön und starr stand Henriette noch, als der Offizier sich verabschiedet hatte. Als hätte Neuhofer nur eine Bemerkung zum Wetter gemacht, nicht die Nachricht vom Tod ihres Sohnes überbracht. Otto breitete die Arme aus und schickte sich an, auf sie zuzugehen. Henriette aber hob abwehrend die Hände, wie damals, wenn sie Knut oder Bruno statt Trost für ein aufgeschürftes Knie lieber eine Lektion in deutscher Härte erteilt hatte.

»Ich bin im Turmzimmer und lasse mir Wasser ein«, sagte sie nur und fügte mit einem eigentümlichen Lächeln hinzu: »Und morgen sind wir weg. Julka, komm!«

Otto ließ die Arme sinken und blickte hinauf zum unvollendeten Deckengemälde. Der Landschaftsgarten, verwüstet. Bruno an der Memel. Die Bolschewisten im Osten. Eine Wut stieg in ihm auf wie Sodbrennen. Und morgen sind wir weg? Was, zum Teufel, sollte das bedeuten? Wollte ihm denn alles entgleiten? Er ballte die Fäuste.

Sein Blick fiel auf Julka, die sich nicht gerührt hatte. Unter ihrem Kittel trug sie das lindgrüne Negligé seiner Frau. Jetzt setzt's aber was. Mit zwei Schritten war er bei ihr, packte sie bei den Handgelenken und zischte: »Wie kannst du es wagen!«

Die Ärmel des Kittels rutschten herunter.

Vier blutunterlaufene Halbkreise.

Otto schnappte nach Luft.

Julka grinste. Und folgte Henriette langsam die Treppe hinauf.

•••

Schlaf, Kindlein, schlaf, der Vater hüt' die Schaf'

Das Lied ist schön, aber es macht mich traurig. Warum? Vielleicht ist es einfach eine traurige Melodie. Aber lustige Melodien machen mich manchmal noch trauriger. Komisch. Warum ist das so? Ich ziehe die Beine an und kuschele mich enger an Mama. Die Vorhänge sind zugezogen und an der Seite sogar festgeklebt. Damit man mein Zimmer von draußen nicht leuchten sehen kann. Das ist schade. Ich würde gerne die Schneeflocken sehen. Gestern habe ich einen Schneeball gemacht. Ich habe so fest gedrückt, die grüne Wolle aus meinen Handschuhen ist daran kleben geblieben. Dann haben wir den Schneeball zu den Gebrüdern Lejeune gebracht. Die sind sehr freundlich und haben Eis im Keller. Und dort kann der Schneeball auf den Sommer warten.

Die Mutter schüttelt's Bäumelein, da fällt herab ein Träumelein

Ich habe ein bisschen Angst vor den Träumelein. Sie machen, was sie wollen. Manchmal denke ich ganz fest an etwas Schönes. An den Zirkus oder an die kleinen Erdbeeren, die draußen vor der Stadt im Sumpf beim jungen Graben wachsen. Oder ans Fliegen mit Lolo. Er sagt, ich muss noch ein bisschen Geduld haben. Dann nimmt er mich mit über die Wolken. Geträumt habe ich davon aber noch nie. Auch nicht vom Zirkus oder von Erdbeermarmelade. Mama sagt, Träume können auch wahr werden. Ich habe mal geträumt, dass ein Hund mich beißt. Ich habe geträumt, dass die Frau Grasberger mich im Keller einsperrt. Ich habe geträumt, ich falle aus dem Himmel. Ich möchte nicht, dass diese Träume wahr werden.

Schlaf, Kindlein, schlaf

Mama singt ganz leise, als würde ich schon schlafen. Ich kann hören, wie sie beim Singen lächelt. Das ist nicht immer so. Aber heute klingt ihre Stimme wie eine große Blockflöte. Die Flöte ist ein Instrument zum Blasen. Es gibt auch Instrumente zum Zupfen, zum Streichen und Schlagen. Wenn Mama mit Onkel Eugen redet, klingt sie wie eine Geige. Die Geige ist ein Instrument zum Streichen. Wenn sie mit mir schimpft, klingt Mama wie eine

Geige zum Zupfen. Aus dem Radio kommen Stimmen, die klingen wie Instrumente zum Schlagen. Wenn Lolo zu Besuch ist, riecht er nach Wolken. Mama und er reden dann abends ganz leise in der Küche miteinander. Manchmal wird Lolo aber plötzlich laut wie eine Trompete, dann kann ich nicht einschlafen.

Schlaf, Kindlein, schlaf, am Himmel zieh'n die Schaf'

Die Schafe stehen immer draußen auf der Wiese beim alten Graben. Sie haben ganz gelbe Zähne, wie Frau Grasberger. Mama hat erst gelacht, als ich ihr das gesagt habe. Aber dann hat sie streng geguckt und gesagt, das darf ich sonst niemandem sagen. Nicht gezupft, gestrichen, geblasen oder geschlagen. Einfach gar nicht. Ich soll auch mit Tante Ursel nicht über Onkel Eugen reden. Dabei rede ich doch gar nicht mit Tante Ursel. Die guckt mich nie richtig an. Immer nur durch mich hindurch. Als wäre ich Luft. Aber ich will keine Luft sein.

Die Sternlein sind die Lämmerlein, der Mond, der ist das Schäferlein

Onkel Eugen will immer bei uns sein. Das hat er zu Mama gesagt, als ich dabei war. Und da hat er mich angeguckt und so nett gelächelt. Wenn Frieden ist, hat er gesagt. Dann kommt auch Lolo wieder aus dem Krieg nach Hause, das weiß ich schon. Krieg ist, wenn Lolo fliegen muss. Damit endlich Frieden wird. Dann geht es allen Menschen besser, sagt Mama. Dann müssen wir nicht mehr in den Keller, wenn die Sirenen heulen. Sirenen sind ein Instrument zum Blasen, glaube ich.

Schlaf, Kindlein, schlaf

Jetzt ist Mama rausgegangen. Sie denkt, ich schlafe schon, aber ich schlafe gar nicht. Ich muss noch an die Geschichte von Adam und Eva denken. Die ist unheimlich. Aber ich bin schon groß genug. Unheimliche Geschichten machen mir nichts aus. Mama denkt, ich fürchte mich vor der Schlange. Aber das stimmt nicht. Ich fürchte mich vor Gott. Das habe ich Mama auch gesagt. Da hat sie mich ausgelacht und mir einen Kuss gegeben. Jetzt dreht sich das Lied in meinem Kopf weiter. Wie ein Karussell. Im Kopf summe ich mit. Und plötzlich fallen mir die anderen Worte ein. Andere Worte zur gleichen Melodie.

Maikäfer, flieg!

Der Vater ist im Krieg

Ist es dann noch das gleiche Lied? So kenne ich es aus dem Kindergarten. Ich singe es leise vor mich hin und verstehe plötzlich, warum das Lied mich traurig macht. Die Worte klingen ganz kalt. Wie aus einem Traum, vor dem ich mich fürchte. So ein Traum, wo man wegrennen will und das nicht schafft.

Die Mutter ist im Pulverland

Und Pulverland ist abgebrannt

•••

Trocken war das Brot, aber immerhin war es Brot. Vier Scheiben mit Margarine. Eingelegte Pflaumen und richtiger Kaffee, kein Muckefuck. Frische Milch und Zucker. Honig. Käse hatte er sich gewünscht und bekommen. Ein Stück davon steckte er sich in die Tasche. Hier oben auf der Alb hatte es noch Kühe. Hühner gab es auch noch, stellte er fest. Hühner gab es immer. Außer vielleicht ganz am Ende des Dreißigjährigen Krieges. Gar so lange würde dieser Krieg nicht mehr dauern. Im Osten waren die Russen schon über die Oder, im Westen die Amerikaner schon über den Rhein. Es ging nicht mehr um eine Wende. Es ging um eine Gestaltung des Endes. Palliative Kriegsführung war das.

Das mit Lammfell gefütterte Leder seines Overalls knarzte bei jeder Bewegung. Zum Streichen benutzte Lothar sein Fliegermesser, wie immer. Der Griff war im gleichen Blau gehalten wie der Lederbezug der Scheide, der Stahl der Klinge schon tüchtig abgewetzt. Die Prägung konnte man aber noch lesen: »Gebr. Heller Marienthal bei Schweina / Thr«. Mit diesem Messer hatte er Fallschirmseide zerschnitten, Seile durchtrennt und einmal eine Kugel aus seinem eigenen Oberschenkel geholt. Nun schmierte er sich damit den Honig aufs Brot. Richtigen Honig, keine gelbe Zuckermasse. Zwei Eier hatte er schon verspeist. Kalt, aber weich gekocht. Die Schalen wischte er jetzt vom Tisch in seine hohle Hand und warf sie in den Schlund des erloschenen Bollerofens.

Es klopfte, als er gerade den Apfel schälte. Am Hosenbein strich Lothar das Messer sauber, steckte es ein und ging öffnen. Vor der Tür stand Oberscharführer Wagner. Kleiner Mann, kugelrund, rosige Wangen, Augenklappe. Er hatte frischen Schnee auf den Schulterklappen und eine Hand an der Schirmmütze: »Herr Oberleutnant, es isch alles bereit!«

Zu seinen Füßen saß Zwingel, der Rauhaardackel der Kompanie. Lothar mochte Dackel. Wie zäh sie waren und wie ernst, sich ihrer geringen Körpergröße niemals bewusst. Ein Hund, wie er sein soll – mit einer Aufgabe, einer Mission. Rein in den Bau und rausholen, was immer sich darin verkrochen haben mag.

»Ich bin nur Flieger«, sagte Lothar, »kein Leutnant.«

»Anweisung vom Chef«, sagte Wagner und zwinkerte vergnügt.

»Welcher Chef? Kammler?«, fragte Lothar und ging in die Hocke, um Zwingel ein Stück von dem Käse anzubieten. Der Dackel schnupperte, schaute. Er hatte gearbeitet in seinem Leben. Das sah man ihm an. Sein blindes Auge war eine blassblaue Murmel. Sein linkes Ohr hatte ihm mal ein Dachs abgerissen. Seine rosafarbene Zunge war verstümmelt, seit er an einer kaputten Autobatterie geleckt hatte. Zerfleddertes Fleisch. Wenn das Tier trank, pladderte ihm das Wasser nur so durch die Löcher. Mit seiner Reihe ganz kleiner Zähne ganz vorne nahm er ihm behutsam den Käse aus der Hand. Die Barthaare zitterten. Das gesunde Auge hatte die Farbe von poliertem Holz.

»Kammler ist schon abgereist«, erklärte Wagner. »Die Anweisung kommt vom Herrn Ingenieur. Sie sind mit dem heutigen Tag zum Oberleutnant befördert. Ich gratuliere!«

Die Luft war klar und kalt, aber spürbar wärmer als an den vergangenen Tagen. Wortlos folgten sie dem Trampelpfad hinunter auf das Gelände, vorbei an der Feldküche, Tannenzweige auf Wellblech. Zwischen struppigem Wintergras und gefrorenen Maulwurfshügeln waren nur noch vereinzelte Schneeflecken zu sehen. Eine geschlossene Wolkendecke lag reglos und so tief, dass sie beinahe die Wipfel der Tannen rings um den Talkessel berührte.

Aus dem Beobachtungsbunker, einem einfachen Schützengraben mit Sandsäcken als Splitterschutz, hörte Lothar bereits das Knistern der Funkgeräte. Der schlichte Hangar daneben war mit Netzen und Zweigen getarnt.

Mit Applaus und einer geöffneten Schnapsflasche erwartete ihn dort ein Häuflein abgezehrter Landsknechtgestalten. Sie hatten für dieses Projekt alle Stromkabel und Leitungen verlegt, die Scheunen und Unterstände gezimmert, die Lafette aufgerichtet und die Bodenplatte betoniert. Ganz Alte und ganz Junge, Zusammengekehrte und Versehrte, Ausgesonderte und Amputierte. Tauglich nicht einmal mehr als Kanonenfutter für die Front. Der Zustand dieser Leute hatte Lothar schon befremdet, als er auf dem Heuberg angekommen war. Bei seinem Gespräch im Führungshauptamt in Berlin hatte General Kammler noch von einem »handverlesenen Sonderkommando« aus den Reihen der SS geschwärmt.

Wagner blieb mit seinem Dackel und einem Gläschen Schnaps zurück. Lothar ging alleine hinunter zum Startplatz. Auf der kreisrunden Bodenplatte aus Beton wartete, den roten Bug spitz gegen den Himmel gerichtet, aufrecht in ihrem Startgerüst die flecktarnfarbige Natter.

Einmal mehr fragte sich Lothar, wie Fliegerkamerad Rohloff wohl *diese* Wunderwaffe gefallen hätte. Vermutlich hätte er es fertiggebracht, die Kühnheit des Entwurfs zu loben. Im Vergleich zu den ehrgeizigen Großprojekten früherer Zeiten aber war diese flüchtig zusammengetischlerte Holzrakete ein schlechter Scherz. Ein sogenanntes Verlustgerät, dessen Einsatz nur die Triebwerke und der Pilot überstehen sollten – der Rest durfte irgendwo zerschellen. Vielleicht hätte Rohloff sogar darüber lachen können.

AUSBLICK

»Schnellflug« - »Weitflug«, Probleme, deren Lösungen mehr als Völkerbünde geeignet sind, Grenzen verschwimmen zu lassen, Menschen einander näherzubringen, die aber auch dem Volke dienen, das natürliche und künstliche Grenzen und Hindernisse überwinden muß, um zu fernen Freunden zu gelangen. Ob Luftschiff oder Flugboot, Kleinfrachtflugzeug oder Großmaschine den Erdball einst regelmäßig umspinnen werden, man vermag es nicht zu entscheiden.

aus: »Das Problem des Schnellstfluges«, 1933, von Diplom-Ingenieur Erich Bachem

III

DER BLAUE FUCHS

Am 1. März 1945 steht ein winterlicher Ausläufer des Azorenhochs über dem nördlichen Mitteleuropa. Von London bis Paris, von Rennes bis Antwerpen ist der Himmel blau wie Porzellan. Ein mediterraner Tiefausläufer schickt seine feuchten Luftmassen wie Wasser in ein Mühlrad. Das kalte Hoch nimmt die Energie aus dem Süden auf, schiebt sie im Uhrzeigersinn nach Osten. Als Schneefront von der Eifel bis ins Breisgau dringt sie nach Deutschland ein wie eine aufschwingende Scheunentür. Für die Zeit nach Sonnenuntergang hat das meteorologische Büro der Royal Air Force eine sternenklare Nacht in Aussicht gestellt.

Am 1. März 1945 nimmt der Krieg in der Luft seinen üblichen Gang. Einmal aufgestiegen, gleiten die Bomberflotten über die Erdkrümmung hinweg in die Welt der ultrakurzen Wellen verschlüsselter Strahlen. Sie weisen ihnen den Weg. Fallen müssen alle Städte im »Bomber's Baedeker«, dem Handbuch der Royal Air Force. Am Ende wird der Krieg zur Luft eine Bombenfracht von einer Megatonne ins Reich getragen haben. Am Ende werden sechshunderttausend Menschen unter den Trümmern ihrer Taten und Träume begraben sein. Am Ende wird nur die Hälfte seiner Diener den Krieg zur Luft überleben.

Am 1. März 1945, es ist schon früher Nachmittag, steigen die schweren und langsamen Lancaster in Penshurst, Coolham, Dunsfold und Skellingthorpe auf, zwei Stunden später in Gransden Lodge die leichteren und schnellen Mosquitos. Über dem Ärmelkanal vereinigen sie sich zu einem einzigen Bomberstrom aus siebenhundert Maschinen. In Terrassen geordnet schiebt sich die Flotte in die Nacht. Sechshunderttausend Luftminen, Sprengbomben und eine halbe Million Stabbrandbomben sind ihre Fracht. In großer Flughöhe über dem Verband der Masterbomber. Als Zeremonienmeister und Regisseur nimmt er Meldungen entgegen, gibt Meldungen weiter. Gemeldet wird, dass Düppel aus Stanniolpapier über der Eifel dem deutschen Radar einen Großangriff im Norden vortäuschen.

Am 1. März 1945, später Nachmittag, schwenkt der Schwarm über den Vogesen ostwärts und quert den Rhein. Keine Jäger. In den Blick kommt als Leuchtfeuer Bruchsal, das die Amerikaner vor wenigen Stunden entzündet haben. Scharf nordwärts über den Odenwald bis zum Main und weiter. Es beginnt der fächerförmige Anflug auf das Ziel. Codename »Crane«, Kranich. Sieben Mosquitos gehen tiefer und fliegen voraus. Der Masterbomber funkt: »Über dem Ziel: Mond dreiviertel voll, klarer Himmel, keine Wolkenbänke, kein Bodennebel. Sicht ideal. Viel Glück.«

Am 1. März 1945 um achtzehn Uhr und zwei Minuten bringen sieben Mosquitos über der alten Steinbrücke in Ginsterburg vierundzwanzig rote Markierungen aus. An Fallschirmen gleiten sie gemächlich zu Boden. Illuminieren wie schwebende Weihnachtsbäume den Marktplatz. Jetzt erst schwanken zwei, vier, sechs Suchscheinwerfer aufgeschreckt durch die Dunkelheit. Drei Minuten später folgen die fliegenden Pfadfinder und legen rings um die rote Zielmarkierung ihre grünen Leuchtbomben. Was zu weit streut, geht über den Auen und dem Sportfeld nieder. Der Masterbomber nimmt Notiz, lässt korrigieren. Gelbe Leuchtbomben annullieren die Abweichung. Über der Stadt liegt nun eine Schablone aus bunten Punkten. Ein abstraktes Geviert aus Licht.

Am 1. März 1945 um achtzehn Uhr und fünfzehn Minuten taucht der Krieg über den Kaminen des Heizkraftwerks auf und schreitet entlang der Gleise dem silbernen Band des Flusses entgegen, der gläsernen Doppelkuppel des Bahnhofs. Über den Förderkränen am Binnenhafen lösen sich ein paar verfrühte Luftminen. Im Trudelflug des Zufalls pfeifen sie den Gewächshäusern der O. Gürckel G. m. b. H. und dem Fabrikgebäude der Jungheinrich GmbH & Co. KG entgegen. Über Schrebergartenhütten, Werkstätten, Fabriken, Vorstadtvillen, Mietskasernen, Schulen, Theatern, Museen, Krankenhäusern, Lichtspielhäusern und Kirchen das ruhige Dröhnen der ersten Welle.

•••

Ganz in der Nähe müssen die Raben wohnen. Schwärmen gemeinsam aus oder sitzen einzeln auf den Köpfen der Wasserspeier. Seit Jahrhunderten bewachen sie den Turm der Kathedrale. Und seit zwei Jahren bewacht Ursel an jedem Mittwoch und Freitag der Woche vom Turm der Kathedrale aus die Stadt. Womit es in gewisser Weise wieder der Turm selbst ist, der über Ginsterburg wacht.

Durchs Fernglas geht Ursels Blick über das Spitzgiebelgewirr der Altstadt, den Zwillingsturm am Tor, die alte Steinbrücke und den Bahnhof, die Kaiserstraße hinauf nach Süden und über die Förderkräne am Binnenhafen hinweg bis weit ins Land hinaus, auf offener Strecke entdeckt sie einen verdunkelten Zug zwischen den verschneiten Schollen. Hinter dem fernen Mittelgebirge ein glühender Sonnenuntergang, wie sie ihn zuletzt im Tivoli auf der Leinwand gesehen hat. Alles friedlich.

Hier oben hat sie, was es braucht. Gute Augen und ein Funkgerät für den Kontakt mit der Warnzentrale. Geduld und eine Thermoskanne. Pfefferminztee »mit Schuss«, von dem sie sich jetzt ein wärmendes Becherchen einschenkt. Gemeldet ist mal wieder ein Bomberverband, diesmal aus südlicher Richtung, unterwegs wohin auch immer …

Eisiger Wind fegt durch die offene Glockenstube. Drei Sockenpaare trägt sie in ihren Winterstiefeln, vier Hemden unter ihrem dicksten Mantel, Wolle um den Hals und auf dem Kopf den alten Zobelpelz ihres Schwiegervaters. Eugen hat ihr Pullover und lederne Handschuhe geliehen. Ursel friert trotzdem.

Aus dem Gebälk über ihrem Kopf ein rhythmisches Quietschen und Knarzen. Das gusseiserne Schwungrad in seinem hölzernen Joch hat sich mal wieder in Bewegung gesetzt. Sinnlos nickt es vor und zurück, befreit vom Gewicht der Zeit. Es ist kurz nach sechs am Abend. Die Kirchenglocken wurden schon vor drei Jahren eingeschmolzen.

Roswitha ist wieder zu spät. Fast scheint es, als nähme sie den Dienst als Turmbeobachterin nicht ernst. Höhenangst und dicke Beine, aber trotzdem. Wie kann man so pflichtvergessen sein? Eigentlich ein Unding. Ursel hat sich über die Dienstverpflichtung gefreut. Es erfüllt sie mit Stolz, sich nützlich machen zu können. Sie beugt sich nach vorne und richtet das Fernglas auf den Marktplatz. Im Neptunbrunnen ist ein Loch ins gefrorene Wasser gehackt, da liegen Schläuche. Daneben stehen Männer vom Löschzug mit den Händen in den Hosentaschen. Hupend prescht ein Auto durch die Glockengasse und über die alte Steinbrücke. Auf der Kreuzung dort steht eine Elektrische. Die gehört da nicht hin. Bei Alarm müssen alle Straßenbahnen auf dem kürzesten Weg ins Depot und nicht auf dem Präsentierteller herumstehen. Am Eingang zum Lieferschacht drängeln sich die Leute, es ist der Einstieg in den Luftschutzkeller. Gemütlich haben sie's dort unten. Elektrisches Licht. Fließendes Wasser. Feldbetten und Durchbrüche bis tief in die Altstadt hinein. Kein Wunder, dass manche Leute die Schutzräume gar nicht mehr verlassen wollen, mit Sack und Pack dort eingezogen sind aus Angst vor einem Angriff. Kellerratten. Einmal hatte sie Eugen durch das Fernglas beobachtet, wie er bei Vollalarm über den Marktplatz geschlendert war wie bei einem Sonntagsspaziergang, seelenruhig und mit den Händen in den Hosentaschen. Hätte man eigentlich auch melden müssen, einen solchen Unverstand. Heulende Sirenen und schlurfende Schritte endlich von der Wendeltreppe, die keuchende Roswitha.

»Herr im Himmel. Wenn's der Krieg nicht schafft, werden mich diese Treppen umbringen!« Erschöpft stellt sie ihren Korb ab, stemmt die Hände in die Hüften: »Omelett, noch warm. Und Butterbrote mit echtem Schinken, Äpfel und eine Flasche Mosel. Ganz schön frisch hier oben! Was macht der Feind?«

»Zeigt sich nicht, alles ruhig, wie immer«, sagt Ursel und reicht ihr das Fernglas.

Roswitha setzt es an die Augen – und sofort wieder ab.

»Hoppala!«

•••

Hansemann verliert langsam die Geduld, und er kann ungemütlich werden, wenn er die Geduld verliert, *sehr* ungemütlich. Ein Idiot war er nie. Als Arzt weiß er, wann eine Sache verloren ist. Jetzt geht es darum, heil aus dieser Sache rauszukommen. Er weiß schon nicht einmal mehr, ob er wirklich an »die Sache« geglaubt hat – wohl aber, dass sie ihm nutzte. Schon hat er den Mantel über seine Uniform gezogen und den Koffer auf den Gang gestellt. Aber der Zug steht. Zehn Minuten vor Ginsterburg. Vier Waggons mit Infanteristen auf dem Weg nach Süden. Zwei Waggons mit Verwundeten. Ein Waggon mit Treibstoff, einer mit Munition. So steht der Zug bald seit einer geschlagenen Stunde. Verdunkelt auf freiem Feld vor der Stadt. Fliegeralarm, angeblich. Sogar die Heizung ist ausgeschaltet, da friert man sich langsam den Arsch ab.

Hansemann drückt sich durch den Gang, schiebt mit dem Fuß seinen Koffer vor sich her. Wenn er aus dem Fenster schaut, kann er nichts erkennen als weiße Felder im Mondlicht. Präsentierteller für Tiefflieger, ganz klar. Wie kann man nur so beschränkt sein? Der Hauptmann war vorhin noch lustig. Jetzt lässt er jeden Respekt vermissen vor seiner schwarzen Uniform, denkt Hansemann, jetzt übernimmt er das Regiment über den ganzen Zug. Das ist ihm schon im Osten aufgefallen, nachdem sie den Laden dort dichtgemacht haben, dass da etwas ins Rutschen gekommen ist, dass da etwas einreißt, was den Respekt betrifft. Hier sieht der Hauptsturmführer Hansemann sich allmählich genötigt, eine andere Karte zu ziehen. Baut sich vor dem Hauptmann auf, der vorhin noch so lustig war, und stellt sich als *Professor* vor. Als Professor wird er jetzt in seinem Hospital gebraucht. Aber die Kanaille stellt auf stur, das sei ihm ganz egal, Befehl sei Befehl, das gelte für den Hauptsturmführer wie für den Professor gleichermaßen. Das wollen wir doch mal sehen, denkt Hansemann.

Am Ausgang hat der Hauptmann tatsächlich eine Wache postiert, nicht zu fassen. Hansemann greift in die Manteltasche. Da tritt das Milchgesicht schon zur Seite und gibt wortlos den Weg frei. Hansemann öffnet die Tür und springt ins Freie. »Viel Glück«, sagt der Soldat und schließt hinter ihm die Tür. Na also, denkt Hansemann und marschiert über die Schienen auf die Stadt zu.

Wohlan! Schnell hat er den schlafenden Zug hinter sich gelassen. Dumpfes Brummen in der Luft. Ein stehender Ton, beinahe beruhigend. Er hat den Koffer vergessen, aber das ist jetzt egal. Er hat die Pistole. Rechts und links des Bahndamms nichts als Felder im Mondlicht. Über seinem Kopf die Sternschnuppe eines abgeschossenen Bombers.

•••

Das Fahrrad ist verschwunden. Bei ihrer Ankunft hat Uta es zwischen den Dornenhecken abgelegt. An der gleichen Stelle wie immer. Aber das war vor zwei Tagen. Inzwischen hat es so stark geschneit, dass sie die Stelle in den Verwehungen am Eingang zum Silberstollen nicht mehr finden kann. Jedenfalls nicht auf Anhieb.

Ihre Hände sind rot vor Kälte und zerkratzt von Dornen, bis sie das Rad gefunden und freigelegt hat. Im Wald am Wolfsberg liegt der Schnee zu hoch, dort muss sie es noch tragen. Die Anstrengung hat sie durstig gemacht. Bei der Erlöserkirche könnte sie endlich aufsteigen. Sie hat schon einen Fuß auf dem Pedal, da sieht sie auf der Friedhofsmauer den blauen Fuchs. Uta hält inne.

Der blaue Fuchs sitzt reglos. Beobachtet Uta aus weißen Augen, winzig wie Knöpfe am Kleid einer Puppe. Seinen buschigen Schwanz hat er um die Vorderpfoten gelegt, als wäre es ein wärmender Muff. Seltsam schmal ist seine Statur. Wie die einer sehr zierlichen Katze, eher noch kleiner. Uta findet, dass der blaue Fuchs gar nicht wie ein Fuchs aussieht. Er sieht nicht einmal aus wie ein richtiges Tier. Oder wie überhaupt irgendwas, das es wirklich geben könnte. Uta spürt, dass sie die ganze Zeit schon lächelt.

»Was bist du denn für ein drolliges Kerlchen?«

Mit ihrem tiefen Stöhnen heben wieder einmal die Sirenen an: Was hat sie ihn satt, diesen vielstimmigen Choral vom Tod! Der blaue Fuchs hebt eine Pfote, leckt daran, steckt sie wieder hinter den Muff. Uta muss weiter, will ein letztes Mal zum Jagdschloss fahren. Unter dem Feldbett im chinesischen Teehaus liegt noch die Schatulle. All ihre Briefe! Theo wird sich wundern. Bis Einbruch der Dunkelheit wollte sie das erledigt haben. Jetzt dämmert es bereits.

Uta schiebt das Fahrrad an. Der blaue Fuchs springt von der Friedhofsmauer. Er kommt so geschmeidig über den Schnee, dass seine Pfoten darauf gar keine Spuren hinterlassen. Setzt sich neben das Vorderrad. So benimmt sich doch kein Fuchs!

»Willst du mich etwa begleiten, hm?«

Uta schiebt das Fahrrad langsam weiter.

Der blaue Fuchs will sie begleiten.

Nebeneinander überqueren sie den Kirchvorplatz. Am Eingang zum Bunker hat sich die halbe Nachbarschaft versammelt. Darunter Wehrmachtsoldaten auf Fronturlaub. Uta erkennt den Pfarrer Kruse, der den Hausherrn und Einweiser gibt. Daneben der eigentliche Luftschutzwart, händeklatschend: »Keine Bummelei! Wir schließen gleich!«

Uta beschleunigt ihren Schritt. Der blaue Fuchs hält mit.

Die Sirenen singen jetzt Vollalarm. Auf der Glockengasse kein Mensch mehr zu sehen. Am Germanischen Museum haben sich die schweren Splitterschutztüren schon geschlossen. Selbst wenn sie es wollte, wäre dort jetzt kein Reinkommen mehr. Uta wird klar, dass sie sich beeilen muss. Sie dürfte gar nicht mehr auf der Straße sein, von Amts wegen.

Sicherheitshalber weicht sie in die mittelalterliche Schlucht des Nasengässchens aus, das zwischen den hohen Mauern der Hinterhäuser und dem klippenhaft aufragenden Münster verläuft. Hier ist es dunkel und riecht nach Urin. Kein Ort für einen blauen Fuchs, denkt Uta, und sieht sich nach ihrem Begleiter um. Er ist verschwunden. Dafür färbt sich jetzt der Himmel rot. Uta gefällt beides nicht. Vielleicht sollte sie sich wirklich beeilen.

Und wieder hat sie schon einen Fuß auf dem Pedal, da sieht sie ein paar Meter vor sich den Wächter. Uta erkennt ihn sofort. Es ist keiner der Wächter aus dem Bahnhof. Es ist einer dieser dämonischen Diener des Herrn, die das Böse fernhalten sollen von seinem Haus. Höllenbewohner. Schneiden Fratzen, halten Ausschau und speien Wasser. Gargouille, Gargoyle, Gurgler. Kein Sterblicher kommt in ihre Nähe. Am Boden hat Uta noch nie ein Exemplar gesehen. Brütend und benommen hockt das Geschöpf im Schatten eines Strebepfeilers. Eine verworfene Skizze der Natur. Wie ein Vogel, bei Gewitter aus dem Nest gefallen.

Uta schaut sich nach dem blauen Fuchs um, aber der bleibt verschwunden.

Ein Grollen rollt heran und über sie hinweg. Ruckartig hebt der Gurgler seine spitze Hundeschnauze, dreht den Kopf in alle Richtungen, nimmt Witterung auf. Das Ding peitscht seinen schlangenförmigen Schwanz, als wollte es ihn loswerden. Es knurrt und zeigt seine steinernen Zähne. Es ist riesig. Und es hat Angst. Es sollte nicht hier sein. Es *will* nicht hier sein. Es sucht den kürzesten Weg aus der Stadt.

Sie tritt zur Seite.

Darauf hat der Gurgler gewartet. Sofort stemmt er sich auf seine menschlichen Hände, schiebt sich mit seinen Hinterbeinen unbeholfen an ihr vorbei. Nicht dafür gemacht, sich auf flachem Boden zu bewegen. Uta kann jetzt sein Keuchen hören und das Knacken von Gelenken, die sich seit Jahrhunderten nicht bewegt haben. Seine Flügel zieht er hinter sich her wie eine Schleppe aus Leder. In plumpen Schüben kriecht die Kreatur die Gasse hinauf.

Uta lässt das Fahrrad stehen und läuft die Gasse hinunter. Sie hat jetzt großen Durst, aber keine Eile mehr. Im Himmel über dem Marktplatz sind grüne und rote Lampions ausgehängt. Sie leuchten um die Wette und baden die ganze Szenerie in ein unwirkliches Licht. Im Luftschutzkeller unter dem Roten Storch gibt es fließendes Wasser. Aber der Zugang durch den Lieferschacht ist verschlossen, der ganze Platz menschenleer. Utas Blick fällt auf den Neptunbrunnen. Auf dem Rand sitzt der blaue Fuchs.

Er hat auf sie gewartet.

•••

»*Wenn ich im Kampfe für dich siege, willst du, dass ich dein Gatte sei?*«, singt Clemens Jungheinrich. Er hört sich nicht, nur schwankende Vibrationen in seinem Schädel. »*Elsa, soll ich dein Gatte heißen, soll Land und Leut' ich schirmen dir, soll nichts mich wieder von dir reißen …*« Wahrscheinlich hat sich an seinem kräftigen Tenor nichts geändert. An die Melodie erinnert er sich gut genug, um sie zu treffen, wenn auch laut und schief, »*… musst eines du geloben mir*«, und deshalb singt er in seinem Büro erst am Abend, wenn die Sekretärin nach Hause gegangen ist.

Er schenkt sich einen weiteren Cognac ein und sagt »Gluck, gluck, gluck« und »Klirr«, als er die Flasche zurück in den Schrank stellt. Er hebt das Glas und prostet der Fotografie an der Wand zu. Sein Vater schaut, wie immer, betreten beiseite und zur Daguerreotypie seines Großvaters hinüber. Im Regal all die Folianten und Romane und Breviers, die auf Qualitätspapier der Jungheinrich GmbH & Co. KG gedruckt worden sind seit Gründung des Unternehmens 1820. Ohne unser Papier kein Eichendorff. Und ohne unser Papier keine Handgranaten. Vielleicht war es ein Fehler, diesen Auftrag anzunehmen. Aber es war lukrativ und patriotisch. Als Geschäftsmann und Deutscher gibt es nichts, was er sich vorzuwerfen hätte. Vater hätte den Auftrag auch angenommen. Großvater sowieso.

»*Nie sollst du mich befragen, noch Wissens Sorge tragen …*«, schmettert er fröhlich und setzt sich wieder an den Schreibtisch. Stellt das Glas ab, schüttelt die rechte Hand. Sie schmerzt schon seit Wochen, weil er mit diesem Füllfederhalter dort so viele Nachrichten schreibt. Überall Karteikarten. Anders als schriftlich mag er mit seinen Mitarbeitern nicht mehr kommunizieren. Er seufzt und hört es nicht. Wie Otto Gürckel hätte er es halten und sich nach einem Nachfolger umsehen müssen, denkt er. Oder wenigstens nach einem fähigen Prokuristen. Gleich nach dem Krieg würde er sich darum kümmern. Jawohl. Nach dem Krieg wird es für die Jungheinrich GmbH & Co. KG weitergehen. Irgendwie. Irgendwann wird wieder Eichendorff gedruckt werden.

Arbeiter rennen über den Hof. Warum rennen die denn? Wozu diese jiddische Hast? Jemand bleibt kurz stehen, winkt zu ihm hinauf. Jungheinrich winkt belustigt zurück. Die Tannen an der Grenze zu den Gewächshäusern sind weiß, ihre Zweige schwer von Schnee. Über dem Schornstein steht wie ein einzelnes Rauchwölkchen der Mond. Unten auf dem Gleis warten noch drei Waggons mit der letzten Lieferung vom Balkan. Minderwertige Buche. Was will man machen? Holz ist heute so kriegswichtig wie Kohle. Finnische Fichten sind nicht mehr zu bekommen. Und polyfluorierte Alkylsubstanzen werden gerade anderswo dringender gebraucht. Die Wehrmacht zahlt ihre Rechnungen nur noch in Schuldscheinen. Aber immerhin stellt sie die Arbeiter. Ohne diese verrohten Gesellen aus dem Osten hätte er den Betrieb längst einstellen müssen. Neulich haben zwei Russen kleine Schlingen aus Draht gebastelt und Krähen gefangen, die auf den gepressten Ballen aus feuchter Pappe immer nach Nahrung suchen. Bei der Flakstellung auf dem Umspannwerk haben sie die Vögel gerupft und über einem offenen Feuerchen gebraten. Hunger hin oder her, offenes Feuer ist auf dem Betriebsgelände streng verboten. Brandschutz. Ordnung muss sein. Jungheinrich hat die Vorhänge zugezogen, als unten die armen Teufel an die Wand gestellt wurden.

»... woher ich kam der Fahrt, noch wie mein Nam' und Art.«

Er greift nach dem Glas – und hält inne.

Hat der Cognac, wie er da so stand, gerade konzentrische Kreise gebildet? Er stellt das Glas zurück auf den Tisch. Tatsächlich. Ganz zarte Kreise von innen nach außen. Interessant.

Und jetzt bewegt sich der Füllfederhalter.

Ja, ist denn das die Möglichkeit? Der Stift hüpft, als hätte jemand auf die Tischplatte geschlagen. Das Licht flackert. Er hebt den Blick zum Leuchter. Er kreiselt, und aus dem Regal gegenüber springen die Bücher. Folianten, Romane, Hefte und Breviers tänzeln ungeduldig auf ihren Brettern. Lassen sich nach vorne auf den Boden fallen. Schon hängt sein Vater schief an der Wand, liegt der Großvater am Boden. Glas zersplittert. Was geht hier vor sich?

Er wendet sich zum Fenster. Alle Krähen sind fort, vom Schnee befreit die Tannen an der Grenze zur Gürckel'schen Gärtnerei. Der Schornstein schaukelt wie ein Baum im Sturm. Über den Gewächshäusern steht, illuminiert vom Mündungsblitzlicht der Flak auf dem Umspannwerk, glitzernd und rosarot zugleich eine Wolke aus Glassplittern und Blütenblättern. Das sieht wunderschön aus. Bevor ihn die Ziegelsäule des stürzenden Schornsteins erschlagen kann, blasen Druckwellen das Fenster aus dem Rahmen.

Es weht einfach durch ihn hindurch.

•••

Weit draußen über dem Land geht ein einzelner Bomber nieder, torkelnd wie ein Lagerfeuerfunken. Die Flak an der Papierfabrik hat ihre Arbeit aufgenommen, die Leuchtspuren ihrer Geschosse streuen über die Förderkräne am Binnenhafen hinweg. In das Funkgerät, das Roswitha ihr hinhält, ruft Ursel: »Sieben von Süden. Kaiserstraße, Sinkflug. Vielleicht fünfhundert Meter.« Über der alten Steinbrücke kommt etwas an Fallschirmen eingeschwebt, entzündet sich. »Rote Rauchbomben über dem Tor!«, ruft Ursel.

Das Brummen der ersten Bomber rollt über sie hinweg. Das sind die Kundschafter, die werfen die Leuchtmarken. Illuminieren die Stadt für die folgende Flotte. Aus dem Gegensprecher das Gekrächze der Warnzentrale aus dem Keller der Reichspost, Ursel versteht kein Wort.

»Was haben sie gesagt?«

»Weitere Verbände im Anflug!«, ruft Roswitha.

Schon baden rote Rauchbomben die ganze Altstadt in Licht. Unten schöpft eine Frau mit hohlen Händen aus dem Loch, das die Feuerwehr in die Eisdecke auf dem Neptunbrunnen geschlagen hat. Ist das Uta? Die Raben haben begonnen, um den Turm zu kreisen. Zerhackte Stimmen aus dem Funkgerät.

»Sie wollen Zahlen!«, übersetzt Roswitha.

»Zahlen?«

»Wie viele Flugzeuge!«

Ursel hat keinen Überblick. In der Luft stehen neue Rauchbomben. Sie flackern. Sie flackern nicht. Das sind die Raben. Sie haben begonnen, um den Turm zu kreisen.

»Grüne diesmal«, ruft Ursel ins Funkgerät. »Vom Bahnhof bis zum Wolfsberg, vom Sportfeld bis zur Erlöserkirche!«

»Wie viele?«, wiederholt Roswitha.

Seitlich kommt ein zweimotoriges Flugzeug ins Sichtfeld. Ursel hat Mühe, ihm zu folgen. Im Tiefflug dröhnt es über den Fußballplatz hinweg, geht bei den Auen in eine enge Kurve. Als der Flakscheinwerfer die Tragfläche streift, kann Ursel die kreisrunde Kokarde der Briten darauf erkennen.

Über dem Sportfeld jetzt andere Rauchbomben.

»Sind das unsere?«, fragt Roswitha.

»Gelb! Grün!«

Vom Himmel herab senken sich Vorhänge aus roten, gelben und grünen Rauchbomben. Das Licht blendet.

»Wie viele?«

»Ich kann nichts sehen!«

»Unsere?«

Drüben im Industriegebiet passiert etwas: »Einschläge! Vier, nein, fünf Dicke. Bei der Papierfabrik!«, und dahinter, über den weißen Flächen der verschneiten Felder, ist nun mit bloßem Auge zu erkennen – Ankunft der Armada.

»Erste Welle!«, meldet Ursel. »Vielleicht dreitausend Meter!«

Roswitha deckt das Mikrofon mit der Hand ab: »Die wollen jetzt *wirklich* wissen, wie viele das sind!«, und es füllt den ganzen Himmel mit Dröhnen und Pfeifen. Unten pflügt es ihnen entgegen. Gewaltige Schläge in schneller Folge.

»Reihenwürfe!«, ruft Ursel.

Einschläge Kaiserstraße. Einschläge Ruprechtstraße. Einschläge Buchenweg, Lärchenweg, Schrebergärten. Fontänen aus Erde, Wellpappe und Kartoffeln. Volltreffer Tivoli.

»Siebzig Bomber!«, meldet Roswitha, hat tatsächlich die Nerven behalten, steht ganz vorne und zählt weiter.

Ursel atmet tief aus.

Die Schneise der Einschläge kreuzt die Gleise, wo sie fächerförmig in den Bahnhof münden. Böschungen heben sich, stehen kurz in der Luft, gehen anderswo als Geröllhagel nieder. In schlanken Säulen steigt der Fluss aus seinem Bett. Als wollte er die Brücke von oben betrachten. Eine Druckwelle fegt den Schnee von allen Dächern und Ursel von ihrem Klappstuhl. Sofort rappelt sie sich wieder auf. Wo ist der Stuhl? Greift sich an den Kopf. Mütze verschwunden. Greift sich an die Brust. Fernglas weg. Roswitha hat sich zum Schlafen in eine Ecke gelegt. Gute Güte. Von Süden rollt schon eine weitere Welle heran. Es regnet, nein, es rieselt Stabbrandbomben. Wie Fischlaich.

Ursel müsste das melden. Sie weiß aber nicht, wie sie das beschreiben soll.

•••

Da ist ein Loch in der Decke des Lichtspielhauses. Das war vorher noch nicht da. Es klafft auf halber Breite des Saals. Über den ersten zehn Reihen ein Stück schimmernder Sternenhimmel. Das Loch ist gezackt, Stromkabel hängen herab. Gesplitterte Balken. Walter Kattwinkel liegt im Mittelgang auf dem Rücken. Seine Hosenträger sind gerissen. Er blutet aus der Nase. Vorsichtig zieht er die Beine an den Leib und rollt sich auf die Knie. Der Teppich ist sehr dick und weich und gepudert in einem Mehl aus Stuck. So schläft er kurz ein. Als er wieder aufwacht, ist das Loch in der Decke noch immer da. Den purpurnen Vorhang hat es aus der Halterung gerissen. Weiß und unberührt aber die Leinwand. Für den Abend steht »Heimkehr« mit Attila Hörbiger und Paula Wessely auf dem Programm. Bis dahin ist Ordnung zu schaffen. Wach auf, Walter! Er wacht auf und wuchtet sich hoch. Seine Beine sind wackelig, tragen ihn aber. Sessel für Sessel tastet er sich den Mittelgang hinauf. So ein Schlamassel. Linker Hand fehlen ein paar Sessel. Seitlich schiebt er sich durch die Sitzreihe. Gleich unter dem Loch, das die Sprengbombe durch das Dach geschlagen hat, klafft ein weiteres Loch im Boden. Er kann hinunterschauen in den Heizungskeller. Die Heizung wird mit Öl betrieben. Kattwinkel geht in die Hocke und späht hinunter. Hinter ihm fällt die erste Stabbrandbombe auf den Teppich und faucht. Die zweite landet lautlos, ihr Fauchen verschluckt vom purpurnen Vorhangbündel. Dreitausend Grad. Kattwinkel späht durch das Loch nach unten. Das

Öl steht knietief. Es riecht nach Gas. Die dritte Stabbrandbombe fällt an ihm vorbei direkt in den Keller. Der steile Walter lächelt.

•••

Gerade steigt ein Techniker die Leiter hinunter, die Lothar gleich hinaufklettern wird. Die Natter steht unter Dampf. Startbereit. Aufrecht in ihrer Lafette wirkt die Wunderwaffe wie ein Spielzeug. Stummelflügel wie Stützräder an einem Kinderfahrrad. Verborgen im Heck der Hauptmotor, eine Rückstoßturbine der Firma Walter. Wie rote Feuerlöscher die beiden zusätzlichen Zwillingstriebwerke von Schmidding. Die Abdeckung der Kanzel ist nach hinten geklappt. Keine Hoheitszeichen. Handschriftlich auf dem linken Höhenruder nur eine Botschaft für den Fall, dass die Rakete vom Kurs abkommen und einem uneingeweihten Volksgenossen vor die Füße fallen sollte:

FUND BEI KOMMANDEUR
TRUPPENÜBUNGSPLATZ HEUBERG MELDEN.
TEL. STETTEN AM KALTEN MARKT 222
BELOHNUNG!

Unten wartet Erich Bachem. Der Ingenieur hat den Kragen seines Mantels hochgeschlagen und raucht, in stiller Versenkung vor seiner Schöpfung. Lothar mag den Mann. Kein Machtmensch wie Gerhard Fieseler, kein Kraftmensch wie Willy Messerschmitt. Kein Übermensch. Eher ein Gemütsmensch.

Zwar muss er Heinrich Himmler persönlich von seinem Projekt überzeugt haben. Eine massenweise Zuteilung von KZ-Häftlingen aber soll er strikt abgelehnt haben. Humor hat er, der Bachem. Aber keinen Ehrgeiz. Die Idee für die Natter habe er von einem Kollegen aus Peenemünde »ausgeborgt«, Wernher von Braun, der habe ihm das Prinzip vor Jahren schon auf eine Serviette gekritzelt. Vor ein paar Wochen hat er Lothar »ganz im Vertrauen« seine Entwürfe für einen »Wohnwagen« gezeigt. Ein lächerliches Sperrholzvehikel, mit dem die Deutschen nach dem Endsieg noch einmal Europa erobern sollen, wenn es nach dem Ingenieur geht. Freilich friedlich diesmal.

In den fetten Jahren jedenfalls hat Bachem es, anders als Fieseler oder Messerschmitt, nicht zum Industriellen gebracht. Obwohl er das Zeug dazu gehabt hätte. Sein »Problem des Schnellstfluges« hat Lothar schon als junger Segelflieger gelesen, mit roten Ohren. Keine Heldengeschichte, sondern eine verständliche Abhandlung über Antriebe der Zukunft und Aerodynamiken im strömungstechnischen Grenzbereich. Jules Verne auf dem Boden physikalischer Tatsachen. Damals lag die Schallmauer noch ferner als der Mond. In Sichtweite, aber unerreichbar.

Heute, am 1. März 1945, wird Lothar sie durchbrechen.

»Ah, ein *Mensch*!«, sagt Bachem und schnippt seine Zigarette fort.

Lothar lächelt über die Anspielung. Fünfzehn erfolgreiche Probeflüge hat es bisher gegeben – mit einer Strohpuppe in der Kabine.

Kurzes Händeschütteln, dann wenden sie sich der Natter zu, wie sie da steht und dampft. Ihr Konstrukteur in skeptischer Andacht, ihr Pilot mit neugierigem Respekt.

»Jetzt wäre wohl der richtige Zeitpunkt«, bemerkt der Ingenieur, »für letzte Instruktionen meinerseits«, und beide lachen.

Lothar hat das Gefühl, schon Monate hier oben verbracht zu haben. Dabei waren es kaum drei Wochen, in denen er sich mit dem fremden Gerät vertraut gemacht hat. Hineingeschlüpft ist er in die Natter wie in einen Overall. Wenn er erst einmal den *Charakter* einer Maschine begriffen hat, ist sie schon so gut wie zugeritten. Dann gehört sie ihm. Wie die Falter und Schmetterlinge, die er als Kind gesammelt hat. Die Natter betrachtet er als den Totenkopffalter in seiner Sammlung. So selten, dass es sie eigentlich gar nicht gibt. Ein paradoxes Ding, das einerseits in die Zukunft weist, andererseits archaischer kaum sein könnte. Zuletzt ist Lothar auf der Wasserkuppe mit etwas so Primitivem geflogen. Im Prinzip ist auch die Natter ein Segelflieger. Ein Segelflieger, der in nur anderthalb Minuten mit einem Maximalschub von siebentausend Pferdestärken die Schallmauer durchschlägt, eine Dienstgipfelhöhe von vierzehn Kilometern und beinahe die Grenze zum Weltraum erreicht. Dort oben bleibt ihm ein Radius von vierzig Kilometern, um sich hinter die einfliegende Bomberflotte zu platzieren. Und seine vierundzwanzig Föhnraketen abzufeuern, wabenförmig angeordnet im stumpfen Bug der Natter. Schuss aus einer mit Schallgeschwindigkeit fliegenden Schrotflinte. Die Feinde werden nicht einmal ahnen, was sie da trifft. Sobald die Triebwerke ausgebrannt sind, wird die Natter von der Rakete zum Segelflieger. Geht in einen unbeholfenen Gleitflug, Sinkflug. Und dann ist es Zeit für den Ausstieg mit dem Fallschirm.

Vom Beobachtungsbunker aus ertönt das verabredete Signal. Zwei Hitlerjungen in der Uniform von Luftwaffenhelfern warten am Fuß der Leiter. Bachem schiebt den Ärmel seines Ledermantels zurück: »Es ist so weit, Herr Sieber. Wie sagt der Flieger? Glück ab!«

Der Konstrukteur zündet sich eine weitere Zigarette an. Lothar bemerkt, dass seine Hände zittern.

Er setzt die Fliegerhaube auf: »Glück werden wir nicht brauchen.«

Bachem nickt, gewiss, gewiss, schaut sich kurz um und dann Lothar direkt in die Augen: »Herr Oberstleutnant, auf ein Wort von Mann zu Mann! Sie wissen, dass das Gerät nicht ausreichend erprobt ist. Und das Wetter könnte besser sein. Unter normalen Umständen ... wie soll ich sagen? Ginge es nach mir, würde ich da noch keinen Menschen reinsetzen. Es geht aber nicht nach mir. Nach unseren Berechnungen ist es alles andere als unwahrscheinlich, dass die Natter gleich nach dem Start in Rückenlage kommt. Wenn das in der Wolkendecke passiert, verlieren wir vielleicht die Orientierung. Dann wäre es wichtig, über die Seitenruder durch eine leichte Drehung ...«

Lothar legt ihm die Hand auf die Schulter: »Herr Bachem, im Laufe des Krieges habe ich schon riskantere Sachen gemacht. Keine Sorge. Ich weiß, was ich tue. Wir sehen uns später.«

Heuberg, den 28. II. 1945

Letztwillige Verfügung

Anlässlich des am 1. III. 45 stattfinden sollenden Starts sehe ich mich veranlasst, einen letzten Willen festzulegen. Ich erkläre ausdrücklich, dass alle anderen letztwilligen Verfügungen, die ich im Laufe meiner Dienstzeit geschrieben habe, hierdurch ungültig sind, soweit sie nicht Punkte betreffen, die ich wegen der Kürze der Zeit hier aufzuführen vergesse. Ich erkläre meinen Willen, dass meiner Braut Fräulein Gesine von Wieland, geb. am 24. IV. 1921, durch nachträgliche Eheschließung mein Name und die ihr dadurch gesetzlich zustehenden Rechte gegeben werden. Die Vaterschaft eines Kindes, das in der Zeit bis zum 1. II. 1946 geboren werden sollte, erkenne ich an. Meine gesamten Sachen, die sich hier und in Waldsee befinden, vermache ich meiner Braut, der es überlassen bleibt, meiner Mutter einige Erinnerungsstücke zu geben. Mein Postsparbuch; Nr. 2.01625, sowie alles in meinem Besitz befindliche Bargeld vermache ich ebenfalls meiner Braut. Über das Konto bei meiner Mutter, Frau Merle Sieber, soll meine Mutter selbst verfügen können. Schulden habe ich keine! Meine anderen Privatsachen befinden sich bei der 2./I./KG 200 Finow / Mark Brandenburg, 53024 LGT Berlin.

Lothar Sieber

IV

UND FINSTER PLÖTZLICH WIRD DER HIMMEL

Jetzt ist auch über Ginsterburg die Achse des Krieges aus der Horizontalen in die Vertikale gekippt. Das Firmament ist Front geworden. Das Unheil nicht länger ein Heerlager vor den Mauern, ein Wetterleuchten ferner Front oder ein Bericht in der Wochenschau. Der Krieg ist ein unablässiger Strom von Bombern. Er erstreckt sich über eine Länge von zweihundert Kilometern und fließt in drei Etagen ins Reich hinein. Gleichmütiges Brummen in der Atmosphäre, offene Schneise am Himmel über der Stadt. Ein Hammer, der fällt. Ein Plan, der funktioniert. Die Sprengbombe stanzt Löcher in den Stadtplan. Die Luftmine öffnet Tür und Tor zu jeder Wohnung. Die Brandbombe endlich entfacht, was über sich hinauswachsen will ins Elementare, Monströse, Vulkanische. Feuersturm. Ginsterburg wellt sich und knistert. Faltet sich zusammen wie Papier im Ofen.

•••

An die freistehende Wanne im Turmzimmer hat sich Otto Gürckel noch immer nicht gewöhnt. Es ist unpraktisch, es ist dekadent. Aber Henriette hat darauf bestanden, und es sieht fantastisch aus. Durch die gotischen Fenster kann er den Feuerschein sehen über der Stadt. In der Luft liegt der Duft ätherischer Öle. Ein schwacher

Dunst steigt auf von ihrem Bad. Henriette hat ihn schon gehört, als er den Raum betreten hat.

»Was machst du denn noch hier?«, fragt sie, ohne sich nach ihm umzudrehen. »Deine Stadt brennt. Wirst du jetzt nicht gebraucht?«

»Wir haben unsere Söhne gegeben. Meine Frau braucht mich jetzt. Und ich brauche meine Frau.«

Henriette entfährt ein eigentümliches Geräusch. Es kann ein Schluchzen sein, es kann ein Glucksen sein. Vielleicht auch nur ein Plätschern. Das Feuer im Kamin knistert und seufzt. Noch ist nicht alles verloren, noch ist nicht alles zu spät. Otto tritt näher an die Wanne heran. Er sieht ihre Knie wie weiße Inseln.

»Ich bin da«, sagt er nach einer Weile. »Ich bin bereit.«

»Bereit? Wofür?«

Er kann sehen, wie sie im Wasser ihre nackten Zehen bewegt.

»*Morgen sind wir weg.* Hast du das nicht gestern gesagt? Heute ist morgen. Ich habe den Wagen vollgetankt. Ich habe die Papiere. Ich habe das Geld. Ich bin bereit.«

Diesmal ist es eindeutig ein Lachen. Sie ist gerührt, sie ist erheitert. »Otto, Otto, Otto«, sie greift sich einen Schwamm und fährt sich damit über den Nacken. »Männer wie du haben nur ein Leben, an dem sie hängen, aus dem sie etwas machen wollen, das sie sogar hergeben würden für die *Sache.* Frauen wie ich haben viele Leben, manche davon nacheinander, andere gleichzeitig. Und wenn eine Welt untergeht, wechseln wir in die nächste«, sagt sie und dreht sich dabei auf den Bauch, um ihm ins Gesicht schauen zu können. »Julka?«, ruft sie.

»Ich lasse dich nicht gehen, Henriette. Nicht noch einmal.«

Summend wringt sie den Schwamm aus, das Wasser in der Wanne wirft Wellen. »Mein grobes, dummes, eifriges Schweinchen. Du kannst das nicht verstehen.«

In der Tür zur kleinen Kleiderkammer erscheint Julka. Sie trägt schon wieder das lindgrüne Negligé und hält ein Handtuch ausgebreitet. *Morgen sind wir weg.* Jetzt erst versteht Otto, was Henriette mit diesen Worten gemeint hat. Und jetzt weiß er auch, was ihm zu tun bleibt. Rückwärts geht er aus dem Raum, langsam, um sich das Bild einzuprägen.

Die Göttin im Bade.

Ihre Dienerin in der Tür.

Benommen steigt er die Stufen hinab, die schmale Wendeltreppe zum Turmzimmer, die stolze Freitreppe in die Empfangshalle. Sein Blick fällt auf den Benzinkanister neben der Haustür, mit dem er den Wagen vollgetankt hat. Ruhig greift er danach und schraubt den Verschluss ab. In einer einzigen fließenden Bewegung schüttet er das verbliebene Benzin über die hölzernen Stufen der Treppe, schüttelt den letzten Rest auf den Teppich und wirft den Kanister hinterher. Erst das dritte Streichholz zündet. Er wartet, bis die Flammen nach den Vorhängen greifen und die Treppe hinaufsteigen, Stufe für Stufe. Dann tritt er vor die Tür ins Freie und schließt ab, einmal, zweimal. Nestelt am Bund und sucht den Schlüssel für den Dienstboteneingang. Dort muss er jetzt auch noch verriegeln.

»Gürckel? Gut, dass ich Sie antreffe!«

Er fährt herum.

Zwei Männer treten aus der Dunkelheit zwischen den Rosenstöcken ins Licht der Laterne. Es ist Hansemann, der mit vorgehaltener Waffe eine strauchelnde Gestalt vor sich hertreibt.

»Herr Professor! Zurück aus dem Osten?«

»Die letzten Kilometer sogar zu Fuß!«

»Und dabei haben Sie einen Gefangenen gemacht?«

Hansemann lacht: »Ein englischer Mordbrenner. Ist mir da draußen buchstäblich vor die Füße gefallen, der Bursche ...«

Gürckel lacht müde mit und fasst den Gefangenen näher ins Auge. Der erste Luftbandit, dem er je begegnet ist. Ganz junger Mann, fast noch ein Kind. Zittert am ganzen Leib. Ein Stiefel fehlt. Der nackte Fuß ist schon schwarz vom Laufen im Schnee. Der linke Arm hängt ausgekugelt herab. Mit der rechten Hand hält der

Junge seine feuchte Hose fest. Wo nicht noch Fetzen seinen nackten Oberkörper bedecken, ist die Haut großflächig verbrannt. Die Augen des Gefangenen fliegen zwischen Gürckel und Hansemann hin und her.

»Haben Sie den so übel zugerichtet, Herr Professor?«

»Ich? Im Gegenteil. Kam dazu, wie ihn ein paar Landarbeiter aus dem Teich gefischt haben. Waren drauf und dran, ihn abzumurksen. Unsereins soll sich zwar nicht einmischen, wenn Terrorflieger den Volkszorn zu spüren bekommen. Aber man ist ja kein Unmensch. Ich nehme an, Sie sind noch in Amt und Würden?«

Otto nickt.

»Dann ist das jetzt Ihr Gefangener«, verkündet Hansemann und reicht Otto die Pistole: »Alfred Wellbeck. Ich betrachte ihn als vorschriftsgemäß einem lokalen Parteifunktionär übergeben. Quittieren können Sie mir das später, ich habe es ein wenig eilig ...«

In diesem Moment leiert in der Garage der Anlasser des DKW. Otto hört den Motor heulen, das Getriebe krachen, und schon schießt der Wagen aus der Garage und schlingert kiesspritzend die Auffahrt hinunter. Henriette sitzt am Steuer. Julka daneben.

Jetzt ist alles verloren.

Jetzt ist alles vorbei.

Jetzt ist er wirklich am Ende.

Otto geht ein paar hilflose Schritte, dreht sich um. Aus den Fenstern zum oberen Stockwerk züngeln bereits die Flammen.

Hansemann sieht interessiert dem Wagen hinterher, wirft einen kurzen Blick auf das brennende Haus. »Schätze, Sie können mich nicht in die Stadt fahren?«, sagt er und hebt die Hand zu einem knappen Gruß. Auf dem Parkplatz dreht er sich noch einmal um. »Ich persönlich empfehle einen Schuss in den Rücken. Was heute Recht ist, könnte morgen schon Unrecht sein. Falls Fragen kommen, haben Sie ihn auf der Flucht erschossen!«, ruft er und geht wehenden Mantels weiter.

Otto dreht sich zu dem englischen Flieger um, der jetzt sein Gefangener ist. Der Junge hat sich nicht von der Stelle gerührt und schlottert am ganzen Leib. Sein Atem geht stoßweise. Es hat eine Weile gedauert, aber jetzt leuchtet das Jagdschloss aus allen Fenstern von innen heraus wie ein Strauß frisch gepflückter Kokardenblumen, rot und gelb. Das flackernde Licht erhellt das Gesicht des Engländers. Es ist geschwollen, die Nase gebrochen, ein Teil der Oberlippe weggerissen. Es sieht aus wie eine Hasenscharte.

»Geh!«, sagt Otto und macht eine scheuchende Bewegung mit der Pistole.

Der Engländer rührt sich nicht.

»*Go! Go!* Hau ab jetzt!«, brüllt Otto. Der Junge senkt den Kopf, kehrt ihm den Rücken zu. Humpelt los, Schritt für Schritt. Otto entsichert die Waffe. Und steckt sich den Lauf in den Mund.

•••

Heute ist ein schöner Tag. Ich war mit Mama in der Fasanerie. Bei den Apfelbäumen kann man schön Schlitten fahren. Unten muss man aber bremsen. Sonst plumpst man in den Fluss. Dann haben wir eine Schneeballschlacht gemacht. Das war gemein, weil Mama mich immer trifft und ich sie nie. Ich habe Schnee in den Kragen bekommen. Mama hatte Angst, dass ich mich erkälte. Das war aber nicht schlimm. Danach haben wir Onkel Eugen und Tante Ursel besucht. Das lag auf dem Weg. Tante Ursel war nicht da. Aber Onkel Eugen hat sich sehr gefreut, uns zu sehen. Er hat Mama sogar einen Kuss gegeben. Heute haben wir alle mal keine Angst vor gar nichts. Das hat er gesagt und mich gefragt, wovor ich denn Angst habe. Das Gespenst mit der Insel, habe ich gesagt. Das blöde Bild im Flur. Ich weiß nicht, warum jemand sowas aufhängt. Ich traue mich nicht, vorne alleine auf die Toilette zu gehen. Weil ich dann an diesem Bild vorbei muss. Da hat Onkel Eugen es einfach abgehängt und gefragt, wovor ich sonst noch

Angst habe. »Vor der Schlange im Paradies!«, hat Mama ihm gesagt. Das hat mich geärgert. Weil, das stimmt überhaupt nicht. Ich habe Angst vor Gott im Paradies. Das hat der Onkel Eugen genauso wenig verstanden wie Mama.

Wir sind dann ins Wohnzimmer gegangen. Dort stand ein *riesiges* Puppenhaus. Das hat mal Gesine gehört. Ich wollte sofort spielen. Aber Onkel Eugen hat die Bibel rausgeholt und sich neben Mama auf das Sofa gesetzt. Und dann hat er gesagt, er würde das gerne verstehen. Ob ich erlaube, dass er uns die Stelle mit Gott im Paradies vorliest? Ich habe keine Angst, wenn Onkel Eugen und Mama zusammen sind.

Also.

Eva will die leckeren Äpfel nicht essen. Weil Gott gesagt hat, davon kann man krank werden. Aber die Schlange sagt, das stimmt gar nicht. Gott ist ein Lügner. Die Äpfel machen einfach nur schlau. So schlau wie Gott. Dann weiß man nämlich, was das Gute und was das Böse ist. Das ist doch freundlich von der Schlange. Und freundlich von Eva, dass die ihrem Mann auch etwas abgibt von den Äpfeln. Mama hat gesagt, ich soll auch mehr Äpfel essen. Damit ich schnell schlauer werde. Ich habe mit den Augen gerollt und Onkel Eugen gesagt, er soll weiterlesen. Eva und ihr Mann merken plötzlich, dass sie nackt sind. Die Stelle ist blöd. Wenn ich nackt bin, merke ich das doch sofort. Jedenfalls ist Gott wütend.

Am Abend, als es kühler wurde, hörten sie, wie Gott, der HERR, durch den Garten ging. Da versteckten sich der Mensch und seine Frau vor Gott zwischen den Bäumen. Aber Gott rief nach dem Menschen: »Wo bist du?«

Und das ist die Stelle.

Eugen und Mama haben das immer noch nicht verstanden. Also habe ich es erklärt. Eva und ihr Mann, die haben was angestellt. Oder nicht, das ist nämlich egal. Weil, Gott ist sauer. So richtig doll sauer. Und er ist Gott, ja? Also verstecken sich die Menschen im Gebüsch. Im Paradies, da kann man sich bestimmt gut verstecken! Ich stelle mir vor, dass sie sich ganz klein machen und ganz still sind. Aber es hilft nichts. Der Herr geht durch seinen Garten. Und er sucht nach ihnen. Der merkt, dass die sich versteckt haben. Das ist ihm gar nicht egal, das macht ihn noch wütender. Er will sie finden. Kann man ja auch verstehen. Und die Menschen hören, wie er durch den Garten geht.

Sie hören seine Schritte, *bumm, bumm, bumm.*

Da hat die Mama mir einen Kuss gegeben. Und Onkel Eugen hat mich ganz lange angeguckt. Dann hat er gesagt, dass er das jetzt versteht. Und dann durfte ich endlich mit dem Puppenhaus spielen. Eine Puppe hat blonde Haare, für die gibt es sogar einen Kamm. Ich habe ihr Zöpfe geflochten. Für das Puppenhaus sind die Puppen eigentlich nicht bestimmt, glaube ich. Sie sind ein bisschen zu groß. Das macht aber nichts. Ich habe Familie gespielt. Mama und Onkel Eugen waren in der Küche und haben Pfannkuchen mit Erdbeermarmelade gemacht. Und Puderzucker!

Onkel Eugen hat gesagt, vielleicht schenkt mir Gesine das Puppenhaus. Die ist schon groß und braucht das bestimmt nicht mehr. Dann haben sich die Mama und Onkel Eugen auf das Sofa gesetzt und vorgelesen. Mal hat er gelesen und sie zugehört. Mal hat sie gelesen und er zugehört. Ich habe extra ganz leise gespielt, um sie nicht zu stören. Die Stimme von Mama hat geklungen wie eine Geige. Und die Stimme von Onkel Eugen auch. Das war schön. Zwei Geigen. Einmal habe ich gedacht, die Mama weint. Als ich hingeguckt habe, hat sie aber gelacht. Das gibt's!

Es ist schon dunkel geworden, da haben die Sirenen geheult. Das fand ich sehr schade. Weil es doch gerade so schön war. Ich wollte nicht in den dummen Keller. Ich wollte nicht, dass der Abend aufhört. Mama und Onkel Eugen haben sich kurz angeguckt. Und dann haben wir beschlossen, dass wir heute auch davor mal keine Angst haben. Ausnahmsweise, hat Mama gesagt. Ausnahmsweise lassen wir uns einen schönen Abend mal nicht von den Sirenen kaputtmachen. Also sind wir im Wohnzimmer geblieben. Ich habe Onkel Eugen gesagt, Sirenen sind Instrumente zum Blasen. Das wusste der noch gar nicht. Mama hat mich gefragt, was für eine Tonart eine Sirene hat. Darüber habe ich noch nie nachgedacht.

Und darum sitze ich jetzt am Klavier und versuche, das mal herauszufinden. Ich kann gar kein Klavier, aber ich höre ja die Töne. Mama und Onkel Eugen sitzen auf dem Sofa und hören mir zu, wie ich den Sirenen zuhöre. Mama hat ihren Kopf an die Schulter von Onkel Eugen gelegt. Sie hat rote Backen. Er ist frische Luft. Das finde ich schön.

Mir fällt auf, dass das Klavier ein Schlaginstrument ist. Darüber habe ich auch noch nie nachgedacht. Ich mag es, wenn beim Denken plötzlich neue Sachen auftauchen. Sachen, die vorher noch gar nicht da waren.

Ich lausche auf die Sirenen und schlage die Tasten dazu an. Ich höre ganz genau hin. Da ist noch ein anderes Geräusch, wird langsam lauter. Es klingt wie Gott, der durch das Paradies geht und seine Menschen sucht, *bumm, bumm, bumm.*

•••

Ringsum das Zugrundegehen geht Uta nichts mehr an. Sie stillt ihren Durst am Neptunbrunnen. Das Licht war rot, jetzt wird es grün. Lauwarm das Wasser, glutheiß die Luft. Uta zieht ihren Mantel aus, taucht ihn ein und legt ihn sich um. Der rote Storch über dem Eingang zum Wirtshaus steht in Flammen. Es sieht aus, als würde er mit seinen hölzernen Flügeln schlagen. Uta weiß noch, dass sie dringend etwas aus dem chinesischen Teehaus holen wollte. Sie weiß nur nicht mehr, was.

Mit einer Hinterpfote kratzt sich der blaue Fuchs am Ohr, dann schnürt er quer über das Kopfsteinpflaster davon. Uta hat Mühe, ihm zu folgen. In der Kronengasse dreht sie sich noch einmal um. Aus dem Glockenturm des Münsters fauchen die Funken, als wäre es ein bengalisches Feuer. Wie flatternde Fackeln umkreisen ihn die Raben. Ein Funkenwind tost um die Ecke zur Winkelgasse. Dort wartet der blaue Fuchs. Uta zögert. Dort möchte sie nicht hinein. Das ist die ganz alte Stadt. Wenn all diese Feuer einen Herd haben, dann liegt er dort. Wenn all diese Brände sich zu *einem* Ereignis vereinigen, dann dort. Wenn diese Geschichte ein Ende finden will, dann dort. Der blaue Fuchs läuft los, also zieht Uta den nassen Mantel über den Kopf und folgt ihm hinein in den Feuertunnel der Winkelgasse.

Die Fachwerkhäuser brennen, wie nur Fachwerkhäuser brennen können. Kein Stein. Das Feuer nimmt alles, was es finden kann, und zieht es gierig nach oben weg in einen unsichtbaren Kamin, den es sich selbst geschaffen hat. Die Häuser sind nur noch glühende Gerippe aus lodernden Balken. Röntgenhäuser. Funkenhäuser. Die ganze Altstadt in schwerelosem Aufstieg, Auflösung in Hitze. Uta verliert Augenbrauen und Haare. Der blaue Fuchs läuft weiter. Uta stolpert hinterher.

Endlich öffnet sich die Gasse zu einem winzigen Platz, den sie schon kennt. Im Zentrum der kleine Brunnen. Sein Wasser kocht. Utas Mantel dampft. Ihre Haut wirft Blasen. Sie dreht sich im Kreis. Ein einziges Haus steht noch verschont. Weiße Vorhänge hinter unversehrten Fenstern. In den Blumenkästen frische Geranien. Über dem Türstock die Inschrift ANNO DOMINI MDXCVII.

Der blaue Fuchs hüpft auf eine Fensterbank und von der Fensterbank in den Türstock. Dort verharrt er im Halbrelief. Das Tierchen hat den Kopf gesenkt und eine Pfote gehoben. Als nähme es gerade Witterung auf. Eine erstaunlich lebendige Schnitzerei.

Theo öffnet die Tür.

Ich dachte schon, du kommst nicht mehr.

Und Uta tritt ein.

Aus dem Ginsterburger Anzeiger vom 12. September 2025

FLIEGERBOMBE IN GINSTERBURG ENTSCHÄRFT

■ Um 18:45 Uhr kam endlich die Entwarnung. Erst nach mehreren Stunden gelang es am Freitag den Experten vom Kampfmittelräumdienst, einen rund 500 Kilo schweren Blindgänger aus dem Zweiten Weltkrieg zu entschärfen. Nach Angaben der Stadt war die Aufgabe »herausfordernd«. Die englische Fliegerbombe hatte einen intakten Zünder, der zudem noch schwer zugänglich war. Der Blindgänger war am Donnerstag bei Ausschachtungen für das neue Altstadt-Parkhaus von Bauarbeitern entdeckt worden. Ein Bagger legte den Blindgänger frei, der in zwei Meter Tiefe mit der Nase nach unten lag. Die Bombe wurde herausgehoben, aufgebockt und anschließend in einem Zelt entschärft. Ein sechsköpfiges Team war damit beschäftigt.

Aus Sicherheitsgründen hatte die Polizei einen Evakuierungsradius von zwei Kilometern angeordnet. Etwa 3000 Menschen rund um die Fundstelle unweit der Kronengasse mussten ihre Wohnungen und Arbeitsplätze verlassen. Der Bahnverkehr war während der Entschärfung unterbrochen. Rund 160 Menschen nutzten die Räumlichkeiten des Zisterzienserklosters oder die Sporthalle des TuS Ginsterburg als Notunterkunft. Für etwa 500 Schüler*innen der Gustav-Hansemann-Gesamtschule fiel der Unterricht aus. Mittlerweile konnten alle Evakuierten in ihre Wohnungen zurückkehren.

Die Fliegerbombe wird nun vom Kampfmittelräumdienst nach Kiel transportiert. Die letzte Station ist dann Munster in Niedersachsen. Dort wird die Bombe zersägt und verbrannt.